KB057454

한 권으로 독파하는 삼국지

큰글

삼국지

대한고전문화연구회 편저

나관중 지음

법문북스

삼국지 — 나관중 지음

차 례

• 「삼국지」를 한 권으로 엮으며

한나라의 유방이 천하를 통일한 후 400년 동안 계속된 한(漢)왕조는 국운이 이미 다해 다시 천하가 어지러워지려는 것인지 나라의 정사는 날로 문란해졌다. 정권은 후궁의 환관들에 의해 독점되어 황제는 완전한 장식물에 불과해졌고, 굶주린 민중이 각지에서 봉기했으며 바깥 세력의 침입이 끊임없이 계속되었기 때문에 사회의 질서는 어지럽혀질 대로 어지럽혀져 있었다.

중앙 정부의 위령에 의지할 수 없는 지방 호족들은 스스로의 방위를 위해 할거(割據)하지 않으면 안전하지 못했다. 그렇다고 해서 자력으로 독립하는 일도 이루어지지 않았고, 이합집산의 리더십을 발휘할 만한 인물도 나타나지 않았다. 그와 같은 난세였기에 당연히 '이 난세를 내 손으로 수습해 보이고 말 테다'하며 야망을 불태우는 인물들도 상당히 많았다.

　유비(劉備)는 그러한 시대인 후한 연희 4년(161년)에 태어났다.

　그의 생가는 수도에서 많이 떨어진 탁현(하북성)의 시골 마을이었는데 집 동남쪽에는 커다란 뽕나무 한 그루가 서 있었다. 나무의 높이는 5척이 넘었는데 멀리서 바라보면 마치 천자가 타는 마차 모양으로 보였다. 어느 날 점쟁이가 지나가다가,

　"이 집에서 반드시 신분이 귀한 사람이 나올 것이오. 바로 저 뽕나무가 그 증거요."
라고 말한 적이 있는데 마침 그 때 나무 아래에서 놀고 있었던 것이 유비라고 한다.

　"아저씨, 잘 아시네요. 나는 나중에 천자가 되어 이런 마차를 타고 다닐 거예요."

　어안이 벙벙해진 점쟁이에게 유비는 작은 가슴을 활짝 펴 보였다고 하는데 그는 철모르는 어린 시절부터 그 같은 대망을 품고 자랐는지도 모른다.

　그러나 유비의 집은 가난했다. 아버지는 일찍 세상을 떠나고, 짚신을 만들어서 팔거나 멍석을 짜는 일을 해서 생계를 잇는 것이 고작이었으며 현실적으로는 아무리 큰 대망을 품고 있다고 해도 그것을 이룰 수 있는 가능성은 거의 없었다.

　그가 15세가 되었을 때 어머니는 무리를 해서 유학을 보

내 주었다. 하지만 그는 학문에는 별로 뜻이 없었다. 음악
과 운동만을 좋아하고 복장에 신경을 썼다고 하니 보통의
흔하디 흔한 젊은이들 중의 하나였을 것이다.

다만 키는 180cm에 가까운 장신이었다. 하얀 피부에 입
술은 붉은 물감을 바른 듯했고, 무엇보다도 남들의 눈에 잘
띄었던 것은 그의 커다란 귀였다. 거의 어깨까지 닿을 정도
인 자기의 귀를 곁눈질을 해서 스스로 볼 수 있었다고 한
다.

어딘가 모르게 보통 사람과는 다른 분위기를 갖고 있었
던 데다가 말수가 적었으며 희노애락의 감정을 얼굴에 나
타내지 않았으므로 생김새부터가 큰 그릇으로 보였다.

후한의 당시 제도에 의하면 유명한 학자의 문하에 들어
가거나 친척이나 연고가 있는 사람 등 향당 사람들의 추천
이나 선거에 의해 우선 지방의 관사에 들어가든지 해야 출
세의 길이 열리게 되어 있었다.

지방 장관은 1년에 한 번, 이들 지방 관사의 우수한 자
들을 중앙 정부로 불러올리게 되어 있었다. 그런 기회를 잡
아서 중앙 정부의 관료가 되기만 하면 이윽고 현의 장관,
나아가서는 군의 태수로 승진하게 되고 잘만 하면 도의 대
신이나 3공으로 영달하는 제도였다.

그런데 후한 말기, 유비가 청년이었던 시기에는 그런 제
도 자체가 엉망이 되어 있었다. 지방관으로 등용되는 것도,
중앙 정부의 관료로 추천되어지는 것도, 모든 것이 뇌물과

청탁에 관련되었다. 부정한 수단에 기대지 않고 출세하겠다고 생각하는 것 자체가 어리석기 짝이 없었던 시대였다.

따라서 질서가 엄격한 평화로운 시대에서 살았다면 유비는 결코 세상에 나오지 못했을 것이다.

그런 유비가 역사의 전면에 나서게 된 계기는 그의 나이 23세 때 불쑥 찾아왔다. 황건적(黃巾賊)의 난이 일어난 것이다.

제1장
도원결의

황건적의 난

그 무렵 거록군(鉅鹿郡)에 세 형제가 있었으니, 장각(張角)장보(張寶)장량(張梁)이 곧 그들이다.

그 중에서도 맏형 장각은 남달리 총명하고 재주가 뛰어나 일찌감치 상급 공무원 시험에 합격되었지만 관직에 임명되지 않았다. 때문에 크게 실망하고 산속으로 들어가 약초를 캐는 일을 하며 살아가고 있었다.

그러던 중 산속에서 만난 노인에게서 태평요술이라는 술법을 배웠다.

그로부터 1년 후인 중평(中平) 원년 1월에 역병(疫病)이 크게 돌았다. 장각이 그 때를 이용하여 그의 수하에 있는 무리 5백여 명을 풀어 각지로 돌아다니며 백성들에게 부적을 써 주고 주문을 외어 주게 하니, 따르는 자들이 날로 늘어났다.

남자와 여자, 부자와 가난한 사람, 선비와 힘센 장수를 가리지 않고 장각을 찾아와 제자로 삼아 달라고 청했다.

제자들의 수는 금세 눈덩이처럼 늘어났다. 장각이 악한 마음을 먹은 것은 그 무렵이었다.

'내가 황제가 되어야겠다.'

교만한 마음으로 결심을 굳힌 장각은 마침내 제자들을 모아 부대를 만들어 난을 일으켰다.

장각 자기는 천공장군(天公將軍), 장보는 지공장군(地公將軍), 장량은 인공장군(人公將軍)이라 자칭하면서 백성들을 선동하였다.

"이제 새로운 하늘이 열리고 대성인이 나셨으니, 마땅히 너희들은 하늘의 뜻을 받들어 태평을 누리도록 하라."

그런 말이 전해지자 각처 백성들 가운데 그에 호응하여 일어나는 자가 무려 4,5십만 명이나 되었다. 그들은 모두 누런 수건으로 머리를 싸매었기 때문에 「황건적(黃巾賊)」이라 불렸는데, 그 형세가 자못 크고 사나워 그들이 이르는 곳마다 관군은 도망하기에 바빴다.

그 때 조정에는 의랑(議郎) 채옹(蔡邕)이라는 충성스러운 신하가 있었다. 나라가 어지러운 것을 보다 못한 그가 영제

(靈帝) 앞으로 나아가 말했다.

"오늘날 나라가 이 지경이 된 것은 환관의 무리들이 온갖 거짓으로 폐하의 눈과 마음을 흐리게 만들었기 때문입니다."

하지만 채옹은 환관 조절에 의해 해침을 당해 시골로 쫓겨 가고 말았다. 그 때 조절을 비롯한 장양, 조충, 봉서, 단규, 후람, 건석, 정광, 하운, 곽성 등 갖은 악행을 일삼는 환관의 무리를 일컬어 세상 사람들은 「십상시」라고 부르며 조롱하면서 경멸했다.

그들이 나라의 기강을 어지럽히고 제멋대로 활개를 치는 동안 고초를 겪는 것은 수천 수만의 백성들이었다. 그리고 그러는 동안에도 창과 칼로 무장한 황건적의 무리는 낙양을 향해 다가오고 있었다.

천자는 대장군 하진(何進)의 주청에 따라 조칙을 내려 각처의 방비를 엄중히 하고 황건적을 깨뜨리도록 하였다.

그 때 장각의 일군이 유주로 쳐들어갔다. 유주 태수 유언(劉焉)은 적은 군사로 많은 도적을 당할 수 없다고 여겨, 즉시 방문(榜文)을 내어 의병을 초모하였다.

도원결의

유비는 중산정왕 유승(劉勝)의 후예이며 경제(景帝)의 현손으로서, 자는 현덕(玄德)이라 했다.

그는 당대의 명망 높은 선비인 정현(鄭玄)과 노식(盧植) 등에게서 글을 배우고, 공손찬(公孫瓚) 등과 선후배로 사귀며 가슴 속의 큰 뜻을 키우고 있었다.

유주 태수 유언이 방문을 붙여 의병을 초모할 때, 유비는 나이가 이미 스물여덟이었다. 그는 거리에 나붙은 방문을 보고 자기도 모르게 긴 한숨을 토하며 중얼거렸다.

"황실의 후예인 내가 나라의 앞날이 이처럼 위태로운데도 가만히 보고만 있어야 하나…"

그 때였다. 그의 등 뒤에서 누군가 큰 소리로 말을 거는 사람이 있었다.

"대장부로 태어나 나라가 어지러울 때 스스로 나아가 힘을 쓰려고는 하지 않고 어째서 한숨이나 쉬고 있단 말이오?"

유비가 고개를 돌려 보니, 나이는 스무 살 정도인데 8척 거구에 표범의 머리와 화등잔 같은 고리눈, 그리고 제비턱에는 범의 수염이 무성했다. 목소리는 마치 우레 소리 같고 기세는 달리는 말과 같았다.

그의 말과 용모에 마음이 끌린 유비가 물었다.

"도대체 당신은 누구시기에…?"

"내 이름은 장비(張飛)이고 자는 익덕(翼德)이라 하오. 대대로 이 탁군에 살면서 돼지나 잡고 술을 팔아 먹고 사니 하는 일은 보잘것없지만 공이 방문을 보며 너무나 깊은 한숨을 쉬는 것을 보고 그 마음을 알 것 같아 한 마디 했던 거요."

"아, 그러셨군요. 나는 한실 종친으로 이름은 유비, 자는 현덕이라 하오. 황건적을 쳐서 백성을 편안하게 하고 싶은 마음은 간절하나, 다만 힘이 없고 능력이 미치지 못하여 무심코 한숨만 쉬었던 것이오."

그러자 장비가 크게 기뻐하며 유비의 손목을 덥석 잡았다.

"역시 그랬었군요. 그렇다면 내가 그 동안에 모았던 약간의 재물이 있으니, 이 고을 안의 장정들을 뽑아 우리 함께 그 일을 도모하는 것이 어떻겠소?"

"참으로 좋은 생각이시오."

두 사람은 서로 뜻이 맞아 그 길로 한 주점으로 자리를 옮겨 술잔들을 주고받았다. 술을 마신 장비는 주먹으로 탁자를 내리치며 큰 소리로 말했다.

"황건적이 휩쓸고 지나가면 사람이든 집이든 모두 쑥대밭이 된다고 하니, 정말로 죽일 놈들이 아니겠소?"

그 때였다. 웬 사나이가 주점 안으로 걸어 들어오며 주모에게 말했다.

"여보, 주인장. 술 한 동이만 빨리 추시오."

어지간히 급했던 모양인지 술부터 주문한 그 사나이는 뒤늦게 두리번거리며 앉을 자리를 찾았다.

유비와 장비는 약속이나 한 듯이 고개를 돌려 그 사나이를 보았다. 늠름한 9척 장신에 수염의 길이가 2자는 되어 보이는데, 얼굴은 무르익은 대추빛이고, 한껏 위로 치켜진 봉(鳳)의 눈에다 누에눈썹, 붉은 입술에 상모가 비상하고 위풍이 당당하였다.

유비가 감탄하기를 마지않으며 그에게 말을 건네었다.

"괜찮으시다면 우리와 함께 앉으시지요."

그 사나이가 두 사람의 얼굴을 한동안 유심히 살펴보더니,

"그럽시다."

하고 두 사람이 앉은 탁자 앞으로 뚜벅뚜벅 걸어왔다.

"실례지만, 어디를 그리 급하게 가시는지 여쭤 보아도 되겠습니까?"

유비의 친절한 태도가 마음에 들었는지 그 사나이가 탁자 한쪽에 앉으면서 대답했다.

"내 성은 관(關)이고 이름은 우(羽), 자는 운장(雲長)이며 하동 해량(解良)이 고향이오. 내 고향에 못된 토호(土豪) 한 놈이 주먹만한 권세를 믿고 너무도 날뛰어 내가 그를 죽이고 강호(江湖)를 떠돌다가 이번에 이 곳에서 의병을 모집한다기에 이렇게 찾아오는 길이오."

"그러시다면 우리 참 잘 만난 것 같소. 우리 두 사람 역시 방문을 보고 장정들을 뽑아 함께 그 일에 나서려던 참이오. 혼자 성내로 들어가는 것 보다는 공도 우리와 함께 장정들을 모아 가지고 태수를 찾아가는 게 어떻겠소?"

유비가 관우에게 말하자 관우도 기뻐하며 말했다.

"그거 참 좋은 생각이오."

"뜻이 같은 사람들끼리 모였으니 일단 술부터 한 잔 합시다."

호탕한 장비의 제안에 세 사람은 함께 술잔을 높이 들었다. 그렇게 되어 술이 몇 순배 돌아가는 동안 그들은 서로의 생각이 이상할 정도로 꼭 들어맞는다는 것을 알게 되었다.

이윽고 거나하게 취한 장비가 두 사람을 둘러보면서 불쑥 말했다.

"내 집 뒤에 지금 한창 복숭아꽃이 만발한 도원(桃園)이 있습니다. 내 생각 같아서는 내일 우리 그 도원에서 천지에 제(祭)를 올린 다음, 우리 세 사람이 의형제를 결의(結義)하여 한데 뜻을 모으고 힘을 합친다면 큰 일을 도모할 수 있을 것 같은데, 두 분의 생각은 어떠시오?"

"그거 좋은 말씀이오."

유비와 관우가 소리를 같이 하여 찬동했다. 그렇듯 세 사람은 쉽게 의기가 투합되어 의형제 결의에까지 이르게 되었다.

이튿날 세 사람은 함께 도원으로 갔다. 소 잡고 말 잡아 갖은 제물(祭物)을 차려 놓은 제상 앞에 세 사람은 무릎을 꿇고 앉아 향을 사르고 두 번 절한 후 하늘에 맹세하였다.

"저희들 유비·관우·장비가 비록 성은 다르오나 의를 맺어 형제가 되었은즉, 동심 협력하여 위로는 나라에 보답하고 아래로는 백성을 편안케 하되 동년 동월 동일에 죽기를 원하옵니다. 황천 후토는 이 마음을 굽어 살피시어, 의리를 배반하고 은혜를 잊는 일이 있으면 하늘과 사람이 함께 죽여 주옵소서."

그 때 나이를 따져 보니 관우가 첫째요, 유비가 그 다음이었고 장비가 막내였다. 하지만 관우는 유비에게 정중히 고개를 숙이며 말했다.

"세상의 모든 일에는 근본이 있어야 하고, 무리의 우두머리는 어진 마음과 뛰어난 슬기를 갖추어야 합니다. 우리 세 사람 중에서 그런 분은 단연 유형 한 분밖에 없습니다. 더욱이 유형은 한나라 황실의 후손이시니 마땅히 우리의 맏형이 되셔야 합니다."

그렇게 되어 형제의 순서가 정해졌기에 소원을 빈 후에 관우와 장비가 먼저 유비에게 절을 하고, 이어서 장비가 관우에게 절을 했다.

세 사람은 제단에서 내려와 복숭아 꽃 그늘이 향기롭게 드리워진 탁자를 사이에 두고 앉아 전날처럼 술잔을 높이 들었다.

세상은 어지러워도 봄은 봄이었다. 때마침 불어온 바람이 나뭇가지를 흔들어 복숭아 꽃잎이 사방으로 눈발처럼 흩날렸다. 새로운 형제의 탄생을 축하해 주기라도 하는 것처럼.

첫 싸움

세 사람은 다음 날부터 그들의 뜻을 실행에 옮겼다. 가장 중요한 일은 군사를 모으는 것이었다. 관우가 마을 곳곳에 방문을 써서 붙였더니 젊은이들이 구름처럼 몰려왔다.

며칠 사이에 고을 안의 장정들 가운데서 가려 뽑아낸 사람이 5백여 명이었다. 세 사람은 소를 잡고 술을 내어 그들과 함께 취하도록 마시고, 이튿날 군기(軍器)를 준비했는데, 칼과 창이나 활 따위는 고을 안에서 그런대로 마련할 수 있었으나, 타고 나설 말이 없는 것이 걱정이었다.

그 때 황건적 때문에 길이 막혀서 되돌아오던 중산의 거상(巨商) 장세평이 세 사람의 뜻을 의롭게 여겨, 말 50필과 함께 금은 5백 냥, 그리고 빈철 1천 근을 선뜻 내놓으며 군용에 써 달라고 했다.

깊이 사례하고 그를 보낸 뒤에 장인(匠人)에게 부탁하여 유비는 쌍고검(雙股劍)을, 관우는 82근 청룡언월도(靑龍偃

月刀), 장비는 장팔사모(丈八蛇矛)를 각기 만들어 가지고, 장정 5백여 명과 함께 태수 유언을 찾아갔다.

며칠이 지나지 않아 황건적 정원지(程遠志)가 군사 5만을 이끌고 와서 탁군을 범했다. 유언은 유비에게 겨우 본부병 5백 명을 내 주면서 도적을 치라고 하였다.

그러나 유비·관우·장비 등 세 사람은 조금도 두려워하지 않고 곧 군사들을 거느리고 성에서 나왔다.

그들은 바로 대흥산(大興産) 아래서 적병과 맞딱뜨렸다. 서로 진치고 마주 대하자 유비는 말을 타고 진전(陣前)으로 나갔다. 관우와 장비가 좌우로 따랐다. 유비는 채찍을 들어 적장을 가리키며 꾸짖었다.

"도적놈이 어찌하여 항복을 하지 않는고?"

정원지가 크게 노하여 부장 등무(登武)를 내보냈다. 그것을 본 장비가 벽력같이 호통치며 내달아 등무가 미처 손을 놀려 볼 사이도 없이 한창에 그의 가슴을 찔러 말 아래로 거꾸러뜨렸다.

'아니, 이럴 수가…'

정원지는 피가 거꾸로 솟는 기분이 되었다. 그는 크게 노하여 쌍도(雙刀)를 휘두르며 몸소 말을 달려 나왔다. 장비가 다시 장팔사모를 꼬나쥐고 그와 맞붙으려 할 때, 그보다 먼저 관우가 청룡언월도를 쥐고 내달아 한 칼에 그의 몸을 두 동강이로 만들었다.

대장이 죽는 것을 보자 도적들은 앞을 다투어 도망하기

에 바빴다. 유비가 때를 놓치지 않고 군사들을 휘몰아 그
뒤를 치자 황건적은 거의 전멸하고 말았다.

첫싸움에서 크게 이긴 세 사람은 항복받은 도적들을 앞
세우고 당당하게 개선했다. 태수 유언은 크게 기뻐하며 그
들을 영접하고 군사들에게는 후한 상을 내렸다.

그 이튿날이었다. 청주 태수 공경에게서 급보(急報)가 왔
는데, 지금 환건적이 성을 에워싸고 있으니 구원병을 보내
달라는 것이었다. 유언은 교위(校尉) 추정으로 하여금 군사
5천 명을 거느리고 유비·관우·장비와 함께 청주로 가게 하였
다.

청주성에 이르러 보니 성을 에워싸고 있는 적의 형세가
의외로 컸다. 유비는 그 날은 싸우지 않고 군사들을 물려
30리 밖에 하채(下寨) 하였다.

그 날 밤 유비가 관우와 장비에게 말했다.

"적의 무리는 많고 우리 군사들은 적으니 기병(奇兵)을
써야 할 것 같다. 너희 둘이 각기 1천 군씩 거느리고 산 좌
우에 매복해 있다가 제금 소리가 나거든 일시에 내달아 협
공하도록 하여라."

관우와 장비는 명령을 받고 그 날 삼경(三更)에 각기 1천
군씩을 거느리고 매복할 장소로 떠났다.

날이 밝자 유비는 추정과 함께 군사들을 거느리고 함성
을 지르며 나아갔다. 도적들도 마주 북을 치며 나왔다. 유
비가 짐짓 겁을 집어먹은 듯 군사들을 돌이켜 달아나자, 도

적들이 아우성치며 뒤를 쫓았다. 쫓고 쫓기어 산 언덕을 지나려 할 때 유비의 군중에서 크게 제금 소리가 났다.

그러자 좌편에서 복병(伏兵)이 쏟아져 나오니 앞선 장수는 관우이고, 우편에서도 또한 복병이 몰려나오니 앞선 장수는 장비였다. 그와 동시에 거짓 패하여 달아나던 유비가 돌아서며 세 방향에서 몰아치니, 도적의 무리가 당해내지 못하고 어지럽게 달아났다.

옛 스승 노식

유비는 더욱 군사들을 휘몰아 청주성의 에움을 풀고 성으로 들어가 태수 공경과 만났다. 태수가 기뻐하며 크게 잔치를 베풀어 승전을 축하하고 있는데, 중랑장 노식(盧植)이 황건적의 괴수 장각과 지금 광종에서 싸우고 있다는 보고가 들어왔다.

노식은 유비가 일찍이 스승으로 모시던 분이었다. 유비는 즉시 첫 싸움으로 얻은 피로도 잊은 채 관우·장비와 함께 본부병 5백 명을 거느리고 광종 땅을 향해 떠났다.

그 때 노식은 5만 군을 거느리고 15만 명의 도적들과 광종에서 대치하고 있다가 유비가 오는 것을 보고 반가이 맞아들였다.

"승패가 어떠하십니까?"

유비가 묻자 노식이 대답했다.

"아직은 큰 싸움 없이 소강 상태에 있네. 그런데 지금 장각의 아우 장보·장량이 황보숭(皇甫崇)·주전(朱전) 두 장군과 영천에서 대치하고 있다네. 내 생각으로는 자네가 영천으로 가서 그 곳 군사와 이쪽 군사들이 서로 긴밀하게 연락할 수 있게 해 주면 좋을 것 같네."

"분부대로 하겠습니다."

유비는 다시 군사들을 이끌고 영천으로 말 머리를 돌렸다. 밤을 낮 삼으면서 달리고 또 달렸다.

난세의 조조

유비는 이윽고 영천 땅에 도착했다. 하지만 그 때는 이미 조정에서 내려온 기도위 조조(曹操)라는 사람이 황건적을 물리친 뒤였다.

조조는 패국(沛國) 초군(譙郡) 사람으로 자는 맹덕(孟德)이었다. 원래 그의 아버지 조숭은 하후씨(夏候氏)였으나, 환관 조등(曹騰)의 양자로 들어감으로써 조씨 성을 얻게 된 것이다.

조조는 어렸을 때부터 사냥을 좋아하고 노래와 춤을 즐

겼으며 잔꾀가 많았다.

그는 스무 살에 효렴(孝廉)에 뽑혔는데, 어느 날 사람을 잘 알아본다는 여남(汝南)의 허교라는 자를 일부러 찾아가 물은 적이 있었다.

"나는 어떠한 사람이오?"

조조의 얼굴을 유심히 관찰한 허소는 이윽고 한숨어 섞인 목소리로 말했다.

"흐음, 참으로 얄궂은 관상이로다. 자네는 좋은 세상을 만나면 훌륭한 신하가 되겠지만, 난세를 만나면 간특한 영웅이 될 팔자라네."

그런데 그 말을 들은 조조는 뜻밖에도 매우 기뻐했다고 한다.

그 후 벼슬길에 오른 조조는 여러 관직을 거쳐 낙양에서 기도위로 있다가 황건적을 물리치라는 명을 받고 영천 땅으로 내려왔던 것이었다.

잿더미 속에 널브러져 있는 시체들만을 본 유비는 황보숭과 구준을 찾아가 노식 선생의 말을 전했다. 그러자 황보숭이 말했다.

"황건적은 관군에게 패해 도망쳤소. 아무래도 두목 장각이 있는 광종 땅으로 갔을 거요. 그러니 어서 광종 땅으로 가서 노식 선생을 도우시오."

"이런 젠장…"

장비가 입술을 씰룩대면서 투덜댔지만 유비는 스승을 구

하기 위해 왔던 길을 되돌아갈 수밖에 없었다.

　그렇게 얼마를 달렸을까. 그들의 전방에서 함거를 둘러싼 한 무리의 말에 탄 병사들이 다가오고 있었다. 가까이 다가가서 보니 놀랍게도 함거에 타고 있는 사람은 유비의 스승 노식이었다.

　"이게 도대체 어떻게 된 일입니까?"

　유비가 묻자 노식이 길게 탄식하며 대꾸했다.

　"장각이 요술을 부려 황건적을 쉽게 물리치지 못하고 있는데 조정에서 싸움의 형편을 알기 위해 환관을 내려보냈네. 그런데 그 환관이 내게 뇌물을 요구했어. 하지만 병사들에게 먹일 식량도 넉넉하지 않은 내게 그런 재물이 어디에 있겠는가, 그래서 거절했더니 앙심을 품은 그가 황제에게 나를 모함한 바람에 나는 잡혀가고 나 대신 동탁(童卓)이라는 장수를 내려보냈다네."

　듣고만 있던 장비가 마침내 분통을 터뜨렸다.

　"이런 쳐죽일 놈들이 있나! 함거를 호송하는 병사들부터 처치하고 선생님을 구해 드리겠습니다."

　그러자 노식이 말했다.

　"진정하게, 자네의 기분을 모르는 바가 아니지만 그렇게 하면 나는 두 번 죄를 짓는 셈이 되네. 조정에는 바른 말을 하는 신하도 있을 테니 나를 이대로 보내 주게."

　그리하여 유비는 스승 노식을 눈물을 흘리며 전송하게 되었는데 함거가 멀리 사라지자 관우가 물었다.

다.

그 때 유비는 아문에 홀로 앉아 초민(焦悶)에 빠져 있었는데 그 이야기를 전하여 듣고 밖으로 뛰어나왔다.

"아니! 이게 무슨 짓이냐?"

유비가 장비를 보고 꾸짖자 독우는 유비에게 애걸했다.

"공은 제발 나를 좀 살려 주시게."

그 때 언제 왔는지 옆에서 보고 있던 관우가 말했다.

"형님께서 큰 공을 세우시고도 겨우 현위 자리 하나를 얻으신 터에 이제 독우 따위에게 모욕을 당하셨으니 가시덤불은 난봉(鸞鳳)이 깃들일 곳이 아닌가 봅니다. 차라리 이 독우놈을 죽이고 벼슬을 버린 다음 고향으로 돌아가 보다 좋은 길을 찾아보는 것이 어떻겠습니까?"

유비는 잠시 관우의 얼굴을 물끄러미 바라보다가 곧 인수(印綬)를 가지고 오라 하여 독우의 목에다 건 다음,

"너의 죄는 죽여 마땅하지만, 구차한 너의 목숨만은 붙여 주마."

라고 한 마디로 꾸짖고는 그 날로 관우·장비와 함께 안희현을 떠나 대주(代州)로 가서 유회(劉恢)라는 이에게 잠시 몸을 의탁하기로 했다.

그 후로도 십상시의 농권은 갈수록 더해지고 그 폐해는 더욱 깊어갔다. 비록 조정의 현관이라 할지라도 그들의 눈에 벗어나면 그 날로 파직을 당했으니, 황보숭과 주전 등이

바로 그러했다. 이에 세상 인심은 날로 흉흉해지고 백성들의 원망하는 소리는 점점 높아만 갔다.

그 무렵, 장사(長沙)에서는 구성(區星)이란 자가 난을 일으키고, 또 어양(漁陽)에서는 장거(張擧)·장순(張純) 형제가 반기를 들고 각각 천자와 대장군이라고 자칭했기에 두 곳에서 급보가 빗발치듯 했다.

그 때 대주의 유회가 글을 보내어 유비를 천거하자, 유주 태수 유우는 유비로 하여금 장순·장거 형제를 치게 했다.

유비가 관우·장비와 함께 군사들을 거느리고 질풍 노도처럼 나아가니, 도적의 무리가 그 형세를 당해내지 못하고 뿔뿔이 흩어지고 말았다. 장하(帳下)의 두목들이 사세가 기울었음을 알고 장순을 죽인 다음 머리를 베어 들고 와서 항복을 했다. 그것을 보고 장거도 스스로 목을 매어서 죽고 마니, 어양 일대가 완전히 평정되었다.

조정에서는 유비의 공을 기려 지난번 안희현에서 독우를 매질한 죄를 사하는 한편, 별부 사마(別府司馬)를 삼고 평원 현령(平原縣令)을 제수하였다.

황제의 죽음

영제가 황제의 자리에 오른 지도 어느덧 6년째가 되었다.

중평 4년(189년)인 그 해 여름, 그 동안 시름시름 앓아오던 영제는 마침내 죽음을 눈 앞에 두고 환관 건석을 불러 말했다.

"나는 이제 틀렸소. 그리고 내가 죽은 후의 일이 걱정이요. 어머니에게 가 있는 협 황자는 지금도 변변한 대접을 못 받으니 내가 죽으면 더할 것이 아니오?"

건석이 황제의 생각을 헤아리며 말했다.

"폐하, 협 황자를 후계자로 삼고 싶으시다면 대장군 하진부터 죽여야 합니다."

그 말을 들은 황제는 하진을 궁 안으로 불러들이라고 명령했다.

하진의 직업은 원래 백정이었다. 그런데 그의 여동생이 매우 아름다웠기에 십상시들이 그녀를 뽑아 황제에게 바쳤고 황제에게 시집간 그녀는 황자 변을 낳아 하 태후가 되었다. 그리고 하진은 여동생 덕분에 대장군이 되는 어마어마한 출세를 했다.

그런데 황제에게는 왕 미인이라는 다른 부인이 있었으며, 그녀가 황자 협을 낳자 하 태후는 그것을 질투하여 왕

미인을 독살했다. 때문에 어머니를 잃은 협 황자는 영제의 모친인 동 태후의 손에 키워졌고, 그로 인해 동 태후와 영제는 협 황자를 가엾게 여기며 특별히 귀여워했다.

하진이 천자의 부르심을 받고 궁문 앞에 이르렀을 때였다.

"궁에 들어가시면 위험합니다. 환관 건석이 공을 모해하려 하고 있습니다."

하고 사마(司馬) 반은(潘隱)이 나와서 그의 앞을 막으며 귓속말을 했다.

하진이 깜짝 놀라 그대로 집으로 돌아가 즉시 대신들을 모아 놓고 환관의 무리를 모조리 죽일 의논을 하니, 사례교위 원소(袁紹)가 말했다.

"그렇다면 곧 전국의 장군들을 경사(京師)로 올라오게 하여 환관의 무리들을 주살하게 하는 것이 상책일까 합니다."

"그것 참 좋은 생각이군."

하진이 찬성하며 즉시로 격문(檄文)을 각처로 보내어 외병(外兵)을 경사로 부르려 하자, 주부(主薄) 진림(陳琳)이 한사코 간했다.

"이제 대장군께서 천하의 병권을 쥐고 계신 터이니 그까짓 환관의 무리쯤이야 주살하기 쉬운 일인데, 어찌하여 외병을 불러들이려 하십니까. 외방(外邦)의 여러 장군들이 한곳에 모이면 각기 딴 마음을 품게 될 것이니, 그로 인해 더 큰 환란을 일으키게 될 것입니다."

어서 이 시는 좋은 빌미가 되었다.

'됐다. 나에게 원한을 품고 있으니 이젠 죽여도 할 말이 있다.'

동탁은 즉각 이유에게 군사들 10여 명을 주어서 소제에게 보냈다. 그들은 먼저 저항하는 하 태후를 들어 누각 아래로 내던졌다. 그리고 소주의 입에는 가지고 온 독주를 들이부었다.

간웅 조조

그 무렵 사도(司徒) 왕윤(王允)이 후당에 연석을 마련해 놓고 은밀히 공경(公卿)들을 모았다. 술이 두어 순배 돌자 왕윤이 두 손으로 얼굴을 가리고 울면서 말했다.

"이제 동탁이 인군을 속이고 권세를 희롱하여 사직을 보존하기 어려우니, 이 일을 어찌하면 좋단 말이오?"

그 때 효기교위 조조가 분연히 나서서 말했다.

"제가 비록 용렬하나 동탁의 머리를 베어 오겠습니다."

왕윤이 물었다.

"동탁의 주위가 삼엄한데 어떤 좋은 생각이 있으시오?"

"사도께 칠보도(七寶刀)라는 보검이 있다고 들었는데, 잠시 제게 빌려 주시면 상부(相府)로 들어가서 그것을 동탁에게 바치는 자리에서 그를 벨까 합니다."

왕윤이 감격하여 친히 술을 부어 조조에게 주자, 조조는 잔을 받아 술을 뿌려 맹세를 지었다.

다음 날 조조는 왕윤의 칠보도를 허리에 차고 동탁에게로 갔다. 동탁은 침상에 앉아 있었고 여포는 그 옆에 서 있었다.

"왜 이렇게 늦었느냐?"

"늙은 말이 잘 걷지를 못해서 늦었습니다."

"그래? 여보게 여포. 지난번에 진상으로 올라온 서량 지방의 좋은 말 한 필을 조조에게 주게."

명을 받은 여포는 말을 끌고 오려고 밖으로 나갔다. 실내에는 동탁과 조조 단 둘만 있게 되었기에 조조는 이제나 저제나 하면서 기회만 노리고 있었는데 동탁이 살찐 돼지 같은 몸을 스윽 움직이며 침상에 누웠다.

동탁은 벽을 향해 누웠기 때문에 조조의 몸이 보이지 않았다. 조조는 조용히 칠보도를 뽑아 들었다. 그런데 동탁의 시선이 가서 닿는 벽면에 거울이 있었다. 그것은 꾀 많은 조조도 모르고 있었던 일이었다.

"너 이놈, 무슨 짓을 하려는 거냐?"

동탁이 소리치며 황급히 자리에서 일어나자 조조는 대답했다.

"예, 좋은 칼이 하나 생겼기에 어르신께 선물로 바치려고요."

가까스로 얼버무렸지만 조조의 등에서는 식은땀이 흘렀다. 그 때 밖으로 나갔던 여포가 돌아왔다.

"그래? 어디 보자."

조조는 공손히 허리를 굽히며 칠보도를 동탁에게 건네주었다.

"음, 과연 좋군. 잘 보관해 두어라."

동탁이 여포에게 칼을 내밀자 조조도 칼집을 여포에게 바쳤다.

이윽고 세 사람은 밖으로 나가 조조에게 주기로 한 말을 구경했다.

"제가 시험삼아 한 번 타 보겠습니다."

조조는 그렇게 말하고는 말 위에 올라타더니 순식간에 동탁과 여포의 시야에서 멀어졌다. 빠르게 작아지는 조조의 뒷모습을 바라보며 여포가 물었다.

"조금 전에 제가 들어오다가 보니 칼을 뽑아 들고 서 있었는데 혹시 찌르려다가 들켰기에 칼을 바치는 척 한 것이 아닐까요?"

"글쎄, 나도 조금은 수상하게 생각하고 있네."

그 때 이유가 왔는데, 그 이야기를 듣더니 모사다운 명쾌한 결론을 내렸다.

"사람을 시켜 지금 당장 조조를 부르십시오. 그가 부름에 응하면 진정으로 칼을 바친 것이나; 응하지 않으면 어르신을 찌르려고 했던 것이 분명합니다."

그러나 조조는 그 때 이미 성 밖의 먼 곳으로 달아나고 있었다. 때문에 전국 방방곡곡에는 조조를 잡는 사람에게 큰 상을 내린다는 방문들이 나붙기 시작했다.

한편 조조는 동문을 나서자 자기의 고향인 초군을 향해 급히 말을 달렸다. 그가 중모현(中牟縣)에 이르렀을 때, 관문을 지키는 군사의 눈에 수상쩍게 보여 그만 붙잡히고 말았다.

현령 앞으로 끌리어 가자 그가 꾸짖었다.

"지금 승상께서 너를 중히 써 주시고 계신 터에 네 어찌 하여 화를 자초하였느냐?"

"연작(燕雀)이 어찌 홍곡(鴻鵠)의 뜻을 알겠느냐. 네가 나를 잡았으니 승상에게 끌고 가서 상이나 받을 것이지, 웬 말이 그렇게 많으냐."

그러자 현령이 좌우를 물리치고 조용히 말했다.

"나를 그렇게 작게 보지 마오. 내가 아직 주인을 못 만났을 뿐이지, 시속(時俗)에 찌든 한낱 벼슬아치는 아니오."

조조가 말했다.

"내가 몸을 굽혀 동탁을 섬긴 것은 단지 때를 보아 그를 죽여 나라의 후환을 없애기 위함이었소."

현령이 물었다.

"그럼 맹덕(조조의 자)은 이제 어디로 갈 생각이오?"

"고향으로 돌아가서 공문을 내어 천하의 제후들로 하여금 크게 군사를 일으켜 함께 동탁을 치도록 하겠소."

말 1천 필을 달라고 청한 적이 있었다. 그런데 원소는 단번에 거절했다. 때문에 앙심을 품게 되었는데 이번에는 흉년이 들어 유표에게 쌀 20만 석을 빌려 달라고 청했으나 양식을 얻기는 고사하고 무안만 당했다. 그 때 일을 저지르기 좋아하는 당돌한 원술이 문득 생각했다.

'이놈들을 엮어서 한 번에 모두 없애 버리겠다.'

하지만 손견은 당장 부하 장수인 정보와 황개·한당 등을 불러 놓고 대책을 의논했다.

정보가 먼저 말했다.

"원술은 원래 거짓말을 밥 먹듯이 하는 사람입니다. 그 사람의 말은 믿을 것이 못됩니다."

하지만 손견의 생각은 달랐다.

"나는 오로지 나의 원수를 갚을 뿐이다. 원술의 도움은 있어도 좋고 없어도 좋다."

마침내 강동 땅의 푸른 물줄기마다 군사들을 가득 실은 전선들이 떠올랐다.

손견의 군사들은 거침없이 형주 땅을 향해 쳐들어갔다. 그런데 무척이나 사나운 바람이 불던 어느 날 저녁 때, 손견을 상징하는 장군기가 그만 부러지고 말았다.

장군 한당이 깜짝 놀라면서 말했다.

"장군, 심상치 않은 징조입니다. 내일은 싸움에 나가지 마십시오."

하지만 손견은 연거푸 승리를 거두고 있었기에 대수롭지 않게 생각하며 대꾸했다.

"지금 형주성 함락이 눈앞에 다가오고 있다. 그런 일 때문에 공격을 멈추란 말이냐."

다음 날도 손견은 전과 다름없이 군사들을 이끌고 나가 유표와 싸웠다. 그런데 어느 한 순간에 그는 적들의 덫에 걸려들었다. 주위에 있는 군사들은 30여 명 밖에 되지 않았기에 당황하며 살 길을 찾으려고 몸부림치는데 갑자기 들려 오는 요란한 징 소리와 함께 산 위에서 큰 돌들이 굴러 떨어졌다. 그와 동시에 숲 속으로부터 빗발치는 것처럼 화살들이 날아들었다.

'아, 모든 것이 끝났다.'

손견은 죽음이 찾아 온 것을 느꼈다. 굴러 떨어진 바윗돌 하나가 그의 머리를 단번에 박살냈다. 강동의 명장 손견은 그렇게 최후를 맞았다. 그 때 손견의 나이는 37세였다.

여자아이 하나를 데리고 와서 함께 잠자리에 드셨소."

여포는 가슴이 무너지는 것 같았다. 내친 김에 동탁의 침실로 살그머니 다가가 방 안의 동정을 살폈다. 초선은 그 때 머리를 빗고 있었는데 창 밖에서 어른거리는 그림자를 느끼며 그가 여포임을 눈치챘다.

때문에 창가로 다가가 근심이 가득한 표정을 지어 보이다가 손수건으로 눈물을 닦으며 우는 체 했다. 그런 모습을 바라보는 여포는 가슴 속이 타는 것 같았다. 초선의 그런 행동은 자기를 잊지 못해 생기게 된 것이라고 생각했기 때문이다. 그래서,

"이 능구렁이 같은 영감을 당장…."
하면서 이를 갈았다. 하지만 동탁은 너무나 크고 두려운 존재였기에 감히 해칠 엄두를 내지 못했다.

동탁의 죽음

왕윤의 치밀한 계획과 초선의 능란한 교태는 마침내 동탁과 여포 사이를 갈라 놓으려는 목적을 성공시켰다. 원래 신의가 없고 이(利)에 밝은 호색한인 여포는 왕윤의 미인계에 걸려, 그의 의부에게 노골적으로 분노를 터뜨리는 지경에까지 이르렀다.

"내 맹세코 이 늙은 도적을 죽여서 한을 풀고야 말겠다!"

어느 날 여포가 주먹을 흔들며 소리를 버럭 지르자, 왕윤은 급히 손을 들어 그의 입을 막으며 말했다.

"함부로 그런 말씀을 하지 마오. 그 말이 동 태사의 귀에 들어가게 되면, 이 사람까지 멸문을 당하고 마오."

그래도 여포는 입을 닫지 못하였다.

"대장부가 천지간에 나서, 어찌 울울히 남의 아래서 굴욕만 당하며 지내겠습니까."

왕윤은 여포의 마음이 이미 달라진 것을 보자 조용히 말했다.

"장군이 만약에 한실(漢室)을 붙들어 세운다면 곧 충신이시니, 청사에 기록되어 그 꽃다운 이름이 백세에 전하려니와, 만약에 동탁을 도운다면 이는 바로 역적이라, 역사에 그 부끄러운 이름이 올라 만년까지 남을 것이오."

여포는 자리에서 일어나 왕윤에게 절하였다.

"저의 뜻이 이미 굳은 터이니 사도는 다시 의심하지 마십시오."

드디어 역신 동탁을 주살할 모든 준비를 마쳐 놓고 왕윤은 천자의 조칙을 받아 이숙(李肅)에게 주었다. 이숙이 수십 기(騎)를 거느리고 미오로 내려가 동탁에게 천자의 조칙을 전했다.

"천자께서 문무 백관을 미앙전(未央殿)에 모으시고 태사께 선위(禪位)하실 일을 의논하려고 하십니다."

듣고 난 동탁은 크게 기뻐했다.

"내 간밤에 용 한 마리가 몸을 휘감는 꿈을 꾸었더니, 오늘 과연 이런 기쁜 소식을 듣는구나."

즉시 영을 내려 심복장 이각·곽사·장제·번주 네 장수로 3천 군을 영솔하여 미오를 지키게 하고, 자기는 그 날로 당장 행차를 꾸려 장안으로 올라갔다.

이튿날 동탁은 무리들을 거느리고 상부를 나서 대궐로 향했다. 길 좌우에 수많은 장안 백성들이 늘어서서 그의 행차를 구경했다.

이윽고 북액문(北掖門) 안으로 들어서서 멀리 바라보니, 사도 왕윤 이하로 조정의 원로 대신들이 전문(殿門) 앞에 나와 늘어서 있는데, 자세히 보니 각기 손에 칼을 잡고 있었다.

동탁은 마음에 의심이 들어 이숙을 돌아보고 물었다.

"칼들을 가지고 섰으니 저것은 무슨 뜻인고?"

이숙은 그 말에 아무런 대꾸도 하지 않고 그대로 수레를 몰아 곧장 들어갔다. 전문 앞에 가까이 이르자 왕윤이 큰 소리로 외쳤다.

"무사들은 반적(反賊)을 주멸하라."

그러자 양편에서 무사 백여 명이 나오며 일제히 창을 들어 수레 위에 앉아 있는 동탁을 찔렀다. 그러나 동탁이 입은 갑옷이 원체 두꺼워 창이 꽂히지 않고 겨우 팔 하나를 상하게 뿐이었다. 동탁은 수레에서 땅으로 굴러 떨어지며 큰 소리로 부르짖었다.

"여포는 어디 있느냐! 이놈들을 죽여라!"

말이 미처 끝나기 전에 수레 뒤에서 여포가 달려들며,

"조칙을 받들어 도적을 죽인다!"

하며 소리를 가다듬어 크게 외치고는 한창에 동탁의 목을 찔렀다.

"으흑…."

외마디 비명을 지르고 동탁이 뒤로 나자빠지자, 이숙은 곧 그의 목을 베어 손에 들었다.

왕윤은 동탁의 머리를 십자로(十字路) 가에 내어다 걸게 하였다. 남달리 살이 찐 동탁의 시체였다. 지키는 군사가 그 배꼽에다 심지를 박고 불을 붙여 밤이면 등불을 삼았더니 기름이 흘러 땅이 흥건하게 젖었다.

잔당들의 발호

장안 거리에는 모처럼 평화가 찾아들었다. 하지만 오랜만에 찾아온 평화는 채 1백 일도 가지 않았다.

미오를 지키고 있던 동탁의 심복 장수 이각·곽사의 무리는 간신히 목숨을 걸고 도망하여 서량 땅에 가 있었다.

서량 땅은 이전에 동탁이 다스리던 곳이었다.

조정에서 그들을 잡으려고 하자 그들은 헛소문을 퍼뜨렸다.

"왕윤과 여포가 서량 사람들을 모조리 죽이려고 한다. 가만히 앉아서 개죽음을 당하지 말고 차라리 싸우다가 죽자."

헛소문에 속은 서량 지방 사람들 15만 명이 이각과 곽사의 발 아래로 모여들었다. 그들은 곧 군대를 만들어 창과 칼을 높이 들고 물밀듯이 장안으로 쳐들어왔다. 그 기세는 매우 크고 훌륭했다.

여포는 그 형세를 당해내지 못하고 수하에 남은 무리 백여 기(騎)만 거느리고는 말을 달려 관(關)을 나서자, 그 길로 회남의 원술(袁術)에게로 가 버렸다.

이각·곽사의 무리는 성내로 들며 즉시 군사들을 놓아 마음대로 분탕질하고 노략질하게 내버려 두었다. 아우성 소리와 울부짖는 소리가 거리마다 악마구리 끓듯 했다. 그들은 군대를 지휘하여 마침내 내정(內庭)을 에워싸고 먼저 왕윤부터 잡아내어 한 칼에 베었다.

"으으음…."

한 마디 부르짖음과 함께 왕윤이 땅에 쓰러지자, 두 도적은 이미 목숨이 끊어진 그의 몸에 다시 칼질하여 어육(魚肉)을 만들었다. 천자는 옆에서 말 한·마디 못하고 눈물만 글썽거릴 뿐이었다.

그로부터 나라의 정사는 다시 어지러워지고, 백성들의 원망하는 소리는 날로 높아졌다. 이각·곽사의 무리는 대권을 잡고 앉아 저희들의 심복을 천자의 좌우에 있게 하여 그 동정을 살피게 하니, 헌제는 불안한 마음을 한시라도 금하지 못했다.

다시 일어서는 조조

세상은 다시 어지러워졌다. 그 기회를 틈타 일찍이 소탕되었다고 믿었던 황건적의 잔당들이 다시 들고 일어났다. 그 때 황건적을 토벌하라는 황제의 특명을 받은 사람이 조조였다.

동탁 토벌군이 해산되어 지방에 내려가 있던 조조는 전국의 인재와 장수들을 끌어들여 힘을 키우고 있던 중에 그 같은 명령을 받았다. 그는 역적 이각과 곽사의 무리들은 미웠지만 황제의 명령을 거역할 수 없었기에 황건적을 소탕하기 시작했다.

조조의 활약은 눈부셨다. 그는 석 달 정도 싸워 황건적을 모두 소탕했으며 그 중 30만 명은 포로로 잡아들이기까지 했다. 그들을 향해 조조가 말했다.

"잘못을 빌고 용서를 빌면 목숨은 살려 주겠다."

조조는 살려 달라고 애원하는 그들을 모두 자기의 부하로 만들었다. 그런데 조조의 활약에 감탄한 젊은이들 50만 명도 스스로 조조의 군사가 되겠다며 모여들었다. 그리하여 조조는 백만 명이나 되는 엄청나게 큰 군대의 총사령관이 되었다.

　그런데 남부러울 것이 없는 조조에게도 한 가지 마음에 걸리는 것이 있었으니 그것은 아버지에 대한 문제였다.

　'나 때문에 도망자 신세가 되어 고생만 하신 아버지다. 이제는 내가 직접 가까이에서 모셔야겠다.'

　조조의 부친 조숭은 진류(陳留)로부터 난을 피하여 낭야란 곳에 숨어 살고 있었다. 조조가 태산 태수 응교(應교)를 보내어 맞아오게 하니, 조숭은 일가 노소 40여 명과 종자 백여 명을 데리고 연주를 향하여 떠났다.

　조숭이 서주(徐州)를 지날 때였다. 서주태수 도겸(陶謙)은 일찍부터 조조의 영웅됨을 알고 서로 사귐을 맺으려고 하던 차에, 마침 조조의 부친이 자기 고을을 지난다는 말을 듣고, 곧 나가서 맞아 들여다가 크게 잔치를 베풀고 환대하였다.

　조숭이 그의 극진한 대접을 사례하고 하직을 고했다. 도겸은 다시 성 밖까지 몸소 나가서 배웅하고, 특히 도위 장개에게 명하여, 군사들 5백 명을 거느리어 그의 일행을 호소하게 했다.

　그런데 어느 날 오후였다. 그들이 오래 된 절 앞을 지나가게 되었을 때 갑자기 소낙비가 쏟아져 절간에서 잠시 비를 피하게 되었다.

그런데 일이 묘하게 되느라고, 원래 황건적 출신인 장개가 느닷없이 도둑의 본색을 드러내었다. 장개는 수하 두목들을 불러내어 상의했다.

"우리들은 본시 황건여당(黃巾餘黨)으로서 마지못해 도겸에게 항복하여 지내기는 하나, 우리의 앞날은 뻔한 게 아니냐. 내가 보니, 수레에 실린 재물이 참으로 어마어마하게 많구나. 내 생각에는 오늘 밤 삼경에 일제히 들어가서 조숭의 일가 노소를 모조리 죽여 버린 다음에, 그 재물을 빼앗아 가지고 함께 산속으로 들어가서 편히 지내는 게 상책이라고 생각되는데, 너희들 마음은 어떠하냐?"

수하 두목의 무리들이 이구동성으로 찬성했다.

"그렇게만 한다면 싫다고 할 놈이 어디 있겠습니까."

그리하여 장개는 조숭의 일가 노소를 모조리 죽여 버리고 그 재물을 뺏은 다음, 수하의 무리 5백 명과 함께 회남 땅으로 도망하였다.

뒷사람들은 이 변을 가리켜서, 조조가 일찍이 여백사(呂伯奢)의 집 식구들을 죄없이 죽인 응보라고 했는데 후세 사람들이 읊은 시가 하나있다.

조조는 영웅이라며 자랑들을 하지만·
그도 일찍이 여백사의 가족을 몰살시킨 일이 있네.

오늘날 그의 일가족이 모두 죽음을 당했으니
하늘의 이치는 돌고 돌아 갚음을 당하는구나.

자기 부친을 비롯하여 일가 노소가 몰살을 당했다는 소
식을 듣자, 조조는 그대로 땅에 쓰러져 혼절해 버렸다. 여
러 사람이 구하여 얼마 만에 깨어난 조조는 이를 갈며 외
쳤다.
"도겸이 우리 부친을 모살했으니 이 원수는 하늘을 함께
하지 못할 것이라, 곧 대군을 일으켜 서주를 송두리째 무찔
러 버리기 전에는 내 한을 풀 수가 없구나!"

유비, 의로운 싸움에 나서다.

"서주성 안의 백성들을 모두 죽여 내 아버지의 원수를
갚으라!"
잔인하고도 무서운 명령이었다. 그 때 서주로 와서 태수
의 일을 돕고 있던 진궁이 그 소식을 들었다. 진궁은 지난
날 조조가 여백사 일가족을 죽이는 것을 보고 실망하여 그
를 버렸던 사람이다. 진궁은 도겸을 돕기 위해 조조를 찾아
가서 말했다.
"도겸은 아무런 죄가 없소. 아버지의 원수를 갚는 것도

중요하지만 죄없는 백성을 죽여서야 되겠습니까? 군대를 거두어 돌아가시오."

하지만 복수하겠다는 생각에 눈이 먼 조조의 귀에 그의 말이 제대로 들릴 리가 없었다.

"그대는 지난날 나를 버린 사람인데 이제 무슨 낯으로 다시 왔소? 그대가 도겸의 부하라면 죽여야 마땅하나 한때 내 목숨을 살려 준 공을 생각해서 목숨은 빼앗지 않을 것이니 상관 말고 돌아가시오."

조조와 헤어진 진궁은 하늘을 우러러보며 탄식했다.

"아, 조조는 여전히 남의 말을 귀담아듣지 않는 사람이다. 아무런 성과도 없이 어떻게 도겸 태수를 만날 것인가…."

결국 진궁은 진류 태수 장막에게 몸을 맡기러 떠나갔고 조조의 백만 대군은 물밀듯이 서주 땅으로 쳐들어갔다.

순욱과 정욱(程昱)에게 군사 3만을 주어 동군을 지키게 한 다음 조조는 나머지 군대를 모조리 거느리고 하후돈(夏候惇)으로 선봉을 삼아 서주를 향해 나아간 것이다.

도겸은 그 소식을 듣고 하늘을 우러러보며 탄식했다.

"내가 죄를 하늘에 얻어 무고한 서주 백성들이 큰 환란을 당하게 하였으니, 이를 어찌하면 좋을꼬?"

그 때 누군가가 나서서 말했다.

"이제 조조의 군사가 비록 많다고는 하나, 감히 우리 성을 깨뜨리지는 못할 것입니다. 제가 비록 재주는 없지만,

계책을 베풀어 조조로 하여금 스스로 물러가게 하겠습니다.”

모든 사람들이 놀라서 바라보니, 그는 곧 별가종사 미축(麋竺)이었다. 미축의 자는 자중(子仲)이니 동해 사람이었다. 도겸이 그에게 물었다.

“자중은 무슨 좋은 계책이 있소?”

“제가 몸소 북해로 가서 공융(孔融)에게 구원을 청하고, 다른 한 사람이 청주의 전해(田楷)에게 구원병을 청하여, 만약 이 두 곳 군사들이 모두 온다면 조조가 반드시 군사를 물려 돌아갈 것입니다.”

미축이 공융에게 구원병을 청하자 공융은 다시 유비에게 함께 가서 조조를 물리치자고 했다.

“좋습니다. 하지만 태수께서 먼저 군사들을 이끌고 서주로 출발하십시오. 저는 공손찬에게 부탁해 군사들을 좀더 빌리겠습니다.”

공융과 헤어진 유비는 곧장 공손찬에게로 달려가서 사정을 말했다. 공손찬이 어리둥절한 표정으로 물었다.

“당신은 도겸에게 빚진 것도 없고, 조조와 원수진 일도 없지 않소? 그런데 무엇 때문에 아무런 이득도 없을 싸움에 목숨을 걸겠다는 것이오?”

“맞습니다. 저는 그 두 사람에게 특별한 감정은 없습니다. 저는 황실의 후손으로서 의로움을 좇아 행동할 따름입니다.”

공손찬이 감탄하며 고개를 끄덕였다.

"알겠소. 그대의 의로운 마음이 나를 감탄시켰소. 군사 2천을 빌려 줄 테니 어서 가시오."

"고맙습니다. 그런데 이왕이면 조운도 함께 가게 해 주십시오."

유비는 자기의 군사들 3천과 공손찬에게서 빌린 군사 2천을 합친 5천의 군사를 이끌고 서주를 향해 말을 달렸다.

미축이 서주로 돌아가 도겸에게, 공융이 유비와 함께 구원병을 거느리고 온다고 복명(復命)했는데 하루가 지나 청주로 간 사람이 돌아와서, 전해가 또한 흔연히 군대를 거느리어 구하러 온다고 했다. 그래서 도겸은 비로소 마음을 놓았다.

이틀이 지나니 과연 공융과 전해의 양로 군마가 이르렀다. 다시 하루가 지나자 유비도 군대를 거느리고 왔다. 공융이 유비에게 말했다.

"조조 군대의 형세가 원체 크고, 또 조조가 본래 용병(用兵)에 능한 사람이라, 아직 좀 두고 동정을 본 다음에 군대를 나아가도록 하는 것이 좋을 것 같소."

그러자 유비가 말했다.

"그것도 좋은 말씀이지만, 다만 성중에 양식이 넉넉지 않다니 지구전을 펴기가 어렵겠습니다. 저의 생각으로는 운장과 조운으로 하여금 군사 4천을 영솔하여 공의 휘하에 있으면서 서로 돕게 하고, 저는 익덕과 함께 일천 군을 거느리고 조조의 진을 돌파하여 서주성으로 들어가 도사군(陶使君)을 만나 상의할까 하오. 그 곳에서 제가 봉화를 올리면 그것을 신호로 성의 안팎에서 양면 공격을 펼치도록 합시다."

"그것이 좋겠소."

공융이 곧 전해와 회합하여 군사를 나누어 의각지세(犄角之勢)를 이루니, 관우와 조운이 각기 군사를 거느리어 양로(兩路)로 접응했다.

조조의 군대는 물러가고

그 날 유비는 작전대로 장비와 함께 일천 인마를 이끌고 조조의 영채 옆을 지났다. 한창 가는 중에 영채 안에서 북소리가 크게 울리며 마보 군병이 조수처럼 몰려나오니, 앞선 대장은 곧 우금(于禁)이었다.

장비는 장팔사모를 꼬나쥐며 우금에게 덤벼들었다. 두 장수가 서로 어우러져 싸워 겨우 두어 합에 이르자, 우금이 말 머리를 돌리어 달아났다. 장비는 그 뒤를 쳐서 무찌르며 앞장서서 서주성 아래로 달려갔다.

도겸은 급히 군사를 시켜 성문을 열게 하고 유비를 맞아 들였다. 함께 관아로 들어가서 서로 인사를 마친 다음에,

도겸은 곧 연석을 배설하여 유비를 환대하고, 한편으로 술과 음식을 내어 군사들을 위로했다.

조조가 바야흐로 군사를 몰아 서주를 치려 할 때 급보가 들어오기를, 여포가 연주를 쳐서 깨뜨리고 다시 나아가 복양을 점거했다는 것이었다.

여포는 이각·곽사의 난 때 도망하여 회남으로 원술을 찾아갔었다. 그러나 원술이 그의 신의 없음을 미워하여 받아 주지 않았다.

그 후 여포는 여러 곳을 떠돌다가 진류(陳留)의 장막(張邈)을 찾아갔다. 때마침 진궁(陳宮)이 장막의 아우 장초(張超)를 따라 그 곳에 와 있다가 여포가 온 것을 보자 장막에게 말했다.

"지금 천하가 어지러워 영웅이 벌 떼처럼 일어나고 있습니다. 이제 조조가 군사를 일으켜 동으로 서주를 치매 연주가 비어 있으니, 여포와 함께 연주를 취한다면 가히 패업(霸業)을 도모할 수 있을 것입니다."

장막은 크게 기뻐하며 여포에게 군사를 주어 먼저 연주를 쳐서 깨치고 다음에 복양을 점거하게 하니, 오직 순욱과 정욱이 죽기로써 싸워 동성만이 온전할 수 있었으나, 그 나머지는 모두 함몰하고 말았다. 조인이 여포와 싸웠으나 번번이 져서 조조에게 급보를 올렸던 것이다.

급보를 받고 조조는 크게 놀랐다.

"연주를 잃었다면 내 장차 어디로 돌아간단 말인고?"

곽가(郭嘉)가 말했다.

"아버님의 원수는 나중에 갚기로 하고 일단 회군하여 먼저 연주를 회복시키는 것이 옳을까 합니다.

조조는 그의 말을 좇아 즉시 영채를 빼어 회군하기로 했다.

조조의 군대가 물러가자 도겸의 기쁨은 비길 데 없었다. 그는 성 밖으로 사람을 보내서 공융·전해·관우·조운 등을 청하여 들여, 크게 잔치를 베풀었다.

이윽고 연석을 피하자, 도겸은 유비를 청하여 상좌에 오르게 한 다음, 여러 사람 앞에서 말했다.

"노부는 이미 나이가 늙고, 슬하의 두 자식도 모두 재주가 없어 능히 중임을 감당할 수 없습니다. 현덕 공으로 말씀하면 덕이 넓고 재주가 높으시니 이 서주를 맡아 주오."

유비가 깜짝 놀라며 말했다.

"공문거(공융의 자)가 저로 하여금 서주를 구하게 한 것은 오직 의(義)를 위함인데, 이제 갑자기 서주를 맡는다면 천하가 저를 의리 없는 사람으로 볼 것입니다. 저는 결코 분부를 따르지 못하겠습니다."

미축이 곁에서 또 권했다.

"서주는 풍요롭고 호구가 백만인데 부군(府君)의 청이 간곡하니, 현덕 공은 사양하지 마시고 받으시지요."

"말씀은 비록 그러하나 이 일만은 결단코 좇지 못하겠습니다."

도겸이 재삼 말해도 유비가 결코 들으려 하지 않자,

"현덕 공이 정히 그러시다면, 여기서 가까운 곳에 소패 (小沛)라는 땅이 있어 족히 군대를 둔칠 만하니, 부디 그 곳에 군사를 머물러 두어 우리 서주를 보호하여 주심이 어 떠하오?"

여러 사람이 모두 나서서 권하자, 유비는 마침내 이를 응낙했다.

다음 날, 공융은 북해로 돌아가고, 유비도 두 동생과 군 사들을 거느리고 소패를 향해 출발했다. 떠나기에 앞서 유 비는 공손찬에게 돌아가야 하는 조운의 손을 잡으며 말했 다.

"지난번에도 말했지만 언젠가 함께 일할 날이 올 것이 오. 그 때까지 기다려 주시오."

조운도 역시 유비와 헤어지는 것을 못내 아쉬워했다.

서주 태수 유비

조조의 대군은 복양 가까이 이르러 하채했다. 이튿날 아 침 조조는 수하 장수들을 거느리고 나와 군대를 벌려 세운 다음, 문기 아래에 말을 세우고 여포의 군대가 이르기를 기다렸다.

여포가 군사들을 이끌고 나오며 북 치고 고함 지르니 산과 들이 그대로 떠나갈 듯했다. 조조는 손을 들어 여포를 가리키며 꾸짖었다.

"내 너와 원수진 일이 없는 터에, 어찌하여 내 땅을 빼앗는가?"

여포가 픽 웃고 대답했다.

"다 같은 한나라 땅을 가지고 네 땅 내 땅이 어디 있단 말이냐."

말을 마치며 곧 군사들을 휘몰아쳐 나오자, 조조의 군대는 크게 패하여 10여 리를 물러갔다.

조조는 기어코 여포를 치고 복양성을 회복하려 했으나, 그 해에 황해(蝗害)가 심해서 관동 일대가 곡식 열 말의 값이 50관(貫)이라, 사람이 서로 사람을 먹었다.

조조는 군중에 양식이 떨어져 군사들을 거두어 연성으로 돌아가고, 여포도 양식을 구하러 산양(山陽)으로 가서 군대를 둔치니, 그로 인하여 양군이 모두 잠시 군대를 파했다.

서주 자사 도겸은 우연히 든 병이 백약(百藥)의 효험이 없이 나날이 침중해 가기만 했다. 나이 이미 예순 셋―자기의 목숨이 오래 가지 못할 것을 짐작한 도겸은 곧 유비를 와방(臥房) 안으로 청하여 들여, 문안·인사가 끝나자 입을 열었다.

"현덕 공을 이렇게 오시라고 한 것은 다른 일이 아니오. 이제 노부의 병세가 위독하니, 명공께서 부디 서주의 패인을 받아 주시면 노부가 죽어도 눈을 감겠소."

"태수께는 두 아들이 있는데, 왜 그들에게 물려주려고 하시지 않습니까?"

"전에도 말했지만 내 아들들은 그럴 만한 인물이 되지 못하오."

그리고 나서 도겸은 곧 숨을 거두었다. 도겸의 장례를 치르고 난 미축은 곧 패인을 받들어 유비에게로 보냈다. 그래도 그는 굳이 사양하며 받지 않았다. 그 소문이 서주 성내에 퍼지자 백성들이 관아 앞으로 구름같이 모여들어 간절히 청했다.

"현덕 공께서 이 고을을 맡아 주시지 않는다면, 우리들은 하루라도 편안히 살 날이 없습니다."

관우와 장비가 보다 못하여 또 재삼 권했다. 그제야 유비는 권도로 서주 일을 맡아 보기로 하고, 손건·미축을 종사(從事)로 삼고 진등을 막관(幕官)으로 삼은 다음에, 소패에 둔쳤던 군마를 모조리 옮겨다 성내에 들게 하였다.

또 한편으로는 상사(喪事)를 안배하여, 유비가 대소 군대와 함께 모두 괘효하고, 크게 제 지내기를 마치자 예로써 황하 가에 장사 지내고, 도겸의 유표(遺表)를 경사로 올려 보내, 조정에 신주(申奏)하였다.

조조는 도겸이 이미 죽고, 유비가 서주를 권령(權領) 하였다는 소식을 듣자 대로하였다.

"내 아직 원수를 갚지 못했는데, 유비는 화살 한 개 쓰지 않고 앉아서 서주를 얻었단 말이냐!"

조조가 곧 영을 전하여 군대를 일으켜 서주를 치러 가려고 하자, 모사 순욱이 들어와서 간했다.

"이제 도겸이 비록 죽었지만 이미 유비가 지키고 있고, 또한 서주 백성들이 유비에게 심복한 터이라 반드시 그를 도와 죽기로써 싸울 것이니 서주를 공격하는 것은 무리입니다. 명공께서 이제 연주를 버리고 서주를 취하려 하시는 것은, 곧 큰 것을 버리고 작은 것을 취하려는 것과 같습니다."

조조는 순욱의 말이 옳다고 생각하고 말없이 고개를 끄덕였다.

그 때 전위가 한 장사(壯士)를 데리고 와서 조조를 뵙게 했다. 장사가 절을 하고 말했다.

"저는 초국(譙國) 사람 허저(許褚)로, 자는 중강(仲康)입니다."

조조가 보니 그의 골격이 우람하고 위풍이 늠름했다. 조조는 그를 도위(都尉)로 삼고 상을 후히 내린 다음에, 연주 소식을 물었다.

"며칠 전에 세작(細作)이 보고하는데, 연주를 지키고 있는 설란·이봉의 수하 군사들이 모두 노략질하러 멀리 나가고, 지금 성내에는 남아 있는 군사가 많지 않다고 합니

다."

조조는 좋은 기회라고 생각하고 즉시 군대를 이끌고 바로 연주로 나아갔다. 설란·이봉은 뜻밖의 일을 당하여 어찌할 바를 몰랐으나, 그래도 어쩔 수 없어 남아 있는 군사들을 수습하여 데리고 성 밖으로 나왔다.

허저가 조조에게 말했다.

"제가 두 놈을 잡아 지현하는 예를 삼을까 합니다."

조조는 곧 나가서 싸우게 했다.

이봉이 화극을 꼬나쥐고 말을 달려 나오자, 허저는 단지 두 합에 그의 머리를 베어 말 아래로 떨어뜨렸다. 그것을 보고 설란이 급히 말 머리를 돌려 성으로 들어가려 했으나 여건(呂虔)에게 화살을 맞아 죽고, 수하 군사들은 모두 뿔뿔이 흩어져 도망했다.

조조는 연주를 회복하고 나자, 그 여세를 몰아 복양성마저 쳐서 깨뜨려 수중에 거두었다. 그로써 산동(山東) 일대는 모두 조조의 손 안에 들어갔다.

여포는 조조에게 패하자 정도(定陶)를 버리고 그대로 해빈(海濱)까지 도망을 갔다. 그 곳에서 패잔 군마를 수습해 보니, 형세는 궁하고 힘은 다하였다. 여포는 크게 낙담하여 말했다.

"사세가 이에 이르렀으니 대체 어찌하면 좋소?"

진궁이 대답했다.

"현덕 공이 새로이 서주를 얻어 거느리고 있다 하니, 그리로나 가 보도록 하시지요."

여포는 그의 말을 좇아 군사들을 거느리고 서주로 향하였다. 그 소식을 전하여 듣자, 유비가 좌우를 돌아보고 말했다.

"여포는 당세의 영웅이니, 나가서 맞아들이는 것이 옳겠소."

그러나 미축은 간했다.

"여포는 이리와 같은 무리라 받아들여서는 안 됩니다. 만약 받아들였다가는 반드시 해침을 당하고 말 것입니다."

"아니오. 전자에 여포가 연주를 엄습하지 않았으면 조조가 끝끝내 이 서주를 깨치려 들었지 그냥 돌아갔을 리가 없소. 우리가 그의 덕을 보았다고 아니할 수 없는데, 이제 제가 궁해서 우리에게 오는 터에 어찌 거절할 수가 있단 말이오. 그도 설마하니 딴 뜻이야 먹지 않을 거요."

유비는 마침내 성 밖 30리에 나가 여포의 일행을 영접하여 함께 말 머리를 가지런히 하여 성으로 돌아왔다.

이튿날 유비가 여포에게 말했다.

"여기서 가까운 고을 소패(小沛)는 내가 전일에 둔병하던 곳이니, 장군은 잠시 그 곳에 가서 계시도록 하시지요."

여포는 유비에게 깊이 사례한 다음, 군사들을 거느리고 소패로 갔다.

제3장
조조, 일어서다

조조의 낙양 입성

나라의 정사는 날로 어지러워지기만 했다. 이각은 스스로 대사마(大司馬)가 되고 곽사는 스스로 대장군(大將軍)이 되어, 제멋대로 횡행하여도 조정에 누구 한 사람 나서서 감히 말하는 이가 없었다. 뜻있는 신하들도 오직 부질없는 한숨만 쉴 뿐이었다.

그 때 조조의 표문이 조정에 올라왔다. 그가 동쪽을 치고 서쪽을 무찔러 마침내 산동 일대를 평정한 일을 보고해 온 것이다. 조정에서는 그 공이 가상하다 하여, 조조를 건덕장군 비정후(費亭侯)로 봉했다.

태위 양표(楊彪)와 대사농 주전(朱전)이 이각·곽사의 눈을 피해 어느 날 헌제를 들어가 뵙고 아뢰었다.

　"이제 조조가 산동에 있어 수하에 군사가 20여 만이고, 모사(謀士)와 무장이 20여 명이라, 만약 이 사람만 얻고 보면 사직을 바로 잡고 도적을 쓸어낼 수 있을 것이니, 천하에 이만 다행한 일이 없을까 합니다."

　헌제가 탄식하며 말했다.

　"경이 내게 물을 게 무어요? 곧 사자를 보내서 부르도록 하오."

　양표는 밖으로 물러나오자, 즉시 사람을 은밀히 산동으로 보내어 조조를 부르게 했다.

　조조가 모사들을 모아 상의하니, 순욱이 나서서 말했다.

　"예전에 진문공(晋文公)은 주양왕(周襄王)을 모심으로 제후들이 복종하였고, 한고조(漢高祖)는 의제(義帝)를 위하여 발상(發喪) 함으로 천하의 민심을 얻었습니다. 이제 천자께서 부르시니, 장군이 실로 이 때를 타서 나아가 천자를 받들어 중망(衆望)에 좇도록 하시면 이는 곧 불세지략(不世之略) 이라, 만약 일찍 도모하시지 않으면 남이 먼저 할 것입니다."

　조조는 크게 기뻐하며 그 날로 군대를 일으켜 낙양으로 올라갔다.

　한편, 헌제는 동탁이 죽자 다시 낙양으로 돌아왔으나, 허물어진 성곽도 수리하지 못하고, 오직 산동에서 좋은 기별

"신이 일찍이 국은(國恩)을 입었으나 보답할 길이 없었는데, 이제 이각·곽사 두 도적의 머리를 베어 천하를 편안히 하겠습니다."

황제는 감격하며 조조를 칭찬했다.

"장하오. 장군! 그대가 아니었다면 내 목숨마저 위태로울 뻔했소."

헌제는 곧 조조를 봉하여 영사례교위 가절월 녹상서사(錄尙書事)를 삼고, 조조의 영채로 사람을 보냈다. 조조를 궐내로 불러 일을 의논하기 위함이었다. 조조는 천자의 사자가 이르렀다고 듣자, 곧 청하여 들여 서로 인사를 나누었다. 자리를 권하고 눈을 들어 보니, 그 사람의 미목이 청수(淸秀)했다. 조조가 물었다.

"존함이 누구신지?"

"제음(濟陰) 사람 동소(董昭)로, 자는 공인(公仁)이라 합니다."

조조가 정색하고 앉으며 물었다.

"이각·곽사 두 도적이 목숨이 살아서 달아났는데, 그냥 버려 두어도 좋겠소?"

"범이 발톱이 없고 새가 날개가 없는데, 저희가 무엇을 하겠습니까. 오래지 않아 명공의 손에 사로잡히고 말 것이니 아무런 근심도 마십시오."

조조는 그의 응대가 물 흐르듯 하는 것을 보고, 다시 조정 대사에 대해서 물었다. 동소가 조용히 대답했다.

"이제 만약 이 곳에 머물러 계신다면 불편한 일이 있을 것이니, 어가를 모시어 허도(許都)로 가시는 게 좋을 듯합니다. 천자께서 파천(播遷)하셨다가 경사(京師)로 돌아오신 지 얼마 되지 않은 터에 이제 다시 어가를 옮기려 하면 혹시 불복할 사람이 있을지 모르지만, 그래도 비상한 일을 행하여야만 비상한 공을 이룰 수 있는 것이니, 원컨대 장군은 결단하여 행하시는 게 좋을 듯합니다."

그의 말에 담긴 뜻을 생각하고 조조는 크게 기뻐하였다. 조조는 마침내 뜻을 정하고, 이튿날 입궐하여 천자를 뵈옵고 상주하였다.

"동도(東都)는 황폐한 지 오래인데다 또 겸하여 양식을 운반하기가 곤란한데, 허도로 말씀하오면 땅이 노양(魯陽)에 가깝고 성내의 궁실·전량(錢糧)이 족히 쓸 만하옵기로, 신이 감히 어가를 청하여 허도로 모실까 합니다."

헌제는 그의 말을 좇지 않을 수가 없었다. 또 만조 공경들도 모두 조조의 형세를 두려워하는 터이라, 누구 한 사람 감히 반대하는 이가 없었다.

어가를 모시고 허도에 이르자, 조조는 곧 궁실을 이룩하고, 종묘 사직을 세우며, 성곽과 부고(府庫)를 수축하였다.

조조는 상 주고 벌 주는 일을 다 자기 마음대로 하며, 스스로 대장군 무평후(武平侯)가 되었다.

그 뒤로 대권은 모두 조조의 장중으로 돌아가, 조정의 큰 일은 먼저 조조에게 품한 연후에야 비로소 천자께 상주하기에 이르렀다.

그 때부터 사람들의 입에서 조조를 의심하는 말들이 하나 둘 쏟아져 나오기 시작했다.

"황제 폐하께서 싫어하시는데도 도읍을 허도로 옮긴 것을 보면 조조도 충신은 아니로군!"

"이각과 곽사가 물러가니 이번에는 조조인가?"

구호탄랑계

어느 날, 조조는 후당에 연석을 크게 배설하고 수하의 문관 무장들을 모아 상의했다.

"근자에 들으니 여포가 유비에게로 가서 몸을 의탁하고 있다 하는데, 만약에 그들 두 사람이 서로 동심 협력한다면 실로 큰 우환이요. 공들은 무슨 묘계가 없겠소?"

순욱이 나서서 말했다.

"좋은 계교가 있는데 구호탄랑계(驅虎吞狼計)라는 것입니다. 두 호랑이가 서로 잡아먹게 만드는 계략이지요. 가만히 사람을 원술에게 보내셔서 말씀하기를, 유비가 밀표(密表)를 올려 남양(南陽)을 치려 한다고 하면, 원술이 필연코 크게 노하여 군대를 일으켜 유비를 칠 것입니다. 그 때 명공께서는 유비에게 조칙을 내리시어 원술을 치라고 하십시오.

그렇게 하여 유비와 원술이 서로 삼키려 들게 되면, 신의 없는 여포가 틀림없이 그 틈을 타서 딴 마음을 먹게 될 것입니다."

조조는 듣고 나자 즉시 그대로 시행케 했다.

유비가 조칙을 받고 곧 군대를 일으키려 하자 미축이 간했다.

"이것은 주공과 여포 사이를 떼어 놓으려는 조조의 계교입니다. 나가지 마십시오."

그러나 유비가 말하였다.

"나도 그런 줄은 아네. 하지만 조조가 앞서 내게 보낸 밀서와는 달리, 이렇듯 천자의 조칙을 빌어 명하는 것이니 어찌 어길 도리가 있겠나."

그러자 손건(孫乾)이 말했다.

"저영 그러시다면 뒤에 남아 성을 지킬 사람을 먼저 정해 놓으시고 떠나시지요."

관우가 먼저 대답했다.

"성은 제가 지키겠습니다."

유비는 잠시 관우를 물끄러미 바라보다가 말했다.

"네가 남아서 지킨다면 내 마음이 든든하다마는, 매사를 너와 꼭 의논해서 해야만 하겠으니, 아무래도 너를 두고 갈 수가 없구나."

"그럼 내가 남아서 지키겠소."

장비가 나섰다. 그러나 유비는 그의 얼굴을 보며 고개를 내저었다.

"내가 너에게 맡기고 갈 수 없는 까닭은 두 가지가 있다. 하나는 네가 술만 취하면 성미를 부려 공연히 군사들을 매질하기 일쑤고, 또 하나는 네가 남이 간하는 말을 도무지 듣지를 않으니, 내가 어찌 마음을 놓을 수가 있겠느냐."

듣고 나자 장비는 주먹으로 저의 가슴을 한 번 꽝 치고 맹세를 했다.

"형님, 그건 아무 염려 마슈. 내 오늘부터는 맹세코 술도 안 먹고 군사도 안 때리고, 또 모든 일을 남에게 알아 가지고 하겠소."

"잘 알았다. 그러나 내 종시 마음이 놓이지 않는구나."

한 마디 한 다음, 진등(陳登)을 돌아보고 당부했다.

"그 동안 원룡(진등의 자)이 내 아우를 도와 일을 좀 관리해 주오. 술만 과하게 먹지 않으면 큰 실수는 없을 것이오."

유비는 분부하기를 마치자, 곧 마보군 3만을 영솔하고 서주를 떠나 남양(南陽)을 향해 나아갔다.

한편, 원술은 유비가 몰래 천자께 표(表)를 올린 다음 저의 고을을 치러 온다는 말을 듣자, 그것이 조조의 계책인 줄도 모르고 발연히 대로하였다.

"아니, 유비놈이 감히 이럴 수가 있단 말인가."

원술은 곧 상장 기령(紀靈)을 시켜 10만 대군을 거느리고 서주를 향해 나아가게 하였다.

유비는 군사들이 적어 산을 의지하여 물가에 하채했다. 기령은 산동 사람으로, 한 자루 삼첨도(三尖刀)를 잘 썼는데 칼의 무게가 50근이나 되었다. 그 날 진을 치고 서로 대하자, 그는 군사들을 거느리고 진전에 말을 내며 꾸짖었다.

"유비놈아, 네 어찌 감히 우리 땅을 범하느냐?"

관우가 대로하여 곧 말을 몰아 나가 기령을 맞아 싸웠다. 들어가고 나오고, 치고 막고 어루어져 싸우기 30합에 이르자 기령이 당해내지 못하고 말 머리를 돌려 도망을 갔다.

유비가 군사들을 휘몰아 짓쳐 들어갔다. 기령은 크게 패하여, 회음(淮陰)까지 물러나서, 그 곳을 굳게 지키기만 하면서 다시는 감히 나와서 싸우려 하지 않았다.

신의 없는 여포

그 때, 장비는 유비가 관우와 함께 서주를 떠난 뒤 며칠 동안은 술을 입에도 대지 않았다. 그러나 참는 것도 한도가 있었다. 장비는 마침내 어느 날 청상에다 크게 연석을 베풀고 각 관원을 모두 청하여 인사 불성이 될 정도로 대취하고 말았다.

그 때 여포의 장인 조표는 집으로 돌아가자, 즉시로 사람을 시켜 편지를 가지고 소패로 여포를 찾아가게 했다. 그 글에는, 유비는 이미 회남으로 갔고, 장비는 이제 술이 만취했으니, 이 기회를 놓치지 말고 즉시 군대를 이끌고 와서 서주를 뺏도록 하라는 것이었다.

저도 마음에 은근히 탐을 내고 있던 서주였기에 여포는 편지를 보자 즉시 갑옷 입고 투구 쓰고 말에 올랐다. 그리하여 저는 5백 기(騎) 거느리고 먼저 떠나고, 진궁과 고순으로 하여금 그 뒤를 접응하게 했다.

소패는 서주에서 불과 40리 정도밖에 안 되는 곳이다. 여포가 말을 달려 서주성 아래 이르렀을 때, 성중에서는 마악 삼경을 보한 뒤였다.

그 날 밤 달이 낮처럼 밝았다. 기다리고 있던 조표가 성문을 열어 주자, 여포의 군사들은 조수처럼 성 안으로 쏟아져 들어갔다. 그 때 장비는 부중(府中)에서 술에 대취하여 세상 모르고 그대로 코를 골고 있었다.

"장군, 큰일났습니다. 여포가 군사를 거느리고 쳐들어왔습니다."

군사가 몇 번이나 깨우자,

"무엇이? 여포가─"

장비는 여포 소리를 듣자, 그제야 자리를 차고 벌떡 일어났다. 황망히 갑옷 입고 투구를 쓰며 물었다.

"그래 그놈이 성 밖에 와 있느냐?"

"성 밖이 무엇입니까. 벌써 성 안으로 들어왔습니다."

"이런 괘씸한 놈들!"

장비는 장팔사모를 손에 잡으며, 이를 한 번 갈아 부치고 밖으로 뛰어나갔다. 겨우 말에 뛰어 올랐을까말까 했을 때, 벌써 저편에서 아우성치며 여포의 군사들이 몰려 들어왔다. 장비는 아직 술이 다 깨지 않은 상태였다. 앞장서 들어오는 여포를 맞아 5,6합 어울려 보았으나 기력이 다른 때 같지 못하고 머리도 어지러웠다.

그 때 장비가 아끼는 부하들이 울부짖었다.

"장군님, 그 몸으로는 싸울 수 없습니다. 일단 피하셔야 합니다."

여포도 장비의 무서움을 알고 있었기에 더 이상 덤비지는 않았다. 그 틈을 이용해서 장비의 부하들이 달려나가며 길을 텄고 술이 덜 깬 장비는 허둥대면서 그 뒤를 따랐다.

장비는 수하에 겨우 10여 기만을 거느리고 동문으로 달려나갔다. 유비의 가족 노소가 그대로 남아 있었으나, 미처 돌볼 사이가 없었다.

칼에 피 한 방울 묻히지 않고 서주를 장중에 거둔 여포는 성으로 들어가 곧 백성들을 안무(安撫)하고, 따로 군사 백 명을 보내어 유비의 택문을 굳게 지켜, 누구를 막론하고 함부로 드나들지 못하게 했다.

유비는 기령과 대치하고 있다가 뜻밖에 장비가 찾아온

것을 보자, 말을 들어 보기 전에 먼저 서주에게 무슨 변이 있었음을 짐작했다.

여포가 밤에 서주를 엄습한 일을 장비가 낱낱이 고하자, 듣는 사람들은 일시에 낯빛이 변하였다. 그러나 유비는 가만히 한숨을 쉬며 한 마디 할뿐이었다.

"얻었다고 뭐가 기쁘며, 잃었다고 뭐가 근심되랴."

그 때까지 말없이 장비를 노려보고 있던 관우가 한 마디 물었다.

"그래 아주머님은 어디 계시냐?"

"그대로 성중에 계시유."

"뭣이라고?"

관우는 발을 굴렀다.

"네가 애초에 성을 지키겠다고 할 적에 무어라고 맹세를 하였느냐. 오늘날 성지(城池)를 잃고 두 분 아주머님마저 구해 모시지 못했으니, 이를 어쩌면 좋단 말이냐."

듣고 나자 장비는 마음에 너무나 황공하였다. 얼빠진 사람처럼 그는 잠깐 먼 하늘을 바라보고 있다가, 갑자기 허리에 찬 칼을 빼어 들며 곧 목을 찌르려 했다.

하지만 유비가 깜짝 놀라 달려들며 칼을 빼앗아 땅에 던지고서 말했다.

"옛 사람도 형제는 수족 같고 처자는 의복 같다 하였으니, 의복은 찢어졌더라도 꿰맬 수나 있지만, 수족은 한 번 끊어지면 다시 이을 도리가 있느냐. 우리 세 사람이 도원

결의(桃園結義)할 적에 한날에 나기를 구하지 않고, 한날에 죽기를 원한 일을 네 잊었느냐. 이제 비록 성지와 식구를 잃었기로 네가 나를 버리고 가면 어쩌려는 것이냐. 더구나 성지는 본래 내 것이 아니고, 식구는 비록 성중에 있으나 내 생각에는 여포가 반드시 해치지는 않을 것이라, 오히려 앞으로 구해낼 도리를 차릴 수 있는 터에, 네 어찌 한때 잘못을 가지고 목숨까지 버리려 하느냐."

그리고는 그대로 목을 놓아 우니, 관우와 장비도 따라서 울었다.

그 때 원술은 여포가 서주를 빼앗았다고 듣자, 사람을 서주로 보내어 양미 5만 곡(斛), 전마(戰馬) 백 필, 금은 1만 냥을 주기로 언약하고 곧 군사들을 내어 유비를 치게 했다.

이(利)를 보면 의(義)를 잊어버리는 여포였다. 그는 크게 기뻐하여, 즉시 고순에게 군사 5만을 주어 유비의 뒤를 엄습하게 했다. 유비는 그 소식을 듣자, 곧 그 곳을 떠나 광릉(廣陵)으로 달아났다.

고순이 군사들을 이끌고 이르렀을 때는 이미 유비가 멀리 달아난 뒤였다. 고순이 곧 기령을 만나 보고 언약한 물건을 달라고 하니, 기령이 엉뚱한 대답을 했다.

"공은 그대로 돌아가오. 내 우리 주공을 뵙고 상의해서 좋도록 하겠소."

고순이 서주로 돌아가 여포에게 기령의 말을 그대로 전했다.

"보낸다고 언약한 물건을 보내면 그만이지, 상의해서 좋도록 하겠다니 그건 또 무슨 말이냐."

여포가 바야흐로 의심하고 있을 때 원술이 글을 보내 왔다. 뜯어 보니, 고순이 비록 군사들을 거느리고 오기는 했으나 유비를 아직 잡지는 못했으니, 유비를 잡아야만 그 때에 언약한 물건을 보내겠다는 것이었다.

여포는 크게 노했다. 원술에게 속은 것이 분하여 그는 곧 군대를 이끌고 가서 원술을 치고자 했다. 그러자 진궁이 간했다.

"원술이 수춘(壽春)에 웅거하여 군사들이 많고 양식이 넉넉하니, 그와 싸우는 건 불리할 듯합니다. 그보다는 현덕을 청해다가 소패(小沛)에 두고 우리의 우익(羽翼)으로 삼은 다음에, 뒷날 그를 선봉으로 삼아 먼저 원술을 치고 다음에 원소를 취하면, 가히 천하를 종횡할 수 있을 것입니다."

여포는 그 말을 좇아, 즉시 유비의 군중으로 사람을 보냈다. 유비가 여포의 글을 보고 기뻐하여 즉시 서주로 향하려고 하자, 관우와 장비가 불만을 털어놓았다.

"여포는 의리 부동한 놈입니다. 그놈의 말을 어떻게 믿습니까?"

하지만 유비는,

"제가 모처럼 호의를 가지고 나를 대하려는데 받아 주지 않는 것은 오히려 도가 아니다. 그리고 사람이란 몸을 굽히고 제 분수를 지켜서 천시(天時)를 기다려야 하는 게다."
라고 대꾸하고는 마침내 서주로 가서 여포의 청에 따라 소패성을 지키기로 하였다.

소패왕 손책

수춘성에서 큰 잔치가 벌어졌다. 여포가 서주를 엄습함으로써 유비를 깨뜨리는데 성공한 원술이 수하 장수들을 불러 승전을 하례하는 자리였다.

그 자리에는 손책도 참석해 있었다. 유표와의 싸움에서 패해 37세라는 젊은 나이에 죽은 손견의 아들 손책은 어느덧 21세의 청년이 되어 있었다.

손책은 자기 부친이 죽은 강남(江南)에서 어진 이들을 예로써 대접하며 힘을 길러 왔다.

그런데 뒤에 자기의 외숙이 되는 단양 태수 오경(吳璟)이 양주 자사 유주의 핍박을 자주 받으므로, 손책은 마침내 모친과 가족을 곡아(曲阿)로 옮겨다 두고 자기는 원술에게 와 있었던 것이다.

그 날 연석이 파하자 영채로 돌아온·손책은 마음에 울민함을 억제하지 못했다. 그는 뜰로 나갔다. 밤이 깊어 사면

이 괴괴한데 그 날 달이 유난히 밝았다. 손책은 한동안 뜰 안을 이리저리 거닐다가 문득 걸음을 멈추고 하늘을 우러러보았다.

'돌아가신 부친께서는 그렇듯 영웅이셨는데, 내 나이 이미 약관(弱冠)에 이렇듯 구차스러이 남에게 몸을 붙여 지내야 옳단 말이냐.'

생각이 그에 미치자 터져 나오는 것은 울음뿐이었다. 손책이 억제하지 못하고 목을 놓아 울 때, 누군가 뜰 안으로 들어오며 크게 웃고 말했다.

"백부(伯符)는 어찌하여 우시오? 아버님께서 생존해 계실 때에는 내 말씀을 많이 써 주셨는데, 군이 지금 결단하지 못하는 일이 있으면 내게 의논할 것이지, 이렇게 혼자 우실 게 무어요?"

손책이 머리를 들어 보니, 그는 곧 단양 사람 주치(朱治)로 자는 군리(君理)라, 전에 손견 밑에서 일하던 종사관이었다.

"내가 운 것은 자식으로서 아버님의 크신 뜻을 잇지 못하는 것이 서러워서 그럽니다."

주치가 말했다.

"도련님 그런 큰 뜻이 있다면, 어찌하여 원술에게 군사를 빌려 강동(江東)으로 가, 외삼촌 오경을 구해야겠다고 빙자하고서 한번 대사를 도모하려 하지 않는단 말이오?"

두 사람이 의논하는 중에 한 사람이 들어오며 말했다.

"내 수하에 정병 백 명이 있으니, 원하신다면 한 팔의 힘이 되겠습니다."

눈을 들어 보니 원술 수하에 모사로 있는 여남(汝南) 사람 여범(呂範)으로 자는 자형(子衡)이었다. 손책이 크게 기뻐하며 자리를 권하자 여범이 말했다.

"그런데 원술이 군사를 빌려 줄지 그것이 걱정이오."

손책이 잠깐 생각하다가 말했다.

"선친께서 남겨 두신 옥새가 내게 있는데, 그것을 공로 (원술의 자)에게 담보로 맡기고 군대를 빌려 달라고 하면 안 되겠소?"

"과연 옛날에 잃어버렸다고 소문이 났던 그 옥새를 가지고 계시오? 그렇다면 군대를 빌리기가 어렵지 않을 것이오. 그러지 않아도 원술이 전부터 은근히 그 옥새를 얻으려고 고심하고 있는 중이오."

"그럼 내일 곧 원술에게 말하여 군대를 얻어 가지고 하루라도 빨리 떠나기로 합시다."

이튿날 손책이 원술에게 눈물을 흘리며 말했다.

"부친의 원수를 아직 갚지도 못한 터에 이제 외숙 오경이 양주 자사 유주의 핍박을 받고 있으며 또 저의 노모와 가족이 모두 곡아에 있어, 이대로 두면 반드시 피해를 면하지 못할 것입니다. 이제 제가 강을 건너가서 위급한 것을 구하려고 하오나, 다만 명공께서 믿지 않으실까 두려워 선친이 남겨 주신 옥새를 드리려 하니, 이것을 잠시 맡으시고 군사들을 빌려 주실 수 있으실는지…?"

원술은 옥새가 있다는 말을 듣자 귀가 번쩍 띄었다.

"네가 과연 옥새를 가지고 있느냐. 곧 가져다 나에게 보여라."

손책은 곧 옥새를 바쳤다. 원술이 받아서 자세히 살펴보니, 과연 천자의 보배가 틀림없었다. 그는 기쁨을 감추지 못하며 말했다.

"내 너의 옥새를 탐내는 것이 아니라, 잠시 맡아 두려는 것이다. 이제 군사 3천과 말 5백 필을 네게 빌려 줄 테니, 평정한 뒤에는 속히 돌아오도록 하여라."

손책은 절하며 사례한 후 주치·여범과 정보·황개·한당의 무리와 함께 군마를 영솔하고 마침내 수춘성을 떠났다.

손책의 일행 인마가 역양(歷陽)에 이르렀을 때였다. 마침 저편에서 한 떼 군마가 오다가 앞선 장군이 손책을 보자 분주히 말에서 뛰어내려 절을 했다.

손책이 보니 그는 곧 여강(廬江)사람 주유(周瑜)로, 자는 공근(公瑾)이었다. 손책의 어릴 때 친구로 의를 맺어 형제가 되었는데, 손책이 저와 한동갑에 생일이 두 달 먼저라고 하여 주유는 그를 형으로 대접해 오던 터였다. 손책은 그를 보고 크게 기뻐하며, 곧 자신의 뜻을 ·호소하였다. 듣고 나자 주유가 말했다.

"형님의 뜻이 이미 그러하시다면, 아우가 견마(犬馬)의 힘을 다하여 대업을 이루시도록 하겠습니다."

손책이 곧 주치·여범과 서로 인사하게 했더니, 주유가 다시 말했다.

"형님이 대사를 도모하시려면 우선 천하의 인재를 얻으셔야만 하는데, 강동에 두 장(張)씨가 있는 것을 아십니까?"

"그들이 누군가?"

"한 사람은 팽성 사람 장소(張昭)인데, 자는 자포(子布)이고, 또 한 사람은 광릉 사람 장굉(張紘)인데, 자는 자강(子綱)이라 합니다."

손책이 몸소 그들의 집으로 가서 함께 흉금을 털어놓고 이야기하니, 두 사람이 모두 응했다. 손책은 장소를 장사(長史)겸 무군중랑장으로 삼고, 장굉을 정의교위(正議校尉)로 삼았다.

양주 자사 유조는 우저성이라는 험난한 산골짜기에 머물고 있었다.

드디어 손책이 군사들을 거느리고 양주로 쳐내려가자, 유주는 곧 수하 장수들을 모아 놓고 상의했다. 부장 장영(張英)이 나와서 말했다.

"제가 손책을 사로잡겠습니다."

장영과 손책은 우저 땅 물가에서 맞부딪쳤다.

장영이 군사들을 거느리고 나아가자 손책의 진중에서 황

개가 말을 달려 나갔다. 장영이 맞아 싸워 두어 합이 못 되었을 때, 홀연 장영의 군중이 크게 어지러워지며 영채 안에 불길이 올랐다.

장영이 놀라서 급히 군사들을 돌이킬 때 손책이 군사들을 휘몰아 엄살했다. 장영은 대패하여 겨우 목숨을 건져 달아나기에 바빴다.

그 때 승리한 손책 앞으로 낯선 장수 두 사람이 부하들 3백 여 명을 이끌고 찾아와서 말했다.

"우리는 어지러운 세상을 만나 양자강 근처에서 도둑질을 하며 살아온 주태와 장흠이라는 사람입니다. 장군께서 영웅 호걸을 잘 대우한다는 소문을 듣고 찾아왔습니다. 장영의 진지에 불을 지른 사람도 저희들입니다."

손책은 기뻐하며 그들을 맞아들였다.

이튿날 손책이 몸소 대군을 영솔하고 나아가니, 유주와 부장(副將) 축융이 함께 말을 타고 진 앞으로 나왔다. 먼저 손책이 꾸짖었다.

"내 이미 이 곳에 왔거늘, 네 어찌 항복하지 않느냐."

말이 미처 끝나기 전에 유주의 등 뒤에서 한 장수가 창을 꼬나쥐고 말을 몰아 나왔으니 부장 우미(于麋)였다. 손책은 곧 나아가 그를 맞아 싸웠다. 3합이 미처 못되어 우미가 겁을 집어먹고 말 머리를 돌려 달아나려 했다. 손책은 번개같이 달려들며 팔을 늘여서 그의 허리를 껴안아 번쩍 들었다. 우미의 몸이 말등에서 떨어져 손책의 겨드랑 밑에 대롱대롱 달렸다. 손책은 그를 옆에 끼고 말 머리를 돌리어 서서히 자기 진으로 향했다.

양군이 그 모습을 바라보고 놀라워하기를 마지않을 때, 유주의 진중에서 창을 빗겨잡고 살같이 말을 몰아 나오는 한 장수가 있었다. 유주 수하의 아장(牙將) 번능(樊能)이었다.

손책은 뒤에 쫓는 사람이 있는 것도 모르고 유유히 말을 걸려 돌아오고 있었다. 그것을 보고 진상(陣上)의 군사들이 크게 외쳤다.

"뒤에 쫓는 사람이 있소!"

그 말에 손책이 급히 머리를 돌려 보니, 바로 등 뒤에까지 쫓아 이른 번능이 창을 들어 마악 자기의 등 한복판을 겨누고 찌르려는 참이었다.

손책은 눈을 부릅뜨고 대갈일성하였다. 그것은 벼락치는 소리와 흡사했다. 번능은 그 소리에 소스라치게 놀라며 그대로 말에서 거꾸로 떨어져 머리가 깨어져 죽었다.

손책은 다시 유유히 말을 걸려 마침내 문 앞의 깃발 아래에 이르렀다. 땅에 내려놓으려고 옆에 낀 우미를 보니, 이미 숨이 끊어진 지 오래였다.

손책이 이처럼 눈 깜짝할 사이에 한 장수는 겨드랑이에 껴서 죽이고 또 한 장수는 소리지러 죽이니, 그 뒤부터 사람들은 모두 그를 불러 소패왕(小霸王)이라 하였다.

그 날 유주는 크게 패했다. 수하 군사들의 태반이 손책에게 항복하고, 손책군이 벤 수급만도 만 개가 넘었다. 유주는 겨우 목숨을 건져 도망하여 유표(劉表)에게로 갔다.

말도둑과 땅도둑

어느 날 탐자(探者)가 들어와 여포에게 보고했다.

"현덕이 소패에서 연방 군사를 뽑고 말을 사들이고 하니, 도무지 무슨 뜻인지 모르겠습니다."

여포는 웃으며 말했다.

"그야 장수된 자의 본분인데 이상할 게 무엇이냐."

바로 그 때 수하 장수인 송현과 위속이 들어와서 고했다.

"저희 두 사람이 장군님의 분부를 받들고 산동으로 가서 말 3백 필을 사 가지고 돌아오는 길에 소패 지경을 지나려니까, 난데없는 도적 떼가 나타나 중과 부적으로 마침내 절반을 도적맞았는데, 자세히 알고 보니 유비의 아우 장비가 산적처럼 차리고 말을 도적질한 것이라니, 이런 괘씸하고 분할 데가 어디 있습니까."

듣고 난 여포는 크게 노해 군사를 거느리고 소패로 갔다. 유비는 그 소식을 듣자 크게 놀라 황망히 군사들을 영솔하고 성에서 나왔다. 양편 군사들이 마주 대하게 되자 유비는 말을 타고 진 앞에 나서서 여포를 향하여 물었다.

"장군께서는 무슨 연고로 군사들을 영솔하시고 이 곳에 오셨습니까?"

여포는 손을 들어 유비를 가리키며 꾸짖었다.

"네가 어찌하여 내 마필을 도적질하느냐?"

유비는 뜻밖의 말에 의아해하며 물었다.

"내가 말이 부족하여 근자에 사람을 각처로 보내서 사온 일은 있지만, 설마하니 장군의 마필을 도적질할 리가 있겠습니까?"

"네가 장비를 시켜 내 말 150여 필을 빼앗아 갔는데, 그래도 아니라고 하느냐."

그 말이 미처 끝나기도 전에 유비의 등 뒤에서 장비가 말을 달려 나오며 큰 소리로 외쳤다.

"그래 내가 네 말을 빼앗았으니, 어쩌겠다는 말이냐?"

"이 고리눈 도적놈아. 네가 매양 나를 업신여기는구나!"

장비도 마주 대고 꾸짖었다.

"너는 이놈, 내가 네 말을 뺏은 것만 말할 줄 알았지, 네가 우리 형님의 서주를 뺏은 것은 말을 않는구나!"

여포가 크게 노하여 곧 방천화극을 꼬나쥐고 적토마를 급히 몰아 내달았다. 장비는 장팔사모를 휘두르며 그를 맞아 싸웠다.

두 장수가 서로 어우러져 싸우기 백여 합이나 되었지만 좀처럼 승부가 가려지지 않았다. 유비는 혹시나 장비에게 실수가 있을까 두려워, 곧 제금을 쳐서 급히 군사들을 거두었다. 그러자 진궁이 여포에게 말했다.

"이 기회에 유비를 아주 죽여 없애지 않으면 뒷날에 반드시 화가 될 것입니다."

여포는 그 말을 좇아 유비의 청을 물리치고 더욱 급히 성을 쳤다. 유비가 미축과 손건을 불러 상의했더니 손건이 말했다.

"이대로 눌러앉아 성을 지킬 도리는 없습니다. 아무래도 달리 방법을 찾아야만 하겠는데, 여포를 가장 미워하는 사람은 조조이니, 곧 성을 버리고 허도로 가서 우선 조조에게 몸을 의탁한 다음, 군사를 빌려 여포를 치는 것이 상책일까 합니다."

유비는 손건의 의견에 따르기로 했다.

그 날 밤 유비는 장비로 앞을 서게 하고, 관우에게 뒤에서 추격하는 적을 막게 하고, 자기는 중간에서 노인과 아이들을 보호하며, 삼경에 북문을 통해 성을 나갔다.

여포는 유비가 성을 버리고 떠난 것을 알자, 구태여 멀리 쫓으려 하지 않고, 즉시 군사들을 거느리고 성으로 들어가서 안민하기를 마친 다음, 고순으로 하여금 소패를 지키게 하고 자기는 다시 서주로 돌아갔다.

유비는 허도에 이르자 성 밖에 하채하고, 먼저 손건을 들여보내서 조조에게 자기가 멀리서 찾아온 뜻을 고하게 하였다. 그러자 조조가 흔연히 유비를 성내로 청하여 서로 보기를 원했다.

이튿날 유비는 관우와 장비는 성 밖에 남아 있게 하고, 자기는 손건·미축들과 함께 성내로 들어가 조조와 만났다.

조조는 상빈(上賓)의 예로 유비를 정중히 대접했다. 유비가 여포에게 핍박받은 일을 이야기하여 호소하니, 조조는 좋은 말로 위로했다.

"여포는 본래 의리가 없는 놈이오. 이제 내 현제(賢弟)와 함께 힘을 합해서 쳐 없애도록 하겠소."

곧 연석을 배설하여 극진히 대접하고, 날이 저물어서야 자리를 파하였다. 유비가 돌아가자 순욱이 들어와서 조조를 보고 말했다.

"유비는 당세 영웅입니다. 일찌감치 도모하지 않으면 훗날에 반드시 화가 될 것입니다."

그러나 곽가는 생각이 달랐다.

"유비가 이제 곤궁해져 주공을 바라고 온 터에 만약 그를 죽이신다면 그것은 곧 어진 이를 해치는 것입니다. 그런 소문이 퍼지면 천하의 인재들이 스스로 의심하여 결코 오지 않을 것이니, 주공은 누구와 함께 천하를 얻을 수 있겠습니까. 주공께서는 깊이 살피셔야 합니다."

그 말에 조조는 무릎을 치며 말했다.

"공의 말씀이 바로 내 생각과 같소이다."

이튿날 조조는 황제에게 유비를 추천하여 예주(豫州) 목

사라는 벼슬을 내렸다. 그와 함께 군사 3천과 양식 1만 석을 덧붙여 주면서 작별을 아쉬워했다.

주인이 바뀌는 수춘성

생각하면 할수록 원술은 분했다. 여포 따위가 감히 자기를 치려 하다가 진궁이 말리는 바람에 주저앉았다는 소식을 들었기 때문이었다.

'먼저 여포부터 쳐서 이 원한을 풀고야 말리라.'

그렇게 생각한 그는 곧 사람을 강동의 손책에게 보내어 힘을 빌리려고 하였다. 그러나 원술의 글을 보고 난 손책은 크게 노하여,

"너의 주인이 내 옥새를 가지고 황제 행세를 한다는 것을 내가 들어서 알고 있다. 이는 대역부도라, 내가 곧 군대를 일으켜 죄를 물으려 하는 터에, 나에게 군대를 빌려 달라고 한단 말이냐."

하고 사자를 크게 꾸짖으며 내쫓았다. 원술은 그 같은 화보를 받자 크게 노했다.

"아니, 이놈이 감히 이럴 수가 있단 말이냐. 먼저 이놈부터 쳐서 한을 풀어야겠다."

원술은 곧 군대를 일으켜 손책을 치려고 서둘렀다.

한편 손책은 언젠가는 반드시 원술이 군대를 일으켜 강동을 범할 것을 예상하고, 군사들을 보내어 강구(江口)를 엄히 지키고 있었다. 그런데 조조가 보낸 사자가 이르렀다. 내용인즉 손책을 봉하여 회계 태수를 삼을 것이니, 군대를 일으켜 원술을 치라는 것이었다.

손책이 곧 기병하려 하자 장사(長史) 장소가 말했다.

"원술이 원체 군사가 많고 양식이 넉넉하여 그 형세가 만만치 않으니, 조조에게 글을 보내시어 그에게 남정(南征)을 권하시고, 우리가 후응(後應)이 되어 양편 군대가 서로 돕는다면 원술의 군사를 깨뜨리기가 어렵지 않을 것입니다. 또 만일에 우리 형세가 불리해져도 조조의 구원을 받을 수 있으니 좋지 않겠습니까."

"참으로 사려 깊은 생각이오."

손책은 장소의 말을 좇아, 글을 써서 조조에게 보냈다. 조조가 손책의 글을 펴 보니, 자기에게 남정하라고 권하는 내용이었다.

때마침 사람이 들어와서 보고했다.

"원술이 진류 등으로 군사들을 내어서 약탈을 한다고 합니다."

조조가 드디어 남정하기로 뜻을 정하고, 군대를 일으켜 나아가니, 마군과 보군이 도합 17만이었다.

한편으로 손책에게 글을 보내어 뒤에서 공격하게 하고, 조조는 다시 유비와 여포에게도 사람을 보내 곧 군대를 일으켜 함께 원술을 치자고 하였다.

조조의 대군이 예주 지경에 이르자, 유비가 군사들을 거느리고 나와서 영접하였다. 조조가 유비의 수고에 사례하고 군사들을 합하여 함께 서주 지경에 이르니, 여포가 또한 나와서 맞았다. 조조가 좋은 말로 무위하고, 여포를 좌장군(左將軍)으로 삼자 여포는 몹시 기뻐하였다.

조조는 여포의 군대를 좌군(左軍)으로, 유비의 군대를 우군(右軍)으로 삼고, 자기는 스스로 대군을 통솔하여 중군(中軍)이 되어, 하후돈과 우금으로 선봉을 삼아 앞으로 나아갔다.

조조의 군대가 이르렀다고 듣자, 원술이 대장 교우를 선봉으로 삼아 군사 5만을 거느리고 나가서 대적하게 했다.

양군은 수춘성 밖에서 만났다. 서로 진을 치고 대하자, 원술의 진중에서 교유가 말을 채찍질하며 나왔다. 그것을 본 조조의 진중에서는 하후돈이 곧 창을 꼬나쥐고 말을 내달았다.

두 필 말이 서로 뒤엉키고 두 자루 창이 서로 어울린 지 3합이 못되어, 하후돈이 한 소리 크게 외치며 한 창에 교유의 목을 찔러 말 아래로 떨어뜨리자 수하의 군사들은 앞을 다투며 성 안으로 도망쳐 들어갔다.

원술이 바야흐로 다시 군마를 정돈하여 나가서 싸우게 하려고 할 때, 탐마가 들어와 보했다.

"손책은 배를 내어 강변의 서쪽을 치고, 유비와 관우·

장비는 남쪽을 치고, 조조는 몸소 17만 대군을 거느리고 와서 북쪽을 치고 있습니다."

원술은 소스라치게 놀랐다. 급히 수하의 문관 무장들을 모아 놓고 상의하니, 장사(長史) 양대장(楊大將)이 나서서 아뢰었다.

"오직 군사들을 단속하여 성을 굳게 지키고, 시일을 천연하여 적군의 양식이 떨어지게 되면 자연 변이 생길 것입니다. 주공께서는 부디 본부병을 거느리시고 곧 회수(淮水)를 건너십시오. 첫째는 곡식이 익기를 기다리시는 것이고, 둘째는 적군의 예봉을 잠시 피하기 위함입니다."

원술은 그 말을 옳게 여겨, 이풍(李豊)·악취(樂就)·양강(梁剛)·진기(陳紀) 네 장수에게 군사 10만을 주어 수춘성을 굳게 지키게 하고, 자기는 그 나머지 장졸과 창고의 금옥·보배들을 모조리 수습하여 가지고 도망치고 말았다.

그 때 조조는 은근히 마음에 근심이 컸다. 진중에 준비한 군량은 많지 않은데, 수하 장졸 17만이 날마다 소비하는 양식은 막대한 수량이었고, 모든 고을이 또 한재(旱災)로 말미암아 이루 뒤를 대지 못하기 때문이었다.

조조는 군사들을 재촉하여 급히 싸우게 하였으나, 이풍의 무리가 성문을 굳게 닫고 도무지 나오지 않았다.

"젠장, 얼굴이라도 보여야 싸움을 걸지."

서로 대치하기 한 달 남짓 되자 양식이 거의 다 떨어지게 되었다. 때문에 조조는 손책에게 글을 써서 보내 양미

10만 석을 얻어 왔다. 그러나 그 정도로는 각영의 장졸들에게 제대로 나누어 줄 도리가 없었다. 그 때 양곡을 관리하는 창관(倉官) 왕후(王垕)가 들어와서 조조에게 물었다.

"군사는 많고 양식은 적으니 어찌하면 좋겠습니까?"

"반으로 줄여서 우선 일시 급한 것이나 면하도록 하여라."

조조가 분부하자 왕후가 난처한 얼굴로 말했다.

"반으로 줄이면 군사들이 원망할 텐데, 그 일은 또 어쩝니까?"

"다 좋은 방법이 있으니 그저 내가 이르는 대로만 해라."

왕후는 분부대로 각영 군사에게 한 사람당 열 말씩 주기로 된 쌀을 다섯 말로 줄여서 분배했다.

조조가 몰래 사람을 시켜, 각영으로 돌아다니며 군사들이 무어라고 하나 들어 보게 했더니, 돌아와서 보고했다.

"모두들 승상께서 우리를 속이신다고 불평하지 않는 놈이 없습니다."

조조는 고개를 끄덕이고는 가만히 왕후를 불러들였다.

"양미를 적게 받았기에 군사들이 모두 불평을 한단다. 내가 네게서 물건 한 가지를 빌려, 그걸로 군심(軍心)을 진정시키려고 하니, 부디 아끼지 말고 빌려 다오."

왕후는 의아하게 생각하며 물었다.

"승상께서는 무슨 물건을 쓰시려고 하십니까?"

"다른 것이 아니라 네 머리다."

왕후는 깜짝 놀랐다.

"소인은 분부대로 거행했을 뿐이옵지 아무런 죄가 없습니다."

"나도 네게 죄가 없는 것은 안다마는, 너를 죽이지 않으면 군심이 변할 것이라 어쩔 도리가 없다. 네가 죽은 뒤에 네 처자는 내가 잘 먹여서 보살펴 줄 것이니 아무 염려 말아라."

왕후가 다시 입을 열어 말을 하려 할 때,

조조는 도부수를 불러, 서둘러 왕후의 목을 배게 했다.

이윽고 왕후의 목을 장대 위에 높이 매달아 놓은 다음, 조조는 방을 내어 군중이 효시하게 했다.

「왕후가 함부로 군량을 훔쳤기로 삼가 군법으로 다스리노라.」

그것을 보자 모든 무리들이 승상을 원망하는 소리가 뚝 그쳤다. 이튿날 조조는 각영 장령들에게 영을 전하여,

"더 이상 머뭇거리면 식량이 바닥난다. 모두들 있는 힘을 다해 수춘성을 쳐라."

하고 자기부터 몸소 성 아래로 나아가, 군사들을 독려하여 돌을 나르고 흙을 져다가 성의 해자를 메우게 했다. 그것을 본 대소 장사들은 모두 앞을 다투어 나섰다. 군사들의 사기와 위엄은 크게 떨쳐, 삽시간에 해자가 메워졌다.

"성을 타고 넘어라!"

명이 떨어지자 군사들은 아우성치며 앞을 다투어 성벽을 기어 올랐다. 성을 지키는 원술의 군사들은 이 같은 형세를 당할 수가 없었기에 어지럽게 도망쳤다. 성을 타고 넘은 무리들은 즉시 성문을 크게 열고 조교(弔橋)를 내렸다. 조조의 대대 군마들이 조수처럼 성내로 몰려 들어갔다. 그토록 단단해 보이던 수춘성은 그렇게 허물어졌다.

수춘성을 장중에 거두자, 조조는 즉시 회수를 건너 원술의 뒤를 쫓으려 했다. 그러자 순욱이 간했다.

"계속되는 흉년으로 양식이 부족한 터에, 만약 다시 군사들을 더 나아가게 하신다면 장졸들의 수고와 백성들의 고초가 막심할 것이니, 잠시 허도로 돌아가셨다가 군량 준비가 넉넉한 다음에 다시 도모하시는 것이 옳을까 합니다."

"그것 또한 옳은 말이오."

조조는 곧 강동의 손책에게 글을 보내어, 강을 걸쳐 포진하여 유표로 하여금 감히 망동하지 못하게 하라 하고, 여포와 유비에게는 유비는 소패에 여포는 서주에 둔병하여 함께 형제의 의를 맺어 서로 구조하고 다시 침범하는 일이 없도록 하라고 했다.

여포는 마지못해 머리를 끄덕였다. 조조와 유비가 없었다면 서주성마저 빼앗길 뻔했기 때문이었다. 너무나 뻔뻔한 여포였지만 그들의 도움을 모른 척할 수 없었던 것이다. 그런데 여포가 먼저 군대를 거두어 서주로 돌아가자, 조조는 가만히 유비에게 말했다.

"내가 공으로 하여금 소패에 둔병하게 하는 것은 곧 함정을 파놓고 범이 걸리기를 기다리는 계교요. 공은 가까이에서 여포를 지켜보다가 그를 공격할 수 있는 좋은 기회가 오면 바로 내게 연락을 주시오. 곧 군대를 내어 공을 도우리다."

유비는 새삼스럽게 조조의 깊은 생각에 놀라며 머리를 끄덕였다.

곤궁에 처한 유비

세상은 다시 평화를 되찾은 것 같았다. 하지만 그것은 폭풍 전야의 고요와 같았다. 유비와 조조가 호시탐탐 때를 기다리며 여포를 없앨 기회를 엿보고 있었기 때문이다. 그 기회는 뜻밖에도 빨리 찾아왔다.

서주로 돌아간 여포는 방탕한 생활을 하며 백성들을 못 살게 굴었다. 그는 밤낮 없이 여자들을 옆에 끼고 술타령으로 세월을 보내는가 하면, 단지 자기의 마음에 들지 않는다는 이유 하나만으로 사람 죽이기를 밥 먹듯이 했다.

백성들은 하루 빨리 여포가 죽어 없어지기를 바랐다.

진궁은 어느 날 괴로운 심사를 잊기 위해 종자 두어 기(騎)를 데리고 소패 지방으로 사냥을 나갔다. 그러한 때에는 사냥도 잘 되지 않았다.

겨우 노루 한 마리를 쏘아 맞추었는데, 노루는 엉덩이에 화살이 박힌 채 그대로 기운차게 숲속으로 달아났다. 진궁은 그대로 말을 몰아 쫓았다. 연달아 두 번을 쏘았으나 모두 빗나갔기에 등성이 위까지 올라가 사면을 두리번거려 살펴보려니까, 바로 저 아래 관도(官道) 위를 한 역마(驛馬)가 나는 듯이 달려가고 있었다.

진궁은 수상한 생각이 들어 지름길로 그 뒤를 쫓았다. 노루는 놓쳤으나 이 수상한 역마는 마침내 쫓아가 잡았다.

"이놈의 몸을 뒤져라!"

종자를 시켜 몸을 뒤지자 한 통의 편지가 나왔다. 진궁이 앞뒤를 살펴보니, 유비가 조조에게 보내는 밀서가 분명했다.

"이놈을 끌고 가자."

여포가 곧 밀서를 뜯어 보니, 내용은 다음과 같았다.

「때가 왔습니다. 서주 백성들은 한시바삐 여포를 죽여 지옥과도 같은 고통에서 벗어나기를 원하고 있습니다. 장군과 제가 함께 서주를 공격한다면 서주 백성들도 우리를 도울 것입니다. 지금이 기회입니다.」

"이놈들이 감히 이럴 수가 있단 말이냐!"

여포는 노하여 조조의 사자를 목 벤 다음, 조조의 군대가 오기 전에 먼저 유비를 치기로 했다. 유비가 그것을 알고 급히 무리를 모아 상의하니, 손건이 나서서 말했다.

"다른 도리가 없습니다. 속히 조조에게 급한 상황을 알려야 합니다."

유비는 좌우를 돌아보며 물었다.

"누가 허도로 가서 급보를 전할꼬?"

"제가 가겠습니다."

한 사람이 나서서 지원했다. 유비가 보니, 자기와 동향 사람인 간옹(簡雍)으로 자는 헌화(憲和)인데, 그 때 유비의 막빈으로 있었다.

유비는 곧 글을 써서 간옹에게 주어서, 급히 허도로 가 구원을 청하게 하고, 유비 자기는 남문을 지키고, 손건은 북문을 지키며, 관우는 서문을 지키고, 장비는 동문을 지키게 하는 한편, 미축은 그의 아우 미방과 함께 중군(中軍)을 수호하게 했다.

마침내 여포의 대군이 소패성 앞에 이르렀다. 곧 군대를 나누어, 고순과 장요는 관우의 영채를 치고 여포는 몸소 장비의 영채를 무찔렀다. 관우와 장비가 각기 분전하고 유비가 군사들을 이끌어 양쪽을 도왔으나, 원체 여포 군대의 형세가 커서 당할 길이 없었다.

유비는 마침내 더 견뎌내지 못하고 그대로 말을 달려 혼자 서문으로 빠져나왔다. 유비가 필마단기로 서편을 향해

한창 달려가는 중에, 갑자기 등 뒤에서 요란한 말굽 소리가
들렸다. 돌아다 보니 손건이었다.

유비가 말했다.

"내 이제 두 아우의 존망을 알지 못하고, 가족이 또한
실산(失散)하였으니, 이를 어찌하였으면 좋겠소?"

"우선 조조한테 몸을 의탁해서 차차 좋을 도리를 차릴
수밖에 다른 방법이 없을까 봅니다."

유비는 길을 물어 양성(梁城)을 향해 말을 달렸다. 한참
달려가노라니 서편에 몽몽히 일어나는 티끌이 하늘을 가리
며 일표(一彪) 대군이 그쪽을 향하여 다가왔다. 자세히 살
펴보니, 바람에 나부끼는 기호(旗號)는 조조의 군대가 분명
했다.

유비는 손건과 함께 말을 재촉하여 중군기(中軍旗) 아래
에 이르러 조조와 서로 보았다. 유비가 소패성을 여포의 손
에 빼앗긴 일을 낱낱이 이야기하여 호소하니, 조조도 진심
으로 유비를 위로했다.

여포의 최후

조조의 군대가 도착하면서 전장의 상황은 갑자기 바뀌어
졌다. 하후돈을 앞세운 조조의 군사들은 함락 직전의 상태

인 소패성 앞으로 밀려오며 여포의 군사들을 짓밟았다. 관우와 장비도 사력을 다해 청룡언월도와 장팔사모를 휘둘렀다. 관우가 베고 장비가 찌를 때마다 여포군의 피가 튀고 살점이 공중으로 날았다.

"이런… 이런…"

대책 없이 무너지는 자기 편 군사들을 바라보며 여포가 속을 태우고 있을 때 진궁이 말했다.

"이제는 틀렸습니다. 하비성으로 갑시다. 하비성은 지형이 험한 곳에 있어서 방어하기가 이 곳보다는 한결 쉽습니다. 더욱이 서주는 지금 백성들이 모두 우리에게 등을 돌리고 있어서 매우 위험합니다."

여포는 몇 차례의 싸움에서 계속 패하자 하비성에서 최후의 결전을 하기로 했다. 하비성은 과연 양식의 준비가 넉넉하고 또한 사수(泗水)의 험(險)이 있었기에 마음놓고 앉아서 지켜도 커다란 근심이 없을 만한 곳이었다.

진궁이 여포에게 다시 말했다.

"조조가 멀리 와서 그 형세가 능히 오래 가지 못할 것이니, 장군은 보병과 기병을 거느리고 밖에 나가서 둔치시고, 저는 나머지 군대를 거느리며 성을 지키고 있다가, 조조가 만약에 장군을 치면 제가 군대를 이끌고 나가서 그 배후를 무찌르고, 만약에 조조가 성을 치는 때에는 장군이 뒤쫓아오셔서 구하신다면 불과 열흘이 못 가서 그들의 양식이 다하고 말 것이라, 가히 한 번 북쳐서 깨칠 수 있을 것이니,

이것이 이른바 의각 지세라는 것입니다."

"그것 참 좋은 계교요."

여포는 그의 말을 옳게 여겨, 곧 부중(府中)으로 들어가서 떠날 준비를 했다. 그러자 여포의 아내 엄씨가 말했다.

"장군이 그처럼 남에게 성을 맡겨 놓고 멀리 나가셨다가 하루 아침에 변이 있게 되면, 첩이 어찌 다시 장군을 모실 수 있겠습니까."

그 말을 듣고 여포가 주저하여 결단하지 못했다.

진궁이 재삼 입이 아프게 권했으나 여포는 끝끝내 듣지 않았다. 진궁은 밖으로 물러나와, 하늘을 우러러보며 길이 탄식했다.

"우리가 죽어도 몸 묻힐 곳이 없겠구나."

그 후 여포는 밖으로 나오지도 않고, 오직 엄씨를 데리고 앉아서 술을 마시어 답답한 심사를 풀 따름이었다.

한편 조조도 마음에 은근히 초민(焦悶) 하기를 마지않았다. 그 뒤로도 연달아 하비성을 에워싸고 공격했지만 어느덧 두 달이 넘도록 성이 함락되지 않는 것이었다.

그 때 곽기가 나서서 말했다.

"하비성 가를 흐르는 기수(沂水)와 사수(泗水)를 트도록 하시지요."

조조는 크게 기뻐하며, 즉시 군중에 영을 내렸다. 모두 괭이와 삽을 들고 나가서 기수와 사수 두 강의 뚝을 끊고, 물을 하비성으로 흘러가게 했다.

수세(水勢)가 심히 험하고 급해서 하룻밤 사이에 하비성이 물 속에 잠겼다. 오직 동문(東門)한 곳만 물이 없고, 나머지는 성벽을 삥 둘러 그대로 물바다가 되었다.

성내의 군사들이 크게 놀라 여포에게 그런 사실을 보고했다. 하지만,

"내 적토마가 물 건너기를 평지같이 하는데 두려울 게 뭐란 말이냐."

라면서 여전히 엄씨를 데리고 앉아서 술 마시기로 일을 삼으니, 마침내 주색으로 몸을 크게 상하여 형용이 초췌해졌다.

하루는 우연히 거울을 가져다 얼굴을 비쳐 보고 여포는 깜짝 놀랐다.

'내가 주색을 즐겨 이렇게 상했구나. 오늘부터 삼가야겠다.'

그는 곧 성중에 영을 내렸다.

"앞으로 술을 마시는 자가 있으면 모두 참하리라!"

이 금주령이 내린 바로 직후에, 여포의 수하 장수 후성(侯成)에게 공교롭게도 술 먹을 일이 생겼다.

본래 후성에게 말 15필이 있었는데, 어떤 이가 그것을 몰래 훔쳐 가지고 나가서 유비에게 바치려 하는 것을, 후성이 알고 급히 뒤쫓아가 마침내 그를 죽이고 말을 모두 다시 찾은 것이었다.

송헌·위속 등 그와 교분이 두터운 장수들이 찾아와서

치하하기를 마지않았다. 후성은 그들과 하룻밤을 술을 마시면서 즐기리라 생각하고, 술을 오륙 곡(斛)이나 구하여 왔다.

그러나 며칠 전에 내린 여포의 금주령이 심한 것이 마음에 불안하여, 그는 생각 끝에 술 다섯 병을 군사에게 들려 가지고 여포의 부중으로 보냈다.

그것을 보자 여포는 대로하였다. 곧 영을 내려 그를 참하려 했다. 여러 사람들이 나서 목숨을 빈 끝에 50척 장으로 모면했으나, 그 통에 모두들 마음이 상했다. 송헌과 위속이 후성의 집으로 찾아가니, 주인은 그들을 맞아들여 울면서 손을 잡고 하소연했다.

"제공이 힘써 구해 주시지 않았더라면 나는 이미 죽었을 것이오."

송헌이 말했다.

"여포가 다만 자기 한 몸과 저의 처지만 알았지, 우리들 보기를 마치 초개(草芥)같이 하는구료."

위속도 한 마디 했다.

"조조의 군대는 성을 철통같이 에워싼 데다 강물은 또 성을 둘러 잠가 놓았으니, 우리는 단 며칠도 못 가서 다 죽고 말 것이오."

"여포가 사람이 어질지도 못하고 의리도 없으니, 이제라도 우리가 그를 버리고 어디로 달아나는 것이 어떻겠소?"

송헌이 다시 입을 열어 말하자 위속은 고개를 내저으며

내뱉었다.

"달아날 게 뭐 있소. 그러느니 차라리 그를 사로잡아다가 조공에게 바칩시다."

"옳소. 그게 참 좋은 수요."

세 사람은 약속을 정하고 나자, 그 날 밤에 후성은 가만히 마원(馬院)으로 들어가서 적토마를 훔쳐내어 타고 조조의 대채를 찾아갔다.

"송헌과 위속 두 장수가 백기(白旗)를 꽂아 암호를 삼고 성을 바치기를 준비하고 있습니다."

조조는 그 소리를 듣고 나자 크게 기뻐했다.

다음 날 새벽이었다. 성 밖에서 함성이 크게 진동했다. 여포는 소스라치게 놀라 방천화극을 들고 성에 올라 각 군을 점검하는데 성 밖에서는 더욱 함성이 크게 일며 조조의 군사들이 힘을 다하여 성을 공격하고 있었다. 성 위에 백기가 꽂혀 있는 것을 보았기 때문이다.

여포는 몸소 군사들을 지휘하여 성 위에서 막으며 싸웠다. 조용했던 새벽의 고요는 단번에 사라졌다. 기습을 당한 여포의 군사들은 제대로 비명 한 번 지르지 못하며 죽어갔다.

그러는 중에 여포의 장수 장요는 끝까지 싸우다가 생포되었다. 새벽부터 싸워 해가 한낮이 되니, 그제야 조조의 군사들이 물러갔다.

여포는 문루에서 잠시 곤한 몸을 쉰다는 것이, 그만 저도 모르게 교의에 앉은 채 깜박 잠이 들고 말았다. 기회를 노리고 있던 송헌은 곧 내달아 교의 곁에 세워 놓은 방천화극부터 집어 낸 다음에 위속과 함께 일제히 손을 놀려 미리 준비해 두었던 밧줄로 여포의 전신을 단단히 묶어 버렸다.

송헌과 위속이 신호를 보내자 조조의 대군이 밀물처럼 성 안으로 들어왔다. 조조는 성내로 들어서자 명을 내려 터놓았던 강물을 빼게 하고 방을 붙여 백성들을 안무하며, 유비와 함께 백문루(白門樓) 위로 올라가 자리를 잡고 앉았다.

장수들이 차례로 사로잡은 무리들을 이끌고 다락 아래에 이르렀는데, 먼저 끌려 들어온 것이 여포였다. 온몸을 어찌나 단단히 묶어 놓았는지, 제대로 걷지를 못했다. 여포는 다락 위로 끌리어 올라오더니 좌상을 우러러보며 외쳤다.

"갑갑해서 숨도 못 쉬겠소. 줄을 좀 늦추어 주시오."

조조는 그가 말하는 꼴을 내려다보며 코웃음을 쳤다.

"호랑이를 어떻게 허술하게 묶을 수 있겠나?"

"……."

여포가 묵연해지며 입을 다물었을 때, 뭇 군사들이 고순을 묶어 가지고 들어왔다. 조조가 영을 내렸다.

"저놈을 내어다 참하여라."

고순이 끌려나가자 서황이 진궁을 압령하여 들어왔다.

조조는 입가에 웃음을 띠고 말했다.

"그간 안녕하시었소? 그대와 나는 각별한 사이라고 생각했었는데….."

진궁이 대답했다.

"네가 마음이 어질지 못하기에 너를 버리고 갔던 게다."

조조가 다시 말했다.

"나를 어질지 못하다고 하면서 공은 어찌해서 여포는 그렇듯 열심히 섬겼소?"

"여포라는 사람이 꾀는 없어도 너처럼 간사하지는 않다."

"오늘 일을 어떻게 처리했으면 좋겠소?"

진궁은 소리를 높여 대답했다.

"오늘은 오직 나의 죽음이 있을 따름이다!"

진궁은 말을 마치더니 그대로 걸어서 다락 아래로 내려갔다. 조조는 좌우를 돌아보고 눈짓을 했다. 좌우 사람들이 내달아 그의 소매를 잡았다. 그러나 진궁은 그들을 뿌리치고 그대로 아래로 내려갔다.

조조는 종자를 돌아보고 소리를 높여 분부했다.

"공대(진궁의 자)의 노모와 처자를 곧 허도로 모셔다 부양하여라. 만약 태만히 하는 자가 있으면 참하리라."

그러나 진궁은 귀로 그 말을 들었으련만 아무 말 없이 목을 늘이어 형(刑)을 받았다. 보는 사람들이 모두 눈물을

뿌렸다. 조조가 관곽을 갖추어 예로써 그를 허도에 장사지
낸 것은 훗날의 이야기이다.

조조가 진궁을 배웅하러 다락 아래로 내려갔을 때, 여포
는 그 틈을 타서 유비에게 말했다.

"지금 공은 좌상(坐上)의 손님이 되고, 나는 계하(階下)
의 죄인이 되었는데, 어찌 나를 위하여 한 마디 말씀이 없
으시오?"

유비가 말없이 고개만 끄덕일 때, 마침 조조가 다락 위
로 올라왔다. 그가 자리에 미처 앉기도 전에 여포는 소리를
높여 말했다.

"명공이 근심하시는 바는 곧 내가 아니었소? 이제 내가
이미 복종했으니, 공은 대장이 되시고 내가 부장이 된다면
천하를 얻기가 어렵지 않을 것이오."

그 말을 듣자 조조는 유비를 돌아보며 물었다.

"저놈은 어떻게 처리하면 좋겠소?"

유비가 태연한 얼굴로 대답했다.

"공은 정건양(丁建陽)과 동탁(董卓)의 일을 생각하지 못
하십니까?"

그 말에 여포의 얼굴이 왈칵 붉어지며 고개를 떨어뜨렸
다. 조조는,

"이놈이 참 너무나 신의가 없는 놈이지!"

하고 중얼거리더니 마침내 좌우를 돌아보고 명했다.

"여포를 끌어내어다 목을 매어 죽여라."

여포는 무사에게 끌려 내려가며 머리를 돌이켜 유비를 보고 외쳤다.

"귀 큰 놈아, 네가 이럴 줄은 몰랐구나!"

죽는 날까지 자기의 잘못을 남의 탓으로 돌리는 여포였다.

다음에 끌려온 것은 장요였다. 장요가 끝내 항복을 하지 않으므로 조조가 끌어내어 참하라고 했다. 그 때 조조의 팔을 잡아 끄는 사람이 있었으니 유비였고, 조조의 앞에 무릎을 꿇는 사람이 있으니 바로 관우였다.

유비는 조조의 팔을 잡고,

"이런 사람은 살려 두어 쓰시도록 하시지요."

하고 말했고 관우도 그의 앞에 무릎을 꿇고 간청했다.

"제가 전부터 문원(장요의 자)이 충의지사(忠義之士)임을 알고 있는 터이니, 부디 목숨을 보전하게 해 주십시오."

두 사람이 다 함께 진정으로 빌었다. 조조는 즉시 묶인 밧줄을 손수 풀어 주니, 장요는 그 은혜를 깊이 느끼고 마침내 항복했다.

조조는 거기장군 차주(車冑)로 서주를 권령하게 하고, 허도로 돌아가자 유비에게 상부(相府) 근처에 있는 택원을 치워서 주어 들게 했다.

영웅론

여포를 무찌른 조조와 유비의 군대는 하비성을 출발해 허도로 향했다. 황제를 뵙고 싸움의 결과를 보고하기 위해서였다.

개선군이 보무도 당당하게 서주성 앞을 지날 때 많은 백성들이 길거리로 몰려나와 그들을 환영했다.

"와! 유비 장군 만세!"

"개선군 만세!"

박수와 환호성 앞에서 모두들 어깨를 으쓱거렸지만 그것을 못마땅해하는 사람도 있었다.

조조는 생각했다.

'싸움에서 세운 공은 내가 유비보다 더 많은데 어째서 모두들 유비만 칭찬하는 걸까?'

조조가 허도로 돌아온 이튿날이었다. 조회(朝會)때 그는 유비의 군공(軍功)을 표주하고, 이어 유비를 이끌어 천자께 뵈었다.

유비가 조복(朝服)을 갖추어 입고 천자를 배알하니, 헌제는 그를 전각 위로 오르게 하시어 말씀을 내렸다.

"경의 조상이 누군고?"

유비가 아뢰었다.

"신은 중산정왕(中山靖王)의 후예로 효경황제(孝景皇帝)

의 현손이니, 유웅(劉雄)의 손자요, 유홍(劉弘)의 아들이옵니다."

헌제가 세보(世譜)로 따져 보니, 유비는 곧 숙행(叔行)이 되었다. 천자는 크게 기뻐하며 곧 그를 편전으로 청하여 들이고 숙질(叔姪)의 예를 베풀며, 속으로 가만히 생각했다.

'조조가 권세를 희롱하여 국사를 한 가지도 짐에게는 묻지 않고 주장하는 이 때에 이렇듯 훌륭한 황숙을 얻었으니 이만 다행이 없구나.'

천자는 드디어 유비를 봉하여 좌장군(左將軍) 의성정후(宜城亭侯)를 삼고, 어연(御宴)을 베풀어 관대했다. 그리하여 유비는 갑자기 조정의 중요한 신하가 되었다. 하지만 사람들은 모두 유비를 가리켜 「유 황숙(劉皇叔)」이라 불렀다. 유 황숙은 「황제의 아저씨」라는 뜻을 가진 말이다.

이 날 조조가 부중으로 돌아가니, 순욱 등 일반 모사들이 들어와서 그에게 말했다.

"이쯤에서 유비를 없애야 하지 않을까요? 유비가 황제의 친척이라는 것이 온 천하에 알려져 위협적인 세력이 되었습니다."

하지만 조조는 태연하게 대꾸했다.

"제가 비록 황숙이 된다 하나, 내가 천자의 조칙을 빌어 명하면 제가 복종하지 않을 수 없고, 더욱이 내가 저를 허도에 붙들어 놓았으니, 명색은 천자 곁에 가까이 있다 하지만 실상은 내 손 안에 들어 있는 것이니, 두려울 것이 뭐가 있겠소?"

조조의 시험

　며칠 후 조조가 황제 앞으로 나아가 말했다.

　"폐하, 날씨가 화창하니 오랜만에 조정 대신들과 함께 사냥이나 나가시지요?"

　"사냥은 성인들이 권하는 바른길이 아니오."

　"저도 알고 있습니다. 하지만 예부터 황제들은 체력 증진과 백성들의 살림살이를 살피기 위해 계절마다 한 번씩 사냥을 했습니다. 가시지요."

　조조의 말은 부드러웠지만 그 속에는 거부할 수 없는 위협이 숨어 있었다.

　황제는 소요마를 타고 사냥터로 나갔다. 조조는 금은으로 장식한 갑옷을 입고 말을 몰았는데 그 화려함이 황제보다 더하며 더했지 덜하지 않았다. 이어서 조정의 대신들이 그 뒤를 따르고 유비 삼형제도 활과 화살을 메고 그 뒤를 따랐다.

　사냥터는 허전이라는 곳이었다. 군사들 10만 명이 사방 2백 리에 이르는 넓은 지역을 둘러싼 가운데 사냥이 시작되었다.

조조는 무례하게도 황제와 나란히 말을 몰았다.

이윽고 황제가 말을 달려 어느 가파른 언덕을 지나가는데 가시덤불 속에서 사슴 한 마리가 달려나왔다. 황제가 화살 세 대를 연달아 날렸으나 번번이 빗나가고 말았다.

"그대가 나 대신 쏘아 보시오."

황제가 자신의 활과 화살을 건네 주자 조조는 그것을 받아들자마자 활 시위를 당겨 보기 좋게 사슴을 명중시켰다.

멀리서 지켜보던 신하와 장수들은 서둘러 사슴이 쓰러진 곳으로 달려갔다. 장수 한 사람이 화살을 뽑아 보니 황금촉이었기에 모두들 황제가 쏘아 맞힌 줄 알고 환호성을 질렀다.

그런데 놀랍게도 그 때 조조가 황제 앞을 가로막고 나서며 활을 든 손을 스윽 치켜들었다.

때문에 사람들은 다시 한 번 놀랐다. 황제에게 보내는 환호성을 가로채는 것도 또한 신하로서는 결코 해서는 안 될 일이었기 때문이다.

그 모습을 지켜보던 관우의 얼굴이 일그러졌다.

"저 무례한 놈, 내가 당장 죽이리라."

하지만 유비가 손을 내저으면서 말렸다.

"이보게 동생. 지금은 참게."

그 날 사냥을 끝내고 궁궐로 돌아온 황제는 눈물을 흘리면서 황후 복 씨에게 말했다.

"나는 정말로 복이 없는 사람이오. 처음에는 역적 동탁이 못살게 굴더니 그 다음에는 이각과 곽사의 난을 만나 고통을 겪었소. 조조는 충신인 줄 알았더니 그도 또한 나를 허수아비로 만들고 권세를 제멋대로 휘두르는 역적이었소. 오늘 사냥터에서 생긴 일만 해도 그렇소. 조조가 나 대신 신하들의 만세 소리를 받았으니 그의 눈에는 황제가 보이지 않는 것이오."

번민을 거듭하던 황제는 결국 어릴 때부터 그를 길러 준 동 태후의 조카이며 그의 또다른 부인 동비의 아버지인 거기장군 동승(童承)에게 혈서를 내렸다.

혈서의 내용은 다음과 같았다.

「조조는 이미 나의 신하가 아니다. 그는 마땅히 황제가 해야 할 일을 자기가 대신 처리하더니 이제는 아예 보고도 하지 않는다. 아, 장차 이 나라의 앞날이 어떻게 될 것인지 걱정이 된다. 그대는 나의 장인이니 믿고 말하노라. 이 나라에 아직도 충신이 남아 있다면 그들의 힘과 지혜를 모아 역적 조조를 물리치고 어려움에 빠진 나라를 구하라. 내 마음이 굳어졌음을 표시하기 위해 손가락을 깨물어 이 글을 쓰노라.」

동승의 눈에서는 눈물이 쏟아지기 시작했다.

그는 깊은 생각을 하느라고 밤새도록 잠을 이루지 못하다가 날이 밝자마자 조조를 물리치는 데 뜻을 함께할 동지

들을 모으기 시작했다.

유비의 가담

어느 날, 달도 없는 어두운 밤이었다. 거기장군 동승이 공관으로 유비를 찾아왔다. 문리(門吏)가 들어가서 고하자, 유비가 황망히 나와서 안으로 청하여 들었다. 손과 주인이 자리를 정하고 앉자 관우와 장비가 유비의 곁에 모시고 섰다. 유비가 조용히 물었다.

"국구(國舅)께서 밤에 이처럼 왕림하시니, 반드시 무슨 연고가 있나 봅니다."

동승이 대답했다.

"낮에 말타고 서로 찾으면 혹시나 조조가 의심할까 두려워 일부러 이렇게 밤에 왔습니다."

유비는 그 말에 대꾸하지 않고 곧 술을 내어 오라 하여 대접했다. 잔을 들며 동승이 다시 입을 열었다.

"조정의 신하들 중에서 조조를 죽이려 하는 자가 한 사람도 없다니, 참으로 통탄할 일이오."

말을 마치자 동승은 잔을 놓고 소매자락으로 낯을 가렸다. 그의 입에서 오열하는 소리가 들렸다. 유비는 문득 마음에 의혹이 들었다.

을 뽑고, 매일 한두 번씩 밭을 돌아보았다. 그것을 본 관우와 장비가 한 마디씩 했다.

"형님이 천하 대사에는 마음을 안 쓰시고 소인이나 할 일을 배우시니, 어인 까닭이십니까?"

"형님이 이러시는 걸 보니 한편으로 한심스럽기도 하고 화도 나오."

하지만 유비는 빙그레 웃으면서 대꾸할 뿐이었다.

"너희들이 알 바가 아니다."

유비는 물론 좋아서 그런 일을 시작한 것이 아니었다. 동승의 무리와 함께 조조를 죽여 나라를 바로잡자고 맹세한 뒤로, 행여나 남의 의심을 살까 두려워 한낱 남을 속이는 도회지계(韜晦之計)로 그런 일을 시작한 것이었다. 남들에게 자기는 별로 큰 뜻이 없음을 보이기 위함이었다.

어느 날이었다. 관우·장비는 어디로 나가서 없고, 유비 혼자 채원(菜園)에 물을 주고 있는데, 문득 허저가 수하의 무리 수십 명을 이끌고 나타나서 말했다.

"승상께서 공을 모셔오랍니다."

유비는 이상하게 생각했으나 까닭 없이 가지 않을 수도 없는 일이라, 손 씻고 의관을 정제한 다음, 조조의 집으로 갔다. 조조는 그가 들어오는 것을 보자, 댓바람에 한 마디 했다.

"요즈음 큰 사업을 벌이셨다고 들었소."

'그러면 벌써 일이 드러났단 말인가?'

유비는 가슴이 덜컥 내려앉으며 얼굴빛이 절로 변했다. 조조는 그의 손을 덥석 잡고 후원으로 들어가며 다시 한 마디 했다.

"공이 근자에 채소밭을 가꾸는 것에 재미를 붙이셨다고요?"

유비는 그제야 마음을 놓고 대답했다.

"그저 소일 삼아 할 뿐이지요."

조조를 따라 후원의 정자에 이른 유비는 그가 권하는 대로 술을 마시며 서로 이야기를 나누었다. 난데없는 검은 구름이 온 하늘을 덮더니 곧 소나기가 쏟아졌다.

그 때 조조가 물었다.

"공은 오랫동안 천하를 두루 돌았으니 반드시 당세의 영웅들을 알 것이오. 그들이 누구인지 이 자리에서 말씀을 좀 해 보시오."

"저의 눈으로 어찌 영웅을 알아보겠습니까."

"공은 과히 겸사하지 마오."

"겸사가 아니라 참으로 알지 못합니다."

"얼굴은 대한 적이 없더라도 들은 이름은 있을 게 아니겠소?"

유비는 마지못해 대답했다.

"글쎄요. 회남의 원술이 군사와 양식이 다 넉넉하니, 가히 영웅이라고들 하더군요."

조조는 웃으면서 대꾸했다.

"원술은 한낱 무덤 속의 고골(枯骨)이오."

"하북의 원소는 그 문하에 고리(故吏)가 많고, 이제 기주 땅에 범같이 웅거하고 있으니, 그만 하면 영웅이라면 영웅이겠지요?"

조조는 다시 웃었다.

"아니오. 원소는 겉으로 위엄은 있는 듯해도 본래 담이 적고, 일을 도모하기는 좋아하나 결단성이 없소. 큰 일을 맡으면 몸을 아끼고 조그만 이익이나 탐하니, 그를 어떻게 영웅이라고 할 수 있겠소."

"그러면 형주의 유표는 어떻습니까?"

"유표는 이름만 높았지 실속이 없는 사람이오."

"그렇다면 강동의 손책은 어떠합니까?"

"손책은 저의 아비 덕분에 이름을 얻었으니 진정한 영웅이라고 못하겠소."

"그러면 익주의 유장(劉璋)은 어떨까요?"

"유장은 말하자면 집을 지키는 개라, 제가 비록 한실 종친이나 족히 영웅이라 할 것이 못되오."

"그 밖에는 제가 아는 사람이 없습니다."

이윽고 조조가 말했다.

"대저 영웅이란 가슴에는 큰 뜻을 품고, 머릿 속에는 좋은 꾀를 가지고 우주의 기틀을 싸고 감추며, 천지의 뜻을 삼키는 자라야만 하오."

유비가 물었다.

"당대에 그런 사람이 있습니까?"

조조는 빙그레 웃고 나서,

"지금 천하의 영웅은…"

하고 손으로 유비를 가리키면서 말했다.

"오직 공과 …"

이어서 자기 자신을 가리키면서 말을 이었다.

"그리고 나뿐입니다!"

유비는 그 말을 듣자 소스라치게 놀라 손에 들고 있던 젓가락을 땅에 떨어뜨렸다. 바로 그 때 마침 빗줄기가 더욱 굵어지며 우레 소리가 크게 들렸다. 유비는 몸을 굽혀 떨어뜨린 젓가락을 집으면서 반은 혼잣말처럼 중얼거렸다.

"무슨 천둥 소리가 이렇게 요란할까."

그 모양을 보고 조조가 웃으며 물었다.

"아니, 그대와 같은 영웅이 우레 따위를 무서워한단 말씀이오?"

그러자 유비가 얼굴을 붉히며 대꾸했다.

"옛 사람도 신뢰풍렬(迅雷風烈)에 필변(必變)이라 했습니다. 뇌성이 울고 바람이 일면 변고가 생긴다고 하니, 어찌 두렵지 않겠습니까."

우레 소리가 멈추며 비가 억수로 퍼부었다. 두 사람은 잠시 말없이 비가 쏟아지는 모습을 구경하고 있었다.

지금의 유비는 비유해서 말하자면 호랑이 굴에 잠시 몸을 붙여 살고 있는 신세였다. 전전긍긍하여 마지않는 사람을 보고 조조가 영웅이라 하니 어찌 놀라지 않을 것인가. 부지중에 손에 들었던 젓가락을 땅에 떨어뜨리고, 때마침 크게 울려온 우레 소리를 빌어 교묘하게 얼버무린 유비는 과연 임기 응변에 능한 인물이라고 말할 수 있다. 조조는 별로 그의 말을 의심하지 않는 눈치였다.

새장을 벗어난 새

이튿날 조조는 다시 연석을 베풀고 유비를 청했다. 유비가 자리에 나아가 조조와 더불어 한창 술을 마시며 담소하는 중에, 문득 사람이 들어와서 보고했다. 앞서 원소의 소식을 알러 갔던 만총(滿寵)이 방금 돌아왔다는 것이다. 조조는 곧 불러 들이라고 해서 물었다.

"원소가 공손찬과 싸워? 그래 승패가 어떻게 되었나?"

"원소가 크게 이겼습니다. 성이 함락되던 날 공손찬은 스스로 목숨을 끊었습니다."

만총이 대답하는 말에 유비는 깜짝 놀랐다. 조조가 다시 물었다.

"공손찬을 패망시켰으니 지금 원소의 위세가 대단하겠구먼?"

만총이 대답했다.

"공손찬의 군대까지 얻게 되어 위세가 한창 성합니다. 그런데 원소의 아우 원술이 계속되는 흉작을 이기지 못한 나머지, 마침내 회남을 버리고 하북(河北)으로 가려 하고 있습니다. 만약에 이 두 사람이 힘을 합한다면 그 세력을 감당하기 어려울 것이니, 승상은 곧 대책을 세우시는 것이 좋겠습니다."

"으음."

조조가 고개를 끄덕였다.

유비는 공손찬이 이미 죽었다는 말을 듣자, 전일에 그처럼 자기를 돌보아 주던 은혜를 생각하며 슬퍼했다. 또한 처음 만났을 때부터 은근히 깊은 정을 느꼈던 조운(趙雲)이 어찌 되었는지 알 길이 없었기에 답답했다. 그는 또 한편으로 생각했다.

'이 때를 타서 탈신(脫身)할 계교를 찾지 않고 다시 어느 때를 기다릴 것이냐.'

마음을 정하자 유비는 곧 자리에서 일어나 조조에게 말했다.

"원술이 원소가 있는 하북으로 가려면 반드시 서주 지경을 지날 것입니다. 저에게 군대를 빌려 주시면 중로에서 길을 끊고 쳐서 원술을 사로잡아다 승상께 바치겠습니다."

조조는 그 자리에서 선뜻 응낙했다.

"내일 곧 기병(起兵) 하도록 하오."

조조는 유비에게 5만의 인마를 주고, 자기의 수하 장수인 주령(朱靈)·노소(路昭) 두 사람과 동행하게 했다.

유비는 하처로 물러나오자 밤을 새워 군기와 인마를 수습한 다음, 장군인(將軍印)을 차고 곧 떠났다. 유비가 군사들을 재촉하여 나갈 때, 관우가 마상에서 물었다.

"형님께서는 왜 이렇게 출정을 서두르십니까?"

그 말에 유비가 대답했다.

"그 동안의 내 신세가 새장 속의 새요, 그물 속의 물고기가 아니었더냐. 이 길이 곧 그물 안에 있던 물고기가 바다로 들어가고, 새장 속의 새가 하늘에 오르는 것이데, 어찌 내 마음이 급하지 않겠느냐."

그는 관우·장비에게 명하여 주령·노소의 군마를 재촉하여 더욱 속히 하게 하였다.

뒤늦게 그것을 알고 곽가가 황망히 들어와서 간했다.

"승상은 어찌하여 유비에게 군대를 맡기셨습니까?"

조조는 태연하게 대답했다.

"원술이 하북을 향해 간다기에 길을 끊으라고 그랬소."

곽가가 다시 말했다.

"승상께서 그를 죽이시지는 않는다 하더라도 놓아 보내시는 것은 옳지 않습니다."

"그게 무슨 말인가?"

"승상께서는 그에게 속으셨습니다. 그는 승상을 속이려고 일부러 겁쟁이처럼 행동했던 것입니다. 눈 한 번 깜박이지 않고 여포를 죽이라고 하던 때의 유비를 벌써 잊으셨습니까?"

"……?"

조조는 그제야 자기가 실수했다는 것을 깨달았다.

조조는 한동안 유예하여 결단하지 못하다가 중얼거렸다.

"내가 주령·노소 두 사람을 딸려 보냈으니까 현덕이 졸연히 변심(變心)은 못할 것이오, 또 한 번 보내 놓고 어찌 이제 와서 다시 후회하겠소."

그는 결국 군대를 보내 유비를 잡으려고 하지 않았다.

밀수(蜜水)와 혈수(血水)

유비가 군대를 거느리고 서주에 이르니, 여포를 무찌른 뒤 서주를 지키고 있는 거기장군 차주(車冑)가 나와서 영접했다.

유비가 집으로 돌아가서 잠깐 헤어졌던 가족을 다시 만나 본 다음에, 사람을 보내어 원술의 소식을 알아 오게 하였더니, 그는 하북을 향해 떠났는데 수일 내로 그 곳 서주 지경을 지날 것이라고 했다.

유비는 관우·장비, 주령·노소와 함께 5만의 군대를 거느리고 그들이 온다는 길목을 향해 나아갔다.

그 무렵 원술은 수레에 가득하게 금은 보화를 싣고 군사들과 함께 하북을 향해 다가오고 있었다.

군사들을 거느린 장비가 나타나 그들의 앞을 막은 것은 그들이 서주 근처의 어느 산자락을 지나고 있을 때였다.

장비는 말 한 마디 걸어 볼 것도 없이 그대로 내달아 원술의 장수인 기령을 공격했다. 어울려서 싸우기 시작한 지 10합이 미처 못되어, 벽력같은 호통과 함께 장비는 기령을 찔러 말 아래로 거꾸러뜨렸다.

원술의 군사들은 사면으로 흩어지며 도망쳤다. 장비가 그 뒤를 급히 쫓으려 할 때, 멀리서 먼지가 자욱하게 일어나며 대대 인마가 이편을 바라고 나아왔다. 유비는 원술의 대군임을 짐작하고, 즉시 군사를 삼로(三路)로 나누었다.

마침내 원술이 몸소 군대를 영솔하여 이르렀다. 유비는 문기(門旗) 아래로 말을 몰고는 채찍을 들어 원술을 가리키며 크게 꾸짖었다.

"너는 대역부도한 반적이라, 내 천자의 명조(命詔)를 받들고 너를 치러 온 것이다. 당장 항복하여 죽기를 면하도록 하라!"

그러자 원술이 크게 노하여,

"자리 치고 짚신 삼던 천한 놈이 어찌 감히 나를 작게 보느냐!"

하고 소리를 가다듬어 꾸짖고는 곧 군사들을 휘몰아 쳐들어왔다. 유비는 군사들을 잠깐 뒤로 물렸다. 원술이 승세(乘勢)하여 유비군을 향해 급히 쫓아 들어올 때, 북 소리를 한 번 크게 울리며 좌편의 주령·노소와 우편의 관우·장비가 각기 군사들을 몰아 일시에 나오고, 유비가 다시 군사들을 돌이켜서 삼면으로 에워싸고 쳤다.

원술은 크게 패했다. 무수한 군사들이 죽거나 항복하고, 또 수많은 군사들이 모두 어디론지 뿔뿔이 흩어져 달아나 버렸다.

원술이 강가에 이르러 패군을 수습해 보니, 남은 무리가 겨우 천 명 남짓 그나마 모두가 늙고 병약한 군사들뿐이었다. 더욱이 한창 더운 여름 날씨에 양식이 거의 다하여, 군중에 남은 것은 보리 30석이 전부였다.

날씨는 덥고 숨은 찼다.

숨을 헐떡거리며 걷던 원술 일행이 잠깐 쉬는 동안 밥 짓는 병사가 밥을 해다가 원술에게 바쳤다. 하지만 원래 귀한 집안에 태어나 어려움을 모르고, 더욱이 교사(驕奢)가 심했던 원술이라, 먹어 보지 못하던 험한 밥은 배가 고파도 삼켜지지 않았다. 한 술 떠서 입에 넣고 씹던 밥을 도로 뱉어 버리고, 그는 한동안 한숨만 쉬다가,

"여봐라, 밀수(蜜水:꿀물)를 가져오너라."

하고 당번병에게 분부를 내렸다. 밥은 못 먹겠으니 밀수로 해갈이나 하자는 것이었다.

그러나 그도 이미 전일의 당번병이 아니었다. 그는 이제는 더 볼 것이 없다고 생각했던지, 꿀물을 찾는 원술 앞에 떡 버티고 서서, 흥! 하고 코 웃음부터 한 번 치고 나서 무

엄한 소리를 했다.

"꿀물요? 꿀물이 어디 있소? 자시려거든 맹물이나 자시 우."

원술은 평상 위에 앉아 있다가 그 말을 듣자 한 소리 크게 외치고 상 아래로 거꾸로 떨어지며 그대로 피를 여러 되나 토하고 죽어 버렸다. 때는 건안(建安) 4년 6월이었다.

무능한 원소

유비는 원술이 이미 죽었다고 듣자, 곧 표(表)를 닦아 조정에 신주하고 주령과 노소를 허도로 돌려보낸 다음, 자기는 조조에게서 빌려 온 군사들 5만 명을 그대로 거느리고 서주를 지키기로 했다.

그 무렵 원소는 마군 15만, 보군 15만, 도합 30만 대병을 일으켜 조조를 치기 위해 여양(黎陽)을 바라고 나아갔다.

그 때 곽도(郭圖)가 나와서 말했다.

"이번에 명공께서 크게 군사를 일으켜 조조를 치시는 바에는 먼저 조조가 행한 나쁜 짓들을 낱낱이 들어 각주 각군에 격(檄)을 띄우시는 것이 좋을듯합니다."

원소는 그 말을 좇아 서기 진림(陳琳)으로 하여금 격문을 초하게 하니, 진림의 자는 공장(孔璋)이라, 일찍부터 재명(才名)이 있는 대문장가였다. 진림이 원소의 명을 받고 붓을 잡아 앉은 자리에서 격문을 초하니, 실로 희대의 대문장이었다.

원소는 진림이 초한 격문을 보고 크게 기뻐하며, 즉시로 그것을 각주 각군에 두루 돌리게 하고, 또 각처에다 붙여 놓게 하였다.

그 글은 곧 조조에게도 전해졌다. 그 때 조조는 두풍(頭風)을 앓아 자리에 누워 있다가, 이를 가져오라 하여 한 번 보고는 모골이 송연하여 온몸에 식은 땀을 쭉 흘리고 자리에서 벌떡 일어났다. 그는 곁에 서 있는 조홍(曹洪)을 돌아보고 물었다.

"이 격문을 누가 지었다던가?"

"진림의 글이라고 들었습니다."

조조는 고개를 끄덕이며,

"글 솜씨는 좋다만 원소의 무략(武略)이 부족하니 제가 감히 어찌할 것인가."

냉소하기를 마지않고 드디어 모사들을 모아 의논하니, 공융(孔融)이 그 말을 듣고 조조에게 말했다.

"원소의 위세가 심히 호대하니 싸워서는 안 되고, 다만 강화하는 것이 좋을 듯합니다."

그러자 순욱이 픽 웃고 말했다.

"원소가 군사들이 비록 많다고 하나 정제하지 못하고,

모사(謀士)들이 있다고 하나 서로 시샘하여 분열만 일삼으니, 그 무리들은 서로 용납하지 못할 형세라, 반드시 내변(內變)이 생기고야 말 것이고, 안량·문추는 필부의 용맹이니 한 번 싸워 사로잡을 수 있을 것입니다."

공융이 입을 다물고 말이 없었다. 조조는 크게 웃고 말했다.

"그대의 말이 옳소."

진림의 글은 비록 아름다우나 원소의 무략이 부족하니 제 감히 어찌하랴 하고 조조는 비웃었거니와, 그 말은 역시 옳았다.

모처럼 격문을 띄워 각처에 전하고, 마보군 30만을 일으키어 조조를 치러 나선 길이었지만 그 수하의 허유는 심배가 중책을 맡은 것을 탐탁히 생각지 않고, 저수는 또한 원소가 자기의 계책을 써 주지 않는 것을 원망하여 서로 불화하니, 원소는 마음에 의혹을 품어 진병할 생각을 못하였다.

그로 인하여 원소와 조조 양편 군사는 여양에서 서로 80리를 격하여 대치한 채로 8월부터 10월에 이르기까지 단한 차례의 싸움도 없었다.

조조는 원소가 감히 더 나오려고 하지 않는 것을 보자, 우금·이전의 군대를 하상(河上)에 주둔시키고, 조인으로 대군을 총독하여 관도(官渡)에 둔치고 있게 한 후, 자기는 나머지 군사들을 거느리고 허도로 돌아가 버렸다.

유예된 싸움

　조조는 원술을 치러 간 유비가 원술을 깨뜨리고도 돌아오지 않고 그대로 서주를 차지하고 앉아 군대마저 돌려보내지 않자, 크게 노하여 다시 군대를 일으켜 유비를 치려고 했다. 그것을 보고 공융이 간했다.

　"지금은 한겨울이라 군사를 움직이는 것은 옳지 않으니, 이 일은 봄을 기다려서 하시더라도 늦지 않을 것입니다. 먼저 사람을 보내서 장수(張繡)와 유표(劉表)를 회유하신 다음에 다시 서주를 도모하도록 하시지요."

　"공의 말씀이 심히 옳소."

　조조는 고개를 끄덕이며 먼저 유엽을 양성(襄城)으로 보내어 장수를 회유하게 했다. 일찍이 조조는 장수를 쳤으나 많은 군사만 잃은 적이 있었다.

　장수가 유엽을 청하여 들여 서로 보니, 유엽은 장수에게 조조의 덕을 일컬으며 말했다.

　"승상께서는 이미 옛 일을 잊고 계십니다."

　장수는 크게 기뻐하며 즉시 가후와 함께 유엽을 따라 허도로 갔다. 들어가서 조조를 보는데 장수가 섬돌 아래서 절을 드리니, 조조는 황망히 내려와서 그를 붙들어 일으키고 손을 잡으며 말했다.

　"지난 날의 작은 일들은 다 잊어버리도록 하오."

"황공합니다."

조조는 연석을 배설하여 관대하고, 장수로 양무장군을 봉하고, 가후로 집금오사(執金吾使)를 삼았다.

제4장
뒤바뀌는 형세

헤어진 형제

장수를 회유하고 나자 조조는 모사 정욱에게 물었다.

"유비와 마등의 무리가 실로 우환인데 어찌하면 좋겠소?"

정욱이 대답했다.

"마등은 서량(西涼)에 주둔하고 있어 쉽사리 공격하기가 어렵고, 유비는 지금 서주에 있어 의각지세(犄角之勢)를 이루고 있으니, 역시 우습게 볼 수 없습니다. 더욱이 원소가 관도(官渡)에 진을 치고 항상 허도를 도모하려는 마음을 품고 있는 터이니, 만약에 우리가 서주를 치러 나간다면 유비는 반드시 원소에게 구원을 청할 것이니, 원소가 내습한다면 무엇으로 그를 당하겠습니까?"

한창 의논하던 중에 곽가가 들어왔다. 조조는 곧 그에게 물었다.

"내가 지금 유비를 치려고 하나, 다만 원소가 그 틈을 타서 허도를 엄습하지나 않을까 근심인데, 공의 의향은 어떠하오?"

"원소는 의심이 많은 사람이고, 그 수하의 모사들은 각기 투기함이 심하니 족히 근심하실 것이 없겠고, 유비로 말하면 새로이 군사들을 모아들여 중심(衆心)이 바로 잡히지 않았으니 승상께서 군대를 이끌어 한 번 치시면 가히 그를 멸하실 수 있을 것입니다."

조조는,

"바로 내 마음과 같소그려!"

하고, 즉시 대군 20만을 일으키어 오로(五路)로 나누어 서주(徐州)를 향해 나아갔다. 세작이 그 소식을 탐지하여 서주로 급보가 들어왔다. 유비가 손건(孫乾)에게 물었다.

"조조의 20만 대병을 어떻게 막아야 옳겠소?"

"아무래도 원소에게 구원을 청하는 것이 상책일까 합니다."

"그러면 공우(손건의 자)가 좀 수고를 해 주시오."

유비는 즉시 글을 써서 손건에게 주었다.

손건은 밤을 새워 하북으로 갔다. 먼저 모사 전풍(田豊)

을 찾아보고 그 일을 말한 다음에 인진(引進)하기를 청하니, 전풍은 즉시 그를 이끌고 들어가서 원소를 보았다.

그런데 천만 뜻밖이었다. 원소는 형용이 심히 초췌하고 의관조차 정제 하지 못하고 있었다. 전풍이 물었다.

"주공께서 이게 웬일이십니까?"

"내가 슬하에 아들을 5형제나 두었으되, 그 중 어린 놈이 가장 총명해서 내 유달리 사랑하여 오는 터에, 그것이 지금 옴이 옮아서 목숨이 위태로우니, 내가 무슨 경황이 있어 다른 일을 의논하여 보겠소이까."

"주공, 이제 조조가 현덕을 치매 허도가 텅 비었습니다. 이는 진실로 쉽게 얻지 못할 기회이니, 주공은 곧 군대를 일으키도록 하십시오."

그러나 원소는 혼이 다 빠진 사람이었다.

"나도 좋은 기회인 줄은 알지만, 다만 내 마음이 산란해서 아무래도 군대를 일으켰다가는 이롭지 않을까 보오."

전풍이 재삼 권했으나, 원소는 끝끝내 군대를 내려고 하지 않았다. 전풍은 짚고 있던 지팡이로 땅을 치면서 탄식했다.

"이렇듯 다시 얻기 어려운 때를 만나고도 한갓 어린아이의 병으로 하여 이 좋은 기회를 잃고 말다니, 참으로 아깝구나 아까워!"

하지만 원소는 다시는 아무 말이 없었다.

손건은 하는 수 없이 다시 밤을 새워 소패로 돌아가, 유비에게 그대로 보고했다. 원소가 반드시 군대를 내어 주리라고 믿고 있던 유비의 놀라움은 컸다.

"그럼 이 노릇을 대체 어찌해야 좋단 말이오?"

하고 손건에게 물을 때, 장비가 나서서 말했다.

"형님, 염려 마시우. 조조의 군사들이 수는 많지만 먼 길을 오느라고 지쳤을 거요. 쉴 틈을 주지 않고 먼저 기습하면 이길 수도 있습니다."

듣고 나자 유비는 감탄하였다.

"너를 한낱 용부(勇夫)로만 알았는데, 이제 그런 계교를 말하니 참으로 놀랍구나."

유비는 마침내 장비의 계교대로 군사들을 나누어 기습 작전을 감행하기로 했다.

한편, 조조는 대군을 이끌어 소패를 향해 노도처럼 나아가고 있었다. 그런데 한창 가는 중에 순욱이 말했다.

"오늘 밤에 유비가 기습하지나 않을까 하는 생각이 듭니다."

조조는 군사를 아홉 대(隊)로 나누어, 한 대만 앞으로 나가 거짓 영채를 세우게 하고, 나머지 무리들은 팔면에 매복시켜 놓았다.

그 날 밤은 달빛이 희미했다. 유비는 좌편에 있고 장비는 우편에 있어, 군사를 두 대로 나누어 앞으로 나아가고 소패성에는 오직 손건이 남아 있을 뿐이었다.

장비는 자기의 계교가 꼭 들어맞을 것을 믿어 의심하지

않고, 경기병들을 거느리고 몸소 앞을 서서 조조의 영채 안으로 뛰어들었다.

그러나 뜻밖에도 영채 안은 조용하기만 할 뿐, 텅 비어 있었다.

유비는 본능적으로 속은 것을 알며 군사들에게 소리쳤다.

"후퇴하라!"

하지만 때는 이미 늦어져 있었다. 갑자기 사방에서 화광이 크게 일어나며 요란한 함성이 들려 왔다.

유비는 독 안에 든 쥐의 신세가 되고 말았다. 장요와 허저·우금·이전·하후돈 등 조조의 장수들이 사방 팔방에서 덮쳐들었다. 장비는 좌충우돌하며 싸웠으나 그의 군사들은 본래가 조조의 수하 군사였던지라, 사세가 급한 것을 보자 모두들 앞을 다투어 항복을 해 버렸다.

장비는 혈로를 뚫고 간신히 포위망을 헤쳐 밖으로 나왔다. 뒤를 따르는 군사들은 겨우 수십 기에 지나지 않았다. 그는 소패로 돌아가려 했으나 길이 이미 끊어져 있었다.

'서주나 하비로 가 볼까….'

그러나 그 곳도 역시 필시는 길이 막혔을 것이 분명했다. 아무리 생각해도 돌아갈 길이 없었다. 장비는 어쩌는 수 없어 망탕산을 향해 말을 달렸다.

한편, 유비도 급히 군사들을 돌이키려 할 때, 일군이 내달아 어지럽게 치고, 다시 하후돈이 군사들을 이끌고 와서 길을 끊었다.

유비는 간신히 혈로를 뚫고 달아났다. 돌아보니 수하에 따르는 군사들이 겨우 30여 기뿐이었다. 때문에,

'잠시 원소에게 의탁하여 따로 좋은 방법을 찾는 수밖에 없다.'

하고 생각하며 청주(靑州) 길을 향해 달아났다.

유비가 원소를 찾아가 절하며 만나자 그는 답례하고 말했다.

"앞서 어린 자식의 병으로 인해 원병을 내어 드리지 못해서 마음이 편치 못하더니, 이제 다행히 만나 뵙게 되어 다행입니다. 이젠 안심하십시오."

유비는 크게 감격하여 울먹이는 소리로 말했다.

"고맙습니다. 조조에게 패하여 처자식까지 버리고 도망친 못난 사람을 이처럼 따뜻하게 맞아 주시니…"

항복의 세 가지 조건

그 날 밤 조조는 소패를 함락시키자 다시 군사들을 휘몰아 서주를 공격했다. 미축과 간옹은 성을 지킬 도리가 없었기에 그대로 문을 열고 도망했다.

조조의 대군에 쫓겨 한 토산(土山) 위에 올라가 잠시 급

한 상황을 피한 관우는 불안하고 초조하기 짝이 없는 하룻밤을 그 곳에서 지냈다. 날이 훤히 밝은 녘에 관우가 군사들을 정돈하여 산 아래로 내려가 다시 싸우려고 하는데, 한 장수가 말을 급히 몰아 산 위로 올라왔다. 눈을 들어 보니 장요였다. 관우가 앞으로 나서며 물었다.

"그대는 지금 나와 싸우려고 온 것인가?"

"아닙니다. 지난 날 저를 살려 준 은혜를 잊지 못해 뵈오러 온 것입니다."

듣고 나자 관우가 말했다.

"그럼 나에게 항복을 권하러 온 모양이군. 내 지금 비록 곤경에 처해 있기는 하나 죽음을 우습게 아는 터이니, 속히 돌아가라. 곧 산에서 내려가 조조와 결전을 벌이겠다."

그러자 장요는 하늘을 우러러보며 크게 웃고 말았다.

"형님이 지금 여기서 목숨을 버리신다면 그 죄가 셋이 있습니다."

"죄가 셋이라니 어서 말해 보아라."

장요가 말했다.

"당초에 형님께서 현덕 공과 도원 결의를 하실 때 생사를 함께 하자고 맹세하지 않았습니까. 그런데 형님이 이제 싸우다가 돌아가시고 나면 뒤에 현덕 공이 다시 나오시어 형님의 힘을 빌리려고 하시더라도 못할 것이니 그 죄가 하나입니다. 현덕 공이 가족을 형님께 부탁하셨는데 이제 갑자기 형님이 돌아가시고 나면 두 부인은 어찌 되라시는 말씀이오. 현덕 공의 부탁을 저버리시는 것이 되니 그 죄가 둘입니다. 또 형님은 무예가 뛰어나시고 겸하여 경사(經史)에 통하신 터에 현덕 공과 함께 한실(漢室)을 부흥시키려고는 안 하시고 부질없이 필부지용(匹夫之勇)으로 목숨을 버리려고 하시니, 어찌 충의를 중히 여기신다고 하겠습니까. 그 죄가 셋입니다."

관우가 한동안 침묵을 지키고 있다가,

"형이 그처럼 세 가지로 옳은 도리를 말씀하시니, 나도 세 가지 언약을 맺어 두고 싶소. 만약 승상이 들어 주신다면 갑옷을 벗고 항복을 하겠지만, 그렇지 못하다면 차라리 세 가지 죄를 짓고 죽고 말겠소."

"승상은 도량이 넓으시니, 무슨 말씀인들 용납하시지 않겠습니까. 세 가지 언약이 무엇인지 어서 말씀하십시오."

이윽고 관우가 말했다.

"첫째는, 내가 황숙(黃叔)을 모시고 함께 한실을 부흥시키기로 맹세한 터이니, 내가 항복하는 것은 오직 한나라 천자께 하는 것이지 결코 조조에게 하는 것이 아니며, 둘째는 두 부인께 황숙의 봉록(俸祿)을 내리시고 잡인들을 모두 그 문에 들지 못하게 할 것이며, 셋째는 황숙이 계신 곳만 아는 날이면 만 리를 헤아리지 않고 곧 돌아가겠다는 것이오. 이 세 가지 중에 하나가 빠지더라도 나는 절대로 항복하지 않겠소."

"그럼 형님, 제가 다녀오겠습니다."

장요는 즉시 말을 타고 산을 내려가 조조에게 관우가 원하는 세 가지 약속에 대해서 말했다. 조조가 그것을 응낙하자 관우는 산에서 내려와 말에서 내려 조조에게 절했다. 조조가 또한 황망히 답례하자 관우가 말했다.

"싸움에 패한 장수를 죽이지 않으신 은혜에 대해서 깊이 사례합니다."

조조도 말했다.

"내 일찍부터 운장의 충의를 사모하던 차에, 오늘 이렇듯 서로 보게 되니 이처럼 기쁜 일이 없을까 하오."

조조는 관우에게 큰 잔치를 베풀어 주고 다음 날 그와 함께 군사들을 거느리고 허도로 되돌아갔다. 조조와 유비의 싸움은 그처럼 조조의 완전한 승리로 끝났다.

새로운 은혜와 옛 의리

허도로 돌아오자 조조는 커다란 저택을 주어 관우를 거처하게 했다. 관우는 곧 그 집을 안팎으로 나누어 안채는 늙은 군사 열 명으로 지키게 하고, 자기는 바깥채에서 기거하기로 했다.

관우가 허도로 온 뒤로 조조는 실로 후하게 그를 대우했다. 3일 만에 한 번씩 소연(小宴)을 열고 5일 만에 한 번씩

대연(大宴)을 베풀었는데 그것들은 모두가 관우 한 사람을
대접하기 위한 것이었다.

조조는 다시 미녀 열 명을 뽑아 내어 그에게로 보냈다.
그러나 관우는 그들을 모두 안으로 들여보내 두 부인을 돌
보게 했다.

하루는 관우가 입고 있는 녹색 비단 전포(戰袍)가 이미
낡은 것을 보고, 조조는 새 전포 한 벌을 지어 주었다.

다음 날 조조가 보니, 운장은 새 전포를 속에다 입고 겉
에는 여전히 낡은 전포를 걸치고 있었다. 조조가 웃으며 말
했다.

"운장은 참 검소하기도 하오."

그러자 관우는 정색하고 대답했다.

"제가 검소한 것이 아닙니다. 이 낡은 전포는 곧 유 황
숙께서 내리신 것이라, 항상 입어서 형님을 뵙듯 하는 터이
니, 승상께서 새로 내리신 것으로 하여 형님이 전에 주신
것을 어찌 잊겠습니까, 그래서 겉에 입고 있는 것입니다."

"참으로 의사(義士)로고…."

조조는 칭찬을 아끼지 않았으나, 마음 속으로는 즐겁지
않았다.

그 후에도 관우의 마음을 얻기 위한 조조의 노력은 계속
되었다. 그 날도 조조가 관우를 초대하여 잔치를 베풀었는
데 관우가 타고 온 말이 유달리 수척한 것을 보고 조조가
물었다.

"그대의 말은 왜 저렇게 말랐소?"

"천한 몸이 심히 무거워서 말이 살찌지 못합니다."

조조는 곧 좌우에 명하여 말 한 필을 끌어오라 하여 손으로 가리키며 물었다.

"공은 이 말을 알아보겠소?"

말을 보니 몸은 흡사 화탄(火炭) 같고 말굽은 날렵한데 형상이 심히 웅위한 것이 첫눈에 보아도 세상에 둘도 없는 훌륭한 말이었다. 관우가 말했다.

"전일에 여포가 타던 적토마(赤兎馬)가 아닙니까?"

"그렇소."

조조는 대답하고, 종인을 시켜 안장과 고삐를 껴서 관우에게 주게 했다. 관우는 기뻐하기를 마지않으며 곧 두 번 절하여 조조에게 사례했다. 그것을 보고 조조가 이상하게 생각하며 물었다.

"내가 전에 미녀와 금백(金帛)을 보내도 공이 한 번도 절하며 받은 적이 없었는데, 이제 한 필 말을 받자 기뻐서 절을 하니, 사람은 천하고 말은 귀하단 말씀이오?"

그러자 관우가 빙그레 웃으며 대답했다.

"그런 것이 아닙니다. 제가 들으니 이 말은 하루에 능히 천 리를 간다고 합니다. 이를 승상께서 저에게 내리셨으니, 만약 형님 소식만 아는 날에는 하루에 능히 가 뵈올 수 있지 않겠습니까."

조조는 악연히 놀라며 길게 한숨을 쉬었다.

잔치가 끝나 적토마를 타고 돌아가는 관우의 뒷모습을 물끄러미 바라보던 조조는 혼잣말로 중얼거렸다.

"내가 그토록이나 대우해 주었건만 관우는 언제나 유비에게 돌아갈 생각만 하고 있으니 이 일을 어쩌면 좋단 말인가?"

모사 순욱이 그 말을 듣고 말했다.

"관우가 유비를 배반하는 일은 절대로 없을 것입니다. 지금이라도 늦지 않았으니 관우를 죽이십시오."

하지만 조조는 고개를 저었다.

"아무리 그래도 그런 일은 할 수 없다. 내가 관우를 죽인다면 세상 사람들이 나를 옹졸한 인간이라며 비웃을 것이다. 아아… 제대로 해 준 것이 없으면서도 관우를 가진 유비가 부럽기만 하구나."

그 때 장요가 한 마디 거들었다.

"관우는 유비에게 돌아가고 싶어도 승상께 받은 은혜를 갚지 않으면 결코 돌아가지 않을 사람입니다. 그러니 관우가 은혜를 갚을 수 있는 기회를 주지 마십시오."

"글쎄…"

조조는 뭐라고 대답하는 대신 고개만 끄덕였다.

관우의 맹활약

한편, 유비는 원소에게 몸을 의탁하고 있었지만 한시도 마음이 편할 날이 없었다. 그것을 본 원소가 어느 날 물었다.

"공은 무엇 때문에 항상 근심을 하오?"

"가족과 두 동생의 안부가 궁금해서 그렇습니다."

"이해가 되오. 나도 막내아들이 아플 때는 일이 손에 잡히지 않았는데, 유 황숙은 아예 생사조차 모르고 있으니 얼마나 안타깝겠소?"

잠시 말을 끊었던 원소는 다시 말을 이었다.

"그건 그렇고, 어느덧 봄도 되었으니 지난번에 하지 못했던 조조군 토벌을 다시 시작할까 하오. 유 황숙께서는 어떻게 생각하시오?"

그것은 유비가 기다리고 기다리던 소리였다.

원소는 곧 안량(顔良)을 선봉으로 삼아 백마(白馬)를 치게 했다. 그러자 저수가 간했다.

"안량은 성품이 편협해서, 비록 효용하기는 하지만 혼자에게 맡겨서는 안 됩니다."

그러나 원소는 듣지 않았다.

"안량은 내 상장(上將)이다. 문관인 그대가 대체 무엇을 안다고 그러한 말을 함부로 하는가!"

그리하여 대군은 마침내 여양(黎陽)으로 나아갔다. 다시 전쟁의 피바람이 불기 시작한 것이다.

조조와 원소, 두 사람 모두 막강한 군사력과 넉넉한 재물을 가진 실력가들이었다.

원소가 군사를 움직이자, 조조는 15만 대군을 영솔하고 3대로 나누어 나아가다가 먼저 5만 군을 거느리고 친히 백마로 가서 토산(土山)을 의지하여 군대를 둔쳤다.

멀리 바라보니, 저편 산 아래 평천 광야에 안량의 선봉부대 10만이 진을 치고 있는데, 진세(陣勢)가 엄정했다. 조조는 마음 속으로 놀라기를 마지않으며 여포의 구장 송헌(宋憲)을 돌아보고 말했다.

"내 들으니 네가 여포 수하의 맹장이라더라. 나가서 안량과 한 번 싸워 보겠느냐?"

송헌은 즉시 창을 꼬나쥐고 말을 몰아 바로 적진 앞으로 내달았다. 안량은 칼을 빗겨 잡고 말을 문기 아래 세우고 있다가 송헌이 말을 달려오는 것을 보자, 대갈일성과 함께 말을 박차고 나가서 맞았다.

한 자루 창과 한 자루 칼이 서로 어우러져 싸우기 3합이 못되어 칼이 한 번 세차게 움직이자 송헌의 머리가 몸에서 떨어져 땅바닥에 굴렀다. 그러자 위속(魏續)이 나섰다. 그도 역시 전날 여포 수하의 맹장이었다.

"저의 동료를 죽였으니 제가 나가서 원수를 갚겠습니다."

조조가 허락하자 위속은 창을 들고 말에 올라 진 앞으로 나서며 소리를 가다듬어 안량을 꾸짖었다. 안량은 아무런 대꾸도 하지 않고 있다가 갑자기 내달아 단지 1합에 위속의 머리를 쪼개어 말 아래로 떨어뜨렸다.

"누가 감히 나가서 싸울꼬?"

조조의 말이 떨어지자,

"소장이 나가겠습니다!"

한 장수가 내달으며 소리쳤으니 서황이었다. 큰 도끼를 휘두르며 말을 몰아나가 안량과 더불어 싸우기를 20합, 하지만 그도 겨루어 보지 못하고 패하여 본진으로 돌아왔다.

그것을 보고 모든 장수들이 깜짝 놀라 다시는 감히 나가서 싸워 보려는 자가 없었다. 조조는 군사들을 거두었다. 안량도 또한 군사들을 거느리고 물러갔다.

조조가 연달아 두 장수를 잃고 마음에 근심이 클 때 정욱이 말했다.

"안량을 당해 낼 장수가 꼭 한 사람 있습니다."

"그게 누구란 말이오?"

"관운장입니다."

조조는 크게 기뻐하며 곧 사람을 허도로 보내어 관우를 청했다. 관우는 즉시 청룡언월도를 손에 들고 적토마를 빨리 몰아, 종자 두어 명만 데리고 바로 백마로 갔다. 조조가 황망히 그를 맞아들이며 말했다.

"안량이 연하여 두 장수를 베어 그 용맹을 당할 자가 없기로, 이렇듯 운장을 청한 터이오."

"제가 비록 재주는 없으나 원컨대 만군(萬軍) 가운데 들어가서 안량의 목을 베어다 승상께 바치겠습니다."

관우는 분연히 적토마에 올랐다. 청룡언월도를 손에 잡고 산 아래로 짓쳐 내려가 그대로 적진 가운데로 뛰어들자, 하북 군사들이 물결 갈라지듯 했다.

"안량이 누구냐? 어서 나오너라."

안량이 그 말을 듣고 발끈해서 뛰어나왔다.

"어느 놈이 감히…"

하지만 안량은 관우의 기세에 눌려 미쳐 손을 놀려 볼 사이도 없이 가슴을 찔려 말 아래로 떨어지고 말았다. 훌쩍 뛰어내려 다시 한칼에 안량의 목을 베어 말목 아래 매달자, 관우는 몸을 날려 다시 말에 올라 적진을 벗어나오는데 마치 무인지경을 가는 것 같았다.

관우가 말을 달려 토산 위로 올라오니, 모든 장수가 앞으로 나와서 치하하기를 마지않았다. 관우는 조조 앞으로 나아가 안량의 목을 바쳤다. 조조는 그의 손을 잡고 말했다.

"장군은 참으로 신인(神人)이시오."

그러나 관우는 겸사했다.

"저 같은 재주야 별것이 아닙니다. 저의 아우 장익덕(장비의 자)은 백만 군중에서 상장의 머리 베기를 무 베듯 한답니다."

조조는 크게 놀라 좌우를 돌아보고 말했다.

"너희들은 장비라는 이름을 잘 기억해 두어라. 일후에 장비를 만나거든 각별히 조심하도록 하여라."

원소는 안량이 죽었다고 듣자 크게 놀랐다. 그 때 한 사람이 나서며 큰 소리로 외쳤다.

"안량의 원수는 소장이 갚겠습니다."

유비가 눈을 들어 보니, 신장이 8척에 얼굴은 해태(海太)와 흡사했다. 그가 곧 죽은 안량과 아울러 일컫는 하북 명장 문추(文醜)였다. 원소가 크게 기뻐하며 말했다.

"네가 아니면 안량의 원수를 갚지 못할 게다. 내 10만 군을 주는 터이니, 바로 황하를 건너가 조조를 추살하여라."

유비가 원소에게 말했다.

"제가 명공의 큰 은혜를 입고도 갚을 길이 없었는데, 이번엔 문 장군과 함께 가서 첫째는 명공의 은혜를 갚고, 둘째는 운장의 소식을 알아볼까 합니다."

원소는 기뻐하며 문추를 불러서 분부했다.

"네 현덕 공과 함께 선봉을 통령하도록 하여라."

그러자 문추가 말했다.

"유현덕은 여러 번 패한 장수라 군대에게 이롭지 않으니, 주공께서 기어이 같이 가라고 하신다면 소장이 3만 군을 유비에게 주어 후부(後部)를 삼겠습니다."

그리하여 문추는 스스로 7만 군을 거느리고 먼저 떠나

고, 유비는 3만 군을 이끌고 뒤를 따르게 되었다.

조조는 관우가 안량을 벤 것을 보고 더욱 마음에 흠모하고 공경하여, 곧 조정에 표주하고 관우로 한수정후(漢壽亭侯)를 봉하였다.

그 때 탐마가 보고했다. 원소가 다시 대장 문추로 황하를 건너 연진(延津)에 진을 치게 하였다고 한다.

조조는 먼저 사람을 시켜 백성들을 서하(西河)로 옮기게 하고, 몸소 군사들을 영솔하고 싸우러 나갔다. 양군이 서로 맞부닥치자, 조조는 언덕 위에서 채찍을 들어 가리키며 좌우를 향해 물었다.

"문추는 하북의 명장이다. 누가 가서 사로잡을꼬?"

말이 떨어지자 장요와 서황이 일제히 말을 몰아 내달으며 외쳤다.

"문추는 도망 가지 말라!"

문추는 두 장수가 달려오는 것을 보자, 철창을 요사환에 걸고 활에 살을 먹여 장요를 겨누고 쏘았다.

"적장이 활을 쏜다!"

서황이 외치는 소리를 듣자 장요가 급히 머리를 숙여 피하니, 마침 날아든 화살이 장요가 탄 말의 뺨을 맞추었다. 말이 앞굽을 꿇고 쓰러지는 바람에 장요가 그대로 땅에 떨어졌다.

문추가 그것을 보고 창으로 찌르려 하자 서황이 급히 도끼를 휘두르며 앞을 막으면서 맞아 싸웠다. 그 때 함성이 크게 일며 문추의 뒤에서 군마들이 일제히 짓쳐 들어왔다. 서황은 당할 길이 없어 말을 돌려 달아났다.

문추가 그 뒤를 급히 쫓아 강가로 나왔을 때 홀연 10여 기마가 기호(旗號)를 바람에 휘날리며, 한 장수가 앞을 서서 말을 달려 들어오니 곧 관우였다.

"적장은 목을 내놓아라!"

대갈 일성과 함께 관우가 청룡언월도를 꼬나쥐며 달려드니, 문추는 그를 맞아 싸워 3합이 못되어 마음에 와락 겁을 집어먹고 그대로 말 머리를 돌리어 강을 끼고 달아났다.

하지만 적토마는 빨랐다. 삽시간에 따라 들어간 관우의 청룡언월도가 한 번 허공으로 바람을 일으키자 문추의 몸은 뇌후(腦後)가 쪼개지며 말 아래로 떨어졌다. 언덕 위에서 그 광경을 본 조조는 곧 군사들을 휘몰아 그대로 짓쳐 들었다. 하북 군사들의 태반이 물에 빠져 죽었다.

관우는 수하에 4,5기를 거느리고 동충서돌(東衝西突)하였다. 한창 시살하는데, 강 건너에 마침 3만 군을 거느린 유비가 이르렀다. 그리고

"이번에도 또 얼굴이 붉고 수염 긴 장수가 문 장군을 죽였습니다."

라는 군사의 보고를 받았다.

유비는 황망히 말을 달려 앞으로 나왔다. 강 건너로 바라보니 한 떼의 인마들이 나는 듯이 왕래하는데, 깃발 위에 쓰여져 있는 것은 곧 「한수정후 관운장(漢壽亭侯 關雲長)」

이라는 일곱 자가 분명했다. 유비는 가만히 천지에 사례하였다.

'내 아우가 죽지 않고 조조에게 가 있었구나.'

당장 관우를 불러서 서로 보려 했으나, 조조의 군사들이 크게 몰려 들어오므로 유비는 하는 수 없이 군사들을 수습하여 돌아갔다.

원소가 패군을 접응하여 관도(官渡)로 나아가서 하채했을 때, 유비가 들어왔다. 원소는 유비를 보자 곧 좌우의 부하들에게 명했다.

"저놈을 내어다 참하여라!"

유비가 급히 물었다.

"저에게 무슨 죄가 있기에 이러십니까?"

"네가 네 아우를 시켜 이번에도 또 내가 아끼는 장수를 죽였는데, 그래도 죄가 없다고 앙탈이냐!"

유비는 음성을 더욱 부드럽게 하여 말했다.

"부디 노여움을 푸시고 제 말을 들어 주십시오. 조조가 본래 저를 심히 꺼리는 터이라, 제가 명공께 있으면서 힘써 명공을 도울까 두려워, 특히 운장을 시켜 두 장수를 죽인 것이오. 그것은 바로 조조가 명공의 손을 빌어 저를 없애려는 계책입니다. 명공은 부디 깊이 생각해 보십시오."

듣고 나자 원소는 고개를 끄덕였다.

"하긴 현덕 공의 말씀이 옳소."

유비는 원소에게 깊이 사례하였다.

"명공의 관대하신 은혜를 또 입었으나 보답할 길이 없던 차에 잘 되었습니다. 운장에게 밀서를 보내어 저의 소식만 알린다면 필연코 올 것입니다."

원소가 기뻐하기를 마지않았다.

"운장이 내게 오면 안량·문추보다 10배나 나을 것이오. 그럼 곧 글을 써서 보내도록 하오."

원소는 마침내 무양(武陽)으로 퇴군했다. 수십 리를 연하여 영채를 세우고 안병 부동하니, 그것을 본 조조도 하후돈으로 하여금 군사들을 거느리고 관도를 지키게 한 다음, 자기는 대군을 영솔하고 허도로 돌아왔다.

어느 날 조조는 장요를 시켜 관우의 동정을 알아 오게 하였다. 장요가 관우를 찾아가 물었다.

"한 말씀 여쭙겠습니다. 형님과 현덕 공의 사귐은 저와 형님의 사귐에 비하여 어떠하십니까?"

"나와 형은 단지 붕우(朋友)의 사귐이지만, 나와 황숙은 붕우이자 형제요, 형제이자 또한 군신(君臣)이니 어찌 함께 논할 만한 일이겠소."

"이제라도 현덕 공이 계신 곳을 알게 되면 형님은 그 곳으로 찾아가실 생각이십니까?"

"전일에 한 말을 내 어찌 저버리겠소."

장요가 다녀간 뒤로 관우는 며칠 동안 앉으나 서나 마음이 편안치 않았다. 그런데 하루는 문득 사람이 들어와 보고하되, 고인(故人)이 한 분이 찾아왔다고 말했다. 곧 청하여

들였으나 도무지 모르는 사람이었다.

관우가 그에게 물었다.

"공은 대체 누구시오?"

그 사람이 대답했다.

"저는 원소 수하의 남양(南陽) 사람 진진(陳震)입니다."

관우는 크게 놀라 급히 좌우를 물리치고 말했다.

"선생은 필시 깊은 연고가 있어서 오셨겠지요?"

진진은 말없이 품에서 한 봉 글월을 내어 관우에게 주었다. 받아서 보니 곧 유 황숙이 보낸 것이었는데, 글의 뜻은 대략 아래와 같았다.

「내가 그대와 더불어 도원(桃園)에서 의를 맺은 뒤로 생사를 같이 하기로 맹세하였는데, 이제 중도에 와서 이렇듯 은의(恩義)를 끊을 줄이야 누가 알았으리오. 그대가 공명을 취하고 부귀를 도모할 생각이라면, 부디 나의 수급을 베어다가 공을 온전히 하라. 글로 말을 다하지 못하고, 오직 죽음을 기다릴 뿐이노라.」

관우는 읽고 나자 그대로 목을 놓아 크게 울었다.

"네가 형님을 찾으려 하지 않은 것이 아니고, 다만 계신 곳을 몰랐기 때문입니다. 제가 어찌 부귀를 도모하여 전일의 맹세를 저버릴 수 있겠습니까."

진진이 말했다.

"황숙께서 공을 생각하시는 정이 심히 간절하시니, 그렇듯 옛 맹세를 잊지 않았다면 한시 바삐 가서 뵙도록 하시지요."

"사람이 천지간에 나서 시작과 끝이 분명치 않다면 이는 군자가 아니오. 내가 올 때에도 명백하였으니 떠날 때에도 불가불 명백하여야겠소. 내 이제 글을 써서 드릴 테니 먼저 가지고 가시면, 조조에게 하직을 고한 다음에 두 분 아주머님을 모시고 가겠습니다."

"만약에 조조가 듣지 않으면 어떻게 하실 생각입니까?"

"내 차라리 죽을지언정 이대로 이 곳에 머물러 있지는 않을 것입니다."

관우가 곧 붓을 들어 회서를 초하니, 글의 뜻은 대강 다음과 같았다.

「가만히 들으매, 의리는 마음을 저버리지 않고 충성은 죽음을 돌보지 않는다고 했는데, 저도 어릴 때부터 글을 읽어 대강 예의를 배운 터입니다. 전자에 하비성을 지킬 때, 안에는 양식이 떨어지고 밖에는 구원병이 없어 곧 죽으려 하였으나, 두 분 아주머님이 계심으로 하여 감히 목숨을 버리지 못하고 잠시 몸을 조공에게 매어 뒷날을 기약하였던 것입니다. 이제 비로소 형님 소식을 들었으니 곧 조공과 하직하고 두 분 아주머님을 모시고 돌아가겠습니다. 제가 만약에 딴 마음을 품는다면 하늘과 사람이 함께 죽이실 것이

니 만 가지 심사를 어찌 붓 끝에 다 쓰겠습니까. 깊이 통촉
하소서.」

관우는 회서를 진진에게 주어 곧 돌아가게 하고, 안으로
들어가서 두 부인께 그 같은 뜻을 고한 다음에, 그 길로 상
부(相府)로 들어가 조조에게 하직을 고하려고 했다. 그러나
조조는 그가 들어온 뜻을 짐작하고, 곧 문에다 누구든 만나
지 않겠다는 회피패(廻避牌)를 걸어 놓았다. 관우는 하는
수 없이 집으로 돌아와 부하들에게 분부했다.
　"거마(車馬)를 수습해서 대령하되, 그간 승상께서 내리신
물건은 무엇이건 다 곳간에 남겨 두고 가도록 하여라."
　관우는 이튿날 다시 상부로 들어갔다. 그러나 문에는 또
회피패가 걸려 있었다. 그는 조조 대신 장요에게 사실을 말
하고 떠날 생각으로 장요의 집으로 찾아갔다. 그러나 장요
역시 병들어 자리에 누워 있다고 칭탁하고 만나 주지 않았
다. 관우는 속으로 생각했다.
　'이는 정녕 조 승상이 나를 보내고 싶지 않아 그러는 것
일 게다. 그러나 떠날 뜻이 이미 굳은 터이니, 더 이상 머
뭇거릴 수 없다.'
　관우는 마침내 붓을 들어 조조에게 하직하는 글을 썼다.

「전자에 하비성을 잃었을 때 청해 올린 세 가지 일은 이
미 승상께서 응낙하신 바이어니와, 이제 옛 주인이 원소 군

중에 계심을 알고 돌이켜 지난 날의 맹세를 생각하니, 어찌 저버릴 수가 있겠습니까. 새로운 은혜가 비록 두터우나 옛 의리를 잊기 어려워, 이에 글로 써서 하직을 고하오니, 승상께서는 부디 살피소서. 아직 갚지 못한 은혜는 뒷날에 두고두고 갚으려고 하나이다.」

다 쓰고 나자 사람을 시켜 상부에 갖다가 전하게 하고, 감·미 두 부인을 수레에 태워 모셨다. 관우는 이윽고 적토마에 올라 손에 청룡언월도를 들고, 당초에 데리고 왔던 부하들 20여 명과 함께 북문으로 나갔다.

한편, 조조는 수하의 문무들을 모아 놓고 바야흐로 관우에 대한 일을 의논 하고 있었는데, 좌우가 관우의 글을 갖다 바쳤다. 보고 나자 조조는 한숨을 지으며 말했다.

"운장이 기어이 갔구나!"

그 때 문득 한 장수가 썩 나서며 크게 외쳤다.

"저에게 철기(鐵騎) 3천만 빌려 주시면 곧 가서 관우를 사로잡아 승상께 바치겠습니다."

모든 사람이 보니 곧 장군 채양(蔡陽)이었다. 조조 수하의 장수들은 대개 관우에게 마음 속으로 호의와 존경하는 마음을 갖고 있는데, 유독 채양만이 관우를 우습게 알고 있었다.

"운장이 옛 주인을 잊지 않고, 오고 가는 것이 이렇듯 명백하니 참으로 대장부라, 너희들은 마땅히 그를 본받아라."

조조는 채양을 꾸짖어 물리치고 말했다.

"관우가 아직 멀리 가지는 않았을 것이다, 문원은 곧 뒤쫓아 가서 운장에게 잠시 기다리라고 해라. 내가 약간의 노비와 금포(錦袍)를 주어 후일의 기념으로 삼을까 한다."

장요가 분부를 받고 먼저 가자, 조조는 곧 수십 기를 거느리고 뒤쫓아 나갔는데, 모두가 무기는 갖추지 않은 맨몸이었다. 이윽고 가까이 이른 조조는 관우가 다리 위에 말을 세우고 있는 것을 보자, 곧 장수들에게 명하여 좌우로 벌려 서게 했다.

조조가 물었다.

"어이하여 운장은 이렇듯 급히 떠나오?"

관우는 말 위에서 허리를 굽혀 절하고는 대답했다.

"옛 주인이 하북에 계신다는 소식을 듣고, 승상께 하직을 고하려 그간 누차 상부로 들어갔으나 뵙지 못하여 대신 글월을 올렸거니와, 부디 승상께서는 전일에 하신 말씀을 저버리지 마십시오."

조조는 호젓하게 웃으며 말했다.

"운장은 천하의 의사이건만 내가 복이 박해서 머물러 있게 하지 못하는구료. 한 벌 금포로 촌심(寸心)이나 표할까 하오."

한 장수가 말에서 내려 두 손으로 금포를 받들어 관우에게 바쳤다. 승상이 내리는 것이다. 마땅히 말에서 내려 받

아야 할 줄은 아나, 혹시 무슨 변이나 있을까 두려워, 관우
는 말에서 내리지 못하고, 청룡도 끝으로 금포 자락을 걸치
어 몸에 두르고,

"그러면 뒷날 다시 뵙겠습니다."

하고 다시 한 번 몸을 굽혀 예를 베푼 다음, 마침내 다리를
건너 북쪽을 향해 말을 달렸다.

그것을 보고 허저가 한 마디 뇌까렸다.

"저놈이 저처럼 무례한데 승상께서는 어찌하여 사로잡지
않고 그냥 보내십니까?"

그러나 조조는 말했다.

"저는 한 사람뿐인데 우리는 수십 명이니 어찌 마음에
의심이 없겠느냐. 더구나 내 이미 저를 보낸다고 해 놓고
다시 쫓을 수는 없는 일이야."

말머리를 돌려 성으로 돌아오면서도 관우의 일을 생각하
며 조조는 몇 번이나 탄식하기를 마지않았다.

"유비가 부럽구나!"

여섯 장수의 목을 베다

관우가 수레를 모시고 앞으로 나아가는데 홀연히 산 위
에서 누군가 소리를 높여 불렀다.

"관운장은 거기 좀 계십시오."

관우가 눈을 들어 보니, 한 청년이 머리에 황건(黃巾)을 쓰고 몸에 비단옷을 입고 있었다. 관우가 물었다.

"너는 대체 누구냐?"

청년은 말을 달려 앞에 이르자, 곧 손에 든 창을 버리고 황망히 말에서 뛰어내려 땅에 부복했다.

"저는 양양(襄陽) 사람 요화(寥化)로 자는 원검(元儉)이라 합니다. 부디 저를 수하에 거두어 주십시오."

그러나 관우는 그가 황건적의 여당(餘黨)인 것이 마음에 꺼리어 좋은 말로 물리치고, 또 그가 바치는 금백도 받지 않았다. 그러자 요화는 관우에게 절하여 하직을 고하고 저 갈 길로 갔다.

관우가 두 부인을 모시고 한 관(關)에 이르니 곧 동령관(東嶺關)이었다. 관우의 일행이 이른 것을 보자 관문을 지키는 공수(孔秀)가 수하 군사들 5백 명을 이끌고 나와서 그를 맞으며 물었다.

"장군은 어디로 가시는 길입니까?"

"승상께 하직을 고하고 하북으로 형님을 뵈러 가는 길이오."

"하북 원소는 곧 조 승상의 적이요, 장군이 그리고 가신다면 승상의 문서는 가지고 있습니까?"

"원체 갈 길이 바빠서 미처 얻지 못하였소."

"그래도 정한 법이 있으니 어찌할 수 없습니다."

"그럼 이대로는 나를 못 보내 주겠단 말이오?"

관우의 언성이 저도 모르게 높아지자, 공수는 비웃는 것처럼 한 마디 했다.

"정 나가고 싶거든 두 부인을 인질로 여기에 두시구료."

관우는 대로하여 곧 말에 채찍질을 하여 달려들며 한칼에 공수를 베어 말 아래로 거꾸러뜨렸다. 그것을 보고 군사들이 어지럽게 도망쳤다.

관우는 즉시 두 부인의 수레를 모시고 관을 나서, 낙양을 향해 나아갔다. 낙양 태수 한복(韓福)은 그 소식을 전하여 듣자 크게 놀랐다. 급히 수하 장수들을 모아 놓고 상의하니 아장 맹탄(孟坦)이 나서서 말했다.

"힘으로 싸울 수는 없으니 계책을 써서 사로잡도록 하여야 합니다. 먼저 녹각(鹿角)으로 관구(關口)를 둘러 막은 뒤에, 소장이 군대를 거느리고 나가서 싸우다가 거짓 패하여 돌아오면, 제가 반드시 뒤를 쫓아 들어올 것입니다. 그때 장군은 관문 안에 숨어 계시다가 암전(暗箭)을 쏘십시오. 말에서 떨어지는 대로 사로잡아 허도로 올려 보내면 승상께서 반드시 상을 후히 내리실 것입니다."

의논이 정해졌을 때 사람이 들어와서 보고했다. 관우의 일행이 이미 관 앞에 이르렀다는 것이었다. 한복은 곧 군사 1천 명을 내어 관 앞에 벌려 세운 다음, 곧 좌우를 돌아보고 외쳤다.

"누가 나가서 저놈을 사로잡을꼬?"

말이 떨어지자 맹탄이 곧 쌍도(雙刀)를 휘두르며 내달았
다. 관우는 수레를 뒤로 물린 다음에 마주 달려들어 서로
어우러져 싸우기 시작했는데, 3합이 못되어 맹탄은 문득
말 머리를 홱 돌려서 달아났다. 태수와 미리 맞추어 두었던
대로 관우를 관 앞까지 꾀려고 한 것이다.

그러나 적토마는 빨랐다. 맹탄이 미처 관 앞에 이르기도
전에 관우는 벌써 따라 이르러 한칼에 그를 베어 땅에 떨
어뜨리고 말 머리를 돌리어 서서히 돌아갔다.

관문 안에서 화살을 먹여 들고 있던 한복이 그 때를 놓
치지 않고 활을 힘껏 당겨 깍지손을 뚝 떼었다. 시위를 떠
난 화살은 관우의 왼편 팔에 깊이 꽂혔다. 관우는 입으로
화살을 물어 뽑으며 청룡언월도를 높이 들고 바로 한복에
게로 달려들어, 한칼에 머리를 베어 말 아래로 떨어뜨렸다.

상처에서는 계속해서 피가 흘렀다. 옷을 찢어서 상처를
동여맨 다음에, 관우는 관문을 나서 밤을 새워 기수관(沂水
關)으로 향했다.

기수관을 지키고 있는 장수는 병주(幷州) 태생 변희(卞
喜)로, 원래 황건여당(黃巾餘黨)이었는데, 뒤에 조조에게
항복하여 그 곳에서 관을 지키고 있는 터였다.

동령관과 낙양의 소식을 전해 듣자, 변희는 마침내 한
계책을 생각해 내었다. 곧 관 앞에 있는 진국사(鎭國寺) 안
에 도부수 2백여 명을 미리 매복시켜·놓은 다음에, 관우를
절로 청하여 들여 술잔 던지는 것을 군호 삼아서 죽이려는

것이었다.

　모든 준비를 마쳤을 때, 관우의 일행이 이르렀다. 변희는 곧 관에서 나가 시치미를 떼고 말했다.

　"장군은 위명(威名)이 천하에 떨치셨으니, 누구든 우러러 공경하지 않겠습니까. 더욱이 이제 황숙께로 돌아가신다니 장군의 충의에 감탄할 따름입니다."

　운장은 부득이하게 공수와 한복을 죽인 일을 호소하였다. 듣고 나자 변희가 말했다.

　"장군께서는 조금도 허물이 없으십니다. 두 사람은 죽어 마땅하지요. 제가 나중에 승상을 뵙고 장군을 대신하여 그 곡절을 세세히 설명할 것이니, 장군은 심려하지 마십시오."

　관우는 사례하고 기수관을 지나, 변희가 청하는 대로 진국사로 갔다.

　오랜 여행으로 인해 모두들 지쳐 있었기 때문이다. 이윽고 절 앞에 이른 관우 일행이 말에서 내리니 스님들이 종을 치며 나와서 맞아들였다. 그 절의 스님은 모두 30여 명이었다. 그들 중에 우연히 관우와 동향 사람이 하나 있었으니, 법명(法名)을 보정(普淨)이라고 했다.

　보정은 변희가 관우를 해치려는 것을 알고 있었기에 관우에게 물었다.

　"장군은 포동(蒲東)을 떠나신 지가 몇 해나 되십니까?"

　"어언간 20년이오."

　"장군께서 소승을 알아보시겠는지요?"

"고향을 떠난 지가 하도 오래 되어 누군지 모르겠소."

"차를 한 잔 드리려 하오니 장군은 잠시 방장(方丈)으로 들어가셨으면 합니다."

"차를 주겠으면, 두 부인께서 수레 위에 계시니 먼저 드리도록 하오."

보정은 상좌에게 명하여 차를 갖다 두 부인께 먼저 올리게 한 다음, 관우를 청하여 방장으로 들어가더니 얼른 자기 허리에 차고 있는 계도(戒刀)를 들어 보이고, 또 가만히 눈짓을 했다.

관우는 그 뜻을 짐작하고, 종인에게 명하여 청룡언월도를 들고 조용히 뒤를 따르게 한 다음, 법당에 배설해 놓은 연석으로 나가면서 보니, 벽의(壁衣) 속에 도부수들이 숨어 있는 것이 보였다.

"내 너를 호인으로만 여겼더니, 감히 이럴 수가 있단 말이냐!"

관우의 호통 소리에 변희는 일이 이미 누설된 것을 알자, 좌우를 돌아보며 큰 소리로 외쳤다.

"여보라. 당장 이놈을 죽여라!"

좌우에 있던 수하 군사들이 일시에 내달았으나 관우는 번개같이 칼을 빼어 들고 한 칼에 한 놈씩, 눈 깜짝할 사이에 5,6명을 찍어 거꾸러뜨렸다. 변희는 몸을 빼쳐 법당 밖으로 뛰어나갔다. 관우는 칼을 버리고 종인에게서 청룡도를 받아 들자, 곧 그 뒤를 쫓아가 한칼에 변희의 허리를 베어

두 동강을 내어 버렸다.

관우는 보정에게 깊이 사례한 다음에 다시 수레를 호송하여 형양을 향해 나아갔다. 형양 태수 왕식(王植)은 낙양 태수 한복과 연사간이었다. 관우가 한복을 죽였다는 첩보를 받자, 수하의 무리들과 함께 그를 죽일 계책을 세운 다음, 관우의 일행이 이르자 짐짓 예를 극진히 하여 영접했다.

관우는 그의 대접이 은근함을 보자 의심하지 않고 마침내 두 부인을 모시고 성내로 들어갔다. 뒤이어 왕식이 연석에 나오기를 청했다. 그러나 관우는 그것을 사양하고 관역으로 바로 들어갔다.

한편, 왕식은 가만히 종사 호반(胡班)을 불러 분부를 내렸다.

"관우가 원체 무예가 출중하여 우리 힘으로는 당하기 어려우니, 너는 오늘 밤에 1천 군을 거느리고 가서 관역을 에워싸되, 군사들마다 홰 한 자루씩 들고 있다가 삼경 때쯤 되거든 일제히 불을 놓아, 누구를 막론하고 모조리 태워 죽이도록 하여라. 내가 몸소 군사들을 거느리고 접응하마."

호반은 모든 준비를 마치고, 오직 밤이 깊기를 기다리다가 문득 혼자 생각했다.

'내가 관운장의 이름은 들은 지 오래지만, 어떻게 생긴 사람인지를 모르니 한번 가서 먼 빛으로라도 볼까 보다.'

그는 곧 관역 안으로 들어가서 역리(驛吏)에게 물었다.

"관 장군이 어디 계시냐?"

역리가 대답했다.

"정청(正廳) 위에서 책을 보고 계십니다."

호반은 발소리를 죽이고 가만히 정창 앞까지 갔다. 눈을 들어 보니 관우가 당상에 등불을 밝히고 앉아 왼손으로 수염을 쓰다듬으며 책을 보고 있었다. 이윽고 우러러 보다가 호반은 저도 모르게 입 밖에 내어 한 마디를 중얼거렸다.

"참으로 천인(天人)이로구나."

관우는 머리를 들어 어둠 속을 살펴보며 물었다.

"웬 사람인고?"

호반은 곧 앞으로 나가 절하여 뵙고 아뢰었다.

"형양 태수의 부하 종사(從事) 호반입니다."

"종사 호반이라…."

관우는 한 번 뇌어 보고 그의 안색을 살폈더니 호반이 저도 모르게 고개를 떨어뜨렸다.

호반이 나가자 관우는 짐작되는 바가 있어 급히 갑옷을 입고 칼을 들고 말에 올라, 두 부인을 수레에 태워 모시고 관역을 나섰다. 관우가 수레를 재촉하여 두어 마장이나 갔을까 했을 때, 갑자기 등 뒤에서 말굽 소리가 요란하게 들리기에 돌아다 보니, 횃불을 밝혀 들고 무수한 인마들이 쫓아오는데, 앞선 장수는 곧 왕식이었다.

왕식이 소리를 가다듬어 외쳤다.

"관우는 도망하지 말아라!"

왕식이 창을 꼬나쥐면서 말을 급히 몰아 달려들었다. 관우는 가슴 한복판을 향해 힘껏 내지른 왕식의 창을 번개처럼 몸을 틀어서 한 옆으로 흘려 버리고, 한칼에 그의 허리를 베어 말 아래로 떨어뜨렸다. 깜짝 놀란 수하 군사들이 앞을 다투어 달아났다.

관우의 일행이 활주(滑州) 지경을 지나 황하 도구에 이르니, 진기(秦琪)가 군사들을 이끌고 와서 물었다.

"오는 사람이 누구요?"

관우가 대답했다.

"한수정후 관운장이요."

"지금 어디로 가시는 길이오?"

"하북으로 유 황숙을 찾아 뵈러 가는 길이니 강을 건네 주시오."

"승상의 공문을 가지셨소?"

"내가 승상의 절제를 받지 않는 터에 공문이 무슨 공문이오."

"나는 하후돈 장군의 장령을 받들어 이 곳 관문을 지키고 있소. 공문이 없다면 겨드랑 밑에 날개가 돋쳤더라도 이 강은 못 건널 줄로 아오."

관우는 크게 노했다.

"내 길을 막으려는 자들이 모두 내 손에 죽은 것을 네 아느냐?"

"네가 죽였다는 것이 모두 이름도 없는 하찮은 장수들이 아니냐. 내 너한테 죽을 것 같으냐!"

관우는 대로하여 말을 박차며 나갔다. 두 필 말이 서로 가까워지는 순간 관우는 번개같이 한칼에 진기의 머리를 베어 땅에 떨어뜨렸다. 수하 군사들이 달아나려 하자, 관우는 그들에게 부드러운 어조로 말했다.

"너희들은 잘못이 없으니 구태여 달아날 것이 없다. 속히 배를 내어 나를 건네어 다오."

큰 배에 두 부인을 태워 모시고 황하를 건너니, 그 곳은 바로 원소의 땅이었다. 관우가 생각해 보니 허도를 떠나 그 곳까지 오는 동안 다섯 관을 지나며 장수 여섯 명을 죽였다.

'내가 죽이고 싶어서 죽인 것이 아니고 부득이하여 한 노릇이기는 하지만, 조 승상이 안다면 반드시 나를 은혜 모르는 사람이라고 할 테지….'

관우는 마상에서 길게 탄식했다.

관우가 다시 길을 재촉하여 나갈 때, 문득 저편에서 한 사람이 말을 달려오며 소리를 높여 불렀다.

"운장은 거기 계십시오."

관우가 말을 세우고 보니 곧 손건(孫乾)이었다. 관우가 물었다.

"여남(汝南)에서 작별한 뒤로 일향 소식이 어떠하오?"

손건이 대답했다.

"원소는 의심이 많아서 언제 해를 입을지 몰라 제가 유황숙과 상의하고 먼저 몸을 피할 계교를 구하여, 황숙께서는 이미 여남으로 유벽을 만나러 가셨는데, 이제 곧 다시이 곳으로 올 것입니다. 그걸 모르시고 장군이 원소에게로 가셨다면 혹시 해를 입을까 두려워, 제가 이렇게 장군을 영접하러 나선 길입니다."

관우가 손건과 말머리를 간지런히 하고 어느 산길을 나아가는데, 문득 산 뒤에서 아우성 소리가 들려 왔다.

말을 멈추고 돌아보니, 손에 각기 병장기를 가진 무리들이 한 백여 명이나 몰려오는데, 앞을 선 자가 관우를 보자 허둥지둥 말에서 뛰어내려 넓죽 절을 했다. 관우가 물었다.

"네 이름이 무엇이냐?"

"소인의 성은 배(裵)요. 이름은 원소(元紹)입니다. 세상에 의지할 곳이 없어, 무리들을 모아 이 곳에 들어와 지내고 있습니다."

관우는 다시 배원소를 향하여 물었다.

"네가 내 얼굴을 모르면서 어떻게 이름은 알았느냐?"

배원소가 말했다.

"여기서 30리 떨어진 곳에 와우산(臥牛山)이 있는데, 그 산속에 주창(周倉)이라는 관서(關西) 사람이 살고 있습니다. 힘이 천하 장사입지요. 그 역시 무리들을 모아 가지고 산속에 들어와 지내고 있습니다. 그 사람이 항상 관 장군 말씀을 하여 소인도 언젠가 한 번 우러러 뵙기를 원하던 터였습니다.

듣고 나자 관우는 정색하고 타일렀다.

"녹림(綠林) 속은 호걸들이 탁족할 곳이 아니니, 공들은 앞으로 각기 바른 길을 걷도록 하오."

"황공합니다."

배원소가 사례할 때, 저편 숲속에서 한 떼 인마가 몰려 나왔다.

"지금 말씀올린 주창이옵니다."

관우는 말을 세우고 기다렸다. 과연 앞에 서서 창을 들고 말 타고 오는 사람은 검은 얼굴에 키가 크고 형용이 심히 장한데, 수하 졸개들을 끌고 나오다가 관우를 보자, 놀라고 기뻐 황망히 말에서 뛰어내렸다.

"오오, 관 장군님이시로군. 주창이 참배합니다."

주창은 절하여 예를 표한 후 다시 말을 이었다.

"오늘날 천행으로 관 장군님을 여기서 뵈었으니, 장군께서는 부디 버리지 마시고 수하로 거두시어 보졸(步卒)로라도 삼아 주신다면, 죽어도 한이 없겠습니다."

관우가 허락하자 배원소가 시무룩해지며 말했다.

"나도 관 장군을 따라가겠소!"

주창이 좋은 말로 타일렀다.

"자네마저 따라 나선다면 저 아이들이 모두 뿔뿔이 헤어져 버릴 게 아닌가. 한동안 자네가 데리고 있도록 하게. 내가 관 장군을 모시고 가서, 있을 곳만 작정이 되면 곧 데리러 오겠네."

배원소가 앙앙히 즐겁지 않은 얼굴로 무리들을 데리고

하직을 고했다.

그리하여 관우는 주창을 수하에 거둔 다음, 다시 수레를 모시고 여남을 향하여 나아갔다.

형제들의 재회

일행은 다시 여남을 향해 발길을 재촉했다. 그렇게 밤낮을 가리지 않고 걸음을 재촉한 결과 며칠 후에는 마침내 여남 땅의 경계 지점에 이르렀다. 그런데 문득 보니 멀리 일좌 산성(山城)이 자리잡고 있었다. 관우가 토인(土人)을 불러 물었다.

"저기가 어디냐?"

"고성(古城)이라는 곳인데, 두어 달 전에 성은 장(張)이고 이름은 비(飛)라고 하는 한 장군이 수십 기를 거느리고 와서 현관(縣官)을 내쫓고 점거하여 군사들을 뽑고 말을 사들였으며 또한 양초를 넉넉히 준비하여, 지금은 성 안에 4,5천 인마가 있습지요."

듣고 난 관우의 기쁨은 비길 데가 없을 정도였다.

'서주에서 헤어진 뒤로 내 아우의 생사(生死)를 몰라 속을 태우고 있었는데 여기서 군사들을 모으고 있었구나!'

관우는 즉시 손건을 시켜 성으로 들어가서 통보하고, 장비더러 두 부인을 영접해 모시라고 했다.

손건이 성내로 들어가 장비를 보고 예를 베푼 다음, 주공이 원소에게 있다가 여남으로 간 일이며, 관우가 허도로부터 두 부인을 모시고 온 전후 사정을 낱낱이 고한 다음에 말했다.

"지금 운장이 두 부인을 모시고 성 밖에 와 계시니, 장군은 곧 나가서 맞아들이시지요."

그러자 장비는 한 마디 대꾸도 없이 즉시 장팔사모를 손에 잡고 말에 뛰어오르더니 천여 명 군사를 거느리고 북문으로 달려 나갔다. 손건은 한편으로 놀라고 또 한편으로 의아하게 생각했으나 감히 이유를 묻지 못하고, 그의 뒤를 좇아 성 밖으로 나갔다.

관우는 장비가 말을 달려 성에서 나오는 것을 보자 기쁨을 이기지 못하고 청룡도를 주창에게 맡긴 다음, 곧 말을 달려 마주 나갔다.

그런데 참으로 뜻밖의 일이 벌어졌다. 장비가 고리눈을 부릅뜨고 소리를 벽력같이 지르더니, 곧 장팔사모를 들어 그를 찌르려고 했다. 관우는 깜짝 놀라 연방 창끝을 피하며 큰 소리로 외쳤다.

"현제(賢弟)는 이게 무슨 짓인고? 네가 도원 결의를 잊었느냐!"

장비가 소리를 가다듬어 꾸짖었다.

"이 의리 부동한 놈아. 네가 무슨 면목으로 나를 찾아온 거냐?"

"네 어찌하여 나를 의리 부동하다고 하느냐?"

"네가 형님을 배반하고 조조에게 항복하여 벼슬을 받았으니, 어찌 의리 부동하지 않단 말이냐. 내가 오늘 너와 사생 결단을 하겠다!"

손건이 곁에서 한 마디 했다.

"운장이 멀리서 장군을 찾아오신 길이오. 아무리 그래도 대접이 이럴 수가 있습니까."

그러나 장비는 소리지르며 손건을 꾸짖었다.

"무슨 어림도 없는 수작이냐. 제가 좋은 마음으로 나를 찾아올 리가 없지. 필경 나를 잡으러 온 것이다."

잠자코 있던 관우가 한 마디 했다.

"내가 만약에 너를 잡으러 온 것이라면 어찌하여 군사들을 안 데리고 왔겠느냐?"

장비는 문득 손을 들어 관우의 등 뒤를 가리키며 큰 소리로 말했다.

"저기서 오는 게 군사들이 아니고 무엇이냐!"

관우가 고개를 돌려 보니, 과연 티끌이 크게 이는 곳에 한 떼의 인마가 달려오는데, 바람에 나부끼는 깃발로 보아 정녕 조조 군사들임이 틀림없었다.

장비가 대로하여,

"네 이래도 할 말이 있느냐!"

하고 소리치며 다시 장팔사모를 고쳐잡고 찌르려고 하자

관우는 황망히 손을 들어 멈추게 하고 말했다.

"잠깐만 참아라. 내가 저 장수를 베어 진심을 보여 주마!"

"네가 과연 진정이라면 내가 세 번 북을 칠 동안에 저 장수를 베어야 한다."

관우는 쾌히 응낙하고 주창에게서 청룡도를 받아 들었다. 오래 기다릴 것도 없이 조조 군사가 가까이 이르렀는데 앞선 장수는 바로 채양(蔡陽)이었다. 그는 관우를 보자 소리를 가다듬어 꾸짖었다.

"네가 내 생질 진기를 죽이고 이리 도망해 왔구나. 내가 승상의 분부를 받들어 너를 잡으러 온 길이다."

관우는 아무런 대꾸도 하지 않고 청룡도를 손에 들더니 말을 몰아 나섰다. 장비는 몸소 북채를 잡아 북을 쳤다.

"둥—"

한 번 친 북 소리가 미처 끝나기도 전에 관우의 청룡도가 한 번 햇빛을 받아 빛나더니 채양의 머리가 땅에 뚝 떨어졌다. 수하 군사들은 어지럽게 도망을 하기 시작했다.

관우는 말을 급히 달려 인기(認旗)를 달고 있는 소졸을 사로잡아 가지고 왔다. 장비는 그에게 채양이 여기에 오게 된 경위와 관우가 허도에서 지낼 때의 일을 낱낱이 물어 보고 나서야 비로소 관우를 믿게 되었다. 그 때 군사가 급히 달려와서 보했다.

"남문 밖에 장수 두 사람이 10여 기를 거느리고 와서 장군을 뵙겠다고 합니다."

장비는 마음에 의심이 생겨 곧 남문으로 가 보았다. 과연 성문 밖에 10여 기가 와 있는데, 장비가 오는 것을 보자 분주히 말에서 뛰어내렸다. 장비가 보니, 다른 사람이 아니라 미축·미방 형제였다. 장비는 자기도 말에서 내려 그들을 맞았다. 미축이 말했다.

"서주성을 빼앗긴 뒤로 우리 형제는 고향으로 도망을 갔었습니다. 그 곳에서 소식을 알아 보았더니, 운장은 조조에게 항복했다 하고, 주공은 하북에 계신다 하며, 간옹도 또한 하북으로 갔다고 하는데, 다만 장군이 여기 계신 줄은 몰랐습니다. 그런데 어제 길에서 우연히 장군의 소식을 듣고 이리로 오는 길입니다."

장비가 기뻐하며 말했다.

"운장 형님이 손건과 함께 두 분 아주머니를 모시고 바로 지금 여기를 오셨고, 또 큰 형님이 계신 곳도 다 알았소."

듣고 나자 미축·미방은 곧 장비와 함께 가서 관우를 만나 보고, 또한 두 부인께 문안을 드렸다. 장비는 두 부인을 영접하여 성으로 들어갔다.

아중(衙中)에 이르러 좌정하고 나자, 두 부인은 그간 관우가 지내온 일을 낱낱이 여러 사람에게 호소했다. 듣고 나자 장비는 목을 놓고 한 차례 서럽게 울고 난 뒤,

"형님, 아우의 절 받으슈!"

하고 관우에게 절을 했다. 때문에 곁에서 보는 미축·미방 등도 비감해 하기를 마지않았다.

장비는 자기도 그간 지낸 일을 호소한 다음, 곧 연석을 크게 베풀었다. 그 날 성중은 상하가 모두 밤이 깊도록 술을 마시며 즐겼다.

다시 모인 삼형제

이튿날 관우가 서둘러서 유비를 찾아가려 하자, 장비는 자기도 같이 가겠다고 했다. 관우가 말했다.

"지금 이 성 하나가 우리들의 안신할 곳인데, 어떻게 허술히 한단 말이냐. 내가 공우(손건의 자)와 함께 가서 형님을 모시고 돌아올 것이니, 너는 남아서 이 성을 굳게 지켜라."

말을 마치자 관우가 주창을 불러 물었다.

"와우산의 배원소가 가지고 있는 인마가 모두 얼마나 되느냐?"

"아마 4,5백은 될 것입니다."

"그럼 나는 가까운 길로 하여 유 황숙을 찾아 뵈러 갈 터이니, 너는 와우산으로 가서 그 무리들을 데리고 와라. 대로상에서 만나기로 하자."

주창은 분부를 받고 곧 떠났다. 관우는 손건과 함께 수하에 20여 기를 거느리고 하북으로 갔다. 지경에 이르자 손건이 말했다.

"장군은 들어가시는 게 좋지 않을 것 같으니, 이 곳에서 잠시 쉬도록 하십시오. 제가 혼자 가서 황숙을 모셔 오겠습니다."

"그럼 그렇게 하십시다."

관우는 손건을 보내고 난 뒤 앞 마을에 장원이 하나 있는 것을 보고 종인과 함께 그리로 찾아갔다. 안에서 한 노인이 지팡이를 짚고 나와 온 뜻을 물었다. 관우가 바른 대로 말하니, 노인은 즉시 안으로 청하여 들였다.

"이 사람도 성이 관(關)이고 이름은 정(定)입니다. 오래 전부터 대명을 들었는데 다행히 이렇게 뵙습니다그려."

관정은 곧 두 아들을 불러내어,

"장군께 인사 여쭈어라."

하고 절하여 뵙게 하고, 술과 음식을 내어 은근히 대접했다.

한편, 유비는 손건에게 명해 먼저 가서 관우에게 회보하게 하고, 자기는 간옹과 함께 성을 나왔다. 유비가 부지런히 길을 가 지경 밖에 나가니, 손건이 나와 있다가 맞아 관정(關定)의 장원으로 인도했다.

관우는 문 밖에 나와 엎드려 절하고 유비의 손을 잡고서

느껴 울기를 마지않았다. 형제는 눈물을 뿌리며 그 동안의
사정을 호소하였다. 함께 들어가 초당에 자리를 잡고 앉자,
관정이 아들 형제를 데리고 나와서 뵈었다. 유비가 주인의
성명을 묻자, 관우가 대신 대답했다.

"이 사람은 저의 동생인데 맏아들 관녕(關寧)은 문(文)을
배우고, 둘째 아들 관평(關平)은 무(武)를 배운다고 합니
다."

그의 말이 끝나자 관정이 유비에게 말했다.

"저의 생각에는 둘째 아이로 관 장군을 따라가 모시게
할까 하는데 어떠하올지요?"

유비가 물었다.

"현랑(賢郎)이 올해 몇 살이오?"

"열여덟입니다."

"그렇다면 내 아우가 아직 아들이 없으니 현랑으로 아들
을 삼게 했으면 어떠하겠소?"

관정은 크게 기뻐했으며, 곧 관평에게 관우를 아버지로
받들고, 유비를 백부(伯父)라고 부르게 했다.

유비는 원소가 뒤를 쫓을까 두려워 급히 행장을 수습하
여 떠나려고 하자, 관평도 관우를 따라서 함께 나섰다. 관
정은 5리 밖까지 따라오면서 배웅하고 돌아갔다.

일행은 와우산 쪽으로 길을 잡아 나아갔다. 한 절반이나
갔을까 했을 때, 주창이 수십 인의 무리를 이끌고 오는데,
어인 까닭인지 몸에 몇 군데나 상처를 입고 있었다. 관우는

그를 이끌어 유비에게 뵙게 한 다음에 물었다.

"그 상처는 웬일이며, 어찌하여 이 사람들만 데리고 오느냐?"

주창이 대답했다.

"제가 와우산에 미처 이르기 전에 한 장수가 필마 단기로 와서 배원소를 한창에 찔러 죽인 다음, 수하 무리들의 항복을 받고 산채를 빼앗아 들었답니다. 그래서 제가 가서 그 장수와 싸웠는데, 두어 번을 계속하여 져서 이처럼 세 곳이나 창을 맞았습니다."

유비가 이상한 예감이 들어서 물었다.

"그 사람이 어떻게 생겼으며 성명은 무엇이라고 하던가?"

"극히 웅장한데 성명은 모르겠습니다."

관우가 앞을 서고 유비가 뒤에 서서 일행은 와우산으로 갔다. 산 아래에 이르러 주창이 어지럽게 욕지거리를 하니, 그 장수가 창을 들고 말을 달려 무리들과 함께 산 아래로 내려왔다.

유비는 곧 채찍을 휘둘러 말을 앞으로 나아가게 하면서 크게 불렀다.

"오는 장수는 혹시 조자룡(趙子龍)이 아닌고?"

그 장수는 눈을 들어 유비를 한 번 보더니 황망히 말에서 뛰어내려 길가에 배복했다. 그는 과연 상산(常山) 조운(趙雲)이었다.

유비와 관우가 다 함께 말에서 내려 서로 보고, 어떻게 이 곳에 이르게 되었느냐고 물으니, 조운이 대답했다.

　"저의 주인 공손찬이 원소에게 패하여 죽자, 원소는 몇 번이나 사람을 보내서 저를 불렀습니다. 하지만 저는 가지 않고, 서주로 유 황숙을 찾아갈까 하고 생각하고 있었습니다. 그런데 소문을 들으니 서주가 이미 함몰하여 운장은 조조에게로 가고 유 황숙은 또 원소에게로 가 계신다고 하므로, 그리 찾아가면 원소가 어찌 알까 두려워 가지 못했습니다. 그리하여 각처로 떠돌며 몸둘 곳을 못 찾다가, 일전에 우연히 이 곳을 지나 가려니까 배원소가 내려와서 저의 말을 뺏으려 하기에 한창에 그를 찔러 죽이고 잠시 적굴을 뺏어 몸을 붙여 있기로 했던 것입니다."

　조운이 소경사를 이야기하고 나자, 유비가 지난 일을 호소하고, 관우도 자기 이야기를 하였다. 유비가 말했다.

　"내가 처음에 자룡을 만났을 때 이미 깊은 정을 느꼈는데, 이제 이렇게 다시 만났으니 이런 다행할 데가 없소그려."

　조운도 말했다.

　"제가 천하를 떠돌아 여러 주인을 섬겨 보았으나, 일찍이 황숙 같으신 어른이 없었는데, 오늘날 이처럼 모시게 되었으니 이제는 비록 간뇌도지(肝腦塗地) 하더라도 한이 없을까 합니다."

　조운은 말을 마치자 즉시 산채를 불살라 버린 다음에 무리들을 이끌고 유비를 따라 고성으로 갔다. 곧 소를 잡고 말을 잡아 하늘과 땅에 절하여 사례하고, 다음에 군사들을 호궤하였다.

장비의 고성에서는 연거푸 잔치가 벌어졌다. 꿈에 그리던 삼형제가 다시 만난 것만 해도 커다란 기쁨이었는데 잃었던 신하들도 돌아왔고 조운이라는 뛰어난 장수까지 얻게 되었으니 그 기쁨은 말로는 다 표현할 수 없을 정도였다.

그 때의 일을 두고 후세 사람들이 읊은 시가 하나 있다.

지난날은 형제들이 사방으로 흩어져
편지는 끊어지고 소식은 감감해서 그립기만 하였네.
아, 오늘 주인과 신하가 의로움으로 다시 뭉쳤으니
이것이야말로 호랑이와 용이
구름과 바람을 만난 격이로다!

유비가 고성을 버리고 여남으로 가려 할 때, 마침 여남 태수 유벽이 보낸 사람이 그를 청하러 왔다.

유비는 곧 군사들을 거느리고 여남(汝南)으로 갔는데, 그 곳에서 뜻밖의 선물을 얻었다. 유벽이 유남 땅을 송두리째 유비에게 바친 것이다. 때문에 유비가 군사들을 뽑고 마필을 사들이어 허도를 칠 준비를 한 것은 뒷 이야기가 된다.

손권의 등장

그 무렵, 강동의 손책은 하루가 다르게 세력을 확장시키고 있었다. 그는 넉넉한 자원과 막강한 군사력을 바탕으로 건안 4년에 유훈(劉勳)을 깨뜨려 여강(廬江)을 취하고, 다시 우번(虞翻)을 시켜 예장(豫章)에 격문을 띄우니, 태수 화흠(華歆)이 와서 항복을 드렸다. 그로써 성세가 크게 떨쳤다.

손책의 무서운 성장은 허도의 조조마저 두려워하게 만들었다.

'으음, 역시 피는 속일 수 없군! 손책도 아버지 손견을 닮아 맹수가 되었으니 이 일을 장차 어떻게 한다?'

조조가 고민하고 있을 때 마침, 손책이 황제에게 대사마(大司馬)가 되기를 청했다는 보고가 날아들었다.

조조는 발끈했다.

'대사마라면 나보다 높으면 높았지 결코 낮은 벼슬이 아니지 않은가? 건방진 녀석…'

그는 즉시 황제께 나아가 말했다.

"원래 나라의 벼슬이라는 것은 그 나이와 공로에 맞게 주어지는 것입니다. 손책은 나이도 어리거니와 이루어 놓은 공도 별로 없으니 그만한 자격이 없습니다."

전에도 그랬지만 황제는 조조의 말이라면 꼼짝도 하지

못했다. 황제는 겁에 질린 모습으로 고개를 끄덕였다.

그 같은 소식은 손책에게도 날아들었다. 손책은 크게 분노하며 중얼거렸다.

"조조, 이 늙은 여우 같은 놈, 두고 보자. 내가 네놈을 짓밟아 줄 날이 있을 것이다."

조조를 향한 손책의 분노는 주변 사람들을 긴장시켰다. 두 사람이 맞붙으면 온 나라가 또다시 전쟁의 소용돌이에 휘말리기 때문이었다. 그 때 오군의 태수인 허공(許貢)이 그것을 염려하여 가만히 사람을 허도로 보내어 글을 올리게 하니, 그 글의 뜻은 대강 다음과 같았다.

「손책은 효용이 항우(項羽)와 더불어 서로 같으니, 조정이 그에게 자리를 주시어 경사(京師)로 불러 일찌감치 도모할 것이지, 오래 외진(外鎭)에 두시어 후환을 삼으실 것이 아니옵니다.」

하지만 사람의 일이라는 것은 언제나 마음먹은 대로 되지는 않았다. 그 글을 가지고 강을 건너던 사자가 그만 강을 지키는 군사에게 붙들리고 말았다. 사자를 손책에게로 데리고 가니, 그가 가진 글을 본 손책은 크게 노했다. 곧 사자를 내어다 목을 베게 한 다음에, 사람을 허공에게로 보내어, 짐짓 의논할 일이 있노라 하고 그를 청했다.

허공은 그런 일이 있는 줄도 모르고 즉시 왔다. 자리에

앉기를 기다리어 손책이 사자에게서 빼앗은 글을 꺼내서 보이고,

"네 이놈, 나를 죽을 곳으로 보낼 생각이냐!"

소리를 가다듬어 꾸짖은 다음에, 곧 무사에게 명하여 목 매어 죽이게 했으며 일가 친척들도 모두 죽이게 했다. 편지 한 통이 피바람을 부른 것이다. 하지만 허공의 부하들까지 모두 죽은 것은 아니었다.

그 후 허공의 가객(家客) 세 사람이 주인의 원수를 갚으려고 했으나 좋은 기회가 오지 않았는데, 하루는 손책이 군사를 거느리고 서산(西山)에서 사냥을 했다. 세 사람은 곧 창과 활을 들고 숲속으로 들어가 몰래 기회를 엿보았다.

마침내 손책은 큰 사슴 한 마리를 쫓아 말을 달려 산 위로 올라갔다. 한창 사슴의 뒤를 쫓던 손책은 창을 들고 궁전을 멘 사람 셋이 숲속에 서 있는 것을 보고 말을 멈추며 물었다.

"너희들은 누구냐?"

한 사람이 대답했다.

"한당(韓當) 수하의 군사로 여기서 가끔 사냥을 합니다."

손책이 의심하지 않고 그대도 세 사람 옆을 지나치려 할 때, 갑자기 한 사람이 번개처럼 창을 들어 그의 왼편 넓적다리를 찔렀다.

손책은 깜짝 놀라 급히 패검을 빼어 말 위에서 내리찍었다. 그러나 손책이 죽을 때가 되었는지, 칼날이 쑥 빠지며

손에 칼자루만 남았다.

그 때를 놓치지 않고 또 한 사람이 활을 쏘았다. 시윗소리 울리는 곳에서 날아온 화살은 바로 손책의 뺨에 꽂혔다.

"헉!"

그들은 좌우로 달려들어 연방 창으로 손책을 찌르며 큰소리로 부르짖었다.

"우리는 허 태수님의 원수를 갚으러 온 것이니 네 목을 내놓아라!"

손책은 몸에 가진 병장기가 없었기에 오직 활로 막으며 달아났는데, 두 사람이 한사코 달려들며 물러가지 않았다.

"누구 없느냐! 속히 와서 나를 구하라!"

손책은 크게 소리치며 부하들을 불렀다. 손책이 몸에 몇 군데나 창을 맞고, 타고 있는 말이 또한 상처를 입어, 위급해졌을 때 정보(程普)가 군사 5,6명을 이끌고 왔다. 그러나 그 때 손책은 이미 치명상을 입은 상태였다.

손책은 크게 외쳤다.

"이놈들을 죽여라!"

정보가 수하 군사들과 함께 그대로 달려들어 허공의 가객들을 난도질하여 죽이고 손책을 보니, 피가 흘러 얼굴에 가득하고, 몸의 상처도 매우 깊었다.

곧 칼로 전포 자락을 베어 상처를 싸맨 다음에 오회(吳會)로 떠메어다 의원을 불러 치료하게 했다. 그러나 손책의

상처는 갈수록 위중해져 하루에도 몇 번씩 혼절을 했다. 손책은 마침내 스스로 목숨이 다한 것을 알고,

"내 이제 더 살지 못한다…."

길이 탄식하며 장소(張昭)의 무리와 그의 아우 손권(孫權)을 와탑 곁으로 불러들였다.

"천하가 크게 어지러운 이 때에 오월(吳越)의 무리를 거느리고 삼강(三江)의 험요를 점거하여 가히 대사를 도모할 만하니, 자포(장소의 자) 등은 부디 내 아우를 도와 대업을 이루게 하오."

손책은 곧 인수(印綬)를 가져오라 하여 손권에게 내리고,

"강동의 무리를 들어 기틀을 양진(兩陣) 사이에 결단하여, 천하로 더불어 경중(輕重)을 다투기는 네가 나보다 못하지만, 어진 이를 쓰고 능한 사람에게 맡겨서 각기 힘을 다하게 하여 강동을 보전하기는 내가 너보다 못하니, 너는 부디 아버지와 형이 창업할 때의 어려웠던 일을 생각하여 부모님께서 물려주신 이 강토를 잘 보존하여라."

하고 간곡히 뒷일을 부탁하니, 손권은 크게 울며 절하고 인수를 받았다. 손책은 다시 그의 모친 오태 부인에게 말했다.

"저의 수명이 이미 다하여 다시 모친을 모시지 못하겠기에, 이제 인수를 아우에게 전한 터이오니, 원컨대 모친께서는 조석으로 훈계하시어 부형이 쓰던 사람들을 소홀히 대하지 말게 하십시오."

오태 부인이 울며 말했다.

"네 아우가 나이 어려 대사를 감당하지 못하겠으니, 이 노릇을 어찌한단 말이냐."

"아닙니다. 아우의 재주가 저보다 십 배나 나으니, 어찌 대임을 감당 못할까 근심하겠습니까? 그러나 만약 앞으로 내사(內事)에 결단하기 어려운 것이 있거든 장소에게 묻게 하시고, 외사(外事)에 결단하기 어려운 것이 있거든 주유에게 묻도록 하십시오. 주유가 이 자리에 없어서 친히 보고 당부하지 못하는 것이 안타깝습니다."

손책과 주유의 부인의 성은 교씨로서 서로 같았다. 손책의 부인의 여동생이 주유의 부인이었기 때문이다.

말을 마친 손책이 길이 눈감아 세상을 버리니, 그 때 그의 나이 겨우 스물 여섯이었다. 손책이 세상을 떠나자 손권이 그의 와탑 아래 그대로 쓰러져서 울었다. 그것을 보고 장소가 말했다.

"지금은 장군이 우실 때가 아니니, 곧 한편으로 치상(治喪) 하시며, 한편으로 군국 대사를 살피도록 하십시오."

손권은 비로소 눈물을 거두었다. 장소는 손권의 숙부 손정(孫靜)으로 상사를 보살피게 하고, 다시 손권을 청하여 당(堂)에 나와 문무 중관의 알하를 받게 하였다.

그 때 마침 주유가 부음(訃音)을 듣고 오자 손권이 물었다.

"내 이제 부형(父兄)의 명을 이었으니, 앞으로 어떠한 계책으로 강동을 지켰으면 좋겠소?"

주유가 대답했다.

"자고로 훌륭한 인물을 얻는 자(得人者)는 흥하고 훌륭한 인물을 잃는 자(失人者)는 망한다고 했으니, 장군께서는 부디 널리 어진 이를 구하시어 보익을 삼도록 하십시오. 그러한 뒤에야 강동을 가히 다스릴 수 있을 것입니다."

"선형께서 돌아가실 때, 안으로 어려운 일이 있을 때는 자포(子布)에게 부탁하고 바깥으로 어려운 일이 있을 때는 공근(公瑾)의 힘을 빌리라 하셨소."

주유가 다시 대답했다.

"자포는 유능한 인재라 능히 대임을 감당할 만하오나, 저는 재주가 없어 의탁의 중함을 저버릴까 두려우니, 원컨대 한 어진 이를 천거하여 장군을 보좌하도록 하겠습니다."

"그게 누구요?"

"성은 노(魯)요 이름은 숙(肅), 자는 자경(子敬)이니 임회(臨淮) 사람입니다. 이 사람이 가슴에는 도략을 품고 배에는 기모(機謀)를 감추었으니, 주공께서는 속히 부르시도록 하십시오."

듣고 나자 손권은 크게 기뻐, 즉시 주유에게 명하여, 노숙을 청하여 오게 하였다. 주유가 명을 받고 몸소 노숙에게 가서 손권의 뜻을 전했다.

"손권 장군은 지혜로운 사람을 존경하고 따르는 보기 드문 영웅호걸입니다. 그러니 그대는 나와 함께 강동으로 가십시다."

노숙이 마침내 주유와 함께 손권에게로 왔는데, 손권이 그를 심히 공경하여, 함께 시사(時事)를 담론하되 날이 밝도록 물릴 줄을 몰랐다.

어느 날이었다. 문무 관원들이 모두 흩어진 뒤에 손권은 노숙을 남아 있게 하여 함께 술을 마시다가, 밤이 늦어 한 와탑에 올라가 같이 자게 되었는데, 한밤중에 손권이 문득 노숙을 돌아보고 물었다.

"지금 한실(漢室)이 위태롭고 사방이 어지러운데 내가 부형의 대업을 이어, 바야흐로 제환(齊桓)·진문(晉文)의 일을 행할까 생각인데 공은 무엇으로써 나를 가르치려 하오?"

노숙이 대답했다.

"옛적에 한(漢) 고조(高祖)가 의제(義帝)를 높여서 섬기려 했으나 뜻대로 안 된 것은 항우(項羽)가 해치기 때문이었으며, 지금의 조조는 가히 항우에게 비할 자이니 장군께서 어떻게 제환·진문이 되실 수 있겠습니까. 제가 가만히 생각해 보니 한실은 가히 다시 일어나지 못할 것이고, 조조는 또한 졸연히 멸하지 못할 것이니, 이제 장군을 위하여 대사를 도모한다 하오면, 오직 강동에서 더욱 튼튼히 힘을 길러 천하의 흔극을 볼 것이라, 이제 북방이 시끄러운 때를 타서 황조(黃祖)를 없이하고 나아가 유표(劉表)를 쳐서 장강(長江)을 경계로 하여 지킨 연후에 천하를 도모하신다면, 그것은 곧 고조의 업(業)이 될 것입니다."

듣고 나자 손권은 깊이 감동하여, 일어나 옷 입고 그에게 사례하였다.

"그대의 말을 들으니 캄캄했던 눈앞이 환하게 트이는 것 같소. 앞으로도 옳은 일이면 망설이지 말고 나에게 말해 주시오."

"명심하겠습니다. 그리고 제가 인재를 한 명 더 추천 하고자 합니다."

"그래요? 그 사람이 누구요?"

노숙이 또 선비 한 사람을 손권에게 천거했으니 그의 복성은 제갈(諸葛)이고 이름은 근(瑾), 자는 자유(子瑜)인데, 낭야 사람으로 박학다재(博學多才)하고, 모친을 섬김에 있어서 효성이 지극했다.

손권이 그로 상빈(上賓)을 삼으니, 제갈근은 손권에게 권하여, 원소와 통하지 말고 아직은 조조에게 순종하다가 차차 기틀을 보아 서서히 도모하도록 하라고 권했다.

한편, 손책이 죽고 동생 손권이 뒤를 이었다는 소식은 허도에 있는 조조에게도 전해졌다.

"잘 됐다. 이 기회에 그놈을 없애야겠다."

조조가 눈을 빛내며 말하자 한 신하가 만류했다.

"그래서는 안 됩니다. 남이 초상을 당한 틈에 쳐들어가는 것은 비겁한 짓입니다. 더욱이 그렇게 해서 이긴다면 몰라도 잘못되어 패하기라도 하면 세상 사람들의 비웃음거리만 될 뿐입니다."

"그래?"

조조는 금세 뉘우치며 말했다.

"그대의 말이 맞다. 내가 잠시 부끄러운 생각을 했다. 손권을 공격할 것이 아니라 그에게 벼슬을 주어 다독거려야 겠다."

그리하여 조조는 손권에게 장군 겸 회계 태수라는 높은 벼슬을 주었다.

관도 대전

마침 그즈음에 원소의 사자가 손권에게 와 있었다.

원소에게 돌아간 사신이 손책은 이미 죽었으며 그 아우 손권이 뒤를 이었는데, 조조가 그를 장군으로 봉하여 외응(外應)을 삼았노라고 전후 사정을 고하자 원소는 대로하였다. 그는 얼굴을 일그러뜨리며 중얼거렸다.

"조조가 손권과 가까이 하며 나를 위협하는 것이다. 일이 커지기 전에 싸움을 마무리지어야겠다."

원소는 드디어 영을 내려 인마 70여만을 일으켜서 나아가 허도를 치기로 했다.

세작이 그것을 탐지하여 급보가 관도(官渡)에 이르자, 조조의 군사들이 모두 듣고 두려워했다. 조조는 곧 군중에 영을 전하여 굳게 지키게 하니, 원소의 군사들은 마침내 30여 리를 물러가 하채하였다.

모사 허유가 원소에게 계책을 말했다.

"조조가 관도에 군대를 진을 치고 우리와 대치한 지 이미 오래라, 허도가 반드시 비어 있을 것이니, 이 때를 놓치지 말고 군대를 나누어 허도를 엄습한다면 쉽사리 허도를 수중에 넣을 것이고, 아울러 조조를 사로잡을 수 있을 것입니다."

그러나 그런 좋은 계책을 원소는 듣지 않았다.

"조조는 본래 궤계(詭計)가 극히 많은 사람이라 섣불리 동할 수 없는 일이다. 꾀 많은 조조가 그런 것을 생각하지 않았겠느냐?"

그래도 허유가 재삼 권했다.

"이제 만약 결단하여 행하지 않으면 뒤에 도리어 해를 입고 말 것이니, 깊이 생각하십시오."

그러자 의심 많은 원소가 대로하여 허유를 꾸짖었다.

"네가 본래 조조와 같은 고향 사람으로 가까운 터이니, 그의 뇌물을 받아 먹고 나를 속이려 드는 게 아니냐. 내 마땅히 네 목을 벨 것이지만 아직 목숨은 살려 두는 것이니, 썩 물러가 앞으로는 다시 내 눈 앞에 보이지를 말아라!"

허유는 지극한 무안을 당하고 밖으로 물러나오자, 하늘을 우러러보며 길이 탄식했다.

"옳은 말은 귀에 거슬린다더니 그 말이 과연 맞구나. 충언(忠言)을 해도 듣지 않으니 그와 함께는 큰 일을 할 수가 없다."

허유는 마침내 마음을 정하고 그 날 밤 몰래 영채를 벗어나 바로 조조의 대체로 찾아갔다.

"웬 사람이오?"

조조의 군사가 묻자 허유가 대답했다.

"나는 곧 조 승상의 옛 친구니, 네 빨리 들어가서 통보하되, 남양의 허유(許攸)가 왔다고 하여라."

군사가 황망히 채중에 그렇게 보고하자, 조조는 마침 대채에서 옷을 벗고 잠자리에 들려 하다가, 허유가 찾아왔다는 말을 듣고 크게 기뻐하며, 미처 신발도 못 신고 맨발로 달려나갔다. 마주 나가 허유의 손을 잡고 함께 대채로 들어오자, 조조는 먼저 땅에 엎드려 넓죽 절을 드렸다.

허유는 황망히 그를 붙들어 일으키며 말했다.

"공은 승상이시고, 나는 한갓 포의(布衣)에 지나지 않는데, 어찌하여 이토록 극진히 대우하십니까?"

조조의 대답은 간단했다.

"공은 곧 나의 고우(故友)인데 어찌 감히 벼슬 따위를 가지고 상하를 가리겠소."

"내가 주인을 잘못 택해서 원소를 섬기다가 이제 그를 버리고 특히 고인을 찾아온 터이니, 바라건대 수하에 거두어 주오."

"자원(허유의 자)이 와 준다면 더 바랄 것이 없지요. 원하건대 원소군을 격퇴할 수 있는 계책을 좀 일러 주오."

허유가 말했다.

"나에게 한 계책이 있어 사흘이 못 가 원소의 백만 대병을 싸우지 않고 깨뜨려 놓을 수 있는데, 명공은 내 말대로 하시겠소?"

조조는 기뻤다.

"원컨대 그 계책을 들려 주오."

그 때부터 허유는 표정을 바꾸어 진지하게 말했다.

"그보다 먼저 대답해 주셔야 할 것이 있습니다. 지금 승상의 군대에는 얼마만큼의 식량이 남아 있습니까?"

느닷없는 질문에 조조는 여유를 보이며 대답했다.

"대략, 1년 정도는 먹을 양식이 있소."

"허허… 그래요?"

허유가 웃으면서 반문하자 조조는 슬그머니 자기가 했던 말을 바꾸었다.

"실은, 한 반년 정도 먹을 만 하오."

그러자 허유는 벌컥 화를 내며 자리에서 일어났다.

"저는 승상을 믿고 계략을 말씀드리고자 하는데 승상은 자꾸만 거짓말을 하시니 불쾌합니다. 그만 승상 곁을 떠나야겠습니다."

조조는 당황하며 허유의 옷소매를 붙잡았다.

"허허, 그대는 뭘 그런 것을 가지고 화를 내시오. 솔직히 말하자면 3개월 정도 먹을 식량 밖에 없소."

허유는 기가 막히다는 듯이 껄껄 웃었다.

"세상 사람들이 승상을 가리켜 간웅이라고 말하는 이유를 오늘 확실히 알았습니다."

조조도 덩달아 껄껄대고 웃으면서 대꾸했다.

"원래 싸울 때는 속임수를 쓰게 마련이라는 것을 그대는 모르고 있었는가. 실은 우리 군대에는 한 달 동안 먹을 양식밖에 없소."

그러자 허유가 두 손을 모두 들었다는 표정을 지으며 내뱉었다.

"승상에게는 졌습니다. 지금 승상의 군대에는 양식이 바닥났지 않습니까?"

조조는 화들짝 놀라며 물었다.

"아, 아니… 그대가 어찌 그것을?"

"조금만 짐작해 보면 알 수 있는 일입니다. 그나저나 계략이란 다른 게 아닙니다. 지금 원소의 군량은 모두 오소(烏巢)에 있소. 지금 순우경이란 장수가 그 곳을 지키고 있다고는 하나, 술만 마시며 아무런 방비가 없는 터이니, 공은 정병을 뽑아 '원소의 장수 장기(蔣奇)가 군사를 영솔하여 군량을 지키러 왔다'고 사칭(詐稱)하고, 그 틈을 타서 군량을 불살라 버리시오. 그러면 원소의 군대는 사흘이 못 가서 절로 어지러워질 것이오."

조조는 크게 기뻐하며, 허유를 후히 대접하고 채중에 머물러 있게 한 다음, 그 이튿날 마보군 5천을 뽑아 내어 모두 원소의 기호(旗號)를 세우고 오소로 갈 준비를 했다.

조조가 군사들을 거느리고 길을 재촉하여 원소의 별채(別寨) 앞을 지날 때였다. 별채 군사가 물었다.

"어디 군마요?"

조조는 군사를 시켜 대답하게 했다.

"명을 받들고 오소로 군량을 지키러 가는 장 장군의 군마요."

원소 군사들은 조조군의 모습이 자기들의 기호(旗號)와 같음을 보고는 다시 의심하지 않았다. 무릇 4,5군데를 지나는데 그 때마다 장기(蔣奇)의 군사라 하며 거침없이 길을 가, 오소에 이르니 사경(四更)이 거의 다 지났을 무렵이었다.

조조의 군사들은 우선 가지고 온 마른 풀과 장작에 불을 붙여 양식과 물자를 쌓아 둔 창고로 던졌다. 불은 순식간에 창고에 옮겨 붙었고 어둡던 주변은 대낮처럼 밝아졌다. 그것을 시작으로 조조의 군대는 함성을 지르고 북 소리를 내며서 오소성으로 쳐들어갔다.

그 때 순우경은 여러 장수들과 함께 술을 마시고 만취가 되어 장중에 누워 자다가 황망히 뛰어 일어나며,

"왜 이리들 시끄러우냐?"

하고 좌우를 돌아보며 물었다. 하지만 그 말이 미처 끝나기도 전에 일시에 달려든 조조의 군사들에게 잡혀 결박을 당

하고 말았다. 삽시간에 불길이 사면에서 일어나며 연기가 땅을 덮은 가운데 양초는 모조리 불에 타서 재가 되고 말았다.

군사들이 순우경을 사로잡아서 끌고 조조 앞으로 왔다. 조조는 곧 그의 귀와 코와 손가락을 잘라 버린 다음, 말 위에다 붙들어 매어 원소의 영채로 돌려 보내어 원소를 욕주게 했다. 조조는 그 싸움에서 원소의 맹장 장합(張郃)과 고람(高覽) 두 장수의 항복까지 받았다.

그 소식을 들은 원소는 크게 탄식하며 중얼거렸다.

"70만 대군의 양식이 모두 오소성에 쌓여 있었는데 그것을 잿더미로 만들어 버리다니…."

하지만 원소를 화나게 만든 일은 그것으로 끝이 아니었다. 오소성을 불태운 조조가 대군을 휘몰아 쳐들어온 것이다.

"조조, 이놈을 당장 죽여야 직성이 풀리겠다."

원소는 이를 부드득 갈았지만 이미 사기가 떨어질 대로 떨어진 그의 군대는 조조군의 적수가 되지 못했다. 그 날 밤에 있었던 싸움에서 원소는 자기 군대의 절반을 잃었다.

그런데 순유가 싸움에서 이기고 돌아온 조조에게 말했다.

"이제 헛소문을 퍼뜨리십시오. 우리가 군대의 일부를 빼돌려 원소가 떠나온 하북 지방을 친다고 하면 원소는 반드시 군대를 나누어 하북으로 보낼 것입니다. 그 때 총공격을 하면 승리는 우리의 것이 됩니다."

조조는 그 계책에 따라 헛소문을 퍼뜨렸다. 그랬더니 소
문을 들은 원소는 순유가 예상했던 것처럼 깜짝 놀라며 부
하 장수들에게 명령을 내렸다.

"즉시 군사들 10만 명을 거느리고 하북으로 가서 조조의
군대를 물리쳐라."

원소는 조조의 손아귀에서 멋대로 놀아나는 꼴이 되어
있었다.

조조는 그 길로 군사들을 총동원하여 원소의 진지로 쳐
들어갔다.

"이번에는 결판을 내야 한다. 한 놈도 살려 두지 마라."

사기가 잔뜩 오른 조조의 군대가 원소의 진지를 사방에
서 에워싼 채 몰아붙이자 원소의 군사들은 맞서서 싸우기
는커녕 뿔뿔이 흩어지며 도망치기에 바빴다.

사정은 원소라고 해서 별로 다르지 않았다.

원소는 심히 낭패하여, 문서 · 거장(車仗) · 금백 따위를
모조리 내버리고 다만 8백여 기를 거느린 채 강을 건너 달
아났다. 70만 대군 중에서 겨우 8백여 명만 목숨을 건진
것이다.

조조의 군사들은 그 뒤를 쫓다가 미치지 못하여 원소가
버리고 간 물건을 모두 거두었는데, 그 싸움에 죽은 원소의
군사들이 8만여 명이나 되었기에, 피가 흘러 구덩이마다
가득 차고, 강을 건너지 못하여 물에 죽은 자도 이루 그 수

효를 헤아릴 수 없었다.

그 때, 조조는 전승(全勝)을 거두고, 뺏은 황금과 비단을 모두 내어 장수와 군사들에게 상으로 나누어 주었다. 그런데 원소가 버리고 간 문서 가운데서 한 다발의 편지가 발견되었다. 뜻밖에도 그것은 허도와 군중에 있는 여러 사람들이 몰래 원소와 주고받은 글이었다.

그것을 본 신하들이

"일일이 성명을 밝혀서 잡아 죽여야 마땅합니다."

그러나 조조는 손을 저으며 말했다.

"원소의 형세가 원체 커서 나도 이길 것을 믿지 못하였으니 하물며 다른 사람들이야 일러 무엇할 것인가!"

조조는 더 살펴보려 하지 않고 그대로 불에 태워, 그 일을 불문(不問)에 붙여 버리고 말았다. 그 때 편지에 자기의 이름이 올라 가슴을 졸이던 조조의 많은 부하들은 감격하여 그에게 더욱 충성을 바쳤다. 그런 일은 아무나 쉽게 흉내낼 수 없는 일로서, 조조의 넓은 도량을 보여 주는 것은 물론, 정복자로서의 대통합 정책을 과시하는 것이기도 하다.

유비의 의거

조조는 원소와의 싸움에서 크게 이기자, 삼군에 후히 상을 내리고 대연(大宴)을 열어 즐기었다.

그럴 때 순욱이 글을 보내 왔다. 사연인즉 유비가 여남에서 유벽·공도 수하의 군사 수만 명을 얻었으며, 승상께서 하북으로 출정하신 것을 알자, 마침내 몸소 군대를 거느리고 허도를 치러 온다 하니, 부디 승상은 한시바삐 회군하시라는 내용이었다.

조조는 크게 놀라 조홍으로 하여금 군사들을 강변에 주둔시켜 지키게 하고, 조조 자기는 친히 대군을 거느리고 여남으로 나아가 유비를 대적하기로 했다.

그 때 유비는 관우·장비·조운의 무리와 함께 군사들을 이끌고 허도를 엄습하러 양산(穰山) 땅까지 나오다가 황급히 달려오는 조조의 군대를 만났다.

그는 곧 양산 아래에 하채하고 군대를 삼대로 나누어, 관우는 동남편에 둔치고, 장비는 서남편에 유비 자신은 조운과 함께 정남편에 영채를 세웠다.

조조의 군대가 오는 것을 보자 유비의 군대가 곧 북을 치며 나아가자, 조조는 진세를 벌려 세운 다음, 채찍을 들어 유비를 가리키며 꾸짖었다.

"내가 너를 상빈(上賓)으로 대접했건만 네가 어찌하여 의리를 저버리고 은혜를 잊는단 말인고!"

유비는 마주 채찍을 들어 조조를 가리키며,

"네가 이름은 비록 한나라 승상이나 실상은 한나라 도적이라, 내 한실 종친으로서 천자의 밀조를 받들어 역적을 처단하러 온 길이다."

라고 말하고는 곧 삼면의 군대를 휘몰아 공격하기 시작했다.

더 이상의 말이 필요 없었다. 유비와 조조는 그 순간에 확실히 갈라섰다. 그 때까지는 서로가 서로의 마음을 떠 보느라고 예의를 차리는 척 했지만, 이제는 상대를 죽이지 않으면 자기가 죽는 적과 적의 사이가 되었을 뿐이었다.

조조는 장수 허저를 내보내고 유비는 조운을 내보냈다. 그리고 관우와 장비와 유비는 세 방향에서 조조의 군대를 몰아붙였다. 유비의 군대는 그것이 첫싸움이었다. 하지만 조조의 군대는 먼 길을 왔기에 사람과 말이 다 함께 지쳤던 터이라, 능히 당해내지 못하고 크게 패하여 달아났다. 유비는 한마당 싸움에 크게 이기고 군대를 거두어 영채로 돌아왔다.

이튿날 유비는 다시 조운을 내보내어 싸움을 청하게 했다. 그러나 조조는 응하지 않았다. 그 다음 날은 장비를 시켜 나가서 또 싸움을 청하게 하였으나, 조조의 군사들은 도무지 꼼짝도 하지 않았다.

그러기를 열흘쯤 되었을 때 홀연 탐마가 보고하되, 공도

의 대군이 뒤에서 몰려 들어온다고 보고했다.

유비는 곧 손건과 간옹의 무리로 하여금 노소를 보호하여 먼저 떠나게 하고, 자기는 관우·장비·조운과 함께 뒤에 떨어져 일변 싸우며 일변 달아났다.

유비가 이미 멀리 달아난 것을 알자, 조조는 굳이 더 쫓으려 하지 않고 군사를 거두었다.

그 때 유비 수하의 패군은 1천 명이 채 되지 못했다. 어딘지도 모를 길을 재촉하여 달려가다가 보니 한 줄기 강물이 앞을 탁 가로막았다.

"여기가 어딘고?"

유비가 좌우를 돌아보고 물었으나 아는 자가 없었다. 때문에 그 곳 토인을 불러서 물어 보니, 한강(漢江)이라고 대답했다. 유비는 우선 그 곳에 영채를 세워, 쉬었다가 가기로 했다.

토인들은 그가 유 황숙이라는 것을 알자, 곧 고기와 술을 받들어 올렸다. 유비는 좌우 사람들과 함께 모래톱 위에 둘러앉아 술을 마시며 길게 한숨을 쉬면서 말했다.

"여러분이 모두 큰 재주를 가졌으되, 오직 이 유비를 따르는 것이 불행이오그려. 내 명도가 기구하여 누를 여러분에게 미치게 하고, 오늘날 이렇듯 몸둘 곳조차 없으니, 여러분은 부디 나를 버리고 달리 영명한 주인을 찾아가서 공명을 취하도록 하오."

잔뜩 풀이 죽은 유비의 말에 모두들 낯을 가리고 울었다. 그 때 관우가 개연히 나서서 말했다.

"형님의 말씀은 옳지 않습니다. 예전에 고조(高祖)께서 항우(項羽)와 천하를 다투실 때도 항우에게 여러 번 패하셨지만 뒤에 구리산(九里山)에서의 한 번 싸움에 공을 이루시어 마침내 4백년 기업을 여시지 않았습니까. 승패는 병가지상사(兵家之常事)이니 그토록 낙심하실 것이 아닙니다."

그러자 손건도 한 마디 했다.

"승패는 때가 있으니 황숙께서는 마음을 크게 가지십시오. 여기서 형주 땅은 멀지 않습니다. 유경승(유표의 자)은 9주(州)를 점거하여 군사들도 많고 양식도 넉넉한 데다가 주공과는 같은 한실 종친이 되십니다. 그리로 가시어 잠시 몸을 의탁하도록 하시지요."

"지금으로선 그 수밖에 없겠지. 하지만 나를 용납하지 않을까 걱정이오."

"그렇다면 제가 먼저 형주로 가서 유경승을 설복하여, 그로 하여금 지경 밖에 나와 주공을 영접해 모시도록 하겠습니다."

손건은 그 날 당장 형주로 떠났다. 손건에게 사정을 들은 유표는 선뜻 승낙했다.

한데 채모라는 장수가 불쑥 나서며 말했다.

"안 됩니다. 유비는 일찍이 여포를 따르다가 조조를 섬겼으며 원소에게도 빌붙었던 사람입니다. 사람됨이 가벼워 어디엘 가도 오래 붙어 있지 못할 뿐만 아니라 이제 조조 와는 원수지간이 되었습니다. 유비를 받아들이면 조조가 공격해 올 것이니 차라리 손건을 잡아 조조에게 바치십시오. 그러면 조조가 반드시 나리께 보답할 것입니다."

그러자 손건이 채모를 노려보면서 말했다.

"나는 죽음 따위를 두려워하는 사람이 아니오. 그리고 유 황숙께서 여러 곳으로 떠돌아다닌 것은 사실이지만 그 것은 나라를 위해 충성하려다가 보니 그렇게 된 것이오. 그런 분이 잠시 어려운 입장이 되어 친척이 되는 어른에게 몸을 의지하려는 것이니 그대는 함부로 입을 놀리지 마시오."

그러자 채모도 발끈하며 손건을 노려보았다. 분위기가 심상치 않은 것을 눈치챈 유표는 서둘러 결론을 내렸다.

"유비가 여러 사람을 따라다니다가 그들을 버린 것은 그들이 잘못된 인간이었기 때문이지 유비가 간사해서가 아니었소. 나는 친척의 어려움을 모른 척할 수 없으니 모두들 더 이상 말리지 마시오."

유표는 직접 형주성에서 30리 밖이 되는 곳까지 나와서 유비 일행을 맞이했다.

그리하여 유비는 한동안 형주의 유표에게 몸을 의탁하게 되었다.

원소의 죽음

해가 바뀌어 건안 8년 춘정월이 되었다. 조조는 다시 군대를 일으켜 원소를 치기로 했다. 조조의 대군이 관도(官渡)로 나와 기주를 치려 하자, 원소는 무리들을 모아 놓고 의논했다. 원소의 아들 원상(袁尚)이 나서서 아뢰었다.

"부친께서 병환중이시니 원컨대 소자가 군사들을 거느리고 나아가 대적할까 합니다."

원소는 그렇게 하기를 허락하고, 다시 사람을 청주·유주·병주로 보내어 원담(袁譚)·원희(袁熙)·고간(高幹)에게 곧 군대를 거느리고 와서 함께 조조를 치게 했다.

그런데 그 날 부친의 허락을 받자, 원상은 형들의 군대가 이르기를 기다리지 않고, 혼자 공을 세우려고 군사들 수만 명을 거느리고 여양으로 나가, 조조의 선봉 부대와 서로 만났다.

진을 마주 대하자 장요가 말을 달려 나왔다. 원상은 혈기만 믿고 곧 창을 꼬나쥐면서 장요에게 달려들었다.

그러나 서로 싸운지 3합이 채 지나지 않아 원상이 크게 패하여 달아나자, 장요는 그대로 군대를 휘몰아 그 뒤를 급히 쳤다. 때문에 원상은 앞뒤를 제대로 살피지 못하면서 패군을 이끌고 겨우 기주로 도망하여 돌아왔다.

원소는 원상이 패하여 돌아왔다는 말을 듣자 너무나 크

게 충격을 받아 구병(舊病)이 재발했다. 피를 두어 말이나 토하고 그대로 쓰러져 혼절해 버린 것이다.

유 부인이 황망히 그를 부축하여 침상이 있는 방에다 뉘었으나, 그의 병세는 더욱 침중해질 뿐이었다. 유 부인은 급히 심배와 봉기를 불러들여 함께 원소의 병상 앞으로 갔다. 그가 도저히 다시 일어나지 못할 것을 짐작하고 후사(後嗣)를 의논하기 위함이었다.

그러나 원소는 다만 손으로 허공을 가리킬 뿐 제대로 말을 하지 못했다. 유 부인이 한 마디 물었다.

"상(尙)으로 후사를 잇게 할까요?"

원소가 정신이 혼미한 가운데 간신히 고개를 한 번 끄덕였다. 심배는 병상 옆에서 유언장을 썼다. 그 일이 겨우 끝날까말까 했을 때 원소는 몸을 한 번 뒤치며 다시 피를 한 말 넘어 토하고는 다시 돌아오지 못할 길을 떠나고 말았다. 너무나 허무한 죽음이었다.

원소가 죽고 나자 원상이 혼자 조조의 군대를 막으려 했으나, 그는 물론 조조의 적수가 아니었다. 원상은 마침내 예주 자사 음기를 조조의 영채로 보내어 항복하겠다는 뜻을 밝혔다.

조조가 거짓으로 항복을 받아 주겠다고 허락한 다음에 그 날 밤 장요와 서황을 시켜 겁채하게 하니, 원상은 크게 패하여 중산(中山)으로 도망쳤다. 조조는 더 쫓지 않고 군대를 돌이켜 기주를 치기로 하였다.

허유가 계책을 말했다.

"장하(漳河)의 물을 터서 성에다 대십시오."

조조가 그 말을 옳게 여겨, 먼저 군사들을 성 밖으로 보내어 하참(河塹)을 파게 하니 주위가 40리나 되었다. 군사들이 곧 장하의 물을 끌어다 대니 성내 평지의 수심은 몇 척이나 되고, 거기다 겸하여 양식이 떨어졌기에 군사들은 모두 굶어 죽었다.

사세가 글렀다고 생각한 심영(審榮)은 몰래 항복하는 글을 써서 화살에다 매어 성 아래로 쏘았다. 군사가 집어다가 조조에게 바쳤다.

이튿날 날이 밝자 심영이 서문을 열어 조조의 군대를 안으로 들이자, 군사들이 아우성치며 조수처럼 성내로 들어갔다.

조조는 기주성을 얻고 나자, 몸소 원소의 무덤을 찾았다. 묘 앞에 제전을 베풀고 분향 재배한 다음, 한 차례 곡을 올리고 나서 조조는 좌우의 문관 무장들을 돌아보고 말했다.

"내가 본초(원소의 자)와 더불어 의병을 일으킨 것이 바로 엊그제 같은데, 이제 그가 이미 죽었으니 내 마음이 슬프지 않을 수가 없소이다."

듣는 자들도 모두 탄식해 마지않았다.

그 때 원담은 수하의 군사들을 모조리 모은 다음에 다시 기주를 회복해 보려고 했다. 조조는 그 소식을 전해 들었으나, 짐짓 사람을 보내어 그를 불러 보았다. 그러나 원담은 오지 않았다.

조조는 크게 노하여 몸소 대군을 거느리고 바로 평원으로 나아갔다. 원담은 조조가 친히 대군을 이끌고 온다고 듣자, 소스라치게 놀라 급히 사람을 형주의 유표에게로 보내어 구원을 청했다.

그러나 유표가 구원병을 보내어 조조와 원수질 리가 없었다. 원담은 자기의 힘만으로는 도저히 조조를 대적할 길이 없음을 알고, 마침내 평원을 버리고 남피(南皮)로 달아났다.

남피에 이르자, 곽도가 나서서 계교를 말했다.

"사세가 이에 이르렀으니, 내일 백성들을 모조리 몰아 앞에 세우고, 군사들이 그 뒤를 이어 나가는 방법으로 조조와 더불어 한 번 죽기로 싸워 보시지요."

원담은 그 말을 좇아서, 그 날 밤에 성내의 백성들을 다 모아, 모두 칼과 창을 들려 명령에 따르게 했다. 그리고는 다음 날 새벽에 4대문을 활짝 열고 군사들은 뒤에서 몰고 백성들은 앞에서 달리며 일제히 고함치게 하면서 조조의 영채를 향해 덮쳐들었다.

목숨을 건 싸움이었다. 양편 군사들이 서로 어우러져, 진시부터 오시에 이르도록 치열하게 싸웠다. 하지만 좀처럼 승부가 나뉘지 않았다.

조조는 쉽게 이기지 못하는 것을 보자, 말을 버리고 산 위로 올라가서 친히 북채를 잡고 어지럽게 북을 쳤다. 장수와 군사들은 그것을 보고 크게 분발하여 일제히 앞으로 나가며 몰아쳤다.

조홍(曹洪)은 위엄을 뽐내며 난군 속을 뚫고 들어갔으며 원담을 만나자 그대로 칼을 들어 세차게 찍었다. 원담은 조홍의 손에 참혹하게 죽고 말았다.

조조는 마침내 군사들을 거느리고 남피성으로 들어갔다. 그는 원담의 목을 북문 밖에 내어다 걸게 하였다.

그 때 모사 곽가가 병으로 죽었다는 소식을 듣고 조조가 몹시 슬퍼했다. 그 때, 곽가를 좌우에서 모시던 자가 일봉서를 갖다 바치며 아뢰었다.

"곽 공이 임종 때 친필로 이것을 써 놓으시고, 승상께서 만약 글 속에 있는 대로만 하신다면 요동(遼東)은 절로 평정될 것이라고 유언하셨습니다."

조조는 글을 받아서 펴 보고 나서 몇 번이나 머리를 끄덕였다. 그러나 아무도 그 뜻을 알지 못했다.

그 이튿날 하후돈이 여러 사람과 함께 들어와서 말했다.

"요동 태수 공손강(公孫康)이 오랫동안 빈복(賓服)하지 않고 있는데, 이제 원희와 원상이 싸움에 패하여 그리고 갔다고 하니 그대로 내버려 두었다가는 반드시 후환이 될 것입니다. 그들이 아직 움직이지 않을 때 속히 가서 치면 요동을 쉽게 얻을 수 있을 것입니다."

듣고 난 조조는 웃으며 장수들을 둘러보고 말했다.

"제공의 힘을 빌릴 것도 없는 일이오. 며칠 있으면 공손강이 제 손으로 원희와 원상의 목을 갖다가 바칠 게야."

무엇을 믿고 하는 말인지, 조조는 그렇게 장담했다. 하지만 모든 장수들은 다 곧이듣지 않았다.

한편, 원희와 원상 형제는 수하의 군사들 수천 기를 거느리고 요동으로 갔다. 요동 태수 공손강은 두 형제가 몸을 의탁하러 온다는 말을 듣자, 즉시 무리들을 모아 놓고 상의했는데, 그의 아우 공손공(公孫恭)이 나서서 말했다.

"원소가 살았을 때 항상 우리 요동을 삼키려 하던 것은 누구나 다 아는 일이 아닙니까. 이제 그의 아들 원희와 원상이 조조에게 패하고 갈 곳이 없어 우리에게로 온다고 하니 이것은 바로 비둘기가 까치집을 뺏으려는 것과 같습니다. 만약 그들을 용납하여 들였다가는 뒤에 반드시 우리를 해치려고 할 것입니다. 이번에 아예 죽여서 그들의 수급을 갖다 조조에게 바치면 조조가 반드시 우리를 후대할 것입니다."

"그것도 맞는 말이지만, 조조가 군대를 거느리고 요동으로 내려온다면, 오히려 원희와 원상을 받아들여 그들과 힘을 합하여 막는 것이 좋지 않겠느냐."

공손강이 묻자 공손공이 다시 말했다.

"그러면 곧 사람을 보내어 알아 보도록 하시지요. 그리하여 만약 조조가 우리를 치러 올 것 같으면 원희 원상을 그대로 두어 두고, 아무런 움직임이 없으면 곧 그들을 죽여서 조조에게 보내면 될 일이 아닙니까."

공손강은 마침내 그 말을 좇아, 사람을 보내어 조조 군
대의 움직임을 알아 오게 하였다.

원희와 원상은 요동에 이르자 은밀하게 서로 의논했다.

"요동의 군대가 수만 명이나 되니 그만 하면 조조와 한
번 싸워 볼 만하다. 그러니 잠시 기회를 엿보다가 공손강을
죽이고 땅을 빼앗아 기력을 양성한 다음에 중원을 막으면
가히 하북(河北) 땅을 되찾을 수 있을 것이다."

의논이 정해지자, 형제는 성 안으로 들어가서 공손강과
서로 보기를 청하였다. 그러나 공손강은 그들을 그대로 관
역에 머물러 있게 한 채, 몸이 아프다고 청탁하고 곧 만나
보려고 하지 않았다.

이튿날 세작이 돌아왔다. 공손강이 급히 불러들여 물어
보니, 조조는 지금 역주에 군대를 주둔시키고 있는데, 요동
으로 내려올 생각은 조금도 없는 것 같다고 했다.

그는 크게 기뻐하며 곧 도부수들을 숨겨 놓고, 원희와
원상을 청하여 들었다. 원가 형제와 서로 예를 마치자, 공
손강은 그들에게 자리를 권했다.

그 때 날이 몹시 찼는데 상탑(床榻) 위에 자리를 깔아 놓
지 않았다. 원상은 그것을 보고 다소 언짢아하며 주인에게
말했다.

"뭐 깔고 앉을 것을 마련해 주셨으면 합니다."

그러나 너무나 뜻밖이었다. 그 말에 공손강이 눈을 부릅
뜨며 외쳤다.

"너희 두 놈의 머리가 이제 만리길을 갈 것인데 무슨 자
리를 마련하여 달라느냐!"

원희와 원상이 너무도 놀랍고 어이가 없어서 그의 얼굴
만 쳐다볼 때, 양편 벽의 속에서 도부수들이 일제히 달려
나와, 그 자리에서 두 사람을 죽여 버렸다. 공손강은 즉시
원가 형제의 머리를 목갑에 담아, 사람을 시켜 역주로 가서
조조에게 바치게 했다.

조조는 원희와 원상의 머리를 보고는,

"봉효(곽가의 자)가 예측하였던 대로구면."

하고 말하며 크게 웃은 다음, 공손강의 사자에게 후히
상을 주고, 공손강을 봉하여 양평후 좌장군(左將軍)으로 삼
았다. 사자가 나간 후 모든 무리가 물었다.

"어찌하여 승상께서는 봉효가 예측했던 대로라고 말씀하
십니까?"

조조는 그제서야 곽가가 임종 때 남겨 놓은 글의 내용을
말했다.

"봉효가 말하기를, 만약 우리가 군대를 몰아서 치면 그
들이 힘을 합해서 항거하여 승리하기가 쉽지 않겠지만 그
대로 두어 두면 공손강과 원씨 형제가 서로 싸우게 될 것
이라고 하였소."

듣고 나자 모든 무리들은 진심으로 크게 감복했다.

제5장
삼고 초려

준마 적로

유비가 형주에 온 뒤로 유표가 그를 아우로 여겨 대접함
이 심히 후하였다. 두 사람은 가끔 만나서 술을 마시면서
세상이 돌아가는 이야기를 나누기도 했다.

하루는 마주 앉아 술잔을 기울이고 있는데, 병사 한 명
이 달려와서 보고했다. 유표에게 항복했던 강하 땅의 장수
인 장무·진손이 백성들을 마구 죽이고 노략질을 하는 등
행패가 심하다는 것이었다.

"걱정이로다. 먼 지방에서는 반란이 끊일 날이 없으
니…"

받아 주오."

유비가 자리에서 몸을 일으켜 사례하자, 유표는 다시 말했다.

"현제가 오래 이 곳에 있어 군사 일을 폐하는 것도 좋지 않을 것 같구려. 양양에 신야(新野)라는 고을이 있는데 양식과 재물도 제법 넉넉하니, 현제는 본부 병마를 거느리고 그 곳에 가서 백성도 다스리고 군사들도 훈련시키는 것이 좋을 것 같소."

유비는 무언가 자신이 견제받는 듯한 느낌이 들었으나, 응낙하는 수밖에 없었다. 이튿날 유비가 군사들을 이끌고 형주성 밖으로 나서려 할 때, 한 사람이 앞으로 와서 공손히 절을 하고 말했다.

"공은 부디 그 말을 타시지 마십시오."

그는 막빈으로 있는 이적(伊籍)으로, 자는 기백(機伯)이며 산양(山陽) 사람이었다. 유비가 황망히 말에서 뛰어내려 물었다.

"어찌 하시는 말씀이오?"

"네, 다름이 아니라, 어제 괴월이 유표에게, '이 말은 적로라, 타면 반드시 그 주인을 해친다'고 말했습니다. 그래서 공에게로 돌려보내신 것이니, 부디 다시는 타지 마십시오."

그러자 유비가 말했다.

"그처럼 나를 사랑하시니 감사하기는 하지만 사람의 명

(命)은 하늘이 정하는 것이지 어찌 말 한 마리 따위에 좌우될 수 있겠습니까?"

이적은 그 말을 듣고 다시 한 번 유비의 지혜와 용기에 감탄했다. 그 때부터 이적은 유비와 가깝게 지내기 시작했다.

유비가 신야(新野)에 이른 뒤로 고을 일을 잘 다스리니, 군사나 백성이나 모두 기뻐하고 정치도 일신해졌다.

건안 12년 봄이었다. 감 부인은 유비 평생의 일점 혈육인 유선(劉禪)을 낳았다. 본래 감 부인이 꿈에 북두(北斗)를 삼키고 그를 잉태하였음으로 하여, 유선의 아명을 「아두(阿斗)」라고 했다.

어느 날 채모가 유표에게 말했다.

"근년에 해마다 풍년이 들었습니다. 그래서 이번에 그 동안 수고한 관리들을 양양 땅으로 불러 치하하는 뜻을 보이려 합니다. 아무래도 주공께서 몸소 가 보셔야만 하겠습니다."

"요사이 몸이 불편하니 나는 가지 못하겠다. 기(琦)와 종(宗) 두 아이로 주인을 삼아 객들을 대접하도록 하여라."

"그러나 두 공자가 다 아직 나이가 어려, 혹시 예절을 잃지나 않을까 염려됩니다."

"그렇다며 신야로 가서 현덕을 청하여다 나 대신 참석시키도록 하게."

유표는 그저 무심히 말했다.

"네, 그러면 그렇게 하겠습니다."

채모는 속으로 은근히 기뻐하며, 곧 사람을 보내어 유비를 양양으로 청하게 했다. 관우가 유비에게 말했다.

"이번에 저들이 형님을 부르는 것이 아무래도 수상합니다. 하지만 양양이 여기서 멀지 않은 곳이니 만약 가시지 않으면 도리어 의심을 살 것입니다."

유비가 고개를 끄덕이지 조운이 나섰다.

"제가 마보군 3백 명을 이끌고 주공을 모시고 가면 아무 일도 없을까 하옵는데…."

"그렇게 하는 것이 좋겠군."

유비는 마침내 그의 말을 좇아, 조운이 이끄는 군사들 3백 명의 호위를 받으며 양양 땅으로 갔다.

유비가 성 밖에 이르자 채모가 나와서 은근한 예로 영접했다. 뒤따라 유기·유종 두 공자가 일반 문무 관료를 데리고 나와서 맞았다. 유비는 두 공자가 함께 있는 것을 보고 더 이상 의심하지 않았다.

그 이튿날이었다. 사람이 와서 보고하되 9군(郡) 42주(柱)의 관원들이 모두 이르렀다고 했다. 채모는 가만히 괴월을 불러 의논했다.

"유는 효웅이라 오래 이 곳에 머물러 있게 하면 뒤에 반드시 해가 될 것이오. 아무래도 오늘 이 곳에서 없애 버려야만 하겠소."

"그렇다면 미리 준비가 있어야만 하겠습니다."

"준비는 다 되었소. 동문은 내 아우 채화(蔡和)가 군사들을 거느리며 지키고, 남문은 채중(蔡中), 그리고 북문은 채훈(蔡勳)이 지키고 있소."

"그럼 서문은 누가 지킵니까?"

"그 곳은 구태여 군사들을 보내서 지킬 필요가 없소. 단계(檀溪)가 앞을 가로막고 있으니, 비록 날개가 달렸더라도 그 곳은 지나가지 못할 것이오."

"참 그 곳엔 단계가 있었지요."

그들이 이처럼 흉계를 꾸미고 있을 줄은 유비는 꿈에도 알 턱이 없었다. 그 날 유비는 적로마를 타고 주아(州衙)로 들어가, 각읍 관원들이 모두 당중에 모이기를 기다리며, 주인 자리에 나아가 앉고, 두 공자는 좌우로 나누어 자리를 잡았고, 그 나머지 사람들은 각기 관등을 따라서 앉았다.

조운이 칼을 차고 유비의 곁을 떠나지 않고 서 있을 때, 문빙이 들어와서 그를 보고 외청으로 나가자고 청했다.

"우리만 즐기려니 마음이 안됐습니다. 조 장군도 함께 즐기시지요."

"아닙니다. 저는 괜찮습니다."

조운은 처음에 사양하며 듣지 않았으나, 유비가 가 보라고 권했기에 하는 수 없이 그를 따라 나갔다.

채모는 밖에서 물샐 틈 없이 준비를·해 놓고, 술이 여러 순배 돌아 모두가 술에 취했을 때 유비를 죽일 계획이었던 것이다.

술이 세 순배째 돌 때였다. 이적이 자리에서 일어나 잔을 잡고 유비 곁으로 가, 남모르게 눈짓을 하면서 은근히 말했다.

"황숙께서는 복장이 불편하지 않으십니까? 편한 옷으로 갈아입으시지요."

유비는 이적이 뭔가 할 말이 있음을 눈치채고 곧 일어나 측간으로 가는 척하고 밖으로 나왔다. 이적은 잔을 한 차례 돌리고 나자 곧 후원으로 따라 들어가, 유비에게 속삭이듯이 말했다.

"채모가 지금 공을 해치려고 합니다. 동문·남문·북문 세 곳은 군사들이 철통같이 지키고 있으니 곧 서문으로 나가십시오. 한시가 급합니다."

유비는 깜짝 놀라 적로마의 고삐를 잡고 동산 뒷문을 열고 나가자 곧 몸을 날려 말에 올랐다. 그리고 이루 종자를 부를 경황도 없이 서문을 향하여 달려갔다.

"화… 황숙께서는 어딜 그리 급히 가십니까?"

황급히 달려오는 유비를 보고 서문을 지키던 병사들이 물었을 때는 유비가 이미 바람을 일으키며 성문을 빠져나간 뒤였다.

놀란 병사들이 채모에게 달려가 보고했다.

"유 황숙께서 한 마디 대꾸도 없이 성문을 빠져 나갔습니다."

"뭐… 뭐라고?"

채모는 대뜸 일이 어렵게 되었다고 느끼며 소리쳤다.

"모두들 나를 따르라. 유비를 잡아야 한다."

쫓고 쫓기는 필사의 추격전이 시작되었다. 유비는 적로의 등에 연방 채찍질을 하며 앞만 보며 달렸고 채모와 군사들이 함성을 지르며 뒤쫓았다.

그렇게 두어 마장 정도 달렸을 때 큰 시내가 유비의 앞을 딱 가로막았다. 넓기도 몇 장(丈)이나 되려니와, 물이 상강(湘江)과 서로 통하여 물결이 심히 험하기로 유명한 단계(壇溪)였다.

시냇가까지 가 보았으나 도무지 건널 방법이 없었다. 유비가 다시 말머리를 돌리려 할 때, 멀리 뒤쪽에서 흙먼지가 크게 일며 추격하는 군사들이 이제 곧 그 곳으로 올 형세를 보였다.

"이제 여기서 꼼짝없이 죽는구나."

유비가 뒤를 돌아다보니 추격하는 병사들이 점점 더 가까워지고 있었다. 실로 한 순간도 더 머물러 있을 수 없는 형세였다. 유비는 앞뒤 생각없이 그냥 물 속으로 말을 몰았다. 그러나 두어 걸음을 못 옮기어 적로마는 앞굽이 물 속에 푹 빠지며 유비도 덩달아 물 속으로 잠겨들었다. 그 순간 유비는 저도 모르게 채찍을 번쩍 들며,

"적로야, 적로야. 네가 오늘 나를 해치려느냐!"

하고 부르짖었다. 그러자 말이 갑자기 물 속에서 훌쩍 몸을

솟구쳤다. 그리고는 3장(丈)이나 되는 넓은 시내를 그대로 뛰어 건넜다.

그 무렵 조운은 외청에서 술을 마시고 있는 중에 밖에서 갑자기 인마들이 소란스럽게 움직이는 것을 보고 급히 안으로 들어가 보았다. 하지만 석상에 유비의 모습이 보이지 않았기에 조운은 급히 수하 군사를 시켜 사면으로 돌아다니며 살펴보게 했다. 그러나 도무지 종적을 알 수가 없었다.

조운은 다시 성 안으로 들어갈까 하고도 생각했으나, 혹시 매복한 군사들이 있을까 두려워 우선 군사들을 이끌고 신야로 돌아갔다.

수경 선생

한편 유비는 말에 탄 채 시내를 뛰어넘자,

'이 넓은 냇물을 뛰어넘다니, 이 어찌 하늘이 도우신 게 아니랴.'

하고 신기해하며 남장(南漳)을 향해 말을 채찍질하여 나갔다. 그 때 소에 타고 피리를 불면서 지나가던 한 어린 목동이 물었다.

"장군님은 혹시 옛날에 황건적을 물리친 유 황숙 어른이 아니신가요?"

유비는 깜짝 놀라며 반문했다.

"그렇다만 네가 나를 어찌 알았느냐?"

"우리 사부님께서 장군님 얘기를 많이 하셨어요."

"호오, 그래? 너의 사부님이 누구시냐?"

"우리 사부님의 성은 사마(司馬)이시고, 함자는 휘(徽)이시며, 자는 덕조(德操)이신데 영주 태생이십니다. 도호(道號)는 수경(水鏡) 선생이시고요."

유비는 그 사람이 누구인지 궁금해서 견딜 수가 없었다.

"네 사부님은 어디서 사시느냐?

목동은 한쪽을 가리키며 대답했다.

"저어기 수풀이 보이지 않습니까. 그 속에 바로 사부님의 장원이 있습니다."

유비가 동자를 따라 장원 앞에 이르러, 마악 중문을 들어서려니까, 마침 안에서 거문고 타는 소리가 들려 왔다. 동자가 그를 손으로 가리키며 일러 주었다.

"저 어른이 바로 우리 사부님이세요."

유비가 눈을 들어 그 사람을 바라보니 기우(器宇)가 범속하지 않았다. 유비는 황망히 앞으로 나가 예를 베풀었다.

수경 선생이 답례하고 한 마디 했다.

"얼마나 놀라셨소? 그래도 화를 면하셨으니 다행이시오."

"예?"

유비는 그 말에 놀라며 의아해하기를 마지않았다.

"구태여 숨기실 필요가 없습니다. 공이 지금 난을 피해서 오신 것이 아니오?"

유비는 마침내 양양에서 있었던 일을 자세히 이야기했다.

"공의 기색을 보고 이미 알았습니다. 그런데 내가 명공의 대명을 들은 지가 오랜데, 어찌하여 여태까지 이처럼 불우하게 지내시오?"

"제 팔자가 하도 험난하니 어찌합니까."

그러자 수경 선생은 고개를 가로저으며 말했다.

"그것은 팔자 탓이 아닙니다. 제가 보기에 그것은 장군 좌우에 장군을 도와 줄 인물이 없기 때문입니다."

유비가 말했다.

"인물이 없다니요. 제 주변에는 관우와 장비·조자룡 같은 훌륭한 장수도 있고 손건과 미축 같은 충성스러운 신하들도 있습니다."

"그렇지요. 관우와 장비·조자룡이 훌륭한 장수임에는 틀림없소. 하지만 그들의 능력을 제대로 활용할 지혜로운 사람은 없소. 손건과 미축도 착한 신하인 것은 분명하지만 앞날을 내다보고 큰 일을 할 만한 인물은 못됩니다."

그 순간 유비는 머릿속에 자리잡은 흐릿한 안개가 일시에 걷히는 기분이 되었다. 그제야 그는 훌륭한 장수들을 가지고 있으면서도 어째서 그 때까지 실패만 거듭해 왔는지 그 이유를 알 것 같았다. 모름지기 싸움을 하려면 힘과 지혜가 모두 필요한 것인데 그에게는 지혜가 없었던 것이다.

"제가 우매하여 지혜가 있는 이를 알아보지 못했으니 부디 선생께서 가르쳐 주십시오."

"지금 천하의 기재(奇才)들이 모두 이 곳에 모여 있으니, 공은 몸소 구하여 보도록 하시구려."

유비가 급히 물었다.

"천하의 기재가 어디 있으며, 대체 누굽니까?"

"복룡(伏龍)·봉추(鳳雛) 두 사람 중에서 하나만 얻어도 가히 천하를 바로잡을 수 있을 것이오."

"복룡·봉추란 과연 누굽니까?"

그러나 수경 선생은 크게 웃을 뿐, 대답하지 않았다. 유비가 다시 물으려 할 때, 수경 선생이 말했다.

"날이 이미 저물었으니 장군은 여기서 하룻밤 쉬시지요."

곧 동자에게 명하여 음찬(飮饌)을 갖추어 대접하고, 말은 후원으로 끌어 들여다 꼴을 먹이게 했다.

날이 밝자 유비는 수경 선생에게, 산에서 나와 서로 도와서 함께 한실(漢室)을 바로잡자고 청해 보았으나, 수경 선생은 빙그레 웃으며 말했다.

"나처럼 산과 들에서 한가롭게 노니는 사람이 그런 소임을 어찌 감당하겠습니까. 이제 나보다 십 배나 나은 사람이 와서 공을 도울 것이니, 공은 잘 찾아 보시오."

두 사람이 그렇게 말하고 있을 때, 문득 장원 밖에서 소란스러운 소리와 말이 우는 소리가 들렸다. 유비가 깜짝 놀라 급히 나가서 보니 조운이었다. 조운이 말에서 내려 들어와 말했다.

"제가 어젯밤에 신야로 돌아가 보니 주공께서 돌아와 계시지 않기로, 밤을 새우며 찾아 헤메다가 이 곳까지 이르게 되었습니다. 혹시 무슨 변이 있을지도 모르니 한시 바삐 돌아가시지요."

유비는 곧 수경 선생에게 하직을 고하고, 조운과 함께 말에 올라 신야를 향해 길을 재촉했다.

팔문금쇄진

신야로 돌아간 유비가 신하들을 모아 놓고 양양에서 있었던 일을 이야기하니, 손건은 듣고 나자 벌컥 화를 내며 말했다.

"당장 유표에게 편지를 써서 그 일을 알려야 합니다. 그가 일을 어떻게 처리하는지 지켜본 뒤에 우리의 앞일을 결정하는 것이 좋겠다고 생각합니다."

유비는 그 말을 옳게 여겨, 글을 써서 손건에게 주었다. 손건이 형주에 이르자 유표는 곧 불러들여서 먼저 한 마디 물었다.

"내가 현덕을 청하여 양양 연회에 나가게 했는데, 어찌하여 중도에서 몸을 빼쳐 돌아가 버린 것이오?"

손건은 유비의 글월을 올리고, 채모가 흉계를 꾸며 해치려 하므로 부득이 자리를 피하여 도망한 일과, 천행으로 적로마가 단계를 뛰어넘어 화를 면한 일들을 갖추어서 고했다.

유표는 크게 놀라며 급히 채모를 불러들였다.

"네 이놈, 네가 감히 내 동생을 죽이려 했다는데 그게 사실이냐?"

채모는 얼굴이 새파랗게 질리며 더듬거렸다.

"그… 그것이…."

"대답하지 못하는 것을 보니 사실이구나. 여봐라, 이놈을 당장 끌어내다가 목을 쳐라."

그 때 소식을 들은 유표의 부인 채 씨가 급히 달려와 눈물을 흘리며 애원했다.

"채모는 하나밖에 없는 제 오라버니입니다. 제발 목숨만 살려 주세요."

하지만 유표는 그래도 화가 풀리지 않는 모습이었다.

그 때 손건이 말했다.

"채모를 죽이시면 유 황숙께서는 미안하게 생각하여 더 이상 신야에 머물지 못하실 것입니다. 황숙을 생각해서라도 목숨만은 살려 주십시오."

그 말에 유표는 가까스로 화를 가라앉히고 채모를 꾸짖으며 다시는 그런 일이 없도록 하라고 엄히 당부했다. 그리고는 즉시 장자 유기(劉琦)로 하여금 손건을 따라 유비에게로 가서 사죄하게 했다.

유기가 명을 받들어 신야에 이르자, 유비는 곧 잔치를 베풀어 그를 대접했다. 그런데 술이 몇 순배 돌아갔을 때 문득 두 줄 눈물이 유기의 뺨 위로 흘러내렸다. 유비가 놀라서 까닭을 묻자, 유기가 대답했다.

"저의 계모 채씨가 항상 저를 모해(謀害)할 궁리를 하니 어찌 서럽지 않겠습니까. 부디 숙부님께서 좋은 방도를 가르쳐 주십시오."

그러나 유비는 이 가엾은 조카에게 일러 줄 다른 말이 없었다. 그는 오직, '계모가 어떠한 생각을 품고 있든 간에 자네가 효도를 극진히 하면 아무 일이 없을 것일세.'하고 위로할 뿐이었다.

이튿날 유기가 울며 하직을 고했다. 유비가 말을 타고 성 밖까지 나가서 그를 배웅하고, 말 머리를 돌려 성으로 돌아올 때였다. 저잣거리를 지나가다가 문득 보니 머리에 갈건(葛巾)을 쓰고, 몸에 도포를 입고, 허리에 검은 띠를 두른 사나이가 큰 소리로 노래를 부르고 있었다.

그런데 그가 부르는 노랫말이 아무래도 예사롭지 않았다.

"산속에 어진 사람이 있어 훌륭한 주인을 섬기려 하네.
훌륭한 주인은 어진 사람을 찾으면서도 어찌하여
나를 알아보지 못할까?"

유비는 이 사람이 혹시 수경 선생이 말하던 복룡·봉추
나 아닐까 하고 생각하고 말에서 내려 서로 인사를 나눈
다음에, 현아(懸衙)로 맞아들여 그의 성명을 물었다. 그 사
람이 대답했다.

"저는 곧 영주(潁州) 사람으로 성은 단(單)이고 이름은
복(福)이라 합니다. 유 황숙께서 어진 이를 부르신다는 말
씀을 들은 지 오래이나 인진(引進)하는 길이 없기로, 그렇
듯 거리에서 노래를 불러 존청(尊聽)을 움직여 드린 것입니
다."

유비가 그를 상빈으로 대접하니, 단복이 말했다.

"아까 황숙께서 타고 오신 말을 다시 한 번 보여 주십시
오."

유비가 안장을 내리고 당 아래로 끌어오게 했더니, 단복
은 한 번 보고 나서 말했다.

"이건 적로마가 아닙니까? 비록 천리마이기는 하나 끝내
는 주인을 해치고 말 것이니, 부디 타지 마십시오."

"그것은 벌써 응험(應驗)이 있으니 걱정하지 마시오."
하면서 유비는 적로를 타고 단계를 뛰어 넘은 이야기를 했
다. 듣고 나자 단복이 말했다.

"그것이야 주인을 구한 것이지 주인을 해친 것이 아니지요 적로는 결국 한 주인을 해치고야 말 것입니다. 저에게 양법(穰法)이 하나 있으니 그대로 해 보시지요."

"그 양법을 듣고 싶습니다."

"공이 미워하는 사람이 있으시거든 이 말을 보내셔서 한 번 그 사람을 해치게 한 다음에 다시 타시면 무사하실 것입니다."

유비는 그 말을 듣자 얼굴빛이 획 변하였다.

"공이 처음으로 내게 오셔서, 나를 정도(正道)로 가르치려고는 안 하시고 제가 이롭고자 남을 해롭게 하는 일을 일러 주시니, 나는 결단코 공의 말씀을 듣지 못하겠소."

단복이 빙그레 웃으며 사죄했다.

"일찍이 황숙의 인덕(仁德)을 들어왔기로 짐짓 한 말씀 시험삼아 올렸던 것입니다. 황숙께서는 과히 허물치 마십시오."

유비가 또한 낯빛을 고치고 사례하였다.

"내가 무슨 인덕이 있겠습니까. 다만 선생은 잘 가르쳐 주십시오."

유비는 단복으로 군사(軍師)를 삼아 본부의 인마들을 조련하게 하였다.

조조는 기주에서 허도로 돌아온 뒤로 항상 형주를 집어 삼킬 궁리만 하고 있었다. 조인·이전과 여광·여상을 보내어, 군사 3만을 영솔하고 번성(樊城)에 주둔케 하고는 호시탐탐 양양(襄陽)을 넘겨다보고 있었다.

마침내 조조의 명을 받은 조인이 3만 군마를 거느리고 강을 건너 신야를 향해 나아갔다. 소식을 들은 유비는 단복과 상의했다. 그랬더니 단복이 태연한 얼굴로 말했다.

"조인이 군사들을 다 몰아 가지고 온다면 번성이 텅 빌 것이니, 우리는 그 틈을 타서 번성을 뺏기로 하지요."

유비가 물었다.

"대체 어떻게 뺏는단 말이오?"

단복은 유비의 귀에다 몇 마디 말을 했다.

그리하여 모든 준비가 다 되어 있을 때, 탐마가 달려와 보고했다. 조인이 대군을 이끌고 강을 건너왔다는 것이었다.

"내가 예측한 대로군."

단복은 한 마디 하고, 즉시 유비와 함께 군사를 거느리고 나아가 영적했다. 진을 치고 서로 대한 뒤에, 조운이 말을 달려 나가자 조인은 곧 이전을 내보내 싸우게 했다.

그러나 이전은 조운의 적수가 아니었다. 서로 어우러져 싸우기 10여합 만에 이전은 마침내 조운을 당해내지 못하고 말 머리를 돌려 저의 진중으로 달아났다. 그 뒤를 조운이 급히 쫓았으나, 조군(曹軍) 진중에서 화살을 어지럽게 쏘았기에 군사들을 파하고 영채로 돌아갔다.

조인은 즉시 이전을 후군으로 돌리고 자기가 몸소 선봉

부대장이 되어, 이튿날 북치고 나아가 한 진세(陣勢)를 벌여 놓은 다음에, 사람을 시켜서 유비에게 물었다.

"네가 우리 진세를 알겠느냐?"

그러자 단복은 높은 데에 올라가 두루 살펴보고 나서 조용히 유비에게 일러 주었다.

"저것은 팔문금쇄진(八門金鎖陣)이라는 것입니다. 팔문이라는 것은 휴(休)·생(生)·상(傷)·두(杜)·경(景)·사(死)·경(驚)·개(開)라, 이제 보니 팔문의 배포(排布)가 비록 정제하기는 하나, 다만 중간에 주지(主持)가 빠졌습니다. 만약 우리가 동남각의 생문(生門)으로 쳐들어가서, 정서(正西)의 경문(景門)으로 나오면, 반드시 저 진이 크게 어지러워질 것입니다."

유비는 곧 영을 내렸다.

"군사들 5백 명을 거느리고 동남쪽으로 쳐들어가서 적들을 짓밟은 후 서쪽으로 빠져서 돌아오라."

조운은 영을 받자 즉시 창을 꼬나쥐고는 5백 군을 거느리고 말을 달려 동남각상으로부터 아우성치며 중군(中軍)으로 뛰어들었다. 그것을 보자 조인은 곧 북편을 향해 달아났다.

그러나 조운은 그 뒤를 쫓지 않고 서문으로 뚫고 나갔다가 다시 동남각으로 돌아들었다. 조인의 군대가 크게 어지러워지자 그것을 보고 있던 유비는 곧 군사들을 휘몰아 공격을 감행했다.

한마당 싸움에서 크게 패하자, 조인은 그대로 북하(北河)를 향해 말을 달렸다. 강변에 이르러 간신히 배를 구하여 물을 건너려 할 때, 또 한 떼 군사가 내달으니 앞선 대장은 장비였다. 조인은 죽기를 각오하고 싸우는 중에 마침 이전이 군사들을 거느리고 달려왔기에 간신히 위태로운 상황에서 벗어났다.

조인과 이전은 겨우 남은 군사들을 수습하여 번성으로 돌아갔다. 그러나 성 앞에 이르러 문을 열라고 소리치자, 성 위에서 북 소리가 한 번 크게 울리더니, 한 장수가 군사들을 거느리고 나서며,

"내가 번성을 취한 지 오랜 데 문을 열라는 자가 누구냐?"

하고 벽력같이 호통을 쳤다. 깜짝 놀라 바라보니 곧 관우였다.

조인은 크게 놀라 그대로 말에 채찍질을 하며 달아났다. 조인은 또 적지 않은 인마들을 잃고 밤을 새워 허도로 돌아가며 길에서 소식을 얻어 들어, 그제서야 단복이란 사람이 유비의 군사(軍師)가 되어, 용병을 한다는 사실을 알았다.

유비가 군사들을 거느리고 번성으로 들어가니, 현령 유필(劉泌)이 나와서 영접했다. 유비는 성내로 들어가자 백성들을 안무하였다.

유필은 장사(長沙) 사람으로 역시 한실 종친이었다. 유비를 아문으로 청해 들여 연석을 크게 배설하고 대접하는데, 그의 곁에서 모시고 선 한 젊은 사람의 생김새가 자못 헌앙했다. 유비가 물었다.

"저 사람이 누구요?"

유필이 대답했다.

"저의 조카 구봉(寇封)입니다. 원래 나후(羅侯) 구씨의 아들인데, 부모가 다 돌아가서 저에게 와 지내고 있습니다."

유비는 첫눈에 그를 사랑하는 마음이 생겨 의자(義子)로 삼고 싶다는 뜻을 보였다. 유필이 흔연히 응낙했기에 구봉은 그 날부터 성을 고쳐 유봉(劉封)이 되었다.

유비는 유봉을 데리고 관사로 나와, 관우와 장비에게 차례로 절하여 뵙게 했다. 유봉이 예를 마치고 나가자, 관우가 한 마디 했다.

"형님께서 슬하에 아들을 두셨는데, 왜 또 구태여 의붓아들을 두려 하십니까. 뒷날의 화근이 되면 어쩌시려고요."

그러자 유비가 말했다.

"내가 저를 친자식처럼 대하면 저도 나를 친아비처럼 섬길 것인데, 무슨 화가 있을 것이라고 말하느냐."

그래도 관우는 마음에 탐탁하게 생각하지 않았다.

유비는 단복과 상의한 끝에, 조운에게 군사 1천 명을 주어 번성을 지키게 하고, 자기는 단복과 관우·장비와 함께 나머지 군사들을 이끌고 신야로 돌아갔다.

어진 어머니와 효자

이전과 함께 간신히 목숨을 구해서 도망쳐 허도로 돌아
간 조인은 조조 앞에 나아가 땅에 엎드려 싸움에 패한 일
을 고하고 벌을 내리기를 청하였다.

"승패는 병가지상사야. 이번에 패한 것이 어디 네 잘못
뿐이겠느냐."

한 마디 위로한 다음에 조조는 물었다.

"그런데 대체 유비 수하에 누가 있기에 그처럼 용병을
잘 한다더냐? 내가 알기로는 유비에게 그럴 만한 인재가
없는데….."

"돌아오는 길에 들으니 단복(單福)이라는 자가 유비의 군
사로 있다고 합니다."

조조가 좌우를 돌아보며 물었다.

"단복이라니… 그게 누군가?"

정욱이 나서서 대답했다.

"그는 곧 영주(潁州) 사람 서서(徐庶)로 자는 원직(元直)
이며, 단복이란 가명입니다."

그 말을 듣자 조조의 입에서 한숨이 새어나왔다.

"그처럼 뛰어난 선비가 유비에게로 돌아가 마침내 우익(羽翼)을 이루었으니, 이를 앞으로 어찌하면 좋을꼬?"

그러자 정욱이 다시 입을 열었다.

"서서가 비록 지금 유비에게로 가 있기는 하지만, 승상께서 꼭 그를 쓰시겠다면, 불러 오기는 어렵지 않은 일입니다."

조조는 귀가 번쩍 띄었다.

"대체 어떻게 불러 온단 말이오?"

"서서는 본래 효성이 지극한 사람입니다. 그가 어려서 아비를 여의고 지금 늙은 어미만 있는데, 요즈음에 그의 아우 서강(徐康)이 죽어서 아무도 부양할 사람이 없는 처지입니다. 그러니 승상께서 사람을 보내셔서, 그 어미를 속여 이 곳까지 오게 하시고, 어미더러 편지를 써서 그 아들을 부르게 하시면, 그것을 보고 뿌리치지는 못할 것입니다."

그리하여 조조가 보낸 사람이 서서의 어머니를 속여 허도로 데리고 왔다. 조조는 서서의 어머니를 극진히 대접한 뒤에 공손한 태도로 무릎을 꿇으며 말했다.

"어머니의 아들 서서는 천하에서 보기 드문 인재라고 합니다. 그런 아들이 지금 신야라는 작은 땅에서 역적 유비를 돕고 있다니 참으로 안타까운 일입니다. 그러니 어머니께서는 아들에게 편지를 써서 이 곳 허도로 불러 주십시오. 그러면 제가 황제께 말씀드려 높은 벼슬을 주게 하겠습니다."

서서의 어머니는 잠자코 듣고 있다가 물었다.

"유비는 어떤 사람인가요?"

"돗자리나 짜서 팔아먹고 살던 천한 사람이지요. 겉으로는 인자한 척하지만 뱃속은 시커면 사람입니다."

"흥, 내가 늙은이라고 함부로 우습게 보지 마시오. 나도 알 것은 다 알고 있소. 유 황숙은 오늘날 천하의 사람들이 다 알고 있는 충신이요. 그대야말로 충신의 탈을 쓴 역적이 아니오? 내 아들이 오랜만에 훌륭한 주인을 만났는데 그런 주인을 버리고 역적을 섬기게 하기 위해 불러들이라니… 그건 말도 안 되는 소리요."

서서의 어머니는 편지를 쓰라고 갖다 놓은 벼루를 들어 조조에게 내던졌다. 뜻밖의 봉변을 당한 조조는 대로하면서 소리쳤다.

"여봐라, 당장 이 늙은이를 끌어내다가 목을 쳐라."

그 때 순욱이 말리며 말했다.

"참으십시오. 지금 서서의 어미를 죽이면 서서는 두고두고 우리의 원수가 되어 유비를 도울 것이니 그것은 우리가 바라는 바가 아닙니다. 제가 반드시 서서를 불러들일 것이니 조금만 참으십시오."

조조는 서서의 어머니를 옥에 가두었다.

그 뒤로 정욱은 날마다 서서의 모친을 찾아가서 그에게 문안을 드리고, 서서와는 일찍이 형제를 맺은 일이 있노라고 거짓말을 하고는 마치 친어머니를 대하듯 하였다. 또한 때때로 갖은 물건을 선사하되, 그 때마다 반드시 편지를 함께 보냈다.

그것이 무서운 계책에서 나온 짓인 줄을 꿈에도 눈치채지 못한 서서의 어머니는 정욱의 편지에 대하여 자기도 번번이 회답을 보냈다.

정욱은 마침내 그의 필적을 얻자, 그 글씨를 본떠 한 통의 편지를 위조하여, 서서에게 전하게 했다.

서서는 모친에게서 편지가 왔다고 듣자, 급히 편지를 가지고 온 사람을 불러들였다.

"소인은 노부인의 분부를 받자옵고 글월을 가지고 온 길입니다."

서서가 받아서 펴 보니, 글뜻은 다음과 같았다.

「얼마 전에 네 아우 강(康)이 죽으매 사고무친하여, 슬프고 외로운 가운데 날을 보내고 있었다. 그런데 뜻밖에 조승상이 사람을 시켜 나를 허도에 데려다 놓고, 네가 조정을 배반한다고 말하면서 나를 옥에다 내리려 하는 것을, 다행히 정욱의 무리가 구하여 겨우 면한 터이니, 만약 네가 조승상에게로 돌아온다면 내 목숨이 온전할 것이다. 이 글월이 이르는 날에 네가 조금이라도 어미의 은공을 생각하거든 밤을 새워 여기로 와서 효도를 온전히 하여라.」

편지를 본 서서는 하염없이 눈물을 흘리더니 곧 유비에게 나아가 말했다.

"저의 노모가 조조의 간계에 빠져 허도로 잡혀 가서, 마침내는 목숨이 위태로우실 지경이 되어 글월을 보내 저를 부르시니, 제가 아니 갈 수 없게 되었습니다."

듣고 난 유비는 목을 놓아 크게 울면서 서서를 위로했다.

"모자(母子)는 곧 천성지친(天性之親)이니, 원직(서서의 자)은 부디 내 생각은 아예 말고 어서 가서 노부인을 만나 뵈온 뒤에, 혹시 인연이 있으면 다시 만나도록 하십시다."

유비는 곧 잔치를 베풀고 서서를 청했다. 그러나 술자리는 조금도 즐겁지 않았다. 두 사람은 눈물을 흘리며 그 밤을 그대로 밝혔다. 날이 밝자 모든 장수들이 성 밖에다 연석을 배설해 놓고 서서를 전송했다.

서서가 눈물을 흘리며 말했다.

"제가 아무런 재주도 없는 몸으로 황숙의 두터운 은혜를 입고 지내다가 이제 불행히 중도에서 떠나는 것은 오직 저의 연로하신 모친 때문입니다. 설사 조조가 제 아무리 핍박을 한다고 해도 저는 결코 한 가지 계책도 조조를 위해서 베풀지는 않을 것입니다."

드디어 헤어질 때가 되었다. 마상에서 서서의 손을 잡고,

"선생이 이번에 가시면 우리가 다시 만날 날이 언제란 말씀이오."

라고 말하는 유비의 두 눈에서는 눈물이 비 오듯 했다.

유비는 길가에 말을 세우고, 떠나는 서서의 뒷모양을 바

라보았다. 그러다가 채찍을 들어 숲을 가리키며 말했다.

"저기 저 나무들을 모조리 베어 버리고 싶구나."

좌우의 신하들이 그 까닭을 묻자 유비가 대답했다.

"원직이 가는 모습을 더 볼 수 없어서이다."

그 때 서서가 갑자기 돌아서더니 그편으로 말을 달려왔다. 유비는 자기도 분주히 말을 달려 앞으로 나가 맞으며 물었다.

"선생이 가시다 말고 이렇게 다시 돌아오시니, 필연코 깊은 뜻이 있으신가 하오."

서서가 대답했다.

"제가 마음이 하도 산란하여 드릴 말씀을 깜박 잊은 게 있습니다. 양양성 20리 밖 융중(隆中)에 재주가 비상한 한 선비가 있으니, 황숙께서는 부디 찾아가 보십시오."

유비가 말했다.

"그렇다면 나를 위해 원직이 그 사람을 나에게 데려다 주고 떠날 수는 없겠소?"

하지만 서서는 머리를 내저었다.

"그 사람은 함부로 불러다가 볼 사람이 아닙니다. 황숙께서 몸소 가셔서 청하셔야만 합니다. 만약에 그 사람만 얻으신다면 주(周)나라가 여망(呂望)을 얻고, 한(漢)나라가 장량(張良)을 얻은 것과 다를 바가 없을 것입니다."

유비가 기뻐하며 물었다.

"대체 그 사람이 누구요?"

서서가 대답했다.

"그는 낭야 사람으로 성은 제갈(諸葛)이고 이름은 양(亮)이며 자는 공명(孔明)이니, 곧 사례교위 제갈풍(諸葛豊)의 후예입니다. 그는 지금 남양(南陽)에서 밭을 갈며 살고 있는데, 그가 사는 곳에 언덕이 하나 있으니 이름은 와룡강(臥龍岡)입니다. 그로 인하여 자기의 호를 와룡 선생(臥龍先生)이라고 지었습니다. 이 사람은 곧 천하의 기재(奇才)이니, 황숙께서 급히 찾아가 보십시오. 만약 그 사람이 즐겨하며 황숙을 보좌하기만 한다면, 천하를 바로잡기가 어렵지 않을 것입니다."

"전일에 수경 선생이 복룡·봉추 두 사람 중에 하나만 얻더라도 가히 천하를 편안히 하리라고 말씀하셨는데 지금 말씀하신 사람이 혹시 그 복룡·봉추가 아니오?"

"봉추는 곧 양양 사람 방통(龐統)이고, 복룡은 곧 제갈공명(諸葛孔明)입니다."

유비는 몹시 기뻐하며 말했다.

"아, 오늘에야 비로소 복룡·봉추가 누군지를 알았소이다. 그렇게 어진 이가 바로 눈앞에 있을 줄이야 어찌 생각이나 하였겠소. 선생이 일깨워 주시지 않았더라면 나는 종시 모를 뻔했구려."

서서는 그렇게 제갈공명을 천거한 뒤에 다시 유비에게 작별을 고하고 총총히 먼 길을 떠났다.

신야를 떠난 서서는 보름 만에 허도에 도착했다. 순욱이 서서를 데리고 들어오자 조조는 반갑게 그를 맞으며 불쑥 말했다.

"공은 고명한 선비인데 어찌 유비 같은 무리를 섬긴단 말이오?"

서서가 대답했다.

"제가 젊을 때 난을 피하여 강호(江湖)로 떠돌다가 우연히 신야로 가서 현덕 공과 가까이 지내게 된 것입니다."

"자당께서 지금 내게 머물러 계시니, 공은 이제부터 이곳에 있으며 조석으로 받들어 모시고, 나도 또한 공의 가르침을 받을까 하오."

서서는 사례하고 물러나와 모친을 가 뵈었다. 그가 섬돌 아래 엎드려 울며 절하여 뵙자, 모친은 크게 놀랐다.

"네가 여기는 웬일로 왔느냐?"

서서가 아뢰었다.

"제가 신야에서 유 황숙을 섬기다가 뜻밖에 어머님의 편지를 받고, 이렇게 한 걸음에 달려왔습니다."

듣고 나자 모친은 크게 노하여 손을 들어 책상을 치며 아들을 꾸짖었다.

"참으로 못난 놈이로다. 어째서 그처럼 사리를 모른단 말이냐. 네가 이미 글을 읽었으니 충성과 효도는 동시에 할 수 없다는 것쯤은 알아야 할 터인데, 모처럼 옳게 얻은 주인을 버리고, 한 조각 위조 편지에 속아서 인군을 속이고 백성을 우롱하는 도적 조조에게로 달려온단 말이냐. 조상을 더럽힌 못난 자식을 내 더 보고도 싶지 않다. 어서 썩 물러가거라."

모친은 한바탕 꾸짖고 병풍 뒤로 들어가 버렸다.

서서가 한동안 그대로 땅에 엎드린 채 감히 고개를 들지 못하는데, 조금 있다가 사람이 나와서 말하기를, 노부인께서 들보에 목을 매어 자결하셨다는 것이었다.

서서는 소스라치게 놀라 곧 안으로 뛰어 들어갔으나 때는 이미 늦었다. 그는 땅에 쓰러져 목을 놓아 울다가 마침내 혼절하여 얼마 동안 깨어나지 못했다.

일고 초려

유비는 관우·장비와 함께 몇 명 종자를 데리고 융중을 찾아갔다. 멀리 바라보니 산 아래서 두어 명 농부가 밭을 갈고 있었다.

유비는 말을 세우고 농부를 앞으로 불러 물었다.

"와룡 선생이 어디에서 사시는고?"

"이 산 남쪽에 있는 크고 높은 언덕이 곧 와룡강입니다. 그 언덕 앞 송림 안에 있는 초가가 제갈 선생댁입니다."

유비는 그에게 사례하고 말을 채찍질하여 앞으로 나갔다. 두어 마장을 못 가서 멀리 와룡강이 바라다보였다. 마침내 초가 앞에 이르러 말에서 내린, 유비는 사립문을 두드렸다. 이윽고 안에서 한 동자가 나와서 물었다.

"무슨 일로 오셨습니까?"

유비가 대답했다.

"좌장군 의성정후 영예주목 황금 유비(左將軍 宜城亭侯 領豫州牧 皇叔 劉備)가 와서 선생을 뵈오려 한다고 여쭈어라."

그러자 동자는 말했다.

"아이구, 그렇게 긴 명자(名字)를 어떻게 다 외우나요?"

"그러면 그냥 유비가 찾아왔습니다라고 고해라."

"선생님은 조금 전에 나가시고 안 계십니다."

"어디를 가셨느냐?"

"가시는 곳이 일정하지 않아 어디로 가셨는지 모릅니다."

"그럼 언제쯤이나 돌아오시느냐?"

"그것도 일정치 않으십니다. 한 번 나가시면 3,4일 만에 돌아오실 때도 있고, 늦으면 10여 일이 지나서 돌아오실 때도 있습니다."

"허어, 그래?"

유비가 못내 섭섭해하자 장비가

"없다니 그냥 돌아갑시다."

라고 한 마디 했고, 관우는,

"그러지 마시고 돌아가셔서 다시 사람을 보내어 알아 보도록 하시는 것이 좋지 않겠습니까?"

하고 말했다. 유비는 그들의 말을 좇아서 동자에게,

"만약 선생께서 돌아오시거든 유비가 뵈오러 왔다가 그냥 돌아갔습니다라고 여쭈어 다오."

라고 한 마디 당부하고, 다시 말에 올라탔다. 그런데 돌아오며, 융중의 경관을 관망하니, 산은 높지는 않으나 아름답고, 물은 깊지는 않으나 맑고, 땅은 넓지는 않으나 평탄하며, 숲은 크지는 않으나 무성한데, 잣나무와 두루미가 서로 벗하고 소나무와 대나무가 서로 어울린 모습이 완연한 별천지였다. 인간 세계가 아니었다.

유비는 한동안 바라보다가 아쉬운 듯 한숨을 쉬며 말머리를 돌렸다.

이고 초려

그로부터 얼마가 지났다. 유비가 사람을 융중으로 보내어 공명의 소식을 알아 보니, 와룡 선생이 이미 돌아와 댁에 계시다는 것이었다.

유비가 곧 말에 안장을 지우라고 하자, 장비가 한 마디 했다.

"형님이 그까짓 촌사람을 두 번씩이나 몸소 찾아갈 필요가 어디 있소? 아무나 보내서 불러 옵시다."

유비가 꾸짖었다.

"공명은 당세의 대현(大賢)인데 불러다 보다니 될 뻔이나 한 말이냐."

유비가 말에 올라 다시 가서 공명을 찾기로 하니, 관우와 장비가 또한 말을 타고 유비의 뒤를 따랐다.

때는 깊은 겨울이었다. 그 날은 매섭게 추운 날씨였는데 붉은 구름이 하늘을 덮더니, 몇 마장을 못 가서 갑자기 삭풍(朔風)이 몰아치면서 보기에도 아름다운 서설(瑞雪)이 분분히 나부꼈다.

장비가 또 투덜댔다.

"하늘은 차고 땅은 얼어붙었는데, 한낱 선비 하나를 만나기 위해 몰려 다녀야 한다니, 얼른 신야로 돌아가 풍설이나 피하십시다."

그러나 유비는 듣지 않았다.

"너희들은 추위가 무섭거든 먼저들 돌아가거라."

장비가 말했다.

"죽는 것도 무서워하지 않는 터에 추위쯤을 무서워하겠소. 나는 다만 형님이 쓸데없이 고생하시는 게 보기에 딱해서 그러는 거요."

"쓸데없는 소리 그만 하고 빨리 가자."

눈보라를 무릅쓰고 세 사람은 다시 와룡강으로 갔다. 유비가 초가 앞에서 말을 내려 문을 두드리고 동자에게 물었다.

"선생이 오늘은 댁에 계시냐?"

동자가 대답했다.

"네, 지금 초당에서 글을 읽고 계십니다."

유비는 곧 초당으로 올라가 예를 베풀고 말했다.

"제가 선생을 흠모한 지 이미 오래 됐으나 연분이 박하여 이제야 뵈옵게 되었습니다."

그런데 그 말을 들은 상대는 황망히 일어나 답례하며,

"장군은 유 황숙이시지요? 집의 작은형을 보러 오신 게 아니십니까?"

하고 뜻밖의 말을 했다.

유비는 한편으로 놀라고, 한편으로 의아해하며 물었다.

"그러면 선생은 와룡이 아니시오?"

그가 대답했다.

"저는 와룡의 아우 제갈균(諸葛均)입니다. 저희가 본래 3형제로 장형은 제갈근(諸葛瑾)으로 지금 강동 손중모(손권의 자)에게 가서 막빈이 되어있고, 공명은 곧 저의 작은형입니다."

"와룡이 지금 안 계시오?"

"어제 최주평이란 사람을 만나러 가고 없습니다."

듣고 나자 유비는 저도 모르게 한숨을 쉬었다.

"유비가 그래 연분이 이렇게도 박하단 말인가. 두 번을 와도 선생을 못 만나 뵈오니…."

그 때 장비가 잔뜩 화가 난 목소리로 말했다.

"그만 돌아가십시다. 어이구, 눈은 쏟아지는데 갈 길은 멀고…."

장비의 서슬에 제갈균은 더욱 안절부절못했다.

"가형(家兄)이 집에 없어 아무 대접도 못하니 송구스럽습니다. 일간 돌아오는 대로 곧 찾아가 뵈옵도록 하겠습니다."

"어찌 감히 선생께서 왕림하시기를 바라겠소. 후에 내가 다시 뵈오러 오겠는데, 지필을 빌려 주시면 우선 몇 자 적어 놓아 영형께 나의 간절한 뜻이나 표하고 돌아갈까 합니다."

제갈균이 문방사보(文房四寶)를 내어 주었다. 유비가 언 붓을 풀어, 운전(雲箋)을 펼쳐 놓고 자기의 간곡한 뜻을 적어 놓으니, 그 글은 곧 다음과 같았다.

그는 우선 두 번 찾아왔다가 두 번 다 만나지 못하고 돌아가는 섭섭한 심사를 말하고, 다음에 군웅이 나라를 어지럽게 하고 악당이 인군을 업신여겨, 자기가 이를 바로잡을 마음은 가졌으나 경륜을 펼 방책이 없으니, 부디 선생은 인자충의로 개연히 여망(呂望)의 큰 재주를 펴고 자방(子房)의 넓은 방략을 베풀어 달라 청하고, 다시 찾아올 테니, 부디 만나 달라는 말로 끝을 맺었다.

편지를 써서 제갈균에게 맡긴 다음 하직을 고하고 나오니, 제갈균도 문 밖까지 나와서 그들을 바래 주었다.

유비는 그와 작별하고 말에 올라 눈보라 몰아치는 속을 신야로 돌아가며, 울적한 심사를 스스로 억제할 길이 없었다.

삼고 초려

유비가 신야로 돌아온 뒤로 어느덧 겨울이 가고 봄이 왔다. 공명을 두 번 찾아갔으나 두 번 다 못 보고 돌아온 유비는 길일(吉日)을 택하여 목욕 재계하고 그를 만나러 다시 융중으로 갔다.

그 때의 일을 두고 후세 사람들은 「삼고 초려(三顧草廬)」라고 일컫는다. 유비가 제갈공명의 집을 세 번씩이나 찾아갔다는 뜻이다.

와룡강 5리 못미처서부터 유비가 말에서 내려 걸어가는데, 마침 저쪽에서 공명의 아우 제갈균이 오고 있었다. 유비는 반가운 얼굴로 인사를 하고 물었다.

"영형께서 지금 댁에 계신가요?"

"엊저녁에 돌아왔으니까 장군께서 오늘은 틀림없이 만나 보시게 될 것입니다."

유비가 그 말을 듣고 기뻐하며, 세 사람이 마침내 와룡강 앞에 당도하여 문을 두드리자 어느덧 낯이 익은 동자가 나와서 말했다.

"유 장군님이시군요."

유비가 말했다.

"네 들어가서 유비가 선생을 뵈오러 또 왔습니다라고 보하여라."

동자가 말했다.

"선생님이 오늘 댁에 계시기는 합니다마는, 지금 초당에서 낮잠을 주무시는데요."

"그렇다면 아직 통보하지 말아라."

유비는 동자에게 이른 다음에, 관우와 장비에게 분부하여 문 밖에서 기다리고 있게 하고, 자기 혼자 천천히 걸어서 안으로 들어갔다.

유비가 보니, 선생이 초당에 번듯이 누워 잠이 깊이 들어 있었다. 유비는 손을 맞잡고 섬돌 아래에 서서 기다렸다. 그러나 한참이 지나도록 선생은 잠이 깨지 않았다.

그 때 관우와 장비가 밖에서 한동안 기다려도 종시 아무런 동정이 없자 마음에 고이하게 생각하고 들어가 보니, 유비가 그대로 섬돌 아래에 서 있었다. 장비는 크게 노하여 관우를 돌아보며 소리질렀다.

"저런 건방진 놈 같으니, 우리 형님을 뜰 아래다 세워놓고, 저는 드러누워서 자는 체하며 일어나지를 않으니… 내 어디 집 뒤로 돌아가서 불을 한 번 질러 볼까 하오. 그래도 제가 안 일어나는지…."

유비가 펄펄 뛰는 장비를 밖으로 데리고 나가서 기다리라고 관우에게 분부하고 다시 초당 위를 바라보니, 마침 선생은 몸을 뒤척이며 자리에서 일어날 듯, 뭇으로 돌아누웠다.

곧 앞으로 나가서 깨우려는 동자를 손짓하여 멈추게 하고, 유비는 다시 한동안을 그대로 그 곳에 선 채로 기다렸다. 마침내 공명이 잠을 깨었다. 그는 잠을 깨자 자리에 누운 채,

"큰 꿈을 누가 먼저 깨는고
평생을 내 스스로 아노라
초당에 본 꿈이 족한데
창 밖의 해는 길기도 하구나"

라고 시 한 수를 읊고 나더니, 눈을 들어 동자를 보며 물었다.

"누구 손님이 찾아오시지나 않았더냐?"

"유 황숙께서 벌써부터 오셔서 기다리고 계십니다."

동자가 대답하자 공명은,

"그럼 왜 진작 나를 깨우지 않았느냐."

라고 동자를 가볍게 나무라고는 말했다.

"내 잠깐 들어가서 옷을 갈아입고 나오마."

자리에서 일어나 후당으로 들어가 공명은 다시 한동안이

지난 뒤에야 비로소 의관을 정제하고 나와서 손님을 맞았다.

유비가 눈을 들어 보니, 공명의 신장은 8척이고, 얼굴은 관옥(冠玉)같고, 머리에는 윤건을 썼으며, 몸에는 학창의(鶴氅衣)를 입어, 표표연한 신선(神仙)의 풍채를 가지고 있었다. 유비는 허리를 깊이 숙여 절하고 말했다.

"선생의 대명을 들은 지 이미 오랩더니, 세전에 두 번 뵈오러 왔다 못 뵙고, 천한 이름을 문궤에 적어 놓고 갔었는데, 선생께서 보셨는지 모르겠습니다."

공명이 답례하고 말했다.

"남양 야인(野人)이 천성이 게을러서 여러 차례나 장군의 왕림을 입었으니 참괴하기 짝이 없습니다."

두 사람이 예를 베풀고 나서 손과 주인이 자리를 나누어 앉자, 동자가 차를 올렸다. 차를 파하자 공명이 말했다.

"두시고 가신 글을 보니 족히 백성을 사랑하고 나라를 근심하는 장군의 마음을 알겠으나, 제가 나이 어리고 재주가 없어 장군께서 이처럼 찾아주신 뜻에 보답하지 못하겠으니, 그것이 부끄럽습니다."

유비가 말했다.

"수경 선생과 원직(서서의 자)의 말씀이 어찌 허황되리까. 바라건대 선생은 비천한 것을 버리지 마시고 부디 가르침을 주십시오."

"수경 선생과 원직은 천하의 높은 선비이나, 저는 한낱 밭을 가는 농부에 지나지 않는데, 어찌 감히 천하사(天下事)를 말씀하겠습니까. 두 분이 잘못 천거하였지요. 장군은 어찌하여 옥(玉)을 버리고 돌을 구하려 하십니까."

"대장부가 세상을 건질 뛰어난 재주를 품고 있으면서, 부질없이 산속에 파묻혀 늙다니, 그게 될 말씀입니까. 부디 선생은 천하 창생을 생각하시어 우둔한 저에게 가르침을 내리십시오."

공명이 마침내 입가에 웃음을 띠고 말했다.

"그러면 먼저 장군의 포부를 말씀해 주시지요."

유비는 곧 자리를 옮겨 앞으로 나와 앉으며 말했다.

"한나라의 사직이 기울고 간신의 무리들이 나라의 위령(威令)을 훔치는 이 때, 어찌 그것을 앉아서 보고만 있겠습니까. 그래서 제가 제 힘을 헤아리지 않고 대의(大義)를 천하게 펴고자 하나, 아는 것이 없고 힘도 또한 모자라 뜻을 이루지 못하고 있으니, 선생은 부디 저를 도우시어 천하를 바로잡아 주십시오."

듣고 나자 공명은 옷깃을 바로 하고 조용히 입을 열었다.

"동탁이 나라를 어지럽게 한 뒤로, 천하의 호걸들이 벌 떼처럼 일어난 중에, 이제 조조가 백만의 무리를 거느리고서 천자를 방패 삼아 제후들을 호령하니, 그와는 진실로 힘을 겨룰 수 없으며, 손권은 강동에 웅거하여 이미 3대를 지냈고 백성이 따르니, 함부로 건드릴 수 없는 무서운 세력입니다.

그러나 형주는 북으로 한수와 면수를 의지하여 남해의 이(利)를 거두고, 동으로는 오회(吳會)와 연하고 서로는 파촉(巴蜀)과 통하였으니, 이는 용무지지(用武之地)라, 그 주인이 아니면 능히 지키지 못할 것이니, 이는 곧 하늘이 장군께 내리신 것입니다.

또 익주(益州)는 천하에 드문 험요지이면서도 기름진 땅의 길이가 천 리에 이르러 고조께서도 그 땅을 의지하시어 제업(帝業)을 이루셨던 터인데, 이제 유장(劉璋)이 암약(闇弱)하여 존휼을 알지 못하는 까닭에, 뜻있는 선비는 은근히 명군(名君)을 기대하고 있습니다.

장군께서는 한실 종친으로 신의(信義)를 사해에 떨치시고 인심을 천하에 거두셨으니, 이제 만약 형주와 익주에 근거를 두시어 밖으로는 손권과 굳게 맺으시고, 안으로는 백성을 잘 다스리시니는 것이 제일 먼저 하실 일입니다.

그러다가 한 번 천하에 변이 일어나는 것을 보아 한 상장(上將)에게 형주의 군대를 이끌고 원락으로 향하게 하시고, 장군께서는 몸소 익주의 무리를 거느리시고 진주(秦州)로 나가신다면, 가히 대업(大業)을 이룰 것입니다. 이것이 곧 제가 장군을 위하여 꾀하는 바이니 장군께서는 깊이 생각하십시오.”

공명은 잠시 말을 끊고 동자에게 명하여 그림 한 폭을 내어다가 중당에 걸게 하고 유비에게 말했다.

"이것은 서천(西川) 54주(州)의 지도입니다. 장군께서 큰 뜻을 이루시려면 우선, 북쪽을 조조에게 사양하시어 천시(天時)를 차지하게 두시고, 남쪽은 손권에게 사양하시어 지리(地利)를 차지하게 두시되, 장군께서는 가히 인화(人和)를 차지하셔서, 먼저 형주를 취하시어 집을 삼으시고, 뒤에 곧 서천을 취하시어 세력을 넓혀, 저 조조와 손권과 더불어 정족(鼎足:솥의 발)의 형세를 이루신 연후에 가히 중원(中原)을 도모할 수 있을 것입니다."

공명의 말이 끝나자 유비는 두 손을 맞잡고 사례했다.

"선생의 말씀을 듣고 나니, 마치 먹구름 속에서 푸른 하늘을 보는 듯합니다. 하지만 형주의 유표와 익주의 유장은 모두 한실 종친이니, 어찌 차마 그들의 땅을 빼앗을 수 있겠습니까?"

그러자 공명이 말했다.

"제가 밤에 천문을 보니, 유표의 별은 빛을 잃어 오래지 않아 세상을 떠날 것이고, 또 유장은 큰 일을 할 만한 인물이 못 되니 형주나 익주의 땅은 저절로 장군에게로 돌아오고야 말 것입니다."

유비는 공명에게 절하고 청하였다.

"내 비록 이름이 없고 덕은 박하나, 원컨대 선생은 버리지 마시고, 산에서 나오시어 도와 주십시오. 삼가 가르침을 받겠습니다."

그러나 공명은 쉽사리 그 말에 응하려 하지 않았다.

"제가 오랫동안 산속에 파묻혀 지내서 세상 일에 게으른 터이라 존명(尊命)을 받들지 못하겠습니다."

"선생께서 나오시지 않으면 저 창생들을 어찌하라 하십니까…."

줄을 지어 흐르는 눈물이 유비의 옷깃과 소매를 흠뻑 적셨다. 공명은 유비의 청하는 뜻이 너무도 간절한 것을 보고 마침내 말했다.

"장군께서 그처럼 저를 아끼시니, 그러면 삼가 견마(犬馬)의 수고를 다하여 보겠습니다."

유비는 크게 기뻐하며, 곧 관우와 장비를 불러들여서 공명에게 절하여 뵙게 하고, 또 종인을 불러 가지고 온 예물을 바치게 하였다. 하지만 공명은 굳이 사양하며 받지 않으려고 했다.

"이것은 결코 어진 어른을 맞는 예로써 드리는 것이 아니고, 다만 나의 촌심(寸心)을 표하는 것일 뿐입니다."

유비가 간곡하게 말하자 공명이 비로소 받았다.

유비는 관우·장비와 함께 그 날 하룻밤을 그 곳에서 묵었다. 이튿날, 아우 제갈균이 돌아오자 공명은 조용히 당부했다.

"유 황숙께서 이처럼 세 번이나 찾아주신 뜻을 저버릴 길이 없어 내 이제 집을 떠나거니와, 비록 내가 없는 뒤에라도 너는 일을 게을리 말고 논밭을 잘 거두거라. 공을 이루어 유 황숙의 은혜를 갚는 대로 내 다시 돌아올까 한다."

당부하기를 마친 공명은 마침내 유비를 따라서 산에서
나왔다. 그 때 제갈공명의 나이는 불과 27세요, 유비의 나
이는 40세였다.

　　유비의 삼고 초려에 대하여 혹자는 공명이 두 번씩이나
집을 비운 것은 우연이 아니고, 일부러 유비를 피한 것이라
고 말하기도 한다. 당시 공명이 몸을 기울여 유비를 섬기기
에는 유비의 형세가 너무도 초라하였고, 게다가 공명은 지
병(持病)까지 앓고 있었다. 그의 지병은 병세로 미루어 보
아 폐결핵이었다는 설도 있으나 확인된 것은 아니다.

　　그런데도 결국 공명이 유비의 뜻을 다른 것은 그의 청이
너무나도 간곡한데다가 그의 사람을 끌어들이는 힘이 또한
비상했기 때문이었다. 그리고 자신이 비록 손권이나 조조를
찾아간다고 하더라도, 그 곳은 이미 자리가 잡혀 있어 크게
쓰이기가 쉽지 않을 것이라는 점도 이유 중의 하나가 되었
을 것이다.

　　그리하여 공명을 이끌어 내어 신야(新野)로 돌아온 유비
는 그를 대접하기를 꼭 스승의 예로써 하였다. 먹는 것도
한 탁자에서 같이 먹었고, 자는 것도 한 침상에서 같이 잤
다. 그리고 종일 동안 마주 앉아 담론하는 것은 곧 천하사
(天下事)였다. 어느 날 공명이 말했다.

　　"조조가 기주에다 현무지(玄武池)를 파고 수군(水軍)을
조련하는 것을 보니, 반드시 강남을 침범하려는 뜻이 있는

것 같습니다. 사람을 은밀히 강동으로 보내셔서 그 곳의 허실을 알아 오게 하시지요."

유비는 그의 말을 좇아 곧 사람을 강동으로 보냈다.

양자강에 끼는 먹구름

손권은 그의 형 손책이 죽은 뒤 강동에 웅거하여, 부형(父兄)의 기업을 이어서 널리 천하의 인재와 장수들을 모아들이고 있었다.

그는 오회(吳會) 땅에 빈관(賓舘)을 열고, 사방에서 모여드는 빈객들을 영접하기에 바빴다.

건안 7년. 조조가 원소를 쳐서 이기고 사신을 강동으로 보내 손권에게 명하되, 그의 아들을 입조(入朝)케 하라고 했다. 말은 입조이나 사실은 인질로 보내라는 것이었다.

손권이 유예하여 좀처럼 결단을 내리지 못하는 것을 보고, 장소(張昭)가 말했다.

"조조가 이처럼 인질을 구하는 것은 곧 제후(諸侯)들을 견제하는 수단입니다만, 그렇다고 하여 만약에 우리가 그의 말을 듣지 않는다면 군대를 일으켜 강동으로 내려올 것이니, 그렇게 되면 형세가 매우 위태로워질 것이 걱정입니다."

그러나 주유의 생각은 달랐다. 그는 손권에게 정색을 하며 말했다.

"장군께서 부형의 유업을 이으시어 6군(郡)의 무리를 겸병(兼倂)하신 뒤로 군사들이 많고 양식은 넉넉하며 모두들 명을 받들어 충성을 다하는 터에, 구태여 인질을 보내셔야 할 까닭이 어디 있습니까. 한 번 그에게 인질을 허락하고 보면 부득불 조조의 압제를 받지 않을 수 없게 됩니다. 서서히 동정을 보시다가 따로 좋은 계책을 쓰도록 하는 것이 좋을 것입니다."

손권은 마침내 주유의 말을 좇아 자기의 아들을 허도로 보내지 않았으며, 그 때부터 조조는 강남으로 내려올 뜻을 품었다.

공명의 권유에 따라 유비가 사람을 보내 강동 소식을 알아 보게 했더니 돌아와서 보고하기를, 그 사이에 손권은 양자강 해상 교통의 중심지인 하구를 공격해 황조를 쳐서 죽였으며 지금 시상(柴桑)에 둔병하고 있다고 했다.

보고를 받은 유비의 표정이 어두워졌다.

"손권도 나이는 어리지만 제 형과 아버지를 닮아 호랑이의 새끼요. 그나저나 하구는 유표의 땅이며 군사상 요지가 아니요?"

유비가 묻자 공명이 대꾸했다.

"그렇습니다. 하구는 강하성에 소속된 나루터로서 형주

로 들어가려면 반드시 거쳐야 하는 곳입니다. 조조가 선수를 치기 전에 손권이 눈독을 들인 것이 틀림 없습니다."

유비가 공명과 함께 앞일을 상의하고 있을 때, 갑자기 유표에게서 사람이 왔다. 의논할 일이 있으니 유비에게 곧 형주로 와 달라는 것이었다. 공명이 유비에게 말했다.

"이것은 유경승이 황조의 원수 갚을 일에 대해서 의논하기 위함일 것이니, 제가 주공을 모시고 함께 가서 상황을 보아 좋은 계책을 생각해야겠습니다."

유비는 그 말에 따라, 관우를 남겨 두어 신야를 지키게 하고, 장비로 하여금 5백 인마들을 거느리어 뒤따르게 하고 공명과 함께 형주로 향했다. 길에서 유비는 공명과 말머리를 가지런히 하여 가며 한 마디 물었다.

"이제 유경승을 만나면 어떻게 대답을 해야 좋겠소?"

공명이 대답했다.

"유경승이 만약에 주공더러 강동으로 가서 손권을 치시라고 하면, 결코 응낙하지 마시고, 우선 신야로 돌아가서 군마를 정돈해 보아야겠다고 말씀하십시오."

유비는 고개를 끄덕였다. 형주에 이르자, 장비는 성 밖에 군사들과 함께 있게 하고, 자기는 공명과 함께 잠시 관역(舘驛)에 들어 쉰 다음에, 성 안으로 들어갔다. 유비가 유표 앞에 나아가자 유표가 말했다.

"현제를 이처럼 오라고 청한 것은 다름이 아니라, 이번에 황조가 동오의 손에 죽었기로, 보복할 계책을 의논하기 위함이오."

유비가 조용히 말했다.

"황조가 본래 천성이 사납고 급해서 사람을 잘 쓰지 못해 마침내는 그처럼 화를 당하고 만 것입니다. 원수를 갚는 것도 좋겠습니다만, 다만 지금 군대를 일으켜 강동을 치다가, 혹시 그 틈을 타서 조조의 군대가 쳐들어오기라도 하면 어찌하시렵니까?"

유표는 마땅한 대책이 없었는지 길게 한숨을 쉬고는 말했다.

"현제의 말씀이 옳소. 이제 내 나이가 많고 병이 깊어 정사를 돌보기 어려우니 현제는 부디 이리로 와서 나를 돕다가, 내가 죽은 뒤에는 아주 형주의 주인이 되어 주오."

유비는 전날, 서주 태수 도겸에게 그랬던 것처럼 펄쩍 뛰었다.

"형님, 그게 무슨 말씀입니까. 저 같은 사람이 어찌 그런 막중한 소임을 맡겠습니까?"

유비가 사양할 때, 곁에서 공명이 가만히 눈짓을 했다. 그러나 유비는 모른 척했다. 그 날 성에서 나와 관역으로 돌아오자, 공명이 안타깝다는 듯 유비를 보고 말했다.

"유경승이 모처럼 형주를 주공께 드리려 하는데, 왜 사양하시고 안 받으시는 것입니까?"

"그가 지성으로 나를 대하는 터에, 내가 어찌 그것을 기회 삼아서 그의 기업을 뺏는단 말씀이오."

그 말을 듣고 공명이 '참으로 인자한 주인이구나'하고 속으로 감탄해 마지않고 있을 때 공자 유기가 찾아왔다. 유비가 맞아들이자, 유기는 그대로 엎드려 울면서 호소했다.

"전에도 말씀올렸거니와, 계모 채씨가 끝내 저를 모해하려는 마음을 버리지 않아 저의 목숨이 위태롭습니다. 그러니 숙부께서는 어여삐 여기시어 제가 살 수 있는 방법을 가르쳐 주십시오."

유비가 말했다.

"그것은 자네의 집안 일이 아닌가. 그런 것을 내게 물으면 난들 어떻게 하나."

곁에서 공명이 입가에 가만히 웃음을 띠며 듣고 있었다. 그것을 본 유비가 곧 그에게 물었다.

"선생, 무슨 좋은 도리가 없겠소?"

그러나 공명 역시 잡아떼었다.

"공자 댁의 집안 일을 제가 무어라고 하겠습니까."

유기는 꿇어 엎드리며 주르르 눈물을 흘렸다.

"선생마저 끝끝내 일러주시지 않으신다면 어차피 제 목숨은 부지하지 못할 것이니, 차라리 선생 앞에서 죽겠습니다."

말을 마친 유기는 곧 허리에 찬 칼을 빼어 자기의 목을 찌르려 했다. 공명이 손을 들어 그를 멈추게 하고 말했다.

"공자는 신생(申生)과 중이(重耳)의 이야기도 듣지 못하셨습니까. 신생은 안에 있다가 죽었으나, 중이는 밖에 나가 있어서 화를 면했으니, 공자는 하루 바삐 형주에서 떠날 방법을 택하십시오. 지금 황조가 죽었기에 강하 땅을 지키는 사람이 없으니, 공자는 아버님께 말씀을 올리시어 군대를 거느리고 강하로 내려가십시오. 그러면 급한 화를 면할 수 있을 것입니다."

듣고 난 유기는 두 번 절하여 공명에게 사례하였다.

유비가 공명과 함께 신야로 돌아간 뒤에, 유표는 유기에게 군사 3천 명을 주어 강하를 떠나게 했다. 때문에 유비는 오랜만에 환하게 웃어 보였다.

박망성 싸움

그보다 앞서 조조는 자기가 승상으로서 다시 삼공(三公)의 벼슬을 겸하고, 모개로 동조연(東曹椽)을 삼고, 사마의(司馬懿)로 문학연(文學椽)을 삼았다. 이 사마의의 자는 중달(仲達)이며 하내 사람으로, 경조윤 사마방(司馬防)의 아들이었다.

그리하여 문관들을 정비하여 놓은 다음에 조조는 곧 무장들을 모아 놓고 남정(南征)할 일에 대해서 의논했다. 하후돈이 나서서 아뢰었다.

"이즈음에 들으니 유비가 신야에서 매일 군사들을 훈련

시킨다고 합니다. 그대로 놔 두었다가는 반드시 후환이 될 것이니, 일찌감치 없애야 할 것입니다."

조조는 그 말을 좇아서 즉시 영을 내려, 하후돈으로 도독(都督)을 삼고, 우금·이전·하후란·한호로 부장(副將)을 삼아, 군사 10만을 거느리고 바로 박망성(博望城)으로 가서 신야를 엿보게 했다.

그 때 모사 순욱이 나서서 간했다.

"유비는 영웅인데다 이제 또 제갈량이 그의 군사(軍師)가 되어 있으니, 결코 우습게 보아서는 안 됩니다."

그러자 하후돈이 말했다.

"유비는 쥐 같은 무리로, 허명(虛名)만 높을 뿐입니다. 제가 반드시 사로잡아 가지고 오겠습니다."

조조는 마침내 허락했다.

"네 그럼 하루 바삐 첩서(捷書)를 올려 내 마음을 기쁘게 하여라."

하후돈은 분연히 조조 앞에서 물러나와 군대를 거느리고 출정했다.

한편 유비가 공명을 얻은 뒤로 꼭 사부(師傅)의 예로써 그를 대하자, 그것을 본 관우와 장비는 시큰둥해하며 유비에게 한 마디 하였다.

"공명이 나이도 어리거니와 별로 재주나 학식이 있는 것 같지도 않은데 형님은 어찌하여 그처럼이나 지나친 대접을 하십니까?"

그러자 유비가 말했다.

"내가 공명을 얻은 것을 비유해서 말한다면 고기가 물을 얻은 것이나 마찬가지다. 그러니 너희들은 다시 여러 말 하지 말아라."

두 사람은 더 말하지 않고 그대로 물러나왔다.

어느 날 공명이 유비에게 말했다.

"주공 수하에 지금 있는 군대라고는 단지 수천 명에 지나지 않는데, 만일 조조의 군대가 쳐들어온다면 어떻게 대적하시렵니까?"

"그러지 않아도 그것이 큰 걱정인데 도무지 좋은 방법이 없구료."

"한시 바삐 민병을 모집하십시오. 제가 훈련을 시켜 보겠습니다."

원래 공명은 명문 집안 출신으로 그와 연결된 주위 사람들 중에 부호들이 많았다. 그래서 공명이 직접 나서 막대한 액수의 군자금(軍資金)을 빌려 모았다. 그것은 유비로서는 쉽게 엄두를 낼 수 없는 일로서, 유비에게 큰 힘이 되는 일이었다.

유비가 신야 백성들 가운데 새로이 뽑아서 얻은 3천 명 군사에게 공명이 조석으로 진법(陣法)을 가르칠 때, 하후돈의 10만 대병이 신야를 향해 쳐들어온다는 보고가 들어왔다.

장비가 그 소식을 듣고 관우에게,

"마침 잘 됐소. 어디 공명더러 나가서 막아내랍니다."

라고 한 마디 하는데 유비가 사람을 보내 두 사람을 불렀다. 그들이 들어가자 유비가 말했다.

"하후돈이 대병을 거느리고 들어온다니 어떻게 했으면 좋겠느냐?"

장비가 대뜸 말했다.

"물더러 가서 막으라면 될 텐데 형님은 뭐가 걱정이오?"

유비가 미간을 찌푸리며 말했다.

"지금이 농담을 할 때인가? 지혜는 공명을 믿고 용기는 너희를 믿는 터에, 그렇게 하는 법이 어디 있단 말이냐."

두 사람이 물러나가자, 유비가 곧 공명을 청하여 상의하니, 공명이 조용히 말했다.

"관우·장비 두 사람이 저의 명령을 잘 들으려 하지 않을 것입니다. 주공께서 만약 저에게 행병(行兵)을 시키시겠으면 부디 총사령관의 검을 빌려 주십시오."

유비는 즉시 자신의 검을 공명에게 내어 주었다.

공명이 모든 장수를 장하에 모아 청령(聽令)케 하자, 장비는 관우와 함께 들어가며 또 한 마디 했다.

"어디 가서 제가 어떻게 일을 분별해서 하는지 꼴을 좀 봅시다."

장수들이 모두 모이자 공명은 마침내 영을 내렸다.

"박망파 왼편에 산 하나가 있으니 이름은 예산(豫山)이고, 바른편에 숲이 있으니 이름은 안림(安林)이라, 가히 군대를 매복할 만하니, 운장은 1천 군사들을 거느리고 예산으로 가서 매복하고 있다가 조조의 군대가 이르거든 그대로 지나가게 버려 두라. 예상컨대 그 치중양초(輜重糧草)가 반드시 후면에 있을 것이니, 남쪽 하늘에 불이 일어나는 것을 보는 대로 곧 내달아 쳐서 그 양초를 모조리 불살라 버려라.

그리고 익덕은 1천 군사들을 거느리고 안림 뒤 산골 속에 매복하고 있다가, 역시 남쪽 하늘에 불이 일어나는 것을 보는 대로 즉시 박망성으로 가서 예전에 군량을 두었던 곳에다 불을 질러 태워 버려라.

그리고 관평·유봉 두 장순는 5백 군사들을 거느리고 인화(引火)할 물건을 예비하여, 박망파 뒤 좌우편에 기다리고 있다가, 초경에 적병이 이르거든 곧 불을 놓아서 군호를 삼도록 하라."

그리고 공명은 번성에서 급히 불러 온 조운으로 전부(前部)를 삼고 영을 내렸다.

"자룡은 조조의 군대를 만나면 결코 이기려 하지 말고 오직 지기만 하여 그들을 유인하라."

다시 마지막으로 유비를 돌아보며 공명이 말했다.

"주공은 일지군을 거느리시고 후응을 하십시오."

영을 듣고 나자 관우가 한 마디 물었다.

"그럼 우리는 모두 나가서 적병을 막아 싸우려니와, 그대는 대체 그 동안에 무얼 하고 계시렵니까?"

"나는 성을 지키고 있겠소."

공명의 대답이 떨어지자마자 장비의 너털웃음이 터져 나왔다.

"핫핫핫… 그래 우리들은 모두 나가서 목숨을 내놓고 싸우게 하면서, 자기는 혼자 집 속에 들어앉아 편안히 놀고 있겠다고? 핫핫핫…."

공명은 소리를 가다듬어 꾸짖었다.

"검인이 여기 있으니, 영을 어기는 자는 참하리라!"

유비도 장비를 꾸짖었다.

"네 결코 영을 어기지 말렸다."

장비는 냉소하고 물러나갔다. 그 뒤를 따라 함께 나가며 관우가 장비에게 말했다.

"어디 제 계교가 들어맞나 안 맞나 지켜보자. 그 때 가서 따져도 늦지 않을 것이다."

그러나 그것은 그들 두 사람만의 말이 아니었다. 다른 장수들도 역시 공명의 도략(韜略)을 그 때까지는 몰랐었기에 비록 영을 듣기는 했으나 모두들 마음에 의혹들을 품었다. 유비도 그럴 법하게 고개를 끄덕이었으나, 실은 내심으로는 그도 역시 의심하는 마음이 많았다.

한편 하후돈은 우금의 무리와 함께 군사들을 이끌고 박망파에 이르렀다. 곧 군사들을 두 대로 나누어 반은 전대(前隊)를 삼고 나머지는 모조리 식량을 실은 수레를 호위하면서 진군하게 했는데, 때마침 가을 날이라 소슬바람이 산과 들에 끊임없이 불고 있었다.

인마가 한창 나아가는 중에 문득 바라보니, 전방에서 뽀얀 먼지가 일어 하늘을 가렸다. 하후돈은 군사들을 멈추게 하고는 향도관(嚮導官)에게 물었다.

"여기가 어디냐?"

"저 앞은 바로 박망파이고, 저 뒤는 곧 나구천(羅口川)입니다."

하후돈은 몸소 진 앞에 말을 세우고 전면을 살펴보았다. 그 때 멀리서 군사들이 짓쳐 나왔다. 조운이 이끄는 선봉부대였다. 하후돈이 바라보다가 이윽고 고개를 젖히고 크게 웃었다. 수하 장수들이 물었다.

"장군은 무엇 때문에 그처럼 웃으십니까?"

하후돈이 말했다.

"순욱이 승상 앞에서 제갈량을 아주 대단한 사람이라고 칭찬했는데, 이제 그 용병하는 꼴을 보니, 원 너무나 어이가 없소그려. 저 따위 군마로 선봉을 삼아 우리와 대적하려고 하다니, 마치 양 떼를 몰아 범과 싸우자는 것과 다를 것이 뭐요."

좌우를 돌아보고 냉소하기를 마지않으며, 그대로 말을 몰아 앞으로 나가니, 저편에서 조운이 마주 말을 달려 나왔다. 하후돈이 꾸짖었다.

"너희들이 유비를 따라다니는 것이 마치 외로운 넋이 귀신의 뒤를 따르는 것과 같구나!"

조운이 크게 노하여 곧 말을 놓아 달려들었다. 하지만 어우러져 싸우기 시작한 지 겨우 두어 합 만에 조운이 패하여 달아났다. 하후돈은 곧 그 뒤를 쫓았다. 10여 리를 달아나다가 조운이 다시 말 머리를 돌리어 하후돈을 맞았다. 그러나 두어 합 싸운 조운은 또 패하여 달아났다.

그것을 보고 부장 한호가 하후돈에게 간했다.

"아무래도 조자룡이 우리를 유혹하는 것 같습니다. 어쩌면 매복한 군사가 있을지도 모르겠습니다."

"적의 군대가 저 꼴이니, 설사 10면에 매복한 군사가 있다고 하더라도 두려울 것이 무엇이오."

결국 한호의 말을 듣지 않은 하후돈이 그대로 조운의 뒤를 쫓아 바로 박망파에 이르자, 일성 포향에 유비가 군대를 몰고 나와서 접응했다. 하후돈은 한호를 돌아보며,

"하하… 저것이 바로 공이 걱정하던 복병이오. 내가 오늘 밤 안으로 신야에 이르지 못한다면, 맹세코 허도로 돌아가지 않겠소."

말을 마친 하후돈이 다시 군사들을 재촉하여 앞으로 나아가니, 유비와 조운은 그대로 말머리를 돌려 달아났다.

그 때 날은 이미 저물고 하늘은 구름이 달빛을 가리어 어두웠고, 낮부터 불던 바람은 더욱 세차게 불었다. 하후돈이 그대로 군사들을 몰아 앞으로 급히 나갈 때, 우금이 말했다.

"남도가 길이 좁아, 산천이 상핍하고 수목이 총잡하니, 화공(火攻)을 방비하셔야 하겠습니다."

하후돈은 그제야 크게 깨닫고 급히 영을 내렸다.

"군마는 앞으로 나오지 말라!"

그러나 그 말이 미처 끝나기도 전에 등 뒤에서 함성이 크게 일어나며 한 줄기 화광(火光)이 하늘을 찔렀다.

"펑– 퍼엉–"

하늘로 솟구쳤던 불화살들이 떨어진 좌우의 억새밭은 단번에 불이 붙었는데 때마침 불어 오는 세찬 바람으로 인해 사면 팔방은 그대로 불바다로 변했다.

조조의 군사들 중에 서로 밟고 서로 밟히어 죽는 자가 이루 수효를 헤아릴 길이 없을 정도로 많았다. 조운은 때를 놓치지 않고 군사들을 돌이켜 그들의 뒤를 급히 몰아쳤다.

하후돈은 미처 수하 장병들을 돌볼 사이 없이 그대로 연기를 무릅쓰고 불 속을 뚫어 목숨을 구해 도망했다.

그 때 후군에 남아 있던 이전은 형세가 크게 불리해진 것을 보자, 급히 말을 달려 박망성을 향해 달렸다. 그러나 얼마 가지 않았을 때, 화광 속에서 한 떼 군사가 내달으며 앞을 막으니, 앞선 대장은 곧 관우였다. 이전은 간신히 혈로를 뚫고 달아나고, 우금은 식량을 실은 마차에 불이 붙는 것을 보자, 그대로 샛길을 찾아서 도망쳐 버렸다.

하후란과 한호는 마차에 붙은 불을 끄러 왔다가 바로 장비를 만났다. 두 사람은 일시에 달려들어 장비를 좌우로 끼고 쳤다. 하지만 서너 합이 못되어 장비가 장팔사모로 하후 란의 목을 찔러 말 아래로 거꾸러 뜨리자, 한호는 소스라치 게 놀라 그대로 달아났다.

날이 훤히 밝을 때까지 계속된 싸움에서 패한 조조의 군 사들의 시체는 들을 덮을 정도로 널리고, 피는 흘러 내를 이루었다.

관우와 장비는 군사들을 거두어 돌아가며, 서로 바라보 고 말했다.

"공명이 참 영걸이오."

"그래 그렇구나."

얼마 안 있어 유비·조운·유봉·관평이 모두 이르러 군 사들을 한 곳에 모은 다음, 적군에게서 빼앗은 많은 군량을 수레에 가득 싣고 대오를 바로잡아 신야로 돌아갔다.

공명은 현아(懸衙)로 돌아오자 곧 유비에게 말했다.

"하후돈이 참패를 당하고 돌아가기는 했습니다만, 이제 조조가 반드시 몸소 대군을 영솔하고 다시 쳐들어올 것입 니다."

"그럼 어떻게 하면 좋겠소?"

"이 신야는 작은 고을이라 이 곳에서 조조의 대군을 맞 아 싸울 수는 없습니다. 소문에 의하면 지금 유경승의 병이 심히 위독하다고 하니, 이 기회에 형주를 차지하여 안신(安 身)할 땅으로 삼는다면, 조조가 온다 하여도 두려울 것이 없을까 합니다."

그러나 유비는 말했다.

"공의 말씀이 좋기는 하오마는, 내가 경승의 은혜를 많이 입은 터에 어찌 그렇게 하겠소."

"의리를 지키는 것도 좋지만 이건 우리의 목숨이 걸린 문제입니다. 이 기회에 형주를 차지하지 못하면 조조가 우리 대신 형주를 차지할 것이고 그렇게 되면 황숙께서는 또 다시 떠돌이 신세가 되시는 겁니다."

유비는 다시 한 번 생각에 잠기는 표정을 지었지만 결과는 마찬가지였다.

"아무리 생각해도 그렇게는 못하겠소."

때문에 공명은 더 이상 권하지 못했다.

전운이 감도는 강동

패군을 수습하여 허도로 돌아간 하후돈은 스스로 제 몸을 결박하고 조조 앞에 나가 땅에 엎드려 죄를 청했다. 하지만 조조는 곧 군사에게 명하여 그 묶은 것을 풀어 주게 하며, 조용히 말했다.

"내가 항상 염려하는 것은 오직 유비와 손권이다. 다른 무리들은 크게 개의할 것이 못되니, 이 때를 타서 아예 강남을 소탕해 버려야겠다."

조조는 즉시 영을 내려 대병 50만을 일으켜 그들을 5대(隊)로 나누었다. 그리하여 대마다 군사 10만을 거느리게 되었는데, 다시 허저로 절충 장군을 삼아 3천 명의 철갑군을 이끌고 선봉에 서게 했다.

그 무렵 형주 유표(劉表)의 병은 공명의 말대로 죽음을 눈앞에 두고 있었다. 남은 목숨이 오래 가지 않을 것을 스스로 짐작한 유표는 곧 사람을 신야로 보내어 유비를 청했다.

유표는 가뜩이나 병중에 조조가 쳐들어온다는 소식을 듣고 크게 놀라, 자기가 죽은 뒤에는 유비로 하여금 장자 유기를 보좌하여 형주를 다스리도록 유촉(遺囑)을 내리려 했던 것이다.

그러나 그런 눈치를 짐작한 채씨 부인은 즉시 내문(內門)을 굳게 잠그고, 채모·장윤 두 장수에게 외문(外門)을 지키게 하여, 어느 누구도 함부로 출입하지 못하도록 했다.

그 때 유기는 강하게 나가 있다가 부친의 병세가 위중함을 알고 곧 형주로 돌아왔다. 그러나 문 밖에 이르자 채모는 그를 안으로 들이지 않으며 성벽 위에서 큰 소리로 말했다.

"강하를 비워 둔 채 제멋대로 달려온 공자는 참으로 한심하오. 그 사이에 손권이 또 쳐들어오면 어쩔 작정이오."

"돌아가시기 전에 얼굴만이라도 뵈려고 왔으니 어서 문

을 열어 주시오."

유기가 울면서 애원했지만 성문은 끝내 열리지 않았다. 유기는 결국 성 밖에서 통곡하다가 말 머리를 돌릴 수밖에 없었다.

그러한 것을 유표는 물론 알 길이 없었다. 그는 부질없이 유기가 오기만 기다리다가 끝내 보지 못하고, 8월 무신일(戊申日)에 두어 마디 크게 부르짖은 다음, 마침내 세상을 떠나고 말았다.

유표가 세상을 떠나자 채씨 부인 남매는 가짜 유언장을 만들어 차자 유종(劉琮)으로 형주의 주인을 삼았다. 그리고는 유표의 영구를 양양성 동편 한양으로 모셔다가 장례식을 치렀으나, 유기와 유비에게는 부고도 보내지 않았다.

유종이 양양성으로 돌아오자마자 홀연 한 병사가 달려와 보고하기를, 조조가 대군을 이끌고 양양을 향하여 쳐들어온다는 것이었다.

유종이 크게 놀라 즉시 괴월·채모의 무리를 청하여 상의하니, 동조연 부손(傅巽)이 나서서 말했다.

"일찌감치 조조에게 항복하면, 조조가 반드시 주공을 후히 대할 것입니다."

유종이 말했다.

"그게 무슨 말이오. 내가 아버님의 기업을 이은 지 며칠이 못되었는데 남에게 주어 버리라니, 그것이 될 뻔이나 한 말이오."

그러자 괴월이 또 나서서 말했다.

"이제 조조가 천자의 칙명을 일컫는 터에, 만약 주공께서 항거한다면 조정에 반역하는 것이 됩니다."

유종이 말이 없자 왕찬이 또 말했다.

"지금 조조가 대군을 거느리고 형양으로 내려오니, 그 형세를 어떻게 감당하겠습니까. 장군은 공연히 항복할 기회를 놓쳤다가 후회하시는 일이 없도록 하십시오."

유종이 말했다.

"선생의 말씀이 지극히 옳은 줄은 아나, 다만 모친께서 뭐라고 하실지 한번 여쭈어 본 다음에 정하겠소."

그 때 병풍 뒤에서 엿듣고 있던 채씨 부인이 나오며 말했다.

"이미 세 분의 의견이 그처럼 같다면, 굳이 내 의견까지 들어 볼 것은 무엇이냐."

그러자 유종은 마침내 뜻을 결단하고 항복 문서를 써서 송충(宋忠)에게 주고, 즉시 가서 조조에게 바치게 했다.

영을 받든 송충은 완성(宛城)으로 가서 조조에게 항서를 바쳤다. 조조는 뜻밖의 항서를 받자 송충에게 후하게 상을 주고, 다시 분부를 내리되 "유종에게 성 밖에 나와서 영접하도록 일러라. 내가 그를 길이 형주의 주인으로 삼아 주마"라는 말을 전하게 했다.

송충이 조조 앞에서 물러나와 양양을 향해 길을 재촉하여 마악 강을 건너려 할 때 한 떼 인마가 그의 앞을 이르렀는데 영솔하는 장수는 곧 관우였다. 송충이 깜짝 놀라 몸을 숨기려 했으나 마침내 붙잡혀 전후 사정을 숨기지 못하고 이실 직고했다.

유비가 모든 이야기를 듣고 유경승의 죽음을 슬퍼하고 있을 때, 장비가 앞으로 썩 나서며 말했다.

"일이 이렇게 되었으니, 우선 송충의 목부터 베고, 다음에 군사들을 몰아 건너가 양양을 뺏고, 채씨와 유종을 죽인 연후에 조조와 한 번 싸워 봅시다."

이적이 말했다.

"익덕의 말대로 황숙께서는 즉시 조상하신다 하고 양양으로 가십시오. 유종이 나와서 맞거든 그 자리에서 사로잡아 버리시고, 다시 그 수하의 무리들을 모조리 죽이시면, 형주는 쉽게 황숙께 속할 것입니다."

공명도 곁에서 말했다.

"기백(이적의 자)의 말이 옳습니다. 주공은 곧 그대로 행하십시오."

그러나 유비는 눈물을 흘리며 말했다.

"형님이 돌아가시기 전에 나에게 어린 자식들을 부탁하셨는데, 이제 와서 그 자식을 사로잡고 내가 그 땅을 차지하면 후일 죽어서 어떻게 형님의 얼굴을 볼 수 있겠소?"

그처럼 서로 이야기하고 있을 때 탐마가 달려와 보고 하기를, 조조의 대군이 이미 박망파에 이르렀다고 했다.

유비는 이적에게 즉시 강하로 돌아가 군마를 정돈하도록

하라고 이른 다음에, 공명과 함께 조조군을 막아 낼 계책을
의논했다.

화공과 수공

　작은 고을인 신야에서 조조의 50만 대병을 막아 낼 수는
도저히 없는 노릇이었다. 공명은 곧 번성(樊城)으로 옮기기
로 하고 사대문에 방을 붙여 효유했다. 신야 백성으로서 유
황숙을 따르려 하는 자는 남녀노유를 불문하고 오늘 즉시
번성으로 피하라는 것이었다.
　이윽고 신야의 백성과 군사들이 모두 번성으로 옮겨 오
자 공명은 장수들을 모아 놓고 말했다.
　"조조가 쳐들어온 것은 하후돈의 패배를 복수하기 위해
서다. 하지만 걱정할 것 없다. 이번에도 본때를 보여 줄 것
이다."
　공명은 먼저 관우를 불러 영을 내렸다.
　"운장은 1천군을 거느리고 백하(白河) 상류로 가서 매복
하되, 제각기 포대에 모래와 흙을 가득 담아 백하 강물을
막도록 하라. 그리고 있느라면 내일 삼경이 지나 하류에서
인마가 들끓는 함성이 날 것이니, 저체 말고 포대를 떼어
물을 터쳐 놓고 즉시 하류로 내려와서 접응하라."

다음에 장비를 불러,

"익덕은 1천군을 거느리고 박릉 도구(博陵道口)에 가서 매복하라. 그 곳이 수세가 그 중 완만하여, 조조 군사가 물난리를 당하고 보면 반드시 그 곳으로 도망하여 올 것이니, 때를 놓치지 말고 그 뒤를 쳐라."

라고 말하고는 이어서 조운을 불러 명했다.

"자룡은 3천군을 4대(隊)로 나누어, 3대는 서·남·북 3문 밖에 매복하여 두고, 자룡은 남은 1대를 거느리고 동문 밖에 가서 매복하되, 먼저 성내의 민가 지붕 위에 유황 염초 등 인화물(引火物)을 많이 감추어 두었다가 조조의 군대가 성에 들어오면 즉시 서·남·북 3문 밖에 매복한 군사들로 하여금, 성내로 향하여 일제히 불화살을 쏘게 하라."

공명이 말을 끝내자 장비가 싱긋 웃으며 물었다.

"이번에도 지난번처럼 작전이 성공하겠소?"

"……."

공명은 덤덤해하는 표정을 짓고 있다가 유비와 함께 높은 데에 올라 승전보가 오기만 기다렸다.

다음 날 저녁 무렵, 허저가 이끄는 3천 철갑군은 호호탕탕(浩浩蕩蕩)히 신야를 향하여 쳐들어가고, 조인·조홍은 10만군을 영솔하고 선봉 부대가 되어 그 뒤를 따랐다.

허저가 작미파에 이르러 바라보니 앞에 한 떼의 인마가 청홍 기호(旗號)를 달고 진을 치고 있다가, 곧 4대로 나뉘어 청기와 홍기를 쥔 군사들이 각각 좌우로 달렸다. 허저는 혹시 복병이 있지나 않을까 의심하여, 곧 군사들을 그 자리에 세워 놓았는데, 그러는 사이에 해는 어느덧 뉘엿뉘엿 서산 뒤로 넘어갔다.

때마침 조인이 군사들을 영솔하고 뒤쫓아와 그 곳에 이르렀다. 그가 영을 내려 성 아래에 이르러서 보니, 4대문은 뜻밖에도 열려 있는데 강아지 한 마리 구경할 수 없는 빈 성이었다.

그것을 보고 조홍이 말했다.

"유비와 제갈량이 형세가 궁해지자 백성들을 데리고 다른 데로 도망친 것이 분명하니, 우리는 여기서 하룻밤 편히 쉬고, 내일 새벽에 다시 진병하기로 합시다."

그러지 않아도 군사들은 종일 먼 길을 달려왔기에 몸은 지치고 배는 고팠다. 때문에 각기들 주인 없는 집 안으로 들어가 밥을 짓느라 부산했다. 그런데 그 때 바람이 세차게 일었고, 문을 지키던 군사가 달려와서 고했다.

"불이 났습니다!"

그러나 조인은 대수롭지 않게 말했다.

"필시 군사들이 밥을 짓다가 조심하지 않아 낸 불일 것이니, 공연히들 놀랄 것 없다."

그러나 그 말이 미처 떨어지기도 전에, 사방에서 병사들이 달려와 서·남·북 3문에 모두 불이 붙었다고 보고했다.

그제야 조인은 비로소 적의 계략에 말려든 것을 눈치채

고, 모든 장수들에게 급히 영을 내려 일제히 말에 타게 했다. 하지만 때는 이미 늦어져 있었다. 사방은 어느 샌가 불바다로 변해 있었다.

조인이 수하 장병들과 함께 불길을 피하며 연기 속에서 길을 찾아 나갈 때 문득 들으니 동문에만 불이 붙지 않았다고 했다. 군사들은 곧 앞을 다투며 동문으로 우루루 몰렸다.

군사들은 서로 밀고 서로 밀렸기에, 발길에 채이고 말굽에 짓밟혀 죽는 자들이 무수히 많았다. 조인의 무리는 가까스로 불 속을 뚫고 동문 밖으로 나왔다.

그런데 미처 숨을 돌릴 사이도 없이 등 뒤에서 갑자기 함성이 일어났다. 급히 눈을 돌려 보니 한 떼의 군사들이 휘몰아 들어오는데, 앞선 장수는 상산(常山) 조운이었다.

각기 도망치느라고 정신이 없었다. 한창 쫓겨서 달아날 때 미방이 또 일지군을 거느리고 와서 한바탕 충살했다. 겨우 혈로를 뚫고 도망할 때 다시 유봉이 거느린 한 떼의 군사들이 앞길을 가로막으며 공격해 왔기에, 사경쯤에 이르러서는 조인 수하의 인마들은 모두 곤할 대로 곤하고 지칠 대로 지치게 되었다.

그들이 도망하여 이른 곳은 바로 백하 강변이었다. 다행스럽게도 강물이 깊지 않았기에 인마들이 모두 강 속으로 들어갔다.

그 때 관우가 영을 내려 막아 놓았던 물을 일시에 터놓게 하였다. 물길은 미친 것처럼 날뛰며 무서운 형세로 하류를 향하여 그대로 쏟아져 내렸다. 조조의 군사들은 물 속에서 미처 헤어나지 못하고, 그대로 빠져 죽는 자들이 태반이었다.

조조의 군사들이 도망갈 길을 찾으며 한창 혼살(混殺)하는 중에, 장비가 나타나더니 허저에게 달려들었다. 허저는 싸울 기력이 없었기에 곧 몸을 피해 달아났다.

장비는 그 뒤를 쫓다가 유비와 공명을 만나 함께 강변 상류를 향해 올라갔다. 유봉과 미방이 이미 선척을 안배하여 놓고 그들이 오기를 기다리고 있었다.

일제히 강을 건너자, 공명은 곧 군사들에게 명해, 배는 말할 것도 없고 뗏목 따위에 이르기까지 모두 불살라 없애게 하고, 모든 사람과 함께 번성으로 향했다.

유비의 애민

조인은 남은 군사들을 수습하여 신야에 진영을 설치하고, 조홍을 조조에게 보내어 패보를 올렸다. 뜻밖의 패보를 받은 조조는 머리끝까지 화가 치밀었다.

조조는 곧 삼군을 재촉하여, 산과·들을 덮으며 신야로 가서 하채하고, 다시 군사들에게 명해 일제히 번성을 공격하게 하였다.

그러자 모사 순욱이 나서서 말했다.

"이제 또다시 유비와 싸움을 벌인다면 신야와 번성, 두 고을은 완전히 폐허가 되고 맙니다. 싸우기 전에 먼저 항복을 권해 보십시오. 다행히 유비가 항복하면 싸우지 않고 이기는 것이요, 유비가 응하지 않더라도 우리가 백성을 얼마나 사랑하는지 보여 주는 것이니 손해 볼 것은 없습니다."

조조는 유비와 친한 서서를 번성으로 보내 항복을 권유하기로 했다. 하지만 번성에 도착한 서서는 항복하라는 말은 입 밖에 꺼내지도 않고 유비에게 도움이 되는 말만을 했다.

"조조가 저를 보낸 것은 백성들의 마음을 얻으려는 연극에 불과합니다. 조조는 백하를 메운 뒤에 군사들을 총동원하여 공격할 작정입니다. 그렇게 되면 막을 도리가 없을 것이니 서둘러 좋은 대책을 마련하십시오."

유비는 서서의 말에 감사하며 조조에게 돌아가지 말라고 간청했다. 어차피 조조에서 속아서 간 것이니 이 곳에 있으면서 자기를 도와 달라는 것이었다.

하지만 서서는 잠시 생각하다가 대답했다.

"저를 아껴 주시는 마음은 고맙지만 돌아가지 않으면 저는 세상 사람들의 비웃음만 사게 될 것입니다. 지난날의 여포가 그랬던 것처럼, 주인을 밥 먹듯이 갈아치우는 의리 없는 사람이라고 말입니다. 어차피 제 운명은 마음에도 없는 주인을 평생 동안 섬겨야 할 팔자입니다."

무거운 발걸음을 돌려 조조에게로 돌아온 서서가 말했다.

"유비는 항복할 뜻이 없었습니다."

그 순간 조조의 눈빛은 노여움으로 인해 이글거렸다.

"유비, 이놈! 네놈이 얼마나 견디는지 두고 보자."

조조의 군대가 곧 이를 형세임을 알고, 유비가 공명에게 계책을 묻자 공명이 말했다.

"한시 바삐 번성을 버리고 양양을 취하여, 그 곳에서 잠시 동정을 살피기로 하시지요."

유비가 양양성 동문 앞에 이르러서 보니, 성 위에는 정기(旌旗)가 두루 꽂혀 있었다. 유비는 말을 세우고 서서 성 위를 향하여 크게 외쳤다.

"유종 현질(賢姪)은 내 말을 듣거라. 나는 오직 백성을 구하려 할 뿐이지 다른 생각은 티끌만큼도 없으니, 어서 성문을 열어라."

그러나 유비가 왔다는 것을 안 유종은 두려워서 감히 나서지 못하고, 그를 대신하여 성루에 나온 채모와 장윤은 뜻밖에도 군사들을 시켜, 성 아래를 향하여 어지럽게 활을 쏘게 했다.

유비가 공명을 돌아보고 말했다.

"내 본래 백성들을 구하자던 노릇이 도리어 백성들을 상하게 했으니, 이렇다면 나는 양양성에 들어가지 않겠소."

침착한 공명도 그 때는 화가 난 모양이었다.

"강릉(江陵)은 형주의 요지입니다. 우선 그리로 가서 발판으로 삼는 것이 좋겠습니다.

고생고생하면서 양양 땅에 도착했으나 죽을 고비만 넘긴 유비 일행은 다시 백성들을 이끌고 양양 대로를 따라 강릉을 향해 재촉했다. 그것을 보고 양양 성중의 백성들도 많이 성에서 빠져 나와 유비의 뒤를 따라갔다. 공명이 말했다.

"추격대가 곧 이를 것입니다. 운장을 강하로 보내시어, 공자 유기에게 원병을 청해 뱃길로 강릉으로 모이게 하시지요."

유비는 그 말을 좇아 곧 글을 써서 관우에게 주어, 손건과 함께 5백 군을 거느리고 강하로 가서 구원을 청하게 하고, 장비로 하여금 뒤를 끊게 하며, 조운에게는 노소를 맡긴 다음, 다시 백성들을 영솔하고 날마다 10여 리씩 걸어 나갔다. 하지만 마음만 바빴지 일행의 속도는 더디기만 했다. 어린 아이와 병든 노인들까지 모두 챙겼기 때문이다.

그 무렵, 조조는 번성에 앉아서 사람을 양양으로 보내 유종을 불렀다. 그러나 유종은 겁을 먹고 감히 가지를 못했기에, 채모와 장윤이 그를 대신하여 가기로 했다.

그 때 왕위(王威)가 가만히 유종에게 고하였다.

"장군께서 이미 항복을 하셨고 현덕이 또한 멀리 달아나, 조조가 필연 마음을 놓고 별로 방비가 없을 것이니, 이 때를 타서 한 번 기습을 하도록 해 보십시오. 그러면 조조를 사로잡기가 어렵지 않을 것이고, 조조만 잡고 보면 위엄이 천하에 떨쳐, 중원(中原)이 비록 넓다고는 하나 가히 격(檄)을 전하여 정하실 수 있습니다. 이는 참으로 만나기 어려운 기회이니, 장군은 부디 놓치지 마십시오."

유종이 그 말을 그대로 채모에게 전했더니, 채모는 곧 왕위를 불러 꾸짖었다.

"네가 천명(天命)을 알지 못하고 어찌 감히 망녕된 말을 하느냐."

왕위는 대로하였다.

"나라를 팔아 먹은 도적놈아, 내 너를 산 채로 씹어먹지 못하는 게 한이다."

채모는 노하여 그를 죽이려 했으나, 괴월이 말려서 그만두고, 마침내 장윤과 함께 번성으로 갔다.

두 사람이 조조 앞에서 예를 베풀자, 조조가 물었다.

"형주의 군마와 전량(錢糧)은 대략 얼마나 되오?"

채모가 몸을 낮추고 대답했다.

"마군이 5만, 보군이 15만, 수군이 8만이니 합쳐서 28만이옵니다. 전량은 태반이 강릉에 있사온데, 그 밖에 각처에 있는 것도 1년 정도 먹고 쓰기에 충분합니다."

"전선(戰船)은 몇 척이며 원래 누가 관령하여 왔나?"

"대소 전선을 합쳐 모두 70여 척 정도 되며 저희들 둘이서 관령하고 있습니다."

조조는 곧 채모에게 수군 대도독(水軍大都督)의 벼슬을

내리고, 장윤은 수군 부도독으로 삼았다.

두 사람이 크게 기뻐하면서 절하여 사례를 드렸다. 조조가 다시 말했다.

"유경승이 이미 죽고 그의 아들이 이제 항복하였으니, 내가 천자께 표주하여 길이 형주의 주인으로 삼아 주지."

채모와 장윤이 그의 앞에서 물러가자, 순유가 조조를 보고 말했다.

"채모와 장윤은 그저 아첨이나 일삼는 무리인데, 주공은 어찌하여 그처럼 높은 벼슬을 내리시는 것입니까?"

조조는 웃고 대답했다.

"난들 어찌 사람을 몰라보겠소. 다만 우리 북방 군사들이 수전에 익숙하지 못한 까닭에 잠시 그들 두 사람을 쓰려는 것이오. 성사가 된 뒤에는 곧 달리 조처를 할 생각이오."

그런 줄도 모르고 채모와 장윤은 자못 의기가 양양하여 돌아가자, 곧 유종을 보고 말했다.

"조 승상이 장군을 보주(保奏)하여 길이 형주를 다스리시게 하겠다고 말했습니다."

유종은 그 말을 듣고 크게 기뻐했다. 다음 날 그는 모친인 채씨 부인과 함께 인수(印綬)를 받들고 강을 건너 조조를 찾아갔다.

조조는 좋은 말로 위로한 뒤에, 장수들을 거느리고 양양성 밖에 머물렀다. 채모와 장윤이 아첨을 하느라고 양양 백성들에게 명해 모두 나와서 조조에게 분향하고 절하게 하였다.

조조는 일일이 좋은 말로 백성들을 위로한 뒤에 성으로 들어가서 부중(府中)에 좌정하자, 유종에게 청주 자사를 제수했다. 그리고 그 날로 곧 떠나게 하니, 유종의 놀라움은 너무나 컸다. 유종은 잔뜩 주눅이 든 목소리로 조조를 보고 말했다.

"저는 높은 벼슬을 원하지 않사옵니다. 다만 아버님의 무덤이 있는 향토(鄕土)나 지키고 있기를 원합니다."

그러나 조조는 말했다.

"청주는 경사(京師)에서 가까운 까닭에 장차 조정에 들어와서 벼슬을 하게 하려고 그러는 것이야. 형주에 그대로 있다가는 또 남의 모해라도 당할 염려가 있지 않은가."

유종은 재삼 사양했으나 조조는 끝끝내 허락하지 않았다.

유종이 하는 수 없어, 모친 채씨 부인과 함께 행장을 수습하여 청주를 향해 양양을 떠날 때, 그들 모자를 따라 나서는 사람은 오직 왕위(王威) 한 사람뿐이고, 다른 관원들은 모두 강구(江口)까지만 배웅하고는 들어가 버렸다.

그러나 조조는 유종 모자를 청주까지 가도록 곱게 놔 두지 않았다. 그는 곧 우금을 불러 영을 내렸다.

"너는 곧 경기(輕騎)를 이끌고 유종 모자를 뒤쫓아가서 죽여 후환이 없게 하여라."

영을 받은 우금이 곧 군사들을 거느리고 뒤를 쫓아가 소리쳤다.

"승상의 영을 받들어 너희 모자를 죽이러 온 것이니, 어서 목을 늘이어 이 칼을 받아라."

"아니, 뭐라고?"

두 번이나 계속해서 뜻밖의 일에 놀란 채씨 부인은 그대로 땅바닥에 주저앉아 유종을 얼싸안고 통곡을 했다.

주인을 저버리지 않고 끝까지 따르려는 왕위는 곧 칼을 빼어 들고 그들에게 달려들었다. 하지만, 혼자 힘으로 뭇 군사들을 당할 길이 없었기에 마침내 죽음을 당했고, 유종과 채씨 부인도 다들 저승으로 가는 혼이 되고 말았다.

우금이 돌아가서 조조에게 보고하자, 그는 후히 상을 내리고, 다시 사람을 융중(隆中)으로 보내어 공명의 가솔들을 잡아오게 했다.

그러나 그런 일이 있을 줄을 미리 짐작한 공명은 그보다 앞서 사람을 시켜 식구들을 모조리 데려다가 삼강(三江) 안에 숨겨 두었다. 아무리 찾아도 간 곳을 알지 못하자 조조는 치솟는 화를 쉽사리 삭이지 못했다.

양양을 주둔지로 정하고 나자 순유가 나서서 조조에게 말했다.

"강릉은 형주 땅에서도 중요한 곳입니다. 전량이 극히 많을 뿐만 아니라 적을 방어하기도 쉬운 곳입니다. 유비가 만약 그 곳을 점거하면 급히 쳐 깨치기가 쉽지 않을 것이니 급히 추격하여 없애야 합니다."

조조가 머리를 끄덕이며, 양양 장수들 가운데서 한 사람을 택해 향도관을 삼기로 했는데, 장수들 중에 문빙(文聘)이 보이지 않았다. 조조가 사람을 보내자 그제서야 문빙이 왔다.

"네 어찌하여 이제야 오는가?"

조조가 묻자 문빙은,

"남의 신하가 되어 능히 그 주인으로 하여금 땅을 보전하게 못했으니 마음에 슬프고 부끄러워, 일찍 와서 뵐 낯이 없어 그랬습니다."

라고 말하며 눈물을 흘렸다.

"참으로 충신이로고…."

조조는 탄식하기를 마지않으며, 그에게 강하 태수를 제수하고 관내후(關內侯)로 봉하고는 그로 하여금 군사들을 거느려 길을 열게 했는데, 때마침 탐마가 와서 보고했다.

"유비가 백성들을 이끌고 하루에 겨우 10여 리씩을 걸어 그간 3백 리 길을 갔습니다."

조조는 여러 장수에게 철기 5천을 가려 뽑아 주면서 하루 낮 하루 밤 안에 유비를 따라잡으라고 엄명을 내렸다.

상산 조자룡

그 때 유비는 10여만 명 백성과 3천여 명 군사들을 이끌고 가다가는 쉬고 가다가는 쉬고 하며, 강릉을 향해 느린 속도로 가고 있었다. 조운은 노인과 어린 아이들을 보호하고, 장비는 뒤를 지켰다. 공명이 말했다.

"운장이 강하로 간 뒤로 아무런 소식이 없으니, 웬일인지 모르겠습니다."

유비가 걱정스러운 듯이 말했다.

"군사(軍師)가 한번 몸소 가 보시지 않으려오? 유기는 군사의 지혜로 지난번에 목숨을 건진 일도 있으니 공이 친히 구원을 청하러 온 것을 보면 거절하지 못할 것이오."

공명은 응낙하고 유봉과 함께 5백 군을 거느리고 강하로 갔다.

공명이 떠난 뒤에 유비가 간옹·미축·미방의 무리와 함께 다시 길을 가는데, 갑자기 서북편으로부터 함성이 천지를 뒤흔들며 조조군이 가까이 이르렀다. 유비는 크게 놀랐다. 곧 말에 뛰어올라 몸소 본부 정병 2천여 명을 거느리고 나가서 적을 맞아 싸웠다. 그러나 조조의 군사들이 뒤를 이어서 물밀듯이 덮쳐들었는데 그 형세를 당할 길이 없었다.

유비가 죽기를 각오하고 싸웠으나 날쌘 조조의 군사들을

당할 수가 없었다. 때문에 죽음의 문턱에서 오락가락할 때, 다행히 장비가 일지군을 거느리고 나타나 혈로(血路)를 뚫고 그를 구해 내었다.

유비는 비로소 말고삐를 늦추고 좌우를 둘러보았다. 수하에 따르는 사람이라고는 겨우 백여 기-백성들과 노소는 물론이고, 미축·미방·간옹·조운 등 1천여 명의 간 곳을 알 길이 없었다.

유비는 목을 놓아 울었다.

"10여만 생명이 오직 나 하나를 따르다가 이런 곤경을 당하고, 모든 장수와 노소도 모두 존망을 알 길이 없으니, 이를 어찌하면 좋단 말이냐."

유비가 처황(悽惶)해 하기를 마지않자, 장비는 수하의 군졸 20여 기를 이끌고 장판교(長板橋)로 갔다. 눈을 들어 보니, 다리 동편에 수목이 무성했다.

장비는 문득 한 꾀를 생각해 내고 군사들에게 명해 제각기 나뭇가지를 꺾어서 말꼬리에 붙들어 매고, 수풀 속을 왔다갔다 하며 자욱하게 흙먼지를 일으켜 의병(疑兵)으로 삼게 했다. 그리고 자기는 홀로 장팔사모를 쥐고 장판교 위에서서, 멀리 서편을 바라보고 있었다.

그보다 앞서 조운은 사경 때부터 조조의 군사들과 어우러져 싸웠는데 날이 훤히 밝은 뒤에야 주위를 살펴보다가, 주인 유비가 간 곳은 물론이고, 유비의 가족도 난군 중에 잃고 만 것을 알았다. 조운의 마음은 갑자기 급해졌다.

'주공께서 내게 감·미 두 부인과 작은주인인 아두를 맡기셨는데, 오늘 이처럼 군중에서 잃고 말았으니, 대체 무슨 면목으로 주공을 가서 뵙는단 말인가.'

조운이 좌우를 돌아보니, 수하에 오직 3,40기가 따를 뿐이었다. 조운은 분연히 난군 속으로 뛰어들어갔다.

"감 부인! 미 부인! 어디 계시오?"

조운은 눈에 핏발을 세운 채 적진 사이를 헤치고 다니며 유비의 가족을 찾았다.

"살아 계시면 대답을 좀 해 주시오."

마음은 급한데 조조의 군사들이 무더기로 달려들고는 했다. 조자룡은 칼로 그들을 막아내다가 칼이 부러지면 쓰러진 적의 창을 집어 들고 그들과 싸웠다.

그런데 갑자기 누군가가 그를 부르는 소리가 들렸다. 풀더미 속에 쓰러져 있는 병사였다.

조운이 달려가 물었다.

"너는 누구냐?"

그 사람이 대답했다.

"소인은 본래 유 황숙의 가족을 호위하던 군사인데, 적의 화살에 맞아 이렇게 쓰러져 있는 것입니다."

조운은 급히 물었다.

"그럼 주공의 가족은 어떻게 되었느냐?"

"아까 뵈오니 감 부인께서 머리를 풀어 헤치시고 신발도

벗으신 채, 피난하는 부녀자들 틈에 끼어서 남쪽으로 달아 나시더군요."

들고 나자 조운은 말머리를 돌려 남쪽을 향해 달렸다. 과연 남녀 수백 명의 백성들이 서로 붙들고 앞을 다투며 도망하고 있었다. 조운은 소리를 높여 외쳤다.

"그 속에 혹시 감 부인께서 안 계십니까?"

감 부인이 마침 남보다 뒤떨어져 가다가 조운을 보고 그 대로 목을 놓아 울었다. 말에서 뛰어내린 조운은 창을 땅에 꽂고, 눈물을 머금으며 말했다.

"주모께서 이렇게 욕을 보시는 것은 모두가 저의 죄입니 다. 미 부인과 작은주인께서는 어디 계십니까?"

감 부인이 울며 대답했다.

"내가 미 부인과 함께 가다가 적을 만나는 바람에 그만 두 사람을 잃고 이렇게 나 혼자 떨어져 가던 길이오."

그 때 다시 한 떼의 군마들이 아우성을 치면서 달려왔 다. 조운이 곧 땅에 꽂아 놓았던 창을 뽑아 들고 말에 뛰어 올라 바라보니, 급히 말을 달려 쫓겨오는 자는 미축이고, 천여 명 군사들을 거느리고 뒤를 쫓는 자는 조인의 부장 순우도(淳于導)였다.

조운은 대갈 일성과 함께 곧 앞으로 달려들어 한창에 순 우도를 거꾸러뜨리고 미축을 구해냈다. 이어서 즉시 말 한 필을 빼앗아 감 부인을 태운 다음, 난군들 사이를 뚫고 바 로 장판교까지 그를 호송했다.

창을 쥐고 장판교 위에 서 있는 장비를 보고 조운이 물었다.

"주공께서는 지금 어디 계시오?"

"요 앞 멀지 않는 곳에 계시다네."

조운은 미축을 돌아보면서,

"자중(미축의 자)은 감 부인을 모시고 어서 먼저 가오. 나는 미 부인과 작은주인을 찾으러 다시 가겠소."

라는 한 마디를 남기고, 왔던 길을 되돌아 말을 달렸다. 조운이 다시 적진으로 뛰어들었을 때, 한 장수가 손에는 철창을 들고 등에는 한 자루 칼을 멘 채 수하의 10여 기 군졸들을 데리고 달려들었다.

조운은 말 한 마디 걸어 보려고도 하지 않으며 바로 그 장수에게 달려들어, 단지 한창에 그를 찔러 말 아래로 떨어뜨렸다. 동시에 수하 군졸들은 어지럽게 흩어지며 도망했다.

그 장수는 조조의 칼을 메고 따라다니는 하후은(夏優恩)이었다. 본래 조조에게 보검 두 자루가 있었는데, 하나는 「의천검(倚天劍)」이고, 또 하나는 「청홍검(靑虹劍)」이었다. 의천검은 자기가 차고 청홍검은 하후은에게 맡겼는데, 청홍검은 쇠를 베는 것이 진흙을 베는 것과 같아서 그 날카로움이 비길 데가 없었다고 한다.

이 날 하후은은 오직 저의 조그만 용력만 믿고 조조에게서 떨어져, 군졸들을 데리고 함부로 노략질을 하다가, 섣불리 조운을 건드려 죽음을 당한 것이었다.

조운은 그의 등에 메고 있는 검이 얼른 보기에도 예사롭지 않아 보였기에 곧 빼어 보았더니 칼자루에 「청홍(靑虹)」이라는 두 자가 금으로 아로새겨져 있었다.

조운이 그 검을 허리에 찬 다음에, 다시 적병들 속으로 뛰어들며 새삼스러이 좌우를 돌아보니, 따르던 수하 군졸들이 단 한 명도 없었다.

"미 부인, 미 부인을 보지 못했소?"

조운은 피난민들을 만날 때마다 미 부인과 아두의 행방을 수소문했다. 그러기를 수십 번이나 되풀이한 끝에 마침내 그들의 행방을 아는 사람을 만났다.

"미 부인께서는 다리에 창을 맞아 더 이상 걷지 못하고 저쪽에 있는 담 아래에서 울고 계십니다."

조운은 그 곳으로 달려갔다. 그랬더니 과연 무너진 토담 아래에서 미 부인이 아두를 품에 안고 마른 우물 가에 홀로 앉아 울고 있었다.

조운은 말에서 뛰어내려 그대로 땅에 엎드렸다. 미 부인은 그를 보자, 곧 눈물을 거두고 말했다.

"장군을 만나 뵈웠으니 아두가 이제는 살았소. 장군이 부디 이 아이가 유 황숙의 단지 일점 혈육인 것을 생각하고, 데려다 저의 아버지와 상면케 하여 주신다면, 나는 죽어도 여한이 없겠습니다."

조운이 말했다.

"부인께서는 어서 말에 오르십시오. 제가 모시고 걸으며, 죽기로써 싸워 포위망을 뚫고 나가겠습니다."

그러나 미 부인은 말했다.

"장군께서 말도 타시지 않고 어떻게 적진을 헤쳐 나갈 수 있겠습니까? 이 아이는 장군 손에 목숨이 달렸거니와, 나는 워낙 상처가 중하니 여기서 이대로 죽어도 원통하지 않소."

그리고는 아두를 번쩍 들어 조운 앞에 내밀고 다시 당부했다.

"이 아이의 목숨은 오직 장군 손에 달렸습니다."

말을 미처 마치기도 전에, 미 부인은 아두를 땅에 내려 놓고 그대로 우물 속으로 몸을 던졌다.

"앗!"

조운이 앞으로 내달았으나 때는 이미 늦어져 있었다. 미 부인은 깊은 우물 아래로 떨어져 그대로 목숨이 끊어졌다.

조운은 혹시 그대로 두면 조조의 군사들에게 시체를 빼앗길 것이 두려워, 곧 토담을 무너뜨려 우물을 메워 버리고는 갑옷 끈을 끄르고 엄심경(掩心鏡)을 내려 아두를 품에 품었다.

그가 다시 창을 짚고 말 위에 올랐을 때, 한 장수가 한 떼의 보군들을 거느리고 달려왔으니, 그는 곧 조홍의 부장 안명(晏明)이었다.

조운은 아두를 품에 품었기에 창을 쓰기가 약간 불편했

으나, 그와 어우러져 싸운 지 3합이 못되어, 그의 허리를 찔러 말 아래로 거꾸러뜨리고 수하 군사들을 물리친 다음에 길을 뚫고 나가기 시작했다.

그가 다시 한참 달리는 중에 또 한 떼의 군마들이 내달아 앞을 가로막았으니, 대장의 깃발에 뚜렷이 쓰여져 있는 글자는 「하간(河間) 장합(張郃)」이라는 넉 자였다.

조운은 곧 그를 맞아 다시 싸웠다. 서로 어울려 싸우기 10여 합에 이르렀는데, 조운은 품에 들어 있는 아두가 다치지 않을까 걱정되어, 감히 더 싸우지 못하고 말을 돌려 도망을 했다. 장합이 그 뒤를 급하게 쫓았다.

조운은 닫는 말에 채찍질을 더 하며 그대로 달렸다. 그런데 어이없게도 말이 실족하여 그를 등에 태운 채 그대로 토갱(土坑) 속에 빠져 버렸다.

그것을 본 장합이 창을 고쳐 잡으면서 와락 달려들었다. 때문에 그 목숨이 위태로움기가 풍전 등화가 되었을 때, 이상한 일이 일어났다. 난데없는 한 줄기 붉은 빛이 토갱 안으로부터 뻗쳐나오며, 조운이 탄 말이 네 굽을 모으고 한 번 몸을 솟구쳐 밖으로 뛰어나온 것이다. 너무나 뜻밖의 일이었다.

장합은 깜짝 놀라서 더 공격하지 못하고 그대로 말 머리를 돌려 다른 곳으로 물러가 버렸다. 조운이 다시 말을 달릴 때, 등 뒤에서 두 장수가 급히 쫓아오며,

"조운아, 네 도망하지 말아라!"

하고 큰 소리로 외쳤다. 이어서 앞에서도 두 장수가 길을
가로 막았다. 앞을 막은 장수는 초촉·장남이고, 뒤를 쫓는
장수는 마연·장의로, 모두 원소 수하에 있다가 조조에게 항
복한 무리였다.

조운이 정신을 가다듬어 네 장수와 한창 싸울 때, 함성
이 크게 일며 조조의 군사들이 벌 떼처럼 몰려왔다.

조운은 곧 창으로 싸우기를 멈추고, 번개같이 청홍검을
빼어 들며 그대로 어지럽게 휘두르기 시작했다. 예리하기
짝이 없는 천하의 보검 청홍검이었다. 칼날이 닿기가 무섭
게 갑옷이 쪼개지며 붉은 피가 샘솟듯 치솟았다. 그는 마침
내 뭇 장졸들을 쳐 물리치고 포위망을 뚫으며 밖으로 나왔
다.

그 때 조조는 경산(景山) 위에서 전세를 관망하고 있었
다. 한 장수가 천군 만마(千軍萬馬) 속을 필마 단기로 달리
는데 그가 이르는 곳마다 능히 당하는 자가 없어 모두 물
갈라지듯 하는 것을 보자, 깜짝 놀라며 급히 좌우의 신하들
에게 물었다.

"저 장수가 대체 누군고?"

곁에 있다가 들은 조홍이 즉시 말을 달려 산 아래로 내
려가며 물었다.

"군중에서 싸우는 장수의 성명은 무엇인가?"

그 소리를 들은 조운이 대답했다.

"나는 상산 조자룡이다!"

조홍이 다시 말을 달려 산 위로 올라가 그대로 말하자 조조는,

"참 범같은 장수로구나. 내가 저자를 기어이 사로잡고야 말겠다."

라고 말하고는 군사에게 시켜 각처로 말을 달려 영을 전하게 하였다.

"조자룡이 이르는 곳마다 결코 활을 쏘지 말고 꼭 사로잡도록 하라."

그리하여 다행스럽게도 조운은 큰 난을 면했으니, 훗사람이 말하기를, 그것도 역시 아두의 타고난 복이라고 하였다.

이 당양(當陽) 장판파(長坂坡) 싸움에서 조운이 품에 아두를 품고 겹겹이 포위한 적군 속을 뚫고 나올 때, 칼로 쳐서 쓰러뜨린 큰 기(旗)가 둘이고, 빼앗은 창이 세 자루이며, 창으로 찌르고 칼로 쳐서 죽인 조조 진영의 이름 있는 장수들은 모두 50여 명이었다.

조운이 마침내 중간 포위망을 뚫고 나왔는데 그의 전포(戰袍)는 온통 피투성이였다. 다시 말을 몰아 산 언덕 아래를 지나는데, 또 양지군(兩枝軍)이 내달아 앞을 막으니, 그들은 하후돈의 부장 종진·종신 형제였다.

조운은 어우러져 싸우기 3합이 못되어 종진을 찔러 말 아래로 떨어뜨리고, 그대로 길을 찾으며 달아났다. 그의 등 뒤를 종신이 화극을 고쳐 잡고 급히 쫓았다. 거의 따라가

바야흐로 조운의 등 한복판을 겨누고 종신이 화극을 꼬나 잡았을 때, 조운은 번개처럼 말 머리를 홱 돌리며 왼손에 든 창으로 그의 화극을 막고, 바른손으로는 청홍검을 빼어 그대로 힘껏 내리찍었다. 다음 순간, 투구와 함께 종신의 머리가 두 쪽이 나 버렸다.

조운은 다시 급히 말을 몰아 장판교를 향해 달렸다. 그러자 또 등 뒤에서 천지를 뒤흔드는 함성이 들려 오더니 문빙이 그의 뒤를 따라왔다.

조운은 더욱 급히 말을 몰았다. 다리 앞까지 와서 보니, 장비가 그 때까지 말에 탄 채 장팔사모를 꼬나쥐고 다리 위에 서 있었다. 조운은 그의 앞으로 달려가며 소리쳐 불렀다.

"익덕, 나를 좀 구하여 주오!"

장비가 대답했다.

"자룡은 어서 가오. 추격병은 내가 담당하겠소."

조운은 곧 다리를 건너 유비를 찾아서 길을 재촉했다. 말을 달려 20여 리쯤 가니 유비가 수하 장병들과 함께 커다란 나무 아래에 앉아서 쉬고 있는 모습이 보였다. 조운은 그 앞에 이르자 황망히 말에서 뛰어내려 땅에 부복하여 울면서 고했다.

"저의 죄는 참으로 만 번 죽어도 모자랍니다. 미 부인께서는 중상을 당하시어, 아무리 청해도 말에 오르시려 하지 않고, 그만 우물 속에 몸을 던져 돌아가시고 말았습니다.

하는 수 없어 토담으로 우물을 메운 다음에 공자를 갑옷 속에 품고 간신히 포위망을 뚫고 온 길입니다. 조금 전까지도 품 속에서 공자가 우시는 소리가 들렸는데, 지금 아무런 동정이 없으시니, 아마도 공자께서 온전하시지 못하신가 봅니다."

말을 마치자 곧 갑옷을 끄르고 살펴 보니 아두는 품에 든 채 새끈새끈 숨소리를 내며 자고 있었다. 조운이 크게 기뻐하며,

"다행히 공자께서 무사하신가 봅니다."

하면서 두 손으로 아두를 받들어 유비에게 바치니, 유비는 그를 받자 땅에다 던지고 눈물을 흘리며 말했다.

"이까짓 어린 자식 하나 때문에 하마터면 나의 소중한 장수를 잃을 뻔 하였구나."

조운은 황망히 앞으로 나가 땅에 떨어져 자지러지게 우는 아두를 안아 들면서 머리를 숙였다.

"제가 비록 간과 뇌를 땅에 쏟더라도 도저히 주공의 은덕에 보답해 올릴 길이 없습니다."

그리고는 다시 울면서 두 번 절하였다.

이 대목은 유비의 부하를 사랑하고 아끼는 마음이 잘 나타난 것으로 유명한데, 이 때 그가 던진 아두가 땅에 떨어지며 뇌를 손상당한 것이 원인이 되어, 아두는 그 후 저능아에 가까울 정도로 지능이 많이 모자라는 사람이 되고 말았다는 주장도 있다.

연인 장익덕

그 때 문빙은 조운의 뒤를 급히 쫓아 장판교까지 왔다. 그러나 막상 이르러 보니, 조운은 간 곳이 없고 장비가 홀로 고리눈을 부릅뜨고 장팔사모를 꼬나쥐고는 다리 위에 서 있었으며, 다리 건너 동편 수풀 속에서는 흙먼지가 크게 일어나고 있었다.

그것을 본 문빙은 혹시 복병이 있지나 않은가 의심하여, 말을 그 곳에 세우고 서서 감히 앞으로 나가지 못하였다. 그 말을 듣고 조조가 말을 급히 달려 장판교로 왔다.

장비가 소리를 가다듬어 크게 외쳤다.

"나는 연인 장익덕이다. 누가 감히 나하고 싸우겠느냐!"

외치는 소리가 흡사 우레와도 같아서, 조조의 군사들은 한 번 듣고는 모두 몸서리를 쳤다. 조조도 역시 속으로 은근히 겁을 집어먹고 좌우를 돌아보며 말했다.

"일찍이 운장이 말하기를, 익덕은 백만 군 중에서 상장의 머리 베기를 마치 무 베듯 한다더니 과연 범같은 장수로다."

조조가 말을 미처 마치기 전에 장비가 다시 고리눈을 부릅뜨며 소리를 질렀다.

"왜 꾸물거리느냐? 누구든 한 번 싸워 보겠다는 자가 있으면 빨리 나오거라!"

그러자 하후걸이라는 장수가 머리 위로 창을 빙빙 돌리며 장비에게로 달려갔다. 하지만 그것은 차라리 가만히 있었던 것보다 못했다.

"네 이놈!"

벼락같은 장비의 고함 한 마디에 너무나 놀란 그는, 그대로 말에서 거꾸로 떨어지고 말았다.

그것을 보자 조조는 와락 두려운 마음이 들어 그대로 말머리를 돌려 달아나기 시작했다. 조조가 달아나자, 수하의 모든 군사와 장수들도 일제히 서편을 향해 도망했다. 그 꼴은 마치 젖먹는 어린애가 우레 소리를 처음 듣고, 병든 나무꾼이 호랑이 우는 소리에 놀란 것과도 같았다.

조조가 그대로 말을 달려 도망할 때, 장요와 허저가 분주히 그 뒤를 따라와서 그의 말고삐를 잡았다.

"승상께서는 과히 놀라지 마십시오. 그까짓 장비 하나를 가지고 그처럼 두려워하실 게 무엇입니까."

라고 장요가 말하자 조조는 그제야 놀란 가슴을 진정시켰다. 그리고는 즉시 장요와 허저에게 명하여, 다시 장판교로 가서 소식을 알아 오게 하였다.

한편, 장비는 조조의 군사들이 정신없이 물러가는 것을 보고도 감히 뒤를 쫓지 못하다가, 수하의 군졸 20기를 불러 즉시 장판교를 끊어 버리게 한 다음, 말머리를 돌려 유비에게로 갔다.

그에게서 장판교를 끊고 왔다는 이야기를 듣고 나자, 유비는 가만히 한숨을 지으며 말했다.

"네가 용맹은 뛰어나지만, 꾀가 없는 것이 흠이로구나."

장비가 물었다.

"어째서 나더러 꾀가 없다고 그러시오?"

"조조는 지모(智謀)가 뛰어난 사람이다. 네가 다리를 끊어 버린 것을 알면, 반드시 우리 뒤를 다시 쫓으려 할 게다."

"나의 한 번 호통에 그만 혼비백산해서 달아난 조조가 어떻게 다시 우리를 쫓아온단 말이오?"

"그건 네가 모르는 소리다. 네가 차라리 다리를 그대로 두었다면 그가 혹시나 매복이 있지나 않을까 하고 두려워하며 감히 쫓아오지 못할지 모르겠다만, 이제 그처럼 다리를 헐어 버렸으니, 조조는 우리가 군사들이 적어서 겁을 먹은 것이라 짐작하고, 반드시 뒤쫓아오고야 말 것이다. 백만의 무리를 수하에 거느린 조조가 아니냐. 강을 건너기도 어렵지 않은데, 하물며 그까짓 조그만 다리 하나 끊어진 것이 대단한 일이겠느냐."

유비는 말을 마치자 곧 몸을 일으켜, 수하 장병들을 재촉하여 한진(漢津)을 향해 말을 달려갔다.

유비의 예측은 정확했다. 일단 후퇴했던 조조는 장요와 허저를 보내 장판교의 사정을 다시 알아오게 했다.

돌아와서 보고하기를, 장비가 이미 다리를 끊고 가 버렸다고 했다.

"제가 다리를 끊고 갔다니, 정녕 겁이 난 게로구나."

조조는 한 마디 하고, 곧 영을 전하여 군사 1만을 보내 3좌 부교(浮橋)를 놓아, 오늘 밤이 가기 전에 대군이 건너 가도록 하라고 명했다.

허허실실

조조의 군대를 피해 도망치던 유비 일행은 강릉으로 가는 것을 포기하고 한진이라는 땅으로 향했다. 그 때 갑자기 앞에는 푸른 물결이 넘실거리는 양자강이 나타나고 뒤에서는 자욱한 흙먼지가 일며 군사들의 함성과 북 소리가 요란하게 들려 왔다.

유비는 절망하며 탄식했다.

"아아, 이 일을 어떻게 해야 좋을꼬!"

조조는 유비의 뒤를 급히 쫓으며 군중에 영을 내렸다.

"지금의 유비는 바로 솥 속에 든 물고기이고 함정에 빠진 범이니, 모두 힘을 다하여 유비를 잡도록 하라."

명을 받은 장수들이 모두 앞을 다투며 앞으로 나아갔다. 그런데 그들이 거의 따라 이르려 했을 때, 갑자기 고개 너머에서 북 소리가 크게 울리며 한 떼의 인마가 뛰어나와 크게 외쳤다.

"너희들이 어찌하여 이제야 오느냐?"

그들이 놀라 바라보니, 앞선 대장은 손에 청룡도를 들고 적토마 위에 높이 앉아 있는 관우였다.

관우는 강하로 가서 군사 1만을 빌어 가지고 오는 길에 당양 장판파에서 큰 싸움이 벌어졌다는 소식을 듣자, 즉시 그 곳으로 와서 조조의 군대가 이르기를 기다리고 있었던 것이다.

조조는 뜻밖에 관우를 만나자,

"아차, 또 제갈량의 계교에 빠졌구나."

하고 중얼거리고는 즉시 군중에 퇴군령을 내렸다.

관우는 달아나는 조조의 군사들을 10여 리나 쫓다가 곧 돌아와 유비를 보호하며 한진에 이르렀다. 강변에는 이미 선척들이 등대하고 있었다. 그 때 홀연히 강 남쪽에서 북소리가 크게 나며, 무수한 전선들이 순풍에 돛을 높이 달고 그쪽을 향하여 밀려왔다.

"동생이 데리고 온 수군인가?"

유비가 묻자 관우가 고개를 가로저었다.

"아닙니다. 제가 데리고 온 것은 기병 1만 명뿐입니다."

"그렇다면…?"

유비는 놀랐으나, 전선이 가까이 이르자 자세히 보니 공자 유기였다. 유비가 그와 함께 지난 일을 이야기하며, 전선들을 거느리고 하류로 내려가는데, 그 때 다시 서남편 강상에 난데없는 전선들이 일자로 늘어서서 바람을 타고 그 쪽으로 오는 것이 보였다. 유기가 깜짝 놀라며 말했다.

"강하의 군사들은 제가 모조리 이끌고 왔는데 이제 또 난데없는 전선이 저렇듯 앞길을 막으니, 필시 저것은 조조의 군사들이 아니면 강동의 군사들일 것입니다."

유비가 뱃머리로 나가 눈을 들어오는 배를 자세히 보니, 한 사람이 저편 뱃머리에 단정히 앉아 있는데, 틀림없는 제갈공명이고, 그 뒤에 서 있는 사람은 손건이었다.

"주공, 늦어서 죄송합니다."

유비는 얼떨떨해하며 공명에게 물었다.

"도대체 어떻게 된 일이오?"

"저는 강하에 도착하자마자 관우에게 군사들을 주어 한진 쪽으로 가서 주공을 돕게 했습니다. 조조에게 쫓기는 주공께서 강릉으로 가는 것을 포기하고 한진 쪽으로 방향을 바꿀 것이라고 생각했기 때문입니다. 잇달아 유기 공자도 보내고 나서 하구로 달려가 그 곳에 있는 병사들을 모두 데리고 오는 길입니다."

유비는 크게 기뻐하며 군사들을 한 곳에 모으고, 앞으로의 일에 대해서 의논했다. 공명이 말했다.

"이번에 하구(夏口)에 가서 보니 성이 험하고 재물과 곡식이 넉넉하여 가히 오래 머물러 있을 만한 곳이었습니다. 그러니 주공께서는 우선 하구로 가셔서 군사들을 훈련시키고, 유기 공자는 강하로 다시 돌아가서서 의각지세를 삼으면 가히 조조의 군대를 막을 수 있을 것입니다. 만약에 함께 강하로 돌아가신다면 도리어 형세가 외로워질 것입니다."

듣고 나자 유기가 말했다.

"군사의 말씀이 매우 옳습니다만, 숙부께서 우선 저와 함께 잠시 강하로 가셔서 군마를 정돈하신 뒤에 하구로 가셔도 늦지 않을까 합니다."

"자네 말도 또한 옳으이."

하며 고개를 끄덕인 유비는 관우에게 군사들 5천 명을 주어 하구를 지키게 하고, 자기는 공명과 함께 유기를 따라 강하로 갔다.

조조는 형주성으로 들어가 안민하기를 마치자, 수하 장수와 모사들을 모아 놓고 의논했다.

"이제 유비가 강하로 갔다는데 그가 만약에 동오의 손권과 서로 결탁하게 되면, 그 형세가 쉽게 쳐서 깨치기 어려울 것이니 앞으로 어떻게 하면 좋을꼬?"

순유가 대답했다.

"이제 우리가 크게 병위(兵威)를 떨치고 있으니 곧 강동으로 사자를 보내서 손권에게 이르시되, '강하로 나와서 함께 유비를 사로잡고 형주 땅을 서로 나누자'고 해 보십시오. 그러면 손권이 놀라고 의심하여 항복하고야 말 것이니, 그렇게 되면 일은 쉽게 이루어지는 것이 아니겠습니까."

조조는 그 계교를 좇아서 한편으로 격(檄)을 써서 사자에게 주어 동오로 보내고, 또 한편으로 군사 83만을 계점(計點)하여 1백만이라 일컫게 하며, 육로와 수로로 배와 말이 함께 나아가니, 채책(寨柵)이 무려 300여 리를 이었다.

여기서 이야기는 두 갈래로 나뉜다. 이 때 시상구(柴桑口)에 둔병하고 있던 손권은 조조의 대군이 이르자 유종이 이미 항복했다는 말을 들었다. 그는 즉시 모사들을 모아 놓고 계책을 물었다.

노숙(魯肅)이 나와서 대답했다.

"형주는 우리와 인접하여 강산이 험고하고 사민(士民)이 은부하니, 우리가 만약 이 땅을 얻게 되면 가히 제왕(帝王)의 업을 이룰 수 있을 것입니다. 이제 유표가 죽은 지 얼마 안 되고, 유비가 다시 조조에게 패했습니다. 청하옵건대 제가 명을 받들어 강하로 가서 유표의 죽음을 조상한 다음, 유비더러 유표의 수하 장수들을 잘 어루만져 마음을 함께 하여 조조를 치자고 해 보아, 만약에 유비가 기꺼이 우리 말을 좇는다면, 대사를 가히 정할 수 있으리라 믿습니다."

손권은 곧 그의 말을 옳게 여겨 노숙으로 하여금 예물을 갖추어 들고 강하로 가서 조상하게 하였다.

한편, 유비는 강하에 이르자 곧 공명과 유기에게 좋은 계책을 물었다. 공명이 말했다.

"조조의 형세가 원체 커서 갑자기 대적하기가 어려우니, 동오의 손권에게 가서 도움을 구하여, 남북이 대치하게 하고, 우리는 그 틈을 이용해 힘을 기르는 수밖에 없습니다."

유비가 말했다.

"강동의 손권에게도 인물들이 극히 많아서 반드시 깊은 생각들이 있을 텐데, 쉽게 우리를 용납하려 하겠소?"

그러자 공명은 웃고 말했다.

"지금 조조가 백만 대군을 거느리고 강한(江漢)에 범처럼 웅거하고 있으니, 손권인들 어찌 두렵지 않겠습니까. 조만간에 그들이 사람을 보내어 그 허실(虛實)을 알아 보려 할 것입니다. 만약 저들에게서 오는 사람만 있으면 제가 바로 강동으로 가서 세 치 혀를 놀려 남북 양군(兩軍)으로 하여금 서로 싸우게 만들겠습니다."

"싸움이 붙은 다음에는 어떻게 되는 것입니까?"

이어서 유기가 묻자 공명은 대답했다.

"만약에 손권이 이기면 함께 조조의 군대를 무찔러 형주 땅을 취할 것이고, 만약에 조조가 이기면 그 때를 타서 강남 땅을 취하면 좋을 것 아닙니까?"

듣고 나자 유비가 말했다.

"진실로 높은 생각이오마는, 일단 강동에서 우리에게로 사람이 와야 할 게 아니오?"

그런데, 그들이 한창 이야기하는 중에 사람이 들어와 보고했는데, 강동의 손권이 보낸 노숙이 조상하러 왔다는 것이었다.

"이제 일은 시작되는구나!"

공명은 웃으며 유기에게 물었다.

"전일에 손권이 죽었을 때, 양양에서 강동으로 사람을 보내어 조상한 일이 있으십니까."

유기가 대답했다.

"강동이 우리와는 저의 아버지를 죽인 원수간인데 어찌 경조(慶弔)의 예를 취할 까닭이 있겠습니까?"

"그렇다면 노숙이 이번에 온 것은 조상하기 위함이 아니라, 바로 조조군의 형편을 탐지하러 온 것입니다."

공명은 다시 유비에게 말했다.

"노숙이 와서 만약 조조의 군대에 대해서 묻거든, 주공께서는 그저 모른다고만 하십시오. 그래도 재삼 같은 말을 물으면 그 때에는 저에게 물어 보라고 대답을 떠넘기십시오."

약속하기를 마친 다음에 그들은 곧 사람을 보내 노숙을 맞아들였다. 성으로 들어온 노숙은 유표를 조상하고, 가지고 온 예물을 올렸다. 유기는 노숙을 청하여 유비와 서로보게 한 다음, 후당으로 맞아들여 술을 권했다.

노숙은 그 자리에서 유비에게,

"황숙의 대명을 들은 지 오래이나 뵈올 길이 없었더니, 이제 다행히 이렇게 만나뵈어, 평소애 존경하던 마음을 위로하게 되었습니다."

하고 말하고는, 이어서 조용히 물었다.

"소문으로 들으니 근자에 황숙께서 조조와 싸웠다고 하니 그들의 허실을 잘 아시겠군요. 그래서 감히 한 말씀 여쭈어 보는 것입니다만, 대체 조조의 군사들은 얼마나 됩니까?"

유비는 공명이 일러 준 대로 대답을 피했다.

"나는 원래 군사들이 적고 장수가 많지 못해서, 조조가 온다고만 들으면 곧 달아나기만 했기에 그들의 허실에 대해서 잘 모릅니다."

"그래도 소문에 들으니 황숙께서 제갈공명의 계교를 쓰셔서 두 번이나 화공(火攻)으로 조조의 간담을 서늘하게 만들어 놓으셨다던데, 어찌 모른다고만 하십니까?"

"글쎄, 공명에게 물어 보시면 혹시 자세한 것을 아시게 될는지…."

유비가 대답하자 노숙이 물었다.

"공명이 어디 계십니까? 한 번 만나 뵙고 싶습니다."

유비는 곧 사람을 보내어 공명을 청해 왔다. 노숙은 집요하게 그와 서로 보고 예를 베풀고 나자 곧 입을 열어 물었다.

"처음 뵙는 자리지만 감히 한 마디 여쭈어 보겠습니다. 선생께서는 앞으로의 정세가 어떻게 될 것이라고 보십니까?"

공명이 대답했다.

"조조의 간계(奸計)를 제가 이미 다 알고 있습니다만, 힘이 미치지 못하여 이처럼 잠시 피하고 있는 것입니다."

"그러면 황숙께서는 이대로 이 곳에 오래 머물러 계실 생각이신가요?"

공명이 대답했다.

"아닙니다. 황숙께서 본래 청오 태수 오신(吳臣)과 교분이 있으신 터이라, 이제 그리로 가셔서 의탁하실 생각이십니다."

"하지만 오신은 전량이 넉넉지 않고 군사가 적어서 자기 한 몸도 오히려 보전하기 어려운 형편인데, 어찌 남을 용납할 수 있겠습니까?"

"그것은 우리도 알고는 있습니다. 그저 잠시 가서 몸을 의탁하고 있는 동안 좋은 계책을 따로 세워 보려는 것입니다."

듣고 나자 노숙이 말했다.

"우리 손 장군께서는 6군(郡)에 응거하시어 군사는 많고 양식은 넉넉하며, 어진 이를 널리 구하시어 강동의 영웅들이 다들 장군께로 돌아온 터입니다. 이제 선생을 위하여 한 말씀 드리자면, 심복인을 동오로 보내셔서 함께 대사를 도모하시는 것이 어떻겠습니까."

"그러나 유 황숙께서 손 장군과 본래 서로 모르시는 터이라, 가서 말씀을 드린다고 해도 별로 이로울 것이 없겠고, 또한 보낼 만한 사람도 없습니다."

노숙이 다시 권했다.

"선생의 백씨께서 지금 강동의 참모로 계시어, 밤낮으로 선생과 만나기를 원하시는 터이니, 제가 비록 재주는 없습니다만 선생을 모시고 함께 손 장군께로 가서 같이 대사를 의논하셨으면 합니다."

그 때 잠자코 듣고 있던 유비가 한 마디 했다.

"공명은 내 스승이라 잠시도 없을 수 없는데, 멀리 동오까지 가다니 될 말이오."

노숙이 재삼 공명과 가기를 원해도 유비는 짐짓 듣지 않다가 공명이,

"지금 사세가 지극히 급하니, 아무래도 명을 받들어 한 번 다녀오는 것이 좋을까 봅니다."

하자, 못 이기는 체 하며,

"사정이 그렇다면 할 수 없지요. 얼른 갔다가 빨리 돌아오시오."

라고 말했다.

제6장
적벽 대전

강동의 군신

노숙은 마침내 유비에게 하직을 고하고 제갈공명과 함께 배에 올랐다. 시상구로 돌아가며, 노숙은 공명에게 당부했다.

"선생께서 이제 손 장군을 뵈옵거든 부디 조조에게 군사가 많다는 말씀일랑 하지 마십시오."

공명은 웃으며 대답했다.

"자경(노숙의 자)이 그렇게 당부하시지 않더라도 제가 짐작하는 바가 있습니다."

그 때 손권은 마침 문무 백관을 모아 놓고 일을 의논하고 있다가, 노숙이 강하(江夏)에서 돌아왔다는 말을 듣자 급히 불러들여 물었다.

"자경이 강하로 가서 듣고 온 허실이 과연 어떤고?"

노숙이 아뢰었다.

"이미 그 대략을 알았습니다. 서서히 말씀드리겠습니다."

손권은 노숙이 없는 사이에 조조에게서 온 격문을 내보이며 말했다.

"어제 조조가 글을 보냈기에, 내 지금 여러 관원들과 함께 상의를 했으나, 아직도 주장을 정하지 못한 터이오."

노숙이 격문을 받아서 읽어 보니, 다음과 같았다.

「내가 황제 폐하의 명을 받아 형주를 공격하자 형주의 유종은 순순히 항복했을 뿐만 아니라 그 고장 사람들은 양처럼 순해졌다. 이제 나는 백만 대군을 거느리고 그대와 함께 강하에서 사냥을 즐기다가 유비를 무찌르고 그의 땅을 반씩 나누어 평화롭게 지내려고 하는데 어째서 이렇게 대답이 늦는가?」

그 글은 손권에게 항복을 권하는 협박 편지였다.

노숙이 손권에게 물었다.

"주공의 존의(尊意)는 어떠하십니까?"

"아직 마음을 정하지 못했소."

하고 대답하자 장소가 나서서 말했다.

"조조가 백만의 무리를 거느리고 천자의 이름을 빌어 사해(四海)를 정벌하니, 형세가 도저히 대적할 수 없게 되었습니다. 저의 어리석은 생각으로는 속히 항복하시는 것이 상책일까 합니다."

그가 말을 마치자 모든 모사들도 한결같이 말했다.

"자포(장소의 자)의 말이 바로 하늘의 뜻에 합한다고 하겠습니다."

손권은 고개를 숙이고 도무지 말이 없다가, 얼마 후에 자리에서 일어섰다. 노숙이 곧 그의 뒤를 따랐다. 손권은 자기의 뒤를 따르는 노숙의 뜻을 짐작하고, 그의 손을 덥석 잡으며 가만히 물었다.

"자경, 대체 어찌했으면 좋겠소?"

노숙이 대답했다.

"저의 무리들이야 조조에게 항복하더라도 돌아갈 향당(鄉黨)이 있고 벼슬도 태수나 군수를 할 수 있겠지만, 주공께서 조조에게 항복하신다면 돌아가실 곳이 대체 어디란 말씀입니까. 여러 사람들의 생각은 다만 자기 한 몸을 위한 것이니, 결코 들으실 것이 못됩니다. 주공께서는 속히 대계(大計)를 정하도록 하십시오."

듣고 나자 손권은 한숨을 쉬면서 말했다.

"여러 사람들의 하는 말이 모두 내 뜻을 저버리는 것이었는데, 홀로 자경만은 나와 뜻이 같소이다. 하지만 조조가 새로이 원소의 무리들을 거두고 이제 다시 형주의 군사들을 얻어 그 형세가 자못 큰 터이라, 과연 그를 막아낼 수 있을지가 걱정이오."

"제가 이번에 강하에 갔다가 데리고 온 제갈근의 아우 제갈량이 이 곳에 있으니, 주공께서 몸소 그에게 물어 보시면 곧 조조군의 허실을 아실 수 있을 것입니다."

듣고 난 손권은 눈을 크게 뜨고 말했다.

"그러면 유현덕의 군사(軍師) 와룡 선생이 여기에 오셨단 말씀이오?"

"지금 관역에 들어 쉬고 있습니다."

"으음… 그러나 오늘은 이미 늦었으니 내일 장하(帳下)에 문무 백관을 모아 놓고 일을 의논하도록 합시다."

노숙은 명을 받들고 손권 앞에서 물러나왔다.

다음 날, 공명이 노숙을 따라 당상에 오를 때, 손권은 몸소 섬돌 아래로 내려와서 그를 맞아 예를 베풀고 나서 자리를 권했다. 그러자 문관 무장은 두 줄로 나뉘어 늘어서고, 노숙은 바로 공명이 앉은 곁으로 가서 섰다.

공명이 유비의 말씀을 전하고 나서, 눈을 들어 가만히 손권을 엿보니, 푸른 눈, 자줏빛 수염을 가진 그의 위풍이 당당했다.

공명은 속으로 가만히 생각했다.

'이 사람이 상모가 비상하여 쉽게 꾀일 수는 없을 것 같으니, 제가 물으면 내가 한 번 격동시켜 놓을 것이다.'

근시가 차를 올리고 나자, 손권이 말했다.

"노자경에게서 공명에 대한 말씀은 익히 들은 터이오. 이제 다행히 한자리에서 만났으니, 부디 좋은 말씀을 아끼지 말아 주시오."

공명이 대답했다.

"제가 배운 것은 없습니다만, 물으시면 삼가 말씀을 올리겠습니다."

손권이 가장 궁금한 것을 물었다.

"대체 조조의 군사들은 모두 얼마나 되오?"

"마군·보군·수군이 대략 1백여만 명은 되지요."

노숙은 곁에서 그 말을 듣고 얼굴빛이 변했다. 그는 몇 번인가 넌지시 공명에게 눈짓을 했으나, 공명은 짐짓 모른 체할 뿐이었다.

손권이 다시 물었다.

"조조가 이미 형주를 평정한 이제, 다시 멀리 도모하는 바가 있소?"

"지금 조조가 양자강을 따라 군대를 주둔시키면서 전선 (戰船)을 준비하고 있으니, 강동을 도모하는 것이 아니고 또 어느 땅을 취하려는 것이겠습니까?"

손권은 곧 공명을 후당으로 청하여 들여 술을 대접했다. 술이 두어 순배 돈 뒤에 그는 조용히 말했다.

"조조가 그 동안 미워하던 자는 곧 여포·유표·원소·원술·유 황숙과 나였는데, 이제 모든 사람이 차례로 멸하고 유 황숙과 나만 그대로 남아 있는 터이오. 이제 유 황숙이 아니면 함께 조조를 당할 이가 없는 줄 알고 있소이다. 하지만 유 황숙마저 조조에게 패했으니 나 혼자 무슨 수로 그와 싸워서 이기겠소?"

공명이 말했다.

"유 황숙께서 비록 이번에 패하시기는 했으나, 아직도 많은 군사들이 있고, 유기 수하의 강하 군사들 또한 적지 않은 터입니다. 조조의 무리들은 멀리서 왔기에 한껏 지친 데다가, 더욱이 근자에 유 황숙의 뒤를 쫓느라 하루 낮 하룻밤에 3백 리를 달렸으니, 사기가 떨어져 있을 것임에 틀림없습니다. 그뿐 아니라 북방 사람들은 수전(水戰)에 익숙하지 못하며, 또 형주의 군사로 조조에게 항복한 자들은 사세가 부득이해서 그런 것이지 결코 본 마음에서 그렇게 한 것이 아닙니다. 이제 장군께서 참으로 유 황숙과 동심으로 협력하신다면, 조조의 군대를 깨치는 것은 용이한 일입니다. 조조가 패하여 북쪽으로 돌아가게 되면, 형주와 강동의 세력이 강성해져 솥의 발 같은 정족(鼎足)의 형세가 이루어질 것이니, 성패의 기틀은 실로 오늘날에 있는 것입니다. 장군께서는 어서 영단을 내리십시오."

손권은 기뻐하기를 마지않으며,

"선생의 말씀이 내 답답하던 가슴을 탁 튀워 주셨소. 내 이미 뜻을 결단하였으니, 그리 알아 주시오."

라고 말하고는 그 날로 곧 군대를 일으켜 함께 조조를 막을 일을 의논하며, 공명은 관역으로 나가서 편히 쉬고 있게 하였다.

장소는 손권이 군대를 일으키려 하는 것을 알자, 여러 모사들에게 탄식하며 말했다.

"주공께서 기어이 제갈량의 꾀임에 빠지시고 말았소이다."

그리고는 급히 들어가 손권을 보고 말했다.

"저의 무리가 듣자오니 주공께서 군대를 일으켜 조조와 싸우려 하신다는데, 그것은 화를 자초하는 일입니다."

손권은 다시 마음이 흔들려 한참 동안 침음했다. 이윽고 장소의 무리들이 물러가자 이번에는 노숙이 또 들어와서 말했다.

"주공께서 만약에 속히 결단을 내리시지 않으면, 반드시 저 무리들로 인해 대사를 그르치시고 말 것입니다."

손권이 내실로 들어가, 마음에 유예하여 한숨을 쉬고 있을 때, 그것을 본 오 국태(吳國太)가 말했다.

"네 형님이 임종 때 하신 말씀을 잊었느냐. 내사(內事)에 결단 못할 일이 있거든 그것을 장소에게 물어서 하고, 외사(外事)에 결단 못할 일이 있거든 그것을 주유에게 물어서 하라고 하지 않았느냐. 지금 어찌하여 공근(주유의 자)을 청하여 물어 보려고 하지 않느냐."

손권은 마치 꿈 속에서 깨어난 것처럼 자리를 차고 일어났다. 그는 곧 사람을 파양호로 보내 주유를 청하여 오도록 명했다.

대도독 주유

　그 때 주유는 파양호라는 거대한 호수에서 수군을 훈련시키고 있다가, 조조의 대군이 한상(漢上)에 이르렀다는 말을 듣고, 밤을 새워 시상구(柴桑口)로 돌아왔다. 그런데 그를 청하려고 사람이 미처 떠나기 전에 주유가 먼저 이르렀다. 두 사람은 오래 전부터 친한 사이였다.

　"제갈공명이 강동에 온 것은 결국 우리의 힘을 빌리기 위해서였군."

　주유가 묻자 노숙이 대답했다.

　"아닐세, 공명은 내가 간청해서 온 것이네."

　"글쎄, 과연 그럴까? 자네가 간청할 수밖에 없는 상황을 공명이 만든 거겠지. 공명을 만나도록 해 주게."

　"그건 어려운 일이 아니지."

　이윽고 노숙이 공명을 데리고 주유의 집으로 왔다. 주유는 공명을 정중히 맞아 손님 자리에 앉히고 자신은 주인 자리에 앉아 이야기를 나누기 시작했다.

　주유가 먼저 대뜸 물었다.

　"선생이 강동에 온 것은 우리 군대의 힘을 빌리기 위해서지요?"

공명은 주유를 정면으로 바라보며 대답했다.

"글쎄요. 당신들이 조조에게 항복할 작정이라면 우리는 당신들의 힘이 필요하지 않고, 조조와 맞서서 싸울 생각이라면 우리는 당신들의 힘이 필요합니다."

주유는 공명의 마음을 떠 보려고 마음에 없는 말을 했다.

"우리는 조조와 싸울 생각이 전혀 없습니다."

공명은 조금도 놀라지 않으며 말했다.

"그래요? 그렇다면 일은 간단하게 끝났습니다."

"그렇습니다. 우리 주공을 설득시켜 제가 조조에게 항복 문서를 갖다 바칠 것입니다."

"굳이 그럴 필요도 없습니다. 그렇게 하기로 마음먹었다면 단 두 사람만 배에 실어 조조에게 보내시면 됩니다. 그러면 조조는 스스로 백만 대군을 거두어 돌아갈 것입니다."

주유의 표정은 궁금증으로 인해 갑자기 굳어졌다.

"그게 무슨 말씀입니까? 두 사람이라니?"

"장군께서는 일찍이 원소를 무찌른 조조가 「동작대」라는 호화로운 누각을 지은 사실을 알고 계시는지요?"

"예. 그것의 사치스러움이 황제의 궁을 능가한다고 들었습니다만…"

"그렇습니다. 원래 여자를 좋아하는 조조는 그 누각 안에 백 명의 미녀들을 데려다 놓고 즐길 계획이었습니다. 그런데 지금 동작대에는 98명의 미녀들이 있어 조조가 계획했던 것에서 딱 2명의 미녀가 부족합니다."

"그런데요…?"

주유가 마른침을 꿀꺽 삼켰다.

"부족한 그 2명의 미녀를 조조에게 갖다 바치면 조조는 스스로 돌아갈 것이라는 이야기입니다."

"그래요? 하지만 나는 아직까지 무슨 이야기인지…"

"하하, 물론 그러실 겁니다. 제 말을 잘 들으십시오. 조조는 동작대를 짓자마자 기념으로 「동작대부」라는 시를 지은 적이 있습니다. 그 시 속에 '강동 땅의 두 미녀를 데려다가 마음껏 즐기리라'라는 구절이 있습니다. 그가 아직까지 구하지 못한 것은 바로 그 두 미녀입니다."

"선생께서는 그 시를 기억하고 있습니까?"

"물론입니다. 하지만 워낙 길어서 문제의 구절만 말씀드리면 이렇습니다. '아름다운 이교(二喬)'를 동쪽과 남쪽에 두어서 아침저녁으로 함께 즐기리라."

그 때였다. 주유가 갑자기 손에 들고 있던 찻잔을 내동댕이치며 큰 소리로 내뱉었다.

"조조, 이 더러운 놈. 남의 아내를 모욕하다니, 용서할 수 없다."

공명은 영문을 모르겠다는 듯이 의아해하는 표정을 지었다.

"장군, 갑자기 왜 그러십니까? 혹시 제가 실수라도…"

"조조가 말하는 「이교」는 바로 죽은 손책의 아내와 제 아내를 말하는 것입니다. 그 두 사람은 성이 「교」씨로서 자매간입니다. 그러니 조조를 어떻게 용서할 수 있겠습니까?"

"그렇습니까? 용서해 주십시오. 저는 그런 줄도 모르고…"

"선생께 무슨 잘못이 있겠습니까? 선생, 나는 조조 그놈과 싸울 것입니다. 기어이 그놈을 죽여 이 모욕을 씻을 겁니다."

주유의 가슴 속에 조조를 향한 분노의 불길이 지펴졌다. 공명은 그 모습을 지켜보면서 마음속으로 조용히 웃고 있었다.

실은 조조가 지은 시 「동작대부」에 나오는 「이교」는 다리 「교(橋)」자를 썼기에 「두 개의 다리」를 뜻했다. 그런데 공명은 그 교(橋)자를 교(喬)자로 바꾸어서 말해 주유의 분노를 야기시킨 것이다.

이튿날 새벽에 손권이 당에 오르니, 좌변에 늘어선 문관은 장소·고옹 등 30여 인이고, 우변에 늘어선 무관은 정보·황개 등 30여 인인데, 의관이 제제하고 검패(劍佩)가 장장하여, 반을 나누어 시립하고 있었다. 그 때 주유가 들어와서 손권에게 물었다.

"근자에 듣자오니 조조가 군사들을 양자강 가에 주둔시키고 협박하는 편지를 보냈다던데, 주공의 존의는 어떠하십니까?"

손권은 곧 조조에게서 온 편지를 가져다 주유에게 보였다. 한 번 읽고 난 주유는 냉소를 머금으면서 큰 소리로 말했다.

"늙은 도적놈이 우리 강동에는 사람이 없는 줄 알고 이렇듯 괘씸한 말을 늘어놓았습니다!"

손권이 물었다.

"그렇다면 앞으로 어찌해야 좋을꼬?"

주유가 대답했다.

"조조가 이름은 비록 한나라의 승상이나 실상인즉 한나라의 도적입니다. 주공께서는 강동에 웅거하시어 군대는 정예하고 양식 또한 넉넉하니, 바야흐로 천하를 횡행(橫行)하시며 악을 치시고 선을 복돋워야 하시거늘, 어찌 도적에게 항복하시겠습니까."

"이제 경이 그렇게 말하니 심히 내 뜻에 맞소이다. 이는 하늘이 경으로써 내게 내리신 바요."

말을 마치자 손권은 곧 허리에 차고 있던 보검을 빼어, 앞에 놓인 주안상의 한 모서리를 쳐서 떨어뜨린 다음에,

"누구든 다시 입을 놀려 조조에게 항복하자는 자가 있다면 이 주안과 같아질 것이다!"

라고 말했다. 그리고, 그 보검을 주유에게 내리며, 그를 봉해 대도독(大都督)을 삼고 정보로 부도독을 삼으며 노숙으로 찬군교위(贊軍校尉)를 삼은 후,

"만약 문무 중에 호령을 듣지 않는 자가 있거든 곧 이 검으로 참하라."
하고 말했다. 이어서,

"내가 이제 주공의 명을 받들어 제장(諸將)과 함께 조조를 치려 하니, 모든 제장 관리는 내일 행영(行營)에 모여서 청령(廳令)하도록 하라. 만약 영을 어기는 자 있으면, 칠금령(七禁令)에 의하여 오십사참(五十四斬)을 시행하리라."
라고 말한 주유가 손권과 하직하고 부중에서 물러나가자 문무 백관이 모두 말없이 흩어져 돌아갔다.

주유는 하처로 돌아오자, 곧 사람을 보내서 공명을 청하여 왔다.

"오늘 부중에서 이미 공의(公議)가 정해졌으니, 선생은 부디 조조를 무찌를 수 있는 좋은 계책을 말씀하여 주십시오."

그러자 공명이 말했다.

"손 장군께서 아직도 마음에 은근히 불안을 품고 계시니 계책을 결정할 수가 없습니다."

"제가 무슨 불안을 품고 있다는 말씀입니까?"

"아직도 조조의 군사들이 많은 것을 은근히 두려워하시니 공근께서는 부디 다시 들어가 뵙고, 군사들의 수효를 들어 손 장군의 의혹을 풀어 드리도록 하십시오. 그러한 뒤에라야 비로소 대사를 이룰 수 있을 것입니다."

"선생의 말씀이 옳습니다."

주유는 그렇게 말하고, 곧 다시 들어가 손권을 뵈었다.
손권이 물었다.

"공근이 이처럼 밤에 들어오니, 반드시 무슨 까닭이 있
나 보오."

주유가 말했다.

"내일 군마를 조발(調撥)하는 것에 대해서 주공은 아직도
의심을 품고 계시지 않습니까?"

"별로 다른 의혹은 없어도, 다만 조조의 군사들이 너무
나 많은 것이 근심이 되오."

주유는 짐짓 여유롭게 웃어 보이고 말했다.

"제가 이처럼 밤에 뵈오러 들어온 것은 바로 그 의혹을
풀어 드리기 위함입니다. 원래 조조의 군사들은 15,6만에
지나지 않는데다 이미 오랫동안 전투를 계속했기 때문에
지쳤고, 원소의 무리를 얻었다는 것도 역시 7,8만에 지나지
않는데다 아직까지 의심들을 품고 조조에게 심복하지 않고
있습니다. 그러니 지친 군사와 의심 많은 무리가 비록 수효
는 많다고 하더라도 족히 두려울 것이 없습니다. 주공께서
는 다시 심려하지 마십시오."

듣고 나자 손권은 손을 들어 주유의 등을 어루만지며 말
했다.

"공근의 그 말 한 마디가 내 의혹을 풀어 주었소이다."

주유는 사례하고 물러나오며 속으로 생각했다.

'공명이 그처럼 우리 주공의 마음 속을 환히 들여다보듯

하니, 그 생각이 나보다 한 수 높지 않는가? 그대로 두었다가는 훗날에 반드시 우리 강동의 화근이 될 것이다. 얼른 죽여 버리느니만 못하다….'

생각을 정한 주유가 그 날 밤으로 사람을 보내 노숙을 장중으로 청해 들여 자기의 계획을 털어놓자 노숙이 말했다.

"그것은 옳지 않소. 조조와의 싸움을 앞두고 먼저 어진 선비를 죽이면, 그것은 곧 내 수족을 끊는 것이나 다름이 없지 않소?"

주유는 노숙의 말에 고개를 끄덕였다.

이튿날 동이 트는 시각에 주유는 행영으로 나가서 중군장(中軍帳) 위에 높이 앉아 명을 내렸다.

"군법에는 지위의 높고 낮음에 차이가 없고, 인정의 두텁고 얇음에 구별이 없는 터이니, 제군은 각기 자기의 직책에 충실하여 법을 어기는 일이 없도록 하라."

말을 마치자 곧 군대를 분발했는데, 한당·황개로 제1대 전부(前部) 선봉을 삼아, 본부 전선(戰船)을 거느리고 즉시 기행(起行)하여 삼강구로 나아가 하채한 후 다음 명령을 기다리게 하고, 장흠·주태로 제2대를 삼고, 능통·번장으로 제3대를 삼고, 태사자·여몽으로 제4대를 삼고, 육손·동습으로 제5대를 삼고, 여범·주치로 순경사(巡警使)를 삼아 6대 관군을 최독하여 수륙 병진하라 하였다. 명령을 들은 모든 장수들이 각기 선척과 군기를 수습하여 떠났다.

이튿날 주유가 손권에게 하직을 고하니 손권이 말했다.

"경은 먼저 가오. 내 곧 군대를 일으켜 뒤를 돕겠소."

주유는 물러나와 정보·노숙과 함께 군사들을 거느리고 나가며, 공명에게 사람을 보내어 함께 가기를 청하니, 공명이 흔쾌히 응낙하고 따라 나섰다.

모두 배에 올라 돛을 높이 달고, 모든 전선이 꼬리를 물고 하구(夏口)를 향해 나아가, 삼강구에서 5,60리 되는 곳에 닻을 내렸다.

주유는 중앙에 하채하고, 강 언덕에 서편 산을 의지하여 진영을 맺어, 그 주위에 군사들을 둔쳐 놓고, 공명은 작은 배 안에서 혼자 머물러 있게 하였다.

어느 날 채모가 조조에게 아뢰었다.

"형주의 수군이 조련을 하지 않은 지 오래 되었고, 또한 청주와 서주의 군사들이 수전에 익지 못하니, 이제 마땅히 먼저 수채(水寨)를 세운 다음에 청주·서주의 군사들은 안에 있고, 형주 수군들은 밖에 있으며 매일 조련하여 깊이 익혀야 가히 쓸 수 있을 것입니다."

조조가 말했다.

"네가 이미 수군 도독이 되었으니 편의대로 일을 할 것이지, 굳이 내게 물을 것이 뭐 있느냐."

그 때부터 채모와 장윤 두 사람이 몸소 수군을 조련했는데, 연강(沿江) 일대에 24좌(座) 수문을 나누어 세우고, 대선(大船)은 밖에 늘어놓아 성벽처럼 삼고, 서로 왕래하며 군사들을 훈련시켰다. 그 모습은 낮도 낮이지만 밤이면 더욱 장관을 이루었다. 밤에는 수많은 전선들이 등불을 밝혔기에 물 위에 불빛이 어리어 찬란하고, 무려 3백여 리에 이르는 육지의 조조 군대의 진영에서도 수많은 모닥불들이 피어 올랐다.

어느 날 밤, 주유가 높은 대(臺)를 올라가 관망하니, 서쪽 하늘에 화광이 가득했다. 마음에 괴이하여 좌우를 돌아보고 물으니, 부하 장수가 대답했다.

"조조의 군대가 야간 훈련을 하느라고 켜놓은 불빛입니다."

주유는 마음 속으로 놀라워하며, 이튿날 몸소 조군의 수채를 엿보러 누선(樓船) 한 척에 북을 싣고, 각기 강궁(強弓)과 경노(硬弩)를 준비한 다음, 일제히 배에 올라 앞으로 나아갔다.

조군의 수채 가까이 이르자, 주유는 누선 위에서 북을 요란하게 울리며 가만히 수채 안을 살펴 보고는 크게 놀랐다. 군사와 전선들의 배치가 한 치의 빈틈도 없이 완벽했기 때문이었다.

"깊이 수군의 묘를 얻었구나…."

저도 모르게 중얼거리며 좌우를 돌아보고 물었다.

"수군 도독이 누구냐?"

아는 자가 대답했다.

"채모와 장윤입니다."

주유는 속으로 가만히 생각했다.

'먼저 이 두 사람부터 없앤 뒤에라야 가히 조조를 꺾을 수 있겠구나.'

그 때 조군의 수채 안에서 기호(旗號)가 움직이는 것을 보자, 주유는 급히 닻을 올리게 한 다음, 일제히 노를 저어 나는 듯이 돌아왔다.

역이용 당한 첩자

조조가 수하의 문관과 무장들을 모아 놓고 물었다.

"어떠한 계책으로 동오를 공격해야 좋을꼬?"

그의 말이 미처 끝나기 전에 장하(帳下)의 한 사람이 말했다.

"저는 어렸을 때부터 주유와 동문 수학한 사이라, 서로 친합니다. 강동으로 건너가서 주유를 설득시켜 항복하도록 해 보겠습니다."

조조가 눈을 들어서 보니, 그는 구강(九江) 사람으로 성은 장(蔣)이고 이름은 간(幹)이며 자는 자익(子翼)이었다. 조조는 심히 기뻐하며 술을 주면서 그를 전송했다.

장간은 곧 한 척 작은 배에 몸을 싣고 떠나 바로 주유의 수채 앞에 이르렀다. 그 때 주유는 마침 장중에서 여러 사람과 일을 의논하고 있었는데 장간이 찾아왔다는 말을 듣자, 빙그레 웃더니 좌우를 돌아보며 말했다.

"아주 귀한 세객(說客)이 왔소이다."

그리고는 장수들을 앞으로 불러, 귀에다 대고 계책을 일러 주었다.

이윽고 장간이 앙연히 들어왔다. 주유가 절하며 영접하자, 장간이 읍하고 말했다.

"공근은 그간 안녕하시었소?"

주유가 한 마디 물었다.

"자익이 멀리서 강을 건너 조조의 세객으로 온 것은 아니오?"

그 말에 장간은 정색하고 말했다.

"그게 무슨 소린가? 내가 공근과 서로 못 본 지 오래 되어, 옛 정회를 풀어 볼까 하여 온 터에, 어찌하여 나를 세객이라고 의심한단 말이오?"

"나는 자익이 혹시나 조조의 세객이 아닌가 해서 한 마디 했거니와, 그렇지 않은 바에야 어찌 한잔 술이 없을 수 있겠소."

주유는 크게 연석을 베풀고 좌중을 둘러보며,

"내가 군사들을 통솔하게 된 뒤로 술이라고는 한 방울도 입에 대지 않았으나, 오늘은 뜻밖에 옛 친구도 만났고 또한 서로 의심할 바가 없으니, 한번 취하도록 마셔 보겠소."

하고 말하며 크게 한 번 웃고는 모든 사람과 함께 잔을 들었는데, 주유는 마치 물을 마시는 것처럼 마구 폭음을 했다. 밤이 깊자 장간은 드디어 자리를 사양했다.

"이제는 참으로 더 마실 수가 없소이다."

주유가 마침내 명하여 술자리를 치우게 하자, 모든 사람들이 다 헤어져 돌아갔다. 주유가 말했다.

"자익과 한 자리에서 자 보지 못한 지도 오래 됐소. 오늘밤은 옛날에 공부하던 시절처럼 우리 함께 쉬십시다."

주유는 거짓으로 크게 취한 체하고 장간과 함께 장막 안으로 들어가자, 옷을 입은 채 그대로 자리 위에 쓰러지더니 잠이 들었다. 하지만 장간은 한잠도 이루지 못한 채 누워 이경(二更)을 알리는 북 소리를 들었다.

자리 위에서 일어나 앉아서 보니, 등잔불은 켜 있었는데 주유는 우레같은 소리를 내며 코를 골고 있었다.

장간은 문득 장막 안 탁자 위에 문서가 쌓여 있는 것을 보고, 가만히 자리에서 내려가 살펴 보았다. 모두가 왕래 서신인데, 그 중의 한 통은 겉봉에 「장윤·채모 올림」이라고 쓰여져 있었다. 장간이 깜짝 놀라 몰래 읽어 보니, 참으로 엄청난 내용이 담겨져 있었다.

「저희들이 조조에게 항복한 것은 벼슬이나 녹을 바라서가 아니고, 오직 사세가 어찌할 길이 없었기 때문입니다. 가까이서 기회를 엿보다가 조조의 머리를 베어 휘하에 바치려 합니다. 일간 인편에 또 소식 전하려 하거니와, 결코 저희를 의심하지 마소서. 이만 줄이나이다.」

읽고 나자 장간의 손이 떨렸다.

'원래 채모와 장윤이 주유와 내통하고 있었구나.'

서신을 소매 속에 감추고 장간이 다시 다른 문서를 뒤져 보려고 할 때, 잠자고 있던 주유가 몸을 뒤척였다. 장간은 급히 등불을 끄고, 조용히 자리로 돌아가서 몸을 뉘었다. 주유가 자면서 입 안의 말로 중얼댔다.

"자익아, 내가 며칠 안에 조조의 머리를 구경시켜 주마."

장간이 한 마디 물어 보려고 할 때, 주유는 다시 코를 골며 잠이 들어 버렸다. 장간은 속으로 생각했다.

'주유는 심히 정세한 사람이라, 날이 밝은 뒤에 서신을 찾아 보다가 없으면 반드시 나를 해칠 것이다.'

그는 오경까지 자리에 그대로 누워 있다가 마침내 일어나 곧 건책(巾幘)을 찾아서 머리에 쓰고 가만히 밖으로 나왔다. 데리고 온 동자를 불러서 뒤에 딸리고 원문 밖으로 나서자 문을 지키고 있던 병사가 물었다.

"선생께서는 어디를 가십니까?"

장간이 대답했다.

"오래 있으면 도독께 폐만 더 끼치게 될 것이다. 그래서 돌아가는 길이다."

말을 듣자, 병사는 굳이 막으려고 하지 않았다.

장간이 즉시 배를 타고 돌아가 날이 훤하게 밝은 무렵에 조조를 만났다. 조조가 물었다.

"자익의 이번 일이 그래 어찌 되었소?"

장간이 조용히 말했다.

"꼭 승상께 아뢰어야 할 일을 알아왔으니 사람들을 좀 치워 주십시오."

조조가 좌우를 물리치자, 장간은 품 속에 감추어 가지고 온 서신을 꺼내 조조에게 보였다. 보고 난 조조는 크게 노했다.

"두 도적놈이 감히 이럴 수가 있단 말이냐!"

그는 곧 채모와 장윤을 장하로 불러들여 말했다.

"너는 곧 진병하도록 하여라."

채모가 아뢰었다.

"군사들이 아직까지는 미숙하여 갑자기 진병하기가 어렵습니다."

조조는 노기가 등등했다.

"그래, 군사들의 연마가 끝나면 너희 놈들이 내 머리를 갖다가 주유에게 바치겠구나!"

두 사람이 영문을 몰랐기에 놀라고 당황하며 아무런 대답도 못하고 있을 때, 조조는 무사들에게 명해 그들을 끌어내다가 목을 베라고 했다. 조금 뒤에 무사가 두 사람의 수급을 갖다가 장하에 바쳤다. 조조는 그제야,

'아차, 내가 주유의 꾀에 속았구나!'
하며 속으로 뉘우쳤다.

수하 장수들은 채모·장윤이 참을 당한 것을 보자 크게
놀랐다. 곧 들어가 연고를 묻자, 조조는 자기가 주유의 꾀
에 넘어간 것을 알고도 그렇게 했다고 말하고는 싶지 않아
서,

"그놈들이 군법을 태만히 하기에 내가 참해 버린 거요."
하고 말했다. 때문에 모든 무리가 다들 한탄하기를 마지않
았다.

조조는 모개와 우금 두 장수를 뽑아 채모·장윤 대신으로
수군 도독으로 삼아서, 수군을 통솔하게 하였다.

세작이 그 같은 일을 탐지하고 즉시 강동으로 가서 보고
하니, 주유는 껄껄 웃으며 말했다.

"내가 꺼리는 것이 오직 그들 두 사람이었는데, 이제 손
쉽게 없애 버렸으니 근심될 것이 없소."

노숙이 곁에서 치하했다.

"도독이 용병을 이렇게 잘 하시니, 조조를 꺾는 것도 어
려운 일이 아닐 것 같소."

주유가 다시 말했다.

"내가 생각하기에 모든 장수들은 이 계책을 다들 모르고
있을 것 같지만, 제갈량은 이번 일도 필경 알고 있을 것이
오. 그러니 자경이 한 번 가서 그가 알고 있는지 좀 알아

보고 오시오."

노숙은 주유의 말을 좇아 공명을 찾아갔다. 공명이 곧 그를 맞아들여 자리를 권했다. 노숙이 말했다.

"연일 군무(軍務)를 보느라고 바빠서 오랫동안 찾아뵙지 못했습니다."

공명이 대답했다.

"저도 역시 바빠서 도독께 치하 말씀을 올리러 가지 못했습니다."

노숙은 괴이하게 생각하며 물었다.

"치하하실 일이라니요?"

공명이 웃으며 대답했다.

"공근이 이처럼 선생을 보내어, 제가 알고 있나 어쩌나 아시려고 하는, 바로 그 일 말입니다."

노숙은 깜짝 놀라 얼굴빛이 변하며 물었다.

"선생은 대체 어떻게 그 일을 아셨소?"

공명이 대답했다.

"그 계책이 용하게도 장간을 농락하여 조조를 한때 속이기는 했으나, 그도 반드시 뒤에는 깨달았을 것입니다. 그러나 어쨌든 간에 채모나 장윤 두 사람이 이미 죽어, 동오에는 그 일을 근심될 것이 없게 되었으니, 제가 치하 말씀을 올려야 하지 않겠습니까."

노숙이 한동안 멍해진 얼굴로 앉아 있다가 마침내 공명에게 하직을 고하자, 공명은 그의 뒤를 따라 나오며 은근히 당부했다.

"자경은 부디 공근 앞에서 제가 이번 일을 알고 있더라고 말씀하지 마십시오. 공근이 투기하는 마음을 품어 저를 해치지 않을까 두렵습니다."

노숙은 응낙하고 돌아갔으나, 주유를 보자 실상대로 모든 일을 이야기했다. 듣고 난 주유는 크게 놀라며 소리쳤다.

"그 사람의 재주가 비상하니 이대로 두었다가는 정말 큰 일 나겠소. 아무래도 죽여 버려야만 하지…."

노숙이 간했다.

"만약 공명을 죽인다면 도리어 조조의 웃음만 사게 되지 않겠소?"

"그건 염려 마오. 내가 공적인 일로 그를 참하여, 제가 죽더라도 원망을 못하게 할 방법이 있습니다."

"어떻게 참하시겠단 말씀이오?"

노숙은 급히 물었으나 주유는,

"내일 보시면 알 것이오."

하고 다시 여러 말을 하지 않았다.

화살 10만 개

이튿날 주유는 모든 장수들을 장하에 모아 놓은 뒤에, 사람을 보내어 공명을 청했다. 자리를 정하고 앉자, 주유는 곧 공명에게 물었다.

"머지않아 조조와 교전하려고 하는데, 수전(水戰)에서는 어떤 병기가 가장 긴요합니까?"

공명이 대답했다.

"대강(大江) 위에서는 화살이 첫째지요."

"선생의 말씀이 꼭 내 생각과 같습니다. 하지만 지금 우리에게는 그 화살이 넉넉하지 못하니, 수고롭더라도 선생께서 화살 10만 개를 만들어 군용에 쓰게 하여 주시면 좋겠습니다."

"도독께서 명하시니 힘을 아끼지 않겠습니다만, 언제 쓰시려고 하십니까?"

"상황이 급박하니 열흘 안에 만들어 주셨으면 합니다만…."

"조조의 군사들이 내일 모레라도 당장 쳐들어올 형세이니 열흘씩이나 잡았다가는 반드시 대사를 그르치고 말 것입니다."

"그럼 며칠이면 만들 수 있겠습니까?"

"사흘 안에 만들어다 바치지요."

"군중에는 농담이 없는 법입니다."

"제가 감히 도독께 농담을 할 리가 있겠습니까. 원컨대 군령장(軍令狀)을 두고 사흘 안에 못해 놓으면 중벌도 달게 받겠습니다."

주유는 크게 기뻐하며 즉시 그 자리에서 문서를 만들게 하고, 곧 연석을 베풀어 술을 권하며 말했다.

"이번 일을 마치신 뒤에 삼가 수고에 대해 사례하겠습니다."

술을 몇 잔 마신 다음 공명이 하직하고 돌아가자, 노숙은 하도 어이가 없어 그의 뒷모양을 물끄러미 바라보며 중얼거렸다.

"아니, 공명이 어쩌자고 그런 호언장담을 했담."

주유가 말했다.

"제가 죽고 싶어서 그런 것이지, 내가 저를 핍박하여 한 일이 아니오. 이제 여러 사람 앞에서 명백하게 문서를 만들어 놓은 터이니, 이제 꼼짝도 못하게 되었소. 내가 이제 곧 장인(匠人)들에게 분부해서 고의로 일을 지연시키도록 하고, 또 필요한 물건을 하나도 대령하지 않게 하면, 제가 별수없이 기한을 어기고 말 것이니, 그 때 가서 죄를 다스리면 제가 피할 길이 있겠소? 자경은 한번 가서 허실을 알아 가지고 오시오."

노숙이 공명을 찾아가자 공명은 탄식하며 말했다.

"이번 일은 공근이 나를 죽이려고 하는 일이오. 대체 사흘 안에 무슨 수로 화살 10만 개를 만들어 낸단 말씀이오. 지정은 부디 나를 좀 구해 주시오."

노숙이 말했다.

"공이 자처한 화를 내가 어떻게 구해 드린단 말씀이오?"

공명이 부드러운 어조로 말했다.

"한 가지 청할 일이 있습니다. 자경은 내게 배 스무 척만 빌려 주되, 배마다 군사 30명씩을 태우고, 선상에는 청포(靑布)로 휘장을 만들어서 뺑 둘러치며, 또 짚단 천여 개를 만들어 배 양편에다 두루 벌려 세워 주시오. 그러면 언약한 제3일에는 어김없이 화살을 갖다가 대령하게 될 것이니, 이번 일만은 부디 공근에게 말씀하지 말아 주오."

노숙은 까닭을 모르는 채 쾌히 응낙하고 돌아갔다. 그리고 그 때만은 주유에게 공명이 배를 빌리려 한다는 말을 고하지 않았다. 다만 공명이 전죽(箭竹)이며 영모(翎毛)며 교칠(膠漆) 따위의 물건을 일체 쓰지 않고 기일 안으로 마련하여 놓을 방법이 있다고 하더라고만 말했다. 그 말을 듣고 주유는 의심하기를 마지않으며 중얼거렸다.

"하여튼 사흘 뒤에 제가 어쩌나 두고 보기로 합시다."

노숙은 물러나오자 즉시 쾌선 20척을 내어서 군사들과 청포 장막과 짚더미 등속을 마련하여 놓고 공명에게서 기별이 있기만 기다리고 있었다.

그러나 제1일에는 아무런 동정이 없고, 제2일에도 역시 그러하더니, 제3일 사경 때쯤 되어 공명에게서 사람이 와서 가만히 노숙을 배 안으로 청했다. 노숙이 공명에게 물었다.

"선생께서 나는 왜 부르셨소?"

"같이 가서 화살을 가지고 오자는 게지요."

"대체 어디로 가지러 간다는 말씀이오?"

"따라만 오시면 아시게 될 것입니다."

말을 마치자 공명은 군사들에게 명해 쾌선 스무 척을 기다란 밧줄로 서로 연하여 붙들어 매게 한 다음, 북쪽을 향해 나아갔다. 그런데 그 날 밤에는 큰 안개가 하늘을 덮고 있었기에 장강(長江) 한가운데에 이르렀을 때 그들은 서로 얼굴을 마주 대하고도 서로 보지 못할 지경이었다.

자욱이 낀 안개 속을 그대로 뚫고 나아간 쾌선들이 오경 때쯤에 조조의 수채 가까이 이르자, 공명은 배들을 머리는 서쪽에 두고 꼬리는 동쪽을 향해 일자로 늘어서게 한 다음, 군사들에게 명하여 어지럽게 북을 치고 또 고함도 지르게 했다. 노숙은 깜짝 놀랐다.

"아니, 만약에 조조의 군사들이 내달아 나오면 어찌하려고 이러시오?"

그러자 공명은 웃으면서 대답했다.

"제 아무리 조조라지만 이런 안개 속에서 어떻게 군사들을 내보내겠소. 우리는 그저 술이나 마시다가 안개가 걷히기를 기다려 돌아가기로 하십시다."

그 때 조조의 수채에서는 난데없는 북 소리와 함성에 놀라, 수군 도독 모개와 우금 두 사람이 황망히 조조에게 보고했더니, 조조는 곧 영을 내렸다.

"안개가 이렇게 자욱한데 강동의 군사들이 쳐들어 왔으니 필연코 매복이 있을 것이다. 경망스럽게 움직이지 말고 수군 궁노수를 내어 그저 어지럽게 활만 쏘도록 하라."

그리고 조조는 다시 사람을 한채(旱寨)로 보내 장요와 서황을 불러다가 각기 궁노군(弓弩軍) 3천 명을 거느리고 강변으로 나가, 수군을 도와서 함께 활을 쏘라고 명했다.

안개가 자욱한 장강 위에 화살이 그대로 빗발치듯 쏟아졌다. 공명은 군사들에게 명해 이번에는 배를 머리는 동쪽으로 꼬리는 서쪽으로 돌려 세우게 했다. 그리고 바로 조조의 수채 앞으로 가까이 가서 화살을 받게 하며, 쉴 사이 없이 북을 치고 고함을 지르게 하였다.

날이 밝아 오자 안개가 씻은 듯이 걷혔다. 그래서 배를 거두어 돌아가기로 하니, 스무 척 배의 양편에 묶어 세운 짚단들 위에 가득히 꽂힌 것들이 모두 화살이었다. 공명은 군사들에게 명하여 일제히 외치게 했다.

"승상, 화살을 주어서 고맙소!"

조조가 그것을 알고 뒤쫓으려 했을 때는 이미 강동의 20척 쾌선들이 멀리 달아난 뒤였다. 조조는 혀를 차며 후회했다.

한편 공명은 돌아가는 배 안에서 노숙을 보고 말했다.

"배마다 화살이 5,6천 개씩은 넉넉히 되니, 강동은 실로 반푼의 힘도 허비하지 않고 화살 10만 개를 얻은 셈이 아니겠소. 내일 이 화살로 조조의 군사들을 쏘는 것도 미상불 재미있는 일이라 하겠습니다."

노숙이 한 마디 물었다.

"선생은 어떻게 오늘 이처럼 큰 안개가 낄 것을 아셨습니까?"

공명이 대답했다.

"장수가 되어 천문에 통하지 못하고 지리를 알지 못하며, 기문(奇門)을 모르고 음양을 깨치지 못하며, 진도(陣圖)를 보지 못하고 병세 (兵勢)에 밝지 못하면, 그것은 용렬한 재주에 불과합니다. 제가 사흘 전에 이미 오늘 큰 안개가 있을 것을 알았기에 감히 3일 기한을 정했던 것이오. 공근은 날더러 열흘 동안에 화살 10만 개를 만들라 하고, 기일이 차면 곧 군령장을 내세워 나를 죽이려는 것이 분명하오마는, 내 목숨이 하늘에 매어 있는 터에 공근이 어찌 나를 해쳐 보겠다는 말씀이오."

듣고 난 노숙은 자리에서 일어나 절하고 말했다.

"선생은 참으로 신인(神人)이십니다."

배가 언덕에 닿으니, 강변에는 주유가 보낸 군사 5백 명이 대령하고 있었다. 공명은 그들에게 분부하였다.

"배 위에 있는 화살이 10여만 개는 될 것이니, 모조리 날라다가 중군장(中軍帳)에 교납하도록 하여라."

그 때 노숙이 먼저 주유에게 가서 공명이 화살을 얻어

온 일을 자세히 들려 주자 주유의 놀람은 컸다. 그는 크게 탄식하며 말했다.

"공명의 신기묘산(神機妙算)은 도저히 내가 따를 바 아니구료."

얼마 후 공명이 주유를 만나러 들어갔다. 주유는 황망히 장대에서 내려가 그를 영접하며 말했다.

"선생의 신산(神算)에는 정말로 감탄할 수밖에 없습니다."

"조그만 꾀를 어찌 기이하다 하겠습니까."

주유는 공명을 청하여 중군장에서 함께 술을 마시며 말했다.

"제가 저번에 조조의 수채를 보았는데 지극히 엄정하여 함부로 칠 수가 없습니다. 속으로 한 가지 계책을 생각하기는 했으나 아직 가부를 모르겠으니, 선생은 부디 저를 위하여 결단을 내려 주십시오."

공명이 말했다.

"도독은 아직 말씀하지 마시고 서로 각각 손바닥에 써서, 우리의 생각이 서로 같은지 아닌지를 보기로 하십시다."

주유는 곧 필연(筆硯)을 가져오게 하여, 몰래 먼저 한 글자를 쓰고, 공명에게 붓을 주었다.

공명이 또한 가만히 한 글자를 쓰고, 두 사람이 서로 가까이 다가앉아서 각기 손바닥에 쓴 글자를 내어 보이고 크

게 웃었는데, 원래 주유 손바닥에 쓰여진 글자도 한 개의
불 화(火)자요, 공명 손바닥의 글자도 역시 한 개의「불 화
」자였던 것이다. 주유가 말했다.

"이미 우리 두 사람의 생각이 서로 같으니, 이제는 다시
의심할 것도 없는 일입니다. 부디 누설하지 말아 주십시
오."

공명이 대답했다.

"양가(兩家)의 공사(公事)를 어찌 누설할 리가 있겠습니
까."

공명이 곧 하직하고 돌아가니, 다른 사람들은 한자리에
있었지만 모두 그 일에 대해서 알지 못했다.

고육계

밤이 깊어 주유가 혼자 장중에 앉아 있을 때였다. 문득
황개(黃蓋)가 몰래 중군으로 들어와 뵈옵기를 청했다. 주유
는 황망히 그를 맞아들여서 물었다.

"공복(황개의 자)이 이처럼 밤에 나를 찾아왔으니, 아마
도 좋은 계책이 있어 내게 일러 주려고 오셨나 보오."

황개가 말했다.

"조조의 군사들은 많고 우리 군사들은 적어서 시간을 끌

수록 불리한데, 어찌하여 도독은 화공(火攻)을 쓰려고 안 하십니까?"

주유는 은근히 놀라며 물었다.

"누가 공에게 그 계책을 일러 주었습니까?"

"나 혼자 생각해 본 것입니다."

듣고 난 주유가 말했다.

"맞는 말이오. 하지만 화공을 성공시키려면 기습전을 펴야 하는데, 그러려면 저쪽과 내통하는 사람이 있어야 할 것이오. 나를 위하여 거짓 항복을 행해 줄 사람이 없는 게 한이 되오."

그 말을 들은 황개가 망설이지 않고 말했다.

"도독이 원하신다면 제가 해 보겠습니다."

"뜻은 고맙소마는 큰 고통을 받지 않으면 조조가 어찌 믿으려 하겠소?"

"제가 손씨 집안의 은혜를 후하게 받았으나 아직까지 갚지 못하고 있는 터입니다. 그러니 무엇을 두려워하겠습니까."

주유는 자리에서 일어나 황개 앞에 절하고 말했다.

"공이 만약에 이 교육계를 몸소 실천해 주신다면, 참으로 강동에 그만큼 다행이 없을까 하오."

황개는 다시 굳은 결의를 보였다.

"설사 죽는 한이 있다 하더라도 맹세코 후회하지 않겠습니다."

다음 날이었다. 주유가 북을 쳐서 모든 장수를 장하(帳下)에 모이게 한 후 엄숙하게 말했다.

"조조가 백만 대병을 거느리고 백여 리에 걸쳐 포진하였으니, 도저히 일조 일석에 깨칠 수 없는 노릇이라, 이제 모든 장수에게 영을 내리는 터이니, 제장들은 각기 3개월 치의 양식을 준비하여 느긋한 마음으로 적과 싸울 준비를 하라."

그의 말이 채 끝나기도 전에 황개가 나서서 말했다.

"3개월은 고사하고 30개월 치의 양식을 준비한다 하더라도 일이 되기는 틀린 것 같소. 장자포의 말대로 아주 군대를 파하고 북면(北面)하여 조조에게 항복하는 것이 어떠하오?"

그 말을 듣자 주유는 발연히 낯빛이 변하며 크게 노했다.

"내가 주공의 명을 받들어 조조를 꺾으려는 마당에, 감히 다시 항복하자는 자가 있으면 반드시 참하리라고 영을 내려 두었거늘, 네가 감히 그러한 말을 내어 군심(軍心)을 어지럽히니, 네 머리를 베지 않고는 도저히 다른 사람들을 복종시킬 수 없겠다."

곧 좌우에 명해, 즉시 황개를 끌고 나가서 머리를 베어 오라고 하자, 황개도 노기가 등등해자며 주유를 마주 보며 소리쳤다.

"내가 파로 장군(손견)을 모시고 나선 뒤로 이미 3세(三世)를 지내온 터에, 네가 감히 내게 이럴 수가 있단 말이냐!"

주유는 더욱 노하여 다시 좌우를 꾸짖어 속히 황개의 목을 베어 오라고 호통을 쳤다. 그것을 본 모든 관원들이 일시에 무릎을 꿇고 고했다.

"황개의 죄가 진실로 죽어 마땅하오나, 바라옵건대 도독은 그의 죄를 기록하여 두셨다가 조조를 깨치신 뒤에 참수하시더라도 늦지 않을까 합니다."

"내 만약 여러 사람의 낯을 보지 않는다면 마땅히 참할 것이로되, 아직 목숨은 붙여 주기로 하고, 우선 1백 척장(脊杖)을 쳐서 죄를 다스려야 하겠다."

사람들은 다시 그것도 면하게 해 달라고 빌었다. 그러자 주유는 손으로 안탁(案卓)을 치며 관원들을 꾸짖어 물리치고, 좌우에 명하여 황개의 옷을 벗기고 땅바닥에 꿇어 엎드리게 한 다음 연하여 50대 척장을 치게 했다. 그러자 관원들은 보다 못하여 다시 나와서 빌었다.

"그만 용서하여 줍시오."

주유는 자리에서 벌떡 일어나 손으로 황개를 가리키며 소리쳤다.

"네가 이래도 감히 나를 우습게 보겠느냐. 남은 50대는 당분간 보관해 두겠다. 만약에 다시 불복할 때는 두 가지 죄를 함께 다스릴 것이니, 그리 알아라."

주유가 분을 이기지 못하며 장중으로 들어가 버리자, 모든 관원이 곧 황개를 붙들어 일으켰는데, 가죽은 터져서 뻘겋게 살이 드러나고, 상처마다 붉은 피가 줄줄이 흘러내리고 있었다. 여럿이 부축하여 본채로 돌아가게 했으나, 황개는 돌아가서도 혼절하기를 여러 차례나 했다.

　황개는 장중에 홀로 누워 있었다. 모든 장수들이 찾아와서 좋은 말로 그를 위로했지만, 황개는 대답도 하지 않고 오직 때때로 긴 한숨만 토할 뿐이었다. 그들이 다들 돌아간 뒤에, 참모 감택이 병문안을 왔다.

　황개는 곧 안으로 청하여 들이라 명하고, 좌우를 물리친 다음에 자기 혼자서 맞았다. 들어와서 자리에 앉자, 감택이 먼저 그에게 물었다.

　"공이 오늘 형벌을 받은 것이 혹시 고육계가 아니오?"

　황개가 깜짝 놀라며 물었다.

　"어떻게 아셨소?"

　"공근의 거동을 보고 짐작했습니다."

　"그렇다면 공이 충의의 마음을 품고 계신 것을 내가 잘 알고 있는 터이니, 이제 한 말씀 드릴까 하오."

　"공이 제게 하실 말씀이란 저더러 사항서(詐降書)를 갖다 바치라는 것이 아닙니까?"

　"바로 그렇소. 들어 주시겠소?"

　감택이 흔연히 응낙하자, 황개가 분주히 자리에서 일어나 절하고 사례하니, 감택이 다시 말했다.

"시각을 지체할 일이 아닙니다. 오늘 곧 떠나겠습니다."

그 날 밤 감택은 어부처럼 차리고 한 척 작은 배에 올라 북쪽 언덕을 향해 떠났다. 감택은 조조 앞으로 나아가 조용히 고했다.

"황공복(황개의 자)은 동오의 3세 구신(舊臣)입니다. 이번에 주유에게 죄 없이 여러 사람 앞에서 형벌을 받자, 분한 생각을 이기지 못하고 승상께 항복하여 원수를 갚겠다고 저에게 말했습니다. 본래 저와 공복은 골육이나 다름없는 사이라, 이렇게 몰래 와서 뵙고 밀서를 올리는 터이니, 승상께서는 즐겨 용납하며 주십시오."

말을 마치자 품 속에서 황개의 항서를 꺼내 바치자, 조조는 즉시 봉한 것을 뜯고 등불 아래에서 읽어 보았다.

「제가 손씨의 후은을 받았으니 두 마음을 품을 것이 아니지만, 오늘날 사세로써 논해 본다면 강동 6군의 군졸을 가지고 중국 백만의 웅사(雄師)를 당하려는 것은, 중과부적(衆寡不敵)이라는 것을 천하가 다 아는 바입니다. 그런데 어린 주유놈이 홀로 옅고 어리석은 생각에 스스로 제가 능하다 믿고 날뛰며, 또 이번에 까닭 없이 저를 욕보였기에, 마음에 맺힌 한이 너무나 크옵니다.

엎드려 듣자옵건대 승상께서는 성심으로 어진 이를 구하기를 목마른 이가 물 찾듯 하신다 하옵기에, 제가 이제 무리들을 이끌고 항복을 드리어, 공을 세워서 부끄럼을 씻고

자 하오며, 식량과 군장(軍仗)은 배편에 헌납하고자 하옵니다. 피눈물을 흘리며 아뢰옵는 바이오니, 만에 하나라도 의심하지 마소서.」

조조는 궤안에 의지하여 황개의 항서를 10여 번이나 되풀이해서 읽어 보다가, 갑자기 주먹을 들어 탁자를 치면서 눈을 부릅뜨고 감택을 꾸짖었다.

"가소로운 놈들, 황개가 고육계로 사항서를 바치며 나를 농락하려 하는구나!"

그리고는 좌우에 명해 끌어내다가 목을 베라 하자, 군사들이 와락 달려들어 감택의 뒷덜미를 낚아채고는 장하로 잡아내렸다. 그러나 감택은 조금도 얼굴빛이 변하지 않으며 웃을 뿐이었다. 그 모양을 보고 조조는 다시 앞으로 끌어오라 하여 꾸짖었다.

"내가 어렸을 때부터 병서를 숙독했기에 간사한 계교를 잘 알고 있다. 너희들의 옅은 꾀는 다른 사람은 속일 수 있을지 모른다만, 나는 속이지 못하느니라."

"흥, 그렇다면 어디 네 말 좀 들어 보자. 도대체 그 글 속의 어떤 대목이 간계(奸計)란 말이냐?"

"내가 자세히 일러 주마. 그래야 이제 죽어도 네가 나를 원망하지 않을게다. 너희가 만약에 참으로 내게 항복하는 것이라면, 어찌하여 언제 어느 때라고 시각의 약속을 분명히 하지 못한 것이냐? 그래, 이래도 내게 무슨 변명할 말이 있느냐?"

들고 나자 감택은 어이가 없다는 듯이 웃었다.

"흥, 그러고도 네가 감히 병서를 숙독했다고 자랑하는 꼴이 참으로 가소롭구나. 이 무식한 놈아, 내가 너 같은 놈의 손에 걸려서 죽는 것이 참으로 억울하구나."

조조가 한 마디 물었다.

"네가 어찌하여 나더러 무식하다고 하느냐?"

감택이 설명했다.

"너는 '배주작절(背主作竊)에 불가정기(不可定期)'라는 말도 못 들었느냐. 주인을 배반함에 있어서는 그 때를 정하지 말라는 뜻이다. 만약에 미리 기일을 약속해 두었다가 갑자기 지키지 못하게 될 때, 이편에서는 그것을 모르고 섣불리 접응하러 나선다면, 반드시 일이 탄로나고 말 것이라, 다만 기회를 엿보아서 좋도록 할 일이지, 어떻게 날짜를 미리 맞추어 둔단 말이냐. 네가 그런 이치를 모르고 죄없는 사람을 죽이려 드니, 참으로 무식한 놈이라고 말할 수밖에 없다."

들고 나자 조조는 곧 얼굴빛을 고치며 깊은 생각에 잠겼다. 이윽고 그는 천천히 자리에서 내려와 감택에게 사과했다.

"미안하오. 내 생각이 짧았소이다. 내가 그만 사리에 어두워서 그릇 존안(尊顏)을 범하였으니 과히 허물이라고 생각하시지 마오."

감택도 말을 공손히 하여 대답했다.

"제가 황공복과 함께 투항하는 것은 마치 어린아이가 부모를 버리는 것이나 다름이 없는 터에, 어찌 털끝만큼이라도 거짓이 있을 리 있겠습니까."

조조는 기쁨을 감추지 못했다.

"만약에 두 분이 능히 대공(大功)만 세운다면, 후일에 작위가 반드시 남의 위에 설 것이오."

"저의 무리는 결단코 작록을 위해서 온 것이 아니라, 실로 하늘의 뜻에 따라 온 것입니다."

조조가 감택에게 자리를 주고, 술을 내어 대접하며 말했다.

"수고로우시더라도 선생이 다시 강동으로 돌아가서 황공복과 약속을 정하고, 다시 소식을 전해 주셔야만 하겠소. 그러면 내가 군사들을 내어 접응하리다."

"그럼 곧 떠나겠습니다."

조조는 그에게 금백을 후히 내렸다. 그러나 감택은 받지 않고 다시 배를 타고 강동으로 돌아왔다. 돌아오자 즉시 황개부터 찾아보고 전후사를 자세히 이야기하니, 황개가 말했다.

"만약에 공의 담력과 구변이 없었다면 모처럼 꾸민 고육계가 허사로 돌아갈 뻔했소."

감택은 곧 조조에게 글을 보내어, 황개가 곧 강을 건너가려고 하지만 아직은 기회가 여의차 않아 결행을 못하고 있으며, 언제고 뱃머리에 청룡아기(靑龍牙旗)를 꽂고 가는 것이 곧 황개라고만 알라고 하였다.

연환계

그 즈음에 장간이 한 선비를 데리고 와서 조조에게 소개했으니, 그의 성은 방(龐)이고 이름은 통(統), 자는 사원(士元)이며 별호는 봉추(鳳雛)였다. 일찍이 수경 선생이 유비에게 말했던 복룡과 봉추 중의 한 사람인 봉추 바로 그 사람이었다.

조조는 봉추 선생이 왔다는 말을 듣자, 몸소 밖으로 나와 그를 맞아들였다. 좌정하고 앉자 조조가 말했다.

"내가 선생의 대명을 오래 전부터 들어 알고 있었는데 이제 이처럼 왕림하여 주시니, 참으로 기쁘기 한량없습니다. 부디 가르치심을 주십시오."

방통이 대답했다.

"저도 역시 승상께서 용병하심이 법도가 있으시다고 들었습니다. 군용(軍容)을 한 번 구경시켜 주시겠습니까?"

조조는 곧 방통과 함께 말을 타고 높은 데로 올라가 육군과 수군을 모두 보여 주었다. 두루 보고 난 방통이 말했다.

"승상께서 용병하심은 귀신도 탄복할 정도입니다."

조조는 크게 기뻐하며 그를 다시 장중으로 청하여 들여 함께 술을 마시면서 병기에 대한 이야기를 나누었다. 술이 여러 순배 돌았을 때, 방통은 지나가는 말처럼 불쑥 물었다.

"군중에 좋은 의원들도 많겠지요?"

조조가 되물었다.

"의원은 왜 찾으십니까?"

"수군에는 원래 병이 많은 법이니, 용한 의원이 꼭 있어야만 하지요."

그 때 조조의 군사들 중에는 기후와 토양이 맞지 않아 병이 나서 죽는 자들이 많았기 때문이다.

"부끄럽게도 의원들은 많지 않소. 실은 그게 큰 골칫거리요. 군사들이 병에 걸려도 고칠 수가 없으니…."

방통이 말했다.

"승상께서 수군을 교련하시는 법이 심히 묘하기는 하나, 약간의 허점이 있는 것이 애석합니다."

조조가 놀라며 급히 물었다.

"부디 묘책을 좀 들려 주시오."

"강상(江上)에 조수가 들고 나고 또 풍랑이 쉴 사이 없으니, 배를 타는데 익숙하지 못한 북방 군사들이 병이 날 것은 당연한 일이 아니겠습니까. 그러니 크고 작은 전선(戰船)들을 30척씩 혹은 50척씩 한데 잇달아 쇠사슬로 연결하고, 그 위에 큰 널판을 깔면, 배 위가 넓은 들판과 같아서 사람은 말할 것도 없고 말까지도 또한 달릴 수 있을 것이니, 웬만한 풍랑이 일거나 조수가 들고 나더라도 조금도 흔들리지 않을 것입니다."

들고 나자 조조는 자리에서 내려와 사례했다.

"선생의 묘책이 아니었더라면 동오를 어찌 깨칠 수 있겠습니까."

조조가 즉시 영을 내려 군중의 철장(鐵匠)들을 불러서 밤을 새워 철환을 만들어 배들을 연쇄하게 하니, 군사들이 듣고 모두 기뻐하기를 마지않았다. 이것이 바로 유명한 연환계(連環計)이다.

방통이 다시 조조에게 말했다.

"가만히 보면 강동 호걸들 가운데 주유에게 원한을 품고 있는 자가 적지 않은 모양이니, 제가 가서 만나 보고 모두들 와서 승상께 항복을 드리도록 할까 합니다."

조조는 크게 기뻤다.

"선생이 과연 큰 공을 이루시기만 한다면, 내 마땅히 천자께 표주하여, 선생을 삼공의 열(列)에 오르게 하겠습니다."

방통은 조조에게 하직을 고하고 강변으로 나왔다. 그가 마악 배에 오르려 할 때, 홀연히 한 사람이 등 뒤에서 그의 팔을 덥석 잡으며 말했다.

"너희들이 참 대담하기도 하구나. 황개는 고육계를 쓰고 감택은 사항서를 바치고, 이제는 또 네가 와서 연환계를 주는구나. 하지만 조조는 용케 속였다마는 나까지 속이지는 못할 것이다."

방통이 깜짝 놀라 급히 머리를 돌려보니, 뜻밖에도 그 사람은 서서였다. 방통은 좌우에 아무도 없는 것을 보고는 비로소 마음을 놓고 말했다.

"공이 만약에 내 계책을 탄로시킨다면 강남 81주(州)의 백성들이 모두 죽고 말 것이오."

서서가 웃으며 말했다.

"그럼 이 곳에 있는 83만 인마의 목숨은 어떻게 하란 말이오?"

"그렇다면 원직(서서의 자)은 내 계책을 조조에게 발설할 생각이시오?"

"아니오. 나는 유 황숙의 두터우신 은혜를 입었기에, 밤낮으로 보답할 수 있는 길이 무엇인지만 생각하고 있는 터입니다. 더욱이 조조가 모친을 돌아가시게 했으니, 나는 죽을 때까지 그를 위해서는 한 가지 꾀도 내지 않을 것입니다. 어찌 사원의 묘계를 누설할 까닭이 있겠습니까."

방통은 마침내 서서에게 작별을 고하고 배에 올라 강동으로 돌아갔다.

이튿날 높은 언덕에서 강을 내려다보는 조조의 표정에는 강한 자신감이 묻어 있었다.

"이젠 됐다. 전선들이 사나운 물 위에 떠 있지만 조금도

흔들리지 않는구나. 이번 싸움은 다 이긴 것이나 마찬가지
다."

"조조의 눈길이 닿은 양자강에는 50척씩, 100척씩 쇠사
슬로 연결된 배 위에서 마무리 훈련에 열중한 군사들의 모
습이 있었다.

"배들을 모두 연쇄하여 놓으니 편하기는 합니다만, 적이
만약에 화공(火功)을 쓰는 때에는 졸연히 피하기가 어려우
니, 불가불 미리 방비가 있어야만 할 것 같습니다."

정욱이 걱정하자 조조는 크게 웃고는 대꾸했다.

"중덕(정욱의 자)이 멀리 내다보는 눈이 있으나, 생각이
좀 못 미친 데가 있소."

순유가 곁에서 물었다.

"중덕의 말이 옳다고 생각되는데 승상은 어찌하여 웃으
십니까?"

조조가 대답했다.

"무릇 화공을 쓰려면 반드시 바람의 힘을 빌어야만 하는
데, 이처럼 깊은 겨울에는 서풍북풍이 있을 뿐이지, 어찌
동풍남풍이 있을 수 있겠소. 우리는 지금 서북편에 있고
강동의 군사들은 모두 남쪽 언덕에 있으니, 그들이 만약에
불을 쓴다면 도리어 저희 군사들을 태우게 될 것이니 내가
두려워할 것이 무엇이겠소."

말을 듣고 나자 모든 사람이 허리를 굽히며 말했다.

"참으로 승상의 높으신 생각은 저희들이 미칠 수 있는

것이 아닙니다."

칠성단

그 때, 주유는 수하 장수들과 함께 산 위에 올라가 있었
는데 멀리 강북의 수면에 무수하게 많은 전선들이 강상에
떠 있는 것을 보고 나서 말했다.

"강북의 전선들이 저렇듯 많고 조조가 또한 꾀가 많으
니, 앞으로 어떠한 계책으로 적을 깨친단 말인고?"

여러 사람이 미처 그 말에 대답하기도 전에 갑자기 조조
군 수채 안에 세워진 중앙 황기(黃旗)가 바람에 밀려 부러
지며 강 속으로 뚝 떨어졌다.

"하하하… 저건 상서롭지 못한 조짐이군."

주유가 소리를 높여 크게 웃을 때, 갑자기 난데없는 광
풍이 강 위에 크게 일면서 축 늘어져 있던 깃발들이 어지
럽게 휘날렸다. 그것을 보자 주유는 마음 속에서 문득 한
가지 생각이 떠올랐기에 갑자기 신음소리를 내며 그대로
뒤로 나자빠졌다.

여러 사람이 소스라치게 놀라며 급히 부축해 일으켰지
만, 주유는 입으로 선혈을 토하며 정신을 차리지 못했다.
때문에 서둘러 장중으로 들여다 눕히고, 한편으로는 급히

손권에게 보고하고, 한편으로는 의원을 불러다가 약을 쓰게 했다. 그러나 아무리 보아도 쉽게 나을 병이 아닌 것만 같았다.

"백만 명이나 되는 조조의 대군이 동오를 공격하려는 이때, 뜻밖에 도독께서 저렇듯 병상에 누우셨으니 이 일을 대체 어찌해야 한단 말이오?"

모든 장수들은 서로 돌아보며 크게 걱정했다. 노숙은 주유가 병이 들어 누운 것을 보고 마음에 근심이 가득하여 공명을 찾아갔다.

"공근이 병이 들어 누웠으니, 이를 어찌하면 좋소?"

노숙이 말하자 공명이 대답했다.

"공근의 병은 제가 고쳐 놓겠습니다."

노숙은 귀가 번쩍 띄었다.

"정말이시오? 그렇다면 국가를 위하여 이만큼 다행스러운 일이 없겠습니다."

노숙은 곧 공명과 함께 주유를 보러 갔다. 공명이 들어가서 말했다.

"여러 날 뵙지 못하다가, 갑자기 병환이 나셨다는 말씀을 듣고 너무나 놀라워 이렇게 찾아 뵈었습니다."

"사람의 화복(禍福)은 아무도 모른다더니, 아마도 목숨을 보전하기 어려울 것 같습니다."

주유가 말하자 공명도 웃으면서 말했다.

"천유불측풍운(天有不測風雲)이라고 했으니, 하늘이 하는 일을 어찌 예측할 수가 있겠습니까."

그 말을 듣고 주유는 얼굴빛이 변하며 갑자기 신음하는 소리를 냈다. 주유는 마음 속으로,

'공명이 필시 내 마음 속을 알고 저러는 것일 게다.'
라고 생각하고 한 마디를 던져 공명의 속을 떠 보았다.

"내 병을 고치려면 무슨 약을 써야 할까요?"

그러자 공명은 웃으며,

"도독의 병을 고치게 해 드릴 방문이 저에게 있습니다만…"
하고 말하고는, 종이와 붓을 가져오라 하고는 좌우의 사람들을 물리친 다음에, 조용히 열 여섯 자를 종이 위에 적었다.

欲破曹公(조공을 깨치려 할진댄)
宜用火功(마땅히 화공을 쓸 것이라)
萬事具備(만사가 구비하였으되)
只欠東風(다만 동풍만 빠졌더라)

쓰기를 마치자 공명은 그것을 주유에게 보이며 말했다.

"이것이 바로 도독이 앓고 있는 병의 근원입니다."

주유는 그 글을 읽어 보고는 크게 놀랐다.

"선생께서 이미 내 병의 근원을 아셨으니 무슨 약을 써야 하는지 말씀해 주십시오. 일이 원체 위급하니 곧 좀 가

르쳐 주십시오."

공명이 대답했다.

"제가 비록 재주는 없으나 일찍이 이인(異人)을 만나서 기문둔갑천서(奇門遁甲天書)를 전수받아, 능히 바람을 부르고 비를 내리게 할 줄 아니, 만약에 도독께서 동남풍을 쓰시겠으면 남병산 아래에 단(壇)을 모아 주십시오. 그 단의 이름은 칠성단(七星壇)이니, 높이가 9척에 3층이 되게 하고 120인을 써서 손에 기(旗)를 잡고 둘러서게 하시면, 제가 대에 올라 법(法)을 지어서 삼일삼야(三日三夜)의 동남대풍(東南大風)을 빌어 도독을 도와 드릴까 합니다."

듣고 나자 주유가 말했다.

"삼일삼야도 말고, 다만 일야대풍이라도 있으면 대사를 가히 이루겠습니다."

"11월 20일 갑자(甲子)에 바람을 빌어, 22일 병인(丙寅)에 바람이 그치게 하면 어떻겠습니까?"

주유는 그 말에 크게 기뻐하며 곧 자리를 차고 일어나 영을 내렸다.

"군사 5백 명을 남병산으로 보내 단을 쌓게 하고 120명을 뽑아 기를 잡고 단을 지키며 영을 듣게 하라."

마침내 11월 20일 갑자길진(甲子吉辰)이었다. 공명은 목욕재계하고 몸에 도의(道衣)를 입고, 신발을 벗고, 머리카락을 풀고 노숙에게 말했다.

"자경은 군중에 가서 공근이 용병하는 것이나 도와 주시

오. 혹시 내가 빌었는데 아무런 응험이 없더라도 괴이하게
여기지는 마오."

노숙이 작별하고 돌아간 뒤에, 공명은 다시 단을 지키고
있는 군사들에게 엄숙히 분부를 내렸다.

"함부로 방위를 떠나지 말고, 머리를 맞대고 서로 소곤
대지 말고, 쓸데없는 말을 하지 말고, 공연한 일에 놀라거
나 괴이하게 굴지 말라."

"네."

"만약 영을 어기는 자가 있으면 참할 것이다."

영을 내린 공명은 천천히 단 위에 올라 방위를 정한 뒤
에, 향로에 향을 피우고 바리에 물 을 붓고, 하늘을 우러러
암축(暗祝)하다가 단에서 내려와서 장중으로 들어가 잠시
쉬었다. 공명은 이 날 하루에 세 번 단에 오르고 세 번 단
에서 내려왔다. 하지만 동남풍은 쉽게 불지 않았다.

주유는 정보·노숙을 비롯한 일반 군관들을 청하여 동남
풍이 일어나는 대로 즉시 출병하겠다고 말하고, 한편으로는
사람을 손권에게 보내 접응하기를 청했다.

한편, 황개는 그 때 이미 화선(火船) 20척을 준비해 놓았
는데, 뱃머리에는 큰 못의 뾰족한 끝이 밖으로 나오게 박아
놓고, 배 안에는 갈대·갈다리·마른 섶들을 싣고 생선 기
름을 부어 두었으며, 위에는 유황 염초(焰硝) 따위의 인화
질물을 얹어 놓았다. 그리고 이물에 청룡아기(青龍牙旗)를
꽂았으며, 고물에는 각각 주가(走舸)를 매어 놓고 오직 주

유의 명령이 내리기만을 기다리고 있었다.

주유는 노숙을 보내 널리 각 예하 장졸들에게 고하게 했다.

"각기 선척·군기(軍器) 등을 준비해 두었다가 명령이 내리면 시각을 지체하지 말라. 어기는 자가 있으면 군법으로 시행할 것이다."

장병들은 명을 듣고, 모두 주먹을 어루만지고 손을 비비며 싸울 준비에 바빴다. 그러나 그 날 저녁때가 거의 다 되었어도 하늘색은 청명하고 한 점의 미풍도 불지 않았다. 주유가 노숙을 돌아보며 그것 보라는 듯이 말했다.

"공명의 말이 옳지 않소. 이 깊은 겨울에 동남풍이 당하단 말이오?"

그러나 노숙의 생각은 달랐다.

"그래도 나는 공명이 허황한 말을 했으리라고는 생각지 않소. 좀더 기다려 봅시다."

그러는 중에 삼경이 되었다. 그 때 갑자기 맑은 하늘에서 바람 소리가 들리더니 막사 주변에 꽂아 두었던 깃발이 흔들리기 시작했다.

병사 한 명이 그 모습을 지켜보고 있다가 주유의 막사 안으로 뛰어들어가 외쳤다.

"장군님, 바람이 불고 있습니다. 동남풍이 불고 있습니다."

주유는 급히 장막 밖으로 나가 보았다. 기각(旗脚)이 서

북편을 향해 나부끼며, 동남풍이 크게 일어났다. 주유는 깜짝 놀랐다.

'이 사람이 이렇듯 천지 조화를 뺏는 법과 귀신도 알지 못할 도술을 가졌으니, 만약에 이 사람을 그대로 두었다가는 동오의 큰 화근이 될 것이다. 한시 바삐 죽여서 뒷날의 근심을 덜어야 하겠다.'

그는 급히 정봉·서성 두 장수를 앞으로 불러 영을 내렸다.

"너희 둘은 각기 1백 군을 거느리고, 서성은 수로로 가고 정봉은 육로로 가되, 남병산 칠성단 앞에 이르는 대로 시비 곡직을 물을 것 없이 제갈량을 잡아 죽이고, 그의 수급을 가지고 와서 공을 청하도록 하라."

정봉의 마군이 한 걸음 앞서 남병산 칠성단 아래 이르렀다. 눈을 들어 보니 단상에 기(旗)를 잡은 군사가 세차게 몰아치는 동남풍 속에서 꼼짝도 않고 서 있었다. 정봉은 말에서 뛰어내리자 곧 칼을 빼어 손에 쥐고 단위로 뛰어 올라갔다. 그러나 어찌 된 일인지 공명의 모습을 볼 수가 없었다. 정봉은 황망히 물었다.

"공명이 어디 갔느냐?"

단을 지키는 군사가 대답했다.

"간밤에 쾌선 한 척이 이 앞 여울에 와서 닻을 내리고 밤을 지내더니, 조금 전에 제갈공명이 머리를 푼 채 앞 여울로 가 그 배를 타고 강을 거슬러 올라갔습니다."

서성과 정봉은 다시 수륙 양로로 나뉘어 그 뒤를 쫓았다. 서성이 배를 타고 상류를 향해 나아가니, 과연 앞에서 배 한 척이 올라가는데 거리가 얼마 되지 않았다. 서성은 뱃머리로 나서며 큰 소리로 외쳤다.

"군사는 가지 마십시오. 도독께서 모시고 오라 하십니다."

그 말이 떨어지자 공명이 고물로 나와 서더니 환하게 웃고는 말했다.

"도독이 나를 용납하지 못하고 반드시 해치려고 할 줄을 알았기에, 내가 미리 조자룡에게 일러서 배를 가지고 오라고 한 것이니, 장군은 내 뒤를 쫓으려 하지 마오."

"에… 에잇…"

임무를 수행하지 못한 서성은 그 배에 돛이 없는 것을 보고 그대로 뒤를 쫓았다. 그런데, 두 배의 거리가 얼마 안 되었을 때였다. 문득 한 장수가 활에 살을 먹여 들고 고물로 나오며 서성을 향하여 큰 소리로 외쳤다.

"나는 상산 조자룡이다. 명을 받들어 군사(軍師)를 모시러 왔는데, 네가 어찌 감히 뒤를 쫓느냐. 한 살로 너를 쏘아 죽이기는 쉬우나, 양가(兩家)의 화기를 상하게 될 것이 두려워 내 수단이나 한 번 보여 주고자 한다."

말을 끝낸 조운이 곧 깍지손을 떼자, 시위를 떠난 화살이 강 위를 빨랫줄처럼 날아와서, 바로 서성이 타고 있는 배의 돛줄을 탁 끊어 버렸다. 돛이 그대로 물 속에 떨어지며 배가 한편으로 기울었다.

조운은 그제야 군사에게 명하여 순풍에 돛을 높이 달게 하고, 하구를 향해 나는 듯이 나아갔다. 이제는 쫓아서 잡을 도리가 없었다.

두 사람이 돌아가 주유에게 보고하니, 주유의 놀람은 한층 더 컸다.

"이 사람이 이렇듯 꾀가 많으니 내 마음이 한시라도 편안할 때가 없겠소."

노숙이 말했다.

"지금은 조조와 전쟁하는 것이 급한 일이오. 그러니 조조의 군대를 물리친 뒤에 좋은 방법을 찾기로 합시다."

주유는 그 말을 따를 수밖에 다른 도리가 없었다.

주유와 공명의 용병

주유는 모든 장수들을 모아 놓고 영을 내렸다.

"감녕(甘寧)은 오림(烏林) 일대의 조조군을 공격하고 양식 창고에 불을 질러라."

태사자(太史慈)는 군사 3천 명을 거느리고 바로 황주(黃州)로 달려가 합비에서 접응하러 오는 조조의 군대를 막고 불을 질러 군호를 삼을 것이며, 만일의 경우에 올 수 있는 응원병을 막아라.

여몽(呂蒙)은 군사 3천 명을 거느리고 오림으로 가서 감녕을 접응하여 조조의 채책을 불살라 버려라.

능통(凌統)은 군사 3천 명을 거느리고 이릉의 경계를 끊고 있다가 오림에 불길이 일어나는 것을 보는 대로 곧 가서 접응하여라.

동습(董襲)은 군사 3천 명을 거느리고 바로 한양을 취하고, 한천(漢川)으로 쫓아 조조의 채중으로 짓쳐 들어가 백기(白旗)를 보고 접응하라.

번장(潘璋)은 군사 3천 명을 거느리고 백기를 들고 한양으로 가서 동습을 접응하라."

여섯 대의 군사들이 각기 배를 타고 길을 나누어 떠난 뒤에, 주유는 황개를 시켜 화선(火船)을 점검케 하고, 은밀하게 군졸을 강북으로 보내, 오늘 밤에 항복하러 가겠노라고 조조에게 밀서를 전하게 하며, 따로이 전선 4척을 분발하여 황개의 뒤를 따라서 접응하게 했다.

그 때 유비는 하구에서 오직 공명이 돌아오기만 고대하고 있는데, 문득 공자 유기가 한 떼의 전선을 거느리고 몸소 소식을 알려 왔다. 유비는 그를 적루(敵樓) 위로 청하여 올려, 각기 좌정하고 나자 말했다.

"공명의 말이 11월 20 갑자일에 자룡을 보내 주면 동남풍이 부는 대로 곧 돌아오겠다고 하였는데, 아직까지 아무런 소식이 없으니 이거 참 궁금해서 못 견디겠네."

두 사람이 한창 이야기를 하는데, 곁에 있던 군사가 손을 들어 멀리 번구(樊口) 쪽을 가리키며 말했다.

"저기 일엽 편주가 순풍을 따라 들어오는데, 아마도 군사께서 타신 배가 아닌가 합니다."

유비가 유기와 함께 적루에서 내려가 기다리고 있으려니까, 얼마 지나지 않아 배가 들어와서 닿았고, 공명과 조운이 언덕에 올랐다. 유비가 크게 기뻐하며 서로 떠난 뒤의 일을 이야기하려고 하자 공명은 손을 내어 저으며,

"지금은 한가한 말씀을 드릴 시간이 없습니다."

하고 말하더니 곧 이어서,

"전자에 제가 말씀드린 군마와 전선은 준비가 다 되어 있습니까?"

하고 물었다. 유비가 대답했다.

"이미 준비해 둔 지 오래며, 오직 군사가 돌아와서 쓰기만 기다리고 있는 터이오."

공명은 유비·유기와 함께 장대 위로 올라갔다. 먼저 조운을 불러 지시했다.

"자룡은 3천 군마를 이끌고 강을 건너, 오림 땅 작은 길로 들어가서, 나무와 갈대가 우거진 곳을 찾아 매복하고 있어라. 오늘 밤 사경이 지난 뒤에 조조가 반드시 그 길로 도망하여 올 것이니, 그들의 군마가 지나가기를 기다렸다가 그 중간을 들이치며 불을 놓아라. 비록 다 죽이지는 못하더

라도 절반은 무찌를 것이다."

조운이 한 마디 물었다.

"오림에는 길이 둘이 있어, 하나는 남군으로 통하고 하나는 형주로 가는 길이니, 어디로 가서 매복해야 합니까?"

공명이 대답했다.

"남군은 형세가 절박하니 조조가 감히 가지 못하고, 반드시 형주로 갈 것이다."

조운이 영을 받고 물러나자, 다음은 장비에게 지시했다.

"익덕은 3천 군을 거느리고 강을 건너가 이릉 길을 가로질러 호로곡 어구에 가서 매복하고 있어라. 조조가 감히 남이릉으론 못 가고 북이릉으로 갈 것인데, 내일 비가 지난 뒤에 필연코 그 곳에 와서 솥을 걸고 밥을 지어 먹을 것이니, 연기가 일어나는 것을 보는 대로 곧 불을 지르며 내달아라."

장비가 영을 받고 물러나자, 다음은 미축·미방·유봉 세 장수에게 지시했다.

"너희들은 각기 배를 타고 강가로 돌며, 패군을 사로잡고 그들의 무기를 뺏도록 하여라."

세 사람이 영을 받고 나가자, 공명은 유비에게 말했다.

"주공께서는 번구에 둔병하시고, 높은 데 올라가셔서 오늘 밤에 주유가 큰 공을 이루는 것을 구경이나 하시지요."

그 때 관우가 곁에 있었으나 공명은 그에게만은 아무런 말도 하지 않았다. 관우는 마침내 참다 못해 큰 소리로 물었다.

"제가 형님을 모시고 이제까지 수많은 전쟁터를 누비는 동안 일찍이 남에게 뒤진 적이 없습니다. 그런데 오늘 대적(大敵)을 만났는데도 군사가 종시 한 말씀도 안 내리시니, 이게 대체 어인 까닭입니까?"

공명이 조용히 웃으며 대답했다.

"운장은 괴이하게 생각하지 마오. 내가 본래 운장을 가장 요긴한 곳으로 보내고 싶은 생각은 있으나, 다만 좀 구애되는 바가 있어서 감히 못하는 것이오."

관우가 궁금해서 물었다.

"구애될 것이 뭐가 있다고 그러십니까? 어서 말씀해 주십시오."

공명이 대답했다.

"전일에 조조가 운장을 대접함이 심히 후했으니, 운장이 반드시 그 은혜를 갚으려고 할 것이오. 오늘 조조가 싸움에 패하면 화용도(華容道)로 달아날 것이 분명하지만 만약 운장에게 가서 잡으라고 하면 정녕 잡지 않고 그대로 놓아 보낼 것이오. 그런 까닭으로 내가 가라고 하지 못하는 것이오."

듣고 나자 관우는 웃으며 말했다.

"군사는 참 생각이 많기도 하십니다. 당시에 조조가 저를 후히 대접했다고는 하지만, 저도 안량·문추를 베고 백마(白馬)의 포위망을 풀어 그 은혜를 갚았으니 오늘날 어찌 그냥 놓아 보낼 수가 있겠습니까."

공명이 정색하면서 한 마디 물었다.

"만약에 놓아 보낸다면 어찌하겠소?"

"군법대로 처분을 받지요."

"그렇다면 아주 문서를 만들어 둡시다."

관우는 군령장(軍令狀)을 만들고 나서 이번에는 자기가 한 마디 했다.

"만약에 조조가 화용도로 오지 않을 때에는 어찌하겠습니까?"

"그럼 나도 군령장을 만들어 둡시다. 그려."

공명은 자기도 군령장을 만들어 두고 나서 다시 말했다.

"운장은 화용도 샛길로 가서 높은 곳에다 섶을 쌓아 놓고 불을 질러 조조가 그리로 오도록 유인하시오."

관우는 괴이하게 생각하고 물었다.

"만약에 연기가 일어나는 것을 보면 조조가 매복이 있을 것이라고 짐작하고 다른 길로 가 버릴 것이 아닙니까?"

공명이 웃으며 대답했다.

"운장은 병법의 허허실실에 대해서 듣지 못하셨소? 조조가 비록 용병에 능하기는 하나, 반드시 속을 것이오. 연기가 나는 것을 보면 도리어 허장성세라 믿고 반드시 그 길로 접어들 것이니, 장군은 결단코 인정을 두려고 하지나 마시오."

관우는 마침내 장령을 받들어 관평·주창과 5백 교도수(校

刀手)를 거느리고 화용도를 향해 떠났다. 그를 보내고 나자 유비가 얼굴에 수심(愁心)이 가득해진 채 공명에게 말했다.

"내 아우의 의기가 심중하여, 조조가 화용도로 오게 되어도 그냥 놓아 보낼 염려가 있소이다."

공명이 웃으며 대답했다.

"제가 천문을 보니 조조의 명이 아직도 끊기지 않았기에, 운장으로 하여금 인정이나 쓰게 한 것입니다. 그것도 또한 아름다운 일이 아니겠습니까?"

"선생의 신산(神算)은 참으로 천하에 미칠 바가 없소그려."

공명은 손건과 간옹을 남겨 두어 성을 지키게 하고, 자기는 유비와 함께 번구로 가서 주유의 용병하는 것을 지켜 보기로 했다.

적벽 대전

그 때 조조는 대채(大寨) 안에서 수하 장수들을 모아 놓고 상의하며, 오직 황개에게서 좋은 소식이 오기만 기다리고 있는데, 그 날 난데없는 동남풍이 크게 일어났다. 그것을 본 정욱이 급히 들어와서 고했다.

"오늘 동남풍이 저렇게 부니, 마땅히 방비하셔야 하겠습

니다."

그러나 조조는 대수롭지 않게 웃으며 대답했다.

"변화 무쌍한 천기(天氣)에 어찌 한때의 동남풍이 없겠소. 괴이하게 여길 일이 아니오."

그러자 군사가 들어와서 고하기를, 강동에서 황개의 밀서를 가지고 왔다고 했다. 조조가 급히 불러들여 그가 올리는 글을 받아 보니, 오늘 밤 삼경을 기약하여 항복하러 갈 것이니, 배 위에 청룡아기(靑龍牙旗)가 꽂혔거든, 그것이 곧 운량선(運糧船)인 줄 알라고 하였다.

읽고 나자 조조는 크게 기뻐하며, 모든 장수들과 함께 수채 안의 대선(大船) 위로 가서 오직 황개의 배가 이르기만 고대하고 있었다.

한편, 동오에서는 날이 점점 저물어 갈 무렵, 총공격 명령이 내려졌다. 황개는 드디어 영을 받고 화선(火船) 위에 올라, 몸에는 엄심갑(掩心甲)만 입고 손에 한 자루 이도(利刀)를 들고, 「선봉 황개(先鋒 黃蓋)」라고 쓰여진 기를 세운 다음, 순풍을 타고 바로 적벽(赤壁)을 향하여 나아갔다. 그때에 동풍이 크게 일어나며 파랑(波浪)이 흉용했다.

중군에 있던 조조가 멀리 건너편 강을 바라보니, 교교한 달빛이 강물에 어리어 아름답기 그지없었다. 조조는 입가에 미소를 지으며 스스로 양양자득하고 있는데, 홀연히 한 군사가 고하기를, 강의 남쪽에서 한 떼의 돛단배들이 바람을 타고 오는 것이 보인다고 했다.

조조가 높은 데 의지하여 바라보려니까, 군사들이 다시 고하되, 오는 배에 모두 청룡아기가 꽂혀 있고, 큰 기에는 「선봉 황개」라는 이름이 쓰여져 있다고 했다. 조조는 크게 웃으며 말했다.

"공복이 항복하러 오고 있으니… 이건 하늘이 나를 도우시는 것이다."

배가 차츰차츰 가까이 이르렀을 때, 그 때까지 말없이 그 모양을 지켜보고만 있던 정욱이 조조에게 말했다.

"저게 군량을 실은 배라면 배가 반 넘어 물에 잠겨서 묵직하게 떠 들어올 것인데, 오는 배들이 모두 가볍게 물 위에 떠 오고, 더욱이 오늘밤에는 동남풍이 크게 불고 있으니, 만약 적에게 흉계라도 있으면 대체 어떻게 막으시려 하십니까?"

그 말에 조조의 정신이 번쩍 들었다.

"그래, 적의 계략일지도 모른다. 누가 나가서 오는 배를 멈추게 할꼬?"

문빙(文聘)이 나서며 말했다.

"제가 물에 익으니, 원컨대 저를 보내 주십시오."

문빙이 배를 급히 몰아 나가며, 뱃머리에 서서 큰 소리로 외쳤다.

"승상의 명령이다. 거기 오는 배는 수채 가까이 오지 말고, 강심(江心)에 머물러 있어라!"

문빙의 수하 군사들이 또한 일제히 소리를 질렀다.

"빨리 돛을 내려라!"

하지만 그 말이 채 끝나기도 전에 날아온 화살 하나가 문빙의 왼편 팔에 박혔다. 문빙이 그대로 뱃속에 나자빠지자, 군사들은 크게 어지러워지며 각기 배를 돌려 달아났다.

동오의 배들은 그 뒤를 급히 쫓아 조조의 수채에 가까워졌다. 황개가 칼을 들며 호령하자 앞의 배들이 일제히 불을 일으키며 빠르게 돌진했다.

불길은 바람의 힘을 빌고, 바람은 불길의 형세를 돋우고 있었다. 살같이 들어오는 배, 검은 연기와 시뻘건 불길이 하늘을 찌르는 가운데 20척의 화선(火船)들은 그대로 조조의 수채 안으로 달려들었다.

수채 안의 전선들은 모두가 쇠사슬로 30척씩 50척씩 굳게 연결되어 있었기 때문에 한 배에 불이 붙으면 나머지 배들은 불을 피할 도리가 없었다.

강 건너에서 포성이 잇달아 울리며 사면에서 화선들이 달려들자, 조조군의 수채는 순식간에 불바다가 되었다. 불길이 천지를 덮고, 지상 영채에도 여러 군데 불길이 일어났다.

황개는 그 때 군사들 4,5명만 거느리고 작은 배를 급히 몰아, 연기와 불 속을 뚫고 들어가 조조를 찾고 있었다.

조조는 형세가 급해진 것을 보자 언덕 위로 뛰어오르려 했다. 그 때 장요가 작은 배를 한 척 몰고 와서 그를 부축해 내렸다. 조조가 작은 배로 옮겨 타자마자 큰 배에 불이 붙어, 불길이 세차게 하늘을 찔렀다.

장요가 10여 명의 군사들과 함께 조조를 보호하며 안구(岸口)를 항해 급히 배를 모는데, 황개는 강홍포(降紅袍)를 입은 사람이 큰 배에서 작은 배로 옮겨 타는 것을 보자, 그가 정녕 조조일 것이라 짐작하고, 칼을 꼬나쥐고는 배를 재촉하여 급히 나가며 소리를 높여 외쳤다.

"도적 조조는 도망하려 말아라! 선봉 황개가 여기 있다!"

"어이구…."

조조의 입에서 비명소리가 계속해서 날 때, 장요는 가만히 활에 살을 먹여 들고 있다가, 황개의 배가 가까이 이르기를 기다리다가 깍지손을 떼었다.

그 때 바람의 기세가 심히 사나웠다. 황개는 장요의 화살을 바른편 어깻죽지에 맞고는 비척거리다가 그대로 물 속에 떨어지고 말았다.

그러나 황개는 수성(水性)을 깊이 알고 있었던 까닭에 한겨울에 그처럼 갑옷을 입은 채 화살을 맞고 강 속에 빠졌어도 죽지 않고 목숨을 보전할 수 있었다.

그 날 적벽강을 덮은 불길 속에서 일어난 함성은 천지를 뒤흔들었다. 좌편의 한당과 장흠은 서편으로부터 쳐들어오고, 우편의 주태와 진무는 동편으로부터 배를 몰아왔으며, 다시 한가운데로는 주유·정보·서성·정봉의 대대 선척(船隻)이 모두 이르니, 불길은 군사들을 도왔고 군사들은 불의 위엄이 더욱 높아지기를 빌었다.

이것이 곧 후세에 전하는 「삼강수전(三江水戰)」이고, 「적벽대전(赤壁大戰)」이다. 이 싸움에서 조조의 군사로서 창에 찔리고 화살에 맞으며, 불에 타고 물에 빠져 죽은 자들은 그 수효를 헤아릴 수 없을 정도로 많았다.

조조는 겨우 백여 기를 거느리고 불길 속에서 빠져나가려 했다. 그러나 어디 한 군데라도 불이 붙지 않은 곳이 없었다.

한창 말을 달리는 중에 모개가 10여 기를 거느리고 그곳까지 쫓아 이르렀다. 조조가 군사들을 시켜 길을 찾게 하자, 장요가 말했다.

"다른 곳은 없고, 오직 오림 땅이 공활하니 빠져나갈 만합니다."

조조가 곧 오림을 향해 말에 채찍질하며 나갈 때, 등 뒤에서 한 떼 군사들이 쫓아오며 큰 소리로 외쳤다.

"조조야! 네 어디로 가느냐!"

돌아다 보니 여몽이었다.

조조가 급히 장요를 시켜 뒤에 남아 여몽을 대적하게 하고, 자기는 군사들을 재촉하여 앞으로 나가는데, 문득 전면에서 또 불길이 일어나며 산골짜기로부터 나타난 군사들이 내닫더니 큰 소리로 외쳤다.

"능통이 여기 있다!"

조조가 간담이 다 찢어져 어찌 할 바를 모를 때, 문득 산모퉁이에서 한 떼의 군사들이 내달으며 소리쳤다.

"승상은 두려워 마십시오. 서황이 여기 있습니다."

한바탕 어우러져 싸운 다음에야 조조는 간신히 한쪽 길을 트고 앞으로 나아갔다. 그 때 조조는 합비에서 구응하러 오는 군사들이 있을 것이라고 생각하고 있었으나, 뜻밖에도 손권이 육손과 태사자와 함께 나타나 공격해 들어왔다.

조조는 이릉을 향해 달아나다가 장합을 만나자, 즉시 뒤에 떨어져서 추격군을 막게 하고, 자기는 다시 닫는 말에 채찍질을 더하여 계속 앞으로 나아갔다. 오경(五更)쯤 되었을 때 뒤를 돌아다보니, 화광이 제법 멀어져 있었다. 그제야 조조는 적이 마음을 놓고 좌우에게 물었다.

"여기가 어딘고?"

아는 자가 대답했다.

"오림의 서편이고, 의도의 북편인 곳입니다."

조조는 말을 천천히 걸리어 앞으로 나가며, 눈을 들어 그 곳의 지세를 살폈다. 수목이 총잡하고 산천이 험준했다. 조조는 두루 살펴 보다가 문득 마상에서 하늘을 우러러보며 큰 소리로 웃었다.

"아니, 승상께서는 어찌하여 그처럼 웃으십니까?"

수하 장수들이 묻자 조조가 대답했다.

"내가 달리 웃는 게 아니야. 아무래도 주유와 제갈량은 꾀가 모자라는 위인들이야. 만약에 나더러 용병을 하라면 이 곳에다 한 떼 군마를 미리 매복시켜 두었을 것인데…."

그런데 그의 말이 채 끝나기도 전에 난데없는 북 소리가 크게 일어나며 화광이 하늘을 찔렀다. 조조가 소스라치게 놀라며 자칫하면 말에서 떨어지려고 했을 때 한 떼의 군사들이 내달으며 앞선 대장이 큰 소리로 외쳤다.

"상산 조자룡이 여기서 너희를 기다린 지 오래다!"

조조는 즉시 서황과 장합 두 장수에게 함께 남아서 조운을 대적하게 하고, 자기는 그대로 불 속을 뚫고 달아났다.

조운이 구태여 멀리 쫓으려 하지 않고, 오직 기치(旗幟)와 창검을 뺏으려고만 했기에 조조는 간신히 위태로운 지경에서 벗어났다.

날이 점점 밝아지자 검은 구름이 하늘을 덮었다. 동남풍은 그 때까지 그치지 않았는데, 갑자기 큰비가 퍼붓듯이 쏟아져서 의복과 갑옷을 흠뻑 적시어 놓았다. 군사들과 함께 찬 비를 그대로 맞으며, 조조는 앞으로 나갔다.

조조가 인마를 재촉하여 나아가다가 다시 물었다.

"이리 나가면 어디가 되는가?"

옆에서 누군가가 대답했다.

"한편은 남이릉의 큰길이고, 한편은 북이릉의 산길입니다."

"남군으로 가려면 어느 길이 가까우냐?"

"남이릉으로 하여 호로구(胡蘆口)를 지나가는 길이 가깝습니다."

조조는 그의 말을 좇아 남이릉을 거쳐 호로구로 나아갔다. 그 곳에 이를 무렵, 군사들은 기갈이 심하고 말도 또한 지칠대로 지쳤기에 그대로 길가에 픽픽 쓰러졌다.

조조는 곧 영을 내려 인마들이 다 함께 그 곳에서 쉬어 가기로 했다. 군사들은 비에 흠뻑 젖은 옷을 벗어서 바람에 말리고, 말들도 모두 안장을 벗기어, 마음대로 들로 다니며 풀을 뜯어 먹게 해 주었다.

그 때 조조가 나무 아래 앉아 있다가 문득 하늘을 우러러보며 크게 웃었다. 그것을 보고 수하 문무들이 물었다.

"아까도 승상께서 주유와 제갈량을 비웃으시다가, 조자룡이 달려나오는 통에 허다한 인마를 잃으셨는데, 지금은 무엇 때문에 또 그처럼 웃으십니까?"

"아무리 생각해도 제갈량이나 주유는 지모가 부족하거든. 나 같으면 이 곳에다 약간의 군마를 매복시켜 놓았을 것인데, 그들의 소견이 그 정도에 미치지 못하니, 어찌 우습지 않은가?"

그렇게 이야기하고 있을 때, 갑자기 앞뒤에서 천지를 진동시키는 함성이 일어났다. 조조는 소스라치게 놀라 갑옷도 찾아 입지 못하고 말에 뛰어올랐다.

사면에서 불과 연기가 자욱하게 일어나는 중에 한 떼의 군마들이 조조의 앞을 막으며 나섰는데, 앞선 대장은 연인 장비였다. 그는 장팔사모를 꼬나잡고 말 위에 높이 앉아 벽력같이 호통쳤다.

"조조 이 도적아! 네 어디로 도망하려느냐!"

군사들의 간담이 서늘해졌을 때, 조조는 한동안 뒤도 안

돌아보고 말을 달려 도망쳤다. 그러다가, 말고삐를 늦추고 좌우를 돌아보니, 그의 장수들로서 상처를 입지 않은 자가 없었다. 한탄하기를 마지않으며 조조가 수하 장수들과 함께 앞으로 나아갈 때, 문득 앞서 가던 군사가 달려와서 물었다.

"길이 둘이온데 승상께서는 어느 길로 가시려 하십니까?"

조조는 곧 사람을 시켜서 산에 올라가 관망하게 하였다. 얼마 안 있어 군사가 돌아와서 고했다.

"산길의 소로에는 몇 군데 연기가 일어나고 있는데, 대로에는 아무런 동정이 없습니다."

조조는 곧 영을 내렸다.

"소로로 나아가도록 하여라."

수하 장수들이 의아해하며 물었다.

"연기가 난다면 필시 군마가 있을 터인데, 일부러 그 길로 가시려는 것은 어인 까닭입니까?"

조조는 웃으며 대답했다.

"병서에 「허즉실지(虛則實之)하고 실즉허지(實則虛之)」라는 말이 있다는 소리도 못 들었소? 제갈량이 원체 꾀가 많아서 일부러 사람을 시켜 산벽 소로에서 연기를 내게 하여 우리 군사들이 감히 그리로 못 가게 하고, 정작 군사들은 대로상에다 매복시켜 놓고 우리를 기다리는 것이 분명하지만, 제가 어찌 나를 속이겠소."

모든 장수들은 크게 탄복했다.

"참으로 승상의 신기묘산은 아무도 따를 사람이 없습니다."

그들은 드디어 군마를 몰아 화용도 산길로 들어갔다. 조조가 고개를 돌려 보니 그의 뒤를 따르는 군사들은 겨우 3백여 기에 지나지 않고, 그나마 의갑을 제대로 갖추어 입고 있는 자라고는 단 한 사람도 없었다.

"빨리 나가자!"

조조가 재촉하자 수하 장수들이 고했다.

"말이 지쳐서 허덕거리니 좀 쉬어 가시지요."

그러나 조조는 허락하지 않고,

"아예 형주까지 가서 쉬더라도 늦지 않아!"

하면서 그대로 앞으로 나아갔다.

그 곳에서 5리도 채 가지 못했을 때 조조는 문득 마상에서 채찍을 높이 들며 다시 소리를 내어 크게 웃었다. 장수들이 물었다.

"승상께서는 왜 또 그렇게 웃으십니까?"

조조가 대답했다.

"주유와 제갈량은 아무리 생각해도 무능한 무리들이다. 만약에 이 곳에다 군사들 몇백 명만 깔아 두었으면, 우리들이 모두 사로잡힐 것이다. 면할 도리가 없을 게 아닌가."

그러나 그 말이 미처 끝나기도 전에 일성 포향과 함께 양편에서 5백 명의 교도수(校刀手)들이 달려나와 일렬로 쭉 벌려섰는데, 앞선 대장은 관우였다. 조조의 일행은 모두 다 넋을 잃고 서로 쳐다보기만 할 뿐이었다.

조조가 말했다.

"이미 이 지경이 되었으니 한 번 죽기를 각오하고 싸워 나 보자."

그 때 정욱이 앞으로 나서며 말했다.

"제가 일찍부터 알기를, 운장은 윗사람에게는 오만해도 아랫사람은 차마 업신여기지 못하고, 강한 것은 우습게 알아도 약한 것은 능멸히 여기지 않으며, 은원(恩怨)이 분명하고 신의가 두텁다고 합니다. 지금 저들과 싸우면 승상의 신변이 위험해집니다. 승상께서 전날에 그에게 내리신 은혜가 있으시니, 이제 몸소 나서셔서 한번 빌어 보시면 혹시 이 난을 면할 수도 있지 않을까 합니다."

조조는 그 말에 따라 곧 말을 몰아 앞으로 나가며 관우를 향하여 흠신하며 말했다.

"장군은 그 동안 안녕하시었소?"

관우가 또한 허리를 굽히면서 대답했다.

"제가 제갈 군사(軍師)의 장령을 받들어, 이 곳에 와서 승상을 기다린 지 이미 오래입니다."

조조는 간절히 청했다.

"내가 군사들은 패하고 형세는 위태로워, 이 곳에 이르러서는 다시 갈 길이 없게 되었으니, 부디 장군은 지난 날의 정의를 생각해 주시오."

관우가 말했다.

"제가 비록 승상의 후은(厚恩)을 입기는 했으나, 안량문 추를 베고 백마의 포위망을 풀어서 갚아 드렸습니다. 그러니 오늘 이 자리에서 어찌 감히 군사의 장령을 어길 수 있겠습니까."

조조는 다시 사정했다.

"장군은 5관(關)의 장수들을 죽이신 일을 기억하고 계시오? 대장부는 신의를 중히 여긴다고 하는데, 장군은 이제 정녕 이 조조를 죽이려고 하시오?"

관우는 본래 의기를 태산처럼 중하게 여기는 사람이었다. 때문에 전날 허도에 있을 때 조조에게서 받은 허다한 은의(恩義)와, 또 후에 5관에서 장수들을 죽인 일을 생각하자, 마음이 움직이지 않을 수 없었다. 다시 눈을 들어 보니, 조조의 군사들의 모습이 너무나 측은하여 차마 그들을 죽일 수가 없었다. 관우는 말머리를 돌리며, 수하 군사들에게 영을 내렸다.

"모두 물러나라!"

관우가 놓아 보내려는 것이 분명함을 짐작하고, 조조는 즉시 장수들과 함께 말에 채찍질을 하며 그의 곁을 급히 지나갔다.

그 날 조조가 참패를 당하고 달아나는 도중에서도 세 번씩이나 크게 웃으며 제갈량과 주유를 비웃은 것은 자신의 여유를 과시하고 군사들의 사기를 높이기 위한 것이었다고 볼 수 있다. 더러는 그의 교만함을 드러낸 것이라고 비판하는 사람도 있지만, 아무튼 백만의 대군을 잃고도 그만한 여유와 자신감을 보이기는 범인으로서는 결코 하기 쉬운 일이 아닐 것이다.

조조가 화용도의 난에서 무사히 벗어나, 곡구(谷口)에 이르러 군사를 점고해 보니, 수하에 오직 27기가 남아 있을 뿐이었다.

다시 길을 재촉하여 날이 저문 뒤에 남군 가까이 이르니, 문득 횃불이 낮같이 밝게 사방을 비추며 한 떼의 군마가 저편에서 나타났다. 자세히 보니 조인(曹仁)의 군마들이었다.

그 이튿날 조조는 조인을 불러 분부를 내렸다.

"나는 이제 허도로 돌아가 군마를 수습하여 다시 원수를 갚으러 올 것이니, 너는 부디 남군을 굳게 지키고 있어라."

조조가 덧붙여 말했다.

"형주는 네가 맡아서 관령하고, 양양은 내가 이미 하후돈을 보내어 지키게 하였으니 혹시 급한 일이 생기는 경우에는 곧 내게 알리도록 해라."

분발하기를 마치자, 조조는 수하의 문무와 또 형주의 항복한 관원들을 모두 데리고, 총총히 말에 올라 허도로 향했다.

한편, 관우는 조조를 그대로 놓아 보내고 군사들을 거두어 돌아갔다. 이 때 제로(諸路)의 군마들은 모두 마필과 병

기·재물과 양식을 얻어 가지고 이미 하구로 돌아와 있었
으며 관우만이 홀로 빈손으로 돌아왔다.

그 때 공명은 마침 유비와 함께 서로 전승을 하례하고
있다가 관우가 돌아왔다는 말을 듣자, 황망히 자리를 떠나
술잔을 들고 나가서 맞았다.

"이번 싸움에 장군의 수고가 참으로 컸습니다."

그러나 관우는 입을 봉하고 아무런 말이 없다가 이윽고
입을 열었다.

"저는 군사께 오직 죽음을 청할 따름입니다."

공명이 물었다.

"조조가 화용도로 가지 않았습니까?"

"그리로 오기는 했습니다만, 제가 무능하여 놓치고 말았
습니다."

"그러면 장수나 군졸은 얼마나 잡았소?"

"하나도 잡지 못했습니다."

듣고 난 공명은 노했다.

"이것은 정녕코 운장이 조조에게서 받은 은혜를 생각하
여 일부러 놓아 보낸 것이 분명하오. 이미 군령장을 만들어
놓았으니 군법대로 시행할 수밖에 없다."

곧 무사에게 바삐 끌고 나가서 목을 베어 오라고 명하
자, 유비가 황망히 앞으로 나와서 말했다.

"전일에 나와 관우·장비 세 사람이 도원에서 결의할
때, 생사를 같이 하자고 맹세했소. 이제 운장이 비록 법을

범하기는 했으나, 내가 차마 먼저 한 맹세를 저버릴 수 없으니, 선생은 부디 운장의 죄를 기록해 두었다가, 나중에 공을 세워 속죄하게 해 주오."

공명은 마지못한 듯 말을 바꾸었다.

"관우는 죽어야 마땅하지만 주공의 간절한 청이 있어 이번만은 살려 준다. 하지만 앞으로 명령을 어기는 자는 그 누구를 가리지 않고 목을 벨 것이다."

이 대목에서 지나치게 고집이 세고 자존심이 강한 관우의 콧대를 꺾어 놓으려는 공명의 의도를 읽을 수 있다. 이러한 경쟁 의식 내지 견제 의식은 뒷날 촉한의 운명을 바꾸어 놓는 동기가 되기도 한다.

승리의 기쁨에 도취된 것은 강동의 주유도 마찬가지였다. 적벽 싸움에서 공을 세운 장수들을 점고한 다음에, 각각 전공을 기록하여 그것을 오후(吳候)에게 고하고, 이어서 골고루 상을 내린 후 큰 잔치를 베풀었다.

그 자리에서 주유가 호탕한 웃음을 터뜨리며 말했다.

"하하하… 이대로 곧장 쳐들어가 조인이 지키고 있는 남군성을 함락시키고 형주를 독차지해야겠다. 유비와 제갈공명은 지금 뭘 하고 있는가?"

그러자 노숙이 대답했다.

"그들은 지금도 군사들을 남군성 쪽으로 옮기고 있다고 하오."

"뭐라고? 이런 도둑놈들 같으니. 싸움은 우리가 했는데 뱃속은 자기들이 채우겠다는 것인가?"

주유는 즉시 노숙과 함께 배를 타고 유비의 진영으로 건너가 항의했다.

"황숙께서 군대를 옮기는 것은 남군성을 빼앗고, 이어서 형주를 차지하기 위해서지요?"

그러자 유비는 제갈공명이 미리 가르쳐 준 대로 대답했다.

"아니오. 우리는 단지 장군께서 남군성을 공격할 때 도우려는 것이오."

주유는 큰 소리로 웃으며 고개를 저었다.

"말씀은 고맙지만 남군성 정도는 우리의 힘만으로도 충분히 빼앗을 수 있소. 만일 우리가 빼앗지 못한다면 황숙께서 마음대로 하시오."

그러자 유비가 웃으면서 말했다.

"정말입니까? 여기 있는 공명과 노숙이 증인이 된 것이니 장군께서는 나중에 후회하지 마십시오."

주유는 자신만만하게 고개를 끄덕이면서 대답했다.

"물론이요. 사내 대장부가 어찌 한 입으로 두 가지 말을 하겠소."

이튿날 주유는 몸소 대군을 이끌고 남군성으로 갔다. 양진(兩陣)이 서로 마주 보게 되자, 북 소리를 크게 울리는 곳에 조홍이 말을 타고 나왔다.

주유는 진 앞에 세운 깃발 아래로 나가 서서, 한당을 시켜 나가서 싸우게 했다. 두 장수가 서로 어우러져 싸우기 30여 합에 조홍이 패하여 달아났다.

주유는 그것을 보자 즉시 양로군을 휘몰아 일제히 공격하게 했다. 조조의 군사들은 크게 패하여 달아났다.

주유는 군마를 몰고 그 뒤를 쫓아 남군성 아래까지 갔다. 그런데 조조의 군사들은 다들 성 안으로 들어가지 않고 서북편을 향해 어지럽게 달아나기만 했다. 한당과 주태는 곧 군마를 이끌고 그 뒤를 쫓았다.

그 때 주유는 그것이 조조군의 계책인 줄 모르고 있었다. 성문이 활짝 열려 있고 또 성 위에 지키는 군사들이 없는 것을 보자, 곧 군사들에게 영을 내려 성 안으로 들어가라고 했다. 앞을 선 수십 기의 뒤를 따라서 주유도 말을 달려 바로 성으로 들어갔다.

그 때 진교(陳矯)가 적루(敵樓) 위에서 한 번 크게 목탁을 쳐서 큰 소리를 내자 양 쪽에 숨어 있던 궁노들이 벌떼처럼 일어나 활을 쏘아댔는데 그 형세는 바로 급히 퍼붓는 비와 다름없었다.

주유는 깜짝 놀라 급히 말머리를 돌리려 했다. 그러나 그보다도 더 빠르게 날라온 화살 하나가 바로 주유의 왼편 가슴에 박혔다. 주유는 신음을 삼키며 말에서 굴러 떨어졌다.

그 때 곁을 지키고 있던 서성과 정봉이 주유를 구하여

장중으로 데려다가 눕이고, 의원을 불러 옆구리에 박힌 살촉을 뽑고 상처에다 금창약(金瘡藥)을 발라 주면서 주의를 주었다.

"화살촉에 독이 발라져 있었으니 쉽게 낫지 않을 겁니다. 화를 내거나 크게 흥분하면 상처가 다시 터질 수 있으니 조심하십시오."

주유는 의원의 말에 따르며 웬만하면 전투를 하지 않고 당분간 휴식을 취하려고 했다. 하지만 그로부터 사흘 뒤, 조인이 군사들을 이끌고 와서 싸움을 청했다. 그러나 정보는 군사들을 단속하며 응하지 않았다. 그러자 조인은 군사들에게 시켜 심한 욕지거리를 하게 했다.

주유가 그 소리를 듣고 즉시 수하 장수들을 불러들여 물었다.

"왜 이렇게 시끄러우냐?"

장수들이 대답했다.

"군중에서 군사들을 조련하느라고 그러합니다."

그 말을 듣자 주유는 노하였다.

"어찌하여 모두들 나를 속이려 드는 거냐. 조조의 군사들이 우리 영채 앞에 와서 욕지거리하는 줄을 내가 모르는 줄 아느냐?"

주유는 자리에서 분연히 뛰어일어났다.

"대장부가 이미 군주(君主)의 녹을 먹었으니, 싸움터에서 죽어 송장을 말 안장에 걸어 돌아갈 수 있다면 지극히 다행한 일인데, 어찌 나 한 사람으로 하여 국가의 대사를 소홀히 한단 말이냐!"

말을 마친 주유가 즉시 갑옷을 입고 말에 오르니 제군의 중장으로서 놀라고 감탄하지 않는 자가 없었다.

주유는 드디어 군사들을 거느리고 영채 밖으로 나갔다. 바라보니 조조의 군사들이 이미 진세(陣勢)를 벌이고 있는데, 조인이 몸소 문기 아래로 말을 타고 나서서 채찍을 높이 들고 크게 외쳤다.

"이놈, 주유야. 네 어찌하여 감히 남군성을 엿보느냐?"

주유는 크게 노하여 곧 번장에게 명하여 나가서 싸우라고 했는데, 그가 미처 말을 달려 나갈 사이도 없이 홀연 한 소리 크게 부르짖더니, 그만 입으로 피를 뿜으며 말 아래로 뚝 떨어졌다.

그것을 본 조조의 군사들은 아우성치며 앞으로 내달았다.

"와아, 드디어 주유가 죽을 날이 가까워졌다. 놈을 사로 잡아라!"

크게 놀란 동오의 장수들은 일제히 말을 달려나가 일장 혼전 끝에 적병을 물리치고, 주유를 구해 장중으로 돌아왔다. 동오 진중의 군심이 매우 흉흉해졌다.

정보가 들어가 주유에게

"도독, 귀체가 어떠하시오?"

하고 물었더니 주유가 가만히 정보에게 말했다.

"이게 내 계책이요. 내가 본래 아무렇지도 않건만 이렇게 하는 것은 조조의 군사들이 내 병이 위독한 줄로 믿어 우리를 얕보게 하기 위해서요. 이제 내가 죽었다고 소문을 내면, 필연코 오늘 밤에 조인이 와서 우리 진영을 습격할 것이니, 우리가 사면에 군사를 매복해 두었다가 역으로 치면 가히 조인을 사로잡을 수 있을 것이오."

정보는 고개를 끄덕이고, 즉시 장하의 군사들에게 시켜 곡을 올리게 했다. 삼군이 모두 놀라 서로 말을 전하기를, 도독이 상처가 터져 마침내 돌아가셨다고 하면서, 각채에서 모두 거상을 입었다.

조인은 주유가 죽었다는 소식을 듣고 크게 기뻐했다. 그는 곧 수하 장수들을 모아 놓고 의논했다.

"오늘 밤에 강동의 군대를 습격한다. 주유의 시체를 빼앗아 그의 머리를 허도로 보내도록 합시다."

조인은 드디어 우금을 선봉으로 삼고, 조홍·조순으로 후군을 삼고, 자기는 몸소 중군이 되어 성중의 군사를 모조리 데리고 가기로 했다.

그 날 밤 초경이 지나자 조조의 군사들은 성에서 나와 곧장 주유의 진영을 향해 나아갔다. 그러나 진영 앞에 당도하여 보니, 군사는 단 한 명도 보이지 않고 깃발들만 잔뜩 꽂혀져 있었다.

"아차, 속았구나."

소스라치게 놀란 조인이 소리쳤지만 때는 이미 늦어져

있었다. 전후 좌우에서 포성이 천지를 진동시키며, 동오의 군사들이 물밀듯이 쳐들어왔다. 조조의 군사들은 크게 패하여 삼로군(三路軍)이 모두 흩어져 서로 구해 주지 못했다.

조인은 감히 남군으로 들어가지 못하고 마침내 양양 대로로 길을 잡았다. 동오의 군사들은 그 뒤를 한참이나 쫓다가 돌아갔다.

공명의 신기 묘산

계획대로 일이 이루어졌기에 주유는 군사들을 수습한 다음에 바로 남군성으로 갔다. 그런데 성 아래에 이르러서 보니 정기가 두루 꽂혀 있는데, 뜻밖에도 적루 위에 한 장수가 서 있다가 큰 소리로 외쳤다.

"도독은 과히 허물로 생각하지 마시오. 나는 상산 조자룡이며, 군사의 장령을 받들어 이 성지(城池)를 취한 지 이미 오래입니다."

주유는 대로했다. 이를 부드득 갈며 곧 군중에 영을 내렸다.

"저 쥐새끼같은 놈들을 단번에 짓밟아라!"

강동의 군사들이 함성을 지르며 남군성으로 달려들었다. 하지만 성 위에서 쏟아지는 화살 세례를 당해낼 수가 없었다.

주유는 하는 수 없이 군사들을 거두어 대채로 돌아왔다. 이어서 우선 감녕으로 하여금 수천 군을 거느리고 가서 형주를 취하게 하고, 능통에게 시켜 수천 군을 거느리고 가서 양양을 취하게 했다. 그 때 가서 남군을 치더라도 늦지 않으리라고 생각했기 때문이다.

그러나 다시 한 번 뜻밖의 일이 벌어졌다. 주유가 마악 그렇게 했을 때, 멀리서 달려온 병사 한 명이 보고하기를, 제갈량이 남군을 얻자 즉시로 병부(兵符)를 써서, 형주의 군마는 곧 남군을 구하러 오라 하여, 장비로 하여금 형주를 엄습하게 했다는 것이었다.

뒤를 이어서 또 한 병사가 달려들어와 보고하기를, 하후돈이 양양을 지키고 있는데, 역시 제갈량이 사람을 보내어 거짓으로 조인이 구원병을 청한다고 하며 그를 성 밖으로 꾀어낸 다음에 관우를 시켜 양양을 엄습하여 빼앗았기에 형주와 양양 두 곳 성지가 반푼의 힘도 안 들이고 모두 유비의 손으로 넘어갔다는 것이었다.

하지만 주유는 그 말이 좀처럼 곧이들리지가 않았다.

"대체 제갈량이 어떻게 병부를 수중에 넣었단 말이냐?"

주유가 묻자 정보가 곁에서 말했다.

"남군을 쳐서 진교(陳矯)만 붙잡아 놓으면, 병부야 저절로 수중에 들어올 것이 아니겠소."

하긴 그럴 수 있을 것이었다. 주유는 기가 탁 막혔다. 일

장 신고(辛苦)가 모두 누구를 위해서 한 노릇이었던가. 그
것은 결국 제갈량의 공을 이루어 준 것에 지나지 않았다고
깨달으면서 그는 그 자리에 쓰러지고 말았다. 화가 치밀어
상처가 터졌기 때문이었다.

　얼마 후에 주유는 깨어났다. 그러나 공명에게 남군과 형
주양양을 가로채었다는 것을 생각하자 그의 노기는 풀어지
지 않았다. 수하 장수들이 모두 좋은 말로 위로했으나 그는
듣지 않았다.

　주유는 이를 갈며 말했다.

　"제갈량 그놈을 죽이지 않고는 내 가슴 속의 원기(怨氣)
를 풀 수가 없소. 정덕모(정보의 자)는 부디 나를 도와서
남군을 쳐 빼앗아 오도록 해 주오."

　그러자 노숙이 말했다.

　"그것은 옳지 않소. 지금 조조의 군대와 대치하여 아직
승부를 못 정하고, 또 주공께서는 합비를 치시나 지금까지
얻지 못하고 계신 터에, 만약 손유(孫劉) 양가(兩家)가 서
로 탄병하려 들다가, 조조의 군대가 그 틈을 타서 다시 쳐
들어 오기라도 한다면 그 형세가 심히 위태로워질 것이오.
더욱이 유현덕으로 말하면 일찍이 조조와 교분이 두터웠던
사이라, 만약 급하게 핍박하고 보면 성지를 들어 그대로 조
조에게 바치고 함께 힘을 모아 동오를 치려고 할 것이니,
그렇게 된다면 실로 큰일이 아니겠소?"

"……."

주유는 하는 수 없이 대군을 거두어, 자기는 시상구로 돌아가 양병(養病)하기로 하고, 정보에게 명하여, 전선(戰船)과 사졸을 영솔하고 곧 합비로 가서 손권의 명령을 듣게 했다.

제7장
잠룡의 비상

기반을 얻은 유비

　본래 기반이 없던 유비는 형주와 양양·남군을 얻었기에 크게 기뻤다. 곧 무리들을 모아 놓고 앞으로의 대책을 물었더니, 문득 한 사람이 계책을 드리러 청상(廳上)으로 올라왔다. 눈을 들어 보니, 다른 사람이 아니고 이적(伊籍)이었다. 일찍이 양양성의 풍모제에서 채모 남매의 살해 위협으로부터 유비를 구해 준 바로 그 사람이다.

　유비는 그 때의 고마움을 잊지 못하고 있었기에 즉시 그에게 상좌를 권하고 계책을 물었다. 이적이 말했다.

　"형주를 지키려면 먼저 어진 선비를 구하셔야 할 것입니

다."

유비가 급히 물었다.

"어진 선비가 누구요?"

"마씨(馬氏) 형제 다섯 사람이 모두들 재명(才名)이 있습니다. 그 중 막내의 이름은 속(謖)이고 자는 유상(幼常)이며, 가장 어진 이는 그 미간에 흰 털이 났으니, 이름은 양(良)이고 자는 계상(季常)입니다. 이 곳 사람들이 이르기를, '마씨 오상(馬氏五常)에 백미 최량(白眉最良)'이라 하는데, 공은 어찌하여 청해다가 물으시지 않으십니까?"

유비는 곧 사람을 보내 마량을 청하여 오게 했다.

마량(馬良)이 이르자, 유비는 그를 극진히 대접하며, 형양을 오래도록 보존할 수 있는 계책을 물었다. 마량이 대답했다.

"형양에 대해서 말하자면 사면으로 적을 맞는 형세라 오래 지키고 있기가 어려운 곳이니, 먼저 이 지방 민심을 안정시키신 연후에, 무릉(武陵)·장사(長沙)·계양(桂陽)·영릉(零陵)의 네 고을을 취하시고, 재물과 양식을 넉넉히 쌓으셔서 근본을 튼튼히 하시는 것이 좋을까 합니다."

듣고 나자 유비는 크게 기뻐하며 다시 물었다.

"네 고을 중에서는 어느 곳을 먼저 취하는 것이 좋겠소?"

"상강(湘江) 서쪽에 있는 영릉이 가장 가까우니 그 곳을 먼저 빼앗으시고, 다음에는 무릉을 빼앗고, 양강(襄江) 동편의 계양과 장사는 그 뒤에 취하시는 것이 좋겠습니다."

유비는 드디어 마량을 종사(從事)로 삼고, 이적을 부종사로 삼은 다음에, 공명과 더불어 군대를 이끌고 나아가 먼저 영릉을 빼앗아 버렸다. 그 곳 태수 유도와 아들 유현, 그리고 장수 형도영 등이 어느 정도 저항을 했지만 애초에 그들은 공명의 적수가 되지 못했다. 공명은 영릉을 빼앗은 후에 전처럼 유도로 하여금 그 곳을 계속해서 다스리도록 했다.

그 다음에 무릉은 장비가 군사 3천 명을 이끌고 쳐들어갔다. 장비가 쳐들어온다는 소식을 들은 무릉 태수 김선이 맞서 싸울 준비를 하고 있을 때, 공지라는 신하가 말했다.

"유 황숙은 어질기로 천하에 이름이 높은 분이며, 장비는 무섭기로 둘째 가라면 서러워할 사람입니다. 그와 맞서 싸우다가 비참한 최후를 맞기보다는 차라리 항복하여 대우를 받는 게 낫지 않겠습니까?"

하지만 김선은 공지의 말을 듣지 않고 장비와 맞서다가 화살에 맞아 죽고, 주인을 잃은 군사들은 줄줄이 무릎을 꿇고 항복했다. 이 곳도 역시 유비는 죽은 김선 대신 공지로 하여금 태수로 삼고 계속해서 다스리도록 했다.

계양은 조자룡이 군사들 3천 명을 이끌고 쳐들어갔다. 계양의 태수 조범은 스스로 자기가 조자룡의 상대가 되지 않음을 알고 순순히 무릎을 꿇고 항복을 했다. 그 때 항복한 조범이 조자룡에게 말했다.

"장군과 저는 성이 같습니다. 한집안이니 의형제를 맺고 싶습니다."

조자룡도 크게 기뻐하며 서로의 나이를 따져 보니 조자룡이 두 살 많았기에 형이 되었다. 이윽고 두 사람이 형제의 인연을 맺은 것을 축하하는 술자리가 베풀어졌다. 그 자리에서 조범이 말했다.

"형님, 저에게는 홀몸이 된 형수가 한 분 있습니다. 아직도 젊은 나이라 제가 여러 차례 재혼하라고 권했지만, 세가지 조건을 내걸며 그런 사람이 아니면 결혼하지 않겠다고 합니다. 첫째, 학문과 무예를 모두 갖춘 사람, 둘째, 용모가 수려하고 당당한 사람, 셋째, 전남편과 성이 같은 사람, 이 세 가지입니다. 그런데 오늘 보니 형님이야말로 이세 가지 조건을 모두 갖추었을 뿐만 아니라 아직도 총각입니다. 바라건대 형수님과 결혼해 주십시오."

그러자 조자룡은 얼굴을 붉히며 끝내 거절했다 .나중에 소식을 들은 공명이 물었다.

"조범의 형수는 아름답고 젊다던데 장군은 어째서 거절을 했소?"

조자룡이 대답했다.

"저 또한 세 가지 이유가 있어서 그랬습니다. 첫째, 이미 조범과 의형제를 맺은 사이라 조범의 형수는 저의 형수이기도 합니다. 둘째, 조범의 형수가 재혼을 하면 그녀는 오랫동안 지켜온 절개를 저 때문에 잃게 됩니다. 셋째, 비록 조범이 항복했으나 섣불리 그를 믿을 수 없어서였습니다. 이제 주공께서 겨우 발판을 마련했는데, 제가 어찌 한가롭게 부인을 얻는 일로 시간을 보낼 수 있겠습니까?"

유비와 공명은 조자룡의 충성심에 감탄하며 큰 상을 내렸다.

이제 남은 것은 장사성 한 군데였다. 유비는 그 일을 관우에게 맡겼는데, 출전 준비를 하는 그에게 공명이 다가와 당부를 했다.

"장사로 말하면 그 곳 태수 한현(漢玄)이란 자는 별것이 아니지만, 그 수하에 뛰어난 장수가 있으니, 남양(南陽) 사람으로 성은 황(黃)이고 이름은 충(忠)이며 자는 한승(漢升)이오. 본래 유표 휘하의 중랑장으로 장사를 지키다가 뒤에 한현을 섬겼는데, 이제 그의 나이는 비록 육순이 가까우나 무예가 출중하다고 하니, 운장이 이번 길에는 아무래도 적지 않은 군사들을 영솔하고 가야만 비로소 공을 이룰 것이오."

그러자 관우는 웃으며 대답했다.

"군사께서는 어찌하여 남의 예기는 말씀하고, 저의 위풍은 깎으십니까. 저는 다만 수하의 5백 명 교도수(校刀手)들만 거느리고 가서 황충과 한현의 수급을 베어다 바치겠습니다."

유비도 군사를 더 데리고 가라고 입이 아프게 권했으나, 관우는 끝끝내 듣지 않고 다만 5백 명의 교도수만 거느리고 떠났다.

노장 황충

장사 태수 한현은 성미가 급해 대수롭지 않은 일에도 사람을 잘 죽였으므로, 모두들 그를 꺼리고 미워했다. 그는 관우가 군사들을 거느리고 쳐들어온다는 보고를 듣자, 여러 장수들을 불러 놓고 급히 대책을 의논했다. 먼저 입을 연 사람은 황충이었다.

"주공은 조금도 심려하지 마십시오. 저의 칼과 활만 있으면 천 명이 오면 천 명이 모두 죽음을 당할 뿐입니다."

원래 황충은 천하에 드문 명궁(名弓)으로, 육순이 가까운 그 때까지도 능히 이석궁(二石弓)을 당기어 실로 백발 백중하는 터였다.

그런데 대답하는 한현의 표정이 떨떠름했다.

"글쎄…… 장군의 실력이야 잘 알지만, 이제 늙어서……."

그 때 양령이란 장수가 앞으로 썩 나서며 말했다.

"노장군께서 가실 것까지 없습니다. 관우는 제가 사로잡아 오겠습니다."

한현의 입이 길게 벌어졌다.

"하하하! 그래, 그대가 가면 관우와 상대가 되겠다!"

이윽과 양령과 관우가 맞붙은 곳은 장사성 밖 50리가 되는 들판이었다. 두 사람은 서로를 노려보며 달려들었지만, 채 세 번을 겨루지 못하고 양령의 몸은 두 조각이 되어 말 아래로 굴러 떨어졌다.

한현은 그 소식을 듣고 소스라치게 놀라며 몸을 떨었다.

"양령이 죽었다고? 아, 안 되겠다. 이제 믿을 사람은 황충밖에 없다!"

한현은 황충에게 명해 나가서 싸우게 하고, 자기는 몸소 성 위로 올라가 관전하기로 했다. 황충은 곧 수하의 5백 기를 거느리고 나는 듯이 성 밖의 조교(弔橋)를 건너갔다.

한 늙은 장수가 말을 달려 나오는 것을 보자, 관우는 그가 황충임을 짐작하고, 즉시 5백 교도수를 일자로 세운 다음에 청룡도를 빗겨잡고 한 마디 물었다.

"그대가 황충인가?"

황충이 대꾸했다.

"네 이름은 일찍부터 들었다. 어째서 남의 땅에 쳐들어왔느냐?"

"네 목을 가지러 왔다!"

"흥, 어림없는 소리!"

그런 말을 시작으로 두 사람이 맞붙었는데 과연 막상막하였다. 1백여 차례나 승부를 겨뤘지만 판가름이 나지 않자 한현은 혹시 황충이 실수하지 않을까 두려워 곧 제금을 쳤다. 황충이 성으로 들어가자, 관우도 성에서 10리 밖으로 물러나 하채했다. 관우는 속으로 가만히 생각했다.

'노장 황충은 과연 대단한 장수다. 나와 더불어 1백 합을 싸웠지만 조금도 파탄이 없지 않은가. 내일은 타도계(拖刀計)를 써서 그를 이기리라.'

이튿날 조반을 마친 관우는 다시 성 아래로 가서 싸움을 청했다. 한현이 성 위에 앉아서 황충에게 명해 나가 싸우게 했다. 황충은 곧 수백 기를 거느리고 말을 달려 성 밖으로 나갔다. 다시 관우와 더불어 어우러져 싸우기를 5,60합이나 계속했는데 역시 승부가 나지 않았다.

양편 군사들이 다 함께 갈채하며 북 소리가 바야흐로 빨라졌을 때, 관우가 갑자기 말을 돌려 달아났다. 황충이 그 뒤를 급히 쫓았다.

관우가 얼마쯤 말을 달리다가 바야흐로 타도계를 쓰려 할 때, 등 뒤에서 난데없는 소리가 들렸다. 급히 고개를 돌려보니 뜻밖에도 황충의 탄 말이 앞다리를 꿇었기에 황충이 땅 위에 굴러 떨어져 있었다.

관우는 말머리를 홱 돌려 곧 두 손으로 청룡도를 높이 치켜들고 목소리를 가다듬어 외쳤다.

"내가 특별히 너의 목숨을 붙여 주는 터이니, 빨리 돌아가서 말을 갈아타고 나오너라."

황충은 급히 말을 일으켜 세운 다음, 몸을 날려 올라타고 살처럼 성 안으로 달려 들어갔다. 한현이 물었다.

"네 활 솜씨가 백발백중인 터에 어찌하여 쏘지 않느냐?"

"내일 나가서 다시 싸울 때 거짓으로 패하여 그를 조교가로 유인한 뒤에 쏠까 합니다."

그러나 황충이 밖으로 나와서 가만히 생각하니, 관우의 의기(義氣)를 도저히 저버릴 길이 없었다.

'그가 나를 죽이지 않았는데, 내가 어찌 그를 쏘아 죽일 것인가. 그러나 만약에 쏘지 않는다면 장령을 어기는 것이니, 그것도 또한 어려운 노릇이 아니냐⋯⋯.'

그 날 밤에 황충은 마음을 정하지 못한 채 고민하다가 이튿날을 맞았다. 날이 밝자 사람이 들어와 보고하되, 관우가 또 성 아래에 와서 싸움을 청한다고 했다. 황충은 즉시 군사들을 거느리고 나갔다.

관우는 이튿째 황충과 싸워도 이기지 못해 마음이 초조한 터였기에 그 날은 더욱 위풍을 뽐내며 황충과 싸웠다. 서로 싸운 지 30여 합에 이르자 황충이 문득 말 머리를 돌려 달아났다. 관우는 곧 그의 뒤를 쫓았다.

황충은 어제 관우가 자기를 죽이지 않은 은혜를 생각하며 차마 활을 못 쏘고, 화살을 먹이지 않은 채 시위만 힘껏 당겼다가 놓았다. 관우가 시윗 소리를 듣고 급히 몸을 틀어 피했으나 날아오는 화살이 없었다.

다시 말을 급히 몰아 뒤를 쫓는데, 또 시윗 소리가 울렸다. 관우는 다시 몸을 급히 틀어 피했으나, 역시 화살은 보이지 않았다.

'아하, 저자가 활을 쏠 뜻이 없어 그러는구나.'

관우는 속으로 생각하며, 마음을 놓고 그의 뒤를 쫓았다. 조교 가까이 이르자 황충이 비로소 활에 살을 먹여서 쏘았는데, 시윗 소리와 함께 날아온 화살은 그대로 관우의 투구끈 위에 날아와 꽂혔다.

관우는 깜짝 놀라, 영채로 급히 돌아오며 그제야 노장 황충이 백 보 밖에서 버들잎을 꿰뚫는 재주를 가졌으면서도, 어제 자기가 그를 죽이지 않은 은혜를 생각하여, 그도 차마 자기를 죽이지 못하고 오직 투구끈을 맞춘 것임을 알았다.

관우가 군사들을 거두어 물러갔기에 황충이 성으로 올라가 한현을 보니, 한현은 곧 좌우를 돌아보며,

"저놈을 빨리 잡아 내려라!"

하고 호령했다. 황충이 크게 놀라,

"소장에게 무슨 죄가 있습니까?"

하고 한 마디 외치자, 한현은 더욱 노하여 소리를 가다듬어 꾸짖었다.

"내가 사흘 동안을 성 위에서 친히 보았는데도 네가 감히 나를 속이려 드느냐. 첫날 네가 힘껏 싸우지 않은 것이 벌써 딴 마음이 있어서였고, 어제 네 말이 앞굽을 끓고 넘어졌을 때 적장이 너를 죽이지 않았으니 그것도 이상하고, 오늘 네가 두 번이나 활 시위만 당기다가 세 번째 가서야 겨우 투구끈을 맞히고 말았는데, 그랬으면서도 그들과 내통

(內通)이 없었다고 변명을 하려느냐.”

꾸짖기를 마친 한현은 곧 도부수를 향해 추상같이 호령했다.

“이놈을 빨리 성문 밖으로 끌어내어다 참하여라.”

도부수의 무리가 황충을 성문 밖으로 끌고 나가 바야흐로 목을 베려할 때, 홀연히 한 장수가 칼을 휘두르며 그 곳으로 뛰어들어 도부수를 한 칼에 찍어 거꾸러뜨리고, 황충을 부축해 일으키며 크게 외쳤다.

“한현이 원래 천성이 잔인하고 어질지 못하여, 항상 착하고 능한 이를 업신여겨 오는 터이라, 이제 내 그를 죽여 장사를 편안케 하려 하니, 나와 뜻이 같은 자는 곧 내 뒤를 따라라!”

모든 무리가 그 사람을 보니, 얼굴은 무르익은 대추빛이고 눈은 샛별 같았다. 그는 바로 의양(義陽) 사람 위연(魏延)이었다. 위연이 손을 들어 한 번 부르자, 와- 하고 소리치면서 그를 따르는 자들이 수백 명이나 되었다. 황충이 나서서 막으려 했으나 혼자 힘으로는 그처럼 큰 형세를 당할 길이 없었다.

위연은 백성들의 앞에 서서 성 위로 뛰어 올라가자, 한현을 한칼에 베어 두 동강을 내고, 그의 수급을 들고 말에 올라 백성들을 이끌고 관우의 영채를 찾아가 항복했다.

위연의 항복을 받은 관우는 군사들을 이끌고 장사성 안으로 들어갔다. 그리고 제일 먼저 황충을 초청했으나 그는 병을 핑계로 오지 않았다. 관우는 고개를 끄덕거리며 혼잣말처럼 중얼거렸다.

"그렇겠지. 황충의 인품이라면 한현이 죽었다고 해서 쉽사리 적장에게 무릎을 꿇지는 않겠지……."

관우는 황충을 설득하는 것은 나중으로 미루고 일단 병사에게 시켜 유비와 공명에게 달려가 장사성을 점령했다고 알리도록 했다.

위연의 반골

그 무렵 유비와 공명은 군사들을 이끌고 장사로 가는 도중이었다. 그 때 문득 까치 한 마리가 날아와 세 번을 연달아 '까악까악'하면서 울어대더니 어디론지 사라져 버렸다. 유비가 호기심이 가득한 표정으로 공명에게 물었다.

"군사, 까치가 우는 것은 무슨 징조인가요?"

공명은 말을 탄 채 소매 속으로 점을 쳐 보고 나서 대답했다.

"주공, 기뻐하십시오! 장사는 이미 우리 손 안에 떨어졌고, 덩달아 훌륭한 장수도 한 명 얻었습니다. 오늘 오후면 좋은 소식이 있을 겁니다."

유비는 공명의 말을 듣고 흡족한 표정을 지었다. 그런데 그 날 점심을 지어 먹고 다시 출발을 서두를 때였다. 뽀얀 먼지를 일으키며 한 병사가 쏜살같이 말을 달려와 유비 앞에 엎드려 보고했다.

"관우 장군께서는 장사 땅과 더불어 장수 황충과 위연을 얻고 주공께서 오시기만을 기다리고 있습니다."

유비는 공명의 선견지명에 새삼스럽게 혀를 내두르며 발걸음을 재촉했다.

유비가 장사로 들어가니, 관우가 나와서 모시고 청상으로 올라가, 황충에 대한 일을 갖추어 말했다. 듣고 난 유비가 친히 황충의 집으로 찾아가서 서로 보기를 청하자 황충은 그제야 정식으로 항복했다.

유비가 황충을 환대하고 있을 때 관우가 위연을 데리고 들어와서 보였다. 공명은 위연을 보자 곧 도부수를 불러 당장, 끌어 내어다 참하라고 명했다. 유비가 깜짝 놀라며 물었다.

"위연은 공을 세운 사람인데 어찌하여 죽이려 하오?"

공명이 대답했다.

"주인의 녹(祿)을 먹었으면서 그를 죽였으니 그것은 불충이요, 자기가 살던 땅을 들어 남에게 바쳤으니 그것은 불의입니다. 더욱이 위연의 뇌후(腦後)에 반골(反骨)이 있어서 후일에 반드시 모반할 것이니, 아예 이 자리에서 죽여 화근을 끊어야 합니다."

유비가 말했다.

"만약 이 사람을 죽이게 되면, 앞으로 항복하는 무리들이 제각기 불안해하는 생각을 품게 될 것이니, 군사는 부디 그를 용서하여 주오."

공명은 손을 들어 위연을 가리키며 준엄하게 말했다.

"이제 네 목숨을 살려 주겠으니 너는 충성을 다하여 주공의 은덕에 보답하고, 행여 다른 마음을 품지 말아라. 만약에 두 마음을 품는 날에는 네 머리가 온전히 붙어 있지 못할 것이니 그리 알렷다!"

위연은 머리를 숙여 보이고는 밖으로 나갔다.

그런 일로 보아 공명은 관상(觀相)에도 조예가 깊었던 것으로 보인다. 그는 한 번 보고 위연의 뇌후에 반골이 있는 것을 알아냈고 그가 모반할 것을 예측했던 것이다. 과연 위연은 후에 공명이 죽자 모반을 일으켰다. 하지만 공명의 치밀한 생전의 계획에 의해 모반한 즉시 마대(馬岱)의 칼에 목이 떨어지고 말게 된다.

그리하여 네 고을을 모조리 손 안에 넣은 유비는 군사들을 거두어 형주로 돌아갔으며, 유강구를 고쳐 공안(公安)이라고 하였다.

그 때 유비가 차지한 땅은 양자강 남쪽에서도 땅이 기름지고 물자가 풍부하기로 유명한 노른자위 같은 땅이었다. 재물과 곡식은 흘러넘치고, 어진 선비들은 속속 모여들었으며, 장수들은 사방으로 나가 적의 침입에 대비했다. 일찍이 공명이 말한 것처럼 형주를 중심으로 한 발판이 마련된 것이다.

손권의 만용

유비가 기반을 마련했다는 소식을 들은 손권은 분통을 터뜨렸다.

"적벽 대전은 유비와 공명을 위한 싸움이었다. 싸움은 우리가 하고, 이익은 그들이 고스란히 챙기다니!"

병석에 누운 주유 역시 분하고 억울하기는 마찬가지였다.

"제갈공명, 기다려라…… 언젠가는 반드시 복수를 해 줄 테다!"

그 무렵 손권은 적벽 대전에서 승리한 기세를 몰아 조조와 영토를 마주 하고 있는 파릉과 한양·합비 등에서 치열한 싸움을 벌이고 있었다. 그런데 부하 한 명이 들어와서 편지를 건네며 입을 열었다.

"조조의 장수 장요가 싸우자는 편지를 보내왔습니다."

손권은 편지를 읽다가 말고 버럭 화를 냈다.

"건방진! 일개 장수가 감히 나에게 도전을 해? 오냐, 상대해 주겠다!"

그 날 밤 늦게 손권은 군사들을 거느리고 합비성을 향해 진격했다. 소식을 들은 장요도 군사들을 거느리고 마주 나아갔다. 이윽고 두 군대가 맞닥뜨린 것은 이튿날 오전 무렵이었다.

손권이 먼저 황금 투구와 황금 갑옷을 걸치고 달려나가자 장수 송겸과 가화가 그 뒤를 따랐다. 그들과 맞서기 위해 조조 측에서는 장요와 이전·악진이 각각 칼과 창을 꼬나쥐고 뛰쳐나왔다.

장요가 노린 것은 손권이었다. 그가 창을 내지르며 달려들자, 손권은 날쌔게 몸을 피하면서 자신의 창으로 장요의 창을 걸어냈다. 태사자가 손권을 도우러 온 것은 그 때였다.

"주공께서는 물러서십시오. 이놈은 제가 상대하겠습니다."

손권은 물러나고, 장요와 태사자의 싸움이 시작되었다. 그러나 두 사람은 무려 80여 차례나 겨뤘으나 승부가 나지 않았다. 멀찍이서 그 모습을 지켜보던 이전이 악진에게 말했다.

"황금 투구를 쓴 저 자가 손권이다. 손권만 잡으면 적벽 대전에서 죽은 우리 군사들의 원수를 갚을 수 있다."

악진이 그 말을 듣고 쏜살같이 달려나가 칼로 손권의 등을 내리치려는 순간, 호위하던 송겸과 가화가 창으로 가로막았다. 그 때였다.

"이런!"

손권은 가까스로 목숨을 살렸지만, 송겸과 가화의 창이 악진의 칼날에 자루만 남고 끊어져 버렸다. 상황은 다급해졌다. 송겸과 가화는 자루만 남은 창을 악진을 향해 집어던졌고, 악진은 급히 몸을 돌려 공격을 피했다.

이전은 그 광경을 고스란히 지켜보고 있었다. 보다 못한 그는 악진을 향해 달려드는 송겸의 가슴을 노리고 활시위를 당겼다.

"헉!"

송겸이 신음을 흘리며 말에서 굴러떨어졌다.

그 모습을 장요와 싸우던 태사자도 보았다. 태사자는 순간 사태가 불리하게 돌아감을 느끼고 장요를 버리고 자신의 진영으로 밀려 달아났다.

하지만 가만히 있을 장요가 아니었다.

"적이 겁을 집어먹고 도망친다! 기회를 놓치지 말고 바싹 추격하라!"

조조의 군사들이 함성을 지르며 달려들었고, 강동의 군사들은 크게 당황하며 뿔뿔이 흩어졌다. 그 순간에도 장요는 달아나는 손권의 뒤를 쫓고 있었다. 이윽고 장요와 손권의 거리가 불과 몇 발짝 남지 않았을 때 한 무리의 군사들이 뛰어들어 둘 사이를 가로막았다.

"어림없다! 네 따위가 감히 우리 주공의 털끝 하나 건드릴 것 같으냐?"

손권이 고개를 돌려 보니 이제 막 군사를 거느리고 도착한 정보였다. 그 때부터 상황은 완전히 뒤바뀌어 정보는 장요와 그의 군사들을 물리치고 무사히 손권을 구출해 진영으로 돌아갔다.

손권이 자신을 호위하던 장수 송겸이 죽은 것을 안 것은 진영으로 돌아가고 나서였다. 뒤늦게 그 같은 사실을 안 손권이 통곡을 하자, 모사 장굉이 다가와 차분한 목소리로 손권의 잘못을 꾸짖었다.

"주공께서는 젊은 기운만 믿고 적을 가볍게 여기시니 참으로 걱정스러운 일입니다. 전장에 나가 적의 목을 베고 용맹을 드날리는 것은 장수가 할 일이지 주공께서 하실 일이 아닙니다. 오늘 송겸을 잃은 것도 사실은 주공께서 적을 얕잡아보았기 때문입니다. 앞으로는 힘으로 다투는 어리석은 용기를 버리고, 장차 천하를 건질 계책을 생각하십시오."

손권은 너무나 부끄러워 차마 고개를 들지 못했다.

손권은 고개를 숙였지만 장요에게 쫓겨온 태사자는 수치심을 견딜 수 없었다. 그는 성큼 손권 앞으로 나아가 말했다.

"제 부하 중에 과정이라는 사람이 있는데, 그는 합비성의 마구간지기와 형제입니다. 그런데 그 마구간지기가 장요에게 억울한 꾸중을 듣고 원한을 품은 나머지 형인 과정에게 사람을 보냈는데, '성 안에 불을 지르는 것을 신호로 장요를 찔러 죽일 작정이니 강동의 군사들도 우리를 도우라'는 반가운 소식이었습니다. 제가 군사들을 거느리고 가서 그를 도와야겠습니다."

손권이 물었다.

"그럼 마구간지기의 형이라는 과정은 어디 있는가?"

"그는 벌써 적군으로 가장시켜 합비성으로 들여보냈습니다."

그 때 제갈공명의 형 제갈근이 나섰다.

"장요는 그렇게 쉽사리 당할 사람이 아닙니다. 보내서는 안 됩니다."

그래도 태사자는 고집을 부렸고, 송겸의 원수를 갚고 싶었던 손권은 짐짓 못 이기는 체하면서 승낙을 했다.

한편 태사자가 보냈다는 과정은 과연 합비성에서 마구간지기인 동생을 만나 상의했다.

"태사자 장군이 이 일을 알고 있으니 반드시 우리를 도와 줄 것이다. 그나저나 동생의 계획은 어떠한가?"

동생이 대답했다.

"이 마구간에서 장요가 있는 곳까지는 너무 멀기 때문에 무작정 달려들었다가는 자칫 실패하기 쉽소. 그러므로 오늘 밤에 내가 먼저 풀더미에 불을 지를 것이니, 형님은 돌아다니면서 반란이 일어났다고 외치시오. 그리하여 성 안이 발칵 뒤집히면 그 혼란을 틈타 장요를 찔러 죽일 것이오."

그 날 밤이 되었다. 승리를 거두고 돌아온 장요는 수고한 군사들을 일일이 위로한 뒤 한 가지 당부를 잊지 않았다.

"휴식을 취하되, 갑옷을 벗지 말고 잠도 자서는 안 된다!"

군사들이 어리둥절한 표정이 되면서 물었다.

"싸움에 이기고 강동 군사들도 멀리 달아났는데 어째서 그렇게 해야 합니까?"

"원래 전쟁터에서는 이겨도 기뻐하지 않고, 져도 슬퍼하지 않는 법이다. 만일 우리가 안심하고 방비를 게을리하는 사이에 적이 쳐들어오면 그 때 어떡할 것이냐? 오늘 밤에는 그 어느 때보다 경계를 늦추어서는 안 될 것이다."

말을 마친 장요가 막 뒤돌아서려 할 때였다.

"와아, 반란이다! 반란이 일어났다!"

함성이 일고, 불기둥이 솟았다. 크게 당황한 장요가 부하 장수들을 바라보며 말했다.

"성 안 사람들이 모두 반란에 가담하지는 않았을 것이다. 지금 들리는 소리는 일부 반역하는 무리들이 충동질하려고 꾸민 수작임에 틀림없다. 너희들은 소리치며 날뛰는 자들부터 잡아서 목을 베어라!"

그로부터 얼마 후 과정과 동생 마구간지기가 범인으로 지목되어 장요 앞에 무릎을 꿇었다. 장요는 그 두 사람을 고문해서 사정을 캐물은 다음 목을 베어 버렸다. 그 때 성 밖에서 북 소리와 요란한 함성소리가 들렸다.

장요는 코웃음을 치며 명령을 내렸다.

"멍청한 것들! 여봐라, 강동의 군사들이 도우러 온 것이

다. 나는 그들의 계책을 거꾸로 이용해서 적을 무찌를 것이
니, 성문을 열어 주고 불을 더욱 세게 질러라!"

성 밖의 태사자와 군사들은 영문도 모른 채 성문이 '덜
컹'하고 열리는 순간 자신들의 계획이 들어맞은 것으로 착
각하고 물밀듯이 안으로 쏟아져 들어왔다.

그 때였다. '펑! 펑!'하는 요란한 포 소리와 함께 빗발치
듯 화살이 날아들었다. 소스라치게 놀란 태사자는 황급히
말을 돌려 도망치려 했다. 하지만 그 때는 이미 그의 등에
도 서너 대의 화살이 꽂혀 있었다.

태사자의 계획은 완전한 실패로 돌아갔다. 뿐만 아니라
그는 부하들의 손에 겨우 구출되어 진영으로 돌아왔으나
이미 살아날 가망이 없었다. 독화살을 한 대도 아니고 여러
대 맞았기 때문이었다.

한동안 가쁜 숨을 몰아 쉬며 가슴을 헐떡거리던 태사자
가 까맣게 타들어가는 입술을 열어 신음하는 것처럼 내뱉
었다.

"대장부가 어지러운 세상에 태어났으면…… 마땅히 3천
근의 칼을 잡고…… 천하를 구해야 하거늘…… 그 뜻을 이
루지 못하고…… 원통해서 어찌 죽는단 말인가……."

그 말을 끝으로 태사자는 숨을 거두었다. 그 때 그의 나
이는 41세였다.

태사자가 죽자 손권은 그를 성대히 장사 지내는 한편 군
사들을 거두어 양자강 너머로 철수했다.

태사자의 죽음과 손권이 양자강 너머로 군대를 철수시켰다는 소식은 형주의 유비에게도 전해졌다. 유비는 곧 공명을 불러 장래의 일을 의논했다.

"앞으로 천하 정세가 어떻게 돌아가겠소?"

"당분간 큰 변화는 없을 것입니다. 그보다 어젯밤에 하늘을 바라보다가 문득 북서쪽의 별 하나가 떨어지는 것을 보았습니다. 북서쪽이라면 황족의 별입니다. 아마도 황족 중 어느 한 분이 세상을 떠난 것 같습니다."

유비는 깜짝 놀라는 표정을 지어 보였다.

"그래요? 황족의 별이라면 누굴까……."

그 때 병사 한 명이 다급한 목소리로 외치며 들어왔다.

"양양성에서 온 소식입니다. 유기 공자께서 세상을 떠났다고 합니다."

"뭐, 뭣이라고? 이럴 수가……!"

유비는 조카뻘 되는 유기가 죽었다는 소식을 듣자마자 통곡을 했다. 공명은 유비가 슬퍼하는 모습을 보다 못해 위로의 말을 건넸다.

"고정하십시오, 주공. 예부터 살고 죽는 것은 하늘이 정하는 것인데 너무 슬퍼하시어 몸이 상하게 되시지 않을까 걱정되옵니다."

유비는 눈물에 젖은 얼굴로 더듬거리며 대꾸했다.

"내 몸이야 무슨 상관이 있겠소만…… 앞으로 이 일을 어떡하면 좋소?"

"우선 주인 없는 양양성에 급히 사람을 보내 그 곳을 지키도록 해야 합니다. 남의 불행을 틈타 제 뱃속을 채우려는 사람은 항상 있으니까요."

"그도 그렇소. 하지만 도대체 누구를 보낸단 말이오?"

"그 일을 맡을 사람은 관우 장군밖에 없습니다."

유비는 급히 관우를 불러서 명령을 내렸다.

"유기가 죽었으니 동생이 양양성을 맡아서 잠시 다스려 주오."

관우는 그 길로 적토마를 타고 늠름하게 떠나갔다.

때는 건안(建安) 14년 1월이었다. 유비의 감 부인(甘夫人)이 죽었는데, 그 소식을 들은 주유가 반색을 하며 노숙에게 말했다.

"이제 형주는 우리 것이 된 것이나 다름없소. 계책을 써서 형주를 손에 넣고 말겠소."

노숙은 어리둥절한 표정으로 물었다.

"그 계책이 무엇이오?"

"우리 주공에게 여동생이 한 명 있질 않소? 이제 유비가 홀아비가 되었으니, 나는 그 두 사람을 결혼시킨다는 핑계로 유비를 강동으로 불러들여 감옥에 처넣은 다음에 형주와 맞바꾸자고 할 것이오. 어떻소, 내 생각이?"

"글쎄요…… 원래 시집은 여자가 남자한테 가는 것인데 유비가 과연 우리에게 올까요?"

"유비를 이 곳으로 데리고 오는 문제는 주공의 어머니인 오 부인을 내세우면 되오. 오 부인이 막내딸을 특별히 사랑하기에 자신이 보는 데에서 결혼하기를 바란다고 하면 아마 유비도 올 것이오."

유비는 아내를 잃었기에 밤낮없이 깊은 시름에 잠겼는데, 하루는 공명과 더불어 세상 돌아가는 이야기를 나누고 있었다. 그 때 시종 한 사람이 들어와서 보고했다.

"강동에서 여범이란 사람이 왔습니다."

보고를 들은 유비가 의아해하는 표정을 짓자 공명이 웃으며 말했다.

"형주 땅 때문에 주유가 잔꾀를 부리려는 것 같습니다. 저는 병풍 뒤에 숨어서 엿들을 것이니, 주공께서는 사신이 뭐라고 하든 고개만 끄덕이며 대답은 나중으로 미루십시오."

이윽고 여범이 들어와 찻상을 사이에 두고 유비와 마주 앉았다. 유비가 먼저 입을 열었다.

"그래, 형주 땅에는 무슨 일로 오셨소?"

"이번에 황숙께서 사랑하는 부인을 잃으셨다길래 중매를 서려고 왔습니다. 우리 주공께서는 황숙께서 당하신 일을 마음 아프게 생각하시어 아끼는 여동생과 짝을 맺기를 바라고 계십니다."

유비는 공명의 말대로 선뜻 결정을 내리지 않았다.

"말은 고맙습니다만 내 나이가 많아서…… 일단은 숙소로 돌아가 쉬시오. 대답은 내일 해 주겠소."

여범이 돌아가자, 공명이 병풍 뒤에서 나와서 말했다.

"주공께서는 결혼을 승낙하십시오. 여범이 돌아갈 때 손건을 딸려 보내어 혼인이 성립되면 강동으로 가서 결혼을 하십시오."

유비는 울상을 지었다.

"이번 일은 주유가 나를 죽이려고 꾸민 계책인데 어떻게 위험한 곳으로 간단 말이오?"

공명이 자신만만하게 웃었다.

"주유가 잔꾀를 부리지만 저는 주유의 계책을 거꾸로 이용해서 주공으로 하여금 젊고 아리따운 새 부인도 얻고 형주 땅도 지키게 할 것이니 걱정 말고 다녀오십시오."

유비는 그제야 안심하고 여범이 돌아가는 길에 신하 손건을 딸려 보내 결혼 문제를 상의하도록 했다.

그로부터 10여 일이 지나자 손건이 돌아와서 보고했다.

"손권은 주공께서 장가들러 오시기만을 바라고 있습니다. 원래 결혼은 여자가 남편 될 사람에게 가서 하는 것이 도리이지만, 손권의 어머니 오 부인이 딸의 결혼식을 보고 싶으나 늙어서 형주 땅까지는 올 수 없으니 강동으로 와서 하라는 것입니다."

공명이 고개를 끄덕거리며 입을 열었다.

"모두가 예상대로입니다. 주공께서는 조자룡을 데리고

편안한 마음으로 다녀오십시오. 자세한 계책은 그에게 일러
두겠습니다."

잇달아 조자룡을 부른 공명이 말했다.

"그대는 내가 가장 아끼는 장수다. 이번에 주공을 모시
고 강동으로 가되, 이 비단 주머니 세 개를 가지고 가라.
세 주머니 속에 각각 하나씩의 지시가 들어 있으니, 위험한
일이 닥칠 때마다 순서대로 풀어 보라."

유비는 조자룡과 군사들 500명을 데리고 강동으로 향하
는 뱃길에 올랐다. 조자룡은 그 배 위에서 공명이 건네 준
첫 번째 주머니를 풀어 보았다.

「강동으로 가거든 먼저 자신의 두 딸을 손책과 주유에게
시집보낸 교씨 자매의 아버지 교국로를 만나라. 그에게 선
심을 베풀어 우리 편으로 끌어들인 다음, 이어서 오 부인의
마음을 얻어라.」

공명의 지시대로 유비는 강동에 도착하는 즉시 갖은 금
은보화를 군사들에게 짊어지게 해서 교국로를 찾았다. 그에
게 사연을 자세히 말하고는 가져온 금은보화를 바치자 교
국로는 매우 흡족해했다.

그 다음으로 데리고 온 군사들을 풀어 소문을 퍼뜨렸다.

"유 황숙이 장가들러 강동으로 왔단다! 손권의 여동생과
결혼한단다!"

조자룡이 데리고 온 군사들이 시장을 돌아다니며 물건을 사는 한편으로 소문을 퍼뜨리자 두 사람이 결혼한다는 사실은 강동 백성치고 모르는 사람이 없게 되었다.

한편 유비에게 갖은 선물을 받은 교국로는 결혼을 축하하기 위해 사돈인 오 부인을 찾았다.

"막내딸을 시집보내게 되었으니 얼마나 기쁘십니까?"

교국로의 말에 오 부인의 눈이 동그레졌다.

"아니, 그게 무슨 말씀입니까?"

"따님과 유 황숙이 결혼한다는 것은 강동 백성들이 다 아는 사실인데 어째서 시치미를 떼십니까?"

"뭐라구요? 나는 정말 모르는 일입니다."

오 부인은 즉시 아들 손권에게 사람을 보내 사실인지 아닌지를 알아 보도록 하는 동시에 길거리에도 사람을 보내 백성들도 사실을 알고 있는지 알아 오도록 했다. 얼마 후, 길거리로 나갔던 사람들이 돌아와서 보고했다.

"사실이었습니다. 유 황숙은 숙소에서 쉬고 있으며, 데리고 온 군사들은 결혼 준비로 바쁘다고 합니다."

오 부인은 손을 부들부들 떨며 통곡했다. 그 때 손권이 허둥지둥 달려와서 물었다.

"어머니, 어째서 그렇게 슬피 우십니까?"

"네가 나를 이렇게 업신여길 줄은 몰랐다. 어떻게 나도 모르게 네 여동생을 시집보낸단 말이냐? 어찌 이럴 수가……."

손권이 당황하며 변명을 했다.

"어머니, 그것은 오해입니다. 이것은 다만 주유가 꾸민 계책일 뿐입니다. 결혼을 핑계로 유비를 불러들여 형주와 맞바꾸자고 해서 말을 듣지 않으면 죽일 작정이었지, 참으로 여동생과 혼인시킬 계획은 아니었습니다."

그 말에 오 부인은 더욱 화를 냈다.

"뭐라구? 이런 옹졸한 놈들 같으니! 나와 네 아버지는 맨손으로 드넓은 강동 땅을 얻었는데, 그래 너희들은 고작 형주 땅 하나를 차지하지 못해서 동생을 팔아먹는단 말이냐? 더군다나 유 황숙을 죽이겠다니? 그를 죽이면 네 여동생은 시집을 가기도 전에 과부가 되는데 그렇게 되어도 좋단 말이냐!"

교국로도 그 대목에서는 발끈했다.

"여동생을 팔아먹어 형주 땅을 차지한다고 해도 천하 사람들의 웃음 거리가 되는 것은 어떡할 작정인가?"

손권은 얼굴을 붉히며 대답했다.

"아무리 그러셔도 유비와 여동생은 나이 차이가 너무 많아서……."

"유 황숙은 영웅 호걸이니, 나이 차이가 난다고 해도 여동생과 크게 부끄러울 것은 없을 것이오."

교국로의 말을 받아 오 부인이 매듭을 지었다.

"길게 이야기할 것 없다. 내일 감사로 절에서 내가 직접 유 황숙을 만나 보겠다. 그 때 내 마음에 들지 않으면 너희들이 그를 어떻게 해도 상관하지 않겠지만, 만일 내 마음에 들면 네 여동생을 유 황숙에게 시집보낼 것이다."

손권은 소문난 효자였다. 그는 어머니의 말에 한 마디 대꾸도 하지 못하고 자리에서 물러나와 여범에게 귓속말로 속삭였다.

"내일 감사로 절에 도끼를 든 병사 300명을 숨겨 두어라. 만일 어머니가 유비를 싫어하는 눈치가 보이면 유비를 죽여 버려라."

다음 날, 감로사 절에서는 손권이 여러 신하와 장수들을 거느리고, 오 부인과 교국로가 참석한 가운데 장래 사윗감을 보기 위한 잔치가 열렸다.

유비는 완전 무장한 조자룡과 군사 5백 명을 거느리고 손권에게 눈인사를 나눈 다음 오 부인을 만났다. 그런데 오 부인은 유비를 보자마자 환한 웃음을 지으며 교국로에게 말을 건넸다.

"참으로 늠름한 사윗감이오."

교국로도 맞장구를 쳤다.

"유 황숙은 천하에 널리 의로움을 펴는 사람입니다. 이런 훌륭한 사윗감을 얻었으니 얼마나 기쁘시겠습니까!"

그 때 오 부인이 유비에게 물었다.

"유 황숙을 호위하고 있는 장수는 누구요?"

"조운이라고 합니다."

그 말에 오 부인이 감탄했다.

"조운이라면 장판교 싸움 때 혼자서 아두를 구했다는 그 용감한 장수가 아니오?"

오 부인은 조운에게 술을 따라 주었다. 그 때 조자룡이 유비에게 귓속말을 했다.

"지금 절 곳곳에 도끼를 든 병사들이 좍 깔렸습니다. 오 부인께 말해서 물러가게 하지 않으면 목숨이 위험합니다."

그 말을 듣자마자 유비는 오 부인 앞에 엎드려 통곡을 했다.

"저를 죽이려거든 차라리 이 자리에서 죽여 주소서!"

오 부인이 깜짝 놀라며 물었다.

"아니, 갑자기 그게 무슨 말이오?"

"지금 절 곳곳에 도끼를 든 병사들 수백 명이 숨어 있다고 하니 저를 죽이려는 것이 아니면 무엇이겠습니까?"

순간 오 부인의 눈길이 아들 손권에게로 향해졌다.

"네 이놈! 손님에게 이 무슨 고약한 짓이냐? 썩 물리지 못하겠느냐!"

손권은 자신도 몰랐다는 듯이 시치미를 떼며 밖으로 나가 군사들을 돌려보냈다.

이윽고 잔치도 끝났기에 유비에게는 무사히 결혼식을 치르고 형주로 돌아가는 일만 남게 되었다. 그는 감로사 뒤뜰을 거닐다가 문득 널따란 바위 하나를 발견하고는 칼을 뽑아 들었다.

'바라건대 이 유비가 무사히 형주로 돌아갈 수 있다면 단

칼에 이 바위가 두 조각이 나게 하소서.'

마음 속으로 기원하기를 끝낸 유비는 힘껏 바위를 내리쳤다.

그랬더니 칼과 바위가 부딪쳐 불꽃이 튀면서 바위가 거짓말처럼 두 조각으로 갈라졌다. 마침 손권이 뒤에서 물끄러미 그 모습을 지켜보다가 물었다.

"황숙께서는 바윗돌에 무슨 불만이라도 있습니까?"

유비는 화들짝 놀라며 거짓말을 둘러댔다.

"별것 아닙니다. 내가 역적 조조를 물리칠 수 있다면 이돌을 내리치는 즉시 갈라지게 하소서, 하고 마음 속으로 말하며 내리쳤더니 과연 이렇게 되었습니다. 하하!"

손권은 유비가 거짓말을 하는 줄 알면서도 모른 체하며 맞장구를 쳐 주었다.

"좋습니다! 그럼 나도 조조를 물리칠 수 있는지 시험해 보겠습니다."

그러나 말을 마친 손권은 마음속으로 이렇게 빌었다.

'형주를 빼앗아 강동이 크게 번영할 수 있다면 두 쪽으로 갈라져라.'

그와 동시에 손권이 칼을 내리치자 이번에도 바위는 두 쪽으로 갈라졌다.

그 때 유비와 손권이 각각 내리쳐서 열 십(十)자로 갈라진 바위는 오늘날에도 감로사에 가면 그 흔적이 남아 있다고 한다.

유비의 결혼식을 화려하게 치른 손권의 가슴속은 부글부글 끓어올랐다.

'형주는 빼앗지 못하고 아까운 여동생만 저 늙은이에게 주는구나!'

그 때 주유로부터 한 통의 편지가 날아왔다.

「포기하기는 아직 이릅니다. 유비는 원래 돗자리나 팔던 가난한 사람이었던 데다가 나중에는 전쟁터만 돌아다녔기에 호화로운 삶을 알지 못합니다. 그에게 좋은 집과 맛있는 음식을 주면 그는 그것에 빠져 형주로 돌아갈 생각을 잊을 겁니다. 그를 강동에 묶어 두고 형주를 공격하면 충분히 이길 수 있습니다.」

주유의 예상은 그대로 들어맞았다. 손권이 커다란 저택에 값진 가구와 금은보화를 가득 채우고, 날이면 날마다 하인들로 하여금 기름진 음식을 만들어 주도록 하자 유비는 그 해가 다 저물 때까지 형주로 돌아갈 생각을 하지 않았다.

조자룡은 말도 못하고 속만 태우다가 뒤늦게 제갈공명이 준 두 번째 주머니를 열어 보고 무릎을 쳤다.

'과연 공명 군사는 귀신같은 분이시다!'

그 길로 유비 앞으로 달려간 조자룡은 말했다.

"방금 공명 군사로부터 연락이 왔는데, 조조가 적벽 대전에서 진 원수를 갚기 위해 군사들 50만 명을 거느리고 형주로 쳐들어오고 있다고 합니다!"

유비는 소스라치게 놀라며 이제는 손씨 부인이 된 아내에게 말했다.

"들었소, 부인? 조조가 쳐들어온다고 하니 급히 형주로 돌아가야겠소."

그 때 유비의 부인이 된 손권의 여동생은 얼굴은 아름다웠지만 어릴 때부터 여자의 몸으로 무예를 즐긴 활달한 성격을 가지고 있었다. 그녀는 두 눈을 빛내며 유비에게 말했다.

"저는 이제 황숙님의 아내입니다. 형주로 가신다면 저도 따라가겠습니다."

하지만 유비는 이맛살을 찌푸리며 고개를 저었다.

"고마운 말이지만 오빠인 손권이 보내 주지 않을 것이오."

그 말에 손씨 부인이 한동안 생각에 잠겼다가 입을 열었다.

"저에게 좋은 생각이 있습니다. 정월 초하룻날 어머니께 세배를 드린 뒤 황숙님께서는 강변으로 나가 조상님께 제사를 드려야겠다고 말씀하십시오. 그 틈을 이용해 재빨리 형주로 달아나면 됩니다."

유비는 아내를 얼싸안으며 말했다.

"과연 훌륭한 생각이오! 내가 죽는 날까지 그대의 고마움을 잊지 않겠소!"

마침내 정월 초하루가 되었다. 유비는 조운으로 하여금
미리 군사들을 거느리고 강변으로 나가 대기하도록 한 후,
오 국태를 찾아가 세배를 드렸다. 그 때 손씨 부인이 어머
니에게 말했다.

"황숙은 조상의 무덤이 북쪽 탁현에 있는데, 오늘은 강
변으로 나가 고향 하늘을 우러러보며 제사를 지내고 싶다
고 하니 부디 허락해 주십시오."

오 국태는 깊이 고개를 끄덕였다.

"조상을 섬긴다는데 어찌 승낙하지 않을 수 있겠소. 어
서 가시오."

그 길로 유비와 손씨 부인은 한달음에 강변으로 달려가
기다리고 있던 조자룡과 군사들의 호위를 받으며 형주로
도망치기 시작했다.

손권이 그 일을 안 것은 유비가 도망치고서 한참이나 지
나서였다. 설을 맞아 낮술을 마시고 잠들었던 그가 눈을 떴
을 때 모사 장소가 들어와 말했다.

"큰일났습니다. 유비가 손 부인을 데리고 도망쳤다고 합
니다."

"뭣이라구!"

그는 급히 장수 진무와 반장을 불러서 말했다.

"밤낮을 가리지 말고 유비를 뒤쫓아가서 반드시 잡아오
라!"

손권은 그래도 화가 풀리지 않았던지 책상에 놓은 옥 벼루를 냅다 집어 던져 산산조각을 냈다. 그 때 장소가 이맛살을 찌푸리며 말을 걸었다.

"두 사람이 달려가기는 했지만 유비를 잡아오지는 못할 겁니다."

손권은 버럭 소리를 질렀다.

"뭐라구! 어째서?"

"손 부인은 어릴 때부터 무예를 좋아해 성격이 활달하고 꼿꼿하기 때문에 장수들도 두려워합니다. 더욱이 이제 유비와 함께 살기로 작정하고 떠난 것 같으니, 진무와 반장이 유비를 사로잡으려 해도 손 부인이 한 번 꾸짖으면 그대로 돌아올 수밖에 없을 겁니다."

손권은 장소의 말에 아무런 대꾸도 못한 채 장흠과 주태, 두 장수를 불러 허리에 찼던 칼을 끌러 주며 말했다.

"이 칼을 가진 사람은 나 이외의 명령을 들을 필요가 없다. 너희들은 이 칼을 갖고 가서 유비의 목을 베어라."

명령을 받은 두 장수는 군사 1천 명을 이끌고 유비의 뒤를 추격했다.

유비 일행은 그 날 밤을 거의 뜬눈으로 새우다시피 하며 말을 달렸다. 그런데 다음 날 새벽 무렵이 되었을 때, 뒤에서 요란한 함성과 함께 자욱한 먼지를 일으키며 군사들이 뒤쫓아왔다. 당황한 유비에게 조자룡이 말했다.

"주공께서는 먼저 가십시오. 제가 뒤를 맡겠습니다."

그 말을 듣고 유비와 손씨 부인이 앞장서 달리는데, 이번에는 앞에서 한 무리의 군사가 불쑥 나타나 길을 막으며 소리쳤다.

"유비는 말에서 내려 무릎을 꿇어라! 주유 사령관의 명령을 받고 이 곳에서 너를 기다린 지 오래다!"

주유의 부하 장서 서성과 정봉이었다. 그들은 혹시 유비가 도망칠 것을 염려한 주유의 명령을 받고 이미 오래 전부터 군사 3천 명을 거느리고 길목을 지키고 있었던 것이었다.

유비는 소스라치게 놀라며 왔던 길을 되돌아 조자룡에게로 달려갔다.

"앞에는 주유의 군사들, 뒤에는 손권의 군사들이 길을 가로막고 있으니 어쩌면 좋겠소?"

조운이 침착하게 대답했다.

"주공께서는 진정하십시오. 공명 군사의 주머니가 아직 하나 남아 있으니, 일단 그것을 열어 보고 결정해야겠습니다."

조운이 마지막 세 번째 주머니를 유비에게 바치자, 유비가 주머니를 열어 보고 중얼거렸다.

"아내에게 부탁을 하라고…… 과연 공명 군사로다!"

그 길로 손씨 부인이 탄 수레 앞으로 달려간 유비는 눈물로 하소연했다.

"부인…… 실은 그대의 오빠 손권이 나를 강동으로 부른 것은 부인을 시집보내기 위해서가 아니라 나를 미끼로 형주를 빼앗으려는 계책이었소…… 그런데 이제 주유가 보낸 서성과 정봉이 앞을 가로막으니 부인이 도와 주지 않으면 나는 살아날 길이 없소……."

그제야 사정을 알게 된 손씨 부인이 발끈 화를 냈다.

"여동생을 팔아 형주를 얻으려 하다니! 걱정 마십시오. 서성과 정봉은 제가 타일러서 돌려보내겠습니다."

그 길로 서성과 정봉 앞으로 달려간 손 부인은 불호령을 내렸다.

"너희들이 감히 나에게 반역을 할 셈인가?"

서성과 정봉은 급히 말에서 내려 무기를 버리고 엉거주춤하면서

"반역이라니요? 저희들은 다만 주유 사령관의 명령을 받고……."

"너희들은 주유는 무섭고 나는 무섭지 않단 말인가? 유비 장군은 황숙이시자 나의 남편이시다. 내 이미 어머님과 오빠에게 허락을 받고 떠나는 몸이거늘 썩 물러나지 못하겠느냐?"

"저, 정말 허락을 받았습니까?"

"물론이다! 비키지 않으면 너희들은 물론이고 주유의 목도 벨 것이다!"

서성과 정봉이 우물쭈물하는 사이에 유비 일행은 쏜살같

이 앞으로 내달렸다. 그로부터 얼마 후, 뒤에서 쫓아오던 진무와 반장이 서성과 정봉 앞에 들이닥치며 물었다.

"아니, 어째서 유비를 그냥 보냈소?"

"주공의 허락을 받았다길래……."

"허락은 무슨 허락! 우리는 주공의 명령으로 유비를 잡으러 온 것이오!"

그리하여 서성, 정봉, 진무, 반장, 네 장수가 군사들을 합쳐 유비 일행의 뒤를 부리나케 쫓아갔다. 얼마 도망치지도 못하고 또다시 적의 추격을 받자 손씨 부인이 유비에게 말했다.

"황숙님은 먼저 가십시오. 제가 조자룡과 함께 저들을 돌려보낸 뒤 곧 뒤쫓아 가겠습니다."

유비는 군사들 3백 명을 거느리고 앞서 달려가고, 조운은 손씨 부인의 수레 곁에 말을 세우고 뒤쫓아 오는 적들을 기다렸다. 이윽고 그들이 들이닥치자 손씨 부인이 매서운 목소리로 다그쳤다.

"진무와 반장은 무슨 일로 왔는가?"

"저희들은 주공의 명령을 받고 부인과 유비를 모시러 왔습니다."

"나는 이미 결혼한 몸이다. 어머님의 허락을 받고 남편을 따라 형주로 가는 길인데, 배웅은 못할망정 길을 막다니?"

"주공의 명령이라 저희들도 따를 수밖에 없습니다."

"흥! 네까짓 놈들이 오빠와 나 사이를 이간질시키려는 모양이구나. 살고 싶으면 썩 돌아가지 못할까!"

서슬 퍼런 손씨 부인의 기세에 눌린 데다가 조운이 두 눈을 부릅뜨고 노려보자 네 장수는 슬그머니 꼬리를 내렸다.

유비 일행이 떠나가고 그 자리에 남은 서성, 정봉, 진무, 반장, 네 장수는 돌아갈 일이 캄캄했다. 손권에게 어떻게 보고해야 할지를 몰라 한참을 망설이고 있을 때 한 무리의 군사들이 바람을 일으키며 달려왔다.

"유비 일행을 보지 못했소?"

장흠과 주태였다. 네 장수가 한목소리로 대답했다.

"얼마 전에 이 곳을 지나갔소."

"아니, 보았으면 잡아야지 왜 그냥 보냈소?"

네 장수가 손씨 부인과의 사이에서 있었던 일을 설명하자 장흠과 주태가 화를 냈다.

"그럴 줄 알고 주공께서 직접 칼을 내리셨소. 이 칼로 유비의 목을 베라고 말이오!"

"그렇다면 이 일을 어떡하오? 다 잡은 유비를 놓쳐 버렸으니……."

"아직 멀리는 가지 못했을 것이오. 서성과 정봉, 두 사람은 주유 사령관께 가서 사실을 보고하시오. 우리들은 유비의 뒤를 바싹 추격하겠소."

그 말에 따라 서성과 정봉은 급히 주유에게 보고하기 위해 달려가고, 장흠, 주태, 진무, 반장, 네 사람은 강 언덕을 따라 허겁지겁 말을 몰았다.

한편 도망치던 유비 일행은 가까스로 나루터에 도착했으나 강에는 배 한 척 보이지 않았다.

"빨리 배를 찾아 보아라!"

유비는 초조한 마음으로 소리쳐 말했지만 조운의 태도는 느긋했다.

"주공께서는 이제 호랑이 굴에서 벗어나와 우리 형주 땅 가까이에 왔습니다. 공명 군사께서 대책을 마련해 두었을 것이니, 너무 걱정하지 마십시오."

말을 마친 조운이 부하들과 더불어 강을 건널 배를 찾고 있을 때 병사 한 명이 입에 거품을 물고 달려와 유비 앞에 넙죽 엎드렸다.

"크, 큰일났습니다! 저 뒤에서 군사들이 새까맣게 몰려오고 있습니다!"

유비가 놀란 눈으로 뒤를 돌아보니 과연 말에 탄 많은 군사들이 자욱한 먼지를 일으키며 달려오고 있었다.

"형주를 눈앞에 두고 꼼짝없이 죽었구나!"

강동 군사들의 함성은 점점 가까워지고, 유비는 두 다리에 힘이 빠져 그 자리에 풀썩 주저앉았다. 조운의 커다란 목소리가 들린 것은 바로 그 때였다.

"주공께서는 이제 안심하십시오! 저기 배가 오고 있습니다!"

그 말에 유비가 자리에서 벌떡 일어나 강물 위를 바라보았다. 과연 순풍에 돛을 단 20여 척의 배가 빠른 속도로 다가오고 있는데, 그 맨 앞에서 날아갈 것처럼 학창의를 나풀거리며 웃음을 머금은 사람은 제갈공명이었다.

"오, 공명 군사가 또다시 나를 살렸구나!"

유비 일행은 배가 나루터에 닿기도 전에 강물 속으로 뛰어들어가 뱃전에 올라탔다. 그 모습을 잠자코 지켜보던 공명이 말했다.

"결혼을 진심을 축하드립니다, 주공!"

유비는 감격의 눈물을 흘리며 제갈공명을 부둥켜안았다.

강동의 군사들이 나루터에 들이닥친 것은 그 무렵이었다.

"잠깐, 기다리시오!"

장흠과 주태가 손권의 칼을 높이 쳐들며 발을 동동 굴렸다. 하지만 공명은 뱃전에서 그들을 바라보며 비웃음만 날렸다.

"하하하! 돌아가서 주유에게 전해라. 다시는 여자를 미끼로 잔꾀를 부리지 말라고 말이다……."

미끼 속의 미끼

손권의 매씨(妹氏)와 혼례를 치른 유비는 의도적으로 손유(孫劉) 양가의 유대가 돈독함을 천하에 과시했다.

한편, 시상구로 돌아간 주유는 생각할수록 분했다. 어떻게 해서든 형양을 도로 빼앗아 설욕하고 싶은 일념에 잠을 이룰 수가 없었다. 손권도 또한 유비에게 이용만 당했다는 생각과 함께 유비의 세력이 점점 커지는 것이 불안했다.

때마침 주유가 글을 올려, 유비를 쳐서 한을 풀고 우환을 없애라고 권했다. 손권이 곧 정보로 도독을 삼아 군대를 일으켜 형주를 빼앗으려고 하자, 장소가 나서서 간했다.

"옳지 않습니다. 조조가 밤낮으로 적벽의 원한을 풀고자 하면서도 감히 군대를 일으키지 못하는 것은 오직 손유 양가에서 마음을 같이하여 자기를 당할까 두렵기 때문인데, 이제 만약 주공께서 서로 탄병하려 드신다면, 조조가 반드시 그 틈을 타서 우리를 치러 올 것이니, 그리 되면 나라 형세가 자못 위태로워질 것입니다."

고옹도 또한 나서서 말했다.

"허도에서 보낸 세작이 어찌 이 곳에 없겠습니까. 만약 손씨와 유씨 양가가 화목하지 못한 것을 알게 되면, 조조가 필연코 사람을 보내어 유비와 결탁하려 들 것이고, 유비도 동오를 꺼리게 되면, 반드시 조조에게로 붙을 것이니, 그렇게 되면 강동이 하루라도 편안할 날이 없을 것입니다. 저의 생각에는 곧 사람을 허도로 보내서 유비를 표주하여 형주목(荊州牧)으로 삼도록 하는 것이 좋겠습니다. 조조가 알면 반드시 두려워하여 감히 군사들을 내지 못할 것이고, 또한 유비도 주공이 베푼 은혜에 사례할 것이니, 그렇게 한 뒤에 은밀히 반간계(反間計)를 써서 조조와 유비가 서로 치게 만들고, 우리는 그 틈을 엿보아 차차 도모하는 것이 상책일까 합니다."

손권은 고개를 끄덕이고 즉시 화흠으로 사자를 삼아 허도로 보냈다.

화흠이 명을 받고 허도로 갔다. 이 때 조조는 모든 신하를 업군에 모아 놓고, 동작대(銅雀臺)를 경상(慶賞)한다고 했다. 때문에 화흠은 다시 허도를 떠나 업군으로 갔다.

반간계

조조는 적벽 싸움에서 크게 패한 뒤부터 항상 원수를 갚으려고 했다. 하지만 손권과 유비가 동심이 되어 협력할 것이 두려워서 감히 움직이지 못하고 있었다.

그 때 사람이 들어와서 보고하기를, 동오에서 화흠을 보내 유비를 형주 목으로 표주한다고 말했다. 또 손권이 저의 누이를 이미 유비에게 시집보냈고, 다시 한상(漢上)의 아홉 고을이 태반이나 유비의 손 안에 들어갔다고 했다.

정욱이 곁에 있다가 말했다.

"손권이 본래 유비를 꺼려했기에 곧 군대를 일으켜 그를 치고는 싶으나, 다만 승상께서 그 틈을 타 저희를 치실까 두려워, 화흠을 보낸 것입니다. 그리하여 첫째는 유비를 표천함으로써 유비의 마음을 편안케 하고, 둘째는 손유 양가가 화목한 것을 승상께 보여 승상으로 하여금 강남을 바라보지 못하시게 하기 위함입니다."

"옳은 말이오."

조조가 고개를 끄덕이자 정욱은 다시 말을 이었다.

"동오에서 믿는 자는 오직 주유이고 주유는 또한 성격이 칼날 같으니, 승상께서는 이제 주유를 표주하시어 남군 태수를 제수하시고, 정보를 강하 태수로 삼으시고, 또 화흠을 조정에 붙들어 두시고 중히 쓰십시오. 그러면 주유가 저절로 유비와 원수가 되어 서로 싸울 것이니, 우리가 그 때를 타서 도모한다면 그것 또한 좋지 않겠습니까."

"중덕(정욱의 자)의 말이 곧 내 뜻과 같소."

조조는 드디어 화흠을 대 위로 불러 올려 상을 후히 내리고, 그 날 연석을 파하자, 곧 문무 백관을 거느리고 허도로 돌아갔다.

조조는 정욱의 계교를 좇아서, 주유를 남군 태수로 삼고, 정보를 강하 태수를 삼았으며, 또 화흠에게도 높은 벼슬을 주어 허도에 머물러 있게 했다. 사명(使命)이 동오에 이르자, 주유와 정보가 모두 벼슬을 받았다.

실패한 계략

주유는 남군 태수가 되자, 더욱 원수갚을 일을 생각하게 되었다. 이름은 남군 태수이지만 실상 자기가 다스려야 할 남군은 유비의 땅이지 자기의 소유가 아닌 것이다.

주유는 생각 끝에 즉시 노숙을 불러 말했다.

"내게 형주를 빼앗을 좋은 계책이 하나 있소."

"대체 어떤 묘책이오?"

"자경은 지금 형주로 가서 유비에게 내가 서천을 취하러 간다고 말을 전하시오. 자경도 아시다시피, 우리 동오에서 서천을 취하려면 아무래도 형주를 지나야만 되는 것이오. 우리가 형주로 가서 전량(錢糧)을 좀 꾸어 달라고 하면, 유비가 필경은 성에서 나와 노군(勞軍)할 것이니, 그 때를 이용해 유비를 죽이고 형주를 빼앗아 내 원한도 풀고 동오의 화근도 아주 없애 버리려는 거요."

주유의 말에 따라 노숙은 형주로 갔다.

유비는 노숙이 왔다는 보고를 듣자 황망히 공명을 청해다 물었다.

"자경이 어찌하여 오는 게요?"

공명이 대답했다.

"이번에 주유가 남군 태수가 되자 분한 마음에 주공을 해칠 계교를 정한 다음에 자경을 보낸 것이니, 그가 무슨 말이고 하거든 주공은 오직 제가 고개를 끄덕이는 것만 보시고, 그대로 좋다고 응낙하십시오."

유비가 곧 노숙을 청하여 들이니, 그는 들어와서 예를 베풀고 나서 입을 열어 말했다.

"이번에 공근이 군대를 거느리고 가서 서천을 빼앗겠다고 하십니다. 그러니 이제 동오의 군마들이 지나는 길에 형주에 들르거든 황숙께서 부디 약간의 물자와 양식을 보태 주시기 바랍니다."

듣고 나자 공명이 황망히 고개를 끄덕이며,

"참으로 원대한 뜻이 있는 출병입니다."

하고 칭사하기를 마지않자 그것을 본 유비도 황망히 두 손을 잡고 하례했다.

"꼭 뜻이 이루어지기를 빕니다."

공명이 다시 노숙에게 말했다.

"동오의 군사들이 이르면 마땅히 마중을 나가고 잔치를 베풀어 위로하겠습니다."

노숙은 마음 속으로 은근히 기뻐하였다. 연석이 파하자 노숙은 즉시 유비와 공명에게 하직을 고하고 돌아갔다. 그가 돌아간 뒤에 유비가 공명에게 물었다.

"그들이 갑자기 서천을 취하러 간다니, 도대체 무슨 말이오?"

공명이 크게 웃으며 말했다.

"주유가 죽을 날이 가까워져서 그러는 것입니다."

유비가 다시 물었다.

"그래도 나는 모르겠소. 좀 자세히 말씀하시오."

"이것이 이른바 가도멸괵지계(假途滅虢之計)라는 것입니다. 그들이 말로는 서천을 빼앗으러 간다 하나, 실상은 형주를 빼앗으려는 것입니다. 주공께서 성에서 나와 호군하시기를 기다려 곧 주공을 잡고, 성 안으로 쳐들어오려는 것입니다."

"그럼 어떻게 하면 좋겠소?"

"주공은 아무런 심려도 마시고, 오직 활을 준비해 맹호를 사로잡도록 하십시오. 주유가 오게 되면 곧 죽지는 않는다 하더라도 다시는 일어나지 못하게 해 놓겠습니다."

공명은 말을 마치자 장수들을 차례로 불러들여 계책을 일러 주었다. 유비는 기쁨을 감추지 못했다.

노숙이 시상구로 돌아가 주유에게 유비와 공명이 기뻐하기를 마지않았으며, 동오의 군사들이 이르는 날에는 멀리 성 밖에 나와서 군사들을 호로하겠다 하더라고 공명을 만나 본 이야기를 하자, 주유는 크게 웃었다.

"제갈량도 이번에는 갈 데 없이 내 꾀에 넘어갔소."

그는 곧 노숙으로 하여금 손권에게 가서 그 같을 일을

보고하게 하고는, 다시 정보를 시켜 군사들을 거느리고 접응하게 했다.

그는 감녕을 선봉으로 삼고, 자기는 중군이 되고, 능통·여몽으로 후대를 삼아, 수륙 대병 5만 명을 이끌고 형주를 향해 나아갔다.

그러나 형주성에서 10여 리 정도 떨어진 곳에 이르렀는데도 강 위는 고요하기만 할 뿐, 배 한 척을 볼 수 없었다. 주유는 마음에 의혹이 생겼다.

'이것이 대체 어찌 된 일인고?'

곧 전선들을 강 언덕에 대게 한 다음, 몸소 뭍으로 올라가 말에 타고 감녕·서성·정봉 등 일반 군관들과 함께 형주성을 향해 나아갔다.

마침내 성 아래까지 갔는데도 도무지 아무런 동정이 없고 성문은 굳게 닫혀 있었다. 주유는 말을 세우고 서서, 군사를에게 시켜 큰 소리로 외치게 했다.

"동오의 주 도독께서 몸소 여기 오셨다!"

그러자 그 말이 미처 끝나기 전에 일성 포향과 함께 성 위에 매복하고 있던 군사들이 일제히 창과 칼을 손에 잡고 일어섰으며, 적루 위에 조운이 나서서 물었다.

"대체 주 도독은 무슨 일로 이 곳까지 오셨습니까?"

주유는 속으로 괴이쩍게 생각하며 물었다.

"이번에 내가 멀리 서천을 치러 가는 길인데, 너는 아직도 모르고 있다니 그게 웬 말이냐?"

듣고 나자 조운은 웃으며 말했다.

"공명 군사께서 도독이 가도멸괵지계를 쓰려고 하는 것을 다 아시고 저를 이 곳에 남아 있게 하셨습니다."

듣고 난 주유는 깜짝 놀랐다. 그가 즉시 말머리를 돌리려 하는데, 문득 한 군사가 급히 말을 달려 그의 앞으로 와서 고했다.

"지금 사로(四路)에서 군마들이 일제히 짓쳐 들어오고 있습니다."

"사로 군마라니?"

주유가 묻자 그가 아뢰었다.

"관운장은 강릉으로부터 들어오고, 장비는 자귀로부터 들어오며, 황충은 공안으로부터 들어오고, 위연은 이릉으로부터 들어오는데, 사로의 군마들이 도대체 얼마나 되는지는 모르겠지만 함성이 백여 리를 진동시키며, 모두가 외치기를 '주유를 잡아라―' 하는 소리뿐입니다."

그 말을 듣자 주유는 갑자기 치민 노기가 가슴에 꽉 차서, 문득 한 소리 크게 부르짖으며 말 위에서 그대로 땅바닥에 떨어지고 말았다.

한참 만에 깨어난 주유의 입에서 긴 한숨이 땅이 꺼지게 나왔다. 그는 좌우의 사람들을 불러 종이와 붓을 가져오라 하여, 손권에게 올리는 글을 초한 다음에, 모든 장수들을 앞으로 불러 놓고 말했다.

"내가 몸을 바쳐 충성을 다하려는 마음이 없는 바 아니지만, 이미 천명이 다하였으니 어찌할 길이 없소. 공들은 부디 오후를 지성으로 섬겨 함께 대업을 이루시도록 하오."

말을 마치며 혼절하였다가 다시 깨어난 그는 하늘을 우러러 한숨짓고,

"기생유(旣生瑜)하고 하생량(何生亮)하였는고?"

(이미 주유를 내셨으며 왜 또 제갈량은 내셨나이까?)

하고 연달아 두어 마디 애닯게 외치고 죽었는데, 그 때 주유의 나이는 불과 서른여섯이었다.

손권은 주유의 생전의 권유에 따라 그 날로 곧 주유를 대신하여 노숙을 도독(都督)으로 봉해서 병마를 총통하게 했으며, 한편으로 주유의 영구를 모시고 시상구로 돌아와 후하게 장사 지냈다.

공명이 형주에서 밤에 천문을 보니, 커다란 별 하나가 어두운 하늘을 둘로 나누며 길게 땅으로 떨어졌다.

"주유가 죽는구나."

공명은 조용히 웃으며 중얼거렸다.

이튿날 사람을 시켜 알아 보니, 과연 그는 이미 죽었다는 것이다.

유비가 물었다.

"주유가 죽었으니, 장차 어떻게 하면 좋겠소?"

공명이 대답했다.

"주유 대신으로 병권을 잡을 사람은 노숙일 것입니다.

근자에 천문을 보니 장성(將星)들이 동방으로 모이고 있으니, 제가 주유를 조상(弔喪)하는 것을 핑계삼아 강동으로 가서, 현사(賢士)를 찾아다 주공을 돕게 하겠습니다."

듣고 난 유비가 걱정했다.

"동오의 장수들이 선생께 해를 끼칠까 염려되오."

공명이 웃으며 대답했다.

"주유가 살았을 때도 제가 두려워하지 않았는데, 항차 그가 죽은 오늘날 또 무엇을 근심하겠습니까."

공명은 조운으로 하여금 5백 명의 군사들을 거느리게 하고 제물(祭物)을 갖추어 파구(巴丘)로 조상을 가는 도중에, 손권이 이미 노숙을 도독으로 삼았으며, 주유의 영구가 시상으로 옮겨졌다는 소식을 들었다.

공명이 시상에 이르니, 노숙이 예의로써 영접했다. 그러나 강동의 장수들은 그렇지 않았다. 그들은 당장이라도 달려들어 공명의 목을 베고 싶었지만, 그의 곁에서 항상 주변을 노려보는 조자룡의 서슬에 그만 기가 질리고 말았다.

공명은 주유의 제단 앞에 꿇어앉아 술을 바친 뒤, 울음 섞인 목소리로 그의 죽음을 슬퍼했다.

"슬프다, 주유여! 그대는 참으로 영웅 호걸의 기상과 총명한 머리를 타고났다. 너무도 일찍 세상을 떠난 그대의 죽음을 생각해 보니, 땅에 쓰러져 피를 토한 것은 모두가 그대의 뛰어난 재주 때문이었다. 그대의 죽음을 맞이하여 일찍이 그대가 섬기던 주공도 울고, 그대의 친구들도 울었으며, 이제 함께 다투던 나 제갈공명도 울음을 참지 못하겠으니, 온 세상은 슬픔에 잠겨 어둡기만 하도다!"

공명의 말은 간간이 솟구치는 울음 때문에 끊어졌다가는 다시 이어졌다.

"그대와 내가 서로 돕고 짝을 이루었다면 이 나라와 만 백성들에게 무슨 걱정과 근심이 있었을 것이오. 나는 언제나 그것이 안타까웠지만, 이제 한 사람은 살고 다른 한 사람은 죽음으로써 영원히 갈라졌으니 뒤늦게 한탄한들 무슨 소용이 있겠소. 그대가 죽음으로써 천하에서 나를 알아줄 사람도 영원히 사라졌소. 주유, 그대의 목숨은 비록 짧게 끝났으나 그 이름은 역사에 길이 빛날 것이오."

공명은 엎드린 채 통곡했다. 그 모습이 어찌나 슬퍼 보였던지, 그를 죽이려 했던 장수들도 울고 여러 신하들도 저마다 눈물을 흘렸다.

강동의 장수들은 서로 얼굴을 마주 보며 수군거렸다.

"세상 사람들이 공근과 공명의 사이를 원수같다고 말하지만, 공명의 애통함을 보니 그게 아니었구나."

뭇 장수들은 크게 감동했다. 노숙도 공명이 그처럼 슬퍼함을 보자 마음이 쓰라렸다.

후세 사람들은 주유의 죽음에 대해서 다음과 같이 노래했다.

적벽 싸움에서 씩씩하고 기상이 높았으며 젊었을 때는

빼어났다 소리도 많았다.

거문고와 노래 높은 뜻 알 만 하고 술잔 들어 좋은 벗 사귀기도 했다.

일찍이 삼천 섬 곡식 아뢰고 언제나 십만 군사 몰고 다녔다.

파구, 그 목숨 다한 땅에서 그 목숨 조상하자니 갸슴이 아프도다.

봉추 선생

노숙은 크게 잔치를 베풀어 공명을 관대했다. 잔치가 끝난 뒤 공명이 돌아오던 길에 마악 배를 타려 하는데, 도포를 입고 죽관(竹冠)을 쓴 사람이 강변에서 와락 공명의 손을 잡으며 말했다.

"네가 주유를 죽이고 이제 와서 조상까지 하니, 동오에 사람이 없음을 비웃는 것인가?"

공명이 몹시 놀라 황황히 돌아다보니, 바로 봉추 선생 방통(龐統)이었다. 그제야 공명도 마음을 놓고 큰 소리로 함께 웃었다.

두 사람은 뱃전으로 올라가 그 동안에 쌓인 이야기를 나누었다.

"주유도 죽었으니 앞으로는 누구를 섬길 작정인가?"

"……."

방통이 대답하지 않고 머뭇거리자 공명이 이어서 말했다.

"내가 생각하기에 노숙은 자네를 손권에게 추천할 걸세. 하지만 손권은 결코 그대를 제대로 평가해 주지 않을 거야. 뜻대로 안 되거든 형주로 오게. 내가 추천장을 하나 써 주겠네. 나는 지금 형주로 돌아가는 길에 새로 빼앗은 여러 고을을 순찰해야 하므로 성 안에 없을 것이지만, 내가 없더라도 추천장을 우리 주공께 보여 주면 반드시 자네를 귀하게 쓸 것이네."

방통은 천천히 고개를 끄덕였다.

이윽고 방통이 배에서 내리자 공명이 조운에게 말했다.

"새로 점령한 고을로 가자. 그 곳 백성들의 형편을 살펴보아야겠다. 한동안 싸움은 없을 것 같으니 경치도 보면서 쉬엄쉬엄 가도록 하자……."

조운의 입가에도 오랜만에 웃음이 떠올랐다.

주유를 잃은 손권의 슬픔은 컸다. 그는 신하들과 더불어 여러 가지 의논을 하다가도 주유에 관한 말이 나오기만 하면 한숨을 쉬었다.

"주유를 잃은 것은 내 손과 발을 빼앗긴 것이나 다름없다! 장차 누구와 더불어 큰 일을 이룰 것인가……."

그 때 노숙이 나서며 말했다. 그는 주유의 뒤를 이어 강동의 새로운 사령관이 되어 있었다.

"보잘것없는 저는 항상 불안합니다. 저보다 훨씬 뛰어난 한 인물을 추천할 것이니, 바라건대 주공께서는 그를 귀하게 쓰십시오."

"어떤 사람이오?"

"그는 하늘과 땅의 이치를 깨달은 지혜로운 사람입니다. 일찍이 주유도 그의 말에 따라 군사 작전을 폈으며, 공명도 그의 재주에 깊이 감탄했습니다. 그런 훌륭한 사람이 지금 강동 땅에 있습니다."

손권은 크게 기뻐하며 그의 이름을 물었다. 그러자 노숙이 대답했다.

"봉추 선생 방통이라고 합니다."

"오, 그 이름은 나도 들은 적이 있소. 얼른 데려오시오."

그런데 노숙이 방통을 데려오자 손권은 눈살부터 찌푸렸다. 생김새부터가 영 마음에 들지 않았기 때문이었다. 방통의 생김새가 들창코에다가 얼굴은 검고 수염은 염소 수염처럼 가늘고 짧았기에 불쾌하기 그지없었다.

"그대는 주로 어떤 것을 배웠소?"

손권이 영 내키지 않은 기분이 되어 물었다.

"천하에서 배울 만한 것은 모두 배웠습니다."

그 말에 손권의 표정은 더욱 굳어졌다. 건방지다고 생각했기 때문이었다.

"그럼 그대와 주유의 재주를 비교하면 누가 더 낫소."

"제가 배운 것은 주유의 재주와는 비교도 할 수 없습니다."

그런 대답으로 인해 손권의 마음은 완전히 돌아섰다. 자기가 평생 동안 좋아했던 주유를 얕잡아보는 것에 발끈한 그는 방통을 향해 퉁명스럽게 말했다.

"알겠소. 필요하면 다시 부르겠으니 돌아가서 기다리시오."

방통이 물러가자 노숙이 손권에게 물었다.

"어째서 방통을 쓰지 않았습니까?"

그제야 손권이 버럭 소리를 질렀다.

"알고 보니 미친놈이오! 그런 사람을 어디에 쓰겠소?"

노숙이 오히려 몸이 달아 애걸했다.

"아닙니다. 적벽 대전에서 주유가 연환계를 쓴 것도 사실은 방통의 말에 따라서였습니다. 생김새는 보잘것없지만 재주는 훌륭한 사람입니다."

그러나 이미 돌아선 손권의 마음은 바뀌어지지 않았다.

노숙은 더 이상 말을 붙이지 못하고 물러가서 방통을 위로했다.

방통은 아무런 대꾸도 없이 하늘을 우러러보며 길게 탄식할 뿐이었다. 안타까운 마음에 노숙이 말을 건넸다.

"그런데 대체 어디로 떠날 작정이십니까?"

그 때 방통의 장난기가 발동했다. 그는 짐짓 심드렁한 목소리로 대답했다.

"세상이 나를 버리니 조조한테나 갈까 하오……."

순간 노숙의 얼굴이 새파랗게 질렸다. 그는 황급히 손을 내저으면서 입을 열었다.

"그건 안 됩니다! 그럴 바에는 차라리 유 황숙에게로 가 십시오. 그는 반드시 선생을 알아볼 것입니다. 제가 추천장 을 하나 써 드리겠소. 선생께서 황숙을 섬기게 되면 강동과 사이 좋게 지내는 데 힘을 보태 주기 바랍니다."

그 말에 방통은 몇 번인가 고개를 끄덕였다.

그리하여 강동을 떠난 방통은 형주로 갔다.

그 때 그의 품 속에는 제갈공명과 노숙이 써 준 두 통의 추천장이 있었다.

얼마 후 방통이 형주에 이르러 유비를 찾았다.

문리 (門吏)가 아뢰었다.

"강남의 명사 방통이란 분이 찾아오셨습니다."

"그의 높은 이름을 내가 들은 지 오래 되었다."
하면서 유비는 그를 곧 모셔 오게 했다.

방통은 안으로 들어오며, 유비에게 읍하지 않고 절도 하 지 않았다. 그것은 방통의 높은 자존심을 말하는 것이었다. 유비는 그의 태도가 오만하고 얼굴이 추함을 보자 기분이 그리 좋지 못했다.

"멀리서 오시느라 수고하셨소."

방통은 공명의 서신은 내놓지 않고 말했다.

"황숙께서 현사를 융숭히 대한다기에 특히 찾아왔습니

다."

"이제 형초(荊楚)가 정해져서 한가한 자리가 없고, 다만 여기에서 130리 되는 뇌양현에 지금 현령 자리가 비었으니, 공은 잠시 거기에 가 있으면 좋은 자리가 나는 대로 내가 다시 중용하리다."

'현덕이 나를 대함이 또한 몹시 박하구나.'

방통은 매우 섭섭했으나, 하는 수 없이 뇌양현으로 갔다. 하지만 방통은 부임은 했으나 정사를 다스리지 않고, 날이면 날마다 술만 마시며, 전량(錢糧)이나 송사 문제를 전혀 알려고 하지 않았다.

그 소식을 들은 유비는 몹시 노했다.

"좀된 선비가 감히 나의 법도(法度)를 산란케 만드는구나."

유비는 곧 장비를 불러 분부했다.

"각 현을 순시하며, 만일 공사에 게으르고 법을 지키지 않는 자가 있거든 힐문하라. 일에 소홀함이 없도록 각별 주의해야 하니, 손건과 함께 가라."

그렇잖아도 성 안에만 틀어박혀 갑갑했던 장비는 손건을 데리고 뇌양현으로 달려갔다. 그런데 마중 나온 사람들 중에 그 곳 백성과 관리들은 보였지만 정작 책임자인 현위는 그림자도 보이지 않았다.

은근히 화가 난 장비가 퉁명스럽게 물었다.

"현위 방통은 어째서 보이지 않는가?"

한 관리가 대답했다.

"현위는 이 곳으로 내려온 지 백일이 지나도록 술만 퍼 마실 뿐 고을 일은 하나도 돌보지 않고 있습니다. 오늘도 어제 마신 술 때문에 못 일어나기에 저희들만 나온 것입니다."

"뭐라구? 이런 괘씸한 놈! 혼쭐을 내주어야겠다!"

장비가 크게 노하여 곧 잡아 올리게 하자, 손건이 손을 저으며 만류했다.

"방사원은 고명한 사람이라 함부로 할 수 없으니, 현에 들어가 이유를 물은 후에, 죄를 다스려도 늦지 아니할 것이오."

장비는 현에 들어가자 정청 상좌에 자리를 정하고 현령을 들어오게 했다. 방통이 몹시 취하여 의관도 미처 정제하지 못하고 부축을 받으며 나왔다. 그것을 본 장비는 소리를 가다듬어 꾸짖었다.

"우리 형님이 네게 현령의 자리를 맡겼는데, 네가 어찌 현의 일을 진폐한단 말인가!"

듣고 나자 방통은 태연히

"이까짓 백 리 소현(小縣)의 사소한 일들을 가지고…. 장군은 잠시 앉아 나의 발락을 기다리시오."
라고 말하고, 공리(公吏)를 불러 명령했다.

"백여 일 동안 쌓였다는 일들을 가지고 와서 나에게 아뢰어라."

공리들이 안권(案券)을 들고 와서 소사(訴詞)를 바치고 일변으로 피고인들을 뜰 아래에 꿇어앉혔다.

방통이 일면으로 송사를 듣고, 일면으로는 판단을 내려 즉석에서 결정을 지었는데 사사에 있어서의 곡직이 추호도 어긋남이 없고 또한 지극히 분명했기에 백성들이 다 엎드려 복종했다. 반나절이 채 못되어 백여 일 동안 밀린 일을 모두 마치자, 방통은 붓을 던지며 말했다.

"정사를 폐한 것이 어디 있소. 내가 조조·손권을 손바닥의 글보듯 하거니와, 이런 소현의 일을 어찌 개의하겠소."

장비가 크게 놀라며 자리에서 일어나 사죄했다.

"선생의 큰 재주를 알지 못하여 큰 실례를 했음을 용서하시오. 내가 형장께 선생을 극력 천거하겠습니다."

장비가 형주로 돌아와 유비에게 방통의 일을 갖추어 아뢰었다. 유비는 크게 후회했다.

"내가 대현(大賢)을 푸대접했으니 그것은 나의 커다란 실수로구나."

유비가 자못 감탄하는데 마침 공명이 돌아왔다는 보고가 들어왔다. 유비가 마중하여 예가 끝나자 공명이 먼저 물었다.

"방 군사는 요사이 안녕합니까?"

"그 동안 뇌양현을 다스리게 했는데, 그저 술만 마시고 정사를 돌보지 않는다고 하오."

공명이 웃으며 말했다.

"방사원은 백 리를 맡길 재질이 아니며, 그가 배운 바 아는 것은 저보다 십 배나 더합니다. 제가 전날 천서를 방사원에게 주었는데, 주공께서는 보셨는지요?"

"천서라니? 아직 보지 못했소."

"천서를 내세우기가 쑥스러워 아직 보여 드리지 않은 모양입니다. 대현에게 작은 일을 맡기면 간혹 술을 일삼고 정사를 등한히 하는 수가 있습니다."

"만일 익덕의 말을 듣지 못했다면 대현을 잃을 뻔하였소."

그렇게 말하고 유비는 곧 장비를 다시 뇌양현으로 보냈다. 장비가 방통과 함께 형주로 돌아오자, 유비는 뜰 아래까지 내려가 죄를 청했다. 그제야 방통이 공명이 천거한 서신을 유비에게 올리니, 그것은 봉추가 오거든 중용하라는 내용이었다. 유비는 공명과 방통의 손을 잡고,

"지난 날 수경 선생이 복룡과 봉추 두 사람 중에 하나만 얻을지라도 천하를 가히 편케 하리라 했는데, 이제 내 두 분을 모두 얻었으니, 한실(漢室)을 흥왕케 함이 틀림없겠소이다."

라면서 크게 기뻐하였다.

드디어 방통을 부군사(副軍師) 중랑장으로 삼고, 공명과 함께 방략을 도웁게 하며 군대를 교련케 하였다.

대사를 망친 소인배

세작이 나는 듯이 허도로 달려가 소식을 전했다.

"유비가 새로이 모사 방통을 얻어, 군사들을 모으고 말을 사들이며 마초와 군량을 준비하는 한편 동오와 연결하니, 조만간 군대를 거느리고 북방을 칠 것이 틀림없습니다."

그 말을 듣고 조조가 뭇 모사들에게 계책을 물었더니 순유가 말했다.

"주유가 죽었으니 먼저 손권을 치고, 다음에 유비를 쳐야 합니다."

"하지만 원정(遠征) 중에 마등이 허도를 엄습할까 두렵구려. 전에 적벽 싸움 때도 군중에 서량이 입구(入寇)했다는 헛소문이 퍼졌는데, 그런 일이 다시 있을까 걱정이 되오."

조조는 몹시 난처해했다.

마등의 자(字)는 수성(壽成)이니, 복파장군 마원(馬援)의 후손이었다.

그는 키가 8척(약 184cm)에 힘이 장사였지만, 착한 마음씨를 가지고 있어서 많은 사람들이 그를 존경하고 따랐다. 그리고 그의 아들인 마초(馬超), 마휴(馬休), 마철(馬鐵) 역시 하나같이 뛰어난 장수인 데다가, 조카 마대 또한 둘째 가라면 서러워할 용감한 장수였다.

조조가 걱정하는 것은 바로 그 점이었다. 마등의 주위에는 사납고 힘센 장수들이 우글거릴 뿐만 아니라, 그가 다스리는 백성들의 기질 또한 억세어서 만만히 볼 수 없는 상대였던 것이다.

순유는 고개를 끄덕이며 말을 덧붙였다.

"저에게 한 가지 계책이 있습니다. 마등에게 편지를 보내되 '허도로 와서 높은 벼슬을 받고 손권을 공격하라'고 하십시오. 그리하여 마등이 허창에 오면 그를 죽인 다음 남쪽으로 쳐들어가면 아무런 걱정이 없을 것입니다."

조조는 크게 기뻐하며 마등을 허도로 불러오도록 했다.

조조의 편지를 받은 마등은 장수들을 불러 모아 대책을 상의했다.

"나는 일찍이 유 황숙과 더불어 조조를 죽이기로 맹세했으나 약속을 지키지 못한 것이 늘 마음에 걸렸다. 그런데 요즘 유 황숙이 형주를 차지했다길래 뒤늦게나마 그와 손잡고 약속을 지킬까 했는데, 뜻밖에도 조조가 이런 편지를 보냈으니 어떡하면 좋겠느냐?"

큰아들 마초가 대답했다.

"이 편지는 조조가 황제 폐하를 앞세워 꾸민 가짜 편지지만, 그렇다고 해서 허도로 가지 않으면 황제 폐하의 명령을 어겼다고 사람들이 우리를 욕할 것입니다. 그러니 일단 허도로 가서 옛 맹세를 지킬 방법을 찾아 보는 것이 좋겠습니다."

그러나 마등의 조카 마대(馬岱)의 생각은 달랐다.

"이것은 우리를 허도로 불러들여서 죽이려는 속임수입니다."

그러나 마초는 자신만만했다.

"우리가 서량의 군사들을 모조리 거느리고 허도로 가면 역적 조조쯤은 간단히 죽일 수 있습니다!"

잠자코 듣고 있던 마등이 결론을 내렸다.

"나는 마휴, 마철, 마대와 함께 조조를 죽이러 허도로 가겠다. 마초는 이 곳에 남아 서량 땅을 잘 지켜라. 네가 버티고 있는 한 조조도 섣불리 나를 해치지는 못할 것이다."

마초는 고개를 끄덕이며 아버지에게 당부의 말을 했다.

"알겠습니다. 하지만 가시더라도 곧장 성 안으로는 들어가지 마시고, 성 밖에서 상황을 잘 살피시기 바랍니다."

그리하여 마등은 마휴, 마철, 마대와 더불어 군사 5천 명을 거느리고 허도로 가서 성 밖 20리 되는 지점에 진영을 치고 머물렀다.

마등이 도착했다는 보고를 받은 조조는 황규(黃奎)에게 말했다.

"그대는 성 밖으로 가서 서량의 군사들을 위로하고, 마등에게는 내일 황제 폐하를 뵈러 성 안으로 들어오라는 내 말을 전하라."

황규는 영을 듣고 나자 마등에게로 갔다. 마등은 술자리를 베풀고 황규를 대접했다. 술잔이 두어 순 돌자 황규가 가만히 소리를 낮추어 말했다.

"이제 또 천자를 속이는 도적이 있으니, 이를 어찌하면 좋겠소?"

"아니 그게 누구란 말씀이오?"

"천자를 속이는 도적은 바로 조조인데, 공은 어찌하여 깨닫지 못하고 도리어 나에게 묻는단 말씀이오?"

마등은 아무리 생각해도 저편이 자기 속을 떠보는 것만 같아 짐짓 그의 말을 막으며 말했다.

"남의 이목이 번다하니 허튼 말씀일랑 하지 마시지요."

그러자 황규는 도리어 언성을 높여 꾸짖었다.

"나는 태수를 믿고 말했는데, 그렇다면 내가 사람을 잘 못 보아도 한참 잘못 본 모양이오! 그대는 지난날 황제께서 조조를 죽여 달라고 했던 말씀을 벌써 잊으셨소?"

그제야 마등은 황규의 말이 진심임을 알고 자신도 속마음을 털어놓았다.

"하하, 미안하오! 내가 어찌 역적 조조를 한시도 잊었겠소? 사실 이번에 허도로 온 것도 그를 죽일 기회를 엿보기 위함이었소."

그와 동시에 황규가 마등의 두 손을 꼭 잡았다.

"역시 내 기대가 틀리지 않았소이다! 그렇다면 태수께서는 내일 함부로 성 안으로 들어오지 말고 성 밖에서 군사를 거느리고 기다리시오. 아마도 조조가 서량 군사를 사열하러 성 안에서 나올 것이니, 그 때 일제히 달려들어 죽여 버리면 천하의 근심이 사라질 것이오!"

마등이 무릎을 치며 기뻐했다.

"좋은 생각이오! 드디어 내일이면 쌓이고 쌓인 원한을 풀 수 있겠구려!"

마등과 헤어져 집으로 돌아온 황규는 기쁜 마음을 억누를 길이 없었다.

'내일이면 역적 조조의 세상도 끝이 난다. 아, 얼마나 통쾌한 일인가!'

그는 생각만 해도 즐거워 저절로 입이 벌어졌다. 그런데 문제는 황규의 그런 모습을 수상하게 여긴 사람이 있었다는 것이다. 다름 아닌 그의 첩 춘향이었다. 그런데 춘향은 황규의 처남인 묘택이라는 사람과 불륜의 관계를 맺고 있는 사이였다. 황규를 대신해서 춘향을 독차지하고 싶었던 묘택은 언제나 황규가 죽어 없어지기만을 바라고 있었다.

춘향은 묘택을 만나 황규의 이야기를 했다.

"조금 전에 남편이 돌아왔는데 아무래도 좀 이상해요. 무엇이 그리 즐거운지 혼자서 연방 웃음을 참지 못하고……."

묘택은 문득 짚이는 게 있어서 이렇게 말했다.

"황규에게 즐거운 일이라…… 이따가 돌아가면 내가 시키는 대로 슬쩍 물어 보게. '세상 사람들은 유 황숙을 어질다고 칭찬하는 반면 조조는 간웅이라며 손가락질하는데 도대체 왜 그런가요?' 하고 말이오. 그러면 황규가 뭐라고 대답할 것이오."

그 날 저녁때였다. 황규가 춘향의 방으로 들어왔을 때, 춘향은 넌지시 묘택이 시킨 말을 꺼내 보았다. 그러자 황규가 탄식하며 대꾸했다.

"일반 백성들도 옳고 그름을 분명히 아는데 하물며 조정의 신하가 모른 척할 수 있는가. 나는 반드시 조조를 죽일 것이다."

순간 춘향은 두 눈을 빛내며 캐물었다.

"조조를 무슨 수로 죽이겠습니까?"

황규는 어금니를 힘주어 깨물면서 대꾸했다.

"다 수가 있다! 아까 낮에 서량 태수 마등을 만나, 내일 조조가 성 밖에서 군사를 사열할 때 죽이기로 약속했단 말이다."

그것이 황규의 돌이킬 수 없는 실수가 되고 말았다. 엄청난 사실을 알게 된 춘향은 살며시 잠자리에서 빠져나와 묘택에게 그 일을 일러바쳤고, 황규가 죽기만을 바라던 묘택은 그 길로 곧장 조조에게 달려가 그 같은 사실을 낱낱이 털어놓았다.

"이런 괘씸한 놈들! 지금 당장 황규와 그의 가족을 몽땅 체포하되, 마등에게는 모른 척하라!"

그 날 밤으로 황규는 물론, 그의 집 식구들이 모조리 잡혀 들어왔다. 조조는 잇달아 장수 허저, 허후연, 서황 등을 불러 계책을 일러 주었다.

다음 날 마등이 서량의 병마들을 영솔하고 성 가까이로 오는데, 앞에 보이는 붉은 기치는 승상의 기호가 분명했다.

"조조가 몸소 여기까지 점군하러 오는구나."

마등이 말하며 말을 달려 앞으로 가는데, 갑자기 포성이 일어나고 홍기(紅旗)가 열리며 궁노들이 일제히 날아왔다. 그리고 앞으로 내달아 오는 장수는 조홍이었다.

마등이 급히 말을 몰아 돌아서려는데, 양편에서 또한 함성이 일어나며 왼편에서 허저가 달려오고, 오른편에서는 하후연이, 뒤에서는 서황이 군사들을 거느리고 짓쳐 들어왔다. 서량의 군마들은 절단되고, 마등 삼부자는 곤경에 빠졌다. 마등이 힘을 분발하여 충살했으나 마철은 화살에 맞아 죽고, 마휴 또한 좌충우돌했지만 벗어나지 못했다.

두 사람은 모두 중상을 입고 말에서 떨어져 함께 잡히어 조조 앞으로 끌려갔다. 조조는 황규와 마등 부자(父子)를 계하에 꿇렸다.

"내게 무슨 죄가 있어 이러느냐!"

하고 황규가 부르짖었다. 조조는 묘택을 불러들이게 하여 그와 대증(對證)을 시켰다. 마등은 이를 갈며,

"좀된 선비가 함부로 입을 놀려 내 대사(大事)를 망쳤도다. 내 나라를 위해 도적을 죽이지 못하니 이것도 또한 천운이로다."

하고 한탄했다.

조조가 그들을 끌어내라 명령하니, 끌려 나가면서도 마

등은 욕설을 멈추지 않았다. 그리하여 마등 부자와 황규는 뜻을 이루지 못한 채 죽음을 당하고 말았다. 묘택이 조조 앞으로 나아가 아뢰었다.

"상은 바라지 않고 다만 이춘향을 주시기 바라옵니다."

그 말에 조조가 차가운 표정으로 웃음을 날리고는 대꾸했다.

"더러운 놈! 매형의 여자가 탐이 나서 그를 죽이고 그의 가족까지 죽게 한 너같은 의리 없는 놈은 도저히 살려 둘 수 없다!"

잠시 후, 시퍼런 칼날이 묘택과 춘향의 목을 날려 버렸다.

마초의 복수

마등을 없애는 데 성공한 조조는 강동의 손권부터 공격하기로 마음먹고 30만 대군을 일으켰다. 소식을 들은 손권은 노숙을 통해 유비에게 도움을 요청했다. 유비가 제갈공명을 불러 그 일에 대해서 상의하자, 제갈공명이 말했다.

"조조가 두려워하는 것은 서량의 힘세고 용감한 군사들이니 마초에게 편지를 보내 조조를 치게 하십시오. 그는 아버지와 사랑하는 동생들을 잃었기에 복수심에 불타고 있으니 군대를 일으킬 것입니다. 일단 마초가 조조를 공격하면 조조는 남쪽으로 쳐들어오지 못할 것입니다."

유비는 즉시 편지를 써서 서량 땅으로 보냈다.

한편 마등의 조카 마대는 가까스로 조조의 손아귀에서 벗어나 도망치는 데 성공했다. 그는 산을 넘고 강을 건너 서량 땅에 도착해서는 마초 앞에 엎드려 통곡했다.

"태수님과 동생들이 모두 조조에게 죽음을 당했소."

너무나 놀라운 소식에 마초는 기절했다가 몸을 일으키며 울부짖었다.

"조조 이 역적놈! 도저히 용서할 수 없다!"

그가 주먹을 불끈 쥐며 울분을 삭이고 있을 때 유비의 편지가 도착했다.

「나 유비는 지난날 그대의 아버지와 조조를 죽이기로 맹세한 사이요. 그런데 그 뜻을 이루기도 전에 그대의 아버지가 죽음을 당했으니 조조는 이제 나와 그대 모두에게 원수가 되었소. 그대는 서량의 군사들을 일으켜 조조를 공격하시오. 유비 또한 형주의 군대를 거느리고 힘껏 돕겠소이다.」

편지를 읽은 마초는 조조를 공격하겠다는 결심을 더욱 굳혔다. 그 때 그의 아버지 마등과 의형제를 맺은 한수라는 장군이 불쑥 찾아와 마초에게 한 통의 편지를 건네 주며 말했다.

"조조가 나에게 이런 편지를 보냈다네."

편지에는 '마초를 잡아 허도로 보내면 서량 태수를 시켜 주겠다'는 내용이 적혀 있었다. 마초가 아버지를 대하듯 공손한 태도로 물었다.

"그래서 장군께서는 저를 잡아 조조에게 보낼 생각입니까?"

그 말에 한수가 너털웃음을 터뜨렸다.

"하하, 말도 안 되는 소리! 나와 그대의 아버지와는 의형제를 맺은 사이였네. 그런 내가 어찌 의리를 저버릴 수 있겠는가? 내가 찾아온 것은 그대가 군대를 일으키면 나도 적극 도와 주겠다는 말을 하러 온 것이라네."

"감사합니다."

마초는 깊이 머리를 숙이고는 그 길로 서량 군사 20만 명을 일으켜 조조가 있는 허도를 향해 쳐들어갔다.

마초가 이끄는 서량의 군사들은 불과 열흘이 못 되어 장안성을 점령하고 여세를 몰아 동관성으로 진격했다. 소식을 들은 조조는 남쪽의 손권을 공격하려던 계획을 중단하고 부하 장수 조홍과 서황을 불러 명령을 내렸다.

"너희들은 군사 1만 명을 거느리고 내려가 열흘 동안만 동관성을 지켜 다오. 만일 열흘 안에 성을 빼앗기면 너희들의 목을 벨 것이다. 그 후에는 내가 뒤따라가서 적을 막아낼 것이니 걱정할 필요가 없다."

조홍과 서황은 그 길로 동관성으로 내려갔다. 그리고 마초의 군사들이 아무리 싸움을 걸어와도 성문을 굳게 걸어 잠근 채 안에서 지키기만 했다.

그런데 그들이 동관성으로 내려온 지 9일째가 되던 날이었다. 조홍이 성 높은 곳에 올라가 바깥을 내려다보니 서량 군사들의 반 이상이 근처의 풀밭에 드러누워 낮잠을 자고 있었다.

"옳지, 이 때 짓밟아 주어야겠다!"

다시 없을 기회라고 생각한 조홍은 군사들 3천 명을 이끌고 성문을 활짝 열어 제치며 서량 군사들을 향해 쳐들어갔다. 그 때 서황은 사람과 말의 양식을 점검하다가 뒤늦게 그 소식을 듣고 화들짝 놀라며 조홍의 뒤를 쫓았다.

"조홍은 당장 성 안으로 돌아오시오!"

서황이 소리치며 달려나가던 순간이었다. 문득 등 뒤에서 요란한 함성이 일어나며 한 무리의 군사들이 나타나 그들의 뒤를 가로막았다.

"이제야 쥐새끼들을 끌어내는 데 성공했다!"

코웃음을 친 사람은 마등의 조카 마대였다. 조황과 서황은 황급히 말 머리를 돌려 달아났다. 그러나 그 순간 느닷없이 북 소리가 크게 울리면서 양쪽에서 많은 군사들이 쏟아져 나와 앞을 가로막았다. 마초와 그의 부하 장수 방덕이었다. 뜻밖의 기습을 당한 조조 군사들 중의 반은 서량 군사들의 창칼 아래에 쓰러졌고, 나머지 반은 메뚜기 떼처럼

천지 사방으로 흩어졌다. 장안성에 이어 동관성마저 마초의
군사들이 차지해 버린 것이다.

조홍과 서황은 겨우 목숨을 살려 조조에게로 도망쳤다.
그러나 조조가 가만히 있을 리 없었다.

"열흘 동안만 동관성을 지키라고 그토록 당부했건만 어
째서 9일 만에 성을 빼앗겼느냐?"

조홍이 울먹이면서 대답했다.

"적들이 낮잠 자는 걸 보고 공격했는데, 알고 보니 계략
이었습니다."

조조의 눈이 길게 찢어졌다.

"어리석은 놈! 여봐라, 당장 이놈의 목을 쳐라!"

조홍을 손가락질하며 화를 내는 조조를 장수와 신하들이
뜯어말렸다.

"조홍은 아직 나이도 젊은 데다가 승상과는 사촌뻘 되는
사람입니다. 죽이기에는 아까우니 한 번만 용서해 주십시
오."

그 말에 조조는 겨우 조홍을 용서하고 서둘러 동관성으
로 달려갔다.

마초가 거느린 서량의 용감한 군사들과 허도에서 내려온
조조의 군사들이 정면으로 맞닥뜨린 것은 조조가 동관성에
도착한 이튿날이었다. 조조가 먼저 상복 대신에 흰 갑옷을
입은 마초를 향해 소리쳤다.

"네 이놈, 마초야! 어린 놈이 무얼 믿고 함부로 까부느냐?"

마초는 조조를 노려보며 이를 부드득 갈았다.

"아버지와 동생들의 원수! 오늘 네놈을 사로잡아 살을 씹어먹을 것이다."

마초가 창을 꼬나쥐고 달려나오자 조조측에서는 우금이 맞서 나갔는데 그는 얼마 버티지도 못하고 혼쭐이 나서 달아났다. 그 다음에도 마찬가지였다. 우금의 뒤를 이어 조조측에서 여러 장수들이 앞서거니 뒤서거니 달려나가 마초를 상대했지만 아무도 마초를 이길 수가 없었다.

마초가 부하 군사들을 향해 소리를 질렀다.

"보았느냐? 적들은 모조리 오합지졸에 불과하다! 공격하라! 한 놈도 살려 두지 말고 씨를 말려라!"

명령과 동시에 서량 군사들이 함성을 지르며 달려들자 조조의 군사들은 크게 당황하며 꽁무니를 뺐다.

마초는 장수 마대와 방덕 등과 함께 기병 1백 명을 거느리고 조조의 뒤를 황급히 추격했다.

"저기 붉은 전포를 입은 놈이 조조다. 저놈을 잡아라!"

소리치는 서량 군사들의 목소리는 정신없이 도망치던 조조의 귀에도 들렸다.

그는 말을 탄 채로 전포를 벗어 내던졌다. 그러자 서량 군사들이 또다시 소리를 높여 외쳤다.

"저기 쥐새끼처럼 알량한 수염을 기른 놈이 조조다. 저놈을 잡아라!"

조조의 얼굴은 시뻘겋게 일그러졌다. 하지만 일단 목숨을 살리는 것이 급선무였다. 그는 한 손으로는 말고삐를 잡고, 다른 한 손으로는 칼을 들어 수염을 깎았다.

"이젠 나를 못 알아보겠지."

그러나 이번에는 앞장서 달리던 마초가 목소리를 높였다.

"저기 저 털 깎인 쥐새끼같은 놈이 조조다. 저놈을 잡아라!"

조조의 얼굴이 새파랗게 질렸다. 그는 황급히 말꼬리를 잘라 수염처럼 턱 주변에 갖다 붙였다.

"오늘의 치욕은 반드시 갚아줄 테다!"

그런데 그 때였다. 갑자기 조조의 등 뒤에서 천둥 같은 고함 소리가 들렸다.

"이놈, 조조야! 말꼬리 수염을 붙인다고 모를 줄 알았더냐? 꼼짝 말고 거기 섰거라!"

조조는 하마터면 말에서 굴러 떨어질 뻔했다. 마초였다. 그가 등 뒤까지 바싹 추격해 창을 높이 쳐들며 소리친 것이었다.

"어이쿠, 이제는 죽었구나!"

마초는 마구잡이로 창을 휘두르고, 조조는 나무 사이로 돌아가며 몸을 피해 달아났다.

"쥐새끼 같은 놈이라 잘도 빠져나가는구나. 하지만 이번에는 어림없다!"

소리침과 동시에 마초의 창이 허공을 갈랐다.

"퍽!"

조조가 운이 좋았던 건지, 아니면 마초가 재수가 없었던 건지 아무튼 마초가 힘껏 내지른 창은 조조의 옷깃을 스치며 커다란 나무에 박히고 말았다.

마초와 허저의 싸움

조조는 겨우 목숨을 건져 진영으로 돌아왔다. 하지만 마초는 날마다 군사들을 거느리고 조조 진영 가까이 다가와서 온갖 욕설을 퍼부어대며 싸움을 걸었다. 그러나 그러면 그럴수록 조조는 군사들에게 단단히 명령을 내렸다.

"우리는 굳게 지키기만 할 뿐 함부로 나가서 싸우지 않는다. 만일 내 명령을 어기는 사람은 목을 벨 것이다."

그 말을 듣고 조조의 부하 장수들이 수군거렸다.

"마초에게 혼이 난 뒤로 승상께서 많이 약해지셨구나! 지금까지는 언제나 앞장서 싸웠는데, 이젠 싸우는 것조차 겁을 내다니……."

그러거나 말거나 조조는 아랑곳하지 않았다. 그렇게 며칠이 지나자 동관성으로 보냈던 첩자가 돌아와서 보고했다.

"마등과 의형제를 맺었던 한수라는 장수가 마초를 도우러 왔습니다."

그런데 조조는 오히려 기쁜 표정을 지었다. 장수들이 의아해하며 물었다.

"마초의 군사들이 늘어난 것이 뭐가 기쁜 일이라고 웃으십니까?"

조조의 대답은 간단했다.

"시간이 지나면 저절로 알게 될 것이다."

그로부터 사흘 후 또 다른 첩자가 돌아와서 보고했다.

"동관성의 군사들이 자꾸만 늘어나고 있습니다. 아마도 서량의 군대 대부분이 이동한 것 같습니다."

조조는 그 때도 기뻐하며 아예 잔치까지 베풀었다. 그 모습을 보고 장수들이 남몰래 비웃음을 흘렸다. 그런데 서황이 앞으로 나서면서 말했다.

"동관성의 군사들이 늘어나는 것을 보니 지금쯤 서량 땅은 텅텅 비었을 것입니다. 지금이 좋은 기회입니다. 우리가 군사들을 몰래 빼돌려 마초가 돌아갈 길을 끊은 다음 쳐들어가면 적은 당황하며 힘을 쓸 수 없을 것입니다."

조조가 무릎을 쳤다.

"그대야말로 내 생각을 알고 있었던 유일한 사람이다!"

그 즉시 조조의 군대는 둘로 나뉘어졌다. 조조는 그 중 반은 조인에게 주어 동관성을 계속 감시하도록 하는 한편, 나머지 반은 자신과 서황이 직접 거느리고 마초의 후방을 기습하기 위해 길을 떠났다.

하지만 그것은 조조의 엄청난 착각이었다. 마초도 역시 첩자를 통해 조조 군대의 형편을 살피다가 사실을 전해 듣고는 일찌감치 조조가 지나갈 만한 길목에 군사를 숨겨 두었다가 기습을 한 것이다.

"와아! 드디어 조조가 나타났다. 일제히 활을 쏴라!"

느닷없이 화살이 빗발치자 조조는 크게 당황했다.

"계획이 탄로났다, 모두들 후퇴하라!"

그 바람에 조조는 또다시 많은 군사를 잃고 스스로도 죽을 뻔하다가 허저의 도움으로 겨우 목숨을 살려 진영으로 돌아왔다.

"마초란 놈은 용감한 데다가 지혜까지 갖추었구나!"

원통했지만 이러지도 저러지도 못하는 조조 앞에 허저가 성큼 나섰다.

"제가 죽기를 각오하고 마초와 싸워 보겠습니다!"

말을 마친 허저는 즉시 사람을 시켜 마초에게 도전장을 보냈다. 그러나 허저의 도전장을 받아든 마초는 코웃음을 쳤다.

"하룻강아지 범 무서운 줄 모르는구나! 좋다! 내일 당장 상대해 주겠다!"

이튿날. 마초와 허저는 양쪽 군사들 사이에서 맞붙었다.

마초가 창을 휘두르며 달려나가자 허저도 칼을 높이 쳐들고 마주 달려나왔다. 마초가 내지르는 창끝을 허저가 칼로 뿌리치는 순간 번쩍하고 불꽃이 튀었다. 허저가 힘껏 내리치는 칼을 마초는 몸을 비틀어 가볍게 피해 버렸다. 멀리서 지켜보던 조조가 감탄의 말을 했다.

"흐음, 마초란 놈은 옛날의 여포에 비해 조금도 뒤지지 않는 장수로구나!"

두 사람은 그렇게 1백여 차례나 부딪쳤지만 승부를 대지 못하고 결국 말이 먼저 지쳐서 비틀거렸다.

"말을 바꿔 타고 다시 겨루어 보자!"

거친 숨을 몰아 쉬며 각자 자기 진영으로 돌아가 말을 바꾸어 탄 두 사람은 다시 맞붙었다. 그러나 두 번째 싸움도 승부를 보지 못한 채 사람보다 말이 먼저 헉헉거렸다. 그 때 흥분할 대로 흥분한 허저가 마초를 노려보며 소리쳤다.

"네 이놈! 잠시 볼일이 있어 다녀올 테니 꼼짝 말고 기다려라!"

"……?"

마초가 영문을 몰라 물끄러미 바라보는 동안, 허저는 나는 듯이 진영으로 달려가 투구와 갑옷을 벗고 벌거숭이 알몸으로 말을 타고 달려나왔다.

"이제 거치적거리는 것을 모두 벗었으니 제대로 한 판 붙어 보자!"

마초는 눈앞이 아찔해지면서도 기가 막혔다.

"살다가 보니 별 짐승 같은 놈을 다 보겠군!"

두 사람은 다시 맞붙어 30여 차례나 싸웠지만 역시 승부는 팽팽했다. 양쪽 군사들은 그 희한한 광경을 침을 삼키며 지켜보고 있었다.

그러던 어느 한 순간이었다. 허저가 이를 악물며 내리치는 칼을 몸을 돌려 피한 마초가 허저의 심장을 향해 창을 내질렀다. 당황한 허저는 칼을 버리고 맨손으로 마초의 창을 움켜잡았다. 두 사람이 창 하나를 마주 잡고 옥신각신하는 모습이 되었다. 그 때 두 사람의 힘에 못 이긴 창이 두 동강으로 부러지고 말았다. 마초와 허저는 반 토막이 된 창을 각각 움켜잡고 난투극을 벌였다.

두 사람이 싸우는 모습을 넋을 잃고 지켜보던 조조는 문득 허저가 다치지나 않을까 염려되었다.

"허저를 도와 줘라! 저러다 귀한 장수를 잃겠다!"

그 말을 듣고 조조측에서 장수들이 달려나가자, 마초측에서도 방덕과 마대가 군사들을 이끌고 마주 달려나왔다. 그러나 군사들의 싸움에서는 조조의 군사들이 마초의 군사들의 상대가 되지 못했다. 서량의 억센 기병들이 칼과 창을 휘두르며 지나가는 족족 조조의 군사들은 낙엽처럼 널브러졌다.

"아, 안되겠다! 일단 도망치자!"

허저는 얼굴을 일그러뜨리며 말 머리를 돌렸다. 그 때였다. 빗발치듯 날아오던 화살이 연거푸 허저의 팔뚝에 꽂혔다.

"윽!"

짧은 비명을 내뱉으며 허저가 뒤도 돌아보지 않고 달아나자 그를 따르던 장수와 군사들도 앞다투어 꽁무니를 빼고 말았다.

마초는 도망치는 적들을 바라보며 혼잣말처럼 중얼거렸다.

"내가 수많은 전쟁터에서 별별 놈을 다 만나 봤다만, 허저처럼 난폭한 놈은 오늘 처음으로 보았다."

이간질

마초와 조조의 싸움은 지루하게 계속되었다. 그러는 동안에 양식은 바닥을 드러내기 시작했고, 사람과 말은 모두 다 더욱 지쳐갔다. 보다 못한 마초가 조조에게 휴전을 제의하자, 조조 역시 지쳐 있었던지 선뜻 승낙했다.

마초는 그래도 마음이 놓이지 않아 한수에게 말했다.

"조조는 워낙 꾀가 많은 놈이라 휴전을 맺었다고 해도 안심하긴 이릅니다. 장군과 제가 번갈아가며 조조를 감시하는 게 좋겠습니다."

한수도 머리를 끄덕였다.

"옳은 말이네. 그대와 내가 하루씩 교대로 조조를 감시하도록 하세."

그리하여 두 사람은 하루씩 번갈아가며 조조의 진영 가까이로 다가가 감시를 하기 시작했다. 그러던 어느 날이었다. 그 날은 한수의 차례가 되어 군사들을 거느리고 조조의 진영 가까이로 다가갔는데, 웬일인지 조조가 갑옷과 투구도 쓰지 않은 채 홀몸으로 말을 타고 나타나 한수에게 말을 걸었다.

"나는 지난날 그대의 아버지와 함께 조정에서 벼슬살이를 한 적이 있소. 하고 싶은 이야기가 있으니 나와 잠시 자리를 함께하지 않겠소?"

한수는 조조가 아무런 무기도 갖추지 않았기에 별다른 의심 없이 앞으로 성큼 나서며 그와 더불어 말 머리를 나란히 하고 거닐기 시작했다.

조조가 다시 말했다.

"그대의 아버지와 벼슬길에 오른 것이 엊그제 같은데 벌써 세월이 많이 흘렀구려. 그래, 장군의 나이는 올해 몇 살이오?"

한수가 떨떠름하게 대답했다.

"마흔 살이 되었소."

조조는 그 말에는 가타부타 대꾸도 없이 가뜩이나 작은 눈을 더욱 가늘게 뜨며 아련한 추억에 잠긴 표정을 지었다.

"지난날에는 나나 그대의 아버지 모두가 꽃다운 청춘이었는데 덧없는 것이 세월이라 벌써 이렇게 늙어 버렸구려.

언제나 천하를 평정하여 태평한 세상을 만들 것인가!"

한수는 의아했다. 기껏 사람을 불러 놓고 한다는 소리가 방금 전까지 전쟁을 치렀던 두 사람 사이에는 전혀 어울리지 않는 내용이었기 때문이다. 조조는 끝까지 전쟁과 관련된 말을 한 마디도 꺼내지 않고 오로지 감회 어린 표정으로 옛 추억을 중얼거리다가 자기 진영으로 돌아갔다.

이윽고 한수도 진영으로 돌아오자 마초가 한껏 궁금해하는 얼굴로 물었다.

"도대체 조조놈이 뭐라고 지껄인 것입니까?"

"젊은 시절 내 아버지와 벼슬살이를 하던 이야기만 중얼거리다가 돌아가지 않겠소?"

마초는 믿을 수 없었다.

"전쟁과 관련된 이야기는 한 마디도 없었단 말입니까?"

"글쎄 그렇다니까……."

한수가 대답했지만 마초는 여전히 의심하는 눈길을 거두지 않았다.

다음 날이었다. 그 날은 순서에 따라 마초가 군사들을 거느리고 조조의 진영 가까이로 다가가 감시를 했다. 그런데 조조는 멀리서 슬쩍 모습을 내보이더니 마초에게는 한 마디 말도 걸지 않은 채 금세 자취를 감추고 말았다.

"아무래도 수상해…… 혹시 한수와 조조가 음모를 꾸미는 것이 아닐까?"

마초는 영 개운찮은 표정을 지으며 진영으로 돌아왔다.

조조가 한수에게 편지를 보낸 것은 그 무렵이었다. 소식을 들은 마초는 한수를 찾아가 편지를 보여 달라고 했다. 그런데 한수가 내민 편지는 내용도 아리송했으며 여러 대목이 먹으로 지워져 있었다. 부쩍 의심이 든 마초가 물었다.

"어째서 편지를 먹으로 지우셨소?"

한수도 영문을 모르겠다는 표정을 지었다.

"내가 지운 게 아니라 편지는 올 때부터 그랬소. 내 짐작에는 아마도 초고를 잘못 보낸 것이 아닐까 하는데……."

한수의 말이 끝나기도 전에 마초가 코웃음을 쳤다.

"흥! 이 세상 어떤 사람이 남에게 편지를 보내면서 초고를 보낸단 말이오? 장군은 내가 봐서는 안 될 내용이 있어서 일부러 지운 것이 아니오?"

"글쎄 아니래두. 조조가 초고를 실수로 잘못 보낸 것이 틀림없네."

"믿을 수 없소. 조조는 깐깐하고 정확하기로 소문난 사람인데, 그런 그가 어찌 그런 어처구니없는 실수를 하겠소? 내가 보기엔 장군이 조조와 짜고 변심한 것같소!"

한수는 억울했다. 그는 주먹으로 가슴을 치며 큰 소리로 외쳤다.

"나를 믿지 못한단 말이오? 내 말이 의심스럽다면 내일 나의 결백을 증명해 보이겠소. 내일 내가 조조를 진영 앞으로 불러내어 말을 걸 테니, 그대는 진영 안에 숨어 있다가 즉시 달려나와 그를 죽이시오! 그러면 나의 진심을 알 것 아니오?"

그제야 마초가 깊이 고개를 끄덕였다.

"장군께서 그렇게만 해 주시면 더 이상 의심하지 않겠소!"

이튿날이 되었다. 한수는 군사들을 거느리고 진영 밖으로 나가고, 마초는 약속대로 진영 안에 숨어 조조가 나타나기만을 기다렸다. 한수는 사람에게 시켜 조조의 진영 가까이로 보내 크게 외치게 했다.

"한수 장군이 조조 장군을 가까이서 보고자 하니 조조 장군은 잠시 우리 진영 앞으로 와 주기 바랍니다."

조조는 그 말을 듣더니 부하 장군 조홍을 불러 무언가 귓속말을 했다. 이윽고 자신의 진영 앞에서 기다리고 있던 한수 앞에 모습을 드러낸 것은 기대와는 달리 조조가 아니라 조홍이었다. 그는 먼 발치에서 한수를 발견하자마자 밑도 끝도 없이 대뜸 이렇게 소리쳤다.

"한수 장군은 조조 장군이 시키신 일을 실수 없이 해내야 할 것이오!"

달랑 그 말 한 마디만을 내뱉은 조홍은 급히 말을 돌려 사라지고 말았다.

마초의 패배

진영 안에 숨어 바깥을 내다보던 마초는 그 말을 듣는 순간 피가 거꾸로 솟는 기분이었다.

"이젠 확실해졌다! 한수가 나를 죽이려고 음모를 꾸민 것이 틀림없다!"

그는 진영에서 뛰쳐나와 한수를 죽이려고 날뛰었다.

"네 이놈, 한수야! 돌아가신 우리 아버님과 의형제를 맺었다면서 나를 죽이려고 해? 오냐, 내가 죽기 전에 너부터 먼저 죽일 것이다!"

달려드는 마초를 부하 장수들이 겨우 뜯어말렸기에 한수는 목숨을 건졌다.

마초와 헤어져 자신의 막사 안으로 돌아온 한수는 부하 장군들을 불러 모은 가운데 탄식했다.

"마초가 공연히 나를 의심하니 이 일을 어쩌면 좋으냐?"

그 때 양추라는 장수가 나서며 대꾸했다.

"마초는 자기의 용맹만 믿고 그 동안 장군을 업신여겨 왔습니다. 조조와의 싸움에서 이긴다고 해도 우리로서는 별로 이득이 될 게 없으니 이번 기회에 항복해 버립시다. 그러면 조조는 장군께 높은 벼슬은 내릴 것입니다."

한수는 망설였다.

"마등과 나는 의형제를 맺은 사이인데 이제 와서 어떻게 그의 아들을 배반한단 말이냐?"

그러나 양추의 대답은 간단했다.

"의리를 먼저 저버린 사람은 마초입니다. 사정이 이렇게 되었으니 할 수 없습니다."

그제야 한수도 결심을 굳혔다.

"좋다! 그럼 그대가 조조에게 가서 우리의 뜻을 전하라!"

양추가 한수의 비밀 편지를 전하자 조조는 흡족해하며 말했다.

"하하하, 잘 생각했다! 마초만 물리치면 나는 한수에게 서량 태수 벼슬을 내릴 것이다. 오늘 밤 당장 불을 올리는 것을 신호로 마초를 죽여 없애자!"

양추가 돌아와 그 같은 사실을 보고하자 한수는 부하들에게 시켜 진영 곳곳에 마른 장작을 쌓게 하고 밤이 오기만을 기다렸다.

그런데 한수의 계획은 밤이 오기도 전에 마초가 심어 둔 첩자에 의해 탄로나고 말았다. 첩자가 마초에게 사실을 보고하자 마초는 즉시 부하 장수와 군사들을 거느리고 벌 떼처럼 한수의 막사 앞으로 달려와 칼을 휘둘렀다.

"네놈들이 감히 우리를 배반하고 나를 죽이려 들어? 어림도 없다!"

분노한 마초가 칼을 내리치는 순간, 한수의 왼쪽 팔이 잘려져 나갔다. 그와 동시에 당황한 한수의 부하들은 진영 곳곳에 불을 질렀다.

그것이 시작이었다. 타오르는 불길을 보고 달려온 조조의 군사들은 한수의 부하들과 힘을 합쳐 마초의 군대를 포위하고 빗발치듯 화살을 날려 보냈다.

"마초를 죽여라! 마초를 죽이는 사람에게는 대장군의 벼슬을 내린단다!"

수많은 적들이 마초의 칼날에 베어져 피를 뿌렸지만, 죽이면 죽일수록 더 많은 수의 적들이 덤벼들었다.

"장군! 지금은 우선 도망쳐서 목숨을 건지는 것이 중요합니다!"

마초에게 다가와 도망칠 것을 권한 사람은 마대와 방덕이었다.

"천하의 마초가 치욕스럽게 도망쳐야 한단 말인가!"

마초의 눈에서 뜨거운 눈물이 흘러내렸다.

"일단 살아야 훗날 이 원수를 갚지 않겠습니까?"

그 말에 마초는 눈물을 삼키며 고개를 끄덕였다. 마초를 따르는 사람은 장수 마대와 방덕, 그리고 기병 30명이 고작이었다. 그들은 눈물을 뿌리며 살 길을 찾아 멀고 먼 농서 땅으로 달아나고 말았다.

마초가 도망쳤다는 소식을 들은 조조는 요란한 웃음을 터뜨리고 말했다.

"이번에 가장 큰 공을 세운 한수 장군에게 서량 태수 벼슬을 내린다. 나를 대신해서 잘 다스려라. 우리는 이제 허도로 돌아간다!"

그 때부터 조조의 힘은 더욱 막강해졌으며 거의 황제나
다름없는 권세를 휘두르게 되었다.

제8장
삼국 시대의 개막

선비 장송

　사람들은 언제부턴가 양자강 북쪽의 허도를 중심으로 조조가 다스리는 지역을 위나라라고 불렀고, 양자강 동쪽의 손권이 다스리는 강동 지역을 오나라라고 불렀으며, 유비가 장차 발판으로 삼으려 하는 익주를 중심으로 한 서천 지역을 촉나라라고 불렀다.

　물론 이 때까지도 천하는 「한나라」라는 하나의 나라로서 천하의 주인은 황제 한 사람이었으며, 조조나 손권 등은 황제의 명을 받아 자기가 차지한 지역을 다스리는 제후에 불과했다. 그러나 조조·손권·유비가 활약하던 당시의 황제는 나약하기 짝이 없었기에 제후들은 황제의 신하임에도 불구하고 각각 자기가 맡은 지역에서는 왕이나 다름없이 권세를 마음껏 누리고 있었다.

조조의 세력이 점점 커가고, 그러한 소식이 한중에까지 이르자, 한녕 태수 장로(張魯)는 불안해졌다. 그는 수하의 무리를 모아 놓고 상의했다.

"서량의 마등이 이미 죽었으니, 조조가 필시 우리 한중을 그냥 두지는 않을 것이오. 내가 한녕왕(漢寧王)이라 일컫고, 군사들을 일으켜 조조를 막고자 하는데, 제군은 어떻게 생각하오?"

염포(閻圃)가 말했다.

"우리 한천(漢川)으로 말하자면 백성이 10만여 호(戶)에 양식이 넉넉하며 사면이 또한 험고합니다. 더욱이 이번에 마등이 죽는 바람에 서량 백성으로서 한중에 들어온 자가 수만 명이나 됩니다. 어리석은 생각으로는 익주의 유장(劉璋)이 혼약(昏弱)하니, 먼저 서천의 41주(州)를 빼앗아 근본을 삼고, 연후에 왕위에 오르시더라도 늦지 않을까 합니다."

듣고 난 장로는 크게 기뻐했다. 그는 곧 그의 아우 장위(張衛)와 함께 기병할 일을 의논했다.

익주 유장의 자는 계옥(季玉)으로, 유언(劉焉)의 아들이었다. 뜻밖에도 장로가 군대를 일으켜 한천(漢川)을 빼앗으려고 한다는 소식을 듣자, 겁이 많은 그는 크게 놀라 중관들과 상의했다. 그 때 자리에서 한 사람이 앙연히 나와서 아뢰었다.

"청컨대 주공은 안심하십시오. 제가 비록 재주는 없으나 세 치 혀가 굳지 않았으니, 장로 따위가 감히 서천을 엿보지 못하게 하겠습니다."

그는 곧 익주 별가(別駕)로, 이름은 장송(張松)이고 자는 영년(永年)인데, 그의 생긴 모습이 매우 괴이했다. 유장이 물었다.

"별가는 어떤 계교로 장로의 군대를 막으려고 하오?"

장송이 말했다.

"제가 듣자오니, 허도의 조조가 중원을 소탕하여 여포와 원소·원술이 모두 멸망하였고, 근자에는 마등을 죽여 천하 무적이라 합니다. 주공께서 헌상할 물건을 갖추어 주시면, 제가 직접 허도로 가서 조조를 설복하고, 그를 달래어 한중을 쳐 장로를 없애게 하면, 장로가 어느 여가에 우리를 엿볼 수 있겠습니까."

유장은 크게 기뻐하며, 금백(金帛)을 장만하여 장송으로 하여금 허도의 조조에게 가도록 했다. 장송은 남몰래 서천의 지리 도본(圖本)을 그려서 감추고, 중인(從人) 몇 명과 함께 길을 떠났다.

장송이 떠남과 함께 형주의 세작이 그 소식을 곧 형주로 전하자 공명은 지체 않고 사람을 허도로 보내 소식을 탐지하게 했다.

장송은 허도에 이르러 관역에 머물면서, 조조를 만나기 위해 애썼다.

그 무렵 조조는 마초를 물리치고 한껏 기고만장해져 날마다 잔치를 베풀고 술을 마시며 게으른 생활을 하고 있었다. 그는 익주 땅에서 장송이라는 신하가 찾아왔다는 보고를 받고도 사흘이 지나도록 그를 만나 주지 않다가 뒤늦게 면회를 허락했다.

"그대는 무엇 때문에 나를 찾아왔는가?"

조조가 먼저 입을 열자 장송이 대답했다.

"사방에 도둑들이 우글거려서 그들을 물리쳐 달라고 찾아왔습니다."

그 말에 조조가 발끈 화를 냈다.

"무슨 소린가? 도둑들은 얼마 전에 내가 깨끗이 물리쳤는데 아직까지도 도둑들이 남아 있단 말인가!"

"물론입니다. 남쪽에는 손권이 있고, 북쪽에는 장노가 있으며, 서쪽에는 유비가 있습니다. 그들은 각각 정도의 차이는 있으나 10만 명 안팎의 군사를 거느리고 있으니 결코 무시할 수 없는 세력입니다."

조조는 가뜩이나 장송의 생김새가 못마땅하던 차에 그 말이 은근히 손권과 유비 등을 칭찬하는 것처럼 느껴졌기에 자리를 박차고 일어났다.

조조는 그 길로 나가 버리고, 남아 있던 신하들은 장송을 비웃었다.

"그대는 어찌 그렇게 당돌한가? 승상께서 목숨을 살려 준 것만도 고맙게 생각하고 어서 돌아가라."

그러는 동안 장송이 한 사람과 알게 되어 성명을 물으니 바로 태위 양표(楊彪)의 아들 양수(楊修)로, 자는 덕조(德祖)라고 했다.

양수는 장송과 이야기를 나누다 보니 그의 말 속에 뼈가 숨겨져 있는 것을 느끼고, 그를 서원으로 청하여 주객이 자리를 잡고 마주 앉았다. 양송이 먼저 입을 열었다.

"촉도(蜀道)가 험난한데 멀리 오시느라고 수고하셨소."

"명을 받았으니 어찌 물불을 사양하겠습니까."

"참, 공은 무슨 벼슬에 있으신지?"

"저는 별가(別駕)의 직에 있거니와, 공은 무슨 벼슬에 계시오?"

"승상부의 주부(主簿)입니다."

장송이 알지 못하겠다는 얼굴로 말했다.

"공은 충절 있는 가문의 자손으로서 어찌 묘당(廟堂)에서 천자를 보좌하지 않고, 구구히 승상부의 한갓 아전으로 지내신단 말이오?"

듣고 나자 양수는 만면에 부끄러운 빛이 가득해졌다.

"제가 비록 벼슬은 높지 않으나 승상께서 중임을 맡기시고, 많은 교회(敎誨)를 하시기로 여기에 있는 바요."

장송이 껄껄 웃으며 말했다.

"제가 듣건대 승상은 문(文)의 공맹지도(孔孟之道)를 알지 못하고, 무(武)의 손오지기(孫吳之機)를 알지 못하면서도 오늘의 승상직에 올랐는데, 어떻게 공을 교회하며 개발할 것이오?"

"말씀이 심하오. 공이 한갓 변방에 있으면서 어찌 승상의 대재(大才)를 아시겠소. 내 공에게 보여 드릴 게 있소."

그는 곧 사람을 불러 상자 속에서 책 한 권을 가져오게 하여 장송에게 보였다. 〈명덕신서(孟德新書)〉라 제목을 붙인 책을 들고 장송이 첫장부터 훑어 보니, 13편으로 나눈 글이 모두 용병의 묘법을 적은 것이었다.

"허허허… 아니, 이 책이 누구 책이라구요? 이 책은 우리 촉중(蜀中)에선 삼척 동자라도 다 외우는 것인데, 신서라니 그게 웬 말이오. 이건 바로 전국시(戰國時)에 한 무명씨(無名氏)가 지은 것인데, 승상이 자기가 지은 것처럼 공을 속이신 거요."

그러나 양수는 못내 믿지 못하고,

"그럴 리가 있겠소. 이 책으로 말하면 세상에 내어 놓지 않았는데, 어찌 감히 승상을 업신여기시오?"

"공이 저의 말을 못 믿는 모양인데, 그렇다면 내가 한 번 외워 보이겠소."

하고, 서두에서 끝자까지 〈맹덕신서〉를 주욱 외우니, 거침없기가 물 흐르듯 하고 일자 일획도 틀림이 없었다. 양수는 감탄하여 마지않았다.

"한 번 보시고 책 한 권을 다 외우시니, 과연 공의 강기(强記)는 천하 제일입니다."

장송이 물러가려 하자 양수가 말했다.

"공은 잠시 더 관사(館舍)에 머무르시오. 제가 다시 승상께 품해 보겠습니다."

그 길로 조조를 찾아간 양수는 자신이 본 것을 낱낱이 말하며 장송을 만나서 그의 말을 들어 보라고 간청했다. 그러나 조조의 마음은 돌아서기는커녕 양수의 말을 듣고 더욱 화를 냈다.

"옛 사람의 생각이 나와 같았는지도 모를 일이 아닌가."라고 말하고 나서, 그 책을 불살라 버리게 했다. 양수가 이어서 말했다.

"이 사람을 다시 한 번 만나 보시지요."

그러나 조조는 들은 척도 않고, 입가에 웃음을 띠며 말했다.

"내가 내일 서교장(西敎場)에서 점군할 테니, 너는 그를 데리고 와서 우리 군용의 위엄을 보게 하라."

이튿날, 양수가 장송과 함께 서교장에 이르러서 보니, 조조가 호위병 5만 명을 점고하는 중이었다. 과연 조조의 호위군이었다. 빛나는 갑옷에 의포(衣袍)가 찬란하며, 금고(金鼓)가 하늘을 울렸고, 창과 칼은 햇빛을 받아 번쩍였다.

장송이 곁눈질하며 보고 있는데, 한참 후에 조조가 그를 불렀다. 조조는 위세 당당한 호위군을 가리키며 물었다.

"너의 서천에서도 이 같은 영웅 인물들을 보았는가?"

장송이 대답했다.

"우리 나라에선 이러한 병혁(兵革)은 보지 못했고 오직 인의(仁義)로 다스릴 뿐입니다."

조조는 마침내 크게 노해서 그를 꾸짖었다.

"네 이놈, 강아지 같은 선비놈이 어찌 감히 이토록 무례하단 말인고!"

그리고는 소리쳐 좌우 사람들을 불러 그의 목을 베라고 명령했다. 양수가 간했다.

"장송의 죄가 죽어 마땅하오나, 먼 촉 땅에서 입공(入貢)하러 온 길이니 만약 베게 되면 멀리 있는 사람의 뜻을 잃을까 두렵습니다."

그래도 조조의 노기가 가시지 않았는데 순욱도 역시 극력 간하자, 조조는 권에 못 이겨 죽음을 면해 주고, 어지러이 장송을 쳐서 쫓아냈다.

장송은 관사로 돌아오자, 그 날로 성에서 나와 서천을 향하여 걸음을 재촉하면서 혼자 생각했다.

'내가 서천을 들어 조조에게 바치려 했는데 그처럼 거만할 것이라고 누구 짐작이나 했으랴. 내가 떠나올 때 유장 앞에서 큰소리쳤는데 이렇게 빈손으로 돌아간다면, 웃음거리밖에 될 것이 없지 않은가. 형주의 유현덕은 어진 이를 예로써 대접한다니, 차라리 그에게로나 가 보자.'

그렇게 마음을 정하고 말머리를 돌려 가는데, 그 같은

소식은 허창에 숨겨 두었던 첩자의 편지를 통해 제갈공명도 알게 되었다. 그는 즉시 조운을 불러 지시했다.

"장군은 군사들을 거느리고 가서 장송을 정중히 맞아들이시오. 키 작고 못생긴 사람이 바로 장송이요."

장송이 형주 지경에 이르렀을 때 홀연히 일대의 군마들이 나타나더니 대장이 물었다.

"거기 오시는 분은 혹시 장 별가가 아니시오?"

"그렇소."

대장이 황망히 말에서 내려 목소리를 부드럽게 하여 말했다.

"조운(趙雲)이 여기서 기다린 지 오래입니다."

장송도 말에서 내려, 답례하며 말했다.

"그럼 장판파의 영웅 상산 조자룡이 아니시오?"

"그렇습니다. 제가 유 황숙의 명령으로 대부(大夫)을 위해 원로에 말을 달려와 술과 소찬을 받드는 바입니다."

장송이 속으로 생각했다.

'유현덕이 마음이 어질고 선비를 사랑한다고 하더니, 이제 보니 과연 옳은 말이었구나.'

이튿날 아침밥을 일찍 먹고 떠난 지 얼마 안 되었을 때 한 떼의 인마가 나타났다. 유비가 복룡·봉추와 함께 몸소 영접하러 나온 것이다.

그로부터 연 사흘 동안 장송은 유비와 함께 술을 마셨는데 유비는 서천에 대한 이야기는 물어 보지도 않았다. 마침내 떠나게 되자 유비가 10리 장정에 잔치를 크게 베풀고, 손수 술을 따라 그에게 권했다.

"대부께서 사흘 동안이나 유하여 주셔서 적이 쌓인 회포는 풀었으나, 오늘 떠나는 마당에 서니 어느 때에 다시금 뵈올는지…."

유비는 말을 맺지 못하고 눈물을 흘렸다. 때문에 장송은 유비처럼 마음이 섭섭해지며 속으로 생각했다.

'현덕이 이렇듯 관인애서(寬人愛士)하니 어찌 버릴 수 있을까 보냐. 내가 설득해서 서천을 취하게 해야겠다.'

장송이 유비에게 말했다.

"이번에 제가 형주를 보니, 동에 손권이 있어 항상 범처럼 노리고, 북에는 조조가 있어 매양 고래처럼 삼키려 하니, 역시 오래 있을 땅이 아니라고 생각합니다."

유비가 처량히 대답했다.

"나 역시 그렇게 생각하지만 안신할 곳이 어디에 있어야지요."

"익주로 말하면 기름진 땅이 천 리에 이르고, 재주 있고 뜻 있는 선비들이 황숙의 덕을 사모한 지가 오래 됩니다. 만약에 형양(荊襄)의 무리를 들어 서천으로 나오신다면 가히 패업을 이룰 수 있을 것입니다."

"내가 어찌 그 일을 감당하겠소. 유계옥(유장의 자)도 역시 한실 종친이며, 은택(恩澤)을 촉 중에 편 지 오래이니, 어느 누가 동요시킬 수 있겠습니까."

"대장부가 천하에 처세함에 마땅히 힘써 공을 세우고 업을 이룩하기 보다 앞섬이 으뜸인데, 이 기회를 놓치면 후회막급일 것입니다."

"또 듣건댄 촉도(蜀道)가 험난하여 천산 만수(千山萬水)에 수레는 구르지 못하고 말은 고삐를 가지런히 하지 못한다는데, 취하고 싶다 한들 무슨 계책이 있겠습니까."

그 말을 듣자 장송이 소매 속에서 지도(地圖) 한 장을 꺼내 유비에게 주며 말했다.

"제가 공의 은혜에 느낀 바 있어 이 지도를 드립니다. 이것만 보시면 촉 땅의 지리는 환해질 것입니다."

유비가 지도를 펴서 보니, 지리의 멀고 가까움과 좁고 넓음과 산천의 험요함과 평평함에 대한 내용이 자세하게 적혀 있었다. 장송이 말을 이었다.

"저에게 심복지우인 법정(法正)과 맹달(孟達) 두 사람이 있는데, 그들 둘이 반드시 공을 도울 것입니다. 뒷날 그들이 형주에 오거든 명공께서 안심하고 의논하소서."

"알겠소이다."

말을 마친 장송이 작별을 고하자, 유비는 그의 손을 잡고 사례한 후 공명과 관우의 무리에게 명하여 수십 리 밖까지 그를 전송하게 하였다.

장송은 익주로 돌아가자, 먼저 친구인 법정을 만났다. 법정의 자는 효직(孝直)으로, 법진(法眞)의 아들이었다.

장송이 법정에게 조조의 교만함에 대해서 말하고, 그와 더불어 고생은 같이 할지언정 즐거움은 같이 할 수 없다고 말하고는 이어서 말했다.

"내 앞으로 익주를 유 황숙께 바칠까 하는데, 이는 오로지 형장과 의논하여 꾀할까 하오."

그 말을 듣고 난 법정이 말했다.

"나 역시 유계옥이 하도 무능하기에 이미 유 황숙을 유의한 지가 오래요. 이미 뜻이 서로 같음을 알았으니 무엇을 근심하겠소."

얼마 있으니 맹달이 이르렀다. 맹달의 자는 자경(子慶)으로 법정과는 같은 고향 사람이었다. 맹달이 또한 그들의 의견에 찬동했다.

이튿날 장송이 유장에게 갔더니 유장이 물었다.

"그 동안의 일은 어찌 되었는가?"

"조조는 곧 한나라의 도적으로 천하를 찬역하려는 것은 말할 것도 없고, 이미 서천을 도모하려는 의도가 분명히 보였습니다."

"그렇다면 어찌하면 좋소?"

"형주의 유 황숙으로 말하면, 주공과는 동종(同宗)이시며, 인자하고 관후하여 장자의 풍이 있고, 적벽 대전에서 조조의 간담을 찢었다니 장로 따위와 비교할 수 있겠습니까? 주공께서 그에게 사신을 보내 구원을 청하시면, 조조와 장로는 근심할 필요가 없겠습니다."

"그렇다면 사신으로는 누구를 보내는 것이 좋겠는가?"

"아무래도 법정이나 맹달이, 아니면 어려울까 합니다."

유장이 그 자리에서 두 사람을 불러들여 먼저 법정을 정사(正使)로 삼아 먼저 우호 관계를 열게 하고, 이어서 맹달을 보내 유비를 영접하고 서천에 들어오는 것을 돕기로 의논이 정해졌다.

그 때 밖에서 한 사람이 나타나더니 큰 소리로 외쳤다.

"주공! 만약에 주공께서 장송의 꼬임에 넘어가시면 곧 우리 41주군(州郡)은 남의 것이 되고 말 것입니다."

장송이 바라보니 곧 낭중 파서 사람 황권(黃權)이었다. 그의 자는 공형(公衡)으로, 그 때 주부로 있었다. 유장이 말했다.

"황숙으로 말하면 나와 동종인지라, 내가 그에게 구원을 청하는 바인 데, 너는 무슨 까닭으로 막는단 말인가?"

"장송이 지난번 길에 형주를 지났으니, 필시 유비와 무슨 의논이 있었을 터이오니, 우선 장송을 죽이시고 유비와의 관계를 끊으시면 곧 서천이 안전해질 것입니다."

그러나 유장은 그의 말을 듣지 않았다.

법정이 익주를 떠나 형주에 이르자, 유비는 잔치를 베풀어 대접했다. 술이 두어 순배 돌자 유비는 좌우를 물리치고 법정에게 말했다.

"효직(법정의 자)의 영명을 앙모한 지 오래였고, 장 별가로부터도 성덕(盛德)함을 많이 들었는데, 이제야 가르침을 얻게 되어 가히 평생을 위로하겠습니다."

법정이 사례하며 말했다.

"촉중의 일개 작은 관리를 어찌 이렇듯 대하십니까. 말은 백락(伯樂)을 만나야 울고, 사람은 지기를 만나야 죽는다고 하였으니, 장 별가가 전일에 드린 말씀을 장군께선 잊지 마십시오."

유비가 손을 맞잡고 사례하며 다음 날을 기약하고 그 날은 헤어졌다. 공명이 몸소 법정을 관사로 바래다 줄 때, 유비는 혼자 앉아 곰곰 생각하는 데 방통이 들어왔다.

"일을 당하여 결단치 못하면 어리석은 사람이옵니다. 주공의 고명으로 또 무엇을 주저하십니까?"

방통의 말에 유비가 말했다.

"지금 나와 서로 싸우는 자는 조조이니, 조조가 급(急)하면 나는 관(寬)하고, 조조가 횡포하면 나는 어짊으로 하고, 조조가 속임수로 하면 나는 곧음으로 하여, 언제나 그와 상반(相反)이면 대사는 이루어질 것이겠지만, 만일 소리(小利)를 탐내 신의를 천하에 잃는다면 남의 웃음거리만 되지 않겠소."

방통이 웃으며 말했다.

"주공의 말씀은 비록 천리(天理)에는 맞습니다만, 난리 때 군사들로 싸우는 데 있어서는 오직 한 가지 길만이 있는 것이 아닙니다. 만일 상리(常理)에 구애된다면 촌보도 나가지 못할 것이니, 모름지기 권도를 써, 약한 자를 공격하고 역(逆)으로 취하여 순(順)으로 지킴은 탕무지도(湯武之道)라, 일을 정한 뒤에 의(義)로써 갚고, 큰 나라로 봉하면 무엇이 불가하겠습니까. 만약 오늘 취하지 않으면 급기야 나중에는 남에게 뺏기고 말 것이니, 주공은 심사숙고하십시오."

유비는 황홀한 듯 듣고 나자,

"선생의 금석같은 말씀을 길이 가슴 속에 명심하겠습니다."

라고 대답하고는, 공명을 청해 기병할 일에 대해서 의논하였다. 공명이 말했다.

"형주는 중지(重地)이니 반드시 굳게 지켜야 할 것입니다."

유비는 공명의 말을 받아들여 자기는 방통·황충·위연과 함께 서촉으로 가기로 하고, 공명은 관우·장비·조운과 함께 형주를 지키게 하였다.

공명은 형주를 총독하고, 관우는 양양의 요로(要路)를 막으며, 장비는 순강(巡江)하고, 조운은 강릉에 주둔하게 하였다.

유비의 출정

드디어 유비는 황충의 군대를 전군으로 삼고, 위연을 후군으로 하고, 자신은 유봉관평과 함께 중군이 되고, 방통으로 군사를 삼아 마보병 5만을 이끌고 장도에 오르기로 했다.

유비가 떠나가는 그 해 동월(冬月), 멀리 서천(西川)을 향해 5만 대군이 진발하였다. 가기를 얼마 아니했을 때 맹달이 5천 군사를 거느리고 영접했으며, 유비가 사자를 익주에 미리 보냈더니, 유장은 연도(沿道)의 주군(州郡)에 영을 내려, 전량을 공급케 하고, 자기도 친히 부성(涪城)으로 나가 유비를 영접키로 하였다.

그 때 황권이 들어와서 다시 간했다.

"주공께서 이번에 현덕을 맞으러 나가시면, 반드시 그에게 죽음을 당하시게 될 겁니다. 가지 마십시오."

옆에 있던 장송이 그 말을 듣고 뒤를 이어 말했다.

"주공, 황권은 동종간의 정의를 이간질하여, 도적을 창궐케 하려 합니다. 그의 말을 듣지 마십시오."

유장은 장송의 말을 옳게 여기며 황권을 꾸짖었다.

"내가 이미 마음먹은 바 있는데 어찌 내게 거슬리는가!"

그러는 사이에도 유비와 그의 군사들은 시시각각 익주를 향해 다가왔다. 그 무렵 장송이 보낸 한 통의 편지가 방통에게 전달되었는데, 그 내용은 '성 안으로 들어오는 즉시 유장을 죽여 후환을 없애라'는 내용이었다.

방통은 고개를 끄덕이며 유비에게 다가가 말했다.

"유장은 반드시 훗날의 근심거리가 될 것입니다. 그를 죽이시지요."

유비는 조금도 망설이지 않고 고개를 가로저었다.

"그 무슨 잔인한 말씀이오? 내가 살자고 내 친척을 죽일 수는 없소!"

방통은 답답했다.

"주공, 이것은 내 계획이 아니라 장송의 계획입니다. 그는 오랫동안 유장을 섬겨 그의 사람 됨됨이를 잘 알기 때문에 그러는 것 아니겠습니까?"

그러나 유비의 고집은 꺾이지 않았다.

"설령 훗날 내가 죽게 되는 일이 있더라도 그렇게 할 수는 없소. 더군다나 지금 유장을 죽이면 서천의 모든 백성들이 들고 일어나 나를 원망할 것이오. 수많은 백성들을 적으로 만들어서 좋을 게 뭐란 말이오? 나는 못하오!"

그렇게 해서 유장을 죽이는 일은 없게 되었다.

이윽고 유비가 거느린 군대가 익주성에서 1백 리쯤 떨어진 지점에 이르렀을 때였다. 전방에서 갑자기 수많은 군사들이 모습을 나타냈다.

놀라움에 가득 찬 눈으로 바라보는 유비를 향해 방통이 대답했다.

"오, 유장이 군사들을 거느리고 마중을 나왔습니다."

유장이 3만의 인마를 거느리고 부성으로 들어오는데, 후군(後軍)은 양초 전백(錢帛)을 1천여 대의 수레에 싣고 있었다.

유비의 군사들은 이르는 곳마다 서천으로부터 공급을 받았으며, 유비의 군령이 또한 지엄하여 함부로 백성으로부터 노략질하면 참수형으로 벌을 주었다. 가는 곳마다 백성들이 늙은이를 부축하고 어린 것을 거느리고 길에 늘어서서 환영했기에 유비는 오직 좋은 말로 그들을 안위(安慰)하였다.

며칠이 지나서였다. 급보가 이르기를, 장로가 병마를 정돈하여 가맹관을 침범하려 한다고 했다. 유장이 유비를 청하여다 나아가 물리쳐 주기를 간청하자, 유비는 개연히 응낙하고, 그 날로 본부병을 거느리고 가맹관을 향하여 출발했다.

유비는 가맹관에 이르자 우선 널리 은혜를 베풀어 민심을 거두었다.

아두를 구한 조자룡

유비가 유장을 도우러 익주로 갔다는 소식은 강동의 오후(吳候) 손권에게도 알려졌다. 그가 신하들을 불러 모아 그 일을 의논할 때 고옹이 나서서 말했다.

"유비가 이제 군사들을 나누어 멀리 촉중 험로로 들어갔으니, 쉽게 돌아오기 힘들 것입니다. 어찌 이 때를 놓치겠습니까. 우선 군사들을 풀어 강을 끊고, 그의 귀로를 막은 연후에 동오의 군대를 동원하면, 한 번만 북을 치는 것으로 능히 형주를 거둘 수 있을 것입니다."

손권이 무릎을 치며,

"그 참 묘계요. 그려."

하고 감탄하는데, 별안간 병풍 뒤에서 들려 오는 소리가 있었다.

"누구냐, 그런 계교를 쓰겠다는 놈이? 그놈을 썩 끌어내다가 목을 베어라. 바로 그놈이 내 딸을 죽이려는구나!"

만좌가 놀라서 바라보니 오 국태(吳國太)였다. 오 국태가 말했다.

"내가 평생 동안 애지중지하던 딸을 유비에게 시집보냈는데, 지금 너희들이 군대를 일으키면 내 딸의 목숨은 어찌 된단 말인가?"

오 국태가 바로 손권을 향하여,

"너는 부형(父兄)의 기업(基業)을 물려받아 81주를 거느리면서 뭐가 부족해서 소리(小利)에 눈이 어두워 동생을 죽이려고 한단 말이냐."

하고 소리를 높여 꾸짖으니, 손권은 할 말이 없었다.

"네, 네… 어머님의 교훈을 어찌 어기겠습니까."

하고 무리들을 꾸짖어 물러가게 하자, 오 국태는 한숨을 쉬며 안으로 들어갔다.

그 때 마침 장소(張昭)가 들어와서 말했다.

"주공께서는 걱정하지 마십시오. 이제라도 한 심복장으로 하여금 그저 5백 군만 거느리고 형주로 잠입케 하여, 일봉 밀서를 군주(郡主)께 보내되, 국태께서 병환이 위독하셔서 따님을 보고 싶어하신다 하고, 군주를 모셔오면 그만이겠고, 그 때 현덕의 일점 혈육인 아두(阿斗)도 함께 데리고 오게 한 다음, 아두와 형주 땅을 맞바꾸자고 제안하십시오. 만약 유비가 제안을 받아들이지 않더라도 여동생의 목숨은 살릴 수 있을 뿐만 아니라, 형주는 그 때 가서 공격해도 늦지는 않을 것입니다."

손권은 크게 기뻐하며 주선(周善)에게 5백 군사를 주어 객상으로 꾸미게 하고, 거짓 국서와 함께 배 안에는 무기를 감추고 형주를 향하여 가게 했다.

주선은 형주에 이르자, 배는 강변에다 매어 두고 저 혼자 문리(門吏)를 통해 손씨 부인(孫夫人)께 가짜 편지를 내밀었다.

「딸아, 늙은 어미가 병들어 살 날이 얼마 남지 않은 것 같구나. 죽기 전에 너와 손자를 꼭 보고 싶으니 얼른 다녀갔으면 좋겠다!」

편지를 읽은 손씨 부인은 눈물을 주르륵 흘렸다.

"어머니께서 위독하시다니…… 당장 달려가고 싶지만 유 황숙이 안 계시니 제갈공명 군사에게라도 사실을 알리고 떠나야 할 것 같소."

그러나 공명이 알면 일이 틀어질 것이라고 염려한 주선 은 이렇게 말했다.

"그랬다가 제갈공명이 유 황숙의 허락을 받은 후 떠나라 고 하면 어쩌시렵니까? 익주로 사람을 보내 그의 허락을 받는 사이에 어머님께서 돌아가실지도 모릅니다."

손씨 부인이 대꾸했다.

"하지만 사실을 알리지도 않고 무슨 수로 도망친단 말이 오?"

"그것은 걱정하지 마십시오. 제가 많은 군사와 배를 이 끌고 왔으니, 부인께서는 아두를 데리고 강변으로 가시기만 하면 됩니다."

주선이 재촉하고, 어머니의 병세가 위독하다는 바람에 손씨 부인은 황망히 일곱 살 난 아두를 데리고 수레에 올 랐다. 일행은 형주성을 떠나 순식간에 강가에 이르러 배에 올랐다.

주선이 부산하게 뱃꾼들을 지휘하여 마악 배를 띄우려고 하는데, 언덕 위에서 한 사람이 말을 달려오며 크게 소리쳤 다.

"그 배, 떠나지 마오. 부인께 전송하겠습니다."

주선이 보니 그는 조운이었다.

조운이 순행하고 돌아오는 길에 그 소식을 듣고, 크게 놀라 단지 4,5기만 거느리고, 회오리바람처럼 말을 몰아 달려온 것이었다.

주선은 군사들로 하여금 활을 쏘게 했다. 무수한 화살들이 조운을 향해 날아오는데, 조운이 창을 휘둘러 화살을 막아내었기에, 물 속으로 떨어지는 화살들이 분분했다. 조운의 추격이 빨랐기에 부인이 탄 큰 배와의 사이가 불과 열 자 남짓되자, 동오의 군사들이 창으로 찌르려 했다.

조운이 차고 있던 청홍검을 왼손에 빼어 든 후 오른손으로 창대를 짚고 한 번 힘을 쓰면서 훌쩍 뛰어 어느덧 대선 (大船)의 사람이 되고 마니, 동오의 군사들은 모두 깜짝 놀랐다. 조운이 배 안으로 들어가자, 부인이 아기를 품에 안고 있다가 깜짝 놀라며 꾸짖었다.

"무례하구나! 일개 장수로서 어찌 남의 집안 일에 간섭하려 드는가?"

하지만 조운은 막무가내였다.

"만약에 작은주인을 두고 가시지 않으면, 만 번 죽더라도 부인을 보내지 않겠습니다."

말을 마친 조운은 가로막는 하녀들을 밀어버리고 손씨 부인의 품에서 아두를 빼앗았다. 모욕을 당했다고 생각한 손씨 부인은 두 주먹을 불끈 쥐며 하녀들을 향해 소리질렀다.

"어서 아두를 빼앗아 오너라!"

그러나 하녀들도 강동의 군사들도 조운의 늠름한 기상에 기가 질려 감히 다가서지를 못했다.

그러나 조운이 막상 나와 보니 망망 장강이요 끝없는 언덕뿐, 아무도 도와 주는 사람이 없었다. 마음대로 행흉(行凶)하고도 싶었으나 도리에 구애되어 진퇴 양난에 빠지고 말았다.

조운은 천신만고로 아두만은 얻었으나 어떻게 해야 배를 떠나 기슭으로 오를 것인가—형세가 바야흐로 위태로웠을 때, 홀연히 10여 척의 배가 하류에서 올라오는데 깃발이 나부끼고 북 소리가 요란했다. 조운이 눈을 감으며 내가 여기서 동오의 계책에 빠졌나 보다, 하고 생각하다가 눈을 뜨고 바라보니 뱃머리에 서 있는 대장이 손에 장팔사모를 잡고 큰 소리로 외쳤다.

"형수씨는 질아(姪兒)를 두고 가시오."

바로 장비였다. 장비는 순초하던 중에 소식을 듣자, 유강 협구로 달려와 그처럼 오선(吳船)을 잡은 것이었다.

장비가 칼을 뽑아 들고 오선으로 뛰어오르자, 주선이 칼을 잡고 맞섰다. 두 장수가 어울려 싸우는가 싶었는데, 장비의 칼이 한 번 번쩍이자마자 주선의 머리가 그대로 뱃전에 떨어졌다. 장비가 주선의 모가지를 손씨 부인 앞으로 던지니, 부인이 깜짝 놀라 말했다.

"아주버님, 이 무슨 무례한 짓이오!"

장비가 맞섰다.

"형수씨께서 주인 생각은 안 하시고 사사로이 집으로 돌아가시니, 그건 무례가 아니겠소?"

"어머니의 병이 위중하여 급히 가는 길인데, 만일에 나를 못 가게 한다면, 이 자리에서 강에 빠져 죽을 테니 그리들 아오."

장비는 아두를 안고 딴 배로 옮겨 가며 부인에게 말했다.

"오늘 우리가 한 일은 오직 황숙을 위해서지, 부인을 욕주자는 것이 아닙니다. 부인께서도 오늘은 떠나시나 황숙의 은의(恩義)를 생각하시어 하루 바삐 돌아오십시오."

말을 마치자 아두를 안고 조운과 함께 뱃머리를 돌리자, 손씨 부인의 다섯 척 배도 그대로 동오로 가게 되었다.

두 사람은 아두와 함께 돌아선 지 얼마 안 되어 대대 선척을 인솔하고 오는 공명과 마주쳤다. 공명도 아두가 무사히 돌아옴을 보고 크게 기뻐했다.

"잘 하셨소. 하마터면 아두님을 강동의 인질로 보낼 뻔했소. 만일 그랬더라면 손권이 아두님과 형주를 맞바꾸자고 했을 것이오."

조자룡이 궁금해하는 표정으로 물었다.

"손권이 가만히 있을까요? 인질 작전이 실패로 돌아갔으니, 그가 군사들을 이끌고 직접 쳐들어오지나 않을까 염려됩니다."

공명이 조용히 손을 내저으며 말했다.

"물론 손권은 쳐들어오고 싶겠지만, 그렇게 되지는 않을 것이오. 나는 일찍이 천하는 장차 솥발처럼 세 갈래로 나뉘어 함부로 서로를 넘보지 못할 거라고 예언한 적이 있소. 지금이 바로 그런 때요. 조조와 손권과 우리가 솥발처럼 세 나라로 갈라져 있기 때문에 손권이 우리를 공격하려고 군사들을 이동시키면 즉시 조조가 강동을 넘볼 것이오."

조자룡은 그제야 고개를 끄덕였다.

공명의 예상은 그대로 들어맞았다. 강동으로 돌아간 손씨 부인은 손권을 만나자마자 아두를 데려오지 못한 이유를 설명했다.

"장비와 조자룡이 주선을 죽이고 아두를 빼앗아 갔습니다."

하나뿐인 여동생의 말을 들은 손권은 분노와 수치심으로 인해 몸을 떨었다.

"괘씸한 놈들! 이제 여동생도 돌아왔으니, 형주를 공격해도 거리낄 것이 없다. 가자! 형주로 쳐들어가서 죽은 주선의 원수를 갚아 주어야겠다!"

그런데 손권이 군사를 일으키려고 할 때 첩자가 들이닥쳐 보고했다.

"조조가 40만 대군을 일으켜 적벽 대전에서의 패배를 설욕하러 온답니다!"

손권은 자리에 풀썩 주저앉으며 중얼거렸다.

"내 뜻대로 되는 게 없구나! 유비보다 먼저 조조를 막아야겠다!"

그는 장수들과 더불어 조조의 공격을 막아낼 방법을 의논하기 시작했다. 그 때 또 다른 한 신하가 들어와서 보고했다.

"그 동안 병으로 시골에 가 있던 모사 장굉이 마침내 죽었습니다. 그의 유서를 가지고 왔습니다."

손권은 깜짝 놀라며 유서를 받아 읽어 보았다.

「장굉이 죽기 전에 마지막으로 한 말씀 드립니다. 주공께서는 도읍을 말릉성으로 옮기십시오. 그 곳은 물자가 풍부하고 지형도 방어하기에 좋으니 장차 천하를 통일하는 데 발판이 될 것입니다.」

손권은 통곡하며 신하들에게 명했다.

"장굉은 죽으면서까지 나를 염려해 주었다! 나는 마땅히 그의 말에 따라 도읍을 말릉 땅으로 옮길 것이다!"

그 때부터 손권은 한편으로는 조조의 공격에 대비하면서 수만 명의 군사들을 말릉으로 보내 크고 튼튼한 성을 쌓기 시작했다.

순욱을 죽이는 조조

한편 마초를 물리친 뒤부터 계속된 조조의 방탕한 생활은 그 때까지도 계속되고 있었다. 그는 날마다 기름진 음식을 먹고 술을 마시며 즐겼다.

"이 세상의 영웅 호걸은 나 하나뿐이다! 이제 군사들도 충분하고 무기도 넉넉하니 손권과 유비를 없애는 것은 시간 문제다!"

턱을 꼿꼿이 쳐들며 큰소리를 치는 조조에게 한 신하가 말했다.

"승상께서는 지난 30년 동안 수많은 전쟁터를 누비면서 한나라를 위해 싸웠습니다. 일찍이 승상만큼 황실과 백성을 내 몸처럼 돌본 사람은 없으니 거기에 합당한 특별한 대우를 받아야 한다고 생각합니다."

조조가 의아해하며 물었다.

"그게 무슨 소리요?"

"옛날부터 큰 공을 세운 신하에게는 황제께서 아홉 가지 특별한 대우를 해 주셨습니다. 첫째, 금수레를 타는 것, 둘째, 임금의 면류관과 곤룡포를 입는 것, 셋째, 옷깃에 구슬을 달아 움직일 때마다 소리가 나게 하는 것, 넷째, 머무는 집에 붉은 칠을 하는 것, 다섯째, 황제의 궁정을 출입할 때 신발을 신어도 되는 것, 여섯째, 3백 명의 호위병을 거느리는 것, 일곱째, 호위병에게 금도끼와 은도끼를 주어서 위엄을 자랑하는 것, 여덟째, 붉은 활 한 벌에 붉은 화살 100대, 검은 활 열 벌에 검은 화살 1천 대를 쏠 수 있는 것, 아홉째, 검은 수수에 향료를 넣은 좋은 술을 마시는 것이 그것입니다. 이것을 일컬어 구석이라고 하는데, 승상께서는 마땅히 구석의 대우를 받으셔야 합니다."

조조가 반색을 했다.

'옳지, 그런 것이 있었구나!'

구석은 신하로서 최대의 영광인 동시에, 그것을 받은 사람에게는 황제도 감히 함부로 대하지 못한다는 어마어마한 특권이 있었다.

조조가 황제를 윽박질러 구석을 받아내려고 하자 모사 순욱이 간했다.

"그건 옳지 않은 일입니다. 승상께서는 평생 동안 의로운 뜻으로 나라를 위해 일했는데, 이제 와서 구석을 받으면 세상 사람들은 승상도 역시 검은 욕심을 가진 사람이라며 비웃을 것입니다. 그까짓 구석 때문에 이제까지 이루어 온 명예에 먹칠을 하시겠다는 겁니까?"

조조는 항상 순욱의 말이라면 귀담아들었다. 그러나 그때만은 그렇지 않았다. 술과 기름진 음식이 그의 머리를 흐리게 만들었기 때문일까.

"그대는 내가 늘그막에 구석을 받는 것이 그렇게도 못마땅하오? 나는 구석을 받아야겠소."

순욱은 자리에서 물러나면서 탄식했다.

"승상의 지혜로운 머리가 많이 어지러워졌구나!"

조조는 결국 황제께 말해 구석을 받아냈다. 그리고 그
때부터 순욱을 미워하기 시작했다.

가뜩이나 기고만장한데다가 구석까지 받은 조조는 한껏
거드름을 피우며 말했다.

"이제야말로 강동을 쑥밭으로 만들어 줄 때다! 40만 군
사들은 즉시 출동 준비를 갖추어라!"

그와 동시에 조조는 음흉한 미소를 지으며 순욱에게 말
했다.

"이번에는 그대도 함께 가세!"

순욱은 생각했다.

'내 몸이 늙고 병들어 전쟁에 참가하지 않은 지 이미 오
래 되었다. 그런데도 승상이 굳이 나를 데려가려는 것은 전
쟁터로 끌고가 나를 죽이려는 속셈이다. 승상의 생각은 이
세상에서 내가 가장 잘 안다!'

사실 그랬다. 순욱보다 조조의 생각을 잘 아는 사람도
없었다. 그는 희미한 미소를 지으며 대답했다.

"저는 늙고 병들어 이번 전쟁에는 참가하지 못할 것 같
습니다."

순간 조조가 눈빛을 반짝이며 순욱을 똑바로 쳐다보았
다.

"그래? 그럼 할 수 없지!"

그로부터 며칠 후였다. 병을 핑계로 집에서 쉬고 있는 순욱 앞으로 한 개의 음식 그릇이 배달되었다.

"승상께서 직접 내리신 것이라고 합니다."

하인의 말을 들은 순욱이 그릇의 뚜껑을 열었지만 안에는 아무것도 없었다. 빈 그릇이었다. 순욱은 잠시 무언가 생각하다가 이윽고 혼잣말로 중얼거렸다.

"빈 그릇이라…… 아무것도 먹지 말라는 뜻인데…… 사람이 아무것도 먹지 않으면 죽으니 결국 나에게 죽으라는 것이군!"

순욱은 그 때만큼 주인을 잘못 만난 것을 뼈저리게 후회한 적도 없었다.

"내가 수십 년 동안 모신 주인은 결국 이것밖에 안 되는 사람이었던가! 구석을 받지 말라는 말이 섭섭해서 아끼던 신하를 죽이려 하다니……."

하늘을 우러러보며 긴 탄식을 남긴 순욱은 그 길로 독약을 마시고 죽고 말았다. 그 때 그의 나이는 50세였다.

조조와 손권의 싸움

조조는 40만 대군을 거느리고 강동으로 쳐들어갔다. 그는 먼저 장수 조홍에게 기병 3만 명을 주면서 손권의 진영을 살펴보라고 명령했다. 이윽고 돌아온 조홍이 보고했다.

"강동의 군대는 강변에 무수히 많은 막사들을 치고 깃발을 펄럭였지만, 군사들은 어디에 숨었는지 하나도 보이지 않았습니다."

조조는 손권의 속임수가 아닐까 생각하고 직접 1백여 명의 군사들을 거느리고 높은 산에 올라가 강동 군사들의 진영을 살펴보았다. 그런데 먼 곳을 바라보던 조조의 입에서 문득 손권을 칭찬하는 말이 흘러나왔다.

"아들을 낳으려면 마땅히 손권과 같은 아들을 낳아야 한다. 얼마나 똑똑하고 늠름한 사내대장부인가!"

그도 그럴 것이 조조의 눈 아래에 펼쳐진 강동 군대의 모습은 수많은 전선을 강물 위에 배치해 놓았으면서도 전혀 흐트러짐이 없었으며, 그 중 가장 커다란 배에서 신하들을 거느리고 앉아 있는 손권의 모습 또한 늠름하기 짝이 없었다. 그 때였다.

"펑! 퍼펑!"

잇달아 포성이 울리면서 고요하던 손권의 진영에서 수많은 군사들이 뛰쳐나와 조조의 진영으로 달려가는 것이 눈에 들어왔다.

"야단났다! 얼른 산에서 내려가야겠다!"

조조는 군사들을 다그쳐 산 아래로 내려갔다. 그런데 놀랍게도 산 아래쪽에서는 어느 샌가 나타난 수천 명의 강동 군사들이 함성을 지르며 산 위로 올라오고 있었다.

"조조가 산꼭대기에 있다! 조조를 잡아라!"

크게 당황한 조조를 강동의 장수 한당과 주태가 덮쳐왔다. 조조는 하얗게 질려 버렸다. 그 때 장수 허저가 등 뒤에서 달려 나오며 소리 높여 외쳤다.

"승상께서는 얼른 몸을 피하십시오. 적들은 제가 상대하겠습니다."

허저는 한당과 주태를 맞아 불꽃 튀는 싸움을 벌였고, 그 틈을 이용해 조조는 겨우 목숨을 살려 자기 진영으로 돌아올 수 있었다.

그런데 그 날 밤 2경(21시~23시) 무렵이었다. 조조는 멀리서 들려 오는 요란한 함성을 듣고 잠에서 깨어났다. 황급히 말을 타고 소리가 나는 쪽으로 달려가 보니, 사방에서 강동의 군사들이 쳐들어오고 있었다.

"기습이다! 온 힘을 다해 적을 막아라!"

조조는 당황하는 군사들을 다그쳐 강동 군사들과 맞서 싸웠지만 결국 당해내지 못하고 날이 샐 무렵에는 50리 밖으로 도망쳐 다시 진영을 세워야만 했다. 조조의 부하 장수와 신하들의 걱정은 대단했다. 그들은 한꺼번에 우르르 몰려와 말했다.

"모든 싸움에는 군사들의 신속한 행동이 가장 중요합니다. 이번 싸움이 어렵게 된 것은 승상께서 군대를 일으키는데 너무 오래 시간을 끄는 동안에 손권이 방어 준비를 끝냈기 때문입니다. 그러니 일단 허도로 철수했다가 다른 방법을 생각해 보는 게 좋을 것 같습니다."

조조는 선뜻 결정을 내리지 못하고 대답을 미루었다.

"그대들의 뜻은 잘 알겠소. 내 천천히 생각해 보겠소."

장수와 신하들을 돌려보낸 후 조조는 책상 앞에 앉아 책을 보다가 얼핏 잠이 들었다. 잠 속에서 조조는 수천 수만의 병사들이 한꺼번에 내지르는 것 같은 우렁찬 물결 소리를 들었다. 자세히 바라보니 양자강 깊은 물 속에서 불덩이 같은 태양이 떠오르며 온 누리를 뜨겁게 달구고 있었다. 태양이 둘이었다. 이미 하늘에 떠 있던 태양과 이제 방금 솟구친 태양! 그런데 방금 솟구친 태양이 빠른 속도로 하늘을 가로질러서 조조의 진영 앞 산속으로 떨어졌다.

"앗, 뜨거워!"

조조는 태양이 떨어지면서 천지 사방으로 튕겨내는 불덩이 때문에 몸을 피하려다가 잠에서 깨어났다. 꿈이었다.

"아무리 생각해도 불길한 꿈이다……."

조조는 혼잣말로 중얼거리며 군사 50명을 거느리고 꿈에 태양이 떨어졌던 그 산으로 가보았다. 그 때 조조의 눈 앞에서 한 무리의 기병이 천천히 다가오고 있었다. 그중 맨 앞에 선 사람은 황금 갑옷에 황금 투구를 썼는데, 바로 손권이었다.

손권은 조조를 보고도 전혀 놀라지 않았다. 그는 말 위에서 채찍을 든 자세로 조조를 가리키며 꾸짖는 것이었다.

"그대는 지금 가진 것으로도 충분하거늘, 무엇이 부족해서 강동까지 빼앗으러 왔는가?”

조조가 대답했다.

“네가 신하 된 몸으로 황제 폐하의 명령을 듣지 않으므로 내가 버릇을 고쳐 주러 왔다!”

그 말에 손권이 코웃음을 쳤다.

“가증스러운 놈! 황제 폐하의 명령이 아니라 네놈의 명령이겠지!”

조조는 수치심으로 인해 온몸을 부들부들 떨었다.

“에잇……! 여봐라, 함부로 주둥아리를 놀리는 저놈을 당장 잡아랏!”

하지만 조조의 말이 끝나기도 전에 산 위에서 수많은 군사들이 함성을 지르며 달려내려왔다.

“와아, 조조가 제 발로 걸어왔다! 조조를 잡아라!”

소스라치게 놀라 도망치는 조조의 뒤에서 강동의 군사들이 비 오듯 화살을 쏘아댔다.

가까스로 자기 진영으로 돌아온 조조는 우울했다. 아무런 소득도 없이 전쟁은 시간만 끌었기 때문이었다.

‘손권은 뛰어난 인물이다. 더구나 꿈에서 본 태양이 바로 손권이었으니, 그는 장차 천하의 주인이 될 것이다!’

생각이 거기에 미친 조조는 여러 사람들의 충고대로 허도로 돌아가고 싶었지만 손권이 비웃지나 않을까 해서 이러지도 저러지도 못하고 있었다.

그렇게 망설이는 사이에 계절은 바뀌어 봄이 되었고, 그 때부터는 날마다 봄비가 내렸다. 강물은 불어나고 빗물로 얼룩진 진창 속에서 군사들의 고생은 이만저만이 아니었다.

손권에게서 편지가 온 것은 그 무렵이었다.

「나와 승상은 모두 한나라의 신하이거늘, 그대는 어찌하여 군대를 일으켜 백성들을 못살게 구는 것이오. 강물이 더욱 불어나기 전에 돌아가시오. 만일 내 말을 듣지 않으면 지난날 적벽 대전에서 받은 수치를 다시 한 번 당하게 될 것이오.」

편지를 읽은 조조는 큰 소리로 껄껄껄 웃었다.

"손권이 큰소리를 치지만 그도 마음 속으로는 전쟁에 지쳤나 보구나!"

그제야 조조는 군대를 거두어 허도로 돌아갔고, 손권도 새로 도읍으로 삼은 말릉성으로 돌아가고 말았다. 결국 두 사람의 싸움은 어느 누구도 이익이 되지 않은 결과를 만들었다.

방통의 세 가지 계책

손권이 뭇 장수들을 모아 놓고 물었다.

"조조가 이미 북방으로 물러가고, 유비가 가맹관에서 아직 돌아오지 않은 이 때를 타서 형주를 빼앗으면 어떻겠소? 이제 내 누이마저 이미 돌아왔으니 유비와는 남남이나 다름없소."

장소가 계책을 말했다.

"지금 군대를 일으키시면 조조가 반드시 또 올 것입니다. 주공은 우선 서촉의 유장에게 일봉 서신을 보내시되, 유비가 우리와 결련하여 서천을 함께 취하자 한다 하여, 유장이 유비를 못 믿게 하고, 또 한 봉은 장로에게 주어, 그로 하여금 유비를 치도록 하면, 유비가 양단으로 적을 맞아 수미(首眉)가 구응치 못할 적에 비로소 기병한다면, 형주를 쉽게 취할 수 있을 것입니다."

손권은 그 말을 좇아, 즉시로 두 곳에다 사신을 보내었다.

이렇듯 모략과 책략이 춤을 추고 있는 가운데 가맹관에 있던 유비는 공명의 글을 받아, 손씨 부인이 돌아갔으며, 또한 조조가 군사를 일으켜 동오를 침범하려 한다는 것도 알게 되었다.

유비는 군사 방통을 불러 의논했다.

"만일에 조조가 동오와 싸워 이기면 반드시 우리 형주를 취할 것이고, 손권이 이긴다 하더라도 역시 형주는 그냥 두지 않을 텐데, 군사는 무슨 좋은 계책이라도 있으시오?"

방통이 서슴지 않고 대답했다.

"주공은 심려하시지 마십시오. 공명이 거기 있지 않습니까. 손권이 어떻게 감히 형주를 넘겨다보겠습니까?"

"그렇더라도…."

"주공은 유장에게 편지를 보내십시오. 조조가 손권을 공격하자, 손권이 구원을 형주에 바란지라, 손권과는 이빨과 잇몸 사이인 형주로서는 구원치 않을 수 없다고 말씀하십시오. 그리고 장로는 한갓 무능한 인사라 감히 경계를 침범치 않을 것이니, 내 이번에 군대를 돌이켜 형주로 돌아가 손권과 함께 조조를 칠까 하나 다만 군사들이 적고 양식이 모자라니, 정병 3,4만 명과 군량 10만 곡(斛)을 도우라 하십시오. 그가 여기에 응하는 바에 따라 저에게 따로 계책을 세운 바가 있습니다."

유비는 방통의 말을 좇아 서신을 보냈다.

유장이 유비의 서신을 받고 결단을 내리지 못하고 있을 때 옆에서 한 사람이 나와 반대했다.

"유비로 말하면 천하가 아는 효웅이라, 오래 촉중에 머물게 한다면 그것은 범을 몰아 방에다 넣는 격인데, 이제 다시 그를 군마와 전량으로 도운다면, 범에게 날개를 달아주는 격이 될 것입니다."

모두들 그를 바라보니, 그는 영릉(零陵) 사람으로, 이름은 유파(劉巴)고, 자는 자초(子初)였다.

유장은 마침내 노약군 4천 명과 쌀 1만 곡을 유비에게 보내고, 양회와 고패에게 명하여 관애를 굳게 지키게 했다. 유장의 사자가 가맹관에 이르러 유비에게 회서를 올리자 유비는 크게 노여워했다.

"내가 저를 위하여 적을 맞아 힘을 다하며 마음을 괴롭히고 있는데 제가 아무리 인색하기로 이럴 수가 있단 말인가!"

하며 회서를 갈가리 찢으면서 자리를 박차고 일어나니, 사자는 황황히 성도로 달아나 버렸다. 방통이 말했다.

"주공께선 인의(仁義)를 무겁게 아셨는데, 오늘 이렇듯 글을 찢고 노하시니 전정(前情)을 버리시려는 것입니까?"

"그렇다면 무슨 좋은 계책이라도 있으시오?"

"저에게 세 가지 계책이 있으니, 주공께서는 어느 것이나 마음대로 취하십시오."

방통이 조용히 계책을 말했다.

"이제 곧 정병을 골라 주야 겸도해서 성도를 엄습하는 것이 상책(上策)입니다. 양회와 고패는 촉중의 명장으로 강병을 거느리고 관애를 지키고 있으니, 주공께서 거짓으로 형주로 돌아가신다고 하면, 그들이 반드시 배웅할 것입니다. 그 때 잡아서 죽여 버린 뒤에 관애를 수중에 거두고 부성을 뺏고 나서 성도로 향하는 것이 중책(中策)입니다. 끝으로 백제성(白帝城)으로 물러나서 형주로 급히 돌아가, 서서히 일을 도모하시는 것이 하책(下策)일까 합니다. 주공께서 지금 때를 놓치시면 구할 길 없는 구렁에 빠질 것이니, 빨리 결정하십시오."

유비가 대답했다.

"군사의 상책은 너무 급하고 하책은 너무 느리니, 내 중책을 취하겠소."

그렇게 되자, 가장 놀란 것은 장송이었다. 유비가 정말로 형주로 가 버린다면, 그 때까지 한 일이 모두 허사로 돌아가고 만다. 장송은 마침내 일봉 서신을 닦아 사람에게 시켜 유비에게 보내려고 했다.

「황숙께서는 익주를 차지하지 않고 어째서 시간만 허비하십니까? 유장을 위하는 의로운 마음은 익주를 빼앗은 다음에 베풀어도 충분합니다. 이미 손바닥에 굴러들어온 익주를 놓치지 말고 움켜잡으십시오. 지금이야말로 군대를 일으킬 때란 말입니다.」

그런데 일이 잘못 되느라고 장송의 친형인 장숙(張肅)이 그 편지를 보게 되었다. 장숙은 크게 놀랐다.

'동생놈이 멸문지화를 가져올 놈이로구나.'

그는 그 날 밤 유장에게 사실을 고해 바쳤다. 유장은 크게 노했다.

"내 평시에 이놈을 박대하지 않았는데 어찌 모반을 한단 말인가?"

그가 곧 장송의 일가 노소를 모조리 잡아다 저자에서 목을 베니, 유비가 왕업을 일으킴을 보지 못한 채 장송의 옷은 붉은 피로 물들고 말았다.

유장은 유비에 대해서도 배신감에 치를 떨었다.

"친척형이라고 생각해서 믿고 받아들였거늘 오히려 나를 죽이고 익주를 빼앗으려 하다니…… 도저히 용서할 수 없다! 여봐라, 유비가 돌아가는 길목을 굳게 지키면서 한 놈도 살려서 돌려보내지 말아라!"

그런 사정을 아는지 모르는지 군사를 거느리고 익주성을 떠난 유비는 어느덧 부성에 이르렀다. 성 가까운 곳에 이르자 유비의 부하 장수들이 성문을 지키는 병사들을 향해 외쳤다.

"우리는 형주로 돌아가는 유 황숙의 군사들이다. 성문을 열어라!"

그 때 부성을 지키던 고패와 양회라는 두 장수는 벌써 유장의 명령을 받고 유비가 나타나기만을 기다리고 있었다.

"옳지! 이제 유비가 왔으니 놈을 죽여서 큰 공을 세우자!"

고패의 말에 양회가 되물었다.

"큰 공을 세우는 것은 좋지만 어떻게 죽인단 말인가?

고패가 천연덕스럽게 대꾸했다.

"걱정할 것 없네! 유비를 배웅한다는 핑계로 군사들을 거느리고 나갔다가 기회를 보아서 찔러 죽이면 간단히 해결되는 일일세!"

의논을 마친 두 사람은 군사 2백 명을 거느리고 성문 밖으로 나가 유비 앞으로 다가갔다. 이윽고 고패와 양회가 유비 앞에 다가와 절을 하며 말했다.

"황숙께서 먼 길을 떠나신다길래 약간의 술과 안주를 장만해서 배웅하러 나왔습니다. 저희들이 따르는 술을 한 잔 받으시지요."

유비는 그들을 임시로 친 막사 안으로 불러들여 술잔을 주고받았다.

"성을 지키느라고 수고하는 두 장군에게 내가 먼저 술 한 잔을 따르겠소."

유비가 따른 술잔을 받아 마신 고패와 양회는 유비에게도 각각 술 한 잔씩을 따랐다. 그렇게 한 차례 술잔이 오고 갔을 때 유비가 주위를 둘러보며 말했다.

"내 그대들 두 장군에게 비밀히 할 이야기가 있으니 호위 병사들은 밖으로 내보내 주시오."

고패와 양회는 별다른 의심 없이 데리고 온 병사들을 막사 밖으로 내보냈다. 그 때 유비가 갑자기 소리쳤다.

"여봐라, 이놈들을 사로잡아 몸을 뒤져 보아라!"

그와 동시에 유봉과 관평이 뛰쳐나와 고패와 양회를 덮치고 몸을 뒤졌더니 날이 시퍼런 비수가 나왔다. 유비가 노발대발해서 소리쳤다.

"나는 너희들 주인과 형제뻘인데 어째서 감히 나를 죽이려 했느냐!"

고패와 양회가 몸을 부들부들 떨며 대답했다.

"저희들은 그저 시키는 대로 했을 뿐입니다. 목숨만 살려 주십시오."

유비가 머뭇거리는 사이 방통이 성큼 나서서 명령을 내렸다.

"여봐라, 주공을 죽이려 한 이놈들을 끌어내어 당장 목을 베어라!"

고패와 양회는 그 길로 끌려나가 목이 잘려졌다. 하지만 유비는 여전히 흥분된 마음을 가라앉힐 수가 없었다.

"어떻게 저희들을 도우러 온 나를 헤치려 한단 말이냐?"

방통은 기다렸다는 듯이 유비의 성미를 부채질했다.

"용서할 수 없습니다! 의리를 저버린 것은 유장이 먼저이므로, 이제 우리가 그를 공격한다고 해도 아무도 욕하지 않을 것입니다."

유비는 어금니를 힘주어 깨물었다.

두 사람이 각기 목숨을 잃었기에 유비는 피 한 줄기 흘리지 않고 부수관을 점령했다.

유비는 크게 기뻤다. 각각 후히 상을 내리고, 즉시 군사들을 나누어 관의 전후를 지키게 하고, 이튿날은 공청(公廳)에다 큰 잔치를 베풀었다. 환성 속에서 술잔들이 오가고, 대승을 얻은 웃음소리가 공청에 가득했다.

유비도 전에 없이 대취하였다. 옆에 앉은 방통을 보고 말했다.

"군사, 오늘 이 자리가 좋은 꿈을 꾸는 것처럼 즐겁구려."

그러나 방통의 대답은 엉뚱했다.

"남의 나라를 치고 즐겁다 함은 인자지병(仁者之兵)이 아닙니다."

어찌 들으면, 유비를 비꼬아서 하는 말 같이도 들렸다. 그러나 지나치게 즐거워하는 빛을 보이지 말라는 방통의 해학적인 권고를 대취한 유비가 알아들을 리 만무했다. 유비의 목소리가 무심결에 커졌다.

"뭣이라구? 내 듣건대 무왕(武王)이 주(紂)를 치고 나서 잔치하여 즐겼다는데, 그럼 무왕도 인자지병이 아니란 말인가! 어찌 그 따위 말버릇을 함부로 해. 이놈, 썩 물러가라!"

방통은 껄껄 웃고 나서 밖으로 나갔다.

유비는 취한 몸을 가누지 못하고 좌우에 부축되어 후당으로 들어갔다. 밤이 깊어서야 유비는 술이 깨고, 좌우에게서 방통에게 한 말을 들었다.

유비는 동이 트자 곧 의관을 정제하고 방통을 불러들였다.

"어젯밤엔 취중에 귀에 거슬린 말을 한 듯하니, 너무 섭섭하게 생각지 마오."

라고 말하며 사과하자 방통은 웃기만 했다. 유비가 거듭,

"내가 큰 실수를 했나 보오."

하자 방통은 그제사 웃으면서,

"군신(君臣)이 실수는 함께 했는데, 주공만이 이러실 게 뭐 있으십니까."

하니, 유비도 역시 크게 웃고 말았다.

낙봉파의 비극

유비가 양회·고패 두 장수를 죽이고 부수관에 웅거했다는 소식을 듣자, 유장은 소스라치게 놀랐다. 무슨 긴 꿈에서 깨어난 듯 망연자실하여 어찌할 줄을 몰랐다. 뒤늦게 문무관을 모아 놓고 선후책을 강구하자 황권이 나와 아뢰었다.

"주공께서는 심려하지 마십시오. 군대를 빨리 몰아 낙현 (雒縣)에 둔쳐서 요충지를 막고 보면, 유비가 제 아무리 정병과 맹장을 지녔다 하더라도 넘어오지 못할 것입니다."

유장은 그 말을 옳게 여겨 곧 유궤·냉포·장임·등 현의 네 장수로 5만 대군을 점고하여, 낙현으로 떠나게 했다.

유비는 황충과 위연으로 하여금 각기 한 영채씩을 지키게 하고 부성으로 돌아와 있었다. 그 때 세작이 돌아와 보

했다.

"동오의 손권이 동천(東川)의 장로에게 사람을 보내어 동맹을 맺고 가맹관을 치러 올 것 같습니다."

유비는 크게 놀라 방통에게 물었다.

"만약에 가맹관을 잃어 후로(後路)가 끊기게 되면, 우리는 진퇴 유곡이니 어찌하면 좋겠소?"

"맹달이 바로 촉중 사람이라 지리에 밝으니, 곽준과 함께 가맹관을 지키게 하는 것이 좋겠습니다."

어느 날이었다. 하루는 멀리 형주로부터 공명이 마량(馬良)을 보내어 글을 올린다고 했다. 유비가 불러 들이니, 마량은 예를 마치고,

"형주는 평안하오니 주공께서는 아무 심려 마십시오."

하며 공명이 보낸 서신을 바쳤다. 유비가 펴 보니 글뜻은 대강 이러했다.

「제가 밤하늘을 바라보니 서쪽 하늘에서 반짝이던 장군별 하나가 요즘 들어 크게 흔들리고 있습니다. 그것은 주공의 주변에서 좋지 않은 일이 일어날 징조이니 특별히 몸을 조심하도록 하십시오.」

읽고 난 유비의 마음은 몹시 불안했다. 우선 마량을 돌려보내고, 방통에게 자기도 형주로 돌아갈 뜻을 밝혔다. 방통은 속으로,

'공명이 나를 시기하는구나. 내가 서천을 빼앗아 공을 세울까 걱정하는 모양이군.'

하고 생각하며 유비에게 말했다.

"별을 보고 운수를 예측하는 것은 저도 할 줄 아는 일입니다. 요즘 들어 서쪽 하늘에서 장군별 하나가 불안한 조짐을 보이는 것은 저도 알고 있었습니다. 하지만 그것은 주공의 주변에서 좋지 않은 일이 일어날 징조가 아니라, 바야흐로 유장의 몰락을 암시하는 것입니다. 우리에게는 좋은 징조입니다!"

유비가 방통의 권고에 마음을 돌려, 군사들을 거느리고 전진하니, 황충과 위연이 마중나와 함께 영채로 들어갔다. 방통이 법정에게 물었다.

"낙성으로 가려면 길이 어떻소?"

법정이 지도를 그려 진병할 길을 말해 주었다. 유비가 전에 장송이 준 지도와 대조하니 별로 틀림이 없었다. 법정이 설명했다.

"산의 북쪽으로 일조(一條) 대로가 있으니 바로 낙성의 동문에 이르는 길이고, 산의 남쪽으로 한 가닥 작은 길이 있으니 곧 낙성의 서문에 통하고 있습니다. 두 길이 모두 군대를 움직일 수 있는 길입니다."

듣고 나자 방통이 유비에게 말했다.

"저는 위연을 선봉으로 삼아 남쪽 소로로 나아가고, 주공은 황충을 선봉삼아 북쪽 대로로 나아가, 함께 낙성을 함락시키도록 하십시다."

그러나 유비는 자신이 가기에 어려운 길을 가려고 했다.

"나는 어릴 적부터 궁마(弓馬)에 익숙하여 많이 소로로 다녔으니, 군사(軍師)는 대로로 나아가 동문을 취함이 좋을 듯하오."

"아닙니다. 대로에는 반드시 적병들이 지키고 있어 크게 싸움이 있을 터이니 주공께서 막으소서. 저는 소로를 취하겠습니다."

군신(君臣)은 그렇게 서로 위험한 길을 가려고 했다.

방통은 강경한 태도를 보이고, 당일로 영을 내려 군사들을 오경(五更)에 밥 먹이고, 평명에 말에 오르게 하였다.

선봉장 위연과 황충이 먼저 떠나고, 유비가 방통과 이야기를 나누는 중에, 방통이 탄 말이 갑자기 날뛰어 방통은 땅에 떨어지고 말았다. 유비는 말에서 뛰어내려, 그를 부축하여 일으키며 말했다.

"군사는 어찌 이렇게 사나운 말을 타시오?"

"이상합니다. 이 말을 탄 지 오랜데, 지금껏 이런 실수가 없었습니다."

"싸움에 임하여 이런 실수가 있다면, 사람을 궂힐 것이 아니오. 내가 탄 이 백마는 성질이 온순하고 훈련이 잘 되었으니, 부디 이 말을 타시오. 어떤 일이 있어도 실수가 없을 것이오."

방통이 사양했으나 유비가 굳이 권하여 두 사람은 말을

바꾸어 타고 앞으로 나아갔다. 유비의 애마였던 백마를 타고 나니, 방통은 은총이 한층 두터움에 가슴이 뻐근했다. 그러나 그것이 방통에게 죽음을 가져오는 일이 될 줄이야 누가 꿈엔들 생각했으랴.

"주공의 두터운 은혜는 만 번 죽어도 갚기 어렵습니다."

드디어 길이 두 갈래로 갈렸다. 전진하는 방통의 뒷모습이 자꾸만 불안하여, 유비는 자기 길을 달리면서도 마음만은 초조하기 그지없었다.

그 때 낙성에서는 한창 회의가 벌어지고 있었다. 오의와 유궤는 이미 냉포가 죽었음을 알고, 보복할 결의를 굳게 했다. 장임이 말했다.

"성 밖 동남산 기슭에 한 가닥 소로가 있는데, 이 길이 가장 긴요한 곳이라, 내가 군사들을 거느리고 가서 지킬 터이니 제공들은 이 낙성을 굳게 지켜, 만에 하나라도 실수함이 없게 하시오."

바로 그 때 한병(漢兵)이 두 길로 나뉘어 쳐들어온다는 급보가 왔다. 장임이 지체없이 3천 군마를 이끌고 걸음을 재촉하여 소로에 먼저 닿아, 군사를 팔방에다 매복시키고 나니, 위연의 군대가 지나갔다.

장임이 그대로 지나가게 하고는, 뒤에 오는 적군을 기다리는데, 우뚝한 백마를 탄 장수를 호위하며 일군이 이르렀다. 백마에 탄 장수는 유비임에 틀림없으리라고 짐작한 장임은 부하에게 가만히 계교를 일렀다.

"영이 내리면 너희들은 오직 저 백마에 탄 자만 활로 쏘라."

방통이 군사들을 몰아 전진했는데, 두 높은 산이 맞닿았기에 길이 협착하고 수목이 총잡한데, 때마침 늦은 여름이라 나뭇잎들 또한 무성했다. 마음 속에 일말의 의구심이 문득 지나갔기에 방통은 말을 세우고 물었다.

"여기가 무어라는 곳이냐?"

새로 항복한 군사들 중의 하나가 대답했다.

"낙봉파(落鳳坡)입니다."

듣고 난 방통은 크게 놀랐다.

"뭐라고? 내 도호가 봉추(鳳雛)인데 여기가 낙봉파라? 그렇다면 봉이 떨어지는 언덕이라는 뜻이 아니냐."

방통이 군사들을 꾸짖으며 뒤로 물리려고 했을 때, 산 앞에서 일성 포향이 진동하고 화살이 메뚜기 튀듯 날아오기 시작했는데, 모두 다 백마를 탄 방통을 겨누고 떨어졌기에, 좁은 산골짜기 길에서 피할 길이 전혀 없었다.

너무나 슬픈 일이었다. 일세의 모사 방통의 목숨이 드디어 낙봉파의 난전 아래 끊어지고 말았으니, 그 때 그의 나이는 서른 여섯이었다.

유비 역시 오란·뇌동의 군사들에게 쫓겨 다시 부관으로 돌아오자 먼저 방통의 안부부터 물었다. 그러자 낙봉파에서 겨우 목숨을 건진 군사가 말했는데 방통은 이미 난전을 맞아 죽었다고 대답했다.

"아, 방통이여! 그대는 나를 대신해서 죽었도다!"

유비가 오랫동안 통곡하다가 다시 초혼제를 지내자, 모든 장병들의 곡성이 끊이지 않았다.

그 날 밤 유비는 일봉서를 닦아 관평을 형주의 제갈공명에게 보내고 그 뒤로는 오직 부관을 지키기만 했다.

공명의 원군

칠월 칠석날 밤이었다. 공명은 형주성에서 멀리 떨어진 서천에서 싸우고 있는 유비를 생각하며 야연(夜宴)을 베풀고 있었다.

술이 몇 순배 돌아 흥이 바야흐로 일어나려 할 때 공명이 무심코 하늘을 바라보니, 서쪽 하늘의 별 하나가 떨어지는데 유광(流光)이 사방으로 흩어졌다. 공명은 소스라치게 놀라 잔을 땅에 던지며 통곡했다.

무리들이 각기 부산히 연유를 묻자, 공명은 비통한 얼굴로 말했다.

"아, 슬프고 슬픈 일이로다!"

난데없이 탄식하는 공명의 말을 듣고 여러 장수들이 동시에 물었다.

"아니, 군사께서는 무슨 일로 그렇게 슬퍼하십니까?"

"나는 지난번 서쪽 하늘에서 장군별 하나가 불안스레 떠는 것을 보고 주공께 편지를 보내어 특별히 조심할 것을 당부한 적이 있다. 그런데 지금 그 별이 떨어졌으니 짐작컨대 아마 방통이 죽은 것 같다!"

"네? 언제 낙명했단 말씀입니까?"

"오늘이요."

여러 사람들이 반신반의하는 가운데 공명은 계속 통곡하며 말했다.

"아— 주공이 한 팔을 잃었구나…."

그리하여 칠석 가절의 잔치는 흥을 잃은 채 끝나고 말았다.

며칠이 지나서였다. 공명이 문무 제장들과 함께 앉았는데, 서천으로부터 관평이 이르렀다고 누군가가 아뢰었다. 모두들 놀라 마음이 불안했다.

관평이 유비의 서신을 공명에게 올리니, 사연은 역시 칠월 초칠일에 방군사가 낙봉파에서 장임의 난전으로 죽었다는 것이었다.

공명은 다시 한바탕 울고, 여러 사람도 이번에는 따라 눈물을 흘렸다. 이윽고 공명이 자리를 둘러보며 말했다.

"주공이 부관에서 진퇴양난에 빠지셨으니, 이번엔 부득불 내가 가 봐야 하겠소."

관우가 말했다.

"군사(軍師)께서 떠나시면 형주는 누가 지킨단 말씀이오.

형주는 중지(重地)이니 함부로 비울 수 없을까 합니다."

"주공의 편지에는 누구라고 가리키지는 않으셨지만, 내가 이미 뜻을 짐작하는 바이오."

공명은 유비의 편지를 여럿에게 보이며 말을 이었다.

"주공께선 형주 일은 내게 맡긴다고 하셨으나 관평이 편지를 가지고 온 것으로 미루어 본다면, 주공의 뜻을 알 수 있지 않겠소? 운장은 부디 주공의 뜻을 받들어 형주를 맡아 주오. 운장이야말로 이 무거운 책임을 다할 줄 아오."

운장은 사양하지 않고 개연히 승낙했다.

공명은 잔치를 베풀고, 일찍이 유비에게서 받은 형주 총대장(總大將)의 인수(印綬)를 그에게 주었다. 관우는 두 손으로 공손히 받았다.

관우를 보좌하기 위하여 문관으로 마량·이적·향랑·미축과 장군으로 미방·요화·관평·주창을 남기어 형주를 지키게 했다.

일변 서천으로 가는 군사 1만 명을 가리어 장비가 거느리고 서편 대로로 나아가 파주(巴州)를 거쳐 낙성 서쪽으로 가게 하고, 또 일지군을 뽑아 조운이 선봉에 서서 강을 따라 올라가 낙성에서 만나기로 했다.

드디어 1만 대군이 기치를 나부끼며 전진하니, 이르는 곳마다 항복하지 않는 자들이 없었으며, 군사들 역시 군령을 엄수하니, 한천(漢川)을 풍미한 지 얼마 안 되어, 파군(巴郡)까지 노도와 같이 진군하게 되었다.

공명이 장비·조운과 함께 서천으로 쳐들어오는데, 이미 장비는 파군성 밖에 이르렀다고 세작이 파군 태수 엄안(嚴顏)에게 급보를 전했다.

엄안은 촉중에서도 명장으로 알려진 사람으로, 나이는 비록 많으나 완력은 젊은이를 누르며, 경궁(硬弓)을 잘 쓰고 대도(大刀)를 잘 써서, 만 사람도 당하지 못하는 용맹이 있었다.

장비가 이르렀다고 들었어도 엄안이 지키는 파군의 성곽에는 항기(降旗)가 오르지 않았다. 진군한 이래로 장비는 비로소 투구의 끈을 졸라맸다. 장비는 성 밖 10리 되는 곳에 대채(大寨)를 이룩하고 사자를 성으로 보내어 항복을 요구했다.

"장비놈이 이렇듯 무례할 수가 있나. 내가 적에게 항복을 하다니… 네 이놈, 네 입을 빌려 장비에게 할 말이 있다!"

하고 엄안은 무사를 불러 사자의 두 귀와 코를 잘라 돌려보냈다. 사자가 돌아가 고하자, 장비는 대로하여 수백 기를 거느리고 성 밑에 이르러 싸움을 돋구었다. 하지만 성 위에서는 장비를 욕하는 소리만이 낭자했다.

성미 급한 장비가 여러 차례 조교(吊橋)로 짓쳐 들었으나, 그 때마다 난전에 견딜 수 없어 도로 돌아오기만 했으며, 밤이 되도록 성 안에서는 사람이 하나도 나오지 않았다.

이튿날 장비가 다시 새벽부터 나아가 싸움을 돋구자, 엄안이 성루 위에 있다가 활을 듣더니 한 살로 장비의 투구를 맞추었다. 장비가 엄안을 손가락질하며,

"내 저놈을 잡아 고기를 씹어야겠다!"

하고, 어지러이 욕지거리만 하다가 날이 저물어 헛되이 돌아왔다. 그 다음 날도 마찬가지였다.

장비는 전군을 무장하여 채중에 있게 하고, 다만 몇십 명의 군사들만 성 아래로 보내서 욕하게 하여, 엄안이 쫓아 나오면 시살하려고 했다.

장비는 손을 비비면서 싸움이 벌어지기를 기다렸으나 연사흘이 지나도록 엄안은 꼼짝도 하지 않았다. 장비의 이마에는 주름살만 늘어날 뿐이었다. 다시 계교를 생각할 수밖에 없었다.

장비는 군사를 모으고 영을 내렸다.

"너희들은 산속으로 들어가서 나무를 베어 오되, 나무를 하면서 낙성으로 빠지는 사잇길이 있나 찾아 봐라."

그 날부터 군사들은 산에서 나무를 하기에 바빴다. 엄안이 성 안에서 하루 이틀 기다려도 장비가 나타나지 않자 이상하게 여겨 알아 보니, 군사들을 풀어 나무하기에 바쁘다는 것이었다.

엄안은 곧 군사들 10여 인을 변장시켜, 장비의 군사들이 나무를 베는 성 밖으로 보내어 산중에서 그들과 섞여 동정을 염탐하게 했다. 그 날 때마침 장비가 파군으로 가는 소

로를 알아내자, 큰 소리로 영을 내렸다.

"이경에 밥짓고, 삼경에 달빛을 이용해서 모두 진군키로 하되, 군사들은 매(枚)를 물고, 말은 방울을 떼게 하여, 가만가만 조용히 가도록 하라. 그리고 이번엔 내가 앞장서서 길을 열 터이니, 너희들은 따라만 오라."

장비의 호령소리는 밖에까지 들릴 정도로 우렁찼다. 다시 널리 모든 채중에 영이 전해지자, 엄안의 염탐꾼들은 그 소식을 듣고 그 날 밤으로 빠져나가 엄안에게 보고했다.

엄안은 무릎을 치며 크게 기뻐하였다.

"그러면 그렇지, 내 그럴 줄 알았다. 제놈이 앞선다면 필경 양초치중(糧草輜重)은 뒤에 설 것이니, 내가 길을 끊는다면 제가 무슨 수로 통과할 건가. 이놈, 이번에야말로 내 꾀에 빠졌다."

삼경이 되자, 엄안의 군사들은 모두 배불리 먹고 단단히 무장하고 성 밖으로 나가, 사면 요지에 매복했다.

이윽고 장비가 창을 빗겨잡고 말을 달려 앞장을 서고, 군사들은 소리 없이 뒤를 따랐다. 선발대가 3,4리쯤 갔을까 했을 때, 그 뒤에서 거장(車仗) 인마들이 연이어 이르렀다.

엄안이 일제히 북을 치게 하고 사방에서 복병이 아우성치며 나아가 덮쳤다. 그런데 그 때 난데없이 배후에서 바라 소리가 어지럽게 나면서 일표군이 쇄도하며 큰 소리로 외쳤다.

"늙은 도적아, 도망하지 말라. 기다린 지 오래다!"

엄안이 깜짝 놀라 고개를 돌려 보니, 일원 대장이 장팔
사모를 휘두르며 심오마(深烏馬)로 달려오고 있었는데 틀림
없는 장비 그였다.

엄안이 장비를 맞아 싸우기 불과 몇 합이 되지 않아, 장
비가 짐짓 파탄을 보이자, 엄안이 한 칼로 찔렀다. 그러자
장비가 날쌔게 빗기며 앞으로 다가들어, 엄안의 늑갑조를
붙들고 땅으로 던져 버렸다. 군사들이 그대로 밧줄로 결박
하니, 서촉의 명장은 일개 포로의 몸이 되고 말았다.

원래, 중군을 거느리고 지나간 장수는 가짜 장비였음은
더 말할 것도 없고, 장비의 징 소리를 군호 삼아 앞섰던 군
사들까지 되돌아와 시살에 가담했기에, 서천 군사들의 태반
이 무기를 버리고 항복하고 말았다.

그리하여 장비는 드디어 파성(巴城)을 수중에 넣었다. 성
에 드는 길로 그는 곧 백성을 죽이지 못하게 하고, 방(榜)
을 붙여 안민하였다.

장비는 도부수에게 명하여 묶어 놓은 엄안을 끌고 오게
했다. 장비가 청상(廳上)에 앉아 있는데 엄안은 무릎을 꿇
지 않았다. 장비가 대로하여 눈을 부릅뜨며,

"대장이 여기 이르렀는데 네 어찌 항복치 않고 감히 항
거했느냐?"

하고 큰 소리로 꾸짖었으나, 엄안은 조금도 두려워하는 빛
이 없이 도리어 장비를 꾸짖었다.

"너희들 의리 없는 놈들이 우리 주군(州郡)을 침범했으니, 머리를 끊기는 장군은 있어도 항복하는 장군은 없을 것이다."

장비가 더욱 노하여,

"저런, 저런 놈이 있나. 냉큼 저놈의 목을 베어라!"

하고 좌우를 꾸짖자, 엄안도 굽히지 않고 맞섰다.

"이놈아 머리를 잘랐으면 잘랐지 도적놈 주제에 노할 것은 뭣이냐!"

장비가 들으니 그의 음성이 웅장하고 바라보니 안색이 추호도 변하지 않았다. 장비는 크게 감동했다. 그는 섬돌로 내려가 좌우를 꾸짖어 물리치고 몸소 묶은 줄을 풀어 주며, 부축하여 청상으로 올려앉히고, 그 앞에 엎드려 절했다.

"장군은 나의 실언을 용서하오. 내 일찍이 노장군이 호걸 지사임을 잘 알고 있소."

엄안은 그 은의(恩義)에 깊이 느껴, 드디어 항복을 했다. 장비가 성도로 들어갈 계책을 물으니, 엄안이 대답했다.

"여기서 낙성까지 관액을 지키고 있는 군사들은 모두가 노부(老夫)의 소관이라, 내 말을 들을 것입니다. 이제 장군의 은혜에 보답하기 위해 노부가 전부(前部)가 되어, 이르는 곳마다 항복토록 하겠습니다."

장비는 엄안의 손을 잡고 사례하였다.

엄안의 말은 허풍이 아니었다. 장비와 더불어 파성을 출발한 엄안은 이르는 관문마다 장수들을 불러내어 항복을 시켰다. 간혹 망설이는 자가 있기도 했지만, 그 때는 엄안의 불호령 한 마디면 충분했다.

"이놈들아, 나도 항복했는데 너 따위가 뭐라고 감히 우물쭈물하느냐!"

그 모습은 마치 풀이 바람 앞에서 몸을 굽히는 것과 같았다. 엄안을 앞세운 장비는 싸움 한 번 하지 않고 순조롭게 낙성을 향해 달려갔다.

사륜거

공명이 형주를 떠나던 날 유비에게 보낸 편지가 이르자, 유비의 기쁨은 컸다. 곧 무리를 모으고 상의했다.

"공명과 익덕이 두 길로 나뉘어 서천으로 들어와 낙정에 모인 다음, 함께 성도로 가기로 하고, 수륙 양로로 이미 7월 20일에 떠났다 하오. 우리들도 이러고만 있을 게 아닌 듯하오."

황충이 말했다.

"장임이 매일같이 싸움을 돋구다가 이제는 지쳤을 테니, 오늘 밤중에 공격한다면 백주에 시살하는 것보다 나을까 합니다."

유비가 그 말에 좇아 황충과 위연을 좌우군으로 삼고,

자기는 중로를 취해 그 날 밤 이경(二更)에 삼로의 군마들이 일제히 진격하였다.

장임이 과연 준비를 소홀히 한지라 한군(漢軍)은 거침없이 대채로 짓쳐들어 불을 지르자 모진 불길이 하늘을 메웠다. 촉병들이 밤새도록 달아나 낙성에 이르자, 성 안에서 군사들이 나와 접응하여 들어갔다.

이튿날 유비가 몸소 일군을 거느리고 낙성을 쳤으나, 장임은 나오지 않고, 때만 기다리고 있었다. 장임이 바라보니 유비가 하루 종일 서문에서 말을 타고 분주히 왕래하며 군사들을 지휘하고 있었다.

진시에서 미시에 이르도록 군사들은 공연히 헛수고만 하여 인마가 함께 피곤한 빛이 돌았다.

장임은 비로소 명령을 내렸다. 오란과 뇌동은 군사들을 이끌고 북문과 동문으로 나가 각각 황충·위연과 싸우게 하고, 자기는 서문의 유비를 맞기로 하며, 성 안에서는 민병들을 총동원시켜 북을 치며 함성을 지르게 했다.

유비가 해가 지는 것을 보고 후군을 먼저 돌아가게 했기에, 군사들이 마악 회군하려는데 성 안에서 함성이 진동하면서 군마들이 쏟아져 나왔다. 장임이 말을 달려 곧바로 유비를 공격하자 전장은 크게 어지러워졌다.

황충과 위연 역시 오란과 뇌동의 습격을 받아 서로 도울 수 없었기에, 유비는 장임을 막아내지 못하고 말에 채찍질하여 산골 소로로 달아났다. 하지만 장임의 추격이 멈추지 않았다. 달아나고 쫓기기를 한참 하여 거의 잡힐 듯하게 되었는데, 유비는 한 사람이고 장임은 군사들을 거느리고 있었다.

유비는 오직 앞만 바라보고 닫는 말에 채찍질을 하며 달렸다. 그 때 갑자기 산길로 한 무리의 군사들이 짓쳐왔다. 유비는 말 위에서 비명을 올렸다.

"앞에 복병이 있고 뒤에서는 추격병이 급하게 다가오니, 하늘이 나를 죽이는구나."

소리를 마치고 앞선 장수를 보니 바로 장비였다. 엄안과 함께 오다가 멀리서 흙먼지가 일어나는 것을 보고, 급히 달려온 것이었다.

"황숙!"

"오, 익덕!"

서로 인사할 겨를도 없이 장비는 바로 장임의 앞을 막으며 십수 합을 싸웠는데, 뒤에 이른 엄안이 군사들을 거느리고 오자, 장임은 말머리를 돌려 살같이 달아났다. 장비가 성 아래까지 쫓아갔으나, 장임은 성 안으로 들어가 조교(弔橋)를 올려 버렸다.

장비가 닫힌 성을 바라보는데 뒤에서 유비가 이르렀다.

"두공(頭功)은 제게 양보하셨군요."

"두공이고 뭐고 간에, 무슨 수로 이렇게 빨리 왔느냐? 산로가 기구 험준하고, 그 많은 관액이 가로놓였는데…."

유비가 의아해하며 묻자 장비는

"관액 4,50처는 노장군 엄안 공의 힘으로 피 한 방울 보지 않고 지나왔습니다."

하고 엄안을 의석(義釋)한 일들을 말한 뒤에, 그를 유비와 만나게 했다. 유비는 공손히 인사했다.

"노장군이 아니었던들, 어떻게 내 동생이 여기에 올 수 있었겠소."

그리고 그 자리에서 자기가 입고 있던 황금 쇄자갑(鎖子甲)을 벗어 그에게 내렸다. 엄안은 갑옷을 받으며 감격해 마지않았다.

그 때 황충·위연 두 장수가 사로잡아온 오란뇌동이 본부 군마와 함께 항복했다. 유비는 그들을 받아들이고, 성 가까운 곳에다 하채했다.

이튿날 장임이 수천 인마를 거느리고 나타나 깃발을 휘날리고 고함치며 싸움을 돋구자, 장비가 말을 타고 달려나가 말없이 싸웠다. 싸움이 10여 합에 이르자, 장임은 거짓으로 패한 체하며 성을 끼고 북문으로 달아났다.

장비가 힘을 다하여 쫓아가는데, 난데없이 오의가 일군을 거느리고 나타났다. 동시에 달아나던 장임이 말머리를 돌리어 덤벼드니, 장비는 진퇴 불능의 상황에 빠져 어찌할 줄을 모르게 되었다. 그 때 일대 군마가 강변에서 나타나, 앞선 일원 대장이 창을 휘두르며 말을 달려 오의와 싸우는가 싶더니 단 1합으로 그를 사로잡아 버리고, 군사들을 물리치고 장비를 구해 내었다.

바라보니 조운이었다. 장비는 반갑기 짝이 없었다. 그러나 정작 공명의 모습을 볼 수 없었다.

"군사(軍師)는 어디 계시오?"

"염려 마십시오. 군사께선 아마 지금쯤 주공을 뵙고 계실 겁니다."

두 사람이 회채하자, 장임은 동문으로 하여 성 안으로 들어갔다.

장비와 조운이 영채로 돌아오니, 공명과 간옹·장완이 이미 장중에 앉아 있었다. 장비가 말에서 내려 공명을 보자, 군사가 놀라서 물었다.

"아니, 장군은 어찌 이렇게 빨리 오셨소?"

옆에 있던 유비가 엄안의 일을 이야기하니 공명은 크게 축하하며 말했다.

"장 장군이 그렇듯 지용이 겸비하니, 이 모두가 주공의 홍복입니다그려."

조운이 잡아온 오의를 유비 앞으로 데리고 왔다. 공명이 물었다.

"낙성 안에서 몇 사람이 지키고 있소?"

오의가 아뢰었다.

"유계옥의 아들 유순과 유궤와 장임이 있는데, 유궤는 대단찮으나 장임만은 담략이 대단하며 가벼이 볼 수 없는 인물입니다."

듣고 나자 공명은 먼저 장임을 잡고 난 뒤에 낙성을 뺏아야겠다고 생각하며 다시 물었다.

"낙성 동편에 있는 다리 이름이 무엇이오?"

"금안교(金雁橋)입니다."

공명은 드디어 말을 다릿가로 몰아 근방을 돌아보고 영채로 돌아오더니, 장수들을 불러들였다.

"금안교에서 남쪽으로 5,6리 가면 두 기슭이 다 갈대밭이라, 군사들을 매복시킬 수 있을 것이니, 위연은 창수(鎗手) 1천 명을 거느리고 왼편에 매복했다가 오로지 말탄 장수만 찌르고, 황충은 도부수 1천 명을 거느리고 바른편에 매복했다가 인마의 다리를 치고 적군을 무찌르면, 장임이 필연 동쪽의 산길로 올 것이니, 장익덕은 1천 군을 이끌고 근방에 매복하고 있다가 사로잡도록 하오."

하고 명한 공명은 다시 조운을 불러,

"자룡은 금안교 북쪽에 매복했다가, 내가 장임을 꾀어다리를 지나가거든, 지체 말고 다리를 끊은 후 북편에 머물러 있으시오. 장임이 감히 북으로 도망가지 못하고 남쪽으로만 가도록 하오."

라고 영을 내리고, 자신은 적군을 유인하러 나갔다.

한편, 유장은 성도에서 낙성이 위태롭다는 소식을 듣자 탁응(卓膺)·장익(張翼)의 두 장수를 보내 싸움을 돕게 하였다. 장임은 장익으로 하여금 유궤와 함께 성을 지키게 하고, 자기는 탁응과 전후 2대로 나누되, 자기는 전대(前隊)가 되고, 탁응은 후대(後隊)가 되어 성을 나갔다.

공명은 너절하게 차린 군사들 약간을 거느리고 금안교를 지나서 장임과 대진했다.

공명이 나타났다. 장임은 천하에 이름높은 공명이 이르렀다고 듣자, 심중에 두려움이 가득하여 적진을 응시했다.

그런데 어디서 꾸어 온 군사들인 양 심히 정제하지 못한 백여 명 호위군 속에 한 틀 사륜거(四輪車)만 우뚝 솟아 있고, 그 위에 제갈공명이 손에 우선(羽扇)을 들고 초라하게 앉아 있을 따름이 아닌가. 장임은 긴장이 스르르 풀림을 느꼈다.

이윽고 공명이 우선을 흔들어 장임을 부르더니,

"조조는 백만 대군으로도 내 이름을 듣자 모두 도망갔는데, 너는 무얼 믿고 감히 항복하지 않는단 말인가?"

하며 사뭇 꾸짖었다. 장임은 이미 그를 업신여기는 마음이 생겼기에,

'듣기엔 제갈량의 용병이 귀신 같다더니, 알고 보니 유명무실하군.'

하고 생각하며 그대로 창을 들어 군사들을 몰아 나는 듯이 짓쳐왔다. 그러자, 공명은 한 번 싸움도 없이 허겁지겁 사륜거를 버리고는 말을 타고 달아났다.

무인에게 주는 선물

공명의 뒤를 따라 장임이 금안교를 지나서 좌우를 살펴보니, 유비의 군사들이 왼편에 매복해 있고, 바른편에는 엄안이 숨었다가 나는 듯이 에워싸려 들었다.

'계교에 빠졌구나!'

장임이 당황하여 급히 회군(回軍)하여 다릿가에 이르니, 이미 다리는 끊어지고 만 뒤였다. 북쪽으로 달아나려 하니, 언덕을 사이에 두고 조운의 일군이 진을 치고 있었다.

하는 수 없이 남쪽으로 말머리를 돌려 강을 끼고 얼마쯤 달리자, 갈대숲 우거진 벌판이 나타났는데, 그 속에서 위연의 일군이 장창을 꼬나잡고 뛰어나와 한바탕 낭자히 살육했다. 이어서 황충의 일군이 갈대 벌판 뒤에서 나타나 긴 칼로 말굽을 찍으니, 마군이 모두 거꾸러졌다.

장임은 겨우 수십 기만을 건져 산길을 향해 달아났다. 위태로운 목숨이 살았나 싶었을 때, 문득 장비의 대갈일성이 산과 들을 떨게 하며, 바람처럼 나타난 뭇 군사들이 순식간에 장임을 잡아 버리고 말았다.

조운이 탁응을 데리고 오고, 장비가 장임을 묶어 대채(大寨)에 이르자, 유비는 탁응에게 상을 주고 장임을 크게 꾸짖었다.

"촉중의 장수들이 모두 항복했는데 너는 왜 항복하지 않는단 말인가!"

과연 촉중 명장이었다. 장임은 조금도 두려운 빛 없이 눈을 부릅뜨고 큰 소리로 부르짖었다.

"충신이 어찌 두 임금을 섬긴단 말인가!"

옆에서 보고 있던 공명이,

"무인(武人)에게 인정을 쓰십시오. 어서 참하여 그 이름을 깨끗이 전하게 하시지요."

하고 권했기에, 드디어 장임은 목숨을 잃고 말았다. 유비는 그의 의기를 깊이 느껴, 시신을 거두어 금안교 가에다 후히 장사 지내 주었다.

이튿날이었다. 유비는 엄안·오의 등 항복한 장수들을 전방에 세우고 낙성으로 몰려갔다. 엄안은 성 앞에 이르러 소리쳤다.

"속히 성문을 열고 항복하라. 그래야 낙성 백성들이 목숨을 보전할 것이다."

그 때 유궤가 성 위에 나타나며 악을 썼다.

"네 이놈, 역적놈이 감히 어디서 큰 소리를 지르느냐!"

어지러이 욕하던 그가 바야흐로 화살을 먹여 엄안을 쏘려고 했을 때, 난데없이 한 장수가 칼을 들어 유궤를 죽이고 성문을 열어 항복했다.

유비는 입성하는 길로 곧 방(榜)을 내어 안민하고, 유궤를 죽인 장익과 뭇 장수들에게 후히 상을 주었다. 공명이

항복한 장수들 중의 한 사람을 불러 성도로 쳐들어 갈 의
논을 했다.

"낙성에서 성도로 가는 사이에 어떠한 관액이 있느냐?"

그 장수가 대답했다.

"관액이라고 할 만한 것은 면죽관(綿竹關)을 지키고 있는
약간의 군사들 뿐입니다. 그 곳만 얻으면 성도는 손에 든
거나 마찬가지입니다."

공명이 즉시 군사들을 거느리고 가 면죽관을 에워싸고
공격했더니, 관(關)을 지키던 장수들이 모두 항복을 했다.

한편 성도에서는 낙성과 면죽관마저 함락되었다고 듣자,
유장은 황황히 무리들과 대책을 상의했다. 동화(董和)가 말
했다.

"아무래도 장로에게 구원을 청하는 수밖에 없을까 합니
다."

유장은 그의 권고를 받아들여, 원수로 지내는 한중(漢中)
의 장로에게 사자를 파견하여 위급해진 상황을 고하고 구
원해 달라고 청했다.

장비와 마초의 대결

마등이 조조의 손에 죽자, 그의 아들 마초(馬超)는 마

대·방덕과 함께 한중으로 장로를 찾아 몸을 의탁했다. 장로는 마초의 영용함을 십분 들은 바 있는지라 기쁨이 매우 컸다.

'내게 마초가 있다면, 서쪽으로는 가히 익주를 얻을 것이고, 동쪽으로는 조조를 막을 수 있을 것이다.'
하고 생각하며 대장 양백(楊栢)에게 그를 사위로 맞으면 어떻겠느냐고 상의했다. 양백이 고개를 흔들며 간했다.

"마초의 처자가 참화를 입은 것이 모두 그의 허물로 말미암은 것인데, 주공은 어찌하여 따님을 맡기려 하십니까."

장로도 그의 말을 옳게 여겨 사위 삼기를 단념했다. 그런데 일이 공교롭게 되느라고, 그 말이 마초의 귀에 들어가게 되자, 마초는 크게 앙심을 먹고, 양백을 죽일 뜻을 품었다. 양백도 그런 기미를 짐작하고, 그의 형 양송(楊松)과 상의하여, 역시 마초를 없애기로 마음먹었다.

그 때 마침 유장의 밀사인 황권이 이르렀다. 황권은 장로에게 이와 잇몸의 관계를 논한 다음, 구원병을 보내 주면 촉의 20주(州)를 사례로 줄 것을 말했다. 그러자 장로는 그 이(利)정신이 팔려 기꺼이 승낙했다.

그 때 듣고 있던 마초가 일어나며 말했다.

"제가 비록 재주는 없으나, 주공께서 일지군을 빌려 주신다면 이 길로 촉중으로 진격하여 유비를 사로잡고, 유장에게서 20주 땅을 얻어 주공의 은혜에 보답할까 합니다."

장로는 마초의 말을 듣자 크게 기뻐하며, 먼저 황권을

소로로 보내고, 잇달아 2만 군병을 점고하여 마초에게 주었다. 그 때 방덕은 병 때문에 따르지 못하고, 장로는 양백으로 감군(監軍)케 했다. 그리하여 마초는 아우 마대와 함께 날을 가리어 장도에 올랐다.

유비가 면죽성마저 얻었기에, 이제 남은 것은 오직 성도 하나뿐이었다. 전승에 취해, 성도를 칠 의논에 바쁠 때였다. 군사가 급히 달려와 급보를 올렸다. 맹달과 곽준이 가명관을 지키고 있는데 마초가 한중 장로의 힘을 빌려 양백·마대와 함께 성을 치게 되었으니, 구원병이 없으면 막아내기 어렵다는 것이었다. 난데없는 마초의 출현에 유비는 크게 놀랐다.

"마초라면 옛날의 여포와 비교해도 조금도 뒤지지 않는다는 용맹한 장수 아니오? 누구를 내보내야 그를 상대할 수 있겠소?"

공명은 침음하기 한참 만에 입을 열었다.

"아무래도 장비·조운 두 장군이라야 대적할까 봅니다."

유비가 서둘렀다.

"자룡은 나가 있어 할 수 없으니, 익덕을 그리로 돌립시다."

그러자 공명이 조용히 말했다.

"주공께서는 가만히 계시면 제가 익덕을 격동시킬까 합니다."

이윽고 장비가 황황히 들어오며 큰 소리로 말했다.

"마초 그놈이 왔다지요? 내가 나가서 그놈과 싸울 테요!"

그러나 공명은 들은 척도 하지 않으며, 유비를 바라보고 말했다.

"마초가 가맹관을 침범했으나, 아무도 막아낼 사람이 없는 것 같습니다. 아무래도 형주로 가서 관운장을 모셔와야겠습니다."

장비의 얼굴에는 이미 핏줄이 섰다.

"아니, 군사께서 어찌 나를 이렇게 얕볼 수 있단 말이오?"

"그게 무슨 말이오?"

"내가 지난 날 장판파 싸움에서 조조의 백만 대군을 혼자서 막았거늘, 어찌 마초 하나를 근심하겠소."

"그야 익덕이 장판교를 끊었을 때 조조가 허실(虛實)을 몰랐기 망정이지, 그가 알았더라면 어찌 무사했겠소. 마초의 영용함은 천하 사람들이 다 아는 바요. 아마 관운장이 온다고 해도 이기기 어려울 거요."

장비는 소리를 높여,

"저엉 그러시다면 군령장(軍令狀)을 써 놓고라도 그놈을 치겠소."

라며 다가들었다. 그제야 공명이 유비에게 말했다.

"익덕이 저렇게 말하니, 군령장을 받고 선봉을 서게 하되, 주공은 친히 함께 가시고, 저는 여기 남았다가 자룡이 돌아오면 다시 상의하겠습니다."

이튿날이었다. 새벽녘에 성문 아래에서 북 소리가 크게 일어나며, 마초의 군사들이 이르렀다. 유비가 내려다보니 정기(旌旗)가 수풀처럼 **빽빽**하고 군사들은 까맣게 들을 덮었다.

그 중에서도 유난히 눈에 띄는 장수가 있었다. 은빛 갑옷에 흰 전포(戰袍)로 결속이 비범했으니, 멀리서 봐도 그는 바로 마초임에 틀림없었다. 유비는 저도 모르게 탄성을 발했다.

"서량에 금마초(錦馬超)가 있다더니 과연 대단하구나."

옆에서 듣고 있던 장비가 이를 갈며 몸을 날려 나는 듯 짓쳐내려가자, 마초는 창을 들어 군사들을 뒤로 한바탕 물렸다. 장비는 창을 빗겨잡고 크게 외쳤다.

"연인 장익덕을 네가 아는가?"

마초가 코웃음을 치며 대답했다.

"내 집이 누대 공후(公候)인데 어찌 너 따위 소졸놈을 알 것인가."

장비가 대로하여 말을 박차 맞아 싸우기 시작했는데 두 사람의 창이 어우러져 싸우기 백여 합이 지났지만 승부를 분간할 수 없었다. 장비는 물론이고 마초도 역시 일 대 일의 싸움에서 한 번도 져 본 적이 없는 맹장이었다. 유비는 다시 한 번 감탄했다.

"과연 호장(虎將)이로구나."

그는 혹시 장비에게 실수가 있을까 걱정되어, 징을 울려 수군(收軍)케 했다. 때문에 두 장수는 각기 자기의 진으로 돌아갔다.

장비는 진중으로 돌아와 잠시 말을 쉬게 한 다음, 투구는 벗어 던지고 수건으로 머리를 동이고는 다시 출진하여 마초를 불렀다.

마초가 다시 나와 재차 싸우기 시작했다. 유비는 진전(陣前)으로 말을 몰고 나가 손에 땀을 쥐고 관전했다.

창과 창이 맞부딪치고 말과 말이 으렁거리며 두 장수가 정신을 배가하여 싸우기를 다시 또한 백여 합에 이르렀지만 역시 승부가 나지 않았다.

유비가 징을 울려 군사들을 거두자, 두 장수는 창을 거두고 각기 본진으로 돌아갔다. 그 날은 이미 해가 저물었다. 유비가 마초에게 말했다.

"나는 오늘까지 인의로 사람을 대했지 속인 일이 없으니, 마맹기(馬孟起)는 군사들을 거두시오. 그대의 뒤를 쫓지는 않을 것이니 물러가 쉬도록 하시오."

진종일의 싸움에 지친 마초가 창을 높이 들어 승낙한다는 뜻을 표하고 군사들을 거두어 돌아가자 유비도 군사들을 관상(關上)으로 거두었다.

이튿날 새벽에 밤을 새워 가맹관에 도착한 공명이 말했다.

"마초로 말하면 세상에 이름난 호장인데, 그대로 익덕과 싸우게 하면 반드시 하나는 상하고 말 것이 아니겠습니까."

"나 역시 걱정이 되어 궁리하던 참이오."

하고 유비는 은근히 공명의 다음 말을 기다렸다.

"제가 작은 꾀를 써서 마초가 주공께 항복토록 하겠습니다."

공명은 자리를 가까이 하며 계교를 말했다.

"제가 듣건대, 한중의 장로는 바라는 것이 한녕왕이고, 그 수하의 모사 양송(楊松)은 뇌물을 탐하기로 유명한 자이니, 먼저 한중으로 사람을 보내 뇌물로 양송의 환심을 산 다음에, 장로를 요리하도록 하겠습니다."

유비는 크게 기뻐하며 손건에게 금은 보화를 주어 양송을 찾아가게 했다. 그랬더니 뇌물을 받고 입이 벌어진 양송은 과연 장로에게 말했다.

"유비는 대한(大漢)의 황숙이시니, 그를 치는 것은 옳지 않습니다."

장로는 고개를 끄덕이며 그 자리에서 마초에게 글을 보내 곧 군사들을 거두어 돌아오라고 명령했다.

이튿날 사자가 돌아왔는데, 순진한 마초는 공을 이루기 전에는 퇴병(退兵)치 않겠다는 대답을 전했다.

장로가 다시 사람을 보내어 불렀으나 마초는 오지 않았고, 세 번째로 보냈어도 역시 마찬가지였다. 그즈음 양송은 사람을 시켜 말을 전파시키기를, 마초는 서천을 빼앗아 촉왕(獨王)이 되어 아비의 원수를 갚고, 한중을 배반할 것이 라는 소문을 퍼뜨렸다.

그런 소문이 장로의 귀에 들어가자, 장로는 곧 양송을 불러 선후책을 물었다. 양송은 이제야말로 유비에게서 받은 금백 값을 갚을 때가 이르렀다고 생각하고 계교를 말했다.

"마초에게 사람을 보내셔서, 네가 이왕 성공을 장담한다 하니, 한 달 안에 유장의 목을 가져오면 상을 줄 것이나, 그렇지 못하면 네 목을 베겠다고 하십시오."

장로는 양송의 계교를 옳게 여겨 사람을 마초 진중으로 보내어 조건을 이야기했다. 그런 말을 듣고 난 마초는 크게 놀랐다.

"내가 무슨 수로 그렇게 할 수 있단 말인가?"

마초는 부득불 돌아갈 수밖에 없다고 결심했다. 그 소식 을 들은 양송은 또 가만 있지 않았다. 곧 사람을 시켜 다시 말을 전파시켰다.

"마초가 갑자기 회군한다니, 그것은 필시 딴 마음을 먹 고 불궤를 도모하는 짓일 게 분명하다."

그 같은 성중에 소문이 자자했다. 장로는 황황히 군사를 칠로(七路)로 나누어 각처의 관액을 굳게 지키며 마초의 군 대를 들이지 않게 했다. 때문에 마초는 가려고 해도 갈 곳 이 없는 딱한 신세가 되고 말았다.

제갈공명은 그 때를 기다렸다는 듯이 유비에게 이렇게 말했다.

"마초가 진퇴양난에 빠졌으니 제가 가서 그를 항복시켜 보겠습니다."

그러나 유비는 울상을 지었다.

"나는 공명 군사를 하늘처럼 믿고 따르는데 혹시 마초에게 갔다가 다치기라도 하면 큰일 아니오? 보낼 수 없소!"

그 때 이회(李恢)라는 신하가 성큼 나섰다.

"저는 마초와는 어릴 때부터 친구 사이입니다. 제가 가서 마초를 타일러 보겠습니다."

유비는 그제야 흡족한 표정으로 고개를 끄덕였다.

"그렇게만 해 준다면 얼마나 고맙겠소!"

이회는 그 길로 곧장 마초의 진영으로 찾아가 지키고 있는 병사들에게 자신의 이름을 밝혔다.

"나는 이회라는 사람을 마초 장군과는 오랜 친구 사이요. 장군께 내가 찾아왔다고 전해 주시오."

한 병사가 마초의 막사 안으로 들어가 이회의 말을 전하자, 마초는 대뜸 험상궂은 표정을 지었다.

"이회가 왔단 말이지? 그는 옛날부터 말 잘 하는 선비였다. 이제 그가 나를 찾아온 것은 말로써 나를 설득하러 온 것이 틀림없다."

마초는 힘세고 날쌘 병사 20명을 불러 명령했다.

"너희들은 각자 도끼를 들고 숨어 있다가 내가 신호를 보내는 즉시 이회의 목을 쳐라!"

명령을 받은 병사들이 막사 뒤로 숨은 뒤에 마초는 이회를 불러들여 다짜고짜 따지듯이 물었다.

"너는 어째서 왔느냐?"

이회가 빙그레 웃으며 대답했다.

"자네를 설득하러 왔네."

그 말에 마초가 칼집에서 칼을 뽑았다가 다시 집어넣으며 위협적인 목소리로 말했다.

"설득이라……. 오랜만에 만난 친구의 말이니 들어는 주겠지만, 만일 말 같지 않은 소리를 하면 이 칼이 가만 있지 않을 것이네!"

이회는 껄껄껄 웃었다.

"하하하! 자네한테 큰 불행이 닥쳐오고 있으니, 그 칼로 내 목을 베기 전에 자네 목부터 베어야 할지도 모르네."

"나에게 무슨 불행이 닥친단 말인가?"

"자네는 지금 조조도 유장도 장로도 모두 만날 수 없는 형편이 되었네. 천하의 마초가 오갈 데 없는 불행한 처지가 되었으니 어찌 세상 사람들이 비웃지 않겠는가!"

마초는 솔직하고 담백한 성격의 사람이었다. 아픈 곳을 찔린 그는 친구 앞에 자신의 고민을 솔직히 털어놓았다.

"자네 말이 맞네. 사실 나는 오갈 데 없는 처지가 되고 말았네."

그제야 이회는 마초를 똑바로 쳐다보며 목소리를 높였다.

"그렇다면 얼른 막사 뒤에 숨겨 둔 병사들부터 물러가도록 하게. 나는 자네를 해치러 온 것이 아니네."

마초는 얼굴을 붉히며 도끼를 든 병사들을 물러가게 했다. 그러자 이회가 말을 이었다.

"유 황숙은 어질고 사람을 대우할 줄 아는 어른이라네. 더욱이 자네의 부친 마등 태수께서는 일찍이 조조를 죽이기로 유 황숙과 맹세까지 한 분이네. 그런데 어째서 자네는 유 황숙 같은 분을 섬겨 장차 아버지의 원수를 갚고 큰 공을 세우려 하지 않는가?"

마초는 입이 열 개라도 대꾸할 말이 없었다. 그는 이회 앞에 머리를 숙이며 말했다.

"부끄러워 차마 고개를 들지 못하겠네. 알겠네. 군사들을 이끌고 유 황숙에게 가서 항복하겠네."

천하에 이름난 용장이었지만 공명의 세 치 혀끝에서 우러나온 계교에 빠져, 마초는 마침내 항복할 수밖에 없었다.

유비는 마초가 이르렀다고 듣자, 친히 마중하여 상빈례(上賓禮)로 대접했다. 마초는 머리를 조아리며 사례하기를 마지않았다.

익주를 거둔 유비

마초의 항복을 받은 유비는 다시 곽준과 맹달로 하여금

가맹관을 지키게 하고, 군사들을 거두어 조운·황충과 함께 면죽관(綿竹關)으로 들어갔는데, 마침 촉의 장수 유준(劉峻)과 마한(馬漢)이 군사들을 이끌고 싸우러 왔다는 보고가 들어왔다.

조운이 앞으로 나아가,

"원컨대 제가 그들 두 사람을 사로잡겠습니다."

라는 말을 마치기도 전에 나는 듯이 말에 올라 군사들을 거느리고 나갔다.

유비가 마초를 관대하고자 잔치를 배설케 하고, 자리를 잡으려는데, 조운이 어느 샌가 두 사람의 머리를 베어 돌아와 자리 앞에 바쳤다. 마초는 한편 놀라며 한편으로는 공경하는 마음이 드는 것을 금할 수 없었다. 마초가 말했다.

"주공께서 직접 군대를 거느리고 싸우실 필요는 없습니다. 제가 성 아래로 가서 항복을 권유해 보겠습니다. 만일 유장이 항복하지 않으면 익주성을 공격해 빼앗겠습니다."

그 말을 듣고 유비는 기뻐하기를 마지않았다. 계속해서 술을 마셨기에 종일토록 잔치는 그치지 않았다.

군사들을 거느리고 익주성 아래로 간 마초는 크게 소리쳤다.

"유장은 나와서 나의 말을 들어라!"

유장은 성문을 굳게 닫은 채 근심에서 헤어나지 못하고 있었다. 그런데 뜻밖에도 마초의 구원병이 왔다고 해서 황황히 성벽 위에 올라 바라보니, 과연 마초·마대 형제가 성 아래에서 소리치고 있었다.

"우리 형제가 익주를 구하러 왔으나 장로 그놈이 양송의 참소를 곧이 듣고 도리어 우리를 죽이려고 했기에 우리는 이미 유 황숙께 항복했다. 그대도 빨리 항복하여 백성들의 희생을 덜게 하라."

그 말을 들은 유장은 얼굴이 흙빛으로 변하더니, 몸을 떨면서 땅바닥에 쓰러졌다. 유장은 한참 후에야 눈을 뜨더니,

"내가 총명치 못함을 후회한들 지금에 이르러 무슨 소용이 있겠는가. 성문을 열고 항복하여, 성 안 백성들이나 구하는 것이 상책일 것 같구나."
하고 길이 탄식했다.

그 때 한 신하가 무릎을 꿇고 소리쳤다.

"그럴 수 없습니다. 성 안에는 아직 3만 명의 군사가 있고, 양식도 1년치나 넉넉히 쌓여 있습니다. 싸워야 합니다."

하지만 유장은 고개를 절레절레 흔들었다.

"나는 익주를 다스리면서 백성들에게 모진 고생만 시켜 왔다. 지금 항복하여 백성들의 고생을 덜어 주는 것이 그나마 내가 할 수 있는 최선의 길이다."

그 말을 듣자 모두 눈물을 흘렸다.

이튿날 유장이 친히 인수(印綬)와 문적(文籍)을 싸 가지고 수레를 타고 성 밖으로 나와 항복했다. 유비는 영채에서

나와 영접하며 그의 손을 잡고

"내가 인의를 행하고자 하나 형세를 어찌할 수 없음이
오."

라고 말한 뒤 함께 영채에 들어가 인수와 문적을 받고, 나
란히 말을 타고 성 안으로 들어갔다.

유비가 성도로 들어서자 길이 막힐 정도로 모여든 많은
백성들이 향화(香花) 등촉으로 그를 영접했다. 유비가 공청
(公廳)에 이르러 당상에 좌정하니, 군내 제관이 당하에서
절하였다.

공명이 유비에게 말했다.

"서천을 평정하였으나 두 임군을 용납지 못하니, 유장을
형주로 보내셔야 합니다."

그러자 유비가 대답했다.

"내가 촉(蜀)을 얻었다 하여, 어찌 당장 유장을 멀리 보
낸단 말이오."

"유장이 익주를 잃은 것은 그가 너무나 심약했기 때문입
니다. 주공도 역시 아녀자와 같은 어진 마음 때문에 일을
결정하지 못하신다면, 이 땅마저 오래 가지 못할 것입니
다."

때문에 유비는 대연을 배설하고 유장으로 하여금 재물을
수습케 하며, 처자와 일가와 비복들을 거느리고, 진위장군
의 인수를 받아 남군의 공안(公安)으로 가게 하였다.

유비는 제갈 군사로 하여금 치국(治國)하는 조례를 정하

게 하고 널리 덕을 베풀었다. 그 후로 군민(軍民)이 안도하고 41주(州)에 군사들을 나누어 지키게 하자, 모두가 평정되었다.

제9장
한중왕

황후의 비밀 편지

조조는 허리에 칼을 차고 신발을 신은 채 황제가 사는 궁궐을 제 집처럼 드나들었다. 그럴 때마다 황제는 하던 일을 멈추며 자리에서 벌떡 일어났고 복 황후는 놀라움으로 인해 온몸을 부들부들 떨었다.

하루는 조조가 황제에게 물었다.

"손권과 유비가 각각 오나라와 촉나라를 차지하고 항복하지 않으니 어쩌면 좋겠소?"

황제는 고개를 숙인 채 대답했다.

"모든 것은 승상이 알아서 하시오. 나에게 묻지 마시오."

그러자 조조가 발끈 화를 냈다.

"그런 말씀을 바깥 사람들이 들으면 내가 황제 폐하를 누르고 제멋대로 일을 처리하는 역적이라고 욕하지 않겠소!"

황제는 이제 모든 것이 귀찮아졌다.

"그대가 나를 도와 주려면 하루 빨리 내가 물러나게 해 주오."

조조가 나가자 황제는 눈물을 글썽이며 탄식했다.

"나처럼 한심한 황제는 세상에 또 없을 것이다."

복 황후도 서럽게 울다가 입을 열었다.

"제 아버지 복완은 조조를 죽이지 못하는 것을 늘 한스러워 하고 계십니다. 제가 아버지께 은밀하게 편지를 보내 하루 빨리 조조를 죽여 달라고 부탁해 보겠습니다."

황제는 깜짝 놀란 표정이 되어 목소리를 낮추었다.

"쉿! 누가 들으면 어쩌려고. 그런 계획은 지난날 동승도 세웠지만 사전에 발각되는 바람에 애꿎은 사람들만 목숨을 빼앗기지 않았소? 이번에도 그렇게 되면 그대와 나는 반드시 죽고 말 것이요."

"조조의 눈치를 살피며 사느니보다 차라리 죽는 게 낫겠습니다. 제가 보기에 환관 목순이라는 사람은 믿을 만하니 그를 시켜 편지를 보내겠습니다."

복 황후는 편지를 써서 목순을 통해 아버지 복완에게 전달하도록 했다. 황후이자 딸의 편지를 읽은 복완은 목순에게 말했다.

"지금 조정에는 곳곳에 조조의 부하들이 깔려 있으니 섣불리 거사할 수는 없다. 앞으로 손권과 유비가 군대를 일으키면 조조는 반드시 허도를 비우고 그들을 물리치러 갈 것이니, 그 때 충성스러운 신하들과 상의하여 안팎에서 움직이면 그를 죽일 수 있을 것이다."

목순이 대꾸했다.

"그럼 나리께서는 일단 답장을 써서 제게 주십시오."

목순은 목완이 쓴 답장을 행여 들킬세라 상투 속에 감춘 뒤에 황제가 있는 궁궐로 들어갔다. 그런데 그가 막 궁궐 문을 통과하려는 순간, 조조가 불쑥 얼굴을 내밀었다.

"너는 어딜 그리 급하게 갔다가 오는 것이냐?"

조조의 물음에 목순은 식은땀을 흘리며 대답했다.

"황후께서 아프셔서 의원을 데리러 갔다가 오는 길입니다."

"그럼 의원은 어디 있느냐?"

"의원은 조금 있다가 오기로 했습니다."

"그래……?"

조조는 의심이 가득한 눈초리로 목순의 몸을 샅샅이 훑었다. 그런데 그 순간 한 줄기 바람이 휙 불더니 목순이 쓴 모자를 날려 버렸다.

"아니, 네 상투가 좀 이상하지 않으냐?"

당황한 목순의 얼굴이 시뻘겋게 달아올랐다. 때문에 수

상하게 여긴 조조는 부하를 시켜 목순의 모자와 상투 속을 살피게 했다. 역시 짐작했던 대로였다. 목순의 상투 속에서 나온 편지에는 조조를 죽이려는 복완의 계획이 자세히 적혀 있었다.

"어리석은 것들! 옛날에 동비의 아버지 동승도 함부로 날뛰다가 죽음을 당했는데, 이제는 복 황후의 아버지 복완까지 설치는군!"

조조의 분노는 하늘을 찌를 듯했다.

"복완의 일가 친척은 물론 황후까지 잡아서 감옥에 처넣어라!"

그 때 조조의 명령을 앞장서서 실행한 사람은 화흠이란 신하였다. 그는 즉시 군사들 3천 명을 거느리고 복완의 집을 겹겹이 포위한 다음, 남녀노소 할 것 없이 모조리 잡아들여 황후가 보낸 비밀 편지를 찾아 내고 복완의 일가 친척들을 모두 감옥에 가두었다.

하지만 그것은 시작에 불과했다. 화흠은 그 사건을 좋은 기회라 생각했다. 그는 조조에게 잘 보여 높은 벼슬을 얻을 욕심으로 지나친 충성심을 보였다. 그는 군사들을 거느리고 황후가 있는 궁궐로 쳐들어갔다.

소식을 들은 황후는 얼떨결에 자신의 침실 벽 속에 숨었다. 황후가 사는 방은 향기로운 냄새를 풍기기 위해 온갖 아름다운 꽃을 넣어 벽을 만들었는데, 그 속에는 여자 한 명쯤은 숨을 만한 공간이 있었다.

"복 황후는 어디 있느냐?"

사납게 들이닥친 화흠이 피 묻은 칼을 치켜들며 시녀들에게 소리쳤다.

"우리는 모릅니다……."

시녀들은 겁에 질린 표정으로 대답했다.

"그래……? 여봐라, 사방 벽을 칼과 창으로 찔러 보아라!"

화흠의 명령이 떨어지자마자 병사들이 우르르 달려들어 벽에다가 칼과 창을 쑤셔 박았다. 그러던 어느 한 순간이었다.

"악!"

외마디 비명이 들리는 것과 동시에 벽 속에서 한 줄기 새빨간 피가 뿜어져 나왔다. 순간 화흠의 입가에 잔인한 미소가 감돌았다.

"흥, 그러면 그렇지! 여봐라, 벽을 뜯어라!"

벽을 뜯자마자 피투성이가 된 황후의 몸이 방바닥으로 쓰러졌다.

"제, 제발 목숨만 살려 다오……."

황후가 보잘것없는 신하에게 애원을 했다. 그러나 화흠의 태도는 냉랭하기 그지없었다.

"승상을 죽이려 할 때는 언제고 이제는 목숨을 구걸하다니! 살고 싶으면 승상께 가서 호소해 보아라!"

화흠은 풀어 헤쳐진 황후의 머리채를 덥석 잡았다. 그리고 맨발에다 온몸이 피로 얼룩진 황후를 개처럼 질질 끌고 걸어가기 시작했다.

그 모습을 지켜보면서 황제는 피눈물을 흘렸다.

황후는 눈물로 뒤범벅이 된 얼굴로 황제를 애처롭게 바라보았다.

"폐하, 정녕 이렇게 끝나는 것입니까?"

황제는 목멘 소리로 대답했다.

"미안하오, 참으로 미안하오. 내 목숨도 언제 끝날지 모르오."

화흠이 복 황후를 끌고 간 자리에는 핏자국이 길게 이어졌다. 이윽고 화흠은 조조 앞에 황후를 끌어다가 무릎을 꿇렸다. 조조는 황후를 무섭게 노려보았다.

"나는 나름대로 신하의 도리를 다했거늘, 너희들은 오히려 나를 죽이려 했다! 내가 너희들을 죽이지 않으면 너희들이 나를 죽일 것이니 어쩔 수 없다! 여봐라, 복 황후를 가장 잔인한 방법으로 죽여라!"

명령을 받은 조조의 부하들은 개 떼처럼 달려들어 복 황후를 몽둥이로 마구 때려 죽였다. 그것이 그들이 생각한 가장 잔인한 방법이었던 것이다.

그것을 시작으로 수많은 아까운 생명들이 목숨을 잃었다. 우선 복 황후가 낳은 두 아들이 강제로 독약을 마시고 죽었다. 그 다음에는 복완과 목순, 그리고 그 다음에는 복완의 일가 친척 200여 명의 목이 칼날 아래에 쓰러졌다.

헌제 황제는 복 황후가 죽은 뒤로 슬픔에 겨워 밥을 먹지 못했다. 조조는 그런 황제조차 가만 두지 않았다.

"폐하께서는 아무 걱정 마십시오. 황후가 나를 죽이려 했으므로 벌을 받은 것이지, 황제께서야 무슨 죄가 있겠습니까? 저에게 마침 시집갈 나이가 된 딸이 하나 있습니다. 나이는 어리지만 착하고 효성이 지극한 아이이니 황제 폐하께서 부인으로 삼으시기에 부족함이 없을 것입니다."

황제는 숫제 아무런 대꾸도 하지 않고 고개를 돌려 버리고 말았다.

다음 해 정월 초하루, 조조는 딸과 헌제 황제의 혼례를 치렀다. 간신배들로 가득 찬 조정 신하들 중에서 반대하는 사람은 아무도 없었다.

맹장 방덕

조조는 신하로서 더할 수 없는 권세를 누리는 데다가 황제의 장인까지 되었다. 하지만 그로서도 어쩔 수 없는 것이 있었으니, 그것은 손권과 유비를 공격하는 일이었다.

조조는 무리들을 모아 놓고, 어떻게 하면 오(吳)를 수중에 거두고, 촉(蜀)을 없앨 수 있을까를 상의했다.

"오·촉(吳蜀)을 갑작스럽게 칠 수 없으니, 먼저 한중(漢

中)의 장로부터 치고 여세를 휘몰아 촉을 친다면, 가히 한 번 북을 쳐서 그들의 뿌리를 뽑을 수 있을 것입니다."

하고 하후돈이 의견을 말하자 조조는 머리를 끄덕였다.

"바로 그 말이 내 말이로고."

한중은 장로가 다스리는 한녕과 그 주변의 땅이 천하의 가운데 있다고 해서 붙여진 이름이었다. 조조는 그 한중 땅을 빼앗음으로써 유비의 목구멍을 움켜쥘 계획이었다.

드디어 서정(西征)의 날은 왔다. 조조는 군사를 3대로 나누었으니, 선봉은 하후연과 장합이고, 조조 자기는 제장을 거느리고 중군이 되었다. 그리고 조인과 하후돈은 후군에서 양초를 압송하기로 했다.

소식을 들은 장로는 황급히 문무 제관을 불러 모으고 긴박한 사태에 대해서 상의했다. 염포가 아뢰었다.

"이제 제가 한 사람을 천거하겠으니, 가히 조조 수하의 장수들을 당적할 것입니다."

장로가 급히 물었다.

"그게 누구란 말이오?"

"그는 방덕입니다. 마초를 따라 주공께 투항했는데, 후에 마초가 서천으로 갈 때, 병이 나서 가지 못하고 아직도 주공의 은혜를 입고 있으니, 그 사람을 쓰도록 하십시오."

"옳지, 하늘이 나를 돕는구나!"

장로는 기뻐하며 곧 방덕을 불렀다.

방덕이 이르자 후히 상을 내리고, 1만 군을 거느리게 하여 성으로부터 10여 리 떨어진 곳으로 나아가 조조의 군대를 상대하게 하였다.

방덕이 나아가 싸움을 돋구었다.

명이 내리자 장합이 먼저 나가 싸우기 몇 합이 못되어 물러나오고, 하후연이 또 몇 합을 겨루었나 하다가 돌아오고, 서황이 다시 서너 합을 싸우다가 돌아왔다. 마지막으로 허저가 50여 합을 싸우다가 또한 돌아왔다. 방덕은 그처럼 네 사람의 장수와 내리 싸웠으나 얼굴에서 조금도 두려워하는 빛을 볼 수 없었다.

모든 장수들이 입을 모아 방덕의 무예가 절륜함을 칭찬했다.

"방덕의 실력은 옛날 여포에 비교해서 조금도 뒤지지 않습니다."

"그래서 내가 방덕을 부하로 삼고 싶은 것이다."

조조도 속으로 몹시 기뻐하며 중장들과 상의했다.

"어떻게 하면 그 사람을 투항케 할 수 있겠나?"

조조가 묻자 가후가 대답했다.

"제가 장로 수하에 모사로 있는 양송이라는 사람을 잘 아옵는데, 그 사람의 물욕이 대단합니다. 그러니 남몰래 금백(金帛)을 보내어, 그로 하여금 장로에게 방덕을 참소케 한다면, 그 일을 가히 성취시킬 수 있을 것입니다."

조조는 즉시 금백을 후하게 들린 사람을 양송에게 보냈다. 바로 그 날 밤 양송은 장로에게로 갔다.

"오늘 방덕이 싸워서 이기지 못한 까닭을 아십니까?"
하고 양송이 말을 꺼내자 장로가 대꾸했다.

"모르겠소. 알거든 들려 주오."

"방덕이 이번에 조조의 뇌물을 받고, 일진(一陣)을 팔아 먹었다는 걸 아셔야 합니다."

장로는 양송의 말을 듣자 크게 노했다. 당장 방덕을 불러들여 크게 꾸짖고 그를 참하라고 소리쳤다. 염포가 혓바닥이 닳도록 간하자, 그제서야 장로는 큰 인심이나 쓰는 것처럼 다시 호통을 쳤다.

"네가 내일 출전하여 이기지 못하면 반드시 죽을 줄 알라!"

장로의 말을 들은 방덕은 너무나 기가 막혀 길이 한을 품고 물러나왔다.

이튿날 조군(曹軍)이 다시 성을 쳤다. 방덕이 군사들을 이끌고 나가 맞았다. 조조는 허저를 시켜 방덕과 싸우게 했는데, 허저가 3합이 못되어 거짓으로 패한 체하고 달아나자, 방덕은 곧 뒤를 쫓았다.

조조는 산 위에서 말을 높이 타고 방덕을 내려다보면서 소리쳤다.

"방덕은 어이해서 속히 항복하지 아니하오?"

순간 방덕의 생각이 바뀌었다.

'옳다! 조조만 잡아가면 나의 결백은 저절로 밝혀질 것이다!'

방덕은 방향을 바꾸어 언덕을 향해 쏜살같이 달려갔다. 그런데 바로 그 때였다.

갑자기 하늘이 무너지고 땅이 뒤집히는 듯하더니, 방덕의 몸과 말이 일시에 허공으로 떨어졌다. 아우성 소리가 천지를 진동시켰다. 사방이 다 흙벽이었다. 방덕은 그제야 자기가 무서운 함정에 빠졌음을 깨달았다. 뒤이어 쇠그물이 자기의 몸에 감겨졌음도 알았다.

조조의 군사들이 땀을 뻘뻘 흘리며, 쇠그물을 끌어 올리고, 갈고리로 잡아올리느라고 야단들이었다. 방덕은 꼼짝 못하고 그들에게 잡혀 조조 앞으로 끌려갔다.

방덕이 잡혀온 것을 보자, 조조는 말에서 뛰어내려 군사들을 꾸짖어 물리친 다음, 친히 그의 결박을 풀어 주면서 말했다.

"방덕은 항복할 뜻이 없소?"

방덕은 이미 장로의 불인(不仁)함을 알고 있었던 터였기에 순순히 항복했다. 조조는 친히 방덕을 부축하여 말에 타게 하고, 그와 나란히 말 머리를 돌려 대채(大寨)로 돌아가며, 일부러 성 위에서 바라보는 장로의 군사들에게 그런 모습을 보이게 했다. 그러니 장로는 더욱 양송의 말을 곧이듣지 않을 수 없었다.

이튿날 조조가 성의 삼면에다 운제(雲梯)를 걸어 놓고 비포(飛砲)로 성을 맹타하자, 장로는 이미 형세가 기울었다고 판단했다.

그는 동생인 장위와 함께 상의했다.

"이 일을 어떻게 해야 좋을 것인고?"

"창고와 부고(府庫)를 모조리 불질러 버리고 남산으로 빠져나가 파중(巴中)이나 지키는 게 상책일까 합니다."

곁에 앉아 있던 양송이 참견했다.

"그럴 것 없이 성문을 열고 항복하는 게 나을 것이오."

그러자 장로가 말했다.

"내가 국가에 충성을 다하고자 하나, 뜻을 이루지 못하여 어쩔 수 없이 출분(出奔)은 하거니와, 창고와 부고는 국가의 소유니, 어찌 태워 버릴 수 있겠는가."

장로의 말은 비절(悲絶)하였다. 드디어 그는 모든 곡간의 문을 빗장으로 채우고 튼튼히 봉했다. 그 날 밤 이경 무렵에 장로는 일가 노소와 부하들을 이끌고 남문을 연 뒤에 파중으로 달아났다.

후에 그것을 본 조조는 마음에 측은하다는 생각이 들어 사람을 파중으로 보내 장로에게 항복하기를 권했다. 그 때 양송이

"만일 이렇게 성을 지키기만 한다면, 그것은 마치 죽을 날을 기다리는 거나 같습니다. 제가 성을 지키겠으니, 주공은 나가서 결전을 하십시오."

하고 말했기에, 장로는 그 말에 따르기로 했다.

그러나 장로는 조조의 적수가 아니었다. 싸움이 벌어지기도 전에 후군(後軍)이 어지러워지기 시작했다. 장로가 탄

식하며 물러서려 하는데, 이미 등 뒤에서 조조의 군사들이 쫓아왔다.

장로는 허겁지겁 성 아래로 돌아갔으나, 아무리 소리를 질러도 성문은 열리지 않았다. 양송은 성 안에서 장로가 부르짖는 소리를 코웃음으로 들어 넘기고 있었던 것이다. 이제 달아날 길마저 없어진 장로였다. 조조는 뒤쫓아오며,

"장로는 어이하여 항복하지 않는고?"

하고 큰 소리로 외쳤다. 장로는 몸을 떨면서 말 위에서 뛰어내려, 몸을 던져 절하고 일어나지 못했다. 조조는 지난날 그가 도망칠 때 곡간과 창고를 봉하고 간 마음의 갸륵함을 생각하고 예로써 그를 대했다.

그러나 양송만은 길거리에 끌어내어 목을 잘라 버렸다. 주인을 팔아 영화를 구한 놈을 천하의 사람들에게 보이고자 함에서였다.

놀란 눈을 부릅뜬 채로 잘려진 양송의 목은 한중 사람들이 가장 많이 지나다니는 길거리에 내버려져 마구 짓밟혀졌다.

왕위에 오른 조조

조조가 군사들을 거느리고 허도로 돌아오자 신하들이 또

다시 살랑거렸다.

"한중을 빼앗은 조조 승상 만세!"

"이제 조조 승상을 왕으로 모십시다! 사람들은 우리 땅을 위나라라고 부르니, 위왕이라고 부르면 되지 않겠소."

신하들이 앞다투어 조조에게 잘 보이려고 경쟁을 벌일 때, 문득 한 신하가 나서서 그들을 노려보며 매섭게 꾸짖었다.

"허튼 수작들 하지 마시오! 승상을 위왕으로 모시는 것은 승상을 위하는 길이 아니라 도리어 망치는 길이오!"

그는 최염이라는 신하였다. 그 말에 다른 신하들이 발끈했다.

"그대는 순욱과 순유가 어쩌다가 죽음을 당했는지 명심하시오! 오래 살고 싶으면 잠자코 있으시오!"

최염은 하늘을 우러러보면서 크게 탄식했다.

"어쩌다가 이 지경이 되었는가! 세상이 어지러울 때면 하늘은 반드시 이상한 일을 일으킨다고 했으니, 장차 이 나라에 해괴한 일이 벌어질 것이다!"

간신배들은 최염의 말을 곧이곧대로 조조에게 고해 바쳤다. 조조는 어느덧 늙었기 때문인지 자기에게 아첨하는 신하만 좋아하고, 바른말을 하는 신하는 미워했다.

"이런 죽일 놈! 여봐라, 당장 최염의 목을 베어라!"

최염은 칼날 아래에서도 꿋꿋한 태도를 조금도 굽히지 않았다.

"내가 죽는 것은 두렵지 않으나, 역적 조조 밑에서 의지할 곳 없는 황제 폐하가 걱정이로다!"

바야흐로 조조 득의의 날이 왔다. 때는 건안 21년 5월 초여름이었다. 군신들은 천자에게 한 장의 표주문을 올렸다.

「위공(魏公) 조조의 공덕이 하늘과 땅의 끝까지 이르렀으니, 옛날 이주(伊周)도 이에 미치지 못할 것이온즉, 위왕(魏王)으로 높이심이 가하나이다.」

천자는 표주문을 받자 즉시 종유를 불러 조서(詔書)를 꾸미게 하고 조조를 위왕으로 책립하였다. 허수아비와 다름없는 천자로서는 그렇게 할 수밖에 없었다.

그 때부터 조조는 황제와 똑같은 면류관을 쓰고, 황제가 타고 다니는 것과 똑같은 금수레를 탔을 뿐만 아니라, 모든 의복과 호위병도 황제의 것과 똑같은 것으로 하기 시작했다. 위왕이 된 조조는 업군에다 으리으리한 위왕궁(魏王宮)을 짓게 하고 왕후 책립에 대해서 의논했다.

조조의 대처(大妻) 정 부인(丁夫人)은 소생이 없고, 첩 유씨(劉氏)는 아들 조앙(曹昻)이 있었으나 장수(張繡)를 칠 때 완성에서 잃었고, 변씨(卞氏) 소생으로 아들이 넷이니, 장자는 이름이 비(丕)이고, 다음은 창(彰)이며, 셋째는 식

(植)이며, 끝이 웅(熊)이었다. 마침내 정부인을 물리치고, 변씨를 위왕비(魏王妃)로 했다.

조조는 변 부인이 낳은 네 아들 중에서 셋째인 조식을 가장 사랑했다. 그가 총명하고 글도 잘 지어 아버지를 기쁘게 했기 때문이었다.

그런데 조조가 셋째 아들 조식만을 지나치게 사랑하자 불안해진 것은 첫째 아들 조비였다. 그는 생각했다.

'아버지가 조식을 왕세자로 삼으면 큰일이다.'

그것은 과연 큰일이었다. 왕위를 동생에게 빼앗긴 맏아들은 억울한 것은 둘째 치고 자칫하면 죽음을 당하기 십상이었다. 왜냐 하면 형 대신 왕위를 차지한 동생이 반역을 두려워하며 형을 죽이는 일이 흔했기 때문이다.

'내가 살기 위해서라도 왕위는 내가 물려받아야 한다.'

조비는 자신의 고민에 대해서 믿고 따르던 신하 가후와 상의했다.

"어떻게 해야 왕위를 물려받을 수 있겠소?"

가후가 대답했다.

"맏아들은 가만히 있어도 저절로 왕위를 물려받는 것입니다."

"그것은 저도 알지만, 아버지께서 동생 조식을 지나치게 사랑하기에 묻는 겁니다. 좋은 방법을 가르쳐 주십시오."

가후는 잠시 생각에 잠겼다가 입을 열었다.

"그럼 이렇게 하십시오. 그러나 제가 방법을 가르쳐 드리는 것은 높은 벼슬을 바라서가 아닙니다. 왕위 때문에 형제간에 싸움이 일어나면 나라가 위태로워지기 때문에 도와드리는 것입니다."

가후가 조비에게 가르쳐 준 왕세자가 되는 방법은 무엇이었을까? 그것은 그로부터 얼마 후 조조가 먼 지방으로 싸움을 하러 나갈 때 나타났다.

조조는 위왕에 오르고도 크고 작은 여러 싸움에 나설 수밖에 없었다. 중원은 땅이 워낙 커서 언제 어디서고 반란이 일어났기 때문에 한시도 편할 날이 없었던 것이다. 그런데 조조가 싸우러 나갈 때마다 셋째 아들 조식은 아버지의 공덕을 칭찬하는 글을 지어 바쳤지만, 정작 맏아들 조비는 말없이 슬픈 표정만 지을 뿐이었다.

한번은 조조가 궁금해하며 물었다.

"비야, 너는 어째서 그렇게 슬픈 표정을 짓고 있느냐?"

조비가 눈물을 글썽이면서 대답했다.

"아버지가 전장에 나가서 몸을 상하시지나 않을까 걱정되어서 그러는 것입니다."

"원 녀석, 별 걱정을 다하는구나."

조조는 말끝을 얼버무렸지만 마음으로는 감동을 받았다.

'재주는 셋째 조식이지만, 효성이 지극한 것은 역시 맏아들 조비로구나!'

조비는 거기에서 그치지 않고 조조를 가까이에서 모시는 신하들에게 뇌물을 주어 자신을 칭찬하도록 했다.

"알고 보니 조비님은 총명하고 재주도 뛰어난 분이시더이다!"

상황이 그렇게 돌아가자 조식을 왕세자로 삼으려던 조조의 마음도 흔들리기 시작했다. 하루는 조조가 신하 가후를 불러 모았다.

"내 뒤를 이을 왕세자를 누구로 정했으면 좋겠는가?"

가후는 대답하기를 망설였다.

"제 나름대로 생각하는 사람은 있으나 대답하기 곤란합니다."

조조는 고개를 끄덕였다. 자칫 잘못 대답했다가는 훗날 왕위에 오른 사람에게 보복을 당하기 십상이라는 것을 그도 잘 알고 있었기 때문이다. 가후가 대답하지 않자 조조가 넌지시 말을 흘렸다.

"글쎄, 내 생각으로는 셋째 아들 식이 적당할 것 같은데…… 그 아이는 총명하고 학문도 깊어서 나라를 잘 다스릴 것 같단 말이야!"

가후는 그 말에는 별다른 대꾸 없이 조조를 바라보며 다음과 같은 한 마디 말만 남기고 자리에서 물러나왔다.

"모든 것은 대왕께서 결정하실 일이지만, 지난날 유표와 그 아들들의 일을 잘 생각해 보시기 바랍니다."

유표는 맏아들 유기를 제쳐 두고 둘째 아들 유종에게 자리를 물려주었다가 망해 버린 사람이었다. 가후는 그 말을 통해 조조에게 은근히 맏아들을 왕세자로 삼으라고 충고했던 것이다.

홀로 남은 조조는 조용히 생각에 잠겼다가 마침내 고개를 끄덕였다.

"그렇다! 역시 왕위는 맏아들에게 물려주는 것이 가장 안전하다."

그리하여 조조는 조비를 왕세자로 정하고 그로 하여금 왕궁 짓는 일을 감독하도록 했다.

장비의 책략

그 무렵 한중(漢中)에서 급보가 왔다.

"유비가 장비·마초를 앞세워 관(關)을 향해 쳐들어 오고 있습니다.

조조는 대로하여 조홍에게 군사 5만을 주어, 즉시 가서 하후연과 장합을 돕게 하였다.

"무슨 일이 있더라도 한중을 빼앗기기 않도록 하라."

조홍은 군사들을 거느리고 한중에 이르러 장합·하후연으로 하여금 각각 험한 요처에 웅거하게 하였다. 그리고 자신은 친히 군사들을 거느리고 적과 상대하기로 하였다.

그 때 장비는 뇌동과 함께 파서(巴西)를 지키고 있었고, 마초는 군사들을 거느리고 하판(下辦)을 지키고 있었다.

마초는 조홍이 쳐들어온 것을 제갈공명에게 보고하고 성문을 굳게 걸어 잠근 채 그의 지시를 기다렸다. 그런데 사정을 모르는 조홍은 마초가 무슨 속임수나 쓰는 게 아닌가 해서 선뜻 공격하지 못하다가 남정(南鄭)으로 물러가 버렸다.

"장군은 어찌 퇴병을 하셨소?"

하고 장합이 의아해하며 물었다.

"마초가 싸울 생각은 않고 들어박혀 나오지 않으니, 필시 무슨 꾀를 쓰는 것 같아 자못 두려웠소."

"제가 비록 보잘것없으나 본부병을 거느리고 가서 파서를 빼앗겠소. 파서만 얻고 나면 촉군을 무찌르기는 용이할 것이오."

"그러나 지금 파서를 지키고 있는 자는 장비임을 알아야 하오. 그는 가볍게 상대할 인물이 아니오."

조홍이 주의를 시키자 장합은 자신있게 말했다.

"사람들이 모두 장비를 겁내지만, 제가 보기에는 어린아이나 다름없소. 내 이번 걸음에 장비를 산 채로 잡아오겠습니다."

"그렇게 큰소리를 치다가 싸움에서 진다면 어떡하겠소?"

"그 때는 내 목을 베어도 아무 말 하지 않겠습니다."

장합은 조홍과 단단히 약속을 한 뒤 군사 3만 명을 거느리고 파서 땅으로 진격했다. 파서 땅에 도착한 장합은 높은 산과 돌성을 진영으로 삼은 뒤 군사들의 반을 거느리고 파서성으로 쳐들어갔다.

그 같은 소식은 곧 파서성을 지키던 장비에게도 날아들었다. 장비가 대책을 상의할 때, 부하 장수 뇌동(雷同)이라는 사람이 말했다.

"낭중은 땅이 심히 거칠고 산이 험하여 군마를 매복할 수 있으니, 장군께서는 군사들을 이끌고 나아가 싸우고, 저는 복병을 지휘하여 서로 도우면, 장합을 가히 사로잡을 수 있을 것입니다."

장비는 뇌종의 말을 옳게 여겨, 그 자리에서 정병 5천 명을 뇌동에게 내어 주고, 자기는 스스로 1만 군을 이끌고 떠났다.

장비가 낭중에서 30리 정도 떠나 왔을 때, 장합의 군마들이 나타나자 양군은 서로 대치했다.

장비가 말을 달려 싸움을 돋구니, 장합은 창을 들고 말을 몰아 내달았다. 서로 싸우기 30여 합에 이르렀을 때, 장합의 뒤에서 함성이 진동했다. 돌아다보니 바로 뒷산에서 촉군의 깃발이 휘날리고 있었다.

뇌동이 먼 길을 돌아 기습 공격을 한 것이었다.

"이런, 빌어먹을!"

장합은 급히 말머리를 돌렸다. 하지만 그대로 내버려 둘 장비가 아니었다.

"이놈! 어딜 도망가느냐!"

장비는 뒤에서 추격하고, 앞에서는 뇌동이 군사들을 거

느리고 도망쳐 오는 장합의 군사들을 짓밟았다. 장합의 군대는 대패하여 달아났다.

장비와 뇌동은 밤을 새워 가며 추격하여 암거산(岩渠山)까지 다다랐다. 장합은 남은 군사들을 이끌고 삼채(三寨)로 들어가더니, 뇌목과 포석을 쌓아 두고 굳게 지키기만 했다.

장비는 아무리 생각해 보았으나, 어찌할 도리가 없었다. 서로 쳐다만 볼 뿐, 이렇다 할 싸움 한 번 없이 50여 일을 보냈다. 장비는 마음 속으로 한 계책을 생각해 내고, 바로 산 아래에다 대채(大寨)를 세웠다. 그리고는 날이면 날마다 술을 마셨는데, 취하기만 하면 산을 향하여 욕설을 퍼부었다.

한참 그러고 있는데, 유비가 군사들을 위로하러 보낸 사람이 왔다가, 종일 술만 마시는 장비의 꼴을 보았다. 그가 곧 돌아가 유비에게 그대로 고하자, 유비는 크게 놀랐다.

"이 일을 어쨌으면 좋겠소?"

그 때 공명이 빙그레 웃으며 대꾸했다.

"주공께서는 아직도 장비를 모르십니다. 걱정 말고 좋은 술 50항아리를 수레에 실어 보내면서 마음껏 마시라고 하십시오."

유비는 이해할 수 없었다.

"내 동생이 본래 술만 마시면 실수하는 것을 군사(軍事)도 잘 아실 텐데, 도리어 술을 주라나 어인 일이시오?"

"주공께서는 익덕과 오랫동안 형제로 계시면서도 어찌하

여 그의 사람됨을 그토록 모르십니까?"

공명은 다시 웃었다. 그리고

"익덕이 본래 강강(强剛)합니다. 그러나 지난 날 엄안을 의석(義釋)하였으니, 그런 것은 용부(勇夫)만으로 할 수 없는 일입니다. 장합과 50여 일을 대치하다가 이제 술에 취하면 산 앞에서 욕만 퍼붓고 있다하니, 그것은 술을 탐함이 아니고 장합을 끌어내려는 계책입니다."

라고 설명했다. 그래도 유비는 미심해하였다.

"그럴 수도 있겠지만 그처럼 큰 일을 맡기고 안심할 수 없으니, 위연을 보내어 도웁게 함이 어떠하오?"

"그것도 좋습니다."

공명은 찬동하였다.

위연은 술항아리들을 수레에다 싣고 군사들을 독촉하여 떠났다. 술을 가득 실은 수레들 위에 누런 기를 꽂았으니, 곧 「군전 공용 미주(軍前公用美酒)」란 여섯 자가 깃발에서 나부끼었다.

위연이 술수레를 거느리고 채중에 이르러, 장비에게 주공이 미주(美酒)를 내리셨다고 전하자, 장비는 절하고 받았다.

그 날 장비는 위연과 뇌동에게,

"각자 일지군을 거느리고 좌우익이 되어 군중(軍中)에서 붉은 기가 오르거든 불문곡직하고 진병하라."

하고 분부하였다.

그리고 장하(帳下)에 술을 늘어놓고 각처에다 깃발을 휘날리게 한 후, 북을 치면서 모두들 술을 마시기 시작했다.

장합의 세작이 즉시 그러한 사실을 산 위로 보고했다. 그 소식을 들은 장합이 친히 산 위에 올라 굽어보니, 아니나 다를까, 장비가 장하에 앉아 술을 마시며, 두 졸개놈에게 씨름을 시켜 놓고 구경하기에 정신이 팔려 있었다.

"도저히 참을 수 없다. 적장이 보는 앞에서 날마다 술판을 벌이다니, 이건 완전히 나를 깔보는 수작이다! 두고 봐라, 오늘 밤에 당장 짓밟아 주겠다!"

그 날 밤은 달빛이 희미했다. 장합은 어둠 속에서 군사들을 이끌고 산 측면을 돌아 내려갔다. 채(寨) 앞까지 이르러 바라보니 장비가 휘황하게 등촉을 밝히고 술을 마시고 있었다. 장합은 말에 채찍질해서 달려가 한 창으로 장비를 찔러 거꾸러뜨렸다.

그러나 거꾸러진 장비는 피도 흘리지 않고 꿈틀거리지도 않았다. 장합은 그제서야 그것이 짚으로 만든 인형임을 깨달았다.

장합이 깜짝 놀라 곧 말을 돌리고자 하는데, 장막 뒤에서 연주포의 포성이 일어나며 한 장수가 길을 막았다. 크게 부라린 눈동자가 마치 고리와 같고, 소리는 우레처럼 웅장하여 모골이 송연해지도록 울리니, 그는 바로 틀림없는 진짜 장비였다.

장비는 창을 높이 꼬나잡고 말을 달려와 아무 말없이 장합을 공격했다. 두 장수가 화광(火光) 속에서 4,50합을 싸웠는데, 장합은 오직 구원병이 오기만 속으로 초조하게 기다렸다.

그러나 구원병은 이미 위연과 뇌동에게 쫓겨 달아난 지 오래였고, 또한 그의 영채가 모두 함락되었다는 것을 장합은 알지 못했다. 그가 구원병이 오지 않아 속만 태우고 있는데, 난데없이 산 위에서 불길이 하늘을 태울 것처럼 치솟았다.

장합은 영채를 모두 빼앗기자 와구관(瓦口關)으로 달아났다. 장비는 크게 이기고 성도로 첩보를 올렸다. 첩보를 받자 유비는 비로소 장비의 술타령과 욕타령이 오직 장합을 산 아래로 유인하려던 계책이었음을 알고 다시금 깊이 감탄했다.

대패하고 도망친 장합은 와구관을 지켰는데, 그가 거느리던 3만 군에서 2만을 잃었기에 남은 군사들은 겨우 1만에 불과했다.

그는 염치를 무릅쓰고 조홍에게 구원병을 요청했다. 하지만 조홍에게서 돌아온 것은 구원병이 아닌 차디찬 비웃음이었다.

"내 말을 듣지 않고 장비를 깔보더니 꼴 좋다! 구원병이라니? 어림도 없다! 지금 데리고 있는 군사들만으로 반드시 장비를 이겨야 할 것이다!"

장합은 한동안 어쩔 줄 모르다가 겨우 계책 하나를 생각해 내고 부하 장수들에게 말했다.

"너희들은 군사들을 두 갈래로 나누어 앞산 깊은 곳에 숨어 있어라. 내가 장비와 싸우다가 짐짓 패한 척 달아날 것이니, 그 때 너희들은 장비의 돌아갈 길을 끊어라!"

장합은 서둘러 군사들을 거느리고 나가 장비에게 싸움을 걸었다. 그런데 얼마 싸우지도 않고 장합이 도망치기를 되풀이하자 문득 적의 계책을 알아차린 장비가 위연에게 말했다.

"장합이 속임수를 쓰려고 하니 나는 놈의 계책을 거꾸로 이용해야겠다."

"그게 무슨 소립니까?"

"나는 아무것도 모르는 척 장합의 뒤를 추격할 것이다. 그대는 멀찍이 서서 내 뒤를 따르다가 장합이 숨겨 둔 군사들이 나타나면 사정없이 무찌르되, 마른 풀과 나무에 불을 질러 온 산을 불태워 버려라!"

위연은 고개를 끄덕이며 뒤로 처지고 장비는 장합의 뒤를 더욱 빠른 속도로 추격했다.

그러자 아니나 다를까, 달아나던 장합이 갑자기 말 머리를 돌려 장비를 향해 달려들었다. 그와 동시에 뒤따르던 그의 부하들이 함성을 지르며 쏟아져 나왔다.

"잘 걸렸다, 장비야! 오늘이 바로 네놈의 제삿날이다!"

장합의 말이 떨어지기가 바쁘게 멀리서 위연이 많은 군

사들을 거느리고 달려오며 큰 소리로 외쳤다.

"군사들은 산기슭에 불을 질러라! 한 놈도 살려 두지 마라!"

위연의 군사들은 미리 준비해 온 기름을 산기슭에 뿌린 다음 온 사방에 불을 질렀다. 산골짜기는 금세 불과 연기로 가득 찼다. 그 때문에 장합이 두 갈래로 나누어 숨겨 두었던 군사들은 제대로 빠져나오지도 못하고 비명을 지르며 숨을 컥컥거렸다.

장합의 군사들은 부지기수로 불에 타서 죽고 창칼에 맞아 죽었다. 가까스로 목숨을 살린 장합은 와구관을 버리고 달아나 남정(南鄭)으로 들어갔다. 조홍은 장합이 단지 군사 30여 명만 거느렸고, 그것도 걸어서 오는 것을 보자 대로하여 꾸짖었다.

"내가 그대에게 그처럼 가지 말라 타일렀건만 군법에 맹세하고 가서 이제 대병을 다 없애고도 죽지 않고 돌아오니 이 무슨 염치인고… 곧 끌어내어 참아라!"

그러자 행군사마 곽회(郭淮)가 간했다.

"장수의 목을 베기는 쉬워도 장수를 구하기는 힘듭니다. 더구나 장합은 위왕께서 아끼는 사람이니 한 번만 더 기회를 주십시오. 그에게 가맹관을 치도록 하는 것이 좋겠습니다."

조홍은 잠시 생각에 잠겼다가 입을 열었다.

"좋다! 장합에게 군사 5천을 줄 것이니 가맹관을 빼앗아

라. 만일 이번에도 빼앗지 못한다면 앞서의 죄까지 합해서
벌을 줄 것이다!"

다시 5천 명의 군사를 얻은 장합은 가맹관으로 쳐들어갔
다.

노장 황충과 엄안

가맹관 일대에 단풍이 물들기 시작하는 건안 23년 추칠
월(秋七月)이었다. 수장(守將) 맹달과 곽준은 장합의 대군
이 관을 향해 쳐들어온다는 보고를 받자 즉시 성도로 급보
를 띄웠다.

급보를 받은 유비는 군사(軍師)를 청해 의논했다. 공명은
즉시 뭇 장수들을 당상에 모으고 말했다.

"이제 가맹관의 형세가 급해졌으니, 부득이 낭중의 익덕
을 불러다 막을까 하는데 의향이 어떠하오?"

듣고 나자 법정이 자리에서 일어나며 반대했다.

"불가하오. 익덕으로 말하면 와구관에 진수(鎭守)하며 방
중을 지키는데, 긴요한 땅을 어찌 허술히 할 수 있습니까.
모름지기 장하의 제장 중에서 한 사람을 보내 장합을 물리
침이 옳을까 합니다."

공명이 웃으며 말했다.

"장합으로 말하자면 위나라의 명장인데 어찌 등한히 다루겠소. 익덕이 아니고는 아무도 대적치 못할까 보오."

공명의 말이 끝나기도 전에 장하로부터 한 장군이 소리를 벼락처럼 지르며 일어섰다.

"군사(軍師)는 어째서 그처럼 우리를 멸시하시오? 내가 비록 재주는 없으나, 원컨대 장합의 수급을 베어 휘하에 바치겠습니다."

여러 사람이 바라보니 바로 노장 황충이었다. 공명이 좋은 말로 황충을 말렸다.

"한승(황충의 자)이 비록 용맹하나 어떻게 나이와 다툴 수 있겠소. 연로한 장군은 아무래도 장합의 적수가 못될 것이오."

그 말을 듣자, 황충은 당하로 내려가 옆에 걸어둔 대도(大刀)를 뽑아들고 춤추기를 나는 것처럼 하고는, 벽에 걸린 경궁(硬弓)을 몇 번이나 잡아당겼다. 공명이 보다 못하여 말했다.

"장군, 진정하시오. 저엉 그렇게 가시겠다면 누구를 부장으로 삼으시겠소?"

"황송하외다. 노장군 엄안과 동행할까 합니다. 만일 우리 둘이 가서 추호라도 실수가 있다면 이 흰 머리를 바치겠습니다."

듣고 나자 유비는 크게 기뻤다. 즉시 황충과 엄안으로 장합을 대적하게 하였다.

황충과 엄안이 군사들을 거느리고 가맹관에 도착하자, 맹달과 곽준을 비롯한 가맹관의 군사들은 크게 실망하며 마음 속으로 중얼거렸다.

　'공명 군사도 실수할 때가 있군! 이런 늙은이들을 보내다니……'

　주위의 불안한 시선을 느낀 황충이 엄안에게 말했다.

　"모두들 우리가 늙었다고 깔보고 있소. 이번에 반드시 적을 물리쳐 그들의 코를 납작하게 눌러 줍시다."

　엄안이 맞장구를 쳤다.

　"물론입니다! 명령만 내리십시오!"

　두 사람은 결의를 다진 뒤, 황충이 먼저 군사들을 거느리고 장합의 군대와 맞서 싸우기 위해 나아갔다. 적진 속으로부터는 장합이 출마했다. 장합이 바라보니, 황충은 다만 한 늙은이에 지나지 않았다.

　"네 나잇살이나 먹은 늙은 것이 어찌 감히 출전까지 했느냐?"

　듣고 나자 황충은 대로하였다.

　"네 듣거라! 입의 젖내도 가시지 않은 것이 감히 누구를 늙었다고 업신여기느냐. 내 보도(寶刀) 맛을 보고 늙었다고 지껄여라!"

　황충이 호통소리와 함께 말을 박차고 나가 장합과 겨루었는데, 둘의 싸움이 20여 합에 이르렀을 즈음 감자기 배후에서 함성이 크게 일어나며 일지군이 덮쳐 왔다.

리를 저버리고 은혜를 잊는단 말인고!"

유비는 마주 채찍을 들어 조조를 가리키며,

"네가 이름은 비록 한나라 승상이나 실상은 한나라 도적이라, 내 한실 종친으로서 천자의 밀조를 받들어 역적을 처단하러 온 길이다."
라고 말하고는 곧 삼면의 군대를 휘몰아 공격하기 시작했다.

더 이상의 말이 필요 없었다. 유비와 조조는 그 순간에 확실히 갈라섰다. 그 때까지는 서로가 서로의 마음을 떠 보느라고 예의를 차리는 척 했지만, 이제는 상대를 죽이지 않으면 자기가 죽는 적과 적의 사이가 되었을 뿐이었다.

조조는 장수 허저를 내보내고 유비는 조운을 내보냈다. 그리고 관우와 장비와 유비는 세 방향에서 조조의 군대를 몰아붙였다. 유비의 군대는 그것이 첫싸움이었다. 하지만 조조의 군대는 먼 길을 왔기에 사람과 말이 다 함께 지쳤던 터이라, 능히 당해내지 못하고 크게 패하여 달아났다. 유비는 한마당 싸움에 크게 이기고 군대를 거두어 영채로 돌아왔다.

이튿날 유비는 다시 조운을 내보내어 싸움을 청하게 했다. 그러나 조조는 응하지 않았다. 그 다음 날은 장비를 시켜 나가서 또 싸움을 청하게 하였으나, 조조의 군사들은 도무지 꼼짝도 하지 않았다.

그러기를 열흘쯤 되었을 때 홀연 탐마가 보고하되, 공도

가 군량을 운반해 오다가 조조의 군사들에게 포위되었다는 것이었다.

유비가 장비를 시켜 가서 구하게 했더니, 다시 탐마가 달려와 급히 보고했다. 하후돈이 군사들을 이끌고 뒤로 돌아가 바로 여남을 공격하고 있다는 것이었다. 유비는 당황했다.

'만약 그렇게 된다면 나는 앞뒤로 적을 맞아 돌아갈 곳이 없게 되지 않는가.'

유비는 그제야 조조의 군대가 며칠 동안이나 조용히 지냈던 이유를 알았다.

유비는 급히 관우를 보내어 여남의 위급을 구하게 했다. 하지만 하후돈의 군세를 당할 길이 없어 유벽은 이미 여남 성을 버리고 달아났으며, 관우는 지금 조조의 군대에게 둘러싸여 고전하고 있다는 보고가 들어왔다.

유비는 마침내 회군하기로 뜻을 정하고, 그 날 밤이 깊기를 기다려 군사들을 배불리 먹인 다음에 보군을 앞세우고 마군으로 뒤를 따르게 하여 그 곳을 떠났다.

그러나 유비가 영채를 떠나 겨우 10리 정도를 가서 토산 기슭을 지나려 할 때, 뒤쪽에서 횃불이 일제히 일어났다. 형세가 급한 것을 보고 유비는 몸을 빼쳐 달아났다. 그러나 등 뒤에서 들려 오는 함성은 점점 가까워졌다.

유비가 앞만 보고 달리는데 미처 5리를 못 가서 한 떼의 인마가 내달으니 앞선 대장은 곧 장합이었다.

"유비는 빨리 말에서 내려 항복을 하라."

크게 외치는 소리에 유비가 깜짝 놀라 급히 말 머리를 돌려 달아나려 할 때, 또 한 떼의 군사들이 달려나오니, 앞선 대장은 고람이었다. 앞뒤의 길이 모두 막힌 것이다.

유비는 하늘을 우러러보며 탄식했다.

"하늘도 무심하시지. 사세가 이미 이에 이르렀으니 내가 어찌 죽기를 면해 보겠느냐!"

유비가 착급하여 바야흐로 몸소 나서서 싸우려고 할 때였다. 고람의 후군이 제풀에 어지러워지며 한 장수가 짓쳐 들어왔는데 창끝이 한 번 번듯 빛나는 순간 고람의 몸이 피를 뿜으며 말 아래로 뚝 떨어졌다.

급히 보니 그는 조운이었다. 유비는 비로소 마음을 놓았다. 고람을 한창에 찔러 죽인 조운은, 곧 그 수하 군사들을 쳐 물리치고, 다시 말을 돌려 전군의 장합을 맞아 싸웠다.

조운이 한창 고군분투하며 길을 뚫고 나갈 때, 관우가 관평·주창과 함께 3백 군을 거느리고 달려왔다. 양편에서 끼고 쳐서 장합을 물리치고, 마침내 애구에서 나와 산 아래에 하차하자, 유비는 곧 관우를 시켜 장비를 찾아보게 하였다.

그 때 장비는 포위망 속에 빠져 그 형세가 심히 위태로웠는데, 마침 관우가 급히 찾아 이르러 조조의 군사들을 물리치고 그를 구해 냈다.

장비가 관우를 따라 유비에게 돌아왔을 때 군사가 조조

의 대군이 뒤에서 몰려 들어온다고 보고했다.

유비는 곧 손건과 간옹의 무리로 하여금 노소를 보호하여 먼저 떠나게 하고, 자기는 관우·장비·조운과 함께 뒤에 떨어져 일변 싸우며 일변 달아났다.

유비가 이미 멀리 달아난 것을 알자, 조조는 굳이 더 쫓으려 하지 않고 군사를 거두었다.

그 때 유비 수하의 패군은 1천 명이 채 되지 못했다. 어딘지도 모를 길을 재촉하여 달려가다가 보니 한 줄기 강물이 앞을 탁 가로막았다.

"여기가 어딘고?"

유비가 좌우를 돌아보고 물었으나 아는 자가 없었다. 때문에 그 곳 토인을 불러서 물어 보니, 한강(漢江)이라고 대답했다. 유비는 우선 그 곳에 영채를 세워, 쉬었다가 가기로 했다.

토인들은 그가 유 황숙이라는 것을 알자, 곧 고기와 술을 받들어 올렸다. 유비는 좌우 사람들과 함께 모래톱 위에 둘러앉아 술을 마시며 길게 한숨을 쉬면서 말했다.

"여러분이 모두 큰 재주를 가졌으되, 오직 이 유비를 따르는 것이 불행이오그려. 내 명도가 기구하여 누를 여러분에게 미치게 하고, 오늘날 이렇듯 몸둘 곳조차 없으니, 여러분은 부디 나를 버리고 달리 영명한 주인을 찾아가서 공명을 취하도록 하오."

들을 모으기 시작했다.

유비의 가담

어느 날, 달도 없는 어두운 밤이었다. 거기장군 동승이 공관으로 유비를 찾아왔다. 문리(門吏)가 들어가서 고하자, 유비가 황망히 나와서 안으로 청하여 들었다. 손과 주인이 자리를 정하고 앉자 관우와 장비가 유비의 곁에 모시고 섰다. 유비가 조용히 물었다.

"국구(國舅)께서 밤에 이처럼 왕림하시니, 반드시 무슨 연고가 있나 봅니다."

동승이 대답했다.

"낮에 말타고 서로 찾으면 혹시나 조조가 의심할까 두려워 일부러 이렇게 밤에 왔습니다."

유비는 그 말에 대꾸하지 않고 곧 술을 내어 오라 하여 대접했다. 잔을 들며 동승이 다시 입을 열었다.

"조정의 신하들 중에서 조조를 죽이려 하는 자가 한 사람도 없다니, 참으로 통탄할 일이오."

말을 마치자 동승은 잔을 놓고 소매자락으로 낯을 가렸다. 그의 입에서 오열하는 소리가 들렸다. 유비는 문득 마음에 의혹이 들었다.

'혹시 조조가 내 마음을 떠 보려고 보낸 사람이나 아닐까?'

그래서 유비는 짐짓 한 마디 했다.

"조 승상께서 나라를 잘 다스리고 계신 터에 어찌하여 그런 말씀을 하시오?"

동승은 그 말을 듣자 벌떡 자리에서 몸을 일으켰다.

"공은 곧 한조(漢朝)의 황숙이기에 내가 간담을 털어 진정을 고하는데, 공은 어찌하여 감추려고만 하시오?"

"혹시나 국구의 말씀에 거짓이 있지 않을까 두려워 그랬습니다."

동승은 마침내 품에서 의대조(衣帶詔)를 꺼내어 유비에게 보였다. 유비는 비분강개하며 어쩔 줄 몰라했다.

"여기 의장이 있습니다."

동승은 연판장을 꺼내어 보였다. 유비가 받아서 보니, 다음의 여섯 사람 이름이 적혀 있었다.

거기장군(車騎將軍) 동승(董承)

공부시랑(工部侍郎) 왕자복(王子服)

장수교위(長水校尉) 충집(种輯)

의랑(議郎) 오석(吳碩)

소신장군(昭信將軍) 오자란(吳子蘭)

서량태수(西涼太守) 마등(馬騰)

그것을 보고 난 유비가 말했다.

"공이 이미 밀조를 받들어 도적을 치신다는데, 제가 어찌 감히 견마(犬馬)의 수고를 사양하겠습니까."

동승은 절하여 사례하고 연판장에 이름을 올리기를 청했다. 유비는 개연(慨然)히 응낙하고, 곧 붓을 잡아 서량 태수 마등의 이름 다음에 「좌장군 유비」라는 다섯 자를 썼다.

동승은 밀조와 의장을 다시 품 속에 깊이 간직한 다음에 말했다.

"이제 세 사람을 더 얻어서 동지 열 사람을 모은 뒤에 국적을 도모할 생각이오."

유비는 고개를 끄덕이고 당부했다.

"부디 완완히 하여 나가십시다. 급히 서둘렀다가 일이 미전에 드러났다가는 천자께 그 누를 끼치게 될 것입니다."

그 날 밤 동승은 더 앉아서 함께 이야기하다가 오경이나 되어서야 하직을 고하고 돌아갔다.

속임수

유비가 엉뚱한 일을 시작했다. 자기 하처의 후원(後園)에 채소를 가꾸기로 한 것이다. 씨를 뿌리고, 거름을 주고, 풀을 뽑고, 매일 한두 번씩 밭을 돌아보았다. 그것을 본 관우와 장비가 한 마디씩 했다.

"형님이 천하 대사에는 마음을 안 쓰시고 소인이나 할 일을 배우시니, 어인 까닭이십니까?"

"형님이 이러시는 걸 보니 한편으로 한심스럽기도 하고 화도 나오."

하지만 유비는 빙그레 웃으면서 대꾸할 뿐이었다.

"너희들이 알 바가 아니다."

유비는 물론 좋아서 그런 일을 시작한 것이 아니었다. 동승의 무리와 함께 조조를 죽여 나라를 바로잡자고 맹세한 뒤로, 행여나 남의 의심을 살까 두려워 한낱 남을 속이는 도회지계(韜晦之計)로 그런 일을 시작한 것이었다. 남들에게 자기는 별로 큰 뜻이 없음을 보이기 위함이었다.

어느 날이었다. 관우·장비는 어디로 나가서 없고, 유비 혼자 채원(菜園)에 물을 주고 있는데, 문득 허저가 수하의 무리 수십 명을 이끌고 나타나서 말했다.

"승상께서 공을 모셔오랍니다."

유비는 이상하게 생각했으나 까닭 없이 가지 않을 수도 없는 일이라, 손 씻고 의관을 정제한 다음, 조조의 집으로 갔다. 조조는 그가 들어오는 것을 보자, 댓바람에 한 마디 했다.

"요즈음 큰 사업을 벌이셨다고 들었소."

'그러면 벌써 일이 드러났단 말인가?'

태위 양표(楊彪)와 대사농 주전(朱전)이 이각·곽사의 눈을 피해 어느 날 헌제를 들어가 뵙고 아뢰었다.

"이제 조조가 산동에 있어 수하에 군사가 20여 만이고, 모사(謀士)와 무장이 20여 명이라, 만약 이 사람만 얻고 보면 사직을 바로 잡고 도적을 쓸어낼 수 있을 것이니, 천하에 이만 다행한 일이 없을까 합니다."

헌제가 탄식하며 말했다.

"경이 내게 물을 게 무어요? 곧 사자를 보내서 부르도록 하오."

양표는 밖으로 물러나오자, 즉시 사람을 은밀히 산동으로 보내어 조조를 부르게 했다.

조조가 모사들을 모아 상의하니, 순욱이 나서서 말했다.

"예전에 진문공(晋文公)은 주양왕(周襄王)을 모심으로 제후들이 복종하였고, 한고조(漢高祖)는 의제(義帝)를 위하여 발상(發喪) 함으로 천하의 민심을 얻었습니다. 이제 천자께서 부르시니, 장군이 실로 이 때를 타서 나아가 천자를 받들어 중망(衆望)에 좇도록 하시면 이는 곧 불세지략(不世之略) 이라, 만약 일찍 도모하시지 않으면 남이 먼저 할 것입니다."

조조는 크게 기뻐하며 그 날로 군대를 일으켜 낙양으로 올라갔다.

한편, 헌제는 동탁이 죽자 다시 낙양으로 돌아왔으나, 허물어진 성곽도 수리하지 못하고, 오직 산동에서 좋은 기별만 있기를 고대하고 있는데 탐마(探馬)가 와서 보고했다. 이각·곽사 두 도적이 다시 군사들을 거느리고 낙양을 범하려 한다는 것이었다.

헌제가 크게 놀라 태위 양표를 불러 물었다.

"산동으로 간 사자는 아직 돌아오지 않고, 이각의 무리는 또 군사들을 몰아 들어온다고 하니, 이를 어찌했으면 좋겠소?"

양표가 미처 대답하기 전에 양봉과 한섬이 나섰다.

"신이 나가서 한 번 죽기로 싸워 보겠습니다."

그러나 동승(童承)은 그 말에 반대했다.

"성곽이 견고하지 못하고 군사들이 또한 많지 않은데, 만약 나가서 싸웠다가 질 때에는 어찌하겠단 말이오. 그저 다시 어가를 모시고 산동으로 가서 피하는 게 좋을 것 같소."

헌제는 그 말을 좇아, 그 날로 어가는 산동을 향해 낙양을 떠났다. 호종하는 백관들 무리들이 모두 타고 갈 말이 없어 걸어서 뒤를 따랐다.

그러나 낙양을 떠나 얼마 가지 못했을 때, 자욱한 티끌이 해를 가리고 징과 북 소리가 하늘을 뒤흔들며 무수한 군마들이 짓쳐 들어왔다.

헌제와 황후가 몸이 떨리어 감히 말씀을 못할 때, 일기마(一騎馬)가 나는 듯이 달려 들어오니, 그는 조칙을 받들고 산동에 갔던 사자였다. 어가 앞에 이르자 그는 곧 땅에 부복하여 복명(復命) 하였다.

"조 장군이 폐하의 부르심을 받자옵고 산동의 군마를 모조리 일으켜 가지고 오다가 이각·곽사의 무리가 낙양을 범하려 한다는 소식을 듣고, 하후돈에게 상장(上將) 열 명과 정병 5만을 주어, 먼저 와서 어가(御駕)를 모시게 하였사옵니다."

헌제는 비로소 마음을 놓았다. 그리고 얼마 지나지 않아 하후돈이 허저와 전위의 무리를 이끌고 와서 군례(軍禮)로써 천자를 뵈었다.

"조 장군이야말로 참으로 사직지신(社稷之臣) 이로구나."

헌제가 칭찬하기를 마지않을 때, 다시 탐마가 말을 달려와서 보했다.

"이각·곽사의 대군이 이르렀습니다."

하후돈은 즉시 조홍과 함께 좌우로 나뉘어, 마군이 먼저 나가고 보군이 뒤를 따라 이각·곽사의 군사들을 쳤다.

정예하기 짝이 없는 조조의 군사들을 당할 길이 없었다. 도적의 무리는 한마당 싸움에 크게 패해 그대로 달아나 버렸다.

하후돈과 조홍은 군사들을 거둔 다음에 어가를 모시고 도로 낙양으로 돌아갔다. 하후돈은 성 밖에 둔병하여 밤을 지샜고, 이튿날 아침에 조조의 대대 인마가 이르렀다. 조조는 영채를 치고 나자, 성으로 들어가 전각 아래서 천자를 배알하고 아뢰었다.

"신이 일찍이 국은(國恩)을 입었으나 보답할 길이 없었는데, 이제 이각·곽사 두 도적의 머리를 베어 천하를 편안히 하겠습니다."

황제는 감격하며 조조를 칭찬했다.

"장하오. 장군! 그대가 아니었다면 내 목숨마저 위태로울 뻔했소."

헌제는 곧 조조를 봉하여 영사례교위 가절월 녹상서사(錄尙書事)를 삼고, 조조의 영채로 사람을 보냈다. 조조를 궐내로 불러 일을 의논하기 위함이었다. 조조는 천자의 사자가 이르렀다고 듣자, 곧 청하여 들여 서로 인사를 나누었다. 자리를 권하고 눈을 들어 보니, 그 사람의 미목이 청수(淸秀)했다. 조조가 물었다.

"존함이 누구신지?"

"제음(濟陰) 사람 동소(董昭)로, 자는 공인(公仁)이라 합니다."

조조가 정색하고 앉으며 물었다.

"이각·곽사 두 도적이 목숨이 살아서 달아났는데, 그냥 버려 두어도 좋겠소?"

"범이 발톱이 없고 새가 날개가 없는데, 저희가 무엇을 하겠습니까. 오래지 않아 명공의 손에 사로잡히고 말 것이니 아무런 근심도 마십시오."

조조는 그의 응대가 물 흐르듯 하는 것을 보고, 다시 조정 대사에 대해서 물었다. 동소가 조용히 대답했다.

    바로 엄안이 소로로 나와 장합의 군사들을 뒤로부터 무찌르니, 양군의 협공을 받은 장합은 대패하여 달아났다. 엄안이 황충에게 말했다.

"이 근방에 천탕산(天蕩山)이 있는데, 그 산상(山上)이 바로 조조의 둔량소라니, 우리가 바로 그 곳을 무찔러 저들의 보급로를 끊는다면 쉽사리 한중을 얻을 수 있을 것입니다."

듣고 난 황충은 무릎을 치며,

"장군의 생각이 바로 내 생각과 같구려!"

하고 칭찬하고는 조그만 소리로 계책을 말했다. 엄안은 황충의 계책에 따라 스스로 일지군을 거느리고 먼저 떠났다.

그 때 해는 이미 서산을 넘어 어둠이 닥쳐왔다. 북 소리와 아우성 소리가 어둠을 물리치는 것처럼 천지를 덮고, 양군이 부딪치는 곳에 먼지가 자욱하게 일었다.

황충은 칼을 휘두르며 곧바로 한호를 공격했다. 칼날이한 번 흰 무지개를 그리며 번쩍였나 싶었는데 외마디 비명이 토해지고, 한호의 머리는 말 아래로 굴러 떨어졌다.

촉군의 사기는 하늘을 찌를 것 같았다. 그들은 함성을 지르며 산상으로 쇄도하였다. 장합과 하우상이 황급히 군사들을 이끌고 대적하는데, 산 뒤에서 또한 함성이 진동하며 화광이 충천했다.

하후덕이 급히 군사들을 몰아 불을 끄려고 달려가는데 앞에서 한 늙은 장수가 비호(飛虎)처럼 나타났다. 노장 엄안이었다. 엄안이 칼을 높이 들어 한 번 후려치자, 하후덕의 몸은 두 동강이가 되어 말 아래로 떨어졌다.

모두가 황충의 계책대로 이루어지고 있었다. 황충이 엄안으로 하여금 군사들을 산속 벽지에 매복케 하였다가, 산을 칠 때 시초(柴草) 더미에 불을 지르게 했던 것이었다.

엄안이 하후덕을 베고 산등성이를 타고 들이닥치며 공격하자, 장합과 하후상은 앞뒤를 돌볼 겨를도 없이 순식간에 천탕산을 버리고, 오직 정군산의 하후연을 바라고 달아나고 말았다.

황충과 엄안이 천탕산의 적을 무찌르고 첩보를 성도로 올리자, 유비는 뭇 장수를 모으고 크게 기리었다. 그 때 법정(法正)이 나서서 말했다.

"지난날 조조가 장로의 항복을 받고 한중을 평정했을 때, 그 여력으로 파촉을 도모치 않고 오직 하후연·장합 두 장수로 하여금 지키게 하고 대군을 이끌고 북으로 돌아갔으니, 그것은 큰 실책이라고 말할 수 있습니다. 이제 장합이 패하고 천탕산을 잃었으니, 주공께서는 이 때를 틈타서 대군을 거느리시고 몸소 정벌하신다면 한중을 쉽게 얻을 것입니다. 다시 군사들을 훈련시키고 양식을 쌓아 틈을 보아서 무찌르면, 나아가면 도적을 칠 것이고 물러나면 지킬 것이니, 이것은 다 하늘이 주는 기회입니다. 그러니 모름지기 이 때를 잃지 마십시오."

법정의 말에 유비와 공명은 깊은 감명을 받았다.

드디어 전군에 출동 명령이 내렸다. 조운과 장비로 선봉을 삼고, 날을 가리어 한중으로 진발케 하니, 때는 건안 23년 추칠월 길일이었다.

한중 공략

유비는 10만 대군을 거느리고 가맹관에서 나와 영채를 모으고, 황충과 엄안을 불러 큰 상을 내리었다.

"사람들이 모두 장군을 늙었다고 하였으나, 오직 군사(軍師)만은 장군이 늙지 않았음을 알았으니, 오늘 생각하면 장군의 공이 참으로 크다고 하겠소. 다만 지금 한중의 정군산으로 말하자면 곧 남정(南鄭)의 보장으로 양초가 산적하니, 만일 그것을 얻는다면 양평(陽平) 일로는 걱정될 것이 없을 것이오. 장군은 나아가 감히 정군산을 취할 수 있겠소?"

유비가 그처럼 황충을 격동시키자, 그는 망설이지 않고 응낙했다. 그리고는 즉시 군사들을 거느리고 떠나는데, 군사(軍師) 공명이 손을 들어 불렀다.

"노장군께서 비록 용맹이 있다고는 하나, 하후연으로 말하자면 장합의 무리와는 다릅니다."

황충은 공명의 말에 분연히 대답했다.

"그게 무슨 말씀이시오. 그까짓 하후연쯤이야 초개같이

보는 바이오. 나는 부장(副將)은 그만 두고, 오직 본부병 3천 명만 거느리고 가서 하후연의 수급을 베어 휘하에 바치겠습니다."

"꼭 장군께서 가시겠다면 내가 한 사람을 천거하겠소."

"그 사람이 누구요?"

"법정(法正)이오. 함께 매사를 계의(計議)해서 행하시오. 내가 뒤따라 인마를 보내어 접응케 하겠소."

황충은 응윤(應允)하고, 법정과 본부병 3천 명을 거느리고 떠나갔다. 황충을 보내고 나자 공명이 유비에게 말하였다.

"노장군이 장담은 하고 떠났으나 성공하기 어려울 것입니다. 이제 곧 인마를 진발시켜 접응케 해야 합니다."

공명은 즉시 조운을 불러들여 일지 인마를 주어 소로로 기병(奇兵)을 내어 접응케 하되, 황충이 이기면 출전하지 말고, 위태로울 때만 도우라고 분부했다.

이어서 유봉과 맹달로 하여금 3천군을 거느리고, 산중 험지로 가서 수많은 정기(旌旗)들을 꽂아 휘날리게 하여, 우리 군사들의 성세가 큰 것처럼 꾸며, 적군을 놀라게 하라고 하였다.

세 사람이 분부를 받고 떠나자, 다시 사람을 하판으로 보내어 마초에게 앞으로 해야 할 계책을 전하는 동시에, 엄안을 파서 남중으로 보내어 관애(關隘)를 지키게 하고, 그와 바꾸어 장비와 위연을 불러들여 함께 한중을 치기로 하였다.

한편, 장합은 하후상과 함께 하후연을 만나 천탕산을 잃게 된 전말과 하후덕·한호의 죽음에 대해서 말했다. 더욱이 유비가 친히 대군을 거느리고 한중을 취하려 한다고 보고하며, 위왕(魏王)에게 상주하여 정병 맹장으로 접응을 구하라고 말했다.

하후연이 그처럼 급한 사실을 조조에게 알리자, 조조는 크게 놀라 황급히 문무 백관을 모으고, 한중을 구할 계책을 상의하였다. 유엽이 앞으로 나와 아뢰었다.

"만일 한중을 잃게 되면 중원이 진동할 것이니, 대왕께서는 수고로웁더라도 반드시 친히 정토(征討)하소서."

그 말을 들은 조조는 비감한 어조로 말했다.

"내가 지난날 경의 말을 듣지 않았다가, 오늘날 이 같은 꼴이 되었소."

이윽고 조조는 황황히 영지(令旨)를 사방에 전하고 40만 대병을 일으켜 친정(親征)하니, 때는 건안 23년 추칠월이었다.

조조의 대군이 삼로로 나뉘어 진발하니, 전부(前部) 선봉은 하후돈이고, 조조 자기는 스스로 중군을 거느리고, 조휴로 압후케 하였다.

조조는 백마(白馬)에 황금 안장을 얹고 드높이 앉았는데, 왕대수의(王帶繡衣)가 찬란하고 일월용봉 정기(日月龍鳳旌撫)를 휘날리니, 그 위엄이 하늘을 찌르고 땅을 덮었다.

조조는 말 위에 높이 올라탄 채로 잔뜩 거드름을 피웠다.

"이 기세를 몰아 유비 그 애송이놈을 짓이겨 주고 말 테다!"

그러나 조조의 여유만만한 태도도 한중 땅에 도착하는 순간 산산조각이 나고 말았다. 유비와 싸우는 족족 패배를 거듭하던 조조는 들판에 가득하게 널브러진 부하들의 시체를 바라보며 뼈아픈 후회를 했다.

"모든 게 내 실수다! 탁현 누상촌에서 돗자리나 짜서 먹고 살던 놈이 자라도 너무 자랐구나! 장차 이 무서운 놈을 어떻게 다루어야 한단 말인가……."

조조가 패배를 거듭한 까닭은 유비 휘하 장수들의 눈부신 활약에 힘입은 바 컸지만, 황충과 엄안이 천탕산을 빼앗아서 얻은 넉넉한 물자도 승리의 커다란 요인이 되었다.

그 무렵 하후연이 장합에게 말했다.

"지금 위왕께서 대군을 영솔하시고 유비를 치시려 하는데, 우리가 이 곳을 지키기만 해 봤자 무슨 공을 이루겠소. 내가 내일 출전하여 황충을 사로잡아 위왕을 기쁘게 해 드릴까 하오."

하후연의 최후

　다음 날, 양군이 모두 산골 넓은 자리에 진을 쳤는데, 황충과 하후연이 각기 본진의 문기(門旗) 아래에 말을 타고 나타났다.

　"늙은 도적은 내게 목을 내놓아라!"

　하후연이 소리치자 황충은 말없이 말을 박차고 나아가 하후연을 공격했다. 두 장수가 교마(交馬)하기 20여 합 만에 조조의 영채로부터 갑자기 징 소리가 일어나며 군사들을 거두는지라 하후연이 황황히 말머리를 돌리자, 황충은 때를 놓치지 않고 한바탕 무찔렀다.

　회군한 하후연은 큰 소리로 진관(陣官)을 힐책했다.

　"네가 무슨 까닭으로 징을 울렸느냐?"

　"제가 보니 저편 산 음지쪽에 촉군의 기번이 도처에 나부끼기에 혹시나 복병이 있을까 하여 급히 장군을 부른 것입니다."

　하후연은 그 말을 옳게 여겨, 굳게 산을 지킬 뿐 다시 나가지 않았다. 황충은 정군산 기슭까지 쫓아와서 다시 법정과 상의했다. 법정이 손을 들어 산을 가리키며 말했다.

　"저기 정군산 서편에 우뚝 솟은 일좌 고산(高山)이 있지 않소. 만일 저 산에 오르기만 한다면, 바로 정군산의 허실을 내려다볼 수 있을 것이니, 장군이 만약에 저 산만 얻는다면 정군산은 바로 손아귀에 든 것이나 다름없을 것입니다."

황충이 바라다보니 과연 산은 높지만 산정에 어느 정도 넓은 곳이 있고, 몇인가 인마가 보일 뿐이었다.

그 날 일경(一更) 때쯤이었다. 황충이 군사들을 거느리고 북 소리를 요란하게 울리며 그대로 산정을 향하여 짓쳐 올라가자, 산을 지키던 하후연의 부장 두습(杜襲)은 겨우 수백 졸개로 대군을 당해 낼 길이 없었기에, 한 마당 싸움도 없이 달아나고 말았다. 황충은 손쉽게 산정을 얻어, 똑바로 정군산과 맞서게 되었다. 법정이 말했다.

"장군은 산 중복을 지키시오. 내가 산정에서 하우연의 군사들이 오기를 기다렸다가, 백기를 흔들면 안병 부동하시고, 적군이 지쳐 방비가 느슨해지면 곧 홍기를 흔들 것이니, 장군은 곧 산 밑으로 무찔러 가십시오."

황충은 크게 기뻐하며 법정의 계책을 좇기로 했다.

하후연이 이를 알자, 그렇지 않아도 분통이 터질 듯했는데, 두습이 도망쳐 온 것을 보자 마침내 분통을 터뜨리고야 말았다.

"늙은 도적이 죽기가 소원인가 보구나. 아무도 말리지 말라. 내 이번엔 기필코 출전하겠다."

그러나 장합이 말렸다.

"장군! 이것은 법정의 계교입니다. 이럴수록 굳게 지켜야 합니다."

"아니, 적군이 맞은편 높은 산을 점령하고 우리의 허실을 손바닥 들여다보듯 하는데, 그래도 싸우지 말라는 거요?"

하후연은 장합의 고간(苦諫)을 물리치고, 군사들에게 명해 산을 빙 둘러 에워싸고 말았다. 그리고는 갖은 욕설로 싸움을 돋구었다.

그러나 황충은 밑으로 에워싼 적군은 모르는 척 하면서, 오직 법정의 깃발만 바라보고 있었다. 계속해서 백기(白旗)가 나부끼고 있었다. 황충은 멀리서 들리는 욕설을 귀 너머로 흘려 버리고 때가 이르도록 참았다.

거의 오시(午時)가 되었을 때였다. 법정이 산꼭대기에서 내려다보니, 조조의 군사들이 지친 기색이 역력했다. 예기가 욕설을 하는 사이에 군사들은 말에서 내려 발을 뻗고 쉬고 있었다.

법정은 그제야 홍기(紅旗)를 흔들게 하였다. 하후연이 산을 바라보고 있자니, 난데없이 홍기가 나부끼면서, 산 중복에서 북 소리와 징 소리가 요란하게 일어나며 이 산 저 산에 울려 산이 터질 듯했는데, 이어서 함성이 대작(大作)하더니, 황충이 말을 몰아 앞장서 짓쳐오는데 하늘이 무너지고 땅이 빠개질 것 같은 기세였다.

하후연이 잠시 어찌할 바를 몰라 할 때 어느덧 황충의 성난 말이 눈 앞에 나타났다.

"네 이놈!"

한 마디 호통 소리가 우래처럼 일어나면서 하후연이 미처 맞아 싸울 틈도 없이, 황충의 보도(寶刀)가 서릿발을 그리며 떨어졌다. 다음 순간 하후연의 몸은 목에서부터 어깨 사이를 지나 허리까지 양단되고 말았다. 조조 수하에서 천하에 그 이름을 떨치던 맹장 하후연도 드디어 마지막 날이 오고 말았다.

하후연이 죽었다는 보고를 듣자, 황충에 대한 조조의 원한은 골수에 사무쳤다. 그는 드디어 친히 대군을 거느리고 정군산을 향해 서황을 선봉으로 삼아, 한수에 이르렀다. 장합과 두습이 영접하며 아뢰었다.

"이미 정군산을 잃었으니, 미창산(米倉山)의 양초를 북산 채중으로 옮긴 뒤에 진병하시는 것이 옳을까 합니다."

조조는 그들의 말을 옳게 여겨 그대로 했다.

조자룡의 맹활약

출진 때에 남긴 장담대로 황충은 천하의 용장 하후연의 수급을 높이 들고 보무 당당히 가맹관으로 개선하였다. 그는 유비 앞에 수급을 바쳤다. 유비는 그의 공을 크게 기리면서 정서대장군을 더하고, 잔치를 베풀어 전진(戰塵)을 잊게 해 주었다.

그런데 잔이 돌 대로 돌아 바야흐로 흥이 일고 춤추기가 벌어질 무렵, 갑자기 아장 장저(張著)가 들어와 보고했다.

"조조가 몸소 20만 대군을 거느리고, 하후연의 원수를 갚겠다면서 싸움을 걸어 왔으며, 한편으로 장합이 미창산에서 한수 북산 기슭으로 양초를 옮기고 있습니다."

조조가 이르렀다고 하자 만좌는 취기가 일시에 가시고, 물을 끼얹은 것처럼 조용해졌다. 공명이 말했다.

"이제 조조가 대군을 이끌고 멀리서 왔으니, 그 양초(糧草)를 태우고 치중(輜重)을 빼앗는다면, 조조의 예기를 꺾을 수 있을 것이오."

황충이 일어나 말했다.

"노부(老夫)가 그 소임을 맡겠습니다."

공명이 말했다.

"그대와 조자룡은 함께 일지병을 거느리고 가되, 법사를 상의해서 행하도록 하오."

출전하는 날, 조운이 황충에게 말했다.

"지금 조조가 20만 대군을 열 군데 영채에다 나누어 둔쳤는데, 장군은 주공 앞에서 양초를 태우겠다고 장담하셨지만, 아무리 생각해도 작은 일이 아닌데, 무슨 계책이 있으신지요?"

"잠자코 있다가, 내가 먼저 가서 하는 일이나 구경하오."

"안 되오, 제가 먼저 가겠소."

"나는 주장이고, 그대는 부장이거늘 어찌 먼저 가겠다

하오?"

"우리가 다 함께 주공을 위하여 힘쓰기는 마찬가진데 그렇게 하실 게 무엇이오. 그러니 심지를 뽑아 정합시다."

황충이 젊은 조운의 고집을 취지 못하고 제비를 뽑았더니, 황충이 선발하게 되었다. 조운은 못내 섭섭해하며 한마디 더 했다.

"이왕에 장군이 먼저 가시게 되었으니, 더 말씀은 안 하겠습니다. 하지만 우리가 시각을 정해 놓고 장군이 그 때까지 돌아오신다면 저는 안병 부동하려니와, 그렇지 않으면 접응하러 가겠습니다."

"고맙소, 그럽시다."

그리하여 두 사람은 오시 (午時)를 약정하고 헤어졌다.

그 날 밤 삼경(三更)에 황충은 군사들을 배불리 먹이고 사정(四更)에 영채를 떠났다. 황충이 앞서고 장저는 뒤따라 한수를 건너, 곧바로 북산 기슭으로 소리없이 진군했다.

어느덧 먼동이 텄다. 그들이 바라보니 양초 무더기가 산처럼 쌓여 있는데, 파수 보던 군사들이 촉군이 이른 것을 보자 앞을 다투며 달아났다.

황충이 마군들을 일제히 하마케 하고, 섶을 곡식 더미에다 올려 놓고 마악 불을 지르려 하는데, 장합의 군사들이 몰려왔다. 양군이 어지럽게 뒤섞여 싸우고 있는데, 이어서 서황의 군사들도 몰려왔다.

황충은 적들에게 겹겹이 에워싸여 곤경에 빠지고 밎

다. 장저가 겨우 3백 군을 거느리고 그 자리에서 빠져나오는데, 난데없는 일지군이 또 앞을 막으니 대장은 곧 문빙이었고, 그 뒤를 이어 조조의 군사들이 구름처럼 밀려왔다.

조운은 영중(營中)에서 황충이 돌아올 시각이 넘었는데도 오지 않자, 황망히 말을 잡아타고 3천 군을 뒤에 달고 접응하러 떠나며, 부장 장익에게 명령했다.

"내가 없을 동안 채책을 굳게 지키되, 양편에 궁노(弓弩)를 배치시켜 위급할 때에 대비하라!"

"네, 명심하겠습니다."

조운은 창을 꼬나쥐고 말을 달려 북산으로 향하였다. 달리기 한참 만에 앞에서 길을 막는 한 장수가 있었다. 그는 문빙의 부장 모용렬이었다. 그는 칼을 휘두르며 말에 채찍질하여 조운에게 달려들었지만, 조운의 손이 번쩍 한 번 들리자, 그의 창 끝에 찔리어 말 아래로 떨어졌다.

조운은 그대로 앞으로 달렸다. 겹겹이 에워싼 조조의 군사들을 무찌르며 달리는데, 또 한 장수가 그의 앞을 막았으니 그는 곧 초병(焦炳)이었다. 조운의 손이 또 한 번 빠르게 움직이자 그도 역시 목숨을 잃고 말았다.

그 때 북산 기슭에서는 황충이 목숨이 위태로운 지경에 빠져 있었다.

"상산 조자룡이 여기 왔다!"

조운은 벽력같이 소리지르며, 창을 휘두르고 말에 채찍하여 좌충우돌했다. 장합과 서황이 간담이 서늘해져 감히 겨루지 못할 때, 조운은 황충을 구출하여 일변 싸우며 일변 달리니 그가 이르는 곳마다 감히 앞을 막는 자가 없었다. 조조가 그 광경을 보고 놀라며 물었다.

"저 장수가 누군가?"

아는 사람이 있어 대답했다.

"상산 조자룡입니다."

듣고 나자조조는 다시 한번 감탄했다.

"오, 지난날 당양 장판파의 영웅이 아직도 건재(健在)하구나!"

조조는 급히 영을 내려, 경솔히 당적(當敵)하지 말고 신중히 싸우라고 각처에 분부했다.

조운이 황충을 구출하고 중위(重圍)를 벗어나오는데, 한 군사가 동남쪽을 가리키며 소리쳤다.

"저기 혼전하는 곳에 필시 장저가 있을 것입니다."

조운은 본진으로 돌아가다가 말머리를 돌려 그 곳을 향해 달렸다. 바람처럼 달리는 말머리에는 「상산 조운」이라는 넉 자 기호(旗號)가 바람에 펄럭였다. 그가 이르는 곳마다 그의 용맹을 아는 군사들은 모두들 숨거나 달아났다. 조운은 장저마저 구해 냈다.

멀리서 바라보는 조조의 가슴은 터질 것처럼 분했다. 그는 몸소 좌우를 거느리고 본진으로 돌아가는 조운을 추격했다.

부장 장익이 돌아오는 조운을 영접하러 나왔다가 멀리

후면을 바라보니 자욱한 먼지를 일으키며 조군이 추적해 오고 있었다.

"장군! 저기 추병이 달려오니 군사들에게 시켜 채문(寨門)을 닫고 관문에 올라 막으십시오."

장익은 다급히 조운에게 말했다. 그러자 조운은 큰 소리로

"문을 닫다니, 그 무슨 소리냐! 너는 내가 당양 장판파에서 단창 필마로 조조의 군사 80만을 초개처럼 보며 상대한 것을 모르는가. 하물며 지금은 내 곁에 장병들이 그득한데 무엇이 두렵단 말인가!"

하고 꾸짖었다. 그리고는 영채 밖 호(壕) 가운데에 궁노수들을 매복시키고, 영내의 깃발을 내리고, 창을 숨기고, 금고(金鼓)를 치지 못하게 하였다. 그리고는 혼자 영문 밖에 버티고 섰다.

장합과 서황이 걸음을 빨리 하여 촉채(蜀寨)에 다다르니, 이미 날이 저물고 있었다. 그들이 영채를 바라보니 깃발들이 사라지고 징 소리도 멈추어져 있었다. 때문에 마음에 의혹이 생겨 감히 전진을 할 수 없었다.

그들이 다시 가만히 두루 살펴보니, 채문이 크게 열려 있고, 영문 밖에는 조운이 필마 단창으로 버티고 서 있지 않는가!

두렵기도 했지만 몹시도 수상쩍어 두 장수는 서로 바라볼 뿐 어찌할 바를 몰랐는데, 조조의 대군이 이르렀다. 그

런데도 조운은 눈썹 하나 깜짝 않고 버티고 있음을 보자 조조는 그만 겁을 먹고 몸을 돌려 달아나려고 했다.

그 때 조운이 손에 잡은 창을 한 번 높이 들었다. 그것이 신호였던가, 뒤이어 호(壕) 속으로부터 궁노들이 빗발치듯 날아왔다.

때마침 사방이 캄캄해졌기에 촉군이 얼마나 숨었는지 알수가 없었다. 조조는 와락 겁이 나서 말 머리를 돌려 달아났는데, 등 뒤로부터 함성이 크게 일고 고각(鼓角)이 요란하며 물밀듯이 촉군이 쫓아왔다.

조조의 군사들은 정신을 가누지 못하고 쓰러지고 밟으면서 도망쳤는데 한수까지 오는 동안에 죽은 자가 그 수효를 헤아릴 수 없을 정도로 많았다.

조운과 황충장저가 각기 일지병을 거느리고 조조를 추살(追殺)하려고 했기에, 조조는 있는 힘을 다하여 달아났는데, 그 때 유봉맹달이 군사를 휘몰아 미창산의 양초에 불을 놓아 태워 버렸다.

조조가 미창산의 양초마저 잃고 남정으로 향하자, 서황과 장합도 본채를 버리고 조조의 뒤를 따랐다.

유비가 첩보를 받자 공명을 대동하고 한수에 이르렀는데 조운이 맹활약하던 이야기를 자세히 듣고 나자, 기뻐하기를 마지않았다. 조운이 활약하던 산속의 험준한 길을 두루 살피던 유비는 무심결에 한 마디 했다.

"자룡의 일신(一身)이 모두 담 덩어리로다!"

유비는 조운에게 호위장군(虎威將軍)이라는 호(號)를 내리고, 군사들을 위로하며 큰 잔치를 베풀었다.

사실 유비의 오호대장 중에서 조운만큼 무예가 뛰어나고 용병에도 능한 장수는 없었다. 그는 무엇보다도 패전과 실수를 모르는 장수였다. 싸움에 나아갈 때는 말할 것도 없고 물러갈 때도 빈틈없는 후퇴를 하는 지용(智勇)을 겸전한 장수였다.

의심 많은 조조

잔치가 밤이 깊도록 그칠 줄 모르는데, 홀연히 급보가 왔다. 조조가 다시 대군을 이끌고 사곡(斜谷) 소로로 하여 한수로 나왔다는 것이었다. 유비가 웃으며 말했다.

"조조가 이번 걸음에 몹시 수고를 하는군. 내가 몸소 나아가 한수를 얻으리라."

유비는 곧 군사들을 이끌고 한수 서편으로 나가 영채를 세웠다. 그 때 왕평이라는 자가 유비를 찾아와서 뵙기를 청했다. 유비가 불러들이자, 왕평은 절하고 그 자리에서 그림을 그리듯이 한수의 지리에 대해서 소상히 말해 주었다. 유비는 왕평의 이야기를 듣고 크게 기뻐하며 말했다.

"오늘날 내가 왕자 균(왕평의 자)을 얻었으니, 한중을 취할 것이 틀림없겠구나."

유비는 왕평을 편장군으로 삼고 향도사를 거느리게 하였다.

조조가 친히 대군을 거느리고 빼앗긴 한수의 채책(寨柵)으로 쳐들어오자, 조운은 적은 군사로 상대하기 어려웠기에, 한수 서편으로 물러가 양군은 물을 사이에 두고 대진하게 되었다.

그 소식을 듣고, 유비가 공명과 함께 형세를 살피러 왔다. 공명이 자세히 보니, 한수 상류에 큰 토산(土山)이 있는데, 가히 천여 명은 매복시킬 수 있을 것 같았다.

영채로 돌아오자 공명은 조운을 불러 분부했다.

"그대는 군사 5백 명에게 각기 고각(鼓角)을 지니게 하며, 토산 아래 매복시켰다가 한밤중이나 황혼녘에 우리 영중(營中)에서 포성이 한 번 일어나면 힘껏 북을 한바탕씩 쳐라. 북만 치되 나가서 싸울 필요는 없으니 명심하라."

그 날 밤이 깊어서였다. 공명이 조조의 영채를 살피고 있으려니 불빛이 하나 둘 꺼지고, 군사들이 잠에 떨어진 것 같았다.

드디어 '쾅' 하고 일발 호포(號砲)가 일어나자, 조운은 군사들에게 일제히 고각을 울리게 했다. '둥둥둥 둥둥둥…' 5백 명이 치는 북 소리는 그대로 천병 만마(千兵萬馬)가 덮치는 것처럼 하늘과 땅을 뒤흔들었다.

조조의 영채에서는 유비의 군사들이 겁채하러 온 줄 알

고, 깜짝 놀라 밖으로 뛰어나와 보니, 적군이라고는 그림자 하나 볼 수가 없었다. 놀란 가슴을 겨우 진정하고 다시 영채 속으로 들어가 마악 잠을 이루려 하는 참에 다시 일성 포향이 울려 오자, 고각 소리와 함께 일어난 함성과 북 소리가 다시 산곡(山谷)에 쩡쩡 울렸다.

조조의 군사들은 그 날 밤을 불안에 휩싸인 채 고스란히 새웠다. 다음 날도 그러하였다. 셋째 날도 역시 마찬가지였다. 조조는 결국 겁이 와락 나서 채(寨)를 뽑아 30리 밖으로 물러나 공활한 곳에다 영채를 세웠다.

그러자 공명이 웃으며 말했다.

"조조가 병법을 안다고 하지만 휼계(譎計)는 모르는구나."

공명은 드디어 유비를 청해, 친히 한수를 건너가 물을 등지고 영채를 세우게 했다. 유비가 마음에 의아해하며 그렇게 하는 까닭을 묻자, 공명은 그의 귀에다 입을 대고 한동안 무엇인지 은밀하게 말했다.

조조가 보고 있자니 유비가 배수진을 쳤다. 때문에 이상하게 생각하면서 전서(戰書)를 닦아 사자를 보내니, 공명도 내일 결전하자는 답서를 보냈다.

이튿날 양군은 중로(中路)에서 만나 오계산 앞에 열을 짓고 진을 쳤다. 천하의 영웅 호걸이 위엄을 갖추어 대진했기 때문인지, 깃발들은 소리없이 나부끼고 인마들은 숨을 죽인 채 앞으로 벌어질 살육전을 기다렸다.

조조가 말을 타고 문기 아래에 나타났다. '둥둥둥' 크게 세 번 북을 치는 소리가 난 뒤에 그는 유비더러 나오라고 했다.

유비가 유봉과 맹달을 비롯한 제장들을 거느리고 진두에 나왔다. 그러자 조조는 채찍을 들어 유비를 가리키며 거침없이 꾸짖었다.

"너는 은혜와 의리를 잊어도 유만 부동인데, 이제는 나라의 역신(逆臣)이 되겠다는 것인가."

유비가 대로하여 맞섰다.

"닥쳐라! 나로 말하자면 한실의 종친으로 조칙을 받들어 도적을 치는 것이지만, 너로 말하자면 위로 모후(母后)를 시해(弑害)하고 스스로 왕이라고 잠칭하니, 그것이 바로 반역이 아니고 무엇이냐!"

유비의 꾸짖음을 듣고 조조는 말문이 막혀 큰 소리로 외쳤다.

"서황아! 저놈을 잡아라!"

그 소리에 응하여 서황이 말을 박차며 앞으로 뛰어나왔다. 그것을 보자 유봉이 마주 나가 서황을 공격했다. 두 장수가 어지럽게 싸우는 동안, 유비는 무엇에 놀랐는지 갑자기 진(陣) 속으로 들어가 버리고, 유봉도 싸움을 그치고 말머리를 돌려 달아나기 시작했다. 조조는 기고만장하여 소리쳤다.

"유비를 잡으면 내가 그를 사천왕(四川王)으로 삼을 것이다!"

　조조의 군사들은 일제히 함성을 지르며 노도처럼 밀려왔
다. 촉군은 갈팡질팡하며 한수를 향해 달아나기 시작했는
데, 영채는 돌보지도 않고 마필과 군기를 있는 대로 다 버
리고 달아났다.

　조조의 군사들은 그들이 버리고 가는 물건을 서로 다투
며 줍느라고 싸움은 뒷전이었다. 그것을 보자 조조는 급히
징을 울려 군사들을 거두게 하였다. 돌아온 중장들이 물었
다.

　"저희들이 이번에야말로 유비를 사로잡았을 것인데 대왕
께서는 어찌하여 군사들을 거두셨습니까?"

　조조가 대답했다.

　"내가 보니, 촉군들이 한수를 등지고 영채를 세웠으니
그것이 우선 의심스럽고, 마필과 군기를 마구 버리니 그것
이 둘째로 의심스러워 그렇게 한 것이니, 버린 물건은 무엇
이든 간에 줍지 말라."

　조조는 영을 내려 함부로 물건에 손대는 자는 그 자리에
서 참하겠다고 하였다. 동시에 급히 물러나려고 말머리를
돌릴 때였다.

　공명이 호기(號旗)를 높이 들고 크게 한 번 휘두르자 유
비의 중군(中軍)이 군사들을 거느리고 일제히 쏟아져 나왔
으니, 황충은 좌변을 무찌르고 조운은 우변으로 내닫고 있
었다.

조조의 군사들은 대패하여 달아났다. 공명이 밤을 새워 추격하자, 달아나던 조조는 일방으로 전령하여 모든 군사들을 남정으로 모이게 했다.

얼마나 달렸는지, 남정이 거의 보이는 곳에서 바라보니, 남정으로 향하는 오로(五路)에 불길이 충천했다. 알아 보니 위연과 장비가 이미 남정을 함몰시킨 지 오래라고 했다. 조조는 크게 놀라 이번에는 양평관을 향해 달아나 버리고 말았다.

유비의 대군은 남정·포주까지 추격하여 안민하기를 마쳤다. 유비가 궁금해하며 공명에게 물었다.

"조조가 여기까지 왔다가 어째서 그렇게도 허망하게 패해 달아났소?"

공명이 대답했다.

"조조가 사람됨이 의심이 지나치기 때문에, 그가 비록 용법은 잘 하지만 의심이 많으면 패하기도 쉬운 법이기에, 제가 의병계(疑兵計)를 써서 이긴 것입니다."

"지금 조조가 양평관으로 물러갔기에 그 형세가 매우 고단한 것 같은데, 선생은 무슨 계책으로 물리칠 생각이오?"

"제가 이미 산정(算定)한 바 있으니 주공께서는 안심하소서."

공명은 그렇게 장담하고, 장비와 위연에게 시켜 군사들을 나누어 조조군의 보급로를 끊게 하고, 황충과 조운에게 시켜 군사들을 두 길로 나누어 불을 놓아 산을 태우게 했다.

한편 양평관으로 물러난 조조는 불안 초조하여 팔방으로 적정(敵情)을 초탐케 하였더니, 촉군들이 불을 놓아 산을 태우며 돌아다니기 때문에 군사들이 있는 곳을 정확히 알 수 없다고 했다. 때문에 조조는 다시금 천만 가지 의심에 휩싸이게 되었다.

야간 암호 「계륵」

조조는 드디어 친히 군대를 거느리고 촉군과 다시 한 번 결전을 하기 위해 양평관을 떠났다. 유비는 그 소식을 듣자, 자기도 군사들을 거느리고 나왔다.

양군이 둥그런 형태로 대진(對陣)하자, 유비는 유봉을 출마(出馬)케 했다. 조조는 즉시 서황으로 하여금 나가서 싸우게 했다.

유봉이 서황과 싸우기 시작한 지 불과 몇 합 만에 거짓으로 패하여 달아나자, 조조가 군사들을 몰고 뒤를 쫓는데 촉군의 영채로부터 포향이 사방에서 일어나고 고각 소리가 일제히 울렸다.

조조는 주춤했다. 아무리 생각해도 도처에 복병이 숨은 것만 같았기에 그 자리에서 퇴군령을 내렸다. 그러자 군사들이 큰 위기가 닥친 것으로 생각하고 정신없이 달아나려는 바람에, 저희들끼리 밟고 밟히어 죽은 자들이 무수히 많았다.

조조가 양평관으로 헐레벌떡 돌아와 겨우 숨을 돌리며 쉬려 할 때 촉군이 성 아래까지 쫓아왔다. 동문에 불지르고 서문에서 함성을 지르며, 다시 남문에 불지르고 북문에서 마구 북을 쳐댔기에, 조조는 도무지 정신을 차릴 수 없어 관(關)을 버리고 달아났다.

촉군이 쉬지 않고 따라오기에 조조는 그저 앞만 바라보며 달아났는데, 난데없이 장비가 일지군을 거느리고 앞을 가로막았다. 그래서 돌아보니 등 뒤에서는 조운이 다가오고 황충은 포주 길로 짓쳐왔기에 대패한 조조는 가까스로 장수들의 보호를 받아 사곡(斜谷)으로 달아났다.

조조는 울민 속에서 나날을 보내었다. 당장 진병하고 싶었지만 두려움이 앞섰고, 그렇다고 회군하자니 촉군의 비웃음이 눈에 보여, 망설이고만 있었다.

어느 날이었다. 포관(庖官)이 계탕(鷄湯)을 바쳤다. 뚜껑을 열고 보니 그릇 속에 계륵(鷄肋)이 담겨 있었다.

그것을 뜯어먹던 조조가 문득 혼잣말처럼 중얼거렸다.

"빌어먹을 한중 땅! 빼앗자니 힘들고, 버리자니 아깝고…… 이러지도 저러지도 못하게 만드는 것이 꼭 계륵을 닮았구나!"

그것은 맞는 말이었다. 원래 닭갈비라는 것이 갈비뼈에 얇은 막 같은 것이 씌워져 있어서 뜯어먹자니 먹을 것이 없고, 그렇다고 그냥 내버리자니 조금은 아까운 그런 것이기 때문이다. 저녁 식사를 하는 조조에게는 한중 땅이 바로 그런 닭갈비처럼 느껴졌다.

　　조조가 닭갈비를 뜯으며 그런 생각에 잠겨 있을 때 문득 장수 하후돈이 막사 안으로 들어왔다.

　　"오늘 밤 암호는 무엇으로 정할까요?"

　　조조는 머릿속에 든 단어를 그대로 내뱉었다.

　　"음…… 계륵이다, 계륵."

　　하후돈은 모든 군사들에게 그 날 밤 암호는 「계륵」이라고 일러 주었다. 그런데 놀라운 것은 그 말을 들은 행군 주부 양수(楊修)의 태도였다. 그는 수행 군사들에게 시켜 각기 행장을 수습하고 돌아갈 준비를 갖추라고 했다. 하후돈이 그 말을 듣고 크게 놀라 양수를 불러들였다.

　　"공은 어찌하여 행장을 수습하오?"

　　하후돈이 힐책과 함께 의혹이 들어 묻자, 양수는 태연하게 대답했다.

　　"오늘 밤 암호로 위왕이 불일간 퇴병하실 뜻을 가지셨다고 짐작했기 때문입니다. 닭의 갈빗대란 먹자니 고기가 없고 버리자니 아까운 것처럼, 지금 나아간댔자 이기지 못하겠고, 물러서면 천하에 웃음거리가 될 것입니다. 위왕의 심중이 그러하니, 두고 보시오, 내일은 아마도 틀림없이 위왕께서 반사령(班師令)을 내릴 것입니다. 그래서 먼저 행장이나 수습해 두자는 것입니다."

하후돈은 탄복했다.

"과연 공은 위왕의 폐부를 꿰뚫어 보십니다그려."

영채로 돌아오자 하후돈도 행장을 수습케 했다. 어느덧 그 말을 전해 들었기에 채중의 모든 군사들 중에 돌아갈 차비를 하지 않는 사람이 없었다.

그 날 밤, 조조는 마음이 산란하여 제대로 잠을 이룰 수가 없었다. 그래서 강부(鋼斧)를 손에 들고 채마다 돌면서 가만히 보려니, 군사들이 행장을 수습하느라고 야단들이었다.

조조는 즉시 하후돈을 불렀다.

"네가 어째서 외람되게 행장을 수습하는가?"

하후돈은 떨리는 목소리로 대답했다.

"양수가 대왕께서 돌아가시려고 하는 뜻을 알고 있었습니다."

조조는 다시 소리쳐 양수를 불렀다. 불려온 양수는 야간 암호 계륵으로 짐작하게 된 바를 그대로 말했다. 듣고 나자 조조는 크게 노했다.

"네가 감히 말을 만들어 내어 우리 군심(軍心)을 어지럽게 만드는구나!"

조조는 곧 도부수를 불러 양수의 머리를 베게 하고 그 머리를 원문(轅門) 밖에 매달도록 호령하였다.

양수를 죽었다는 소식을 전해 들은 제갈공명은 이렇게 말했다고 한다.

"양수여, 그대가 어리석었다! 남보다 똑똑하기도 어려운 일이지만, 그 똑똑한 것을 감추기는 더 어려운 일이란 것을 어째서 몰랐단 말이냐? 그대가 조금만 더 똑똑했더라면 잘난 체하지도 않았을 테고, 그랬다면 젊은 나이에 죽음을 당하는 일도 없었을 것을……."

조조는 양수를 죽이고 나자, 거짓으로 노한 체하며 하후돈까지 참하려고 했다. 중관들이 좌우에서 말리자 못 이기는 체 꾸짖어 물리친 다음,

"내 유비를 파하지 않고는 맹세코 돌아가지 않으리라. 내일은 전군(全軍)이 진병토록 하라."

하고 위엄을 갖추며 엄명을 내렸다.

왕위에 오르는 유비

조조는 홧김에 진병령을 내리고 그 이튿날에 사곡 어구로 나아갔는데, 얼마 가지 못했을 때 전면(前面)에 일군이 나타났다. 진두에 서서 오는 장수는 위연이었다.

"역적놈아, 용케도 아직 살아 있었구나!"

다짜고짜 조조에게 욕을 퍼붓자 조조가 소리쳤다.

"저, 저런 고약한 놈! 뭣들 하느냐? 어서 저놈의 목을 베어라!"

방덕이 달려나가 위연과 맞붙었다. 그런데 두 사람이 싸운 지 얼마 되지도 않아 조조군의 뒤편에서 한 줄기 커다란 불길이 솟구치더니, 이내 병사 한 명이 달려와서 보고했다.

"마초가 우리의 후방을 기습했습니다!"

조조가 칼을 뽑아 들고,

"제장 중에 물러서는 자가 있으면 참하리라!"

하고 소리치자, 뭇 장수들은 죽기를 결심하고 앞으로 나아갔다. 위연이 거짓으로 패하여 달아나자, 조조는 그 틈을 타서 군대를 돌려 마초와 싸울 생각으로 높은 언덕에 올라 사방을 살펴보았다. 그런데 난데없이 일표군이 바로 눈 앞에 나타나며 크게 소리쳤다.

"역적 놈아! 내가 진짜 도망간 줄 알았더냐?"

위연이었다. 그는 소리침과 동시에 화살 한 대를 날렸고, 그 화살은 곧바로 날아가 조조의 얼굴에 명중했다.

"헉……!"

헛바람 소리를 내며 조조가 말에서 굴러 떨어졌다. 기회를 놓치지 않고 위연은 활 대신 칼을 잡고 조조를 잡아죽일 듯이 노려보며 달려왔다.

위연의 칼이 서릿발을 그리며 마악 조조를 향하여 내려치려는 순간 한 장수가 나는 듯이 나타났으니 그는 방덕이었다. 그는 전력을 다하여 위연을 물리치고, 조조를 구해 달아났다.

조조가 상처를 입고 영채로 돌아와 살펴보니, 위연의 화살은 조조의 인중(人中)을 맞추어 앞니를 두 개나 부러뜨린 상태였다. 조조가 급히 의원을 불러 치료하고 드러누워 곰곰이 생각하니, 양수가 했던 말이 새삼스럽게 머릿속에 떠올랐다.

조조는 사람을 보내어 그의 수급을 거두어 오게 하고 후히 장사 지내게 하며, 비로소 영을 내려 반사(班師: 군대를 이끌고 돌아가는 것) 할 것을 분부하였다.

"허도로 돌아가자…… 허도로 가서 모든 것을 정비한 다음 다시 와야겠다……."

삼군의 예기는 이미 땅에 떨어지고, 오직 바쁜 듯이 앞으로만 달아나는 조조의 심중은 자못 처량했다.

조조가 물러나자, 유비는 유봉·맹달·왕평 등의 장수들에게 시켜 나머지 각군(各郡)을 치게 하였다. 조조에게서 녹을 받던 무리들은 조조가 이미 한중을 버리고 달아난 줄 알자, 앞을 다투며 항복해 왔다.

유비가 백성들을 안정시키고 삼군에게 크게 상을 내리자, 인심이 모두 나부끼었다.

오랜 싸움 끝에 평화가 찾아왔다. 유비가 다스리는 땅은 몰라보게 넓어졌고, 그가 가진 물자도 넉넉했으며, 백성들의 칭찬도 끊이지 않았다.

백성들에게는 허도에 있는 황제보다도 유비가 진정한 황제로 여겨졌다. 그런 사정을 잘 아는 신하들은 유비를 황제로 모시고 싶었으나 감히 말하지 못하고 대신 제갈공명을 찾아가 자신들의 뜻을 전했다.

　"모든 백성과 신하들이 우리 주공을 황제 폐하로 모시고 싶어합니다. 우리의 뜻을 군사께서 대신 전해 주십시오."

　그 말을 들은 공명도 크게 고개를 끄덕였다.

　"내게 생각한 바가 있으니, 여러분은 잠시 기다리시오."

　공명은 법정 등과 함께 들어가 유비를 뵈었다.

　"바야흐로 조조가 전권을 행하여 백성의 주인이 없는데, 주공께서는 인의가 천하에 뚜렷하시며, 이미 동서 양천(兩川)을 무마하셨으니, 그것은 바로 응천 순인(應天順人)이옵니다. 곧 황제의 위(位)에 오르소서."

　듣고 난 유비는 크게 놀랐다.

　"아니, 군사(軍師)는 무슨 말씀을 하시는 거요. 내가 비록 한실 종친이라 하지만, 곧 신자(臣子)가 아니겠소. 내가 그렇게 하는 것은 바로 한나라에 반역하는 것과 마찬가지요."

　공명도 물러서지 않았다.

　"그렇지 않습니다. 오늘날 천하는 이미 나뉘어져서, 저마다 이름을 날리는 영웅 호걸들이 한 곳씩 차지하고 있습니다. 세상의 뛰어난 인재들이 그 영웅 호걸을 섬기는 것은 모두 훌륭한 주인을 섬겨 천하를 바로잡고 후세에 그 이름을 남기기 위해서입니다. 사정이 이러함에도 주공께서 의리를 지키기 위해 모든 사람의 소망을 저버린다면 그야말로 세상 사람들에게 큰 죄를 짓는 것입니다. 바라건대 주공께서는 우리의 청을 들어 주소서."

유비는 고개를 돌려 공명을 외면한 채 딴청을 피웠다.

"그렇더라도 내가 황제가 되는 일은 허락할 수 없소. 오늘 일은 없었던 것으로 할 것이니, 훗날 좋은 방법을 생각해 봅시다."

그러자 지켜보던 모든 장수와 신하들이 눈물을 흘리며 호소했다.

"주공께서는 부디 우리의 청을 들어 주소서!"

"아무리 그렇다 하더라도 내가 존위(尊位)를 차지한다는 것은 감히 생각도 할 수 없는 일이오."

공명이 다시 말했다.

"주공께선 평생의 의(義)로써 근본을 삼으시므로 존호를 받지 않으시려 하시나, 이제 형양과 양천의 땅을 거두셨으니, 잠시 한중왕(漢中王)이라도 되소서."

그래도 유비는 듣지 않았다.

"그대들의 마음은 잘 알겠으나, 황제 폐하의 허락 없이는 한중왕도 될 수가 없소."

공명은 차분히 유비를 설득했다.

"지금이 보통 때라면 주공의 말씀이 맞습니다. 하지만 지금은 온 나라가 전쟁터입니다. 상황이 특별할 때는 특별한 경우도 있게 마련입니다. 이러한 때에 보통 때의 법만을 지키려 해서는 안 됩니다."

"그대들이 비록 나를 왕으로 삼아 섬기려고 하나, 천자의 명조(命詔)를 얻지 않고 그렇게 한다면 잠탈과 마찬가지가 아니오?"

"지금은 모름지기 권도(權道)를 따를 것이지 상리(常理)에 얽매일 것은 없습니다."

공명이 그렇게 주장하자, 듣고 있던 장비가 큰 소리로 외쳤다.

"성(姓)이 다른 조조놈도 왕이 되었는데 형님은 한조(漢朝)의 종파이니, 한중왕이니 무엇이니 다 집어치우고 곧장 황제가 된다고 해도 뭣이 불가하겠소."

"그 입 닥쳐라! 너는 무슨 말을 그렇게 하느냐!"

유비는 소리를 높여 장비를 꾸짖었다. 공명은 다시 소리를 부드럽게 하여 말했다.

"일단 주공께서는 먼저 한중왕에 오르십시오. 황제 폐하의 허락은 그 뒤에 받아도 늦지 않습니다."

그 때 또다시 모든 신하들이 한 목소리로 애원을 했다.

"그렇게 하십시오, 주공!"

유비는 그 뒤에도 몇 번 더 사양을 하다가 마침내 더 이상 뿌리치지 못하고 허락하고 말았으니 때는 곧 건안 24년 추 칠월이었다.

한중왕은 그의 아들 유선(劉禪)을 왕세자로 세우고, 허정을 태부(太傅)로 삼고, 법정을 상서령에 봉했다. 그리고 제갈량을 군사(軍師)로 삼아 군국(軍國)의 대사를 총괄케 하고, 관우·장비·조운·마초·황충으로 오호대장(五虎大將)을 삼고, 위연을 한중 태수로 봉하고 나머지 사람들은 각기 공훈에 따라 작위를 정하였다.

백성들의 기쁨은 말할 수 없을 정도로 컸다. 그들은 저마다 거리로 뛰쳐나와 등불을 밝히고 만세를 불렀다.

"한중왕 만세!"

"촉나라 만만세!"

한편 제갈공명은 약속대로 허도로 사람을 보내 황제에게 유비가 한중왕이 되었음을 은밀하게 알렸다. 황제는 믿고 따르는 유비 황숙의 일이었으므로 두말 하지 않고 순순히 허락해 주었다.

모든 사람들이 즐거웠다. 하지만 그 기쁨을 함께 누리지 못하는 단 한 사람이 있었다. 바로 관우였다. 그는 자신이 오호장군이 된 사실도 모른 채 거센 바람에 긴 수염을 날리며 형주 땅을 지키고 있었던 것이다.

표가 허도로 올라왔을 때, 조조는 업군에 있었는데 유비가 스스로 한중왕이 되었다는 소식을 듣자 대로했다.

"멍석이나 짜던 천한 놈이 감히 왕이 되었단 말인가. 내가 맹세코 그놈을 멸망시키고 말리라."

조조는 그 즉시 영을 내려 경국지병을 일으켜, 양천으로 나아가 한중왕과 자웅을 결하려고 했다. 그 때 한 사람이 앞으로 나와 말했다.

"대왕께서는 일시적인 노염 때문에 친히 수고스럽게 원정(遠征)하실 필요가 없습니다. 신에게 한 계책이 있는데, 화살 한 대 쏘지 않고도 유비로 하여금 촉(蜀)에서 스스로 화를 입도록 하겠습니다. 그리하여 그의 병력이 쇠진해질 때를 기다리다가 장수 한 사람만 보내셔도 능히 성공할 것입니다."

조조가 바라보니 그는 사마의였다. 크게 기뻐하며 계책을 묻자 사마의가 대답했다.

"강동의 손권이 제 누이를 유비에게 시집보냈다가 틈을 엿보아 찾아갔고, 유비는 형주를 점령하고 돌려주지 않아 두 사람의 사이가 아주 좋지 않은 이 때를 틈타 말 잘 하는 사람을 손권에게 보내어 군대를 일으켜 형주를 치게 한다면, 유비는 반드시 양천의 군사들을 움직여 형주를 구할 것입니다. 바로 그 때 대왕께서 군사를 일으켜 한천(漢川)을 치신다면, 한 번에 두 군데 적을 방어할 수 없는 유비는 스스로 무너지고 말 것입니다."

조조는 미소를 지으며 고개를 끄덕였다.

"거, 좋은 생각이오!"

계책을 듣고 난 조조는 그 자리에서 글을 닦고, 만총(滿寵)을 사신으로 삼아 강동으로 가게 하였다. 만총이 강동에 이르렀다는 소식을 듣자 손권은 모사들을 모으고 의논했다. 장소가 말했다.

"위(魏)와 오(吳)가 본래 원수진 바 없었지만, 지난날 제갈량의 꾀에 농락되어 양가가 해를 이으며 싸움을 계속했기에 생령은 도탄에 빠진 것입니다. 이제 만총이 찾아온 것은 반드시 강화를 하자는 뜻일 것이니, 예로써 대접함이 좋을 것입니다."

손권은 그 말을 옳게 여겨, 뭇 모사들로 하여금 만총을 맞아 성(城) 안으로 들게 했으며, 손권은 그를 빈례(賓禮)로써 대접했다.

예가 끝나자 만총이 조조의 서신을 바치며 말했다.

"우리 두 나라가 자고로 원수진 일이 없었는데 모두 유비 때문에 이렇게 혐극(嫌隙)이 생긴 것입니다. 위왕이 저를 여기에 보내신 이유는 앞으로 장군과 약속하여, 장군께서 형주를 치시면 위왕은 한천을 쳐서, 수미(首眉) 협공으로 유비를 깨친 뒤에 함께 땅을 나누고, 맹세코 서로 침범치 말자는 뜻을 전하기 위해서입니다."

손권은 조조의 글을 읽고 나자, 잔치를 베풀어 만총을 환대하고 관사에서 쉬게 하였다. 만총을 보내고 나서, 손권은 다시 모사들을 모으고 상의했다. 손권이 먼저 입을 열었다.

"조조의 제안에도 일리는 있다. 그러나 형주의 관우, 그 용감한 장수를 어떻게 물리치고 빼앗긴 땅을 되찾는단 말인가?"

아무도 손권의 물음에 선뜻 대답하지 못했다. 관우는 그만큼 어려운 상대였던 것이다. 얼마 동안 침묵이 흐르는가 싶었는데 문득 한 사람이 입을 열었다. 모사 제갈근이었다.

"관우와 싸우기 전에 먼저 그를 우리 편으로 끌어들이는 건 어떻습니까? 다행히 그가 쉽사리 우리 편이 되어 주면 우리는 관우와 힘을 합쳐 오히려 조조를 공격할 것이고 불행하게도 그가 말을 듣지 않으면 조조의 말처럼 형주를 공격하시지요?"

손권은 고개를 가로저었다.

"관우라는 사람은 쉽사리 우리 편이 될 그런 사람이 아니오!"

그러자 제갈근이 희미한 미소를 지었다.

"물론 그렇습니다. 하지만 방법이 없는 것도 아닙니다."

"무슨 방법이 있단 말이오?"

"관우에게는 아들 하나와 딸 하나가 있습니다. 그런데 그 딸이 시집갈 나이가 되었지만 아직 혼인을 하지 않았다고 하니, 바라건대 주공의 아드님과 혼인을 시키면 어떨까요? 일단 주공과 사돈을 맺으면 제 아무리 관우라 한들 어찌 사돈에게 칼을 겨누겠습니까?"

손권은 무릎을 쳤다.

"옳지, 그런 방법이 있었구나!"

그 길로 만총은 허도로 돌아가고, 제갈근은 형주의 관우를 찾아갔다. 관우는 제갈근과 인사를 나누자마자 용건부터 물었다.

"그대가 나를 찾아온 까닭이 무엇이오?"

제갈근은 짐짓 쾌활하게 웃었다.

"하하하! 장군은 나를 너무 푸대접하십니다. 하지만 저는 참으로 반가운 소식을 가지고 왔습니다. 우리 주공의 총명한 아드님과 장군의 아리따운 따님과 혼인을 시키러 온 것입니다. 두 사람이 사돈을 맺고 힘을 합쳐 조조를 물리치면 얼마나 아름다운 일이겠……."

말이 끝나기도 전에 불호령이 떨어졌다.

"무례하구나! 어찌 호랑이의 딸을 개의 아들에게 시집보낸단 말인가? 그대의 동생이 공명 군사가 아니었더라면 살아서 돌아가지 못했을 것이다. 썩 돌아가거라!"

제갈근은 본전도 찾지 못한 채 하얗게 질린 얼굴로 돌아가고 말았다. 그 이야기를 전해 들은 손권은 흥분이 지나쳐 숨을 컥컥거렸다.

"뭣이라구…… 개의 아들이라구…… 도저히 참을 수 없다! 당장 형주를 공격해 관우놈의 수염을 뽑아 버리겠다!"

길길이 날뛰는 손권을 보질이 겨우 진정시키며 말했다.

"주공의 심정은 이해하지만 조금만 참으십시오. 지금 선불리 행동했다간 조조에게 이용만 당하고 내버려지는 꼴이 됩니다. 조조가 우리와 힘을 합치려는 것은 사실 유비의 군대를 둘로 나누어 약하게 만든 다음, 촉나라를 혼자서 집어삼키려는 속셈입니다. 우리는 오히려 조조를 이용해야 합니다."

손권이 흥분을 가라앉히고 낮은 목소리로 물었다.

"조조를 어떻게 이용한단 말이오?"

"지금 조인이 양양과 번성에 진을 치고 있으니, 저희가 능히 형주를 칠 수 있음에도 불구하고 오히려 주공을 시켜 군사를 움직이게 하는 것은 화(禍)를 우리에게 전가하고 저희는 어부지리(漁父之利)를 얻자는 것이 분명합니다. 그러니 저들에게 먼저 형주를 공격하라고 권하십시오. 그러면 운장은 반드시 형주를 막으려고 번성을 칠 것이니, 만약 운장이 출전하면 그 틈을 타서 형주를 급습하십시오. 그러면 단번에 만사를 이룰 것입니다."

손권은 보질의 말을 옳게 여겨, 즉시로 글을 조조에게 보내 조인으로 하여금 형주를 치라고 하였다.

조조는 손권의 편지를 받아 보고 승낙하는 한편, 동오에다 격(檄)을 띄워 수로(水路)로 접응해 달라고 하였다.

백성들이 그토록 바라던 평화도 잠시뿐, 또다시 전쟁이 시작된 것이었다.

조조가 동오와 결련하여 형주를 공격하려 한다는 소식을 듣자, 한중왕은 황망히 공명을 청해 상의했다. 공명이 계책을 말했다.

"속히 사람을 운장에게 보내, 먼저 번성을 치게 하십시오. 번성만 얻고 보면 적군의 간담이 서늘해져 위·오의 결모는 와해될 것입니다."

한중왕은 전 부사마 비시(費詩)로 사신으로 삼고, 고명

(誥命)을 받들어 형주로 가게 하면서 새로 임명된 오호장군의 임명장도 함께 주게 했다.

형주에 도착한 비시는 우선 오호장군의 임명장부터 관우에게 내밀었다.

"한중왕께서 장군을 오호장군 가운데서도 첫째로 임명하셨습니다."

관우는 심드렁해하며 물었다.

"그렇다면 나 말고 다른 네 사람은 누구요?"

"장비, 조자룡, 황충, 마초입니다."

그 말에 관우가 벌컥 화를 냈다.

"장비는 나와 의형제를 맺은 동생이며, 조자룡은 오래 전부터 우리 형님을 모셨으니 내 동생이나 다름없소. 두 사람은 그렇다 치고, 황충과 마초가 어찌 우리와 같은 오호장군이 될 수 있단 말이오? 늙은이와 떠돌이도 받는 그런 오호장군이라면 나는 사양하겠소!"

그러자 비시가 웃으며 말했다.

"하하하, 그것은 잘못 생각하신 것입니다. 장군이 우리 한중왕과 의형제라는 것은 세상이 다 아는 일입니다. 오호장군이란 벼슬은 나라를 다스리기 위한 직책에 불과할 뿐이지, 그것이 곧 한중왕과 가까운 정도를 나타내는 기준은 아닙니다. 예부터 형제는 한몸이라고 하지 않았습니까. 세상 사람들은 장군을 한중왕이라고 여기며, 한중왕이 곧 장군이라고 생각하고 있습니다. 그런 장군이 한낱 벼슬 문제 따위로 화를 내셔서야 되겠습니까?"

관우는 부끄러웠다. 그는 한참이나 고개를 떨구었다가 문득 일어나 비시에게 절을 하며 자신의 잘못을 뉘우쳤다.

"깨우쳐 주어서 감사합니다. 선생의 가르침이 없었다면 큰 실수를 할 뻔했습니다."

그제야 비시는 유비의 명령을 전했다.

"조조와 손권이 힘을 합쳐 형주를 공격할 계획이라고 합니다. 한중왕께서는 장군으로 하여금 그들이 쳐들어오기 전에 먼저 양양과 번성을 공격하라고 하셨습니다."

관우는 두말 않고 고개를 끄덕였다.

"형님의 명령이라면 이 관우는 그 곳이 비록 불구덩이 속이라 할지라도 뛰어들 각오가 되어 있소. 내일 당장 번성부터 쳐들어가겠소."

관우는 명을 받자 즉시 번성을 칠 준비를 서둘렀다.

조인이 성 안에 있노라니 문득 관우가 군사들을 거느리고 물밀듯이 쳐들어오고 있다는 보고가 들어왔다. 조인은 만총으로 하여금 스스로 군사들을 거느리고 나가 관우를 맞았다.

양군은 둥그렇게 진을 치고 대치했다. 요화가 말을 타고 나와 싸움을 돋구자, 조군(曹軍) 진영으로부터 적원이 마주 나왔다.

두 장수가 얼마 싸우지 않았을 때, 요화가 짐짓 패한 척

하며 말 머리를 돌리어 달아나자 적원이 뒤를 쫓아갔다. 그
때 갑자기 배후에서 함성이 크게 일어나며 고각 소리가 요
란하게 울렸다.

조인은 즉시 군사들을 돌리도록 영을 내렸으나, 등 뒤에
서 관평과 요화가 달려들었기에 조군은 크게 어지러워졌다.
조인은 계교에 떨어진 것을 깨닫고 양양(襄陽)으로 달아났
다.

성(城)을 떠난 지 얼마 지나지 않았을 때 전방에 수기(繡
旗)가 바람에 펄펄 나부끼는 모습이 보이면서 말에 탄 관우
가 그가 가는 길을 막았다.

조인은 전신이 사시나무 떨리듯 하여 감히 싸울 생각을
하지 못하고 그대로 지름길로 달아났다. 승세한 관우의 군
사들이 뒤쫓아가며 살육하니, 조군의 태반이 양강(襄江) 속
에 빠져 죽고 말았다. 조인은 할 수 없이 번성으로 물러가
고, 관우는 양양을 얻고 나서 군사들에게 상을 주며 백성들
을 무마했다.

수군사마 왕보(王甫)가 말했다.

"지금 조군이 비록 패하여 물러갔으나 역습할 기회를 노
릴 것이 분명하고, 또 지금 동오의 여몽이 육구에다 둔병하
고 항상 형주를 탄병할 뜻을 가지고 있으니, 그들이 군대를
움직여 형주를 공격하지 않을까 두렵습니다."

관우가 대답했다.

"나 역시 염려하던 바이니, 그대는 그 일을 위하여 힘쓰

시오. 강 언덕에 2,30리마다 높은 곳에다 한 개씩 봉화대를 두고 군사 50명씩으로 지키게 했다가, 만일에 오군(吳軍)이 강을 건너오면, 밤이면 불을 밝히고 낮이면 연기를 올려 신호한다면, 내가 몸소 나아가 무찌를 것이오."

"미방과 부사인이 두 애구(隘口)를 지키고 있으나 염려되는 것은 오지 그들이 과연 힘을 다할까 걱정이니, 한 사람을 더 보내 형주를 총독케 하심이 좋을 듯합니다."

"내가 그 일을 염려하여 이미 번준(藩濬)을 보내어 다스리게 했으니, 다시 근심할 것이 없소."

관우가 그렇게 말했기에 왕보는 마음이 편하지 않아 앙앙히 절하고 물러났다. 뒤이어 관우는 관평을 불러 선척(船隻)을 준비케 하고 드디어 양강을 건너가 번성을 치기로 했다.

위명을 떨치는 관우

조인은 그 소식을 듣자 사람을 장안으로 보내어 구원을 청했다. 조조는 즉시 여러 장수를 둘러보며 물었다.

"누가 번성으로 가서 조인을 돕겠느냐?"

그러자 장수 우금이 나섰다.

"제가 가겠습니다. 제게 장수 한 명만 더 붙여 주면 그를 선봉으로 삼아 번성으로 떠나겠습니다."

조조는 고개를 끄덕이며 장수들을 향해 다시 물었다.

"그럼 누가 선봉이 되겠느냐?"

"저를 보내 주시면 관우를 사로잡아 대왕께 바치겠습니다."

조조가 장로에게서 빼앗은 장수 방덕이었다. 조조는 흡족해하며 말했다.

"관우를 상대할 사람이 없어서 걱정했었는데, 참으로 적당한 적수가 있었구나!"

조조는 그 자리에서 우금을 사령관으로, 방덕을 부사령관으로 임명하고 군사들의 준비가 끝나는 대로 번성으로 출발하라고 명령했다.

우금은 자리에서 물러나와 출전 준비를 갖추었다. 그 때 한 장수가 우금에게 다가와 말했다.

"장군께서는 어째서 방덕을 부사령관으로 삼으셨습니까?"

우금이 물었다.

"왜 그러시오. 무엇이 잘못되었소?"

"방덕은 지난날 마초의 부하 장수였으며 두 사람은 친한 사이였습니다. 그런데 마초는 지금 촉나라의 오호장군이 되었습니다. 방덕이 그들과 싸우다가 우리를 배반하지 않을 것이라는 보장이 없지 않습니까?"

우금은 화들짝 놀라며 조조에게 그 이야기를 했다. 그

말을 들은 조조는 즉시 방덕을 불러 부사령관 임명을 취소했다. 그러자 방덕이 두 눈을 크게 뜨고 물었다.

"대왕께서는 어째서 저를 쓰지 않으시려는 겁니까?"

조조는 사실을 그대로 말해 주었다.

"나는 그대를 믿지만, 여러 장수들이 그대가 한때 마초의 부하였으므로 믿을 수 없다고 한다."

그 말을 들은 방덕은 머리를 바닥에 찧으며 억울함을 호소했다.

"방덕이 한때 마초를 모신 일은 사실이오나, 그는 용기만 있지 지혜가 없어서 가진 땅을 모두 잃고 떠돌아다니다가 이제 유비의 부하가 되었습니다. 나와 그의 의리는 서로 다른 주인을 섬기기 시작하면서 이미 끊어졌는데, 대왕께서는 어찌하여 지난 일로만 사람을 평가하십니까? 이 방덕은 한중 땅에서 대왕께 항복한 후로 언제나 대왕의 은혜를 갚을 날만 손꼽아 기다려 왔습니다. 부디 저를 보내 주소서."

조조는 잠시 깊은 생각에 잠겼다가 일어나 방덕의 등을 쓰다듬었다.

"어리석은 신하의 말만 듣고 그대를 의심한 내가 잘못했소. 그대가 나를 배반하지 않는 한 나 또한 그대를 버리는 일은 없을 것이오. 좋소, 번성으로 떠나시오!"

방덕은 거듭 조조에게 감사의 절을 했다.

그 날 집으로 돌아온 방덕은 장인(匠人)에게 관(棺) 하나를 짜게 하고, 이튿날 여러 친지들을 청했다. 방덕의 집에 들어선 친지들은 관이 모셔져 있는 대청으로 인도되었다.

"내가 위왕으로부터 받은 은혜가 망극한지라, 이제 죽음으로 보답할까 하오. 이번에 번성으로 가서 운장과 결전하여 내가 그를 죽이지 못하면, 반드시 내가 그의 손에 죽을 것이오. 내가 죽지 않더라도 뜻을 이루지 못하면 자살할 생각에 이처럼 관을 준비하고 헛되이 돌아오지 않기를 기약하는 바요."

방덕의 말에 숨을 죽이고 듣고 있던 사람들은 찬탄하여 마지 않았다.

조조는 그러한 방덕의 비장한 출사(出師) 이야기를 전해 듣자 무릎을 치며 기뻐하였다.

"방덕이 그처럼 충용하니 내가 무엇을 근심할 것인가."

가후가 곁에 있다가 말했다.

"방덕이 오직 혈기만 믿고 운장과 목숨을 걸고 싸우려 하는 것은 심히 염려되는 일인가 합니다."

조조는 그 말을 옳게 여겨, 곧 사람을 보내 방덕에게 전지(傳旨)를 내렸다.

"관운장은 지용(智勇)이 겸전하여 결코 가벼이 볼 인물이 아니니, 이길 만하면 싸우되 그렇게 하기가 어려우면 삼가며 오직 지키기만 하라."

방덕은 조조의 전지를 듣자 분연히 말했다.

"내가 이번에 관우의 30년 위명을 하루 아침에 꺾어 놓고야 말겠다."

방덕은 주위의 만류에도 불구하고 군사들을 독촉하여 풍우처럼 번성으로 나아갔다.

관우가 장중에서 정좌하고 있을 때였다. 말굽 소리가 요란하게 들려 오더니, 이윽고 보발군이 황망한 걸음으로 들어왔다.

"조조가 우금을 장수로 삼아 칠군을 보냈습니다. 전부(前部) 선봉은 방덕인데, 이상하게도 군전(軍前)에 큰 관을 메고 오며, 불손한 언사로 장군과 목숨을 걸고 싸우겠다고 말했답니다."

순간 관우의 표정이 무섭게 일그러졌다.

"감히 나를 조롱하다니!"

관우는 대로하여 곧 요화에게 시켜 번성을 치게 하고, 자기 스스로는 방덕을 공격하러 떠났다. 관우가 진전에 말을 내고,

"관운장이 여기 왔다! 방덕놈은 어찌하여 내 손으로 주는 죽음을 받지 않는가!"

하고 외치자, 산과 들이 쩡쩡 울렸다. 이윽고 북 소리가 요란하게 일어나며 방덕이 말을 타고 나타났다.

"내가 위왕의 뜻을 받들어 네 머리를 가지러 왔으나 네가 혹시 믿지 않을까 하여 관까지 준비했으니, 썩 말에서 내려 항복하라!"

관우가 다시 꾸짖었다.

"너 따위 필부가 무엇을 꿈꾼단 말인가. 오직 내 청룡도

가 쥐새끼나 다름없는 네놈의 피에 더럽혀질 게 걱정이다."

두 사람의 칼과 칼이 맞부딪친 곳에서 불똥이 튀기 시작했다. 조조의 말처럼 두 사람은 과연 호적수였다. 서로 마주 하고 싸우기 시작한 지 백여 합이 넘었건만 두 사람의 정신은 더욱 맑고 칼과 칼은 갈수록 더욱 빛을 발했다. 양편 군사들은 넋을 잃은 채 멍하니 바라보기만 할 뿐이었다.

마침내 위군이 방덕에게 실수가 있을까 하여, 징을 울려 수군(收軍)하고, 관평도 역시 늙은 아비를 걱정하여 징을 울렸기에, 두 장수는 각기 싸움을 거두었다.

영채로 돌아오자, 방덕은 뭇 사람들을 돌아보며 감탄했다.

"관우는 영웅이라 했는데, 과연 오늘에야 그 말이 거짓이 아님을 알았다."

한편 관우도 영채로 돌아오자 관평에게 말했다.

"방덕의 도법(刀法)이 익숙하여 참으로 내 적수더라."

며칠이 지나서였다. 갑자기 우금이 칠군을 번성의 북쪽에 하채했다는 급보가 들어왔다. 아무리 생각해도 그 까닭을 알 수 없었다. 때문에 할 수 없이 부친께 아뢰었다.

관우는 그 소식을 듣자, 곧 말을 타고 높은 언덕으로 올라가 번성을 바라보았다. 한참 후 관우가 향도관을 불러 물었다.

"번성 북쪽에 있는 산곡(山谷) 이름이 무엇이냐?"

"증구천이라 합니다."

듣고 난 관우의 얼굴에 웃음이 떠올랐다.

"흠, 이번에 우금이 나에게 사로잡히겠군."

옆에서 그 연유를 물었더니 관우는,

"허허, 이 사람들아, 고기가 증구(그물 아가리)로 들어갔으니 견뎌 봤자 얼마나 오래 가겠는가."

하고 말했다.

그러나 제장들은 그 말을 믿지 않으며 영채로 돌아갔다.

당시는 늦은 가을이었기에 추위를 재촉하는 가을비가 수삼 일 동안이나 계속해서 쏟아지고 있었다. 관우는 영을 내려 배와 뗏목을 준비시키며, 일면으로 수전(水戰)에서 쓰는 기구들을 준비케 하였다. 관평이 이상하게 생각하며 물었다.

"뭍에서 싸우는데 그런 것은 어디에다 쓰시렵니까?"

"우금의 칠군이 넓은 땅에 둔치지 않고 증구천 험하고 좁은 곳에 모여 있지 않으냐. 지금 가을비가 계속해서 내리니, 양강의 물이 반드시 범일(泛溢)할 것이다. 그래서 내가 사람들을 보내 각처의 수구(水口)를 막게 했으니, 물이 넘칠 때를 기다려 물길을 모두 터놓는다면, 증구천의 군사들은 다 물고기가 되어 버릴 것이다."

관평은 크게 깨닫고 마음 속으로 부친에게 배복(排服)했다.

며칠 후의 깊은 밤이었다. 난데없이 풍우(風雨)가 크게 일어났다. 방덕이 장중에 앉아 있으려니까, 천병 만마가 내달는 듯한 소리가 나고, 공격을 알리는 북 소리가 땅을 흔들었다.

방덕이 깜짝 놀라 장중에서 나와 바라보니, 사면 팔방에서 갑자기 홍수가 밀려오며, 바람과 비에 쫓긴 칠군이 어찌할 바를 모르고 어지럽게 숨을 곳을 찾기에 바빴다. 천지를 삼킬 것처럼 몰려오는 물결에 말려들어 떠내려가는 자의 수효를 헤아릴 수 없을 정도였는데, 평지도 수심이 한 길을 넘고 있었다.

동쪽 하늘이 불그레하게 물들며 날이 밝아 오자 관우와 중장들이 기를 휘두르고 북을 치면서 큰 배를 타고 나타났다. 우금이 놀랄 겨를도 없었다. 사방이 물바다였기에 도망칠 길이 없고, 좌우를 돌아보니 겨우 5,60명이 있을 뿐이었다. 그들마저 서로 다투며 항복했기에 우금은 칼 한 번 변변히 써 보지 못하고 항복을 하고 말았다.

관우는 즉시 그들의 의갑(衣甲)을 벗긴 다음 결박지워 배에다 태웠다. 그리고 다음은 방덕을 잡기 위해 뱃머리를 돌렸다.

그 때 방덕은 장수들과 함께 보졸 5백 명을 거느리고 의갑도 없이 방축 위에 서 있었다. 관우의 배가 나는 듯이 그들에게로 다가왔지만, 방덕은 조금도 두려운 빛이 없이 분연히 싸울 태세를 갖추었다.

"활을 쏘라!"

관우의 명령 일하에 군사들은 일제히 활을 쏘았다. 빗발처럼 날아오는 화살에 맞은 위군의 태반이 물 속으로 거꾸러지자 나머지 군사들은 모두 항복하고 말았다.

이제 남은 건 다만 방덕 혼자뿐이었다. 그는 고군 분투했는데, 형주의 병사들 수십 명이 작은 배를 타고 방축으로 몰려들자, 칼을 잡고 몸을 날려 배 위로 올랐다. 용장의 최후 분력(奮力)이야말로 실로 휘황한 바 있었다. 그가 그 자리에서 10여 명을 죽여 넘기자 나머지 형주병들은 혼비백산하여 배를 버리고 물 속으로 뛰어들어 생명을 구했다.

방덕은 한 손에 칼을 들고 한 손으론 노를 저으며 번성을 향해 달아나기 시작했다. 그 때 상류로부터 한 장수가 큰 뗏목을 타고 달리는 물결에 노질을 하면서 쏜살같이 내려오더니 방덕이 탄 작은 배를 정면으로 떠다 넘겼다.

작은 배는 여지없이 뒤집어지고 방덕이 물 속으로 떨어지자, 뗏목 위의 장수가 물 속으로 뛰어들어 방덕을 산 채로 잡아 배 위로 끌어올렸다.

뭇 군사들이 놀라며 바라보니, 그는 바로 주창(周倉)이었다. 주창은 본시 물에 익숙한 데다가 또한 완력이 놀라웠기에 쉽사리 방덕을 사로잡을 수 있었던 것이다.

그리하여 우금이 거느렸던 칠군(七軍)은 모조리 수중의 고혼이 되고 더러 헤엄을 잘 치는 자도 있었지만 달아날 길이 없었기에 모두 항복하고 말았다.

관우가 높은 언덕으로 돌아와 장막 안에 앉자, 우금이

끌려 들어왔다. 우금은 땅바닥에 엎드려 관우에게 절하고 목숨을 살려 달라고 빌었다. 관우는 그를 옥(獄)에 가두도록 하고, 방덕을 끌고 오라고 했다. 방덕은 우금과는 달랐다. 눈썹은 찢어질 것처럼 치켜지고, 눈을 부릅뜨고 있었는데, 무릎을 꿇지 않았다.

"네 항복하겠는가?"

"비록 죽을지언정 어찌 네게 항복하겠느냐?"

관우가 물었다.

"너의 옛 주인 마초는 촉나라의 오호장군이 되었다. 너 또한 항복해서 촉나라에 충성을 바치지 않겠는가?"

방덕은 대답 대신 언성을 높혔다.

"나는 칼에 맞아 죽을지언정 항복 따위는 안 한다!"

관우는 다시 한 번 방덕을 설득했다.

"조조는 천하의 역적이다. 의로운 장수가 역적 따위를 섬겨서 무엇하겠는가? 항복해라."

그래도 방덕은 코웃음을 쳤다.

"나는 충신이니 역적이니 하는 어려운 말을 잘 모른다. 다만 나를 아껴 준 사람에게 의리를 다할 뿐이다. 그대가 진정한 장수라면 나를 더 이상 더럽게 만들지 말고 어서 목을 쳐라!"

관우는 잠자코 깊은 생각에 잠겼다가 힘들게 입을 열었다.

"그대의 장수다운 꿋꿋한 태도가 마음에 들었지만 하는

수 없도다! 여봐라, 방덕의 목을 베고 정성껏 장사 지내 주어라!"

똑같이 포로로 잡혔지만 우금과 방덕에 대한 관우의 태도는 그렇게나 달랐다. 포로에 대한 심문을 끝낸 관우는 물이 빠지기 전에 번성으로 쳐들어갔다.

한편 그 무렵 번성은 때아닌 물난리를 만나 자칫하면 성벽마저 무너져 내릴 판국이 되었다. 성 안의 사람들이 총동원되어 흙과 돌을 지게로 져 날라 무너진 틈을 메우고 있을 때 장수 조인이 말했다.

"이럴 수가 없다. 이럴 수가 없어! 지금으로선 적이 들이닥치기 전에 배를 타고 도망치는 것이 상책이다⋯⋯."

그 때 신하 만총이 말했다.

"장군은 그러시면 두고두고 후회할 것입니다. 계곡 물은 오래 가지 않아서 조금 있으면 빠질 것입니다. 번성을 빼앗기면 황하의 남쪽을 모두 잃는 것이나 마찬가진데, 그러고도 대왕께서 장군을 나무라지 않을 것 같습니까? 지금은 모두가 힘을 합쳐 성을 지켜내야 합니다."

조인은 얼굴을 붉히며 고개를 떨구었다.

"내가 잠시 부끄러운 생각을 했소. 맞소! 모두 힘을 합쳐 성을 방어하자!"

그 때부터 번성의 백성과 군사들은 한마음으로 뭉쳐 무너진 성벽을 보수하고 방어도 더욱 철저히 했다.

관우가 쳐들어온 것은 그 무렵이었다. 그는 적토마 위에서 번성을 바라보며 소리 높여 외쳤다.

"너희들이 바라던 구원병들은 모두 물귀신이 되었다. 어서 항복하라!"

바로 그 때였다. 조인은 성루에서 관우가 엄심갑(掩心甲)만 입고 녹포(綠袍)를 걸친 것을 보자, 황급히 궁노수 5백명을 불러 일제히 활을 쏘게 했다. 때문에 화살은 관우만을 향하여 날아갔다.

관우가 급히 말을 돌렸으나 때는 이미 늦어, 한 대의 화살이 오른팔에 깊이 박혔다. 관우는 몸을 뒤집으며 땅 위로 굴러 떨어졌다.

조인은 관우가 말에서 떨어지는 것을 보자, 즉시 군사들을 이끌고 성에서 쏟아져 나왔다. 분을 참지 못한 관평은 한바탕 적을 맞아 싸우다가 부친을 구하여 급급히 영채로 돌아왔다.

관우는 오른팔에서 화살을 뽑아냈다. 원래 활촉에는 독약이 발라져 있었기 때문에 독이 뼈에까지 들어갔다. 때문에 관우는 도저히 팔을 움직일 수 없게 되었다. 관평이 의원을 부르고 백방으로 약을 구해다 썼지만 효험이 없었다.

관평을 비롯한 여러 장수들은 그런 관우를 안타까운 눈길로 바라보며 입을 열었다.

"장수가 팔을 다쳤으니 앞으로 어떻게 싸우겠습니까? 일단 형주로 돌아갔다가 몸을 회복시킨 다음 다시 쳐들어오는 게 어떨까요?"

그 말에 관우가 불같이 화를 냈다.

"번성을 빼앗고 곧장 허도로 쳐들어가 조조를 물리친 다음 황제 폐하와 백성들을 안심시키는 것이 우리의 임무이거늘, 어찌 이 따위 조그마한 상처 때문에 군대를 돌린단 말이냐. 절대로 그럴 수는 없다!"

다급해진 것은 이제 관평과 여러 장수들이었다. 관우가 형주로 돌아가지 않는 이상, 현지에서 상처를 낫게 해 줄 훌륭한 의원을 구하는 수밖에 없었기 때문이다.

그러할 때 웬 사람이 강동으로부터 한 조각 작은 배를 타고 영채 앞에 나타났다는 보고가 들어왔다. 관평이 나가 보니, 머리에는 방건(方巾)을 썼고 활복(濶服)을 입었는데, 팔에는 푸른색 주머니를 걸친 노인이 서 있었다.

"저는 패국(沛國) 초군 사람으로, 성은 화(華)라 하고 이름은 타(陀)라 하오. 그리고 자(字)는 원화(元化)라고 합니다. 듣건대 관 장군은 천하의 영웅으로서 이번에 독전(毒箭)에 맞아 상처를 입으셨다기에 치료해 드리려고 왔습니다."

듣고 난 관평의 기쁨은 비할 데가 없었다. 그는 곧 중장들과 함께 화타를 인도하여 장내(帳內)로 들어갔다.

그 때 관우는 상처의 고통으로 인해 자기가 자리에 눕고 만다면 군심(軍心)이 해태해질까 걱정되어 마량(馬良)과 함께 바둑을 두고 있었다. 관우는 의원이 왔다는 말을 듣자 들어오게 했다. 서로 인사를 마치고 자리를 권하며 차(茶)

를 대접했는데, 화타가 차를 마신 후 말했다.

"청하오니 팔을 보여 주십시오."

관우는 소매를 걷고 그에게 상처를 보여 주었다.

"활촉에 오두(烏頭)라는 독약이 발라져 있어 그것이 뼈에 침투되었으니, 속히 다스리지 않으면 이 팔은 못 쓰게 될 것입니다."

"무엇으로 고칠 수 있겠소?"

"치법(治法)이 있기는 하지만 군후께서 겁내실까 두렵습니다."

관우는 크게 웃으며 말했다.

"나는 죽음을 집으로 돌아가듯 생각하는 사람인데 무엇이 두렵단 말이오?"

"그럼 이렇게 해 주십시오. 튼튼한 나무 기둥에 쇠고리를 박고, 장군께서는 그 안에다 팔을 끼우십시오. 그러면 줄로 팔을 단단히 묶은 다음 얇은 천으로 얼굴을 가릴 것입니다. 장군의 상처는 내가 뾰족한 칼로 살을 찢고 뼈를 드러내서 그 뼈에 퍼진 독기를 긁어내야만 치료될 수 있습니다. 말 못할 정도의 고통이 따르게 되지만, 지금으로선 그 방법밖에 없으니 참으셔야 합니다."

"그런 일이라면, 기둥이나 고리가 무슨 필요가 있겠소."

관우는 술상을 차려 오게 하여 몇 잔을 마시더니, 잠시 멈추었던 바둑을 마량과 함께 계속해서 두면서 팔을 뻗어 화타에게 맡겼다. 화타는 첨도(尖刀)를 손에 들고, 한 장수에게 시켜 큰 쟁반을 받들어 팔에서 흘러내리는 피를 받게 했다.

"곧 치료를 시작하니 군후는 놀라지 마십시오."

"그대에게 맡기노니 잘 다스리라. 내가 어찌 아픔을 견디지 못하는 세간의 속자(俗子)와 같겠는가."

화타는 이윽고 칼을 잡더니 관우의 살을 깊이 찔렀다. 껍질은 찢어지고, 살이 제껴지며 뼈가 드러났다. 드러난 뼈의 색깔은 벌써 상하여 푸르스름했다.

"조금만 늦었더라도 큰일날 뻔했습니다……."

관우는 눈을 한 차례 크게 떠보일 뿐 아무런 대꾸도 하지 않았다.

화타가 사정없이 칼로 뼈를 긁기 시작하자, 뼈 긁는 소리만이 방 속에 유난히 크게 들렸다. 곁에 있던 자들은 손으로 얼굴을 가리고 파랗게 질려 버렸다.

그러나 관우는 술을 마시고 고기를 씹으며 바둑을 두면서 계속해서 담소할 뿐, 조금도 아파하는 기색이 없었다. 흘러 내리는 피는 순식간에 쟁반에 가득해졌다. 화타는 독을 긁어내고, 그 위에 약을 바르고 바늘로 살을 깁는 치료를 끝냈다.

관우는 크게 웃으며 일어나더니 중장들을 돌아다보며 말했다.

"이 팔을 굽히고 펴기가 전과 조금도 다름없고 통증도 사라졌소이다. 선생은 참으로 신의(神醫)이십니다."

"제가 평생 동안 의술을 펴는 일에 종사했으나, 일찍이 오늘 같은 일은 보지 못했습니다. 군후야말로 참으로 천신 (天神)인가 합니다."

화타는 크게 놀라며 탄복하기를 마지않았다.

관우는 술자리를 마련해 화타를 대접했다. 그 자리에서 화타가 말했다.

"수술은 성공적으로 끝났지만, 앞으로 100일 동안은 특히 조심하시고 크게 화를 내셔도 안 됩니다."

관우는 고개를 끄덕였다.

"명심하겠습니다. 그나저나 이 고마운 은혜를 어떻게 갚아야 할지…… 조그마한 제 정성이니 부디 받아 주십시오."

관우는 황금 백 냥을 화타에게 사례로 주면서 받기를 청했다. 하지만 화타는

"제가 군후의 높은 의기(意氣)를 듣고 치료해 드리러 온 것인데 어찌 보수를 받겠습니까."

하고 말하면서 끝내 사양하며 표현히 배를 타고 돌아갔다.

오나라 군대의 기습

관우가 우금을 사로잡고 방덕을 참했다는 소식이 허도로 전해지자, 조조는 크게 놀라 문무 백관을 불러 상의했다.

사마의가 나서서 말했다.

"지금 손권과 유비의 사이가 좋지 못하므로 이번의 운장의 전승(戰勝)을 손권이 기뻐할 리가 없습니다. 대왕께서 사람을 동오로 보내어 이해(利害)로써 말하여 손권으로 하여금 암암리에 기병케 한 다음, 운장의 뒤를 치게 하시옵소서. 일이 성사되면 강남의 땅을 베어 손권을 왕으로 봉하겠다고 하면, 번성의 위기는 반드시 저절로 풀릴 것입니다."

조조는 그 말을 듣고 고개를 끄덕였다.

한편, 조조의 서신을 받은 손권은 흔연히 조조의 뜻을 받아들이고, 곧 회답을 써서 사자를 돌려보냈다. 그리고는 문무 제관을 불러 상의했는데, 그 때 마침 노숙의 뒤를 이어 오나라의 총사령관이 된 여몽이 육구 땅에서 돌아와 말했다. 육구는 관우가 점령한 형주 땅과 마주 보며 경계를 이룬 곳이었다.

"지금 운장이 군사들을 이끌고 번성을 에워쌌으니, 그가 멀리 나간 틈을 타서 형주를 기습하여 빼앗아야 할 것입니다."

듣고 난 손권은 크게 기뻐했다.

"나도 역시 형주를 취할 생각이 간절하니 경은 속히 나를 위하여 출병하라! 나도 곧 뒤를 따라서 기병할 것이다."

명령을 받은 여몽은 육구 땅으로 돌아가는 즉시 첩자를 형주 땅으로 보내 그 곳의 형편을 알아 오도록 했다. 그러자 얼마 후 첩자가 돌아와 보고했다.

"관우는 형주 땅을 비웠지만 그 대신 강가를 따라 20~30리 간격으로 봉화대를 설치했고 남아 있는 군사들도 만약의 사태에 대비하고 있었습니다."

"그렇다면 갑자기 쳐들어가기는 어렵겠구나! 주공께 형주를 공격하겠다고 큰소리를 쳤는데 이 일을 어떡하나……."

그는 마땅한 대책이 떠오르지 않았기에 병을 핑계로 자리에 드러눕고 말았다.

그 소식을 들은 손권은 기가 꺾여 버렸다.

"여몽이 병들었으니 형주를 누가 공격할 것인가? 참으로 걱정이로다!"

그 때 육손(陸遜)이라는 젊은 장수가 성큼 나섰다.

"여몽 장군의 병은 마음에서 온 것이지, 진짜 아픈 것이 아닐 것입니다. 제가 가서 사정을 알아 보겠습니다."

육손은 그 길로 육구 땅의 진영으로 여몽을 찾아갔다.

"주공의 명령을 받고 장군을 문병하러 왔습니다."

육손의 말에 여몽이 대답했다.

"보잘것없는 나를 문병하러 먼 길을 왔다니 미안할 따름이오."

육손은 그런 여몽을 잠자코 바라보다가 입을 열었다.

"제가 보기에 장군의 병은 마음의 근심 때문에 생긴 것 같습니다. 저에게 좋은 처방이 있으니 한 번 써 보시지 않겠습니까?"

여몽은 눈을 크게 뜨고 반문했다.

"그게 무엇이오?"

육손이 웃으며 대답했다.

"이 곳으로 오는 길에 형주 땅을 바라보았더니 높은 산봉우리마다 봉화대가 설치되어 있더군요. 장군의 병은 아마도 그 때문에 생긴 것 같으니 관우의 부하들이 봉화를 올리지 못 하게 하고 아울러 방비도 게을리하도록 하면 장군의 병은 저절로 낫지 않겠습니까?"

그 말에 여몽이 육손의 손을 덥석 잡았다.

"바로 보았소! 어떻게 해야 관우를 물리치고 형주를 빼앗을 수 있겠소?"

"운장이 스스로 천하의 영웅임을 자처하고 있지만 속으로 은근히 염려하는 것은 오직 장군뿐일 것입니다. 장군은 이 기회를 놓치지 말고 병을 칭탁하여 사직하고, 육구의 소임을 다른 사람에게 맡기되, 그로 하여금 운장을 극구 칭찬케 하여 운장의 마음을 교만해지게 만들면, 그는 틀림없이 형주의 군사들을 모조리 거두어 번성으로 갈 것입니다. 그때를 틈타 기계(奇計)를 써서 공격한다면 무엇이 불가하겠습니까."

"참으로 좋은 계책이오."

여몽의 기뻐함이란 비할 바가 없었다.

그 길로 여몽과 육손은 손권에게 달려가서 자신들의 계획을 말했다. 손권 역시 크게 기뻐하며 말했다.

"하지만 새로 누구를 총사령관으로 삼으면 좋겠소? 여몽 장군이 마땅한 사람을 추천해 보시오."

여몽은 그럴 줄 알았다는 듯이 선뜻 대답했다.

"제 다음으로 총사령관이 될 사람은 이름이 널리 알려지지 않은 사람이 좋습니다. 육손을 총사령관으로 삼으십시오. 그는 이름이 널리 알려지지 않았지만 생각이 깊은 사람이니 이 일을 맡기면 잘 해낼 것입니다."

손권은 두말 않고 승낙해 버렸다.

육손의 지략

새로 총사령관이 된 육손은 육구 땅으로 내려가는 즉시 사신에게 온갖 진기한 물건을 주어 관우에게 보냈다. 관우는 그 때까지도 화살에 맞은 상처가 아물지 않아 군대를 움직이지 않고 있다가 사신을 맞았다.

"강동에서 무슨 일로 당신이 왔소?"

관우가 묻자 사신이 대답했다.

"이번에 강동의 총사령관 여몽은 병이 들어 자리에서 물러나고 그 대신 육손 장군이 그 자리를 맡았습니다. 새로 총사령관이 된 육손 장군께서는 장군과 평화롭게 지내고 싶어하십니다."

사신은 예물과 함께 육손이 직접 쓴 편지를 관우에게 바쳤다. 편지에는 대단히 공손한 말로 앞으로 사이좋게 지내자는 글이 쓰여져 있었다. 관우는 고개를 끄덕였다.

"육손이란 장수는 상당히 예의가 바른 모양이군. 사이좋게 지내자는데 마다할 사람이 있겠는가! 돌아가거든 예물은 고맙게 받았다고 전해 주시오."

사신은 돌아가 육손에게 결과를 보고했다.

"관우가 몹시 기뻐하며 강동에 대한 근심을 푼 것 같습니다."

육손은 크게 기뻐하며, 동시에 몰래 사람을 보내어 관우의 동정을 정탐케 했다. 그랬더니, 과연 관우가 형주의 군사들을 태반이나 거두어 번성으로 옮기게 했다는 보고가 들어왔다.

육손은 그처럼 세세하게 조사하고 나자, 그 같은 사실을 손권에게 보고했다. 손권은 그 즉시 여몽을 다시 대도독(大都督)으로 삼으며 명령을 내렸다.

"지금 형주 땅은 빈 집이나 마찬가지라고 한다. 이보다 더 좋은 기회는 없다. 형주를 공격하라!"

여몽은 3만 명의 군사들을 점병(點兵)하고 80여 척의 쾌선(快船)에 출동 명령을 내렸다. 그리고 물길을 잘 아는 자들만 골라 장사꾼으로 꾸미고, 모두 흰옷을 입혀 배 위에서 노를 젓게 하며, 정병(精兵)들은 보이지 않게 배 속에다 매복시켰다.

또 일면으로 조조에게 글을 보내 관우의 후방을 엄습케 하며, 동시에 육손에게 출병함을 알렸으니 그로써 만반의 준비가 끝난 셈이었다.

흰옷 입은 노잽이들은 배를 저어 심양강(潯陽江)을 거슬러 올라갔다. 밤낮을 가리지 않고 쾌선의 행렬은 소리도 없이 물결을 헤치며 앞으로 나아갔다. 드디어 목적지가 가까워졌다.

강화 봉화대를 지키던 형주의 군사들이 신호를 보내 배를 멈추게 했다.

"어디로 가는 배들이냐?"

노잽이들로 가장한 강동의 군사들은 태연히 대답했다.

"저희들은 모두 객상(客商)들인데, 강바람이 거칠어 이 곳에서 잠깐 피하고자 들렀으니 잠시만 머물게 해 주십시오."

그러면서 그들은 많은 뇌물을 군사들에게 바쳤다. 봉화대를 지키던 군사들은 더 의심치 않고, 강변에 머물 것을 허락했다.

그 날 밤이 점점 깊어갔다. 어느덧 이경(二更)이 되었을 때 배 속에 매복해 있던 정병들이 일제히 쏟아져 나왔다.

암호 일성에 80여 척의 배에서 정병들이 동시에 튀어나왔는데, 그들은 각각 봉화대로 올라가 형주 군사들을 모조리 잡아 배 속에 감금하고 한 놈도 달아나지 못하게 했다.

마침내 날이 밝았다. 강동 군사들을 태운 배들은 아무런 일도 없었다는 듯이 형주성을 향해 서서히 다가갔다. 강변 일대의 사람들 중의 누구도 그들을 의심하지 않았다.

이윽고 멀리 형주성이 눈 앞에 바라보일 때쯤 여몽은 사로잡은 형주 군사들을 불러서 말했다.

"너희들은 아무 일도 없는 척하며 형주성으로 다가가서 성문을 열게 하라. 일이 성공하면 너희들의 목숨도 살려 주고 큰 상도 내릴 것이니 실수가 없도록 해야 한다."

형주 군사들은 마지못해 고개를 끄덕였다.

여몽은 그들을 앞세우고 형주성으로 쳐들어갔다. 앞장선 형주 군사들은 성문 앞에 이르러 큰 소리로 외쳤다.

"우리는 봉화대를 지키는 군사들이다. 급히 전할 말이 있으니 어서 성문을 열어라!"

문리(門吏)들이 성루에서 굽어보니 틀림없는 형주의 군사들인지라 아무 의심없이 문을 열었다.

"와아, 성문이 열렸다!"

강동 군사들은 함성을 지르며 물밀듯이 쏟아져 들어가 거의 빈 집이나 다름없는 형주성을 점령하고 말았다. 손권이 그토록 빼앗으려고 애썼던 형주성은 그렇게 어이없이 함락되고 말았던 것이다.

형주성을 점령한 총사령관 여몽은 감옥에 갇혀 있던 장수 우금을 동맹군에 대한 예의로서 조조에게 돌려보냈다. 그러고 나서 그는 강동 군사들에게 명했다.

"함부로 사람을 죽이거나 백성들의 물건을 빼앗는 자가

있으면 목을 벨 것이다!"

　아울러 여몽은 형주 관리들에게도 그전처럼 자기가 맡은 직책에서 그대로 일하게 하는 한편 관우의 가족들도 정성 껏 보살펴 주었다. 물론 그것들은 모두 형주 백성들의 환심 을 얻기 위한 조치였다.

위 · 오 협공의 제물

　그보다 앞서, 조조가 허도에서 모사들과 함께 형주의 일 에 대해서 의논하고 있는데, 동오에서 사자가 왔다고 했다.

　조조가 불러들이니 사자가 서신을 바쳤다. 서신의 내용 은 오군이 형주를 엄습할 테니, 조군(曹軍)은 관우를 협공 하되 그 말이 밖으로 누설되지 않게 해 달라는 것이었다. 조조가 다시 그 서신에 대하여 모사들과 의논했을 때, 주부 (主簿) 동소가 말했다.

　"지금 번성이 위기에 처해 있으니 반대로 관우에게 동오 가 형주를 엄습하려 한다는 것을 알려 주면 관우는 형주를 잃지 않기 위해 즉시 퇴병할 것입니다. 그러한 기회를 기다 리다가 서황이 승세를 이용하여 그 뒤를 공격하면 번성은 안전해질 것입니다."

　참으로 자국의 이익만을 위주로 하는 계책이었다.

조조는 동소의 계책을 쓰기로 하고, 곧 사람을 서황에게 보내 급히 싸움을 벌이라고 재촉하는 한편, 친히 대병을 거느리고 낙양의 남쪽 양륙파(揚陸坡)로 나아가 조인을 돕기로 했다.

서황은 즉시 정병 5백을 거느리고 면수(沔水)를 돌아서 언성(偃城)으로 나아갔다. 관평이 본부병을 거느리고 적을 맞았다. 양군의 진이 원을 지으며 서로 대하자 서황이 문기 아래에 말을 세우고 말했다.

"관평아, 너는 나의 현질(賢姪)과 같은데 어찌 소문도 모르느냐. 너는 죽음을 알지 못하고 날뛰지만, 이미 형주를 동오에게 빼앗겼거늘 네가 어째서 이 곳에 머물러 있단 말이냐!"

그 말을 들은 관평이 크게 노하며 서황에게 달려들었다. 하지만 그 때 사방에서 조조의 군사들이 물밀듯이 몰려왔다. 관평은 힘을 분발하여 죽기를 각오하고 싸우며 길을 달아나, 간신히 대채(大寨)로 돌아왔다.

관평이 관우에게 급한 목소리로 보고했다.

"지금 서황이 언성을 함락시키고 또 겸하여 조조가 대군을 이끌고 삼로로 나뉘어 번성을 구원하러 온다 하오니 사세가 위급합니다. 더구나 형주가 이미 여몽의 습격을 받아 동오의 손에 넘어갔다는 소문이 있습니다."

그 말을 듣자 관우는 소리를 높여 아들을 꾸짖었다.

"너희들은 어째서 시비와 사리를 분별할 줄 모르느냐.

그것은 적군이 거짓말을 하여 우리의 군심(軍心)을 산란케 하고자 함이 분명하다. 지금 여몽은 병이 위급하여 나약한 육손이 대신 와 있기에 조금도 두려워할 것이 없는데, 그게 무슨 소리냐."

관우의 말이 채 끝나기도 전에 수하 장수 하나가 서황의 군사들이 쳐들어온다는 보고를 했다. 관우는 즉시 갑옷을 입고 칼을 빗겨들고 말에 올라 분연히 진 앞으로 나아갔다. 위군들은 관우가 나타나자 놀라며 두려워했다.

얼마쯤 군사를 이끌고 가는데, 앞으로부터 유성마(流星馬)가 급히 그쪽으로 달려오는 게 보였다. 보발군은 관우가 군사들을 거느리고 오는 것을 보자, 말 위에서 굴러 떨어지듯 내리며,

"큰일났습니다. 형주가 이미 여몽의 손에 함몰되고, 모든 가권(家眷)이 적군에게 사로잡혔습니다."

하고 숨을 헐떡이면서 보고했다.

"뭐라고?"

관우의 놀람은 이만저만이 아니었다. 관우는 그 말을 듣고 나자 양양으로 향할 생각이 없어졌다.

즉시 길을 바꾸어 공안으로 향하는 동시에, 먼저 탐마(探馬)군을 보내고 뒤따라 얼마간 달리는데, 되돌아오는 탐마군과 만났다. 관우가 물었다.

"웬일이냐?"

"이게 도대체 어찌 된 일일까요. 공안 수장(守將) 부사인

은 이미 동오에 항복한 지 오래라고 합니다."

관우는 더욱 크게 노했기에 수염이 여러 번 흔들렸다. 그 때 군량을 재촉하러 갔던 사람 중 하나가 돌아와 말했다.

"공안 수장 부사인이 남군(南郡)에 가서 군량을 걷으러 간 사자(使者)를 죽이고 미방을 달래어 동오에 항복했답니다."

들리는 소식들 모두가 관우에게는 의외였고 청천벽력과 다름없었다. 아무 소리 없이 모든 소식을 듣고 있던 관우는 그만 노기가 충색했다. 때문에 그 때까지 치료하여 거의 아물어 붙은 팔의 상처가 터지면서 거목이 쓰러지듯 땅바닥에 쓰러지며 혼절하고 말았다.

중장들이 깜짝 놀라 즉시 간호하여 깨어나게 된 관우는 사마 왕보를 돌아다보며 처량한 목소리로 말했다.

"내가 그대의 간언을 듣지 않은 것을 거듭해서 후회하오. 오늘날 과연 이렇게 믿지 못할 일이 생겼구려."

크게 탄식한 후에 관우는 이미 지나간 일이었지만 미심하여,

"동오의 군사들이 형주로 쳐들어갈 때 강변 상하의 봉화대는 어찌하여 붉을 밝히지 않았는고?"

하고 물었다. 탐마가 대답했다.

"여몽이 형주를 칠 때 배 젓는 사람들 모두에게 흰옷을 입혀 객상처럼 변장하여 강을 건넜으며, 정병들은 모두 배

속에다 매복시켰다가 먼저 봉화대를 지키던 사졸부터 사로잡아 내렸으므로, 불을 올리지 못했다고 합니다."

그 말을 들은 관우는 발로 땅을 구르며 탄식했다.

"내가 간특한 적의 꾀에 속고 말았구나. 앞으로 내가 무슨 면목으로 우리 형장을 뵈올 수 있단 말인가."

관우의 말은 구슬펐다. 관량 도독 조루(趙累)가 말했다.

"이제 일이 매우 위급해졌으니 어서 사람을 성도로 보내어 구원을 청하시고, 한편으로 육로를 따라 진군하여 형주를 속히 빼앗아야 합니다."

관우는 그 말을 옳게 여겨 마량과 이적을 떠나 보내고, 즉시 군사들을 이끌고 형주를 향해 나아갔다. 관우는 비록 형주로 뻗은 길을 달리지만 동오로 넘어간 형주를 생각하면 가슴이 터질 것만 같았다. 사면을 둘러봐야 앞뒤가 모두 적군들이었기에 관우는 초조했다.

"앞에는 오나라 군사들이요, 뒤에는 위나라 군사들이다! 앞뒤로 적이 둘러쌌으니 구원병이 오지 않으면 큰일이로다!"

장수 조누가 그런 관우를 향해 다시 입을 열었다.

"지금은 구원병이 올 때까지 시간을 버는 것이 중요합니다. 여몽에게 사람을 보내 따지십시오. 지난날에는 사이좋게 지내자고 편지까지 보내더니, 이제 와서 조조와 손을 잡고 공격하는 것이 경우에 맞는 일이냐고 말입니다. 그가 무슨 대답을 하든 우리는 그 동안 그만큼 시간을 버는 것입

니다."

관우는 고개를 끄덕이며 형주의 여몽에게 사신을 보냈다.

한편 그 무렵 여몽은 형주 백성들의 환심을 사기 위해 갖은 애를 쓰고 있었다. 그는 관우를 따라 싸움에 나선 장수나 군사들의 집에는 양식을 대 주고 환자가 있으면 치료까지 해 주었다.

여몽은 관우의 사신이 온다는 말을 듣고 직접 성 밖까지 마중을 나갔다. 사신은 여몽에게 정중히 고개 숙여 인사를 한 다음 관우의 편지를 전했다.

여몽은 편지를 받아 읽고 나서 말했다.

"지난날 사이 좋게 지내자고 말한 것은 사실이지만, 지금은 우리 주공의 명령에 따라 행동해야 하기 때문에 내 마음대로 할 수가 없소. 그대로 돌아가거든 내가 미안해하더라고 관우 장군에게 전해 주시오."

사신은 그 날 밤은 형주성에서 자고 이튿날 날이 밝는 대로 돌아갈 계획이었다.

그런데 관우의 사신이 왔다는 소문을 들은 형주 고을 백성들이 앞다투어 사신의 숙소로 몰려왔다. 그들은 관우를 따라 싸움터로 나간 가족의 안부를 묻는가 하면, 직접 편지를 써서 사신의 손에 쥐어주며 당부했다.

"돌아가거든 우리들은 먹고 입는 데 아무 불편 없이 잘 지내고 있으니 걱정 말라고 전해 주십시오."

이튿날, 관우에게로 돌아간 사신은 여몽의 말을 전한 후 덧붙여 말했다.

"형주성에 남아 있는 장군의 가족은 물론 다른 장수와 군사들의 가족도 모두 탈 없이 잘 지내고 있었습니다."

그 말을 들은 관우는 화를 벌컥 냈다.

"그것은 민심을 얻기 위한 눈속임에 지나지 않는다. 여몽, 그놈을 내가 살아서 못하면 죽어서라도 반드시 없애 원수를 갚을 것이다!"

사신이 관우의 막사 밖으로 나오자 모든 장수와 군사들이 형주에 있는 가족의 안부를 물었다. 사신은 그들에게 자신이 보고 들은 그대로 말해 주었다.

이어서 그는 받아 온 편지와 안부의 말들을 각자에게 전해 주었다. 장수와 군사들이 기뻐한 것은 두말 할 필요도 없을 정도였다. 그들은 가족들이 무사하며 여몽이 잘 대우해 준다는 것을 알게 되자 여몽의 군대와 싸울 생각마저 달아난 것처럼 보였다.

그 때까지도 유비에게서 구원병이 온다는 소식은 없었다. 기다리다 못한 관우는 군사들을 거느리고 형주를 되찾기 위해 다시 말을 달렸다. 그런데 갑자기 함성이 진동하며 일표군이 앞을 가로막았다. 선두에 선 대장은 장흠이었다.

관우가 말을 달리며 칼을 뽑아 들었는데 그 위세는 일월이 무색할 지경이었다. 장흠은 관우와·싸운 지 불과 3합이 지나지 않아 달아났다. 관우는 칼을 휘두르며 20여 리를 추격했다.

바로 그 때였다. 다시 난데없는 함성이 일어나며, 왼편 산곡에서 한당이 군사들을 거느리고 나왔다. 또 함성이 일어나며 이번에는 오른편 산곡에서 주태가 군사들을 이끌고 쏟아져 나왔다. 그와 동시에 도망가던 장흠이 갑자기 말을 돌려 달려들었기에 삼로로부터의 협공은 실로 맹렬했다.

관우는 하는 수 없이 급히 군사들을 거두어 다시 달렸다. 어느덧 5리쯤이나 달렸을 때였다. 정면에 보이는 남산 언덕에 연기 같은 것이 피어 오르더니, 점점 커지며 그쪽으로 다가왔다.

모두 뭔가 하고 바라보며 달리는데, 큼직한 백기에 진한 먹으로 쓰여진 「형주 백성(荊州百姓)」이라는 넉 자 글씨가 뚜렷이 보이기 시작했다. 초항기(招降旗: 적에게 항복하기를 권하는 깃발)였다. 이어서 수많은 사람들의 고함 소리가 들려 왔다.

"이 곳 형주 사람들은 관우 밑에서 개죽음을 당하지 말고, 속히 투항하여 생명을 구하라. 집안 식구들이 기다리고 있다는 것을 잊지 말라."

그러자 형주의 병사들은 관우를 버리고 개미 떼처럼 흩어지며 달아났다. 남은 사람이래야 겨우 3백여 명에 불과했다. 싸움은 삼경(三更)까지 계속되었는데 동쪽에서 함성이 하늘에 닿을 것처럼 일어났다. 적병의 수효가 더욱 많아진다면 관우의 처지는 더욱 나쁜 곤란에 빠질 것이었다.

하지만 요행이라고 말할 수 있을까. 함성이 가까워지며 모습을 나타낸 것은 관평과 요화의 구원병이었다. 양로의 군병들이 관우를 에워싼 적병을 무찌르고 관우도 힘을 내서 적군을 뿌리치며, 관평 · 요화와 함께 다시 길을 달렸다.

얼마만큼 달리다가 그들은 말을 멈추고 말았다. 어디로 가야 할지 갈길이 망연했기 때문이었다. 관평이 말했다.

"군심이 어지러워져 변했으니, 아무 성에라도 가서 방어하며 구원병이 오기를 기다리시지요. 여기서 가까운 곳에 있는 맥성(麥城)이 비록 작지만 가히 발붙일 곳은 될까 합니다."

관우는 머리를 끄덕이며 관평의 말에 따르기로 했다. 그리하여 남은 군사들을 재촉하여 맥성에 당도하는 즉시로 군사들을 나누어 사방 성문을 지키게 하며, 동시에 장사(將士)들을 불러 앞일에 대해서 상의했다.

조루가 먼저 말했다.

"이 곳에서 상용(上庸)이 가장 가까울 뿐만 아니라, 지금 유봉과 맹달이 그 곳을 지키고 있으니, 속히 사람을 보내 구원병을 청하십시오. 만일 그 곳의 구원병이 오고 또 천병(川兵)이 오면, 군심은 스스로 안정될 것입니다."

그렇게 상의중인데 바깥으로부터 사람이 달려왔다.

"벌써 오군이 이르러 성을 사면으로 에워싸려고 합니다."

관우가 물었다.

"누가 포위망을 뚫고 상용으로 가 구원병을 청할 수 있 겠는가?"

요화가 일어나며 말했다.

"제가 가겠습니다."

그 때 관평이 눈을 크게 뜨며 끼어들었다.

"내가 성문을 열고 달려 나가 싸울 터이니, 그 틈을 이 용해 포위망을 벗어나시오."

말을 마친 관평은 군사들을 거느리고 성 밖으로 나가 오 나라 군사들을 닥치는 대로 무찔렀고, 요화는 그 틈을 이용 해 상용성으로 말을 달렸다.

"관공이 싸움에 패하여 지금 맥성에 있는데 적군의 포위 를 받아 매우 위험하오. 장군은 한시 바삐 상용의 군사들을 보내 위기에 처한 관공을 구하십시오. 만일 잠시라도 지체 되면 이 곳도 장차 위험해질 것이오."

듣고 있던 유봉이 신중한 태도로 말했다.

"장군은 관역(館驛)에 나가 쉬고 계시오. 우리가 잠시 의 논할까 하오."

요화는 즉시 서둘러 주지 않는 것이 불만스러웠으나, 더 재촉할 수도 없는 일이었기에, 관역으로 나왔다.

이튿날 요화를 부른 유봉은 너무나 뜻밖의 말을 했다.

"산성(山城)을 다스린 지 오래 되지 못해 군사들을 나누 어 구원해 줄 수가 없습니다."

유봉은 냉정히 거절했다. 요화는 머리를 땅에 부딪치면

서 애원했다.

"그렇게 한다면 관공은 목숨이 위태로워지오. 더구나 관공과 장군은 숙질간인데, 어찌 정리를 모르는 말씀을 하십니까. 바라오니 관공의 곤경을 도와 주십시오."

그러자 곁에 있던 맹달이 눈 하나 깜박이지 않고 말했다.

"우리가 지금 간다 할지라도 뭘 하겠소. 한 잔 물로 어찌 한 수레의 장작에 붙은 불을 끌 수 있겠소. 그리고 관공이 숙질간인 유 장군을 박대하여 이 곳 벽지에 있게 한 것도 사실이잖소. 하긴 나도 마찬가지지만…."

듣고 나자 요화는 크게 통곡했다. 그러나 유봉과 맹달은 소매를 떨치고 자리에서 일어나 안으로 들어가 버리고 말았다. 요화는 생각했다.

'지금은 한시가 급하다. 맹달에게 매달려 보았자 아무 소용이 없으니, 한중왕을 찾아가 직접 말하고 군사들을 빌리는 수밖에 없다!'

그는 눈물을 흘리며 상용성에서 나와 한중왕 유비가 있는 머나먼 익주성으로 황급히 말을 몰기 시작했다.

그는 말에 채찍질하여 나는 듯이 달리며 분을 참을 수 없어 높이 소리쳤다.

"이놈, 유봉·맹달아! 천하에 의리를 모르고 배반하는 도적놈아! 내가 너희들의 말로를 보고야 말 것이다!"

요화는 오직 성도 쪽만 바라보면서 말을 달렸다.

제10장
하늘로 돌아간 큰 별들

관우의 최후

한편, 맥성에 있는 관우가 군마와 군병들의 수를 헤아려
보니, 수하 병사들이 겨우 3백여 명을 넘지 못하고, 양초
(糧草)마저 떨어진 상태였다. 때문에 그의 앞길은 실로 막
연할 뿐이었다. 고대하던 상용의 구원병도 더 이상 기다릴
수 없으며 믿을 수도 없었다.

관우는 종시 입을 굳게 다물고 한 마디 말이 없었다. 밤
은 소리없이 깊어만 갔다. 지척을 분별할 수 없을 정도로
천지는 어둡고 고요한데, 성 밖에서 형주 병사들을 부르는
소리만 요란했다. 투항하면 확실하게 보호를 받을 것이고,

처자 권속과도 만날 수 있다는 것이었다.

　그 날 밤에도 어둠을 타고 성벽을 넘어 달아난 형주병들이 많았다. 그들도 관우의 앞길에 승산이 없음을 잘 알고 있었던 것이다. 초조해진 관우 앞에 한 병사가 들어와서 말했다.

　"성 아래로 어떤 사람이 다가와서 장군께 드릴 말씀이 있다며 활을 쏘지 말라고 합니다."

　관우가 그 사람을 불러들였더니 그는 모사 제갈근이었다.

　제갈근은 관우에게 인사를 한 뒤 용건을 말했다.

　"예부터 영웅 호걸은 상황을 잘 판단해야 한다고 했습니다. 이제 장군께서 다스리던 형주 땅 아홉 고을은 모두 우리 손에 들어왔고, 남은 것은 맥성 하나뿐입니다. 하지만 그나마도 양식은 떨어졌고, 기다리는 구원병은 오지 않고 있습니다. 그러니 장군께서는 오나라에 항복하십시오. 그러면 우리 주공께서 예전처럼 장군으로 하여금 형주 땅 아홉 고을을 그대로 다스리게 할 뿐 아니라, 장군의 가족도 모두 잘 보살펴 준다고 하셨습니다."

하지만 관우는 제갈근을 똑바로 바라보며 꾸짖었다.

　"나는 원래 해량현 출신의 보잘것없는 사람이었으나, 어지러운 나라를 구하기 위해 우리 주공과 의형제를 맺은 사람이오. 그런데 내가 어찌 의리를 저버리고 적에게 항복하겠소? 맥성을 빼앗기면 나는 다만 죽을 따름이오. 옥구슬은 깨어져도 그 찬란한 빛을 잃지 않으며, 대나무는 비록 불에 탈지언정 그 꼿꼿함을 굽히지 않는다고 하오. 나는 비굴하게 항복해서 이름을 더럽히지 않고, 끝까지 싸우다가 죽음으로써 명예를 지킬 것이오."

제갈근은 다시 간청했다.

"우리 주공께서는 장군과 힘을 합쳐 역적 조조를 쳐부수자는 것이지, 그 밖의 다른 뜻은 전혀 없습니다. 그런데도 장군께서는 어째서 그렇게 고집만 피우십니까?"

말이 끝나자마자 옆에서 듣고 있던 관평이 칼을 뽑아 제갈근을 죽이려고 했다. 관우는 그런 관평을 바라보며 말했다.

"칼을 거두어라. 이 사람의 동생 제갈공명은 지금 우리 촉나라를 돕고 있다. 그를 죽이면 형님의 입장이 곤란해지는 것도 모른단 말이냐!"

제갈근은 항복을 받아내기는커녕 겨우 죽지 않고 손권에게로 돌아가 경과를 보고했다.

"관우의 결심은 쇠처럼 단단하여 도저히 설득할 수 없었습니다."

손권은 머리를 끄덕이며 중얼거렸다.

"내 그럴 줄 알았다! 하지만 그는 버리기에는 너무나 아까운 사람이니 이 일을 어찌해야 좋은가?"

그 때 신하 여범이 나서며 입을 열었다.

"제가 점을 쳐서 앞으로의 일을 알아 보겠습니다."

여범이 점을 잘 치는 것은 손권도 알고 있었으므로 굳이 말리지 않았다. 여범은 나뭇가지들이 든 통을 흔들어 점괘를 뽑기 시작했다. 이윽고 나온 점괘는 「강력한 적이 멀리 달아난다」는 것이었다.

점괘를 본 손권이 여몽에게 물었다.

"강력한 적이라면 관우밖에 없는데, 관우가 달아난다면 그를 사로잡아야 하지 않겠소?"

그러자 여몽은 대답했다.

"그렇습니다. 나타난 점괘는 제가 이미 생각해 둔 계책과 어긋나지 않습니다. 제아무리 관우가 하늘을 나는 재주를 가졌다고 해도 이번에는 제가 펴 놓은 그물에서 빠져나가지 못할 것입니다."

여몽은 그렇게 말하며 껄껄 웃었다.

"장군이 생각해 둔 계책이란 도대체 어떤 것이오?"

손권의 물음에 여몽이 대답했다.

"저는 지금 곧 맥성을 공격하되, 북쪽 성문은 그대로 두어 그들이 달아날 길을 열어 줄 생각입니다. 군사들이 얼마 남지 않은 관우는 반드시 큰길을 버리고 맥성 바로 북쪽에 있는 험한 산길로 도망칠 것입니다. 그 때 주연에게 씩씩한 군사 5천 명을 주어 길목을 지키게 하여 그들이 나타나면 일단 통과시킨 다음 그 뒤를 공격할 것입니다."

"아니, 왜 곧바로 공격하지 않고 통과시킨 후에 공격하는가?"

손권이 호기심이 가득한 눈으로 물었다.

"그들의 뒤를 공격하면 관우는 반드시 임저 땅으로 달아날 것입니다. 그 때 번장으로 하여금 군사 500 명을 거느리고 산골짜기 깊숙한 곳에 숨어 있게 하면 반드시 관우를 사로잡을 수 있습니다."

여몽의 말에 손권은 크게 기뻐하며 즉시 주연과 번장을 불러 그대로 하게 했다.

관우가 기다리는 구원병이 온다는 소식은 그 때까지 들려 오지 않았다. 관우가 수하 사람들을 거느리고 성 위에 올라 사방을 두루 바라보았으나, 보이는 것은 모두가 적군들뿐이었다.

관우의 시선은 어느덧 북문(北門)에 이르렀다. 동서남(東西南) 삼방보다 의외로 북문에는 적군의 군사들이 그다지 많지 않았다. 성 위에서 돌아오자 관우가 말했다.

"오늘 밤에 북쪽 길로 빠져나갈 준비를 하라."

드디어 떠날 시각이 되었다. 오랫동안 굳게 닫혀 있기만 했던 맥성의 북문이 소리없이 열렸다. 관우는 관평 등과 함께 끝까지 남아 준 보졸 2백여 명을 거느리고 성문 밖으로 나섰다.

관우는 칼을 뽑아 들고 전진했다. 적군은 모두 잠들었는지 어둠 속에 펼쳐진 천지는 고요하기만 했다. 때문에 아무 일 없이 20여 리를 달렸을 때였다.

갑자기 북 소리가 일어나며, 함성이 일시에 적막을 뒤흔들었다. 그와 함께 한 무리의 군사들이 내달아 오니, 앞을 선 장수는 주연(朱然)이었다.

"운장은 속히 투항하여 죽음을 면하라!"

관우가 대로하여 말을 몰아 나가자, 주연은 급히 말 머리를 돌려 달아났다. 관우가 승세를 놓치지 않고 추살하는데 어디선가 다시 한 차례 북 소리가 울리자, 사방에서 신호를 기다리고 있던 복병들이 한꺼번에 쏟아졌다.

그런 마당에서 제 아무리 적군을 시살한댔자 그것은 이미 소용없는 일이었다. 관우는 싸울 생각을 버리고 말 머리를 돌려 그저 달아나기만 했다.

어느덧 그는 결구까지 이르게 되었는데, 양편이 모두 험준한 산이고, 외가닥 길만이 길게 뻗어 있었다. 더구나 한 길이 넘는 갈대와 덤불이 앞을 가리고, 수목과 갖가지 떨기들이 촘촘히 들어박혀, 그가 가는 길을 막고 있었다.

때는 이미 오경(五更)도 지날 무렵이었다. 길까지 잘 보이지 않았고 돌아설 수도 멈출 수도 없었기 때문에 관우 일행은 그저 허둥지둥 달리기만 했는데, 다시 터져 나온 함성이 산곡을 울렸다.

양쪽에서 번장의 복병이 일시에 쏟아져 나왔는데, 적병들의 손에는 모두 긴 갈고리와 쇠줄과 쇠그물이 들려 있었다. 그것들이 일시에 관우의 말을 향하여 던져졌다.

천운이라고 말해야 할까, 귀신이 사기한 것이라고 말해야 할까, 던져진 갈고리와 쇠줄들은 한꺼번에 관우가 탄 말다리에 독사 떼처럼 감기고 말았다.

　적병들은 사정없이 쇠줄과 쇠그물을 잡아당겼다. 네 다리가 허공으로 화악 당겨지면서 말이 쓰러지는 순간, 관우의 몸도 뒤집히면서 땅 위로 굴러 떨어졌다.

　관평은 죽음을 각오했다. 하긴 힘 있는 데까지 싸우다가 죽는 수밖에 없었다. 관평은 끝까지 싸웠다. 그러나 적군이 일제히 던지는 쇠그물은 관평의 몸도 역시 이중 삼중으로 감으며 쓰러뜨렸다.

　그리하여 관우 부자는 바라던 서천(西川) 땅에 이르지도 못하고 오군에게 사로잡히는 몸이 되고 말았다.

　관우 부자를 사로잡았다는 소식을 듣자, 손권의 얼굴에는 화색이 가득해졌다. 손권의 좌우로 중장들이 시립해 있는 가운데 마충이 관우를 이끌고 들어왔다.

　백발이 성성한 관우의 위풍은 사로잡힌 사람 같지가 않았지만, 천하를 진동시킨 명장의 안색은 피곤과 우울함으로 인해 어두워져 있었다.

　손권이 먼저 말했다.

　"오늘날 장군이 사로잡힌 것은 오로지 하늘의 뜻이요. 그러니 하늘의 뜻에 따라 나와 함께 천하의 일을 도모함이 어떠할꼬?"

　관우는 소리를 가다듬어 손권을 꾸짖었다.

　"내 일찍이 우리 유 황숙과 도원에서 의(義)를 맺을 때, 서로 맹세코 한실을 도웁자 하였거늘, 어찌 너 따위 한실을 배반한 도적에게 항복하겠느냐."

장중은 물을 뿌린 것처럼 고요하고, 관우가 꾸짖는 소리만 크게 들렸다.

"내가 이번에 너희들의 간특한 계책에 잘못 빠졌으니 지난 일을 말한들 무엇하며, 이미 귀가 막혀 버린 너희에게 옳은 길을 타이른들 무엇하겠는가. 내겐 오직 죽음만이 남았을 뿐이다."

관우의 태도는 추상같았고, 그 의기는 천일(天日)도 무색할 지경이었다. 그는 한 번 입을 다물고 나자 다시는 더 말하지 않았다.

"관우는 천하의 영웅 호걸이다. 나는 관우를 반드시 내 부하로 만들고 싶은데 무슨 좋은 수가 없겠는가?"

그 때 한 신하가 대답했다.

"주공께서는 단념하십시오. 모두가 헛수고입니다. 지난날 조조도 관우를 자기 부하로 만들려고 그렇게 애를 썼지만 관우는 끝내 조조를 버리고 유비의 품으로 돌아갔습니다."

손권은 하늘을 우러러보면서 길게 탄식했다.

"그러면 이 일을 어쩌면 좋단 말인가!"

"아깝지만 죽이는 수밖에 없습니다. 관우를 살려 두면 훗날 반드시 우리에게 큰 해를 끼칠 것입니다. 조조의 경우를 보십시오. 조조는 관우를 놓아 주었다가 하마터면 목숨까지 잃을 뻔하지 않았습니까?"

손권은 그래도 마음을 정하지 못하고 머뭇거리다가 다시

한 번 관우를 향해 말을 걸었다.

"장군, 깊이 생각하시오. 목숨은 하나밖에 없는 소중한 것이오."

하지만 관우의 대답은 짧고 분명했다.

"내 결심은 변하지 않는다. 어서 나를 죽여라."

손권은 한참 동안이나 깊은 생각에 잠겼다가 마침내 자리에서 벌떡 일어났다. 그는 눈을 질끈 감고 소리쳤다.

"저들 부자(父子)를 참하라!"

그 날 관우 부자는 세상을 버렸다. 도원 결의(桃園結義) 이래로 천하를 바로잡으려던 장지(壯志)를 펴 보지 못하고, 한중왕과 장비보다 앞서 관우는 이처럼 꽃처럼 지고 말았다. 때는 건안 24년 동시월이었으니, 그의 향년은 쉰 여덟이었다.

관우가 한을 남기고 풍운(風雲)이 가시지 않은 세상을 떠나고 말자, 그 뒤로 남은 것은 오직 애마 적토마(赤兎馬) 뿐이었다. 적토마 역시 마충에게 잡혀 주인을 잃었으나 영특한 짐승이 어찌 옛 주인을 잃고 무심할 것인가.

적토마는 나날이 수척해 가며 슬피 울기만 하기를 며칠 동안 계속하더니, 어느 날 그 울음소리마저 영영 들리지 않게 되었다. 굶어서 죽고 말았다. 세상 떠난 주인을 따라 저 세상으로 가고 만 것이었다.

여기서 몇 가지 의문이 생긴다. 위·오나라의 실상을 손바닥 들여다보듯 꿰뚫고 있는 정보전(情報戰)의 기재 제갈공명이 위와 오가 결모하여 형주를 협공하면, 형주는 물론 관우가 위험해진다는 것을 몰랐을 리가 없다. 그렇다면 공명은 그 일에 대하여 왜 거의 방관적인 태도를 취했을까?

그것은 유비를 능가할 정도로 위엄과 세력이 커져 가는 관우를 정치적으로 견제 또는 제거하기 위해서였다고 추론해 볼 수 있다. 그런데 뜻밖에도 그것이 형주의 함몰과 관우의 죽음으로까지 이어진 것은 공명의 계산 착오가 아니었을까 여겨진다.

만일 그렇지 않다면 대세의 흐름상 형주는 어차피 지킬 수가 없고 또 미리 대비를 하려면 엄청난 부담과 희생만 커질 뿐이기 때문에, 형주와 관우를 불가피하게 위·오 결모의 희생물로 삼은 것이 아닌가 하고 생각된다. 물론 위의 몇 가지 이유가 복합적으로 작용했을 수도 있을 것이다.

지모의 싸움

한편 뒤늦게 관우가 죽었다는 소식을 전해 들은 손권의 모사 장소는 손권 앞으로 달려갔다.

"주공께서 이번에 관공 부자를 참하셨으니, 강동에 화(禍)가 닥칠 것입니다."

장소의 말에 손권이 반문했다.

"그게 무슨 말씀이오?"

"그 사람이 유비·장비와 함께 도원에서 결의할 때 생사를 같이하기로 맹세했습니다. 그 세 사람 중에서 한 사람이 주공에게 죽음을 당했으니, 남은 두 사람이 가만 있을 리가 없습니다. 그들은 반드시 경국지병(傾國之兵)을 일으켜 원수를 갚으려고 할 것이니, 제가 두려워하는 것은 우리 동오가 그들을 당적하기 어려울 것이라는 점입니다."

듣고 나자 손권은 크게 후회했다.

"나의 실수로다. 내가 어찌 오늘날 이렇게 번뇌하게 될 것을 몰랐던고. 그러나 이미 일은 저질러진 바이니, 장차 어찌하면 좋을꼬?"

장소가 대답했다.

"만일 유비가 조조와 손을 잡아 양편 군사들이 연합하여 공격해 온다면 동오는 실로 바람 앞의 등불과 다름없어질 것입니다."

손권은 장소의 말을 들을수록 더욱 불안해졌다.

"그렇게 되면 참으로 큰일이 아니겠소?"

"그러한 위기를 면하려면 먼저 사람을 시켜 관공의 수급을 조조에게 보내 책임을 뒤집어 씌우고, 유비로 하여금 관우 부자의 죽음을 조조의 사주에 의한 것이라고 믿게 만드십시오. 그러면 유비는 반드시 조조와 불구 대천의 원수가 될 것이며, 서촉의 군대는 동오로 오지 않고 즉시 조조의 군대를 칠 것입니다."

그 말을 듣고 나자 손권은 겨우 마음이 진정되었다. 장소는 계속해서 말했다.

"그들이 서로 싸울 때 우리 동오는 가만히 저들의 승부를 지켜보기만 하다가 이익을 얻는 것이 상책일까 합니다."

손권은 그 날로 즉시 좋은 목갑(木匣)에다 관우의 수급을 담고, 사자를 시켜 밤낮을 가리지 않고 조조에게로 가게 하였다.

동오의 사자가 관우의 수급을 가지고 온다는 말을 듣자, 조조는 크게 기뻐하며 말했다.

"운장이 죽었다고 하니, 내가 이제야 비로소 몸을 편히 자리에 붙이고 잘 수 있게 되었구나."

그 때 계하의 한 사람이 조조에게 말했다. 사마의였다.

"그렇게 기뻐만 하실 일이 아닙니다."

"그게 무슨 소리요?"

"이것은 동오가 앞으로 닥쳐올 재앙을 우리에게로 덮어씌우려는 계책입니다."

"어찌하여 그런가?"

조조가 그 까닭을 물었다.

"지난날 유비와 관우·장비 세 사람이 도원(桃園)에서 결의할 때 생사를 같이하자고 맹세한 것은 천하가 다 아는 일입니다. 이번에 동오의 손권이 관우를 죽였으니 유비가 그 복수를 할 것이 두려워서 짐짓 관우의 수급을 대왕께 바치는 것입니다."

조조는 비로소 깨닫고 한참 동안 생각하더니 다시 물었다.

"그러면 이 일을 어떻게 처리해야 좋을까?"

사마의는 자신있게 말했다.

"이 일을 해결하는 것은 지극히 쉬운 일입니다. 대왕께서는 우선 관우의 수급을 받으십시오. 그리고 사람을 시켜 향목(香木)에 관우의 몸을 새기게 하여 관우의 수급에 붙인 다음, 대신지례(大臣之禮)로 크게 장사를 지내 주십시오. 그러면 그 일을 반드시 유비가 알게 될 것이고, 서촉의 원한은 손권에게로 옮겨 가 그들은 오(吳)를 치게 될 것입니다. 그렇게 강동이 노리는 바를 뒤집어, 앉아서 그들의 승부를 지켜보다가 촉(蜀)이 이기면 오를 치고, 오가 이기면 촉을 치십시오. 그러면 둘 중에서 하나가 남을지라도 얼마 지나지 않아 그 하나마저 망하고 말 것입니다."

그 말을 듣자 조조는 몹시 기뻐하였다.

"그대의 말이 진실로 옳도다!"

조조는 관우에 대하여 왕후지례(王侯之禮)로써 제사를 지냈다. 침향목(沈香木)으로 만든 몸에 관우의 수급을 이은 후, 큰 관곽에다 좋은 수의(壽衣)를 입혀서 안치했다.

조조는 친히 절하고 제사를 지내며, 관우에게 형왕(荊王)의 칭호를 내리는 동시에, 그 날부터 묘를 지키는 관리를 두었다.

조조가 그처럼 관우를 극진히 대접한 것은 촉(蜀)이 오

(吳)에 대한 원한을 자기 편으로 돌릴까 두려워한 까닭도 있겠으나, 관우를 존경함이 없었다면 어찌 왕후(王侯)와 다름없는 대우를 했을 것인가.

그리하여 관우는 낙양성에서 십 리가 되는 곳에 위치한 허 땅에서 고이 잠들고 오(吳)나라의 사자도 강동으로 돌아갔다.

방황하는 영혼

유비는 어느 날 갑자기 날씨가 춥지도 않건만 아무런 까닭도 없이 몸이 자꾸만 떨렸다. 앉거나 서거나 전신에 경련이 심하게 일었기에 진정을 할 수 없었다. 그런 일은 전에 일찍이 없던 일이었다.

유비는 자못 불안하였다. 밤이 깊어지도록 잠을 이룰 수 없었기에 그는 내실에 앉아 촛불을 밝히고 책을 보며 잠이 오기를 기다렸는데, 점점 정신이 혼미해지며 피곤이 조수(潮水)처럼 몰려왔다.

유비는 어느덧 자기도 모르는 사이에 책상 위에 엎드려 잠이 들었는데, 문풍지가 떨기 시작하며, 일진 냉풍이 방 안에서 일어났다. 펄렁펄렁 나부끼던 등불은 자지러질 듯 깜박거리더니 갑자기 꺼져 버렸다. 방 안은 캄캄해졌다.

그런데 이게 어찌 된 일인가? 이상하게도 꺼졌던 등불이 저절로 다시 환하게 켜지는 것이었다. 그러기를 두서너 번 연거푸 하더니, 그제야 불은 다시 꺼지지 않았다.

유비가 문득 머리를 드니, 어떤 사람이 바로 눈 앞에 서 있었다. 유비는 목청을 가다듬어 물었다.

"그대는 어떤 사람이기에 이 한밤중에 내 내실에 들어왔는고?"

"……."

그 사람은 아무런 대답도 하지 않았다.

유비는 이상하다는 생각을 금할 수 없어, 자리에서 일어나 앞에 선 사람을 자세히 보았다. 그 사람은 등불의 그림자가 진 곳으로 몸을 피해 왔다갔다 했는데, 가만히 보고 있자니 그는 바로 틀림없는 관우가 아닌가!

유비는 너무나 뜻밖의 일이어서 깜짝 놀랐고, 오랫동안 못 보던 아우였기에 크게 기뻐서 물었다.

"나의 현제(賢弟)여! 그간 아무런 일이 없었는가? 이렇게 야심(夜深)한데 나를 찾아왔으니, 반드시 무슨 일이 있었구나. 내가 그대와 함께 서로 잊지 못하는 정이 골육과 같은데, 어찌하여 몸을 피하는가?"

관우는 걸음을 멈추고 그 말을 들었는데 유비 쪽을 향해 선 관우의 두 눈에서는 눈물이 하염없이 뺨 위로 흘러내리고 있었다.

"부디 형장께서는 군대를 일으키시어 이 아우의 원한을

씻어 주소서."

그 말이 끝나자 갑자기 일진 냉풍이 일어났다. 유비가 무슨 말인가 더 물으려고 하는데, 벌써 관우의 모습은 아무데에서도 보이지 않았다.

유비는 깜짝 놀라 잠을 깨었다. 꿈이었다. 때는 바로 삼경(三更)이었기에 시각을 알리는 북 소리가 세 번 울려 왔다. 유비는 마음을 진정시킬 수 없어 전전(前殿)으로 나가,

"속히 승상을 들어오시라고 하라."

하고 분부를 내렸다. 얼마 지나지 않아 공명이 들어왔다. 유비는 공명에게 방금 깨고 난 꿈에 대해서 자세히 말하고 물었다.

"이게 무슨 징조요? 혹시 형주에 무슨 일이나 생기지 않았는지? 운장은 별고 없겠지요?"

유비의 물음은 초조하고 급했다.

"그것은 주상께서 항상 관 공을 염려하시고 그리워하시며 아끼시는 까닭에 그런 꿈을 꾸신 것이니, 지나치게 걱정하실 것이 있겠습니까. 평소 생각하시는 마음이 지극하면 꿈에도 보이는 수가 있습니다."

그렇게 공명은 좋은 말로 대답했다. 그 때 근시가 와서 아뢰었다.

"마량과 이적이 왔습니다."

두 사람이 황급히 들어오자 유비가 죽시 물었다.

"형주에는 별고 없는가?"

"형주는 이미 동오의 손에 함몰되었고, 관공도 패해 위기가 경각도 지체할 수 없는 상황이라, 구원병을 청하러 왔습니다."

긴급한 소식을 두 사람이 소상히 아뢰고는, 관우의 표장(表章)을 바쳤다. 그런데 유비는 형주가 적군의 손에 넘어갔다는 말은 들리지도 않았다. 관우가 위기에 놓여 있다는 소식에 일단 안심하며 한편으로 초조해했다.

유비가 표장을 미처 다 읽기도 전이었다. 다시 시신이 나타나서 말했다.

"형주의 요화가 왔습니다."

요화는 들어오자마자 땅바닥에 쓰러져 절하고는 소리를 높여 울면서

"관공이 맥성에서 위기에 처했는데, 유봉과 맹달이 배신하고 구원병을 보내지 않으니, 이 일을 어찌합니까."
하고 자세히 아뢰었다. 유비는 다시 한 번 놀랐다.

"아, 만일 그렇다면 운장도 이미 변고를 당했겠구나!"

들고 있던 표장이 그의 손에서 떨어졌다. 유비의 두 눈에서는 어느 새 눈물이 비오듯 흘러내리고 있었다.

"이 세상에 운장이 없다면 나는 결단코 홀로 살지 않으리라. 내가 몸소 군대를 이끌고 가서 운장을 구할 것이다."

그 날 밤 성도(成都)는 관우를 구원하려는 군사들의 진발 준비로 성의 안팎이 발칵 뒤집혔다. 유비는 일각이 초조했다.

이윽고 날이 훤하게 새기 시작했다. 진발 준비에 바쁜 유비 앞에 시신이 나타나서 말했다.

"보마(報馬)가 왔습니다."

"속히 들어오게 하라!"

금방 말에서 내린 보마군은 먼 길을 급히 왔기 때문인지 전신이 땀투성이고 얼굴은 몹시 초췌했다. 드디어 최후의 보고가 온 것이었다. 땅에 엎드린 보마군은 감히 머리를 들지 못하고 떨리는 소리로 말했다.

"관공께서 밤에 맥성을 나와 임저로 달려가시다가 오군에게 사로잡혀 의리와 절개를 굽히지 않으시고 부자(父子)분이 함께 이 세상을 떠나셨습니다."

그 말이 끝났을 때였다. 오장이 일시에 터지는 듯한 유비의 외마디 소리가 대들보를 울렸다. 유비는 그만 정신을 잃고 자리 위에서 땅바닥으로 굴러 떨어지며 혼절하고 말았다.

모든 문사와 무장들이 급히 의원을 불렀다. 얼마 후에야 유비는 겨우 눈을 떴으며 신하들의 부축을 받아 내전으로 들어갔다.

이 세상에 죽은 사람에 대하여 애끓는 슬픔을 느끼지 않을 사람은 없겠지만 애통해하는 유비의 모습은 곁의 사람이 차마 볼 수 없을 정도였으며, 그의 통곡은 밤낮을 가리지 않고 그치지 않았다. 처음에는 눈물이 옷깃을 적시더니 나중에는 눈물과 함께 피가 옷깃에 아롱졌다. 중관들도 눈물을 금할 수 없었다.

성도는 관우의 별세로 말미암아 커다란 슬픔 속에 잠겼다. 공명의 근심은 이만저만이 아니었다. 공명이 중관들과 함께

"슬픔이란 슬퍼할수록 끝이 없는 것이오니 부디 진정하소서. 세상은 나날이 어지러워지고 하셔야 할 큰 일은 많은데, 그렇게 애통해하기만 하시면 앞으로 어쩌시겠습니까."
하고 재삼 간하자 그제야 유비는 대답했다.

"맹세하건데 나는 동오와 함께 일월을 같이할 수 없도다. 동오를 없애 운장의 원수를 갚든지, 아니면 나도 운장처럼 동오의 손에 죽을 뿐이로다."

유비의 결심은 오로지 관우의 원수를 갚겠다는 일념뿐이었다. 공명이 다시 말했다.

"이번에 동오에서 관공의 수급을 조조에게 바쳤다고 하는데, 조조는 관공에 대하여 왕후(王侯)의 예로써 장사 지냈다고 합니다."

"그게 무슨 뜻이오?"

"그들이 이번에 한 짓은 동오가 앞으로 닥쳐올 재앙을 조조에게 씌우려는 것이며, 조조는 동오의 내심을 알아채고 짐짓 후한 예의로 관공을 장사 지내어 주상의 원한을 오(吳)에게 돌려보낸 것입니다."

"내가 즉시 군대를 이끌고 가서 동오를 무찔러 이 깊은 원한을 풀어야겠소."

그러나 공명의 대답은 유비가 생각할 때 너무나 의외였다.

"안 됩니다. 지금 오(吳)는 우리로 하여금 위(魏)를 치게 하고자 하고, 위도 또한 우리들로 하여금 오를 치게 하고자 하는 간특한 계책을 품고 있습니다. 이 틈을 타서 오히려 우리를 노리고 있는 것이니, 주상께서는 군대를 움직이지 마시고 발상(發喪)하시며, 오와 위가 서로 불화할 때를 기다리셨다가 그 틈을 타서 공격해야만 대사를 성취시킬 수 있을 것입니다."

손권과 조조의 내심을 손바닥 들여다보듯이 알고 있는 공명의 말은 사세에 부합되었으며 조금도 이치에 어긋남이 없었다. 그러나 유비는 좀처럼 듣지 않았다.

"그 때를 언제까지 기다리란 말이오! 그 때까지 내 원통한 심중을 어떻게 달래란 말이오!"

좌우 중관들이 일제히 말하며 적극적으로 권했다.

"군사(軍師)의 말씀이 지당한 줄로 아옵니다."

"그들의 간교한 계책을 경계해야 합니다."

며칠이 지난 후에야 유비는 겨우 수라를 들며 전지(傳旨)를 내렸다.

"동서 양천의 대소 장사(將士)들은 누구를 막론하고 상옷을 입고 괘효하여 관공의 죽음을 조상(弔喪)하도록 하라."

초혼날이 되자 유비는 친히 남문 밖으로 나갔다. 문무백관이 추연히 전후로 따랐다. 유비는 몸소 제(祭)를 지내며, 관공을 초혼했는데 눈물이 끊임없이 앞을 가렸다. 제가 끝나자 유비는 제상(祭床) 앞에 엎드려 종일토록 통곡하였다.

어느덧 해가 서편으로 기울고 천지가 저녁 놀에 물들었지만, 중관들이 지곡(止哭)하기를 아뢰어도 유비의 울음은 멈추어지지 않았다.

조조의 죽음

그 무렵 조조는 낙양의 행궁에 머물고 있었다. 그런데 밤이면 밤마다 꿈 속에 나타난 관우가 괴롭히는 바람에 거의 신경 쇠약에 걸릴 지경이 되었다. 시달리다 못한 조조가 헬쑥해진 얼굴로 물었다.

"관우를 정성껏 장사 지내 주었는데 어째서 나를 이토록 괴롭히는지 모르겠구나?"

그 때 한 관리가 대답했다.

"이 곳 낙양의 궁궐은 너무 오래 되었기에 온갖 못된 귀신들이 들끓고 있습니다. 새로 궁궐을 지어서 그 곳에 머무십시오."

조조가 되물었다.

"새로 궁궐을 지으면 온갖 귀신들이 물러날까?"

"물론입니다. 이 곳 낙양성에서 30리쯤 가면 약룡사라는 사당이 있습니다. 그 사당 곁에 높이가 10여 길이나 되는 커다란 배나무가 한 그루 있는데, 그 대나무로 새 궁궐의 대들보를 삼으면 귀신들이 물러날 것입니다."

조조는 즉시 승낙하고 목수들을 보내어 배나무를 베어 오게 했다. 그런데 약룡사로 떠났던 목수들이 빈손으로 돌아와 보고했다.

"그 배나무는 톱으로 썰어도 썰리지 않고, 도끼로 찍어도 도끼날이 들어가지 않아 도저히 가지고 올 수 없었습니다."

조조는 믿을 수가 없었기에 자신이 직접 그 곳으로 가 보았다.

소문대로 약룡사의 배나무는 크고 우람했다. 조금도 굽은 데 없이 곧게 뻗은 줄기는 사람 키의 열 배는 넘어 보였으며, 커다란 양산처럼 풍성하게 드리워진 가지의 잎들은 오가는 사람들에게 커다란 그늘을 만들어 주고 있었다.

한참 동안 그 나무를 살펴보던 조조는 이윽고 큰 소리로 말했다.

"이놈들! 너희들이 나무를 자르려 했다면 어찌 자국이 조금도 남아 있지 않겠느냐? 톱질을 해 보지도 않고 거짓말을 한 것이 분명하다. 비켜라, 내가 직접 나무를 잘라 보이겠다."

조조가 허리에 찬 칼을 뽑아 높이 쳐들었을 때였다. 그

지방에서 오래 산 나이 든 노인들이 소식을 듣고 달려와 호소했다.

"대왕 폐하, 이 배나무는 신령스러운 나무로서 저희들은 이 나무에 신이 살고 있다고 믿고 있습니다. 부디 베지 말아 주십시오."

조조는 코웃음을 쳤다.

"웃기지 마라, 한낱 나무 따위에 무슨 신이 살고 있다는 거냐! 나는 지난 40년 동안 온갖 전쟁터를 누빈 두려운 것이 없는 사람이다. 내가 직접 나무를 잘라 너희들의 믿음이 잘못되었음을 보여 주겠다."

말을 마친 조조는 빼들었던 칼로 나무를 힘껏 내리쳤다. 그 때였다.

"으악!"

조조는 비명을 지르며 나자빠지고 말았다. 놀랍게도 나무 밑동에서 한 줄기 시뻘건 피가 솟아나와 그의 옷자락을 흥건히 적셨기 때문이었다.

처참하게 일그러진 얼굴이 된 조조는 칼을 내던지고 도망치듯이 낙양의 궁궐로 돌아갔다. 그런데 그 날 밤이었다. 잠이 오지 않아 한참이나 뒤척거리던 조조가 뒤늦게 얼핏 잠에 빠졌을 때, 한 노인이 나타났다.

머리를 풀어 헤치고 검은 옷을 입었으며 손에는 칼을 짚고 있었는데 조조를 손가락질하며 비웃었다.

"나는 약룡사 배나무의 신이다. 네놈이 내 몸에 칼을 댔으니, 나 또한 네놈을 죽여 버리고 말겠다."

검은 옷의 노인이 칼을 내리치려 하자 조조는 기겁을 하며 부하들을 불렀다.

"장수들은 얼른 와서 나를 구하라! 으아악……!"

조조는 식은땀을 한 바가지나 흘리며 잠에서 깨어났다. 참으로 불길한 꿈이었다. 그리고 그 때부터 웬일인지 머리가 깨어지는 것처럼 아프기 시작했다.

골머리가 쑤시는 증상을 보이는 조조의 병은 시간이 지나도 낫지를 않았다. 의원이란 의원은 모두 데려와 치료를 했지만 효과가 없자 신하 화흠이 말했다.

"대왕께서는 신의(神醫)라고 불리는 화타를 모르십니까?"

"글쎄, 이름은 많이 들었으나 그의 의술(醫術)에 대해서는 자세히 모르오."

"화타의 의술은 놀라운 바가 있기에 세상 사람들이 모두 편작(扁鵲) 창공(倉公)과 같다고 말한답니다. 지금 화타가 금성(金城)에 있고 또한 여기에서 거리가 멀지 않으니 한 번 불러 보도록 하소서."

조조는 즉시 사람을 금성으로 보냈다. 금성으로 간 사람의 재촉이 하도 심했기에 화타는 그 날 궁내로 들어왔다.

화타는 병석에 누워 있는 조조를 진맥하고 병세를 살펴본 후 말했다.

"대왕께서 골머리가 쑤시고 아픈 것은 환풍(患風)으로 인해 생긴 증상입니다. 병의 뿌리가 뇌수에 박혔으니, 풍연

(風涎)을 걷어 내는 것은 쉬운 일이 아닙니다. 탕약만 쓴다면 도저히 고칠 수 없습니다."

"그러면 영영 고칠 수 없다는 말인가?"

조조가 물었다. 좌우의 제관들도 걱정스러워하며 화타의 입만 쳐다보았다.

"대왕의 병을 고칠 수 있는 방법은 단 한 가지밖에 없습니다."

"그것이 무엇이오?"

"대왕께서 그 방법을 사용하라고 허락하실지 자못 의문입니다."

"속히 말하오."

"먼저 마폐탕(痲肺湯)을 써야 합니다. 그리하여 대왕께서 모든 의식을 잃고 가사(假死) 상태에 드시게 되면, 날카로운 도끼로 두골(頭骨)을 쪼개어 뇌수를 집어 낸 후, 풍연을 씻어 버려야 비로소 병의 뿌리를 뽑을 수 있습니다."

화타의 말은 듣기만 해도 소름이 끼칠 정도의 무서운 것이었다. 그러나 화타가 태연한 얼굴로 그런 소리를 하자 조조는 대로하였다.

"네가 나를 죽이려 하는구나!"

화타는 조금도 두려워하지 않고 대답했다.

"대왕께서는 들으셨을 줄 압니다만, 지난 날 관 공이 독전(毒箭)에 맞아 오른편 팔을 상해 고생할 때 제가 뼈를 긁어 독을 뽑았건만, 관 공은 조금도 두려워하는 빛이 없었고, 유유히 바둑을 두며 담소하셨습니다. 그런데 대왕께서는 이런 조그만 병 때문에 이처럼 두려워하며 많은 의심을 가지시니, 어찌 병을 고칠 수 있겠습니까."

"팔이 쑤시고 아프면 뼈를 깎아 낼 수도 있지만, 두골을 쪼개고 뇌수를 집어 낸다니 그게 말이나 되는 소리냐! 네가 나를 어떻게 알고 하는 수작인가. 네가 지금 관우의 일을 말하는 것을 보니 나를 꼬임수로 속여 관우의 원수를 갚으려는 계책이로구나!"

"대왕께서는 병을 고치실 생각이 없으시면 그만이시니 오해는 하시지 마십시오."

조조는 더욱 대로하여 소리쳤다.

"저놈을 당장 옥에다 가두고, 추호도 사정을 두지 말고 고문하여 이실직고케 하라!"

그러자 좌우의 사람들이 화타를 끌고 나갔다.

그런데 감옥에 갇힌 화타를 감시하는 사람 중에 오씨 성을 가진 한 병사가 있었다. 그는 평소에 화타를 깊이 존경하고 있었기 때문에 날마다 술과 음식을 화타에게 갖다 바치며 정성껏 보살폈다.

그 정성에 감동한 화타가 어느 날 감옥 밖의 병사를 부르더니 말했다.

"나는 아무래도 이 곳에서 죽을 것 같소. 내가 죽는 것은 두렵지 않으나, 그 동안 내가 써 온 「청량서」라는 의서를 세상에 널리 전하지 못하는 것이 한스럽소. 내가 편지를 써 줄 테니 그대는 우리 집으로 가서 그 의서를 받아 오시오. 나는 그대에게 그 책을 전하고, 나의 의술을 이어받도록 하고 싶소."

병사는 감격하며 대답했다.

"제가 선생님의 의술만 이어받는다면 그 즉시 이 일을 버리고 천하의 병든 사람들을 치료하겠습니다."

병사는 그 길로 곧장 화타의 집으로 가서 그의 아내로부터 의서를 받아와 화타에게 바쳤다.

"이 책을 잘 간수하도록 하게. 내 틈나는 대로 의술을 가르쳐 주겠네."

병사는 화타의 말에 따라 자기 집에다가 그 의서를 보관해 두었는데, 참으로 안타깝게도 그 동안 계속된 모진 고문을 견디다 못한 화타가 마침내 세상을 떠났다.

병사는 아무도 돌보지 않는 화타의 시체를 정성껏 장사 지내 준 다음 의서를 공부하기 위해 하던 일도 버리고 집으로 돌아갔다.

그런데 이게 웬일인가! 막 집으로 들어서는 병사의 눈에 그의 아내가 「청량서」를 불쏘시개로 쓰는 모습이 보였다.

"멈, 멈추시오!"

병사는 황급히 뛰어가서 아궁이 속에서 타고 있는 책을 끄집어냈지만 책은 이미 거의 다 타 버리고 달랑 두 장만이 남아 있었다.

"이런 낭패를 보았나! 도대체 이 책이 얼마나 귀중한 책인데 불쏘시개로 쓴단 말인가!"

병사는 아내를 나무랐다. 그러자 아내가 말했다.

"나는 유명한 의원의 과부가 되기보다는 평범한 남자의 아내가 되고 싶습니다. 당신이 훌륭한 의술을 배운다 해도, 화타 선생님처럼 감옥에서 죽는다면 그게 무슨 소용이 있겠습니까? 나는 차라리 당신이 의술을 배우지 않고 저와 함께 오래도록 평범하게 살기를 바랍니다."

눈물을 흘리며 대답하는 아내의 말에 병사는 말없이 아내를 안아 주었다.

그리하여 화타가 지은 천하 제일의 의서 「청랑서」는 불타 버리고, 오늘날까지 전해지는 것은 타다 남은 두 장에 적힌 내용, 즉 돼지와 닭을 고아서 감기를 치료하는 방법뿐이다.

조조의 병은 더욱 깊어만 갔다. 그러던 어느 날, 조조는 꿈에 말 세 마리가 하나의 여물통에 머리를 처박고 말죽을 먹는 꿈을 꾸었다.

"이 꿈은 과연 무슨 징조일까?"

조조가 묻자 모사가 대답했다.

"말 세 마리가 한 여물통에 모였으니 그것은 복이 저절로 굴러 들어올 징조입니다. 대왕께는 앞으로 좋은 일이 생길 것입니다."

그는 짐짓 듣기 좋은 말을 하며 살랑거렸지만, 사실 조조의 그 꿈은 장차 위나라가 마(馬)씨 성을 가진 세 사람에 의해 망할 것임을 예언한 것이었다. 그리고 그 마씨 성을 가진 세 사람이란 바로 사마의·사마사·사마소를 가리켰음은 훨씬 훗날에 가서야 밝혀지게 된다.

아무튼 장차 나라가 망할 꿈을 꾼 조조는 그 날 밤에 다시 환각에 시달리기 시작했다.

제법 늦은 밤이었다. 오랜 병에 시달릴 대로 시달린 조조가 초췌해진 얼굴로 책상 앞에 엎드려 있을 때, 갑자기 비단을 찢는 듯한 날카로운 비명 소리가 들렸다. 조조가 놀라서 바라보니 한 무리의 귀신이 온몸이 피투성이인 채로 구름을 타고 몰려와 조조를 윽박지르는 것이었다.

"내 목숨을 돌려다오…… 내 목숨을 돌려다오……."

귀신들 속에는 지난날 조조가 죽인 복 황후와 동비, 그리고 복완과 동승의 모습도 어른거렸다. 조조는 칼을 뽑아 미친 듯이 휘두르며 소리쳤다.

"무, 물러가지 못하겠느냐? 이것들이 진정 나를 죽이려고 몰려들었구나!"

한참 동안 정신없이 칼을 휘두르던 조조는 결국 제 풀에 지쳐 쓰러지고 말았다. 뒤늦게 달려온 시종들이 조조를 일으켜 침상 위에 눕혔다.

하지만 조조의 환각은 다음 날도, 그 다음 날도 계속되었다. 그의 손에 억울하게 죽은 수많은 사람들의 귀신이 입에서 피를 흘리며 몰려와 통곡했다.

"흑흑…… 어째서 죄도 없는 우리를 죽인 것이오?"

"애꿎은 우리를 죽였으니 네 목숨도 우리가 가져가야겠다……."

조조는 온몸을 떨며 급히 신하들을 불러들여 물었다.

"나는 지난날 수많은 전쟁터를 누볐으나 한 번도 이런 일이 없었는데, 요즘에는 자꾸만 헛것이 보이니 어찌 된 까닭일까?"

신하들이 대답했다.

"대왕의 병은 마음에서 온 것이니 제단을 짓고 제를 올리소서."

그러나 조조는 머리를 흔들었다.

"내가 그 동안에 너무 많은 사람들을 죽였도다. 옛 성인이 말씀하시기를, 하늘에 죄를 지으면 기도할 바가 없노라고 하셨다. 이미 나의 천명(天命)이 끝났으니 어찌 구원되기를 바라겠느냐."

라고 말하며, 도사를 불러다 기도하기를 허락하지 않았다. 여기서 조조의 깊은 죄의식과 함께 미신을 믿지 않는 그의 마음을 알 수 있다.

다음 날, 상기(上氣)가 치밀어 조조의 몸은 불덩어리처럼 뜨거워졌다. 열이 너무 심하여 눈 앞의 것이 보이지 않았다. 조조는 드디어 조홍·진군·가후·사마의들을 불러들여 침상 앞에 앉게 하고는 유언을 했다.

"후사를 부탁하노라."

조홍들은 차마 그 유언을 들을 수 없었기에 머리를 조아리며 아뢰었다.

"대왕께서는 실심하지 마시고 옥체를 보중하소서. 며칠 안에 병세가 쾌차할 것입니다."

조조는 손을 저어 조홍들의 말을 막으며,

"내가 천하를 종횡하기 30여 년에 군웅들이 모두 망하고, 이제 다만 강동의 손권과 서촉의 유비가 남았을 뿐이도다. 내가 그들을 깨뜨리지 못하고 병들어 위급하니 가탄가탄이며, 내가 다시 경(卿)들과 함께 천하를 도모하지 못하겠기로 특히 가사(家事)로서 부탁하노라. 장자 비(丕)를 잘 보좌하여 내가 이루지 못한 남은 일을 성취케 하라. 이것이 나의 마지막 부탁이노라."

라고 말하고는 다시 중관들에게 말했다.

"창덕부 강무성(講武城) 밖에 나의 능(陵)을 모시고, 그 주변에다 의총(疑塚) 72기(基)를 만들어 후인이 나의 묻힌 곳이 어딘지 모르게 하라. 혹시 파지나 않을까 두려워서 하는 말이로다."

모든 부촉을 끝마치고 나자 조조는,

"슬프도다! 앞으로 할 일이 태산 같은데, 내 수명이 끝나는구나…."

하고 길게 탄식하고는 긴 한숨을 몰아쉬며 눈물을 비오듯이 흘렸다. 얼마 후 조조는 숨이 끊어지고 자는 듯이 세상을 떠나니, 그 수(壽)가 60세이며, 때는 건안 25년 정월이었으며 그 때는 관우가 죽은 지 불과 한 달 후였다.

조조가 죽고 조비가 대(代)를 잇자, 연호를 바꾸어 건안 25년을 연강(延康) 원년으로 고쳤다. 후세 사람들이 그의 죽음을 탄식하며 「업중가」라는 시를 지었으니 그 내용은 다음과 같다.

업군 업성에 묻은 장수
이 땅에 맞춰 이인이 일어났네
큰 꾀 멋있는 일 모두 글하는 마음에서 나왔고
임금과 신하, 형과 아우, 아비와 자식 같이 지냈다.
영웅은 속된 가슴으로 헤아릴 수 없고
그들과 남 또한 여느 눈에는 보이지 않는 법
공 으뜸 죄 으뜸 두 사람 아니고
더러운 이름 향기로운 이름 모두 한몸에 붙었네
빼어난 글 드높은 패기
어찌 여느 무리와 함께 될 수 있으리
창을 뉘어 놓고 대를 쌓아 태행산과 겨루었으되
힘과 운세 따라 머리 숙이고 쳐들 줄도 알았다.
이런 사람이 어찌 역적인들 못할까.
작으면 패자고 크면 왕 아닌가
패자며 왕 노릇 아녀자를 울리는 법
불평해 본들 모두가 부질없는 짓이네
도사 불러 목숨 비는 일 이롭지 못함 잘 알았고

아낙들 불러 향 나눠 주니 정 없는 사람도 아니네
오호라
옛 사람 하는 일 크고 작음 가림이 없구나
적박하든 호화롭든 다 뜻이 있어 한 일
서생들아, 가볍게 무덤 속 사람을 논하지 말라
무덤 속 사람이 되려 그대들 되잖은 서생들을 비웃으리
라.

비정한 권력의 생리

조조가 죽자 맏아들 조비는 서둘러 낙양으로 달려가 왕
위에 오른 다음 아버지의 장례식을 치를 준비를 했다. 조비
가 그처럼 서두른 까닭은 혹시라도 다른 동생들이 왕위를
빼앗지나 않을까 두려워했기 때문이었다.

그 무렵 조조의 다른 아들들은 제각각 지방에서 벼슬을
하고 있었다. 그런데 왕위에 오른 조비가 여러 신하들의 축
하를 받고 있을 때 놀라운 보고가 들어왔다.

"언릉 땅에 있던 둘째 동생 조창께서 10만 군사를 거느
리고 몰려오고 있습니다."

조비는 깜짝 놀라 신하들에게 물었다.

"조창이 평소에 거칠고 싸움에도 익숙했는데 결국 왕위

를 빼앗으려고 쳐들어오고 있다. 이 일을 어떡하면 좋으냐?"

그 때 성큼 앞으로 나서며 대답하는 사람이 있었다.

"걱정하실 것 없습니다. 제가 가서 잘 타이르고 오겠습니다."

가규라는 신하였다. 그 말에 다른 모든 신하들도 맞장구를 쳤다.

"맞습니다. 이 일을 맡을 사람은 가규가 가장 적당합니다."

조비는 고개를 끄덕였고, 가규는 성 밖으로 나가서 조창을 맞이했다.

가규를 본 조창이 먼저 물었다.

"아버지의 옥새는 누가 가지고 있소?"

가규는 표정을 엄숙히 하며 대답했다.

"집안에는 맏아들이 있고, 나라에는 왕세자가 있는 법입니다. 옥새는 당연히 왕세자인 조비께서 가지고 계시지요. 그건 그렇고, 이번에 온 까닭은 아버지의 조문을 위해서입니까, 아니면 왕위를 다투기 위해서입니까?"

조창은 옥새가 이미 형에게 넘어간 것을 알고 분하지만 왕위에 오르는 것은 포기하기로 마음먹었다.

"나는 아버지의 조문을 위해서 왔지 다른 엉뚱한 생각은 전혀 없소."

그러자 가규가 따지고 들었다.

"다른 엉뚱한 생각이 없다면 군사들은 왜 거느리고 오셨습니까?"

마땅한 대답을 찾지 못한 조창은 얼떨결에 이렇게 대답하고 말았다.

"군대는 형님에게 바치려고 데리고 온 것이오."

"그렇습니까? 그렇다면 형님께서 크게 기뻐하실 것입니다."

말 한 마디 잘못하는 바람에 자신의 군대를 송두리째 바치기로 약속한 조창은 이윽고 형 조비를 만나 허리를 굽혔다.

"형님, 왕위에 오른 것을 축하드립니다."

조비가 기뻐한 것은 두말 할 것도 없다.

"동생은 앞으로도 언릉 땅을 잘 지켜 주기 바라네."

결국 조창은 아버지의 조문을 마치는 즉시 언릉 땅으로 돌아가 조용히 지내는 수밖에 없었다.

둘째 동생의 도전을 손쉽게 물리친 조비는 자신이 왕위에 오르는 데 공을 세운 여러 신하들에게 높은 벼슬을 내렸다.

이 때 조비로부터 벼슬을 받은 사람으로는 가후와 화흠 등이 있었다.

하지만 모두가 높은 벼슬을 받은 것은 아니었다. 평소에 마음에 들지 않았던 사람은 오히려 벼슬이 낮아지거나 아예 쫓겨나기도 일쑤였는데, 장수 우금이 그 대표적인 경우였다.

조비는 우금이 관우와의 싸움에 져서 사로잡힌 후에도 방덕처럼 죽음으로써 절개를 지키지 않은 것이 늘 못마땅했다. 때문에 조조의 장례식이 끝나자마자 그는 우금을 불러 말했다.

"업군 땅에 아버지의 커다란 무덤을 만들 것이니, 그대가 공사의 감독을 맡으라."

명령을 받은 우금은 그저 중요한 일을 맡았다며 기쁜 마음으로 업군 땅으로 내려갔다. 그런데 업군 땅에 도착하는 즉시 우금의 표정은 처참하게 일그러지고 말았다. 조조의 무덤을 장식하는 그림들 중에 지난날 그가 관우에게 사로잡혀 항복하는 모습이 커다랗게 그려져 있는 게 아닌가!

"이럴 수가! 방덕은 당당하게 그리고 나는 불쌍하기 짝이 없는 모습으로 그린 것을 보면 왕은 이제 마음 속으로 나를 버린 것이 틀림없다."

우금은 부끄러움을 견디지 못하다가 결국 병을 얻어 죽고 말았다.

조조의 아들 조비. 그 역시 아버지를 닮아서인지 잔꾀가 보통이 아니었다.

아버지의 장례식을 마친 조비는 얼마 후 낙양 행궁에서 업군 땅 궁궐로 되돌아왔다. 그 때 새로 높은 벼슬을 얻은 신하 화흠이 조비에게 아뢰었다.

"언릉후 조창은 분상(奔喪)한 후에 군마를 교할하고 본국으로 갔으나 임치후 조식과 소회후 조웅은 끝내 분상도 하러 오지 않으니, 세상에 이런 일이 또 있겠습니까. 그것은 천륜을 모르는 해괴한 일이며 반드시 딴 뜻이 있는 듯하오니, 대왕께서는 즉시 사람을 보내어 문죄(問罪)하소서. 이대로 두시면 후환이 될까 두렵습니다."

조비는 그 말의 뜻을 생각하고, 즉시 각각 사자를 두 곳으로 보내며,

"가서 엄중히 문죄하고, 그 까닭을 알아 오라."
하고 분부했다. 하루가 지나지 않아서 소회후에게 갔던 사자가 돌아와 보고했다.

"소회후는 대왕으로부터 처벌받을 것을 두려워하여 후당에서 목을 매고 세상을 떠났습니다."

조비가 화흠의 안색을 보니 미소가 스쳐 갔다. 조비도 그 뜻을 짐작하고 다시 안도의 숨을 내쉬며,

"시신을 정성껏 후장(厚葬)하도록 분부를 전하라. 그리고 소회왕으로 추증하겠으니, 이 전지(傳旨)를 공포하라."

하고 은근히 말하였다.

다시 하루가 지나서였다. 이번에는 임치후 조식에게로 갔던 사자가 돌아와 보고했다.

"임치후께선 술에 만취하여 인사 불성이셨습니다."

그들 동생들이 죽음이 두려워 아버지를 분상하지 못한 것을 조비는 모르지 않았다. 그러나 조비는 대로하여 어쩔 줄 몰라 하다가 이윽고 영을 내려, 허저로 하여금 호위군

3천을 이끌고 임차로 가서 조식을 붙잡아 오게 하였다.

아버지를 여읜 슬픔을 느낄 사이도 없이 조식은 형이며 왕인 조비 앞에 끌려 오자 배복하고 청죄했다.

"저의 잘못을 용서해 주소서."

조비는 조식을 굽어보며 말했다.

"나는 너와 함께 정(情)으로 말하면 비록 형제지간이지만, 의(義)로 논하면 군신(君臣)의 분별이 있다. 그런데 네가 어찌하여 조그만 재주만 믿고 예법을 우습게 여기는가? 지난날 선군(先君)께서 생존하셨을 때 네가 항상 문장으로 사람들에게 자랑했으나 나는 그것을 믿을 수 없구나. 지금부터 너는 일곱 걸음을 걸으며 그 동안에 시(詩)를 한 수 지으라. 만일 지을 수 있다면 죽음을 면할 것이지만, 짓지 못하면 중죄를 내릴 것이니 그리 알라."

"바라옵건대 글 제목을 주소서."

그 때 전상(殿上)에 한 폭의 수묵화(水墨畵)가 걸려 있었는데, 두 마리 소가 토담 밑에서 싸우다가 한 마리가 우물에 빠져 죽는 장면을 그린 것이었다.

조비는 그 그림을 손가락으로 가리키며 말했다.

"곧 저 그림으로 제목을 삼고 글을 짓되, 두 마리 소가 담 아래서 싸운다든지 한 마리가 우물에 빠져 죽었다든지 하는 문구와 글자를 써서는 안 되느니라."

조식은 흘끗 그림을 한 번 보고 자리에서 일어서며, 앞으로 한 발 떼면서부터 첫 구절을 읊기 시작했다.

두 고깃덩어리가 길을 가는데 머리 위에는 뿔이 달렸다.

뽀족산 밑에서 서로 만났으니 갑자기 달려들어 부딪치도다.

두 고깃덩어리가 모두 강할 수야 있나

한쪽은 이기지 못하고 마침내 쓰러지네.

이기지 못하는 쪽은 힘이 없어서가 아니라

넘치는 재주를 감당하지 못해서라네.

조식이 한 편의 시를 완성한 것은 딱 일곱 발걸음을 떼었을 때였다. 그는 놀랍게도 그 짧은 순간에 조비의 주문대로 「소」라는 말도 「싸운다」는 말도 쓰지 않고 형과 자신의 관계를 은근히 빗댄 훌륭한 시를 만들어 낸 것이었다.

신하들은 물론이고 조비도 그처럼 놀라운 재주를 보자 감탄하지 않을 수 없었다. 그 때 조식이 지은 시를 후세 사람들은 일곱 걸음을 떼는 동안 지었다고 해서 「칠보시」라고 부르며 칭찬을 아끼지 않았다.

하지만 조비는 다시 트집을 잡기 시작했다. 어떻게 해서든지 죽이고만 싶지 살려 주기는 싫었던 것이다. 그를 끼고 돌 세력이 두려웠기 때문이다.

"네가 일곱 걸음 걷는 동안 글을 짓기는 했으나 내 생각엔 그다지 족하다 할 수는 없구나. 자고로 낙운 성시(落韻成詩)란 말이 있으니, 옛 천하 문장들은 운(韻)만 떨어지면 즉시 시를 지었음을 너도 잘 알 것이다. 그러니 너도 내 말에 응하여 즉시 한 수의 시를 지을 수 있겠느냐?"

조식이 형이 꼭 자기를 죽이려고 하는 것을 모를 리가 없었다. 그는 목멘 소리로 대답했다.

"바라옵나니 글 제목을 주소서."

조비는 한참 동안 무엇인가 생각하더니,

"나와 너는 형제간이니 「형제」로서 제목으로 삼아 글을 짓되, 역시 전처럼 형제란 글자를 써서는 안 되며, 그러한 문구를 넣어도 안 되느니라."
하고 어렵게만 주문했다. 그 말을 듣자 조식은 조금도 머뭇거리지 않고 즉시 시를 읊었다.

콩을 볶음에 콩깍지로 불을 지르니
콩은 솥 속에서 툭툭 튀며 우는구나
그것들이 본래 한 뿌리에서 태어났건만
서로 볶아댐이 이다지도 급하더뇨

조비도 사람이라면 그 글의 뜻을 짐작하지 못할 리가 없었다. 그의 양 볼로 잠연(潛然)히 눈물이 흘렀다. 이윽고 조비가 말했다.

"국가의 법을 업신여겼으니 마땅히 목숨을 보존하지 못할 것이나, 네 재주를 아깝게 생각하여 벼슬을 깎아 안향후(安鄕候)로 삼을 것이니, 앞으로 각별히 조심하라."

"황공합니다."

조식은 다만 그렇게 대답하며 절하여 사례하고 궁문 밖으로 나와 말에 탔다. 성을 한 번 돌아다보지도 않고 아득히 사라져 가면서 조식은 몇 번이나 하늘을 우러러보면서 탄식하였다. 예나 지금이나 권력의 세계는 그처럼 비정한 것이었다.

한나라의 멸망

조비는 위왕의 대(代)를 이은 바로 그 해에 드디어 천자를 협박하여 곧 선위(禪位)의 대례를 받고, 드디어 제위(帝位)에 올랐는데, 그 동안 천자가 받은 핍박과 굴욕은 이루 말할 수 없을 정도였다.

조비 형제의 일이 마무리되자 아첨하기 좋아하는 신하 화흠은 또 다른 일을 꾸미기 시작했다. 그는 장수 하후돈을 불러 은밀한 지시를 내렸다.

"이제야말로 허수아비 황제를 몰아내고 우리 위왕을 황제로 모셔야 할 때요. 장군은 그 일을 위해 나를 좀 도와 주시오."

화흠은 하후돈에게 무언가 귓속말로 소곤거렸고, 하후돈은 입가에 미소를 지으며 연방 고개를 끄덕였다.

"알겠습니다. 그 정도는 문제 없습니다."

그 날 이후 위나라 땅에는 이상한 소문이 나돌기 시작했다.

"식읍 땅 하늘에서 봉황이 나타났다고 합니다."

"임치 땅 숲에서는 기린을 보았다는 사람이 있습니다."

"업군 땅에서는 황룡이 나타나 춤을 추었다고 합니다."

참으로 놀라운 일이었다. 왜냐 하면 소문으로 나타난 봉황과 기린과 황룡은 모두 실제로는 없는 상상의 동물일 뿐만 아니라, 일단 그것이 출현하면 조만간 훌륭한 임금이 나타난다는 전설이 있었기 때문이다.

하지만 그것은 하후돈이 솜씨 좋은 장인을 윽박질러 만든 가짜들이었다. 대나무에 종이를 붙여 봉황과 황룡을 만들어 연처럼 하늘 높이 띄워 올린 것이었고, 비슷한 방법으로 기린을 만들어 숲 속에서 뛰놀게 했다.

하후돈은 비밀이 새어나갈 것을 두려워한 나머지 일을 끝내자마자 장인을 죽여 버렸다. 그런데 하후돈 역시 죄 없는 장인을 죽인 다음부터 죽은 조조처럼 환각에 시달리더니 끝내 죽고 말았다.

이제 비밀을 아는 것은 화흠뿐이었다. 그러나 그는 짐짓 아무것도 모르는 척하면서 신하들을 충동질하기 시작했다.

"봉황과 기린과 황룡이 나타나는 것은 우리 위나라가 한나라를 대신해서 천하를 다스려야 한다는 징조요. 황제를 만나 위왕에게 자리를 양보하라고 다그칩시다."

그 길로 조비를 떠받드는 신하들은 허도의 황제에게로

몰려 갔다. 화흠이 먼저 모든 신하들을 대신해서 입을 열었다.

"세상 사람들은 한나라의 시대가 가고 위나라의 시대가 왔다고 한 목소리로 말합니다. 바라옵건대 폐하께서는 위왕에게 자리를 물려주어 위로는 하늘의 뜻에 따르고 아래로는 백성들의 바람에 맞추십시오. 우리는 폐하께서 물러나시더라도 편안히 살 수 있도록 보살펴 드릴 것입니다."

헌제 황제는 놀라다 못해 몸을 떨었다.

"내가 비록 재주와 능력은 없으나 어찌 조상님들이 대대로 물려준 나라를 함부로 남의 손에 넘기겠는가? 그런 말은 다시 입 밖에도 내지 말라!"

하지만 그 정도에서 물러날 화흠이 아니었다.

"백성들의 마음은 이미 한나라를 버렸습니다. 믿지 못하시겠다면 다른 신하들에게 물어 보십시오."

그러자 화흠을 따르는 한 신하가 나섰다.

"요즘 천하에는 난데없는 봉황과 기린과 황룡이 나타나고 있습니다. 백성들은 저마다 새로운 임금이 나타날 징조라고 입을 모아 말하고 있습니다."

황제는 너무나 원통해서 눈물을 글썽거렸다.

"나는 이제까지 그런 동물이 실제로 있다는 소리를 들어보지도 못했다. 믿을 수 없다!"

그러자 다른 한 신하가 황제를 노려보며 말했다.

"저는 밤하늘의 별을 관찰하는 관리입니다. 요즘 들어

폐하의 별은 여러 별들 뒤에 숨어 보이지 않으나, 위왕의 별만은 찬란한 빛을 내뿜습니다. 그래도 폐하께서는 고집을 부리시겠습니까?"

황제는 울먹이는 목소리로 대답했다.

"신기한 동물이나 밤하늘의 별을 보고 장래를 예측하는 것은 허황된 일에 지나지 않는다. 그런 것들 때문에 나라를 물려줄 수는 없다."

그러자 또 다른 신하가 황제를 윽박질렀다.

"옛말에 열흘 붉은 꽃은 없다고 했습니다. 한 번 일어선 것은 무너지게 마련이요, 번창할 때가 있으면 망할 때도 있게 마련입니다. 주변을 둘러보십시오. 세상에 망하지 않은 나라가 어디 있으며, 잘 살았다가 못살게 되는 집안도 허다합니다. 한나라는 400년을 내려오다가 폐하의 때에 이르러 그 운수가 다했으니 그만 물러나십시오. 계속해서 고집을 부리면 무슨 흉측한 일을 당할지 아무도 알 수 없습니다."

그것은 신하의 말이 아니라 강도들의 협박과 마찬가지였다.

다음 날도 화흠을 비롯한 조비의 신하들은 황제를 만나기 위해 궁궐로 모여들었다. 황제는 그런 신하들이 무서워 나가지도 못하고 방 안에서 떨고 있었다. 그 때 황제의 부인이 된 조조의 딸, 조 황후가 물었다.

"신하들이 폐하를 뵙기 위해 모여들었는데 어째서 나가지 않으십니까?"

황제는 그 날도 울면서 대답했다.

"그대의 오빠 조비가 신하들에게 시켜 나에게 황제 자리를 내놓으라고 윽박지르고 있어서 나가지 못하오."

조 황후는 기가 막힌 표정을 지었다.

"세상에 이럴 수가…… 나의 오빠가 감히 역적질을 하다니!"

그 때 장수 조홍이 칼을 들고 황제의 방 안으로 들어와 말했다.

"폐하, 신하들이 기다리고 있습니다. 어서 나가시지요."

황제는 안절부절못하고, 조 황후는 불처럼 화를 냈다.

"네놈들이 죽으려고 환장을 한 모양이구나? 황제의 자리는 내 아버님도 감히 넘보지 못했던 자리다. 그런 자리를 이제 왕위에 오른 지도 얼마 되지 않은 오빠와 너희들이 빼앗으려 하니, 천벌을 받을 것이다!"

황후는 수치심에 몸을 떨다가 그만 까무라치고 말았다. 그러거나 말거나, 조홍은 황제를 윽박질렀다.

"더 이상 신하들을 기다리게 해서는 안 됩니다. 어서 나갑시다."

황제는 마지못해 옷을 갈아입고 신하들이 기다리는 곳으로 갔다. 화흠은 기다렸다는 듯이 입을 열었다.

"폐하께서는 어제 저희들이 말씀드린 대로 황제의 자리에서 물러나 목숨을 보존하시기 바랍니다."

황제는 또다시 통곡했다.

"그대들은 한나라의 신하로서 어찌 이 같은 짓을 저지르는가?"

화흠이 그 말을 받아 황제를 협박했다.

"폐하께서 신하들의 말에 따르지 않는다면 어떤 일을 당할지 알 수 없습니다. 그 때 가서 저희들을 원망해도 때는 늦습니다."

참는 것도 한도가 있는 법이다. 황제는 분노를 참지 못해 소리를 질렀다.

"누가 감히 나를 죽인단 말인가!"

화흠의 눈에는 이제 황제도 보이지 않았다. 그는 황제를 향해 맞고함을 질렀다.

"폐하께서는 황제가 되어서는 안 될 사람인데 황제가 되어 만백성을 고생시키고 있습니다. 그런 폐하를 대신해서 위왕이 나라를 잘 다스려 주겠다는데 끝까지 고집을 부리면 천하 백성들이 원망할 것입니다. 어찌 고마운 줄도 모르고 막무가내로 버티십니까?"

황제는 더 이상 듣지 않고 자리에서 벌떡 일어났다. 하지만 화흠이 황제의 옷자락을 움켜잡고 협박을 계속했다.

"물러날 것인지, 말 것인지 딱 부러지게 대답하란 말이오!"

그 기세가 어찌나 사나웠던지, 황제는 대답도 못하고 이를 딱딱 부딪치기만 했다. 그 때 조홍이 또다시 칼을 뽑아 들고 여러 신하들을 둘러보며 외쳤다.

"옥새를 내놓아라! 누가 옥새를 가지고 있느냐?"

"옥새는 내가 가지고 있지만 절대로 내놓을 수 없소!"

조필이라는 관리였다. 그는 조홍을 손가락질하며 말을 이었다.

"옥새는 황제 폐하만 가질 수 있는 물건이거늘, 네놈들이 무엇이길래 감히 내놓으라고 함부로 지껄이는 것인가!"

무안을 당한 조홍은 두 주먹을 불끈 쥐며 소리쳤다.

"저런 죽일 놈! 당장 저놈을 끌어내어 목을 베어라!"

순식간에 조필이 밖으로 끌려나가 죽음을 당했다.

황제는 눈을 들어 주변을 둘러보았다. 신하들의 뒤에는 어느 새 위왕 조비의 부하 장수들이 군사들을 거느리고 들어서 있었다. 황제는 그만 온몸의 맥이 탁 풀려 나가는 것을 느끼며 자리에 털썩 주저앉았다.

"황제의 자리를 위왕 조비에게 넘겨 주겠다. 대신 나와 황후의 목숨만은 보존해 다오."

한나라 400년의 역사가 그 한 마디로 끝나고 말았다.

그리하여 연강(延康) 원년은 다시 황초(黃初) 원년으로 바뀌었다. 동시에 한나라는 없어지고 국호도 대위(大魏)로 바뀌었다.

조비는 천하에 대사령을 내리며, 조조에게 태조(太祖) 무황제(武皇帝)의 시호(諡號)를 바쳤다. 그리고 허도에서 낙양으로 행행(行幸)하여 궁실을 크게 아룩하였다.

조비는 스스로 대위 황제의 자리에 오르고, 산양공(山陽

公)으로 강봉되어 가던 헌제는 중도에서 조비가 보낸 자객에 의해 시살되고 말았다는 세작의 보고가 들어왔다.

한중왕 유비는 그 소식을 듣자 종일토록 통곡하며, 백관에게 괘효토록 영을 내리었다. 그리고 궁정에다 제상(祭床)을 배설하고, 아득한 중원을 향해 몸소 제를 올리며, 세상을 떠난 헌제께 효민황제(孝愍皇帝)라는 시호를 바치었다.

그런 일이 있은 후로 유비는 천하의 일을 걱정하다가 드디어 병들어 자리에 눕게 되며, 일반 정사를 모두 공명에게 맡겼다.

공명은 태부 허정과 광록대부 초주와 더불어 상의했다.

"천하는 비록 하루라도 인군(人君)이 없을 수 없는 바이라, 헌제께서 이미 세상을 떠나시어 창생들이 의지할 바를 모르고 있으니, 한중왕을 황제로 모시는 것이 어떠하오?"

공명의 말을 듣자 초주가 대답했다.

"지당한 말씀이오. 근래에 상서로운 바람이 불어오고 경사스런 구름이 일어나더니 성도 서북각에서 황기(黃氣)가 수십 장(丈)이나 밤하늘을 찌르며 일어났습니다. 그리고 제왕의 별이 나타났는데, 그것의 밝기가 마치 명월처럼 휘황하니, 그것은 바로 한중왕이 제위에 올라 한(漢) 나라의 혈통을 계승할 징조가 아니겠습니까. 다시 더 무엇을 의심하겠소."

"어찌 난적 조비를 그냥 두어 하늘의 뜻을 거스를 수 있겠습니까."

하고 허정도 탄식하면서 동의했다.

공명은 허정과 함께 대소 관료들을 이끌고 궁내로 들어가 표문을 한중왕에게 올리고, 동시에 제위에 오르기를 청했다. 한중왕은 표문을 읽고 나자 크게 놀라며 말했다.

"경들은 어째서 내가 불충 불의한 사람이 되기를 원하며, 또 어째서 하늘을 두려워하지 않는단 말이오?"

공명이 아뢰었다.

"아닙니다. 조비는 스스로 한나라를 찬탈하여 황제라 일컫지만 왕상(王上)께서는 한실의 묘예(苗裔: 대가 먼 후손)이며, 세상에 또한 천자가 없으니, 이치로 말할지라도 대통(大統)을 계승하심이 마땅합니다."

듣고 난 한중왕은 더욱 안색이 변하며 표문을 던졌다.

"내가 비록 천하의 일을 근심하지 않을망정, 어찌 역적의 무리가 하는 짓을 본받을 수 있겠소."

그러자 공명이 무릎을 꿇고 간절히 말했다.

"이제 조비가 제위를 찬탈하고 한나라 사직을 뒤엎었기에 문무 관료들이 모두 왕상을 받들어 제위에 모시고 위(魏)를 없애고 한(漢)을 재흥케 하여 함께 공명을 도모코자하는 것인데, 어찌 왕상께서는 뭇사람들의 마음을 살피지 못하십니까."

유비는 그제야 공명의 두 손을 붙잡고 속마음을 털어놓았다.

"군사, 실은 내가 황제가 되기를 거절한 것은 그것이 불의해서가 아니었소. 내가 걱정되는 것은 덜컥 자리에 오르면 세상 사람들이 나를 비웃지나 않을까 그것이 염려되었기 때문이오."

공명이 다시 아뢰었다.

"성인이 말하시기를, 명분이 바르지 않으면 곧 말이 순(順)치 않다고 했습니다. 대왕께서는 명분이 바르고 하시는 말씀이 이치에 맞거늘 누가 감히 뒷말을 하겠습니까. 왕상께서는 듣지 못하셨습니까. 하늘이 주시는 것을 받지 않으면 도리어 허물을 받는다고 하였습니다."

"정 그렇다면 이 일은 앞으로 천천히 의논해 보도록 하오."

그러자 공명이 벌떡 일어나며 좌우를 향해 외쳤다.

"왕상께서 이제 윤허하셨으니, 문무 중관은 지체하지 말고 택일하여 대례를 행하도록 하라."

너무나 갑작스런 일이었는지라 한중왕은 그저 어이가 없을 따름이었다.

그 날부터 성도 무담(武擔)의 남쪽에 대(臺)를 높이 쌓아 올리고, 그 밖의 만반의 준비가 갖추어지자, 중관들은 드디어 한중왕을 모셔 단(檀)에 오르게 하였다. 한중왕이 하늘에 제(祭)를 올릴 때 초주가 단상에서 큰 소리로 제문을 읽었다.

뒤이어 공명이 중관을 거느리고 나아가 한중왕에게 공손히 옥새(玉璽)를 올렸는데, 한중왕이 미처 뭐라고 하기도 전에 문무 각관이 소리를 높여 만세를 부르며 절하고 음악 소리가 일어나며, 대례는 예정대로 끝을 맺었다.

그리하여 연호를 장무(章武)로 고치고 제갈량으로 승상을 삼고, 허정으로 사도(司徒)를 삼아, 대소 관료를 일일이 승상하였다. 그와 함께 대사령을 내리니 양천의 군민(軍民)들 중에 기뻐하지 않는 자가 없었다.

설한의 일념

그 다음 날이었다. 제왕의 자리에 오르고서 처음으로 설조(說朝)하니, 문무 관료들이 절하고 동서 양반(兩班)으로 늘어섰다. 유비는 용상에 드높이 앉아 첫 정사(政事)로서 평소 마음에 품고 있었던 바를 말했다.

"짐이 도원(桃園)에서 관우·장비와 더불어 결의한 후로부터 생사를 함께 하기로 맹세했는데, 불행히도 첫째 아우 운장이 동오의 손권에게 죽었기에, 천추에 맺힌 짐의 한은 이루 다 말할 수 없도다. 내가 관우의 원수를 갚지 못한다면, 그것은 맹세를 저버린 것이 아니겠는가. 그러므로 짐은 경국지병(傾國之兵)을 일으켜 동오를 무찔러 역적을 사로잡아 한을 풀고자 하니 경들은 짐의 뜻을 살피라."

말이 끝나자 반내(班內)의 한 사람이 계하에 배복하고 간했다.

"폐하, 그것은 불가한 말씀인 줄 압니다."

선주가 얼굴을 찌푸리며 바라보니, 그는 호위장군 조운이었다.

"짐의 말이 불가하다니 그게 무슨 뜻인가?"

"우리 한(漢) 나라의 국적(國賊)은 강동의 손권이 아니고 조비이며, 조비가 제위를 찬탈한 것은 천인이 공노할 일입니다. 폐하께서는 사사로운 정보다 천하의 대의(大義)를 해 조비를 치소서."

"동오놈들의 살을 씹고 그 족속까지도 뿌리째 뽑아 버려야 비로소 원한을 푸는 것인데, 경은 어이하여 짐의 마음을 알아주지 못하고 오히려 막고자 하는가."

조자룡은 답답했다.

"폐하! 조비를 없애는 것은 천하를 위하는 일이지만, 손권을 공격하는 것은 개인의 원한을 갚는 것에 불과합니다. 바라건대 개인의 원한보다 천하를 더욱 소중히 여기소서!"

하지만 유비는 물러서지 않았다.

"동생의 원수를 갚지 못하고 천하를 얻은들 그게 무슨 소용이 있으리오? 말리지 마라. 나는 군대를 일으켜 손권을 죽일 것이다!"

조운의 고간을 물리친 유비는 드디어 오(吳)를 치도록 기병케 하라는 추상같은 명을 내리었다.

한편으로, 사자를 보내 번병(番兵) 5만까지 빌리어 함께 서로 책응케 했으며 사자를 낭중으로 보내어 장비를 거기 장군으로 삼고, 겸하여 사례교위를 거느리는 동시에 서향후 (西鄕侯)를 봉했다.

성도에서는 날마다 군사들을 조련(調練)하는 소리가 드높이 울렸다. 유비는 몸소 교장(敎場)에 나가 군마의 조련 상황을 살폈다. 그것을 보아 곧 군대를 일으켜 어가(御駕)가 친정(親征)할 날이 가까졌음을 알 수 있었다.

공명은 백관을 이끌고 군사들의 조련 소리가 우렁찬 교장으로 들어가, 유비 앞에 이르러 아뢰었다.

"폐하께서 보위에 오르시어 북쪽의 한적(漢賊) 조비를 치시면 그것은 대의(大義)를 천하에 밝히시는 것이며, 천하의 민심이 모두 다 폐하께로 돌아올 것이옵니다. 하지만 만일 오(吳)를 치신다면 일개 상장군에게 명하셔도 될 것인데, 어째서 친히 어가를 수고롭게 만들려고 하십니까?"

유비는 오랫동안 아무런 대답도 하지 않았다. 공명과 중관들의 말이 일리가 없는 것이 아닌 까닭이었다. 원수를 갚는 것이 급한가, 천하의 민심을 위해 먼저 대의를 밝히는 것이 중요한 일인가? 유비는 두 갈래 길 앞에서 마음이 괴롭지 않을 수 없었다.

바로 그 때 밖으로부터 장비가 이르러 교장으로 들어왔다. 장비는 연무청에서 땅바닥에 엎드려 절하는데, 터져 나오는 통곡이 말보다 앞섰다. 장비는 무릎으로 기어오며 유비의 다리를 끌어안고 오장이 터지는 것처럼 통곡하기만 할 뿐이었다. 선주도 역시 장비의 어깨를 쓰다듬으며 통곡하기 시작하자, 모든 백관과 군사들도 눈물을 흘렸다.

이윽고 장비가 아뢰었다.

"폐하께서는 오늘날 인군이 되시사 지난날 도원(桃園)의 맹세를 잊으셨나이까. 어이하여 형님의 원수를 갚지 않으십니까?"

"문무 중관들이 대세(大勢)의 선후를 논하기에 내가 경솔히 거사하지 못하고 있을 뿐이다."

"남들이 어찌 지난날 우리들의 맹세를 알 수 있겠습니까. 만일 폐하께서 오(吳)를 치시지 않으신다면, 신이 이 몸을 버릴지라도 형님의 원수를 갚을 것이옵고, 만일 갚지 못할 때엔 신이 동오의 원수들 손에 죽어, 돌아가신 형님의 뒤를 따를지언정 폐하를 다시 뵈옵지 않겠습니다."

유비가 대답했다.

"짐도 경과 함께 갈 것이니, 경은 본부병을 이끌고 낭중에서 나오라. 짐은 정병들을 거느리고 나아갈 것이니, 우리 강주(江州)에서 만나 함께 동오를 쳐서 철천지한을 씻도록 하자."

유비의 승낙을 받자, 장비는 즉시 낭중으로 떠났다.

선주의 출사

때는 장무(章武) 원년 가을이었으며, 유비는 드디어 명령을 내렸다. 승상 제갈량으로 하여금 태자를 보호케 하는 동시에 양천(兩川)을 지키게 하고, 호위장군 조운으로 후군을 맡고 겸하여 양초를 돈독케 했으며, 황권·정기를 참모로 삼고 황충을 전부(前部) 선봉으로 삼고, 부동·장익으로 중군호위를 삼고, 조융·요순으로 합후(合後)를 삼으니, 천장(川將) 수백 명과 오계번장(五鷄番將)들을 다 합하면 그 병력은 무려 75만에 이르렀다.

여기서 한 번 생각해 볼 것은 유비는 과연 승리할 것이라고 믿고 출사를 결행한 것일까? 개전(開戰) 초기에 오(吳)나라 군대가 다소 밀리는 듯한 인상을 주지만, 그것은 작위적인 요소가 강한 것으로 촉(蜀)의 패배는 불을 보는 것처럼 뻔한 일이었다.

당시의 국력을 비교해 보더라도 위(魏)나라의 국력은 촉오를 합친 것만 했고, 촉은 오의 절반 정도에 미치지 못했는데도 유비는 어째서 승산이 없는 출사를 감행했을까?

그것은 역시 도원 결의의 맹세를 저버리지 않고 관우의 원수를 갚으려는 일념에서 그 이유를 찾을 수밖에 없는데, 그래서 옥쇄(玉碎)에 비유되기도 하는 그의 출사는 그만큼 비장하고 감동적인 것이었다.

한편 유비와 배별(拜別)하고 낭중으로 돌아온 장비는 도착한 즉시 엉뚱한 명령을 내렸다.

"3일 동안의 기한을 줄 테니, 동오를 치러 갈 때 군사들이 흰 기를 들고, 흰 갑옷을 입도록 모든 것을 바꾸라. 삼군을 모두 괘효케 하고 우리 형님의 원수를 갚겠다."

그러나 3일 안에 삼군이 가져야 하는 흰 깃대와 흰 갑옷을 만든다는 것은 거의 불가능한 일이었다. 명령이 떨어지자 군중은 온통 벌집을 쑤신 것처럼 이곳저곳에서 수런거리기 시작했다. 되지도 않을 일을 시켰기에 모두가 어찌할 바를 몰랐고, 그로 인해 불평 불만이 일어났던 것이다.

이튿날 장하의 두 말장(末將)인 범강(范疆)과 장달(張達)이 장중으로 돌아와 고했다.

"삼군이 쓸 흰 기와 흰 갑옷을 일시에 만들어 내는 것은 불가능한 일입니다. 장군께서 이같은 실정을 통촉하사 넉넉한 기한을 주시기 바랍니다."

그 말을 듣자 장비는 범강·장달을 죽일 것처럼 노려보며 대로했다.

"내가 우리 형님의 원수를 갚고자 하는 이 급한 마음으로 생각한다면 내일 바로 역적의 땅에 이르지 못하는 것이 한이다. 그런데 너희들은 어찌하여 감히 나의 장령을 어긴단 말인가."

장비는 좌우 무사들을 돌아보며 천둥같이 꾸짖었다.

"이 두 놈을 당장 저 나무에다 비끄러매어라!"

무사들은 하는 수 없이 우루루 달려들어 범강·장달을 끌고 나가 나뭇가지에다 친친 비끄러맸다. 그러나 장비의 분노는 풀리지 않았다.

"저놈들의 등을 50대씩 매질하라!"

그러나 무사들이 매를 들 겨를도 없었다. 장중에서 뛰어나온 장비가 무사들을 밀어 버리고 친히 매를 들었다.

장비가 한 번 후려치는 매에 '아이구구' 하는 비명 소리가 터져 나왔다. 숨이 넘어가는 듯한 신음 소리와 함께 범강·정달의 등에서 살점이 떨어지고 붉은 피가 흘러 나왔다.

장비는 마치 관우의 원수를 속히 못 갚는 울분을 풀려는 것처럼 매질을 멈추지 않았다. 어느 누구든 간에 동오을 치는 일을 조금이라도 방해하는 놈은 모조리 죽이고 싶었던 것이다.

나무에 매달린 범강·장달의 등은 가죽을 벗긴 고깃덩어리처럼 시뻘건 피투성이가 되어 버렸다. 장비는 각각 50번씩 매질하기를 끝내고 나서야 손을 멈추었다. 그리고 두 사람을 노려보며 명령했다.

"이놈들 맛이 어떠냐! 잔말 말고 내일까지 내가 시킨 대로 백기와 백갑들을 준비해라. 만일 기한을 어기면 너희 두 놈을 당장 죽여, 모든 사람에게 보이겠다."

두 사람은 입에서 피를 쏟으며 영중으로 간신히 들어왔다. 그들은 장비가 한 말을 생각하니 모골이 송연해졌기에 서로 상의했다. 범강이 먼저 한숨을 쉬며 말했다.

"오늘은 이렇게 끝났지만 내일은 어떻게 생명을 부지할까. 장비의 성미가 원래 불처럼 난폭하니, 만일 내일까지 백기와 백갑을 만들어 내지 못하면 우리 둘은 어김없이 죽는 목숨이오. 이 일을 어떻게 해야 좋을까…."

그 때 신음하던 장달이 대답했다.

"만일 장비가 꼭 우리를 죽이려고 한다면 우리가 먼저 장비를 죽이는 수밖에 없지 않겠소."

그것은 실로 무서운 말이었다.

하지만 두 사람은 쉽게 뜻을 맞추고 장비를 죽일 계책을 상의했다.

장비는 장중(帳中)에 앉아 있었다. 그런데 웬일인지 갑자기 머리가 어지러워지고 생각이 갈피를 잡을 수 없었다. 일어나 거동하려고 했지만 눈앞이 아찔거리고 황홀해지기만 했다. 일찍이 그런 일은 없었다. 하도 이상했기에 장비는 부장에게 물었다.

"내가 갑자기 아무런 까닭 없이 마음이 놀란 것 같고 전신의 살점이 떨리어, 앉아도 누워도 편치 않으니 도대체 무슨 까닭일까?"

부장이 대답했다.

"군후께서 관공을 생각하시는 마음이 너무나 지극하시어 그런 것 같습니다."

장비는 어쩐지 심사가 울적해졌기에

"술을 가져오너라."

하고 말했다. 술이 들어오자 장비는 부장과 함께 마시기 시작했다. 장비는 어느덧 크게 취한 채 장중에 쓰러져 깊이 잠이 들었다.

범강과 장달은 진종일 거동을 탐문하다가 마침내 그 소식을 듣자, 서로 의미 있는 눈짓을 나누었다. 초경(初更)이 되었을 때 두 놈은 드디어 단도를 품에 품고, 소리 없이 장중으로 들어갔다.

"누구냐?"

장하에 서 있던 문지기가 수상한 그림자들을 보자 물었다.

"중대한 기밀사(機密事)를 품하러 왔소."

하고 두 놈은 거짓말을 했다.

"그러면 들어가오."

그야말로 하늘이 내려 준 운수라고 할까, 또는 장비의 천운이 다 했다고나 할까, 두 놈은 무난히 장비가 누워 있는 침상에까지 이르렀다.

그런데 장비는 원래 밤에 잠이 들지라도 항상 두 눈을 감지 않는 습성이 있었다. 두 놈이 그 날 밤 장중에 누워 있는 장비를 바라보니, 수염은 모두 곤두섰고, 두 눈을 부릅뜨고 있었기에 무서워 온몸이 덜덜 떨렸다.

때문에 두 놈은 감히 손을 움직이지 못하고 서 있기만

했다. 그런데 장비가 코를 고는 소리가 마치 우레 소리처럼 드높이 일어나지 않는가! 그제야 두 놈은 비로소 떨리는 마음을 진정시키면서 단도를 뽑아 장비의 배를 힘껏 찔렀다.

"으악!"

장비는 큰 소리로 비명을 질렀다. 칼이 두 개나 꽂힌 장비의 배에서는 피가 쏟아져 나왔다. 천하 맹장 장비의 몸은 그렇게 해서 다시 움직이지 못하게 되었다.

천하가 통일되는 것을 보지 못하고, 관우의 원수도 또한 갚지 못한 채 그는 너무나 허망하게도 세상을 떠나고 말았으니, 유유한 창천에 장비의 긴 원한은 끝없이 서리게 되었다. 그 때 장비의 시년(時年)은 55세였다.

범강·장달은 즉시 움직이지 않는 장비의 목을 끊었다.

그 날 밤이 새기 전에 두 놈은 생각이 같은 자들 수십 인을 이끌고 동오로 투항했다.

이튿날 군중(軍中)은 발칵 뒤집어졌다. 병사들이 곧 두 놈의 뒤를 쫓았으나, 결국 잡지 못하고 말았다.

그 때 유비는 벌써 출사(出師)할 기일을 택정하고 서서히 출발을 시작하고 있었다. 대소 관원들과 공명은 그 출사를 내심으로는 싫어했지만, 하는 수 없이 어가가 떠나는 날 10리 밖까지 배웅하러 나갔다.

공명과 중관은 선주(先主)를 전송하고 다시 성도로 돌아왔으나, 공명은 마음이 울적하고 즐겁지가 않았다.

그 날 밤, 선주가 잠을 자려고 하는데 갑자기 마음이 놀란 것처럼 설레이고, 온몸이 부들부들 떨리기 시작했다. 때문에 불안한 생각이 들어 잠자리에서 벌떡 일어났다.

'무슨 까닭으로 심기가 이토록 불편한 것인가?'

장막 밖으로 나와 거닐면서 하늘을 우러러보니, 사방은 죽은 듯 조용하고 무수한 별들이 영롱하게 깜박이고 있었다.

그런데, 그처럼 고요한 밤 하늘에서 갑자기 크기가 말(斗) 만한 별 한 개가 서북간에서 무서운 속도로 땅을 향해 떨어졌다.

그러지 않아도 심하게 불안해하던 선주는 의심이 왈칵 일어나지 않을 수 없었다. 때문에 그 날 밤으로 사람을 시켜 그 까닭을 공명에게 가서 알아오게 하였다. 이튿날 공명의 회답이 왔다.

「한 상장이 세상을 떠났으니, 3일 안에 반드시 놀라운 소식이 있을 것입니다.」

라는 것이 그의 회답의 내용이었다. 선주는 더욱 불안해졌기에 군대를 움직이지 못하고 초조히 머물렀다. 그 때 시신이 장중으로 들어와 아뢰었다.

"낭중의 오반(吳班)이 사람을 보내 표문을 바치나이다."

그 말을 듣자 선주는 갑자기 발을 구르며 외마디 소리를 질렀다.

"아아! 둘째 아우를 또한 잃었구나!"

선주가 급히 표문을 받아 보았더니 과연 장비가 세상을 떠났다는 흉신이었다. 선주는 방성대곡하며 그 자리에서 혼절하고 말았다. 중관들이 급히 모여들어 수족을 한참 동안 주무르고 난 후에야 선주는 겨우 깨어났다.

이튿날 또 보고가 들어왔다.

"일대 군마가 바람처럼 내달아 오고 있사옵니다."

선주가 친히 병영을 나와 바라보았다. 얼마 후 하얀 도포에 은빛 갑옷을 입은 한 소장이 말 위에서 떨어지는 것처럼 내려와 땅에 엎어지며 통곡했다. 선주가 굽어보니 그는 바로 장비의 장자 장포였다. 장포는 목이 메어 간신이 아뢰었다.

"범강과 장달이 신의 아버지를 살해하고, 목을 잘라 동오로 투항해 갔습니다."

선주는 장포의 어깨를 어루만지며 다시 방성 통곡했다. 선주의 애통함이란 이루 형용할 수 없을 정도였다. 선주는 그 때부터 음식을 전혀 들지 않았기에, 군신들의 걱정은 이만저만이 아니었다.

하루는 대소 관원들이 선주 앞에 나아가 고간하였다.

"폐하께서 두 아우의 원수를 갚고자 하시면서, 어이하여 용체를 이다지 스스로 학대하시어 병들려고 하십니까?"

그 말을 듣고서야 선주는 겨우 눈물을 거두고 다시 결심을 굳게 한 후 음식을 들었다. 선주의 가슴속에서는 오직 두 아우의 원수를 갚고자 하는 복수심만이 불길처럼 타올랐다.

드디어 선주가 장포에게 말했다.

"경은 오반과 함께 본부군을 이끌고 선봉이 되어 속히 부친의 원수를 갚도록 하라."

장포가 울며 아뢰었다.

"나라를 위하고 부친을 위하여 만 번 죽을지라도 사양치 않겠습니다."

선주가 마악 장포로 하여금 군사들을 움직이고자 하는데, 시신이 한 소장을 인도하며 들어왔다. 역시 하얀 도포에 은빛 갑옷을 입은 소장이 병영으로 들어서면서 땅 위에 거꾸러져 통곡을 했다.

선주가 굽어보니 곧 관흥(關興)이었다. 선주는 관흥을 보자 아우 관우를 생각하고 또 대성 통곡했다.

며칠 후 드디어 선주의 조명(詔命)이 내렸다.

"오반으로 선봉을 삼을 것이니 장포·관흥은 짐의 어가를 호위하라. 그리고 수륙 양군은 즉시 진발하라."

명령이 내리자 기다리고 있었던 것처럼 군선(軍船)과 철기(鐵騎)가 동시에 출발하여 호호탕탕하게 오(吳)를 향해 물밀듯이 나아갔다.

위 · 오의 책략전

한편, 범강 · 장달이 장비의 수급을 마치자 손권은 말없이 두 놈을 자기 수하로 거둔 후, 백관을 돌아보며 말하였다.

"지금 유현덕이 제위에 올라 70여만 대군을 이끌고 어가로 친정한다 하니, 어떻게 해야 이 재앙을 면할 수 있을꼬?"

그 말을 듣자 문무 중관들은 모두가 깜짝 놀라며 얼굴이 흙빛으로 변했다. 감히 뭐라고 대답을 못하며 오직 서로 쳐다볼 뿐이었다.

그 때 계하에서 제갈근이 아뢰었다.

"저는 지금까지 주공의 덕으로 살아왔지만, 한 번도 큰 은혜에 제대로 보답하지 못했습니다. 이번에야말로 목숨을 걸고 유비를 만나 우리 두 나라가 화해하는 동시에 힘을 합쳐 조비를 공격할 수 있도록 설득해 보겠습니다."

사정이 워낙 다급했기에 손권은 제갈근의 손목을 덥석 잡았다.

"고맙소. 그렇게 해 주시오."

제갈근이 떠나자, 남은 신하들이 말했다.

"제갈근은 돌아오지 않을 것입니다. 그는 우리가 불리한 것을 알고 동생이 있는 촉나라의 신하가 되려고 하는 것입

니다."

그러나 손권은 고개를 가로저었다.

"나는 제갈근의 사람됨을 잘 안다. 내가 그를 버리지 않는 한, 그 또한 나를 배반하지 않을 것이다. 공연히 이간질시키지 말라."

말을 꺼냈던 신하들은 얼굴을 붉히면서도 여전히 제갈근을 믿지 못하는 눈치를 보였다.

때는 8월이었다. 7월에 익주성을 출발한 유비의 군대는 어느덧 백제성에 도착했다. 그 때 신하 한 명이 유비의 막사로 들어와 말했다.

"폐하, 오나라에서 제갈근이 사신으로 왔습니다."

유비는 얼굴을 잔뜩 찌푸렸다.

"아마도 나를 설득하러 왔을 것이다. 들어 볼 것도 없으니 돌려보내라."

"하지만 공명 군사의 얼굴을 봐서라도 만나 보시기는 하셔야 하지 않겠습니까?"

신하의 말에 유비는 마지못해 고개를 끄덕였다.

"······그도 그렇군. 제갈근을 데려오라."

이윽고 제갈근이 유비 앞에 무릎을 꿇으며 절을 하자 유비가 퉁명스럽게 물었다.

"그대는 무슨 일로 왔는가?"

"우리 주공께서는 지난날 여러 번 관우 장군과 사이좋게 지내려 했으나 번번이 관우 장군이 거절하는 바람에 뜻을 이루지 못했습니다. 하지만 지금까지도 우리 주공의 생각에는 변함이 습니다. 지난번에 여몽이 관우 장군을 죽인 것은 그가 자신의 재주만 믿고 함부로 날뛴 것이지, 우리 주공의 뜻은 아닙니다. 이제 여몽도 죽고 없을 뿐만 아니라, 우리 주공은 여동생 손씨 부인도 곧 폐하께 돌려보낼 계획입니다. 그러니 진군을 멈추시고, 저희와 사이좋게 지내 주십시오."

유비는 코웃음을 쳤다.

"전혀 그럴 생각이 없다! 오나라는 내 동생을 죽인 원수의 나라이며, 나는 그 원수를 갚을 뿐이다!"

제갈근은 진땀을 흘렸다.

"폐하, 다시 한 번 생각해 주십시오. 진정한 원수는 저희가 아니라 위나라의 조비입니다. 그는 황제를 죽이고 그 자리에서 빼앗지 않았습니까? 작은 원한에 사로잡히는 것보다 천하를 위해 보다 큰 일을 하십시오."

그러나 유비는 말을 듣기는커녕 화를 벌컥 냈다.

"나는 내 동생을 죽인 원수들과는 같은 하늘 아래에서 살 수 없다. 함부로 입을 놀리는 그대의 죄는 죽여야 마땅하나, 공명 군사의 체면을 봐서 목숨은 살려 줄 것이니 얼른 돌아가라."

제갈근은 또 한 번 설득에 실패하고 오나라로 돌아가는 수밖에 없었다.

손권의 걱정은 더욱 깊어졌다.

"그렇다면 큰일이다! 이 일을 장차 어떻게 해야 좋단 말인가……."

그가 긴 한숨을 내쉬고 있을 때, 한 신하가 말했다.

"제게 한 계교가 있으니, 반드시 이 위태로움을 풀게 할 것입니다."

모든 사람들이 귀가 번쩍 띄어 바라보니, 중대부 조자(趙咨)였다. 손권이 급히 물었다.

"그대는 무슨 좋은 방법이 있으시오?"

"원컨대 제가 조비에게 가서 이해(利害)로 사세를 말해 한중을 엄습케 하면, 제 아무리 촉군이 강하다고 할지라도 버티기 어려울 것입니다."

"그 계책이 좋겠소."

손권은 즉시 조비에게 보낼 표문을 쓰도록 했다.

조비는 동오에서 사자(使者)가 왔다는 말을 듣자, 소리 없이 빙그레 웃으며 말했다.

"흥, 놈들이 촉군을 감당할 수 없으니까 사람을 보낸 것이로구나. 좌우간 불러들이오."

조자가 시신의 안내를 받고 들어와 배복하며 표문을 바치자, 한동안 말없이 표문을 읽고 난 후 조비가 말했다.

"손권을 오왕(吳王)으로 봉(封)하는 동시에, 구석(九錫)을 더하도록 하라."

조자는 조비에게 깊이 사례하고 강동으로 돌아갔다. 조자가 돌아가자 대부(大夫) 유엽이 간했다.

"이제 손권이 촉군의 형세를 두려워해서 짐짓 사자를 보낸 것입니다. 신의 어리석은 소견을 말하자면 이제 촉(蜀)과 오(吳)가 싸운다는 것은 하늘이 그들을 망하게 하는 것입니다. 이러한 기회를 놓치지 마시고 속히 강을 건너 오나라의 속을 무찌르고 또한 촉이 그 밖을 엄습하면 오나라는 얼마 못 가 망할 것입니다. 오나라가 망하고 나면 촉은 저절로 형세가 외로워질 것이니, 폐하께서는 속히 도모하소서."

"짐인들 어찌 생각이 없겠소. 짐은 동오도 돕지 아니하고, 또한 촉도 돕지 않고, 다만 오촉(吳蜀)의 싸움을 구경하기만 할 것이니, 그것은 둘 중의 하나가 망하고 하나만 남기를 기다리는 것이오. 싸움에 진 자는 말할 것도 없지만 이긴 자라 할지라도 기진맥진해질 것이니, 그 때를 타서 쳐버린다면 천하는 저절로 내 손아귀에 들어올 것이오."

조비는 그렇게 포부를 말한 후 회심의 미소를 지었다.

동오에서는 손권이 모든 백관을 불러들여 촉군을 막아낼 수 있는 계책을 강구하기에 몰두하고 있었는데, 밖에서 보고가 들어왔다.

"위제(魏帝) 조비가 주공을 왕으로 봉한다는 기별이 왔으니, 주공께서는 예의로써 멀리서 온 사신을 영접하심이 좋으실까 합니다."

손권이 그 말을 옳게 여겨 머리를 끄덕일 때 고옹이 간했다.

"주공께서는 스스로 상장(上將) 구주백(九州伯)의 위품을 일컬으시면 그만일 뿐이지, 그까짓 위제(魏帝)가 봉하는 벼슬은 받아서 무얼 하시겠습니까."

손권이 고옹을 돌아보며 말했다.

"옛날에 패공(沛公)과 같은 분도 항우(項羽)가 주는 벼슬을 받았으니, 모든 것이 다 그 때에 따라 하는 일이요. 그러니 어찌 조비가 주는 벼슬이라고 해서 물리쳐야 하겠소."

그 날 손권은 조비가 봉하는 벼슬을 받고, 모든 문무 관료들의 배하(拜賀)를 마친 뒤에 값진 보물을 수습하여 위(魏)로 보냈으니, 그것은 두말 할 것도 없이 조비에게 사은(謝恩)하는 것이었다.

손권은 그처럼 위(魏)의 힘을 빌리고자 본의 아닌 아첨을 했다. 하지만 조비는 역시 시원한 대답을 보내지 않았다.

노장 황충의 분전

그 때 세작이 손권에게 아뢰었다.

"촉의 수로군(水路軍)은 벌써 무구를 벗어났고, 한로군(旱路軍)은 이미 자귀에까지 이르렀습니다. 촉병은 지금 풍우처럼 우리 동오를 바라보고 몰려오는 중이오니, 한시 바삐 그들을 막게 하소서."

손권은 그러한 보고에 대답하지 못하고 자못 침울해할 뿐이었다. 그는 비록 왕위에 올랐으나 아무리 졸라도 위제(魏帝)는 조금도 접응하려 하지 않고 모르는 척하고 있었기에, 다시 또 더 어떻게 해 볼 도리가 없었다.

손권이 탄식하며 말했다.

"주유가 죽은 후엔 노숙이 있었고, 노숙이 간 후로는 여몽이 있어, 이렇게 위급할 때면 항상 나를 도와 주었는데, 이제 여몽마저 죽고 나니 나와 함께 근심을 나눌 사람이 없구나."

손권의 탄식은 실로 듣는 사람들의 애간장을 끊을 만큼 처량하였다. 그 때 한 소년 장군이 분연히 일어나 손권 앞에 엎드리며 아뢰었다.

"신이 비록 나이는 어리오나 자못 병서(兵書)를 익히었으니, 원컨대 군사들을 주시면 촉군을 무찌르겠습니다."

손권이 굽어보니 그는 곧 손환이었다. 손권이 물었다.

"네가 무슨 재주로 촉나라 군사를 무찌른단 말이냐?"

"저에게 부하 장수 둘이 있는데, 이이(李異)와 사정(謝旌)이 그들입니다. 그 두 사람은 혼자서 수백 명을 상대할 수 있는 용맹한 장수입니다."

손권은 충성심에 감탄하면서도 마음이 놓이지 않았다.

"그럼 주연(朱然)과 함께 수륙 양로로 적을 무찌르도록 하라."

드디어 수륙군 5만이 점지되었다. 손환을 좌도독으로 봉하고 주연을 우도독으로 봉하여 그 날로 기병했다.

촉군은 오반을 선봉으로 하여 양천(兩川)을 지나면서부터 동오를 향하여 물밀듯이 쏟아져 들어갔다. 촉군이 이르는 곳마다 그 기세에 기가 질려 항복치 않는 곳이 없었으므로, 군사들은 칼날에 피를 묻히지 않고 순식간에 바로 의도(宜都)까지 이르렀다.

드디어 양군이 진을 치고 서로 대하게 되자, 손환은 이와 사정 두 장수를 거느리고 문기 아래에 나타났다.

"그 따위 애송이가 감히 나를 상대하겠다고?"

불같이 화를 내는 유비를 바라보며 관흥이 나섰다.

"폐하, 손권이 어린아이를 내보냈으니 우리도 어린 제가 나가서 물리치겠습니다."

유비가 고개를 끄덕이자 장포도 앞으로 나서며 입을 열었다.

"관흥이 나간다면 저도 함께 나가겠습니다."

유비는 얼굴에 가득 웃음을 띠며 대꾸했다.

"하하하, 조카 둘이 나가서 싸우는 것도 보기 좋을 것이다."

장포와 관흥은 오반과 힘을 합쳐 손환의 군대를 향해 나아갔다.

이윽고 촉나라와 오나라 군사들이 서로 노려보며 진영을 펼쳤을 때, 손환이 먼저 장수 이이와 사정을 거느리고 말을 달려 나왔다.

장포가 먼저 창을 고쳐 쥐고 손환에게로 달려들자 손환의 뒤에 있던 사정이 말을 달려 장포를 맞이하였다.

두 장수가 어우러져 싸운 지 10여 합이 되었을 때, 사정은 더 이상 감당할 수 없어 달아나기 시작했다. 장포는 승세를 놓치지 않고 급히 그의 뒤를 쫓아가 한창에 찔러 죽였다.

장포에게 사정이 죽는 것을 본 이이가 접응하려 나오자, 관흥이 달려나가 한칼에 죽이고 승세를 이용하여 엄살했기에, 손환은 크게 패했다.

그 때 주연은 손환이 많은 병사와 장수를 잃었다는 보고를 듣고 바로 구원하러 가려고 했는데, 왼편에선 관흥이, 오른편에선 장포가 양편 길로부터 협공하였다. 주연은 사세가 위험하다고 여겼기에 배를 이끌고 후퇴하였다.

한편 손환이 패군을 이끌고 황황히 이릉성으로 들어가자 촉군도 쉬지 않고 뒤쫓아 이릉성의 사면을 에워쌌다.

위기에 몰린 손환은 부끄러움을 무릅쓰고 손권에게 구원병을 요청했다. 손권은 마치 믿었던 도끼에 발등이 찍힌 듯한 허탈한 표정으로 여러 신하들에게 대책을 물었다.

"손환과 주연이 패배를 거듭한다고 한다. 이 일을 어떻게 해야 좋을까?"

그 때 모사 장소가 말했다.

"정보·황개·장흠 등 지난날 용맹했던 장수들은 이미 늙어서 죽었으나, 우리에게는 아직도 쓸 만한 장수들이 많이 남았습니다. 한당·주태·반장·능통·감영 등에게 군사 10만을 주어 촉나라 군대의 공격을 막아내게 하십시오."

손권은 즉시 명령을 내렸다.

"이제 군사 10만을 줄 것이니, 반드시 촉나라의 공격을 물리쳐야 한다. 이번에도 막아내지 못하면 우리 오나라의 운명도 끝이다!"

명령을 받은 오나라 장수들은 저마다 죽을 각오로 전선으로 나갔다.

그 때 선주는 영채를 건평(建坪)에서 시작하여 이릉에 이르도록 70여 리씩 나누어 40여 채를 연결시켰다. 선주는 관흥과 장포가 여러 번 대공(大功)을 세우는 것을 보고 감탄했다.

"지난날 짐을 따르던 모든 장수들은 이젠 이미 늙었으나, 두 조카가 이처럼 영웅의 기질이 있으니, 짐이 어찌 손권에 대해 걱정할 바 있겠느냐."

그렇게 말하는데 문득 한당과 주태가 군사들을 이끌고 왔다는 보고가 들어왔다. 선주가 즉시 장수를 보내 적을 맞이하려는데,

"노장 황충이 5,6인을 거느리고 동오로 투항하였습니다."

하고 근신이 믿지 못할 일을 아뢰었다. 선주는 껄껄 웃으며 대답했다.

"누가 한승(황충의 자)을 배반할 사람이라고 하느냐. 아

마도 짐이 조금 전에 실수하여 그가 늙었다고 한 말에 불만을 품고, 힘을 내어 적과 싸우러 간 것이겠지."

이어서 선주는 다시 정색하고 말했다.

"관흥과 장포를 속히 불러 오라."

두 사람이 들어오자 선주는 부탁했다.

"황한승이 이제 갔으니 실수가 있을까 두렵구나. 현질(賢姪)은 곧 뒤따라가서 서로 도와 주되, 조금이라도 공이 있거든 좋은 말로 달래어 즉시 돌아오도록 하라."

두 소장은 본부군을 거느리고 황충을 도우러 급히 떠났다.

그 때 황충은 칼을 빗겨들고 말에 올라, 친히 5,6인을 거느리고 바로 이릉 영중으로 갔다. 오반이 황충을 접입(接入)한 후 물었다.

"노장군께서는 어이하여 이 곳에 오셨습니까?"

황충이 눈을 감고 한동안 말이 없더니, 천천히 대답했다.

"주상께서 나는 늙어서 쓸 곳이 없다고 하시기에, 여기 와서 내가 적장을 참하여, 늙었는가 아직 늙지 않았는가를 보여 드리고자 하오."

그 때 문득 오군이 왔다는 보고가 들어왔다. 황충은 분연히 일어나며 즉시 장중에서 나와 말에 올랐다. 오반이 말렸다.

"노장군은 경솔히 나가지 마시오."

그러나 황충은 듣지 않고 말을 달려 나갔다.

황충은 단숨에 오군의 진 앞에 이르러 선봉 번장에게 싸움을 걸었다. 번장은 부장 사적(史蹟)을 황충과 싸우도록 내어 보냈다.

그러나 사적은 처음부터 황충의 적수가 되지 못했다. 맞붙어 싸운지 불과 세 합 만에 사적의 몸뚱이를 두 토막으로 만든 황충은 다시 오나라 군대를 향해 외쳤다.

"겨우 이런 놈으로 나를 상대하려고 했느냐? 반장이 직접 나오라!"

반장은 참지 못하고 거친 숨을 헐떡거리며 달려나왔다.

"오냐, 그토록 원한다면 내가 상대해 주마!"

번장은 대로하여 관우가 생전에 쓰던 청룡도를 휘두르며 황충에게로 달려들었다. 황충과 서로 싸운 지 몇 합에 이르렀으나 승부가 나지 않았다. 황충은 더욱 분발하여 싸우기 20여 합에 번장은 당적할 수 없어 말머리를 돌려 달아나고 말았다.

황충이 돌아오는 길에 관흥·장포와 만났다. 장포가 먼저 말했다.

"우리들은 성지(聖旨)를 받들어 노장군을 도우러 왔습니다. 장군이 이미 대공을 세우셨으니, 속히 회영(回營)하시지요."

그러나 황충은 머리를 흔들며 듣지 않았다.

"폐하께서 왜 걱정을 하신단 말인가? 남들은 나를 늙었다고 하지만, 아직도 나는 자네들만큼은 힘이 있다네. 나는 내일도 나가서 싸울 것이다!"

다음 날은 아침부터 반장이 촉나라 진영으로 다가와서 싸움을 걸었다.

"늙은 장수 황충은 얼른 나오라! 내가 어제는 몸이 안 좋아 너를 이기지 못했다만, 오늘은 사정이 다를 것이다!"

그 소리를 들은 황충이 말에 올라타려 하자 장포와 관흥이 말렸다.

"장군께서는 그만 쉬십시오. 반장은 저희들이 상대하겠습니다."

그러나 황충은 굳이 거절했다. 그는 혼자서 5천 군을 거느리고 적과 마주대했다.

양군이 서로 싸운 지 불과 얼마 안 되었을 때 반장은 칼을 질질 끌며 달아났다. 황충이 말에 채찍질하여 쫓으며 큰 소리로 부르짖었다.

"이놈, 도적은 거기 섰거라! 내가 관공의 원수를 갚고야 말겠다!"

그렇게 30리쯤이나 쫓아갔을 때였다. 사방에서 함성이 크게 일어나며 복병이 일제히 쏟아져 나왔다. 황충이 황급히 물러서려는데, 때마침 산 위로 일군을 이끌고 나타난 마충이 화살을 뽑아 황충을 향하여 쏘았다. 사정없이 날아온 화살이 황충의 가슴에 들어박히자, 황충은 큰 돌이 굴러떨어지듯 말에서 떨어졌다.

오군들이 황충이 화살에 맞는 것을 보자 일제히 몰려들

기 시작했다. 바로 그 때였다. 문득 후면에서 함성이 크게 일어나며 양로군이 쇄래하여 오군을 무찔렀다. 황충을 구한 것은 관흥과 장포들이었다.

"장군, 괜찮으시겠습니까?"

이윽고 오나라 군사를 모두 쫓아낸 관흥이 황충에게 물었다.

"허허, 나도 이제 늙긴 늙었나 보군……."

화살에 맞은 황충의 어깨에서는 끊임없이 피가 솟아나고 있었다.

"안되겠습니다. 얼른 돌아가서 치료를 받으셔야겠습니다."

장포와 관흥은 황충을 데리고 진영으로 돌아가 의원의 치료를 받게 했다. 하지만 황충은 워낙 늙은 데다 상처가 터지는 바람에 위독한 상태가 되고 말았는데 선주의 어가가 친히 왕림하였다. 선주는 황충을 보자 그의 등을 친히 쓰다듬으며 목이 메어,

"노장군을 이렇게 만든 것은 오로지 짐의 허물이오."

하고 길이 탄식했다. 황충은 겨우 눈을 뜨더니 선주를 알아보며,

"신은 한갓 무부(武夫)에 지나지 않으나 천행으로 폐하를 만났습니다. 신의 나이가 금년에 75세라, 인간 세상에서 수명이 또한 족하오나, 다만 바라옵기는 앞으로 용체를 보중하사 중원을 도모하소서."

그 날 밤 황충은 평생 동안의 소원이던 천하 통일을 보지 못하고 세상을 떠났다. 선주는 황충이 세상을 떠나자 슬퍼하며 통곡했다. 그리고 즉시 관곽을 갖추게 한 다음, 특히 성도에다 후장(厚葬)하라 하명하고, 흐느껴 울며 길이 탄식하였다.

"오호대장 중에서 이미 세 장수가 죽었으나 짐은 아직까지 원수를 갚지 못했으니, 이 철천지한을 어찌해야 좋을까."

드디어 선주는 어림군을 거느리고 효정을 목표로 모든 장수와 합류한 후, 군사를 팔로로 나누어 수륙 양로로 동시에 진격했다. 수로는 황권이 거느리고, 선주는 친히 대군을 거느리고 육로로 진발하니, 때는 바로 장무 2년 2월 중순이었다.

영전에 바친 원수의 목

오나라의 한당과 주태는 선주의 어가가 친히 쳐들어온다는 보고를 듣자 군대를 거느리고 나타났다. 드디어 양진(兩陣)이 서로 대하였다.

한당이 큰 소리로 부르짖었다.

"폐하는 어찌하여 친히 이렇게 나오십니까. 만일 실수라도 있으면 후회한들 소용이 없을 것입니다."

선주가 대로하여 손가락으로 한당을 가리키며 꾸짖었다.

"너희 오나라 놈들이 짐의 수족을 상하게 했으니, 맹세코 천지간에 서로 함께 있을 수 없으리라."

한당이 중장을 돌아보며 말했다.

"누가 감히 촉군을 무찌르겠느냐?"

그 소리에 응해 부장 하순(夏恂)이 창을 들고 말을 달려 앞으로 나왔다.

그 때 선주 뒤에 서 있던 장포가 장팔모(丈八矛)를 움켜쥐고 말을 달려 나와 서로 맞이했는데, 장포가 큰 소리를 한 번 지르며 달려들자, 하순은 그 음성이 우레 같음에 크게 놀라 슬그머니 달아나려고 했다.

그것을 주태의 동생 주평(周平)이 칼을 휘두르며 말을 달려 쫓아나오자, 관흥이 말에 뛰어올라 그의 앞을 가로막았다.

그 때 장포는 기회를 놓치지 않고 장팔모를 번쩍 들어서 하순을 찔러 말 아래로 거꾸러뜨렸다. 때문에 주평은 깜짝 놀라 정신이 아찔해졌다. 다음 순간 관흥의 칼이 번쩍이자 주평은 손 한 번 놀려 보지도 못한 채 두 조각이 되어 말의 좌우로 떨어졌다.

두 소장이 즉시 말고삐를 나란히 하고 한당·주태를 향하여 짓쳐가자, 그들은 황급히 진 속으로 들어가 버렸다. 그것을 보고 선주가 찬탄했다.

"과연 호부(虎父)에 견자(犬子)가 없도다!"

뒤이어 선주가 어편(御鞭)을 들어 한 번 지시하자, 촉군이 일제히 쳐들어갔다. 오군은 크게 패해 그들의 시체는 들에 가득 깔리고, 피는 흘러 내를 이루었다. 선주는 유리한 형세를 놓치지 않고 추살하여 드디어 효정을 얻었으며, 오나라 군사들은 사방으로 흩어졌다.

한편 관흥은 오나라의 진(陣) 속으로 깊이 들어가 원수인 번장을 만났으며 급히 말을 달려 쫓았다.

"이놈, 아버님의 원수!"

그는 이를 갈며 온 힘을 다해서 말을 달렸고, 반장은 두려움이 가득한 얼굴로 꽁무니를 뺐다. 그렇게 얼마를 달리고 달렸을까, 문득 날이 어두워지면서 반장이 근처 우거진 숲 속으로 몸을 숨기는 바람에 관흥은 아깝게도 그의 모습을 놓치고 말았다.

"제까짓 놈이 숨어 봤자 이 산속밖에 더 있겠는가!"

관흥은 코웃음을 치며 어두운 산속을 헤매다가 그만 길을 잃고 말았다. 일단 해가 진 뒤의 산속은 칠흑처럼 캄캄했다. 그는 한참 동안이나 산속을 헤매다가 문득 불빛 하나를 발견하고 그쪽을 향해 발걸음을 재촉했다.

불빛이 새어나온 곳은 골짜기 아래에 자리잡고 있는 작은 초가집이었다. 관흥은 목소리를 크게 해서 주인을 불렀다.

"여보시오! 산속을 헤매다가 길을 잃어 하룻밤 신세를

지러 왔습니다."

주인은 백발의 노인이었는데, 마침 그는 평소에 관우를 존경하던 사람이었기에 관흥은 배불리 얻어먹고 일찌감치 잠자리에 들었다.

그렇게 얼마를 잠들었을까, 관흥이 다시 눈을 떴는데 누군가 요란하게 문을 두드리는 소리가 났기 때문이었다.

"여보시오, 주인장! 나는 오나라 장수 번장이란 사람이오. 길을 잘못 들었으니 하룻밤 재워 주시오. 큰 상을 내리겠소!"

'원수는 외나무다리에서 만난다.'라는 말은 이럴 때 두고 하는 말이다. 관흥은 목소리를 듣는 순간 자리에서 일어나 문을 박차고 뛰어나갔다.

번장이 소스라치게 놀라며 달아났으나 뒤쫓아 이른 관흥의 칼이 한 번 번쩍이자 그의 목은 땅에 굴러 떨어지고, 목 없는 몸만이 뒤로 나자빠졌다.

관흥은 번장의 시체를 한 발로 밟고, 칼로 가슴을 헤쳐 심장을 도려내는 동시에 부친이 생전에 쓰던 청룡언월도를 찾고, 번장의 수급을 말목에 걸고 본영(本營)으로 돌아왔다.

선주는 관흥이 부친의 원수를 갚은 것을 보고 크게 기뻐하여, 즉시 잔치를 배설하고 삼군을 배부르게 먹이고는 호상(犒賞)했다.

바야흐로 선주의 위명은 천하에 떨치게 되었다. 모든 강남 사람들은 크게 겁을 먹고, 밤낮으로 불안에 떨었다.

그처럼 민심이 어지러워졌다는 소문을 듣고 손권은 모든 문무 중관을 불러들여 앞일에 대해서 상의했다. 보질이 앞으로 나와 머리를 조아리고 아뢰었다.

"촉주(蜀主)가 원수로 생각하는 것은 여몽과 번장·마충·미방·부사인인데, 이제 다 죽고 다만 남은 것은 범강과 장달 두 사람뿐이며 동오에 있습니다. 대왕께서는 이 사람들을 사로잡아 결박지우고, 아울러 장비의 수급과 함께 사람을 시켜 유비에게로 보내십시오. 동시에 형주를 도로 돌려주기로 하고, 다시 표문(表文)을 보내어 화해를 청하시면 이 위기를 면할 수 있을 것입니다."

그다지 신통한 대책은 아니었지만, 손권은 그렇게 해 보는 수밖에 없었다.

"좋다, 그렇게라도 해서 나라를 건질 수만 있다면……."

그 즉시 장비의 머리가 비단 보자기에 싸여져 향나무 상자에 넣어지고, 법강과 장달은 포승줄에 단단히 묶인 채 사신을 따라 유비가 있는 효정 땅으로 보내졌다.

문득 근신이 들어와, 동오에서 장비의 수급과 법강·장달을 묶어 보내어 왔다고 하자 선주는 크게 기뻐하며 말했다.

"이것은 하늘이 나를 도우심이며, 또한 내 아우 익덕의 영혼이 이렇게 해 주는 것이다."

선주는 즉시 장포를 불러 장비의 영위(靈位)를 배설케 하고, 떨리는 손으로 수급이 담겨진 목갑을 열었다. 장비의 얼굴은 생전과 조금도 변치않은 모습으로 나타났다.

그것을 보자 선주는 대성 통곡했다. 간장이 끊어지는 듯한 선주의 통곡 소리는 더 말할 것도 없지만, 좌우의 모든 장졸들도 역시 흐르는 눈물을 억제할 수 없었다. 장포는 즉시 칼을 번쩍 들어 두 놈의 가슴부터 내려찍고, 간을 도려내어 부친의 영전에 바치고 성대하게 제사를 지냈다.

그러나 그것만으로 선주의 노기는 가셔지지 않았다.

"내가 반드시 오(吳)나라를 송두리째 뽑아 버리고 말 것이다."

곁에 있던 마량이 아뢰었다.

"이제 원수들을 모조리 죽였으니 철천지한을 푸셨고, 더구나 형주를 돌려주겠다고 하며 길이 맹호(盟好)를 맺자고 하니, 바라건대 성지를 내리시옵소서."

그 말을 듣자 선주는 크게 노해 대답했다.

"짐이 지금까지 이를 갈고 잊지 못하는 원수야말로 바로 손권이오. 그렇거늘 이제 원수와 화평한다면, 그것은 운장과 지난 날 맹세했던 바를 저버리는 것이오."

모든 중관들이 혓바닥이 닳도록 간했으나 선주의 결심은 바뀌어지지 않았다.

육손의 용병

　손권은 유비가 강화(講和) 제의를 물리쳤을 뿐만 아니라 끝까지 동오를 무찌르려 한다고 듣자 당황하며 어찌할 바를 몰랐다. 그 때 감택이 아뢰었다.

　"지금 하늘이라도 떠받들 만한 기둥이 있는데, 대왕께서는 어째서 쓰지 않으십니까?"

　손권이 귀가 번쩍 띄어 급히 물었다.

　"그게 대체 누구요?"

　감택이 대답했다.

　"지금 육손이 형주에 있으니, 그 사람은 비록 유생(儒生)이지만 가슴 속에 실로 큰 웅재 대략(雄才大略)을 감추고 있습니다. 지난날 관공을 파할 때만 하여도 그 계책은 모두 그의 머릿속에서 나왔습니다."

　손권은 몹시 기뻐 어찌할 줄 몰라 했다.

　"그대의 말이 아니었더라면 내가 큰 일을 그르칠 뻔했도다."

　그러자 장소가 앞으로 나오며 반대했다.

　"육손은 한낱 서생(書生)에 지나지 않습니다. 유비의 적수가 아니니, 등용함이 불가할 줄 압니다."

　그 때에 고옹이 또한 맞장구를 쳤다.

　"육손이 나이가 어리고 경망하니, 제장들도 복종치 않을 것입니다."

들고 나자 손권이 말했다.

"내가 육백언(육손의 자)이 기이한 재주를 가지고 있음을 잘 알고 있도다. 내가 이미 뜻을 정했으니, 경들은 여러 말 하지 말라."

드디어 손권은 육손을 불러오라고 하명했다.

육손의 자는 백언(伯言)이니, 구강 도위 육준(陸駿)의 아들이었다. 키가 8척에다 얼굴은 옥처럼 아름다우며, 벼슬은 진서장군으로 있었는데, 손권의 부름을 받자 즉시 달려왔다.

육손이 손권 앞에 나아가 국궁하자 손권이 말했다.

"지금 촉나라 군대가 경계까지 침범하여 왔으므로 내가 특히 경에게 총독군마(總督軍馬)의 중책을 맡기니, 유비의 군대를 격파하도록 하오."

육손은 명을 받자 서성과 정봉으로 호위를 삼고, 즉일로 제로(諸路)의 군마들을 수습하여 수륙으로 동시에 진발케 하였다.

육손은 장중으로 모든 장수들을 불러들여 놓고 말했다.

"주상께서 나를 대장으로 삼아 촉(蜀)나라 군대를 격파하라 하시었소. 군(軍)에는 군율이 있으므로, 그대들은 각각 법을 지키되 만일 어기는 자가 있으면 군법에 따라 사정 없이 처벌할 것이니 후회 없게 하오."

장수들은 대답 없이 듣기만 했다. 육손은 드디어 첫 명령을 내렸다.

"모든 장수들은 각기 긴요처를 지키되, 굳게 지키기만 하고, 경솔히 적과 싸우려 하지 말라."

그 명령을 듣자, 장수들은 육손의 나약함을 비웃기만 했다.

한편, 선주는 효정으로부터 군마들을 포열(布列: 화포 사격을 위한 포병의 배열 대형)했는데, 7백여 리에 걸쳐 앞뒤로 40군데에 영채가 늘어섰다. 때문에 낮이면 정기(旌旗: 오색의 깃털을 깃대 끝에 드리워 꾸민 기)들이 해를 덮을 지경이고, 밤이면 불빛이 또한 하늘에 가득했다.

세작이 달려와 보고했다.

"동오는 육손으로 대도독을 삼고 군마를 총독케 하였습니다. 그리고 육손은 모든 장수들에게 명하여 각각 험지(險地)를 지키되 나가서 싸우지 못하게 하고 있습니다."

선주가 좌우 사람을 돌아보며 물었다.

"육손이란 어떤 사람인고?"

곁에 있는 마량이 아뢰었다.

"육손의 재주는 주유(周瑜)보다 못하지 않으니, 결코 가볍게 볼 상대가 아닙니다."

"짐이 용병으로 평생을 늙었거늘 어찌 젖비린내 나는 유자(儒子)놈만 못하단 말이냐!"

드디어 선주는 친히 전군(前軍)을 거느리고, 모든 관진

(關津)과 애구(隘口)를 일제히 들이쳤다. 그러나 오나라 군사들은 꼼짝도 않고 지키기만 했다.

육손이 산 위에 올라 말에 탄 채 멀리 바라보니, 촉나라 군사들이 산과 들에 가득 깔려 조수(潮水)처럼 몰려오는데, 군중(軍中)에 있는 황라개산(黃羅蓋傘)의 모습이 은은하게 보였다. 한당이 손가락으로 가리키며 말했다.

"군중에 유비가 있는 모양이니, 내가 쳐부수고 싶소."

육손은 머리를 좌우로 흔들며 말했다.

"지금은 다만 높은 곳에 의지하여 험한 곳을 굳게 지킬 것이지, 함부로 나가 싸워서는 안 되오. 이제까지 그들은 평원과 광야를 달려 뜻대로 되었소. 그러나 우리가 굳게 지키고 나가지 않으면 그들이 싸움을 걸어도 싸울 수 없어 반드시 산림 수목 사이에 둔을 칠 것이오. 그 때 내가 기계(奇計)를 써서 적을 무찔러 이길 것이니 그대는 오직 때를 기다리기만 하라."

한당은 하는 수 없어 입으로는 그렇게 하겠다고 응낙했으나, 마음 속으로는 불만이 가득하여 추호도 심복(心腹)하지 않았다.

선주는 오나라 군대가 싸움에 응하지 않자 점점 초조해지기 시작했다. 마량이 아뢰었다.

"저들이 지키기만 하고 나오지 않는 까닭은 우리 군사들의 변동이 있기를 기다리기 때문입니다. 원컨대 폐하는 만사를 잘 살피소서."

"유자놈에게 무슨 꾀가 있겠소. 싸울 적마다 패했으니 다만 겁이 나서 나오지 못하는 게지"

그 때 선봉 빙습이 들어와 아뢰었다.

"지금 날씨가 몹시 더워 군사들이 마치 불 속에 있는 듯할 뿐 아니라 물이 있는 곳이 멀어 심히 불편하나이다."

선주는 한참 생각하다가 대답했다.

"각영(各營)을 산림이 무성하고 내가 가까운 곳으로 옮기게 하라. 시원한 곳에서 여름을 보내며 군사들의 피곤을 풀고 가을이 되기를 기다려 진병할 것이다."

빙습은 명을 받들어 숲이 우거지고 시원한 그늘로 영채를 옮기기에 바빴다. 마량이 다시 아뢰었다.

"70만 대군을 한 곳에 모아 진을 치는 것은 위험한 일입니다. 육손은 분명히 우리가 이렇게 할 것을 기다리고 있을 것입니다."

하지만 유비는 대수롭지 않게 여겼다.

"걱정할 것 없다. 적은 고작 10만이고, 우리는 70만 대군이다. 육손 따위가 아무리 잔꾀를 부린다 해도 많은 군사들로 밀어붙이면 별수 있겠는가!"

그래도 마량은 마음을 놓을 수 없었다. 싸움이란 군사들의 수도 중요하지만, 그보다 더 중요한 게 작전이란 것을 수없이 보아 왔기 때문이다.

"폐하, 그렇다면 우리가 진을 칠 모습을 자세히 그려 공명 군사에게 한 번 보여 주는 것이 어떻겠습니까? 요즘 공명 군사께서 한중 땅까지 나와서 그 곳의 방어를 튼튼히 하고 계시다고 합니다. 여기서 한중 땅까지는 그다지 멀지도 않으니 제가 직접 가서 의견을 듣고 오겠습니다. 우리 군사들의 진지를 옮기는 일은 그 때 가서 해도 늦지는 않을 것입니다."

아마도 평소 같으면 선주는 마량의 의견에 따랐을 것이다. 그러나 선주는 어느덧 늙고 지쳤기 때문인지 한사코 고집을 부렸다.

"나도 병법을 조금은 알고 있다. 일단은 진지를 옮길 것이다. 하지만 공명 군사가 한중 땅까지 나와 있다고 하니, 이 곳의 안부도 전할 겸 한 번 만나는 것도 나쁘지는 않겠지. 그대는 가서 공명 군사를 만나 그의 의견을 듣고 오도록 하라."

그리하여 마량은 한중 땅으로 떠나가고, 선주는 그 즉시 군사들의 진지를 숲이 우거진 그늘진 곳으로 옮기게 했다.

그러자 동오의 세작은 나는 듯이 달려가 한당·주태에게 그 같은 사실을 보고했다. 한당과 주태는 보고를 듣자 크게 기뻐하며 곧 육손에게로 갔다.

불바다 속의 촉군

육손은 한당과 주태의 보고를 듣자 몹시 기뻐하며, 친히 군사들을 이끌고 가서 동정을 살펴보았다. 평지에 둔치고 있는 촉나라 군사들은 불과 만여 명에 지나지 않았는데, 거의 모두가 늙고 약한 군사들뿐이며, 「선봉 오반(先鋒吳班)」이란 넉 자를 커다랗게 쓴 기호(旗號)가 바람에 나부끼고 있었다.

이튿날, 오반이 다시 군사들을 이끌고 관(關)에 이르러 싸움을 걸었다. 그들은 무력을 뽐내며 갖은 욕설을 다 퍼부었다. 서성과 정봉이 장중으로 들어가 육손에게 말했다.

"촉나라 군사들이 우리를 업신여김이 지나치니 나가서 한바탕 싸우겠소."

육손이 웃으며 대답했다.

"그대들은 단지 혈기만 믿을 뿐, 손오병서의 묘법은 모르는구나. 지금 적이 저러는 건 모두 유인술이다. 3일만 지나고 보면 알 수 있으리라."

서성이 물었다.

"3일 후에 적이 영채를 옮겨 다른 곳으로 옮기고 나면, 어떻게 칠 수 있겠습니까?"

그러나 육손의 대답은 어처구니가 없어지도록 뜻밖의 내용이었다.

"나 역시 그들이 영채 옮기기를 기다리고 있소."

모든 장수들은 너무나 기가 막혔기에 웃으면서 물러나갔다.

3일이 지나자 육손은 모든 장수를 거느리고 관상(關上)에 올라 적진을 바라보았다. 오반의 군사들은 어디로 물러갔는지 자취를 감추었고, 보이는 것은 오로지 아득하게 넓은 평지뿐이었다.

육손이 손가락으로 가리키며 말했다.

"저 곳에서 살기가 일어나니, 반드시 유비가 산 속에서 나올 것이오."

그의 말이 끝났을 때였다. 과연 촉군의 군사들이 완전한 무장으로 선주를 앞에 모시고 나타났기에, 오군들은 모두 간담이 내려앉는 것을 느끼며 몹시 놀랐다.

"내가 그대들이 싸우려는 걸 들어 주지 않았던 것은 바로 이런 일이 있을 줄 알았기 때문이오. 이제 복병들이 다 나왔으니, 10일 안에 반드시 촉군을 무찌를 수 있을 것이다."

그 때까지 육손을 비웃던 모든 장수들도 비로소 탄복을 했다.

선주의 부탁을 받고 떠난 미량은 천중(川中)에 이르자, 즉시 공명 앞에 나아가 도본을 올리며 말했다.

"이제 영채를 옮겨 강을 끼고 횡(橫)으로 7백 리를 점거

하고 40여 둔을 모두 숲이 무성한 시냇가로 옮긴 후 폐하
께서 저에게 명해, 도본을 가지고 가서 승상께 보이라 하시
므로 이렇게 왔습니다."

공명은 급히 도본을 받아 보더니, 갑자기 안상(案床)을
주먹으로 치며 크게 소리쳤다.

"누가 주상에게 이 모양으로 영채를 치도록 하였는가!
그놈부터 당장에 참해야겠구나."

마량은 눈이 휘둥그레져서 말했다.

"모두 폐하께서 마음대로 하신 것이지, 딴 사람의 계책
은 아닙니다."

공명이 눈물을 글썽이며 탄식했다.

"아, 한조(漢朝)의 기운과 운수가 이로써 끝났구나!"

"그게 무슨 말씀입니까?"

"원래 험하고 좁고 음습한 곳에 영채를 세운다는 것부터
병가(兵家)에서 크게 피하는 것이다. 만일 적이 불로 공격
하면 어찌 온전할 수 있을 것이며, 또 영채를 7백 리나 늘
어놓고서 어떻게 적을 막아낼 수 있단 말이오. 슬프다! 장
차 닥칠 재앙이 멀지 않구나. 육손이 지키기만 할 뿐, 싸우
려고 하지 않는 것은 바로 이것을 알기 때문이었다. 그러니
그대는 속히 가서 폐하를 뵈옵고 모든 영채를 즉시 옮기라
고 여쭈라."

"만일 오군에게 몰려 벌써 패하고 말았다면 어찌합니
까?"

"위군(魏軍)이 뒤를 엄습할까 두려워 오군은 뒤를 쫓지 못할 것이오. 만일 주상께서 이번 실수로 몰리게 되셨다면 반드시 백제성(白帝城)으로 피하셨을 것이오. 그래서 내가 천중(川中)에 들어갔을 때, 이미 10만 군을 어복포(魚腹浦)에다 매복시켜 두었소."

마량이 깜짝 놀라며 다시 물었다.

"제가 여러 번 어복포를 왕래하였으나 졸개 한 사람도 본 적이 없는데, 승상께서는 어찌 그런 터무니없는 말씀을 하십니까?"

"앞으로 두고 보면 저절로 알게 될 것이니, 수고스럽게 묻지 말라."

마량은 더 물을 수도 없었다. 그는 곧 공명의 표장을 받아 어영(御營)을 향해 급히 떠나갔다. 마량을 떠나 보낸 후 공명은 성도로 돌아와, 즉시 군마를 조발하는 동시에 구응할 계책부터 세웠다.

육손은 대소 중장들을 모아 놓고 명령을 내렸다. 주연으로 하여금 수로로 진군케 하는 동시에, 이튿날 오후에 동남풍이 크게 일어날 것이니 배에다 모초(茅草: 볏과의 여러해살이 풀)를 가득 실어 계책에 의하여 행하라고 명령했다.

다음에는 한당으로 하여금 일군을 이끌고 강의 북안(北岸)을 치게 하며, 주태는 강의 남안(南岸)을 치게 하였다.

군사들마다 양 손에 모초를 한 다발씩 갖게 하고, 그 모초 속에는 유황과 염초를 집어넣고, 각기 불씨를 갖게 하였다. 육손은 다시 명령했다.

"각각 일제히 촉군의 영문에 이르면 동남풍을 이용하여 불을 지르되, 촉병의 47둔(屯)중에서 40둔만 태우라. 각군은 미리 마른 음식을 가지고 갈 것이며, 조금이라도 물러서면 용서하지 않으리라."

육손의 명령은 자못 준엄했다. 모든 장수들은 각기 군령과 계책을 받고 떠나갔다.

저녁 무렵이었다. 선주가 어영(御營)에서 오(吳)나라 군대를 패퇴시킬 궁리를 하고 있는데, 근신이 들어와 아뢰었다.

"강북 영중(營中)에서 불이 일어났나이다."

선주는 급히 관흥을 불러 강북으로 가게 하고 장포는 강남으로 가게 해서, 허실을 알아 오라고 했다. 두 장수는 영을 받고 급히 떠났다.

초경이 되자, 갑자기 난데없는 동남풍이 강하게 불기 시작하더니 어영 좌둔(左屯)에서 불이 일어나 모두 그리로 몰려가 불을 끄려는데, 뒤이어 어영 우둔(右屯)에서도 또 불이 일어났다.

바람은 점점 심해지고 불은 번져서, 어느덧 수목에까지 옮겨 붙게 되었다. 그런데 갑자기 사방에서 함성이 크게 일어나며 양 둔에서 군마들이 일제히 쏟아져 나왔다. 다시 함성이 일어나며 어영 후면에서도 오나라 군사들이 쇄도했다.

적이 얼마나 되는지 도무지 헤아릴 수도 없었다. 선주는 급히 말에 뛰어 올라 빙습이 지키고 있는 영채를 향해 달려가기 시작했다. 그러나 바라보이는 빙습의 영채 속에서도 불길이 하늘로 치솟고 있었다. 강남 강북의 둔이 모두 순식간에 불바다로 변한 것 같았다.

빙습은 황망히 말에 뛰어오르고 있었다. 한참 동안 적병들을 베던 그는 바로 정면에서 다가오는 오나라 장수 서성과 맞닥뜨렸다. 그들 사이에는 대뜸 싸움이 벌어졌다. 마침 선주가 빙습과 서성이 싸우는 것을 보고 황망히 서편으로 달아나는데, 서성은 어느 틈에 군사들을 이끌고 선주를 잡으러 쫓아왔다.

선주는 더욱 당황하여 어쩔 바를 모르고 달아나기만 하는데, 앞에서 또 일군이 무찔러 왔다. 자세히 보니 오나라 장수 정봉이었다. 선주는 사면으로 길이 막혔다. 점점 위기가 절박해졌을 무렵, 함성이 일어나며 일표군이 선주를 에워싼 군사들 속으로 들이 닥쳤는데, 그는 바로 장포의 군사들이었다.

장포는 위기 일발의 순간에 선주를 구출하여 어림군을 거느리고 달아났다. 얼마 후 한 산이 나타나니, 이름을 마안산(馬鞍山)이라 했다.

선주가 겨우 산 위에 올랐을 때였다. 갑자기 아래 위에서 함성이 또 일어나며 육손의 대대 인마가 마안산을 에워싸기 시작했다.

선주가 놀라 멀리 평원을 바라보니, 불빛은 이곳 저곳에서 계속해서 일어나고, 군사들의 시체는 곳곳마다 깔리어 흐르는 강물을 막을 지경이었다.

바로 그 때였다. 불더미 속에서 한 장수가 적군을 무찌르며 산 위로 올라왔다. 바라보니 그는 관흥이었다. 관흥은 선주 앞에 이르자 말했다.

"사방에서 불이 닥쳐 오니 잠시도 지체할 수 없나이다. 폐하께서는 한시 바삐 백제성으로 가시어 다시 군마들을 모으소서."

해는 이미 황혼 무렵이었다. 관흥은 앞장서고 장포는 추격병들을 막게 하여 선주가 군사들을 거느리고 산 아래로 무찌르며 내려갔다.

오군은 선주가 달아나는 것을 보자, 서로 공(功)을 다투어 하늘을 가리고 땅을 덮을 듯한 기세로 추격했다. 다시 얼마 동안 달아나는데 주연이 강안(江岸)으로부터 나타나며 앞을 가로막고 짓쳐 왔다.

선주는 결국 슬프고 애달픈 목소리로 부르짖었다.

"짐이 이 곳에서 죽을 줄을 어이 알았겠는가!"

그 때 다시 또 등 뒤에서 함성이 일어나더니, 이번에는 육손이 대군을 이끌고 산골에서 짓쳐 나왔다.

선주는 황급하기만 하였지 아무런 방도가 없었는데, 어느덧 동쪽 하늘에 있던 샛별이 지고 날이 밝기 시작했다. 그런데 이번에는 오군(吳軍)의 후면에서 하늘을 뒤흔드는 것 같은 함성이 일어났다.

그런데 어떻게 된 일일까! 주연의 군사들이 갑자기 낙엽이 지는 것처럼 쓰러지며 강물 속으로 뛰어드는 것이 아닌가. 그 속으로부터 일표군이 오군을 무찌르며 내달아 오더니 선주를 구했다. 선주가 몹시 기뻐하며 자세히 보니, 그는 바로 상산 조운이었다.

조운은 천중(川中)의 강주에 있다가 싸움이 벌어졌다는 소식을 듣자 군사들을 끌고 왔는데, 문득 동남쪽 일대에 불길이 충천함을 보고 몹시 놀라 급히 알아 보니, 과연 선주가 곤경에 빠진 것이었다. 때문에 용맹을 분발하여 무찌르고 들어온 것이었다.

선주가 조운같이 유능한 장수를 후군에서 양초 따위나 맡게 한 것은 그의 출사를 반대했기 때문이었지만, 그것도 또한 선주의 중대한 실책임에 틀림없었다.

육손은 조운이 나타났다는 보고를 듣자, 잠시 군사들을 거두었다. 조운이 좌충우돌로 싸우다가 문득 만나게 된 것은 주연이었다. 조운이 나는 것처럼 달려가 그의 앞을 가로막고 창을 높이 들어 한 번 휘둘렀더니, 주연은 마치 제웅(짚으로 만든 사람의 형상)처럼 말 아래로 굴러 떨어졌다.

조운은 닥치는 대로 오군을 죽이면서 선주를 보호하여 백제성으로 달렸다. 선주가 백제성에 당도한 후 살아서 모여든 사람들을 점검해 보았더니, 겨우 백여 명도 되지 못했다.

팔진도

한편, 싸움에 이긴 육손은 군사들을 모아 다시 서편으로 촉군의 뒤를 추격했다.

기관에서 떠나 얼마 가지 않았을 때였다. 육손이 말 위에서 산 근처로 물이 흘러가는 곳을 바라보니, 일진(一陣)이 내뿜는 살기가 하늘을 찌를 것처럼 일어나는 것이 보였다. 그는 마침내 말을 멈추어 세운 후 중장들을 돌아다보며,

"저 곳에 반드시 적군이 매복해 있을 것이니 경솔히 진격하지 말라."

하고 명했다. 그리고 즉시 10여 리를 물러나와 지세가 넓은 곳에다 진을 친 후 정찰병을 보내 앞길을 살펴보고 오게 했다. 얼마 후, 정찰하러 나갔던 병사들이 돌아와 보고했다.

"그 곳에는 적은커녕 개미 새끼 한 마리도 얼씬하지 않았습니다."

육손은 이맛살을 찌푸렸다.

"그럴 리가…… 이상한 일이군?"

그는 혼잣말로 중얼거리며 주변에 있는 높은 언덕에 올라가 살기가 어른거렸던 곳을 다시 한 번 살펴보았다.

"안개처럼 살기가 자욱한데 적이 하나도 없다니 말이 안

되지……."

그는 다시 병사들 몇 명을 보내어 살펴보고 오도록 했다. 그러나 돌아온 병사의 대답은 그 전과 다름이 없었다.

"숨어 있는 군사도 없고, 말도 없었습니다."

날은 점점 어두워지는데, 육손의 눈에는 여전히 살기가 가득했다.

그는 굳어진 표정으로 이번에는 부하 장수에게 군사를 주어 내보냈다. 그 부하 장수가 돌아와 보고했다.

"참으로 적병은커녕 아무것도 없습니다. 다만 볼 수 있는 것은 돌더미가 팔구십 무더기 늘어놓여져 있을 뿐이었습니다."

육손은 크게 의심이 일어났다.

"이 지방에 사는 토인(土人)들을 불러 오라."

얼마 후에 군사가 근방에 살고 있는 백성들 몇 사람을 데리고 왔다.

"어떤 사람이 이 곳 여러 군데에 돌무더기를 쌓아올렸느냐? 그리고 어째서 그 돌 무더기 속에서 살기가 일어나는고?"

토인들이 대답했다.

"이 곳의 지명은 어복포라 하는데, 지난날 제갈량이 천(川)에 들어왔을 때, 군사들을 이끌고 이 곳에 이르러 돌들을 모아 모래사장과 여울에다 진세(陣勢)를 편 후부터 항상 구름 같은 기운이 그 돌 무더기들 속에서 일어나고 있습니

다."

그 말을 들은 육손은 말에 올라 수십 기를 거느리고 석진(石陣)을 보러 갔다. 그가 산 위에 이르러 내려다보니 사면 팔방에 모두 문호(門戶: 집으로 들어가는 문)가 있었다. 육손은 그것을 보고 껄껄 웃으며 말했다.

"저것이야말로 사람을 속이려는 서투른 수작이로구나."

육손이 드디어 군사 몇 기를 거느리고 산 아래로 내려가 석진들 사이를 돌아다니며 구경하고 나오려 했을 때였다. 느닷없이 광풍이 크게 일어나더니, 순식간에 모래가 하늘로 뿌옇게 말려 오르고, 돌이 데굴데굴 구르기 시작하면서 하늘과 땅이 아울러 캄캄해졌다.

쌓아 놓은 괴석(怪石)들은 마치 꼿꼿이 선 창검처럼 보이고, 모래사장에 쌓아올린 흙은 바로 중첩한 산과도 같았고, 끓어오르는 강물 소리는 마치 칼들이 부딪치는 소리와 북소리가 일어나는 성(城)과 같았기에, 도무지 정신을 차릴 수가 없었다. 그제야 육손이 비로소 크게 놀라며,

"내가 제갈량의 계책에 속았구나!"

하고 부르짖고 급히 돌아가려 하는데 사방을 돌아보아도 빠져나갈 길이 없었다. 병사들이 앞다투어 빠져 나갈 길을 찾았지만, 이상하게도 아무리 안간힘을 써도 늘 제 자리였다.

"장군, 길이 보이지 않습니다! 빠져나갈 길이……."

병사들이 눈에 핏발을 세우며 다급하게 육손을 소리쳐

부를 때였다. 문득 한 노인이 나타나 웃으며 육손에게 물었다.

"장군은 이 진(陣) 속에서 벗어나고자 하시오?"

"원하오니 우리를 구해 주십시오."

노인이 따라오라면서 천천히 지팡이를 짚고 유유히 나가는데 그 뒤를 따라 나가다 보니, 어느덧 석진에서 벗어날 수 있었다. 산 위에까지 무사히 올라오자 육손이 물었다.

"장자(長者)께서는 존함이 누구십니까?"

노인이 연신 웃으며 대답했다.

"노부(老夫)는 제갈공명의 장인인 황승언(黃承彦)이라고 하오. 지난날 노부의 사위가 천(川)에 왔을 때 저기다 석진을 만들었으니, 이름은 팔진도(八陣圖)라, 매일 매시마다 변화가 무궁하여 가히 10만 정병과 겨룰 수 있을 정도지요. 사위가 떠날 때 노부에게 부탁하기를, 다음 날 반드시 동오의 대장이 석진 속에 들어왔다가 벗어나지 못할 것이니 그때 그들을 구해 주지 말라고 하였소. 그러나 오늘 마침 바위에 올랐다가 장군이 사문(死門)으로 들어가는 걸 보았으며 평생 동안 선(善)을 좋아한 노부가 장군이 석진 속에 빠진 것을 버려 둘 수 없었기에 생문(生門)으로 끌어낸 것이오."

듣고 나자 육손은 사례하고 다시 물었다.

"공은 이 진법(陣法)을 아십니까?"

"워낙 변화 무궁하여 능히 배우지를 못했지요."

육손은 황망히 말에서 내려 황승언에게 절을 하고는 돌아갔다.

여기서 황승언이 육손을 구해 준 것은 촉나라와 오나라의 유대 관계를 다시 복원하려는 원대한 계획과 함께, 지금 비록 촉오 대전에서 촉이 패했지만 사전 대비가 있음을 은근히 과시하는 모습이기도 하다.

한 가지 더 사족(蛇足)을 붙인다면, 황승언의 딸, 즉 공명의 아내는 무척이나 못생겼던 모양이다. 머리카락은 거칠고 입은 찢어졌으며 눈망울은 불룩 나온 추녀(醜女)였다고 전해진다.

그러나 그녀의 학문이 깊고 지혜가 비상하여 공명의 지략과 권모(權謀)도 그녀에게 힘입은 바가 컸다고 한다. 특히 적벽 대전 때 공명이 하늘에 빌어 얻은 동남풍도 늦가을에 불규칙하게 부는 일종의 무역풍으로서, 그 바람이 부는 시기와 때를 그녀가 정확하게 예측하여 공명에게 미리 알려 주었다는 이야기도 전해진다.

오·위의 결전

육손이 석진에서 벗어나 돌아와서 탄식했다.

"참으로 와룡(臥龍)이로구나."

드디어 육손이 반사(班師)하라고 명령하자, 좌우의 제장들은 눈이 휘둥그레져서 물었다.

"유비의 군대가 대패하여 겨우 성(城) 하나만 지키고 있는 이 때에 다만 석진만 보고서 겁을 먹고 물러간다니 어디 될 말이오?"

그러나 육손은 침착하게 대답했다.

"나는 동오의 군마들을 총독하는 대도독이오. 그 따위 조그만 석진이 무서워서가 아니라, 위주(魏主) 조비는 간특하고 음흉하기가 그 아비 조조와 다름없는지라, 이제 촉군을 추격하면 반드시 그 틈을 타서 우리 오(吳)를 습격할 것이니, 만일 이번에 서천으로 깊이 들어가면 급히 물러날 수 없는 까닭이오."

육손의 대군이 강동으로 돌아오는데, 나는 듯이 세 곳에서 급보가 들어왔다. 조인(曹仁)의 군대는 유수에서 쏟아져 나오고, 조휴(曹休)의 군대는 동구에서 나오며, 조진(曹眞)의 군대는 남군에서 몰려나와, 삼로 병마 수십만이 밤낮으로 전진하여 강동의 경계가 되는 지역으로 쳐들어오고 있다는 것이었다.

모든 군사들은 그 말을 듣고 깜짝 놀랐다. 그러나 육손은 스스로 생각한 바가 틀리지 않았음을 알자, 껄껄 웃으며 자신있게 말했다.

"과연 내 예상에서 벗어나지 않았구나. 내가 그들을 물리치리라."

한편 효정 땅에서 유비가 참담하게 패했다는 소식은 오나라에 있던 손 부인에게는 유비가 죽었다는 것으로 잘못 전해졌다. 그녀는 이제나 저제나 하면서 유비가 자신을 데려가기만을 손꼽아 기다리다가 뜻밖의 슬픈 소식을 듣자 수레를 타고 강변으로 달렸다.

이윽고 그녀가 다다른 곳은 지난날 유비와 함께 제사를 지내는 척하고 강동 땅을 탈출했던 바로 그 자리였다.

"지난날 나는 부모 형제를 버리고 이 곳에서 남편을 따라 도망을 쳤다. 무릇 여자의 일생이란 것은 남편과 함께하는 것! 내 남편인 유비 황제께서 천하를 통일하려다가 뜻을 이루지 못하고 영웅 호걸답게 전쟁터에서 죽었으니 나도 그 뒤를 따르겠다."

말을 마친 그녀는 아득히 먼 서쪽 촉나라 하늘을 바라보며 통곡하다가 그대로 벼랑 끝으로 몸을 날려 강물에 빠져 죽고 말았다. 지금도 그 강변에는 그녀를 기리는 사당이 있다고 한다.

장무(章武) 2년 여름 6월에 동오의 육손이 효정과 이릉 등지에서 촉군을 대파하자, 선주는 백제성으로 달아나 군사들을 거두어 지키기만 하였음은 위에서 말한 바와 같다.

그처럼 비참하게 끝장이 나고 나서야 마량이 돌아왔다. 마량이 선주에게 공명의 말을 아뢰자, 선주는 길이 탄식하였다.

"짐이 일찍 승상의 말을 들었던들 이 지경에 이르지는

않았을 것이다. 이제 무슨 면목으로 성도에 돌아가 군신(群臣)을 대할 수 있으랴."

선주는 결국 백제성에 머물기로 하고, 일방으로 관역을 고쳐 영안궁(永安宮)이라 이름하였다.

얼마 후의 일이었다. 보발군이 와서 아뢰었다.

"빙습과 장남·부동·정기·사마가들이 왕사(王事)를 위하여 싸움터에서 세상을 떠났나이다."

그 말을 듣자 선주는 추연히 눈물을 흘리며 슬퍼하여 조석 수라도 잘 들지 못하였다.

한편, 오나라로 쳐들어간 조비의 삼로군은 어찌 되었을까? 먼저 조인은 오장(吳將) 주환에게 대패하고 조비를 뵈니, 조비는 깜짝 놀라 모든 장수를 모아 놓고 의논했다.

그 때 또 탐마군이 와서 보고했다.

"조진과 하수상이 남군을 에워싸다가 안에서는 육손의 복병이 쏟아지고 바깥으로는 제갈근의 공격을 받아 안팎 협공으로 대패하였나이다."

조비는 다시 의외의 보고에 놀랐다. 그럴 때에 또 탐마군이 황황히 달려와서 보고했다.

"지금 조휴가 여범에게 참패를 당했나이다."

조비는 삼로 군병이 모조리 패하였다는 소식을 듣자, 땅이 꺼지도록 한숨만 쉬었다. 그러나 이미 돌이킬 수 없는 사태였다. 더구나 한창 더운 여름 날씨라 괴질(怪疾)까지 유행했다.

그리하여 위군(魏軍)은 마침내 아무런 성과도 없이 오히려 막대한 손실만 입은 채 낙양으로 회군하고 말았다.

백제성의 위촉

백제성으로 쫓겨 들어간 선주는 영안궁에서 끝내 병을 얻어 신음하고 있었는데, 그 무슨 징조일까, 선주의 병세는 점점 무거워지기만 할 뿐이었다.

장무 3년 여름 4월이었다. 선주는 스스로 병이 이미 골수에 스며들었음을 깨닫고 만사를 준비하고 있었다.

어느 날 밤의 일이었다. 문득 음습한 일진 괴풍이 요란하게 일어나 등불을 몹시 산란케 만들더니, 드디어 일시에 혹 꺼져 버렸다.

그런데 참으로 이상한 일이었다. 꺼졌던 등불이 다시 켜지며 사방은 환히 밝아졌다. 더욱 이상한 일은 등불 빛이 희미하게 비치는 곳에 언제 나타났는지 모를 두 사람이 우뚝 시립(侍立)하고 있는 것이었다.

괴이하게 생각하던 선주는 마침내 침상에서 힘없이 몸을 일으키며 그들의 모습을 자세히 굽어보았다.

선주의 얼굴은 이윽고 기쁨과 놀라움의 빛으로 변하여 갔다. 그 두 사람은 바로 관우와 장비가 아닌가! 선주는 반가워하며 부르짖었다.

"두 아우들은 죽은 것이 아니고 여지껏 이 세상에 있었단 말인가!"

관우가 두 손을 모으고 공손히 아뢰었다.

"신들은 이미 사람이 아니오라 귀신입니다. 상제(上帝)께서 저희 두 사람은 평생 동안 신의를 잃지 않았다 하여, 칙명으로 모두 신(神)이 되게 하셨습니다. 그러니 형님과 함께 우리 형제가 한 자리에 같이 모일 날도 그리 멀지 않았습니다."

선주의 두 눈에서는 어느덧 눈물이 비오듯 쏟아지기 시작했다. 선주는 드디어 울음소리를 멈추지 못하고 크게 통곡했다.

선주가 자기 울음소리에 스스로 깜짝 놀라 깨어 보니, 두 아우는 어느 새 사라졌는지 보이지 않았다. 선주는 즉시 사람을 불렀다. 근시가 허둥지둥 들어와 엎드리자 선주가 물었다.

"지금 밤이 얼마나 깊었느냐?"

"바로 삼경(三更)입니다."

선주는 흐느끼며 눈물을 수습하지 못하고 길게 탄식했다.

"짐이 머지 않아 인간 세상을 떠나겠구나…."

선주는 일시에 일어나는 천 가닥 만 가닥 심회를 누를 수가 없었다.

이윽고 날이 밝았다. 선주는 곧 사람을 불렀다.

"승상 제갈량과 상서령 이엄에게 밤낮을 가리지 말고 달려 영안궁으로 오도록 하라. 내가 유명(遺命)을 전할 것이다."

선주가 초조해하는 중에 며칠이 지나갔다. 드디어 공명 일행이 선주의 차자(次子) 노왕(魯王) 유영(劉永)과 양왕(梁王) 유리(劉理)와 함께 영안궁에 이르렀다. 모두 성도를 비워 두고 올 수가 없었기에 태자(太子) 유선(劉禪)을 부득이 남겨 두고 온 것이었다.

영안궁에 이른 공명은 선주의 병세가 위독함을 보자, 황망히 용탑 아래에 배복했다. 선주는 공명을 굽어보며, 그를 용탑 바로 곁에 앉도록 전지(傳旨)를 내리고, 그의 등을 수척한 손으로 쓰다듬으며,

"짐이 승상을 얻은 후 다행히 제업(帝業)을 성취할까 하였더니, 생각이 모자라 승상의 말을 용납지 않고 스스로 패함을 얻었소. 무궁한 한과 끝없는 후회가 병이 되어 죽음이 조석(朝夕)에 매었는데, 사자(嗣子)는 어리고 약하니 이 대사를 부탁하지 않을 수 없구료."

하고 말하며 눈물로 얼굴을 온통 적시었다. 공명도 또한 흐느껴 울며 아뢰었다.

"원컨대 폐하께서는 용체를 보전하시어 천하의 사람들이 바라는 바를 이루어 주시도록 하소서."

선주가 머리를 흔들며 좌우를 보다가 마량의 동생 마속

이 곁에 있음을 보자 물러가라고 손짓했다. 그가 물러가자 공명에게 말했다.

"승상은 마속의 사람됨을 어떻게 보오?"

"그 사람이 또한 당세의 영용한 재질이 있습니다."

선주는 머리를 모로 흔들며,

"짐이 그 사람을 보니 실행(實行)보다 말이 지나치게 앞서니 가히 크게 쓸 인재는 아니로다. 승상은 깊이 살펴 만사를 처리하라."

하고 분부했다.

그제야 선주는 다시 모든 신하들을 전내(殿內)로 들어오게 했다.

그리고는 지필을 들어 유조(遺詔) 쓰기를 마치고 공명에게 준 후 탄식하며 말했다.

"짐이 비록 책을 많이 읽지는 못했으나 그 대략(大略)은 겨우 아노라. 성인(聖人)이 말하기를, 새가 장차 죽으려 할 땐 그 울음소리가 애달프고, 사람이 장차 죽으려 할 땐 그 말이 또한 착하다고 했소. 짐이 본래 경들과 고락을 같이 하여 온 것은 한실을 부흥시키기 위해서였는데, 불행하게도 이제 중도에서 이별하게 되었으니, 번거롭겠지만 승상은 유조를 태자 선(禪)에게 전하여 예삿말로 알지 말게 하고, 모든 일을 승상이 가르쳐 주기를 거듭 부탁하오."

공명과 신하들이 흐느껴 울며 땅에 엎드렸다.

"원컨대 폐하께서는 용체를 편히 쉬소서. 신들이 견마지로(犬馬之勞)를 다하여 폐하의 지우(知遇)하신 은혜를 갚겠나이다."

선주는 내시에게 명해 공명을 부축하여 일으키게 한 후, 한 손으론 끊임없이 흐르는 눈물을 닦고 한 손으론 공명의 손을 잡고 말했다.

"짐은 이제 죽는다. 심복인 그대와 서로 고할 말이 있노라."

공명이 물었다.

"무슨 성유(聖喩)가 계시옵니까?"

선주는 또 울면서,

"그대의 재주는 조비보다 십 배나 월등하니, 반드시 앞날에 천하를 안정시키고 나라를 세운 후 마침내 대사를 이룰 것이다. 짐이 참으로 그대와 서로 잘 아는 까닭에 거침없이 말하노라. 그대는 앞으로 태자를 가히 도움직하거든 도웁되, 만일 태자가 그 자리에 앉을 만한 재덕이 없으면 그대가 성도의 주인이 되라."

고 말했는데 눈물이 다시 주르르 뺨을 흘러내렸다.

공명은 온몸에 땀이 흘러 내리며, 손발을 가누지 못하고 땅바닥에 엎어지며 통곡했다.

"신으로 어이 고굉(股肱)의 힘을 다하여 충정(忠貞)의 절개를 세우지 못하고 죽음으로써 후사를 돌보지 못하라고 하시나이까?"

말을 마친 공명이 방바닥에 머리를 짓찧었기에 양편 관

자놀이에서 피가 흘러내렸다. 선주는 황망히 공명을 부축케 하여 탑상(榻床)에 앉게 한 다음, 노왕 유영과 양왕 유리를 가까이 오라고 했다.

"너희들은 내 말을 듣고 깊이 명심하라. 내가 세상을 떠난 후 너희들 형제 세 사람은 모두 승상을 부친으로서 섬기되, 조금도 태만하지 말라."

선주는 드디어 두 왕을 바라보며, 공명에게 절하고 맹세하라고 말했다. 두 왕의 절을 받자 공명이 말했다.

"신이 비록 간뇌도지할지언정, 어찌 지우하신 폐하의 은덕을 다 갚을 수 있겠나이까."

여기서 선주가 공명에게 성도의 주인이 되라고 한 말은 당시의 전제 군주 시대에서는 상상도 할 수 없는 일임을 상기할 필요가 있다. 이것은 능력이 없는 자는 나라를 맡지 말아야 한다는 민주적인 사상의 표현이기도 하지만, 나중에 특히 조운에게 태자를 부탁하는 것으로 보아 선주의 고도한 정치적 치밀성을 보여 주는 장면이라고도 말할 수 있다.

선주는 다시 중관들에게 부탁했다.

"짐이 이미 태자를 승상에게 부탁하고, 사자(嗣子)로 하여금 부친으로서 섬기라 하였으니, 경들도 모두 태만함이 없게 하여 짐이 바라는 바를 저버리지 말라."

선주는 다시 조운을 바라보며 부탁했다.

"조운. 그대는 언제나 나의 곁에 있으며 수많은 죽을 고비로부터 나를 구해 주었소. 내가 죽은 후에도 공명 군사와 함께 나의 어린 자식들을 잘 돌봐 주시오."

조운이 통곡하며 엎드려 절하고 아뢰었다.

"어찌 신이 견마지로를 본받지 않겠나이까."

선주는 크게 한숨을 쉬고는 중관들에게 유언했다.

"경들 모든 백관에게 짐이 일일이 부촉하지 못하노니, 원컨대 다 천만자애(千萬自愛)하라."

말을 마친 선주는 침상 위에 쓰러지며 눈을 한 번 크게 떴다가 그대로 스스로 감으며 숨이 멎었다. 이 때는 장무 3년 여름 4월 24일이었으며, 선주의 수(壽)는 63세였다.

뜻을 천하 통일에 두고 도원 결의하여 삼형제가 다 함께 손을 잡고 어지러운 세상을 바로잡으려고 했으나 천추의 유한(遺恨)을 가슴에 품은 채 만사를 제갈공명에게 맡기고 저세상으로 떠나고 말았던 것이다.

선주가 붕어하자 문무 관료들은 모두 큰 소리로 통곡했다. 공명이 중관들과 함께 자궁(梓宮: 왕이나 왕대비·왕비·왕세자 등의 시체를 넣던 관)을 모시고 힘없이 성도로 돌아가니, 태자 유선이 성에서 나와 영구(靈柩)를 영접하여 정전(正殿)에다 모셨다. 유선이 대성통곡하며 예를 마치자, 공명이 유조를 펼쳐 들고 읽었다.

"짐이 듣건대 사람이 50세면 죽어도 요사(夭死)라 않는다 하는데, 짐은 나이 60이 지났으니 죽은들 무슨 여한이 있을 것인가. 그러나 너희 형제를 잊을 수 없으니, 힘쓰고 힘써서 악(惡)은 작을지라도 행하지 말고, 선(善)은 비록 작을지라도 부지런히 행하라. 오직 현(賢)하고 오직 덕(德)하여야만 가히 사람을 심복케 할 수 있으니라. 네 아비는 덕이 박해 족히 본받을 바 없으니, 내가 죽은 후에는 승상을 부모와 다름없게 만들고 섬기기를 게을리 하지 말고 잊지 말 것이며, 너희 형제의 모든 일에 대해서 묻고 지시받기를 오로지 부탁하며 부탁하노라."

공명은 이윽고 유조 읽기를 끝내고 말했다.
"나라에 하루라도 인군이 없어서는 안 되니, 청컨대 태자를 모시어 한(漢)나라의 대통(大統)을 계승케 할 것이로다."
드디어 태자 유선이 황제의 위(位)에 오르며, 연호를 개원하여 건흥(建興)이라고 했다.
그 후 선주를 혜릉(惠陵)에 장사 지내고 소열 황제(昭烈皇帝)라고 시(諡)하는 동시에, 황후 오 씨를 황태후로 삼고 감 부인이라고 시(諡)하여 소열 황후로 삼고, 미 부인에게도 또한 추시(追諡)하여 황후로 삼았다.
그리고 이 때부터 공명은 승상으로서 명실 상부한 제2인자가 되었다.

오로군

　유비가 죽었다는 소식을 듣자 누구보다도 기뻐한 사람은 조비였다. 그는 즉시 모사 사마의를 불러 대책을 의논했다.

　"지금 촉나라로 쳐들어간다면 쉽게 빼앗을 수 있지 않을까?"

　사마의가 대답했다.

　"지금 촉나라에는 공명이 있긴 하지만, 새로 황제가 된 유선이 나이가 어리고 아직 나라 일을 잘 모르기 때문에 안정되어 있지 않습니다. 오로군을 일으켜 촉나라로 쳐들어간다면 승리는 우리 것이나 다름없습니다."

　잠자코 고개를 끄덕거리던 조비가 물었다.

　"좋은 말이오! 그런데 그대가 말하는 오로군이란 뭐요?"

　사마의가 대답했다.

　"먼저 요동에 사람을 보내어 그 곳 선비국 왕에게 뇌물을 주고 군사들 10만 명으로 하여금 서평관 쪽으로 쳐들어가게 하는 것이 제1로군입니다."

　"그럼 2로군은?"

　"멀리 남만국(지금의 미얀마·베트남·태국 등지)의 왕 맹획에게 벼슬과 상을 주고 군사들 10만 명을 일으켜 촉나라의 남쪽 지방으로 쳐들어가게 하는 것이 2로군입니다."

　사마의는 마치 물이 흐르듯 막힘 없이 말을 이어나갔다.

"3로군은 오나라의 손권과 동맹을 맺어 오나라 군대 10만 명이 촉나라의 가운데로 쳐들어가는 것이며, 4로군은 관우를 도와 주지 않음으로써 유비에게 밉보인 맹달의 군대 10만 명이 촉나라의 서쪽으로 쳐들어가게 하는 것이며, 5로군은 폐하와 일가 친척인 장수 조진을 선봉으로 삼아 역시 군사 10만 명을 거느리고 양평관으로 쳐들어가는 것입니다."

사마의의 빈틈없는 계획에 조비는 벌린 입을 다물지 못했다.

"좋소! 지금 즉시 사신들을 뽑아 그들에게 보내시오. 제갈공명이 귀신을 부리는 재주가 있다고 해도 이번에는 빠져나가지 못할 것이오!"

즉시 네 명의 사신이 각기 선비국·남만국·손권·맹달에게로 달려갔고, 조비의 친척 조진은 10만 대군을 거느리고 양평관을 향해 진격했다.

조비는 동맹국들로부터 호응하겠다는 대답을 듣자 기뻐하며 중얼거렸다.

"아버님이 못다 이룬 천하 통일의 꿈을 비로소 내가 이루게 되었다."

그 무렵 촉나라에서는 경사스러운 일이 하나 생겼다. 새로 황제가 된 유선에게 죽은 장비의 딸이 시집을 가 황후가 된 것이다. 그런데 어느 날 갑자기 들이닥친 보고는 익주성을 발칵 뒤집어 놓았다.

"조비가 오로군을 일으켜 우리 땅으로 쳐들어온다고 합니다. 사방에서 군사들이 새까맣게 몰려오고 있습니다!"

유선은 소스라치게 놀라며 공명을 찾았다.

"어서 승상을 모셔 오너라! 공명 승상을……."

그런데 공명을 부르러 간 사람은 빈손으로 돌아와 이렇게 말했다.

"승상께서는 며칠 전부터 집 안에 틀어박힌 채 조정에는 그림자도 얼씬하지 않으신다고 합니다."

유선은 다급했다.

"그래? 승상에게 병이라도 난 모양이니 내가 직접 집으로 찾아가야겠다."

황제의 체면 따위를 따질 때가 아니었기에 유선은 가마를 타고 한달음에 공명의 집으로 찾아갔다.

공명은 후원의 연못가에 앉아 무언가 깊은 생각에 잠긴 모습으로 물 위를 바라보고 있었다.

"승상! 지금 무얼 하고 계시오?"

유선의 다급한 부름에 공명은 화들짝 놀라며 얼굴을 돌렸다.

"아니, 폐하께서 누추한 저의 집까지 어쩐 일로……? 맞이하러 나가지 못한 저의 죄는 백 번 죽어 마땅합니다."

안절부절못하는 공명을 바라보며 유선은 말했다.

"그런 것을 따질 때가 아니오. 조비가 오로군을 거느리고 쳐들어온다고 하오. 승상은 이 다급한 소식을 알고나 있소?"

공명은 그제야 안심한 듯 조용히 웃어 보였다.

"돌아가신 황제께서는 저에게 이 나라와 폐하를 부탁하셨습니다. 그런데 제가 어찌 조비의 침략을 모르고 있겠습니까?"

유선은 어안이 벙벙했다.

"알고 계셨다면 어째서 조정에 나오지 않으셨소?"

"폐하, 결코 다른 뜻이 있어서 그런 것이 아니니 용서해 주십시오. 오로군이 쳐들어온다는 것을 알면서도 승상이란 사람이 아무런 대책도 내놓지 못하면 대신들이 얼마나 실망하겠습니까? 그래서 집 안에 틀어박혀 이것저것 생각하다가, 오늘 연못에서 물고기가 노니는 모습을 보고 문득 좋은 생각을 떠올리게 되었습니다."

유선은 기뻐하며 물었다.

"그래요? 오로군을 물리칠 계책을 만들었다는 말씀이오?"

"그렇습니다. 오로군의 제1로는 요동의 선비국 군사들입니다. 그러나 우리의 오호 장군 마초는 원래 그 지방 출신이며 선비국 병사들 중에는 지금도 그를 존경하는 사람이 많습니다. 마초를 서평관으로 보내 제1로군을 설득시키면 그들은 싸우지 않고 그대로 돌아갈 것입니다."

제갈공명은 계속해서 대책을 설명했다.

"제2로군은 남만국의 맹획의 군대입니다. 그러나 오랑캐

들이란 원래 용기는 있으나 의심이 많기 때문에 우리의 군사들이 조금이라도 많은 것을 보이면 감히 쳐들어오지 못할 것입니다. 저는 이미 장수 위연에게 우리 군사들이 많은 것을 과장해서 보이라는 지시를 내려서 그를 떠나 보냈습니다. 그리고 제4로군은 맹달의 군대인데, 그는 원래 촉나라의 장수로서 지금쯤 양심의 가책을 받고 망설이고 있을 것입니다. 이제 제가 그와 친한 이엄이라는 사람을 보냈으니, 그는 아마 이러지도 저러지도 못하고 머뭇거리다가 결국 싸움을 피할 것입니다. 그리고 마지막 제5로군은 총사령관 조진이 직접 군사들을 거느리고 양평관으로 쳐들어온다지만 그 곳은 원래 지형이 험하고 요새가 튼튼해서 그 곳을 지키는 조운 장군 하나만으로도 충분히 막아낼 수 있습니다. 다만 문제인 것은 제3로군인 손권의 군대입니다."

"어째서 문제가 되오?"

유선이 금세 불안해진 표정으로 묻자 공명이 말을 이었다.

"오나라의 대군이 일단 움직이기 시작하면 그 기세가 만만찮기 때문입니다. 하지만 그것도 크게 걱정하실 일은 아닙니다. 왜냐 하면 손권과 조비가 동맹을 맺었다고는 하지만, 원래 그들은 힘을 합치기도 잘 하고 등을 돌리기도 예사로 하는 관계이기 때문입니다. 손권은 아마 우리와 조비의 군대가 싸우는 것을 지켜보다가, 우리 쪽이 불리해지면 공격해 올 것입니다. 하지만 저는 그렇게 되기 전에 사신을 손권에게 보내 그를 설득함으로써 오나라 군대가 물러가게 만들 생각입니다. 일단 오나라 군대가 물러가면, 나머지 네 방면의 적들이야 더더욱 걱정할 것이 못 됩니다."

유선은 그제야 공명의 두 손을 꼭 잡으며 말했다.

"그런 줄도 모르고 잠시나마 승상을 원망한 내가 부끄럽구려……."

등지의 말재주

유선은 공명을 찾아왔을 때와는 달리 환해진 얼굴로 가마에 올라탔다. 영문을 모르는 신하들은 의아해하는 표정으로 수군거렸다. 그 때 함께 온 신하들 중 한 사람이 하늘을 올려다보며 큰 소리로 웃었다. 공명은 그를 유심히 지켜보다가 말했다.

"그대는 잠시 이 곳에 남게."

이윽고 유선이 떠나가자 공명은 그 신하를 바라보며 물었다.

"그대의 이름은 무엇인가?"

"제 이름은 등지로서, 지금 조정의 작은 벼슬아치입니다."

"그래? 그런데 그대는 어째서 하늘을 바라보며 큰 소리로 웃었는가?"

"제가 짐작하건대, 승상께서 황제 폐하께 오로군을 물리칠 방법을 가르쳐 주신 것 같으니 이 나라의 백성으로서 어찌 즐겁지 않겠습니까?"

공명은 점점 등지라는 사람에게 호기심이 일었다.

"그래, 그것은 사실이다. 그럼 내가 그대에게 한 가지 묻겠다. 지금 천하는 촉·위·오 이 세 나라가 솥발처럼 갈라져 있다. 그대는 우리가 어느 나라부터 물리쳐야 좋을 것이라고 생각하는가?"

등지는 조금도 망설이지 않고 대답했다.

"가장 먼저 물리쳐야 할 적은 역적 조비의 위나라이지만, 지금 그들의 힘은 너무 커서 단번에 무찌를 수는 없습니다. 때문에 오나라와 동맹을 맺고 힘을 기른 후에 무찔러야 한다고 생각합니다."

공명은 크게 웃으며 고개를 끄덕였다.

"그대의 생각이 나의 생각과 같소. 내가 그렇게 하기 위해 오나라에 사신을 파견할 생각이었으나 적당한 사람이 없어 고민했었는데 이제야 적임자를 찾았소. 그대는 오나라로 가서 그들과 우리의 동맹을 맺어 주시오."

등지는 한사코 사양했지만 공명은 그런 등지를 떠다밀다시피 해서 오나라로 보냈다.

손권은 촉나라의 사신이 왔다는 말을 듣자 군사들 1천 명을 좌우에 거느린 채 그를 맞아들였다. 뿐만 아니라 주변에는 기름이 펄펄 끓는 가마솥이 걸려 있었고, 군사들은 저마다 도끼와 창과 칼을 든 채 등지를 노려보고 있었다. 손권이 그렇게 한 까닭은 등지를 시험해 봄으로써 그의 말이 진심인지 아닌지를 알아 보기 위해서였다.

등지는 그런 공포 스러운 분위기 속에서 걸어와 손권에게 허리를 숙여 보였다. 손권의 불호령이 떨어진 것은 그때였다.

"네 이놈! 어째서 너는 허리만 숙일 뿐 절을 올리지 않느냐?"

등지는 조금도 두려워하지 않으며 대답했다.

"촉나라는 황제가 계신 큰 나라요, 오나라는 왕이 있는 작은 나라입니다. 황제의 사신이 어찌 조그마한 나라의 왕에게 절을 올리겠습니까?"

순간 손권의 얼굴이 일그러졌다.

"건방진 놈! 여봐라, 저놈을 당장 기름 가마에 처넣어라!"

하지만 등지는 껄껄껄 웃으며 다시 말했다.

"하하하! 사람들이 말하기를 오나라에는 현명한 사람이 많다고 했는데 알고 보니 헛소문이었구나!"

손권은 그 말에 더욱 화가 나서 소리쳤다.

"네 이놈! 그게 무슨 소리냐?"

"일개 사신이 두려워 이렇듯 야단 법석을 떨어대기에 드리는 말씀입니다."

"우리가 이러는 것은 네가 두려워서가 아니다. 네놈이 제갈공명의 지시를 받고 위나라와는 인연을 끊고 너희 촉나라와 사이좋게 지내자고 말하려는 것을 우리가 알기에 이러는 것이다."

"그것은 사실입니다. 하지만 그렇다고 해서 일개 사신에게 겁을 주기 위해 군사들을 늘어세우고, 가마솥에 기름을 끓인다면 세상 사람들이 폐하를 가리키며 속이 좁은 사람이라고 얼마나 비웃겠습니까? 제가 이 곳으로 온 것은 두 나라의 이익을 만들기 위해서입니다."

손권은 부끄러웠다. 그는 한동안 대답할 말이 없어 머뭇거리다가, 마침내 군사들을 물러가게 한 다음 등지에게 앉을 자리를 권했다.

"두 나라의 이익을 만들기 위해서라니, 그게 무슨 소리요?"

"그보다 우선 대왕께서는 촉나라와 사이 좋게 지내고 싶은 생각을 가지고 계십니까?"

"물론이오. 하지만 촉나라의 주인이 아직 어린 사람이라 끝까지 동맹을 지켜 줄지 의심스러워 망설이고 있소."

"촉나라에는 황제 폐하만 있는 것이 아니라 제갈공명 승상도 있습니다. 대왕이나 공명 승상은 모두 오늘날의 뛰어난 영웅들입니다. 더욱이 우리 촉나라에는 가파른 산악 지대가 많고, 오나라에는 요새로 삼을 만한 강이 많습니다. 우리 두 나라가 힘을 합치면 천하를 집어 삼킬 수 있고 물러서면 솥의 발들처럼 나란히 함께 살 수도 있습니다. 그런데 어째서 대왕께서는 스스로 조비의 신하가 되려고 하십니까? 두고 보십시오. 조비는 이제 대왕의 군대뿐만 아니라, 왕세자까지 낙양에 인질로 잡아 두고 아침저녁으로 폐하로 하여금 문안 인사를 올리라고 강요할 것입니다. 그것이 어찌 한 나라의 왕으로서 할 짓이겠습니까? 촉나라와 동맹을 맺으면 우리는 결코 신의를 저버리지 않을 것입니다. 만일 제 말을 못믿으시겠다면 지금이라도 저 기름 가마에 뛰어들어 진심을 증명해 보이겠습니다."

말을 마친 등지가 정말로 끓는 가마솥으로 뛰어들려는 것을 손권이 겨우 뜯어말렸다.

"아, 알겠소. 그대의 말을 믿겠소."

그리하여 촉나라와 오나라는 동맹을 맺었고, 조비의 오로군은 흐지부지 흩어지고 말았다.

장수 서성

위나라의 조비는 불안해서 견딜 수 없었다. 그는 잔뜩 화가 난 표정으로 소리쳤다.

"촉나라와 오나라가 동맹을 맺은 것은 나를 공격하기 위한 수작이다. 놈들이 쳐들어오기 전에 내가 먼저 그들을 칠 것이다!"

그는 신하들을 불러 오나라를 공격할 일에 대해서 의논했다. 그 때 신비라는 신하가 말했다.

"우리 위나라는 넓은 땅에 비해 백성들의 수는 많은 편이 아니어서 다시 군대를 일으키는 것은 곤란합니다. 지금부터 군사들을 기르고 논밭을 잘 일구면 10년 쯤 후에는 군사들과 양식이 모두 넉넉해질 것입니다. 오나라를 공격하는 것은 그 때 가서 다시 한 번 생각해 보시지요?"

조비는 화를 벌컥 내며 신비를 나무랐다.

"그건 겁쟁이 선비들이나 하는 소리요! 촉나라와 오나라가 동맹을 맺고 쳐들어오려는 판국에 10년을 어떻게 기다린단 말이오? 나는 지금 즉시 군대를 일으켜 오나라를 공격할 것이오!"

그러자 이번에는 사마의가 나서서 말했다.

"오나라에는 넓디넓은 양자강이 가로놓여 있어 배가 아니면 건널 수 없습니다. 폐하께서 직접 오나라를 정벌하러 가실 작정이라면, 먼저 커다란 배를 만든 후에 그 배를 타고 가십시오."

조비는 고개를 끄덕였다.

"옳은 말이오. 오늘부터 당장 커다란 배를 만드시오."

그 날부터 수많은 목수들이 동원되어 커다란 배 10척을 만들었으니 한 척에 군사들 2천 명을 태울 수 있는 어마어마한 크기였다.

마침내 조비가 군대를 일으켰다. 그는 커다란 배 이외에
도 전선 3천 척을 끌어모아 각기 군사들을 나누어 싣고 기
세 등등하게 오나라를 향해 쳐들어갔다. 이 때 위나라 군대
의 수는 육군과 수군을 합쳐 자그마치 30만 명이었다.

오나라의 손권은 신하들을 불러 모아 대책을 의논하기
시작했다. 그 때 고옹이라는 신하가 말했다.

"우리는 촉나라와 동맹을 맺었으니 제갈공명에게 편지를
보내십시오. 위나라 군대가 쳐들어오고 있으니 한중 땅에서
나와 싸워 달라고 말입니다. 그와 동시에 우리도 대장 한
명을 뽑아 그들을 막아내야 합니다."

손권은 고개를 끄덕이며 탄식했다.

"조비를 물리칠 수 있는 사람은 육손밖에 더 있겠는가!"

그러자 고옹이 얼굴을 찌푸렸다.

"오늘날 조비를 상대할 수 있는 사람은 육손이 가장 적
임자이지만, 그는 형주 땅을 지키고 있으니 함부로 움직일
수 없습니다."

손권은 답답했다.

"그래도 육손 이외에는 마땅한 사람이 없질 않은가?"

그 때 한 장수가 성큼 나서며 입을 열었다.

"제가 비록 가진 재주는 없으나 군사들을 거느리고 나가
조비를 맞이해 싸우겠습니다. 조비가 다시는 우리 땅을 넘
보지 못하도록 하겠습니다."

모두가 소리나는 곳을 바라보니 그는 서성이라는 장수였

다.

　총사령관이 된 서성은 모든 군사들에게 단단히 명령을 내렸다.

　"적은 배를 타고 강을 건너올 것이니 강 근처 언덕의 방비를 한시도 게을리하지 말아라."

　그 때 그의 부하 장수 중 한 사람이 말했다.

　"이번에 대왕께서 장군에게 총사령관을 맡긴 것은 한시 바삐 위나라 군대를 물리치고 조비를 사로잡기 위해서인데, 장군은 강을 건너지 않고 이 곳에서 적을 기다리기만 할 작정입니까? 강을 건너가 먼저 적을 공격하십시오. 조비의 군대가 들이닥친 뒤에는 후회해도 아무 소용이 없습니다."

　서성이 바라보니 그는 손권의 조카인 장수 손소였다. 그는 아직 나이가 젊어서인지 용기는 있었지만, 그 때문에 잦은 실수도 하는 사람이었다.

　"위나라 군대는 수도 많은데다가 유명한 장수가 앞장서 올 것이므로 강을 건너가서 그들과 싸워서는 안 된다. 나는 그들을 태운 배가 모두 북쪽 언덕에 모일 때를 기다려 공격할 작정이다."

　서성의 대답에 손소가 고집을 부렸다.

　"나에게는 군사 3천 명이 있고, 아울러 이 곳 지리에도 밝습니다. 나는 군사를 거느리고 강 북쪽으로 건너가서 조비와 한판 싸움을 벌일 것이니, 만약 내가 이기지 못하면 나의 목을 베십시오."

서성은 고개를 저었다.

"지금은 내가 총사령관이오. 허락할 수 없소."

하지만 손소는 굳이 강을 건너가겠다고 고집을 부렸고 마침내 화가 머리끝까지 오른 서성은 소리쳤다.

"네 이놈, 참으로 무례하구나! 모든 장수가 너와 같으면 내가 어찌 군사들을 지휘할 것인가? 여봐라, 이놈을 끌어내어 목을 벰으로써 모든 군사들에게 본보기로 삼아라!"

말이 떨어지기가 바쁘게 도끼를 든 병사들이 손소를 끌고 나가서 죽일 준비를 했다. 소스라치게 놀란 손소의 부하들은 급히 말을 달려 그 같은 사실을 손권에게 알렸다. 놀란 것은 손권도 마찬가지였다.

"뭐라고? 적과 싸우기도 전에 같은 편끼리 다투다니 ……."

손권 역시 손소를 구하기 위해 나는 듯이 말을 달렸다. 이윽고 손권이 도착했을 때는 손소의 목을 치기 위해 병사가 도끼를 높이 쳐들고 있었다.

"잠깐! 멈추어라!"

손권이 소리치자 병사들은 뒤로 물러섰고, 그 바람에 겨우 목숨을 살린 손소는 눈물을 뚝뚝 흘리며 말했다.

"저는 이 곳 지리에 훤하기 때문에 조비가 쳐들어오기 전에 먼저 강을 건너가 싸우려고 했습니다만…… 서성은 끝내 제 말을 듣지 않고…… 만일 조비가 양자강을 건너와

들이닥치는 날에는 우리 오나라도 망합니다……."

손권이 진영으로 들어서자 서성이 그를 맞으며 말했다.

"손소가 지휘관의 명령에 따르지 않았기에 목을 베려고 했던 것입니다. 대왕께서는 어째서 그를 구해 주셨습니까?"

손권이 대답했다.

"아직 나이가 젊어서 그런 것이니 장군이 너그러이 용서해 주시오."

서성은 고개를 가로저었다.

"군대에는 엄연히 군법이란 것이 있습니다. 친하다고 해서 그를 살려 준다면 장차 어느 누가 명령에 따르겠습니까?"

손권은 마땅히 대답할 말이 없었다. 때문에 그는 태도를 바꾸어 간청하기 시작했다.

"손소가 지은 죄는 마땅히 군법에 따라 목을 베어야 할 것이오. 그러나 그는 원래 유씨였던 것을 나의 형님께서 깊이 사랑하셔서 손씨 성을 내렸으니, 지금 그를 죽인다면 내가 형님의 뜻을 저버리는 것이 되질 않소? 내 얼굴을 보아서라도 한 번만 용서해 주시오."

"알겠습니다. 이번 한 번만은 용서하겠습니다."

그러자 손권이 손소를 바라보며 말했다.

"네 이놈, 이번만 용서해 주는 것이니 장군에게 감사의 절을 하여라!"

하지만 손소는 절은커녕 오히려 서성을 향해 소리를 내질렀다.

"나는 지금도 강을 건너가 조비를 공격하는 것이 옳다고 생각하오. 죽으면 죽었지 절은 하지 못하겠소."

손권은 그런 손소를 꾸짖어 보낸 다음 서성을 다독거렸다.

"손소 따위 하나쯤 없어도 우리 오나라에 무슨 손해가 있겠소. 장군은 이제 다시는 그놈을 쓰지 마시오."

그런데 그 날 밤이었다. 병사 한 명이 서성의 막사 안으로 헐레벌떡 뛰어들어와 보고했다.

"장수 손소가 군사들 3천 명을 거느리고 몰래 강을 건너갔습니다."

서성은 끝내 말을 듣지 않은 손소의 행동이 괘씸했지만, 그래도 손권의 얼굴을 보아서 장수 정봉을 불러 계책을 일러 준 다음 말했다.

"군사 3천 명을 이끌고 강을 건너가 손소를 도와 주어라."

한편 그 무렵 조비는 군사들을 거느리고 양자강을 건너오다가 오나라 쪽 강 언덕을 바라보며 물었다.

"저기 강 언덕에는 적이 얼마나 있는가?"

"그쪽에는 적은 물론 바람에 나부끼는 깃발조차 보이지 않습니다."

조비는 고개를 갸웃거렸다.

"그럴 리가? 아마도 적이 속임수를 쓰는 것 같다. 내가 직접 가서 살펴보고 오겠다."

조비를 태운 배가 푸른 물결을 헤치며 강 건너 쪽으로 미끄러져 갔다. 그러나 가까이 가서 살펴보아도 역시 오나라 군사는 한 명도 보이지 않았다.

"이상한 일이다…… 우리가 쳐들어온다는 걸 분명히 알고 있을 텐데 어째서 적이 하나도 보이지 않는 걸까?"

조비의 물음에 부하 장수가 대답했다.

"우리가 쳐들어온다는 걸 알고 적이 어찌 대비를 하지 않았겠습니까? 폐하께서 보신 대로 적이 속임수를 쓰는 것 같습니다. 우리는 서두르지 말고 한 닷새 동안 자세히 살핀 다음에 공격하는 것이 좋겠습니다."

조비는 고개를 끄덕였다.

"그대의 말이 내 생각과 같도다! 여봐라, 모든 배를 강기슭에 대어라. 며칠 동안 이 곳에서 머물 것이다."

서성이 화공으로 조비를 무찌르다

그 날 밤은 날이 흐려서 달이 보이지 않았다. 조비가 거느린 위나라 군사들이 강기슭에 배를 대고 저마다 불을 밝혔기에 하늘과 땅이 대낮처럼 환해졌으나, 멀리 강 건너 쪽은 칠흑처럼 캄캄했다. 의심 많은 조비가 중얼거렸다.

"적들은 왜 불을 밝히지 않는 걸까?"

그 날 밤은 그렇게 지나가고 이튿날 새벽이 되었다. 그런데 날이 새면서부터 자욱한 안개가 몰려와 한 치 앞도 분간하기 힘들더니, 이윽고 바람이 불어와 안개를 밀어내면서 어렴풋했던 강 너머 쪽이 선명한 모습으로 드러났다. 순간 조비는 자신의 눈을 의심했다.

"이럴 수가……!"

쥐새끼 한 마리 보이지 않던 강 건너 쪽에 자리잡고 있는 것은 커다란 성이요, 그 성벽 위에서는 칼과 창들이 아침 햇살을 받아 번쩍이고 있었고 수풀처럼 우거진 깃발들이 바람에 나부끼고 있었던 것이다.

조비의 놀라움은 거기서 그치지 않았다.

성은 강변 일대 수백 리에 걸쳐 뻗어 있었고, 수레와 배들이 끊임없이 오가고 있었다. 모두가 하룻밤 사이에 일어난 일이었다.

조비는 그만 고개를 떨구며 탄식했다.

"나에게 수십만의 군사가 있다고 한들 무슨 소용이 있겠는가! 오나라 군대가 저렇듯 막강하니 함부로 공격하기에는 애초에 틀렸다!"

하지만 사실 조비와 위나라 군사들이 본 수많은 성과 무기와 깃발들은 모두 서성이 갈대를 엮어 만들게 한 가짜들이었다.

그런 줄도 모르고 조비는 황급히 뱃머리를 돌려 달아나려고 했다. 그런데 이건 또 웬일인가! 갑자기 사나운 바람이 불면서 강물이 뒤집어지기 시작하더니, 마침내 조비가 탄 커다란 배마저 금세라도 물 속으로 가라앉을 것처럼 요동을 쳤다. 조비는 처참하게 일그러진 얼굴이 되어 강물이 휩쓸리는 방향에 따라 이리저리 몸을 뒤뚱거렸다.

그 때 또다시 병사 한 명이 헐레벌떡 달려와 보고했다.

"촉나라 장수 조자룡이 양평관에서 나와 우리 위나라 땅을 향해 쳐들어가는 중이라고 합니다!"

"뭐, 뭣이라구?!"

어찌나 놀랐던지 조비는 하마터면 물 속으로 곤두박질칠 뻔했다.

"얼른 우리 땅으로 돌아가자! 괜히 남의 땅을 빼앗으려다가 자칫하면 우리 땅마저 잃고 오갈 데 없는 신세가 되겠다!"

위나라 군사들이 일제히 뱃머리를 돌려 달아나는데 한 무리의 군사들이 강기슭에 들이닥치며 소리쳤다.

"위나라 놈들을 모조리 불태워 죽여라!"

장수 손소가 이끄는 군사들이었다. 그들이 강기슭에 불화살을 쏘아대자, 위나라 군사들이 탄 배는 금세 불덩이가 되었다.

조비는 시커멓게 그을린 얼굴로 사방에서 타오르는 불길을 바라보며 소리쳤지만, 불길은 어느 새 그의 옷자락으로까지 옮겨 붙고 있었다.

"아, 안 되겠다! 작은 배를 내려라! 육지로 도망치는 수밖에 없다!"

조비는 소스라치게 놀라며 커다란 배에서 조그마한 배를 끌어내려 그 배를 타고 육지로 도망쳤다. 조비는 말을 타고 정신없이 내달렸다. 그 때 또 한 무리의 군사들이 함성을 지르며 언덕 위에서 달려 내려왔다.

"저기 저 불에 탄 쥐새끼 같은 놈이 조비다! 저놈을 잡아라!"

장수 정봉이 이끄는 군사들이었다. 조비는 그만 맥이 풀려 그 자리에 우두커니 섰고, 그런 조비를 구하려고 장요가 달려들었지만 그마저 정봉이 쏜 화살에 허리를 맞고 비틀거렸다. 그 때 장수 서황이 헐레벌떡 달려왔다. 그는 장요와 조비를 가까스로 구출하여 허둥지둥 도망치고 말았다.

싸움은 오나라 군대의 대승리로 끝났다. 손권은 큰 공을 세운 서성에게 많은 상을 내렸다. 하지만 화살을 맞고 돌아간 장요는 얼마 안 되어 상처가 덧나는 바람에 죽고 말았다.

한편 양평관에서 나와 군사를 거느리고 위나라 땅으로 진격하던 조운은 제갈공명으로부터 한 통의 편지를 받았다.

「남만왕(蠻王) 맹획(猛獲)이 건녕 태수 옹개와 힘을 합쳐 오랑캐 군사 10만 명을 거느리고 우리 땅 남쪽으로 쳐들어와서 노략질을 일삼는다고 한다. 양평관의 방어는 마초에게 맡길 것이니, 그대는 즉시 군대를 거느리고 나에게 오라. 내가 직접 남만국을 정벌할 것이다.」

편지를 읽자마자 조자룡은 군대를 돌려 익주성으로 달렸다.

제11장
천하 통일

남만 정토

건흥(建興) 3년, 공명이 후주(後主) 유선에게 아뢰었다.

"만왕 맹획이 10만군을 일으켜 경계를 침범하니, 남만은 참으로 나라의 우환거리라 이번에 신이 몸소 군대를 거느리고 가서 정토할까 하나이다."

그러자 유선이 근심스러워하며 대답했다.

"동쪽엔 손권이 있고 북쪽엔 조비가 있어서 항상 틈만 노리고 있는데, 이제 상부(相父)가 짐을 버리고 간 사이에 만일 오·위의 군대가 쳐들어 오면 어떻게 하오?"

공명이 허리를 굽히며 다시 아뢰었다.

"폐하를 보필함에 있어 신이 빈틈없는 준비를 해 놓았사오니, 조금도 걱정하지 마옵소서. 이제 신은 이번 기회를 놓치지 않고 속히 남만을 소탕한 연후에 북벌(北伐)하여 중원을 무찌름으로써, 선제의 삼고 지은(三顧之恩)과 폐하를 신에게 부탁하신 것에 대해 보답할까 하나이다."

유선은 제갈공명이 떠난다고 했기에 한없이 불안했으나 하는 수 없이,

"짐이 어리고 아는 게 없으니, 상부가 모든 일을 잘 짐작해서 하오."

하고 말하며 머리를 숙였다.

그 날 공명은 후주를 배별(拜別)하고 궁에서 나오자, 즉시 장완을 참군(參軍)으로 삼고, 비위를 장사(長史)로 삼고, 조운과 위연을 대장으로 삼아 군마를 총독케 하며, 왕평과 장익을 부장으로 삼고, 천장(川將) 수십 명까지 합쳐 군사 50만을 일으켜, 남만을 향해 진발했다.

한 번 떨치고 일어선 촉나라 군대의 위세는 대단했다. 50만 대군은 제각각 창과 칼을 쳐들고 소리 높여 외쳤다. 군사들의 행렬과 그들을 먹일 식량을 실은 수레는 수백 리에 걸쳐 뱀처럼 구불구불 이어졌다.

첫번째 목표는 맹획과 한패가 되어 촉나라를 배반한 건녕 태수 옹개를 처단하는 것이었다.

공명은 단숨에 건녕 땅을 짓밟고 들어가 옹개를 비롯한

반역자의 무리들을 모조리 베어 버렸다. 따라서 남은 것은 남만 왕 맹획이었다. 공명은 남만국 지리에 밝은 여개라는 사람을 앞세워 다시 군대를 남쪽으로 진군시켰다.

한편 제갈공명이 직접 군대를 거느리고 쳐들어온다는 소식은 남만 왕 맹획에게도 날아들었다. 그는 보고를 받자 코웃음부터 쳤다.

"제까짓 놈들이 감히 우리 땅으로 쳐들어온다고?"

그 때 맹획이 거느린 군사들은 총 6만 명으로서, 제1군은 금환삼결이 대장이었으며, 제2군은 동도나가 대장이었고, 제3군은 아회남이 대장이었다.

남만군들은 오계산 꼭대기에 진지를 만들고 촉나라 군대가 다가오기만을 기다렸다.

"놈들이 이 곳까지 들이닥치면 한 놈도 살려 보내지 마라!"

맹획은 여전히 큰소리쳤는데 공명은 남만 병사 한 명을 포로로 잡아 그에게 명령을 내렸다.

"맹획의 진지로 다가갈 수 있는 길을 안내해라."

남만 병사를 앞세운 촉나라의 대군은 좁고 비탈진 오솔길을 따라 산꼭대기에 있던 맹획의 진지를 완전히 포위한 다음 일제히 불화살을 날렸다.

우레와 같은 함성이 일고 불화살이 유성처럼 쏟아지자 남만군의 진지는 단번에 혼란에 빠졌다. 맹획은 그 싸움에서 남만 군대 태반의 목숨을 잃었으며 제1군의 대장 금환삼결도 조운의 창에 찔려 죽었다.

싸움이 끝나고 조운이 위연과 함께 돌아오자 공명이 물었다.

"적장 금환삼결의 수급은 어디에 있는가?"

조자룡은 금환삼결의 수급을 공명에게 바치며 말했다.

"금환삼결은 죽였지만, 나머지 적장 동도나와 아회남은 말을 버리고 산을 넘어 달아나는 바람에 잡지 못했습니다."

그러자 공명이 웃으면서 말했다.

"하하! 동도나와 아회남은 내가 사로잡았으니 걱정 마라. 나는 여개로부터 이 곳 지리를 상세히 듣고 놈들이 도망칠 곳에 미리 군사들을 숨겨 두었었다. 여봐라, 사로잡은 동도나와 아회남을 끌고 오너라!"

그런데 끌려나온 두 사람을 대하는 공명의 태도가 전혀 뜻밖이었다. 그는 목을 잘라도 시원찮을 적장에게 오히려 술과 고기를 잔뜩 먹이면서 말했다.

"나는 너희들을 죽이러 온 것이 아니라 이 땅을 살기 좋은 곳으로 만들기 위해서 온 것이다. 너희들을 풀어 줄 테니 돌아가거든 다시는 맹획 같은 놈과 어울리지 마라."

공명은 그것만으로는 모자라다고 생각했는지 그들에게 각각 비단옷 한 벌씩을 내려 주었다. 동도나와 아회남이 감격한 것은 두말 할 것도 없었다.

두 사람은 연거푸 절을 하고 감사의 눈물을 흘리며 돌아갔다.

동도나와 아회남이 돌아가자 공명이 여러 장수들을 둘러
보며 말했다.

"내일은 반드시 맹획이 군사들을 거느리고 다시 쳐들어
올 것이다. 경계를 늦추지 말고 있다가 그가 쳐들어오는 즉
시 사로잡아라."

한편 부리나케 뒤꽁무니를 뺐던 맹획은 뒤늦게 금환삼결
은 죽고, 동도나와 아회남은 사로잡혔다는 소식을 듣고 불
같이 화를 내며 말했다.

"좋다! 내일은 반드시 부하들의 원수를 갚아 주겠다."

다음 날, 맹획은 자신이 직접 맹수같이 사나운 남만군을
거느리고 촉나라 군대의 진지를 향해 나아갔다. 그 때 맹획
이 처음으로 맞닥뜨린 상대는 왕평이 이끄는 촉나라 군사
들이었다.

왕평은 맹획을 보자마자 칼을 높이 빼들었다. 그러자 맹
획의 부하 장수 망아장이란 자가 선뜻 나섰다.

"제가 나가서 놈의 목을 베어 오겠습니다."

그러나 남만의 물소를 탄 망아장은 왕평의 적수가 되지
못했다. 왕평은 금세 망아장을 물소의 등에서 거꾸러뜨린
다음 맹획을 바라보며 잔뜩 비웃었다.

"어제는 싸우지도 않고 꽁무니를 빼더니, 오늘은 뒷전으
로 물러서서 부하들만 내보내는 구나! 비겁한 놈!"

그 말에 흥분한 맹획이 왕평을 향해 덤벼들었다. 하지만
그 때부터 왕평은 짐짓 못 이기는 척하며 슬금슬금 달아나

기 시작했다.

맹획은 이를 갈며 왕평의 뒤를 추격했다. 그러나 그것이 미리 계획된 작전이었음을 맹획이 깨달았을 때는 때가 이미 늦은 뒤였다.

한참 동안 왕평의 뒤를 따라붙던 맹획은 어느 한 순간, 새파랗게 질린 표정이 되며 탄식했다. 어느 틈엔가 나타난 장익의 군대가 맹획의 뒤를 차단한 다음 세차게 공격해 왔기 때문이었다.

맹획은 죽을 힘을 다해 발버둥질쳤다. 그 바람에 촉나라 군사들의 포위망이 조금 흐트러졌고, 맹획과 그의 군사들은 기회를 놓치지 않고 뿔뿔이 흩어져 산골짜기로 달아났다.

겨우 목숨을 살려 도망치는 데 성공했다고 생각한 맹획은 안도의 한숨을 쉬었다.

하지만 그 순간 수십 대의 화살이 날아와 맹획이 타고 있던 물소를 거대한 고슴도치처럼 만들어 버렸으니, 조운이 이끄는 군사들이 기습을 한 것이었다.

맹획이 직접 지휘한 두 번째 싸움도 남만군의 패배로 끝나고 맹획은 포로가 되어 제갈공명 앞에 무릎을 꿇었다. 그러자 공명이 목소리로 물었다.

"우리 촉나라는 항상 너희들을 잘 대우해 주었는데 어째서 우리 땅으로 쳐들어와 백성들을 못살게 굴었는가?"

맹획의 큰소리는 포로가 되어서도 여전했다.

"촉나라의 남쪽 지방은 원래 나의 땅이었다!, 내가 내 땅에 마음대로 드나드는데 너희들이야말로 웬 간섭이냐?"

공명은 변함없이 침착한 태도로 타일렀다.

"듣거라, 맹획! 원래부터 자기 땅이라는 것은 없다. 다만 누가 그 땅의 백성들을 잘 다스려서 편안하게 살도록 하느냐가 중요할 뿐이다. 촉나라의 남쪽 지방은 우리 황제께서 다스린 이후로 백성들이 태평 성대를 누렸다. 그런 땅을 짓밟아 놓고도 너는 어째서 조금도 부끄러워할 줄을 모르는가? 나에게, 진심으로 항복할 생각이 있는가?"

맹획은 거세게 고개를 가로저었다.

"내가 사로잡힌 것은 속임수에 걸려들었기 때문이다. 항복 같은 것은 하지 않는다!"

공명은 희미한 미소를 지으면서 말했다.

"좋다! 너의 꿋꿋한 태도가 마음에 들어 목숨은 살려 주겠다. 내가 너를 풀어 주면, 앞으로 어떡할 작정이냐?"

맹획은 공명을 뚫어질 듯 노려보며 대꾸했다.

"다시 한 번 승부를 겨룰 것이다. 만일 그래도 패한다면 항복하겠다."

"거참, 좋은 생각이다!"

공명은 맹획을 풀어 주고 말과 안장까지 주어 멀리까지 배웅해 주었다.

맹획이 돌아가자 장수들이 공명에게 물었다.

"애써서 사로잡은 놈을 죽이지 않고 어째서 그냥 돌려보내시는 것입니까?"

공명이 대답했다.

"맹획 따위를 사로잡는 것은 내 호주머니 속의 물건을 꺼내는 것처럼 쉬운 일이다. 그가 진정으로 항복해야만 우리가 힘들이지 않고 남만국을 다스릴 수 있다. 그래서 풀어 준 것이다."

한편 목숨을 건져 돌아간 맹획은 다시 10만 명의 군사들을 끌어모았다. 그 때 맹획이 끌어모은 군사들 중에는 제갈공명이 풀어 준 뒤로 숨어 있다가 맹획의 협박이 두려워 마지못해 끌려나온 동도나와 아회남의 군사들도 있었다. 맹획은 그들을 거느리고 노수라는 강 언덕에 진지를 쌓으면서 말했다.

"제갈공명의 속임수 따위는 이제 나에게 통하지 않는다. 나는 그들이 지칠 때까지 버틸 것이다. 제아무리 제갈공명이라 하더라도 이 곳의 낯선 기후와 환경에는 당해 낼 재간이 없을 것이다."

맹획의 작전은 처음에는 어느 정도 들어맞는 것 같았다. 촉나라 군사들은 노수 강을 사이에 두고 적의 진지가 건너다보이는 맞은 편에 진영을 만들었지만 남만군의 철통 같은 방어 때문에 쉽사리 공격하지 못하고 시간만 허비하고 있었다.

때는 어느덧 한여름이었다. 하루가 다르게 지쳐 가는 군사들을 보다 못한 마속이 제갈공명에게 말했다.

"군사들이 무더위와 폭우, 그리고 사나운 맹수와 독충에 시달리고 있습니다. 무언가 대책을 세우지 않으면 싸우기도 전에 많은 병사들이 죽을 것 같습니다."

공명은 고개를 끄덕이며 대꾸했다.

"그런 사정은 나 역시 잘 알고 있으며, 대책도 이미 마련해 두었다. 다만 내가 머뭇거리는 것은 나의 계책을 실행할 마땅한 군사가 없기 때문이다."

마속은 공명이 말하는 계책이 무엇인지 몰랐기에 고개만 갸우뚱했다. 그 때 한 병사가 들어와 보고했다.

"익주성에서 마대가 식량과 더위를 이기는 약을 싣고 왔습니다."

마대라면 마속의 형이자 마량의 동생이었다. 공명은 그를 불러들여 물었다.

"먼 길을 오느라고 수고가 많았소. 이번에 그대가 거느리고 온 병력은 얼마나 되오?"

"대략 3천 명쯤 됩니다."

"이 곳의 병사들은 그 동안의 싸움으로 많이 지쳐 있소. 내가 그대가 데리고 온 군사들을 빌려 계책을 실행하고자 하는데 괜찮겠소?"

"모두가 촉나라의 군사들인데, 누구를 쓴들 무슨 상관이 있겠습니까. 승상께서 명령만 내리십시오."

"우리는 지금 맹획이 노수강 건너편에 진을 치고 버티는 바람에 한 걸음도 전진하지 못하고 있소. 나는 그들의 식량 보급로를 끊어 혼란에 빠뜨릴 생각이오."

"자세히 설명해 주십시오. 어떻게 하면 되겠습니까?"

"이 곳에서 150리쯤 가면 노수의 하류인 시구라는 곳이 있고. 그 곳은 유속이 느려 뗏목을 타고 강을 건널 수 있소. 군사 3천 명을 거느리고 노수를 건너 오랑캐의 땅으로 들어가 그들의 식량 보급 수레를 공격하시오."

마대는 즉시 군사들을 거느리고 떠나 사구에 이르렀다. 그 때 마대의 부하들이 말했다.

"장군님, 물이 얕고 천천히 흐르니 맨몸으로 건너도 되겠습니다."

말을 마친 군사들은 벌거벗은 몸으로 앞다투어 강으로 뛰어들었다. 그렇게 반쯤 강을 건넜을 때 갑자기 여기저기서 비명 소리가 들리며 군사들이 쓰러지기 시작했다. 쓰러지는 군사들의 입과 코에서는 하나같이 시뻘건 피가 줄줄 흘렀다. 소스라치게 놀란 마대는 밤낮을 가리지 않고 말을 달려 공명에게로 되돌아갔다.

"승상, 사구의 강물이 이상합니다. 군사들이 강을 건너다가 수없이 피를 흘리며 죽어 나갔습니다."

마대의 말을 들은 공명은 그 곳 지리에 밝은 여개를 불러 까닭을 물었다. 그러자 여개가 대답했다.

"노수 강물은 날이 더우면 물 위에 독이 떠다니는데, 요 며칠 동안 날씨가 무척 더웠으므로 독 기운이 한창 피어올랐을 것입니다. 이럴 때 강을 건너면 그 독에 중독되고, 그

물을 마시면 반드시 죽게 됩니다. 방법은 하나뿐입니다. 한밤중에 강물이 식기를 기다렸다가 물을 실컷 마시고 건너면 아무런 탈이 생기지 않습니다."

공명은 고개를 끄덕이며 여개로 하여금 길잡이가 되게 하고, 아울러 마대에게도 군사 500명을 더 주어 보냈다.

다시 사구에 도착한 마대는 여개가 시키는 대로 나무를 베어 뗏목을 만들었다. 한밤중에 물을 많이 마시고 그 뗏목을 타고 강을 건너갔더니 과연 모든 군사들이 무사했다.

마대는 거느리고 온 군사들을 남만군이 식량을 운반하는 길목의 산골짜기에 숨겨 두었다. 그런 줄도 모르고 남만군은 식량을 운반해 오다가 마대의 군사들에게 포위당했다. 그리하여 100여 대의 곡식 수레와 400마리의 물소를 몽땅 빼앗기고 말았다.

소식은 곧 노수의 진지에 버티고 있던 맹획에게 전해졌다. 맹획은 크게 노해 소리쳤다.

"제갈공명에게 또 당할 수는 없다! 누가 나가서 마대를 상대할 것이냐?"

그 때 한 장수가 선뜻 나섰으니, 그는 동도나였다.

맹획은 동도나에게 군사들 3천 명을 주어 내보냈다. 이윽고 마대와 동도나가 마주친 곳은 어느 좁은 산골짜기 계곡 아래였다. 마대가 먼저 동도나를 향해 소리치며 달려 나갔다.

"의리도 없고 은혜도 모르는 놈! 우리 승상께서는 너를 불쌍히 여겨 살려 주었는데, 그 은혜도 모르고 배반을 하다니."

동도나는 그 말을 듣자 크게 부끄러워하면서 그대로 도망쳐 버렸다.

그런 사실을 안 맹획은 불같이 화를 냈다. 맹획은 동도나의 목을 치라고 소리를 질렀지만, 부하들이 말리는 바람에 곤장 100대로 벌을 대신했다.

하지만 여러 사람 앞에서 창피를 당하고 심하게 매를 맞은 동도나는 분하고 억울해서 견딜 수가 없었다. 그는 자기 부대로 돌아와 부하들을 불러 모은 뒤 그 동안 쌓인 불만을 털어놓았다.

"나는 남만 땅에서 태어나 줄곧 자랐지만 아무런 이유 없이 중국군이 우리를 쳐들어 온 적은 없었다. 이번 일은 맹획이 위나라와 짜고 촉나라의 국경을 침범했기 때문에 벌어졌다. 제갈공명은 참으로 훌륭하고 지혜도 뛰어난 사람이다. 그는 우리 땅을 빼앗기 위해서 온 것이 아니라, 살기 좋은 곳으로 만들기 위해서 왔다고 나에게 말했었다. 나는 목숨을 걸고 맹획을 사로잡아 제갈공명에게 항복함으로써 우리 백성들을 구할 것이다. 그대들의 생각은 어떠한가?"

동도나의 부하들은 한 목소리로 대답했다.

"저희들도 뜻을 함께하겠습니다."

그 길로 동도나는 부하들 100여 명을 거느리고 맹획의 막사로 달려갔다. 때마침 맹획은 낮잠을 즐기고 있었다. 동

도나와 그의 부하들은 낮잠에 빠진 맹획의 몸을 거세게 걷
어차며 칼을 겨누었다.

사로잡힌 맹획의 몸은 노수를 건너 제갈공명에게 넘겨졌
다. 또다시 자신 앞에 끌려나온 맹획에게 공명이 말했다.

"이번에는 어쩐 일로 또 잡혀오셨소?"

맹획은 얼굴을 일그러뜨리며 사납게 대답했다.

"부하들이 배반했기 때문이다."

공명은 한바탕 웃음을 터뜨렸다.

"하하하, 주인이 오죽 못났으면 부하들이 제 손으로 잡
아 나에게 바쳤겠는가! 어떠냐, 이래도 항복하지 않겠는
가?"

맹획은 고개를 가로저으며 말했다.

"승상, 한 번만 더 나를 살려 주시오."

"살려 준다면 어떡할 작정이냐?"

"정정당당하게 승부를 겨루어 보고 싶소. 나는 번번히
싸움 한 번 해 보지 못하고 잡혀왔기에 억울하기 짝이 없
소!"

"만일 그래도 진다면 어떻게 하겠느냐?"

"그 때는 진심으로 항복하겠소!"

"좋다! 내 너를 풀어 주리라. 하지만 또다시 잡혀오고도
항복하지 않으면 그 때는 용서하지 않을 것이다."

"무, 물론이오!"

공명은 다시금 맹획에게 술과 음식을 먹이고 좋은 말까

지 주어서 노수 강 언덕까지 배웅해 주었다.

다시 진지로 돌아온 맹획은 부하 장수들을 모아 놓고 허풍을 떨었다.

"나는 적에게 잡혀 갔지만 포승줄을 이빨로 물어뜯고 도망쳐 나왔다. 제갈공명도 알고 보면 별것 아니다. 그나저나 죽일 놈은 동도나다! 우선 그놈부터 처치하고 적을 무찌를 것이다!"

그 날 밤, 맹획은 부하를 동도나의 막사로 보내어 거짓말을 하게 했다.

"제갈공명의 명령을 받고 장군을 모시러 왔습니다."

그 말을 곧이듣고 맹획의 부하를 따라간 동도나는 으슥한 곳에서 철퇴에 맞아 피투성이가 된 채 산골짜기에 버려졌다.

동도나를 처치한 맹획은 여세를 몰아 마대의 진영으로 쳐들어가 원수를 갚으려고 했다. 하지만 어찌 된 일인지 그들이 마대의 진영에 도착했을 때 촉나라 군사들은 그림자도 보이지 않았다.

그런 일이 있은 지 며칠 후였다. 뜻밖에도 맹획의 동생 맹우가 부하 100여 명을 이끌고 촉나라 진영으로 와서 항복하고는 말했다.

"형 맹획이 너무 못살게 굴어서 도망쳐 왔습니다."

이상하게 여긴 마속이 공명에게 물었다.

"아무래도 속임수 같습니다. 승상께서는 어떻게 생각하

십니까?"

공명의 대답도 다르지 않았다.

"나도 그렇게 생각하네. 내가 한 가지 계책을 일러 줄테니 그대로 실행하게."

공명은 마속에게 무언가 귓속말을 했고, 마속은 연방 고개를 끄덕였다.

다음 날이었다. 공명은 항복한 맹우와 그의 부하들을 위해 흥겨운 잔치를 베풀어 주었다. 오랜만에 술과 기름진 음식으로 배를 채운 맹우와 그의 부하들은 날이 저물고 잔치가 끝나자마자 곯아떨어져 코를 골았다.

그 때 맹획과 그의 군사들이 노수를 건너와 쳐들어왔다. 그러나 막상 촉나라 군사들의 진영에 도착한 맹획은 눈을 크게 뜨며 소리쳤다.

"아니, 이게 어찌 된 일이냐? 촉나라 놈들은 한 놈도 없질 않느냐!"

그의 눈에는 잔뜩 술에 취한 채 잠에 곯아떨어져 있는 동생 맹우와 그의 부하들만 보였다. 뒤늦게 함정에 빠진 것을 안 맹획이 소리쳤다.

"속았다! 빨리 돌아가자!"

맹획이 말 머리를 돌려 돌아가려는 순간,

'둥둥둥'하는 북 소리와 함성 소리가 진동하면서 사방에서 촉나라 군사들이 파도처럼 밀어닥쳤다. 맹획은 동생과 그의 부하들은 거들떠보지도 않고 강변으로 도망쳤다. 때마침 나루터에는 수십 명의 남만 군사들이 배를 준비해 놓고 기다리고 있었다.

"휴…… 이젠 살았다! 어서 출발하라!"

허겁지겁 뱃전에 올라탄 맹획은 그제야 안도의 한숨을 내쉬며 명령을 내렸다. 그런데 이게 또 웬일인가! 배 안의 군사들이 갑자기 태도를 바꾸어 그에게 달려들며 포승줄로 그를 꽁꽁 묶어 버렸다.

"하하하, 어리석은 놈! 우리가 네놈의 부하인 줄 알았더냐? 우리는 네놈이 이 곳으로 도망칠 줄 알고 미리 기다린 촉나라 군사들이다!"

맹획은 세 번째로 포로가 되어 제갈공명 앞으로 끌려나왔다.

"맹획아, 이번에는 뭐가 잘못되어 포로가 되었느냐? 어디 그 변명부터 한 번 들어 보자."

손가락질을 하며 묻는 공명의 말에 맹획이 대답했다.

"이번에도 내 잘못은 아니오. 내 동생과 부하들이 술과 음식을 탐내다가 곯아떨어지는 바람에 나를 돕지 못했기 때문에 일어난 일이오. 아무튼 싸움에 져서 포로가 된 것은 아니니 항복할 수 없소!"

"이번까지 세 번이나 사로잡혔으면서도 변명은 여전하구나!"

"살려 주는 김에 한 번만 더 살려 주시오."

"그러면 어떡할 작정이냐?"

"승상이 우리 형제를 살려서 돌려보내 주기만 한다면, 모든 힘을 다해서 후회 없는 싸움을 해 보고 싶소. 만일 그래도 또다시 포로가 된다면 그 때는 무조건 항복하겠소."

공명은 순순히 고개를 끄덕였다.

"좋다! 이번에는 부디 함부로 덤비지 말고 후회하지 않을 싸움을 해 보거라."

다시 한 번 목숨을 건진 맹획은 포로가 되었던 동생 맹우까지 데리고 자기 진영으로 돌아갔다.

세 번씩이나 포로가 되었다가 풀려난 맹획은 분하고 창피해서 견딜 수가 없었다. 그는 남만국 여러 지방에 흩어져 있던 군사들을 모두 긁어모은 다음 맹세하듯이 말했다.

"이번에는 절대로 지지 않을 것이다!"

맹획은 그 군사들을 이끌고 서이하라는 강변으로 가서 진을 쳤다.

그 무렵 제갈공명이 이끄는 촉나라 군사들은 마침내 노수를 건너 남만 땅 한가운데로 접어들고 있었다. 맹획이 서이하에 진을 친 것은 그런 촉나라 군사들을 기다렸다가 단번에 그 동안의 치욕을 씻기 위해서였다.

이윽고 공명의 대군은 서이하를 건너 맹획의 진지 바로 코앞에 진을 쳤다. 그 때를 기다렸다는 듯이 맹획은 촉나라 군사들을 향해 공격을 개시했다.

맹획을 따르는 수많은 남만 군사들은 모두 벌거숭이 알

몸이었다. 그들은 원숭이의 울음 같은 괴상한 소리를 지르며 맹획의 뒤를 쫓아왔다.

지켜보던 촉나라의 장수들이 공명에게 말했다.

"제가 나가서 오랑캐 놈들을 혼내 주고 오겠습니다."

그러나 공명은 고개를 가로저었다.

"이미 저들을 혼내 줄 계책이 서 있다. 그대들은 남만군들과 싸우는 척하다가 도망쳐라."

장수들은 고개를 갸우뚱하면서도 공명의 말에 따랐다. 일단 촉나라 군사들이 도망치기 시작하자 남만군들은 사기가 치솟았다.

"꺄오! 우리가 이겼다!"

맹획은 촉나라 군사들의 뒤를 한참 동안 추격하다가 되돌아와 조금 전까지만 해도 적의 진영이었던 막사를 차지하고는 잔치를 베풀었다.

"보았느냐? 이게 나의 진짜 실력이다! 내일부터는 본격적으로 적을 혼내 줄 것이니, 오늘은 마음껏 마시고 놀아라!"

남만군들은 촉나라 군사들이 겁을 먹고 도망친 줄로만 알고 술과 음식으로 배를 채우고 노래를 부르며 알몸으로 덩실덩실 춤을 추었다.

그렇게 날이 저물고 어둠이 내리깔렸다. 그 날 밤따라 바람이 세차게 불었다. 진지를 버리고 멀리 산골짜기로 도망가 있던 제갈공명은 이윽고 장수들을 불러 명령을 내렸다.

"남만군들은 우리가 도망친 줄로만 알고 술잔치를 벌이고 있다. 오늘 밤은 거센 바람이 불고 있으니 화공을 하기에 적당하다. 적진으로 달려가 뜨거운 불맛을 보여 주어라!"

명령이 떨어지자마자 조자룡, 위연, 왕평, 장익 등 촉나라의 장수들은 사방에서 남만군을 향해 달려가며 불화살을 쏘고 기름병을 던졌다.

불은 순식간에 번져 남만군 진영은 그야말로 생지옥으로 변했다. 타오르는 불길을 바라보며 맹획은 입술을 깨물었다. 그는 몇몇 부하 장수들에게 둘러싸여 겨우 불길을 헤치고 나왔다. 그 때 한 장수가 군사들을 거느리고 덮쳐들었다.

"나는 조운이다! 꼼짝 말고 게 섰거라!"

정신이 아찔해진 맹획은 말 머리를 돌려 서이하 방향으로 달아나다가, 어느 험한 산골짜기로 숨어들었다. 그 때 또다시 한 장수가 소리치며 달려들었다.

"맹획, 이놈! 장익의 칼을 받아라!"

가까스로 살았구나 하다가 질겁을 한 맹획은 겨우 수십 명의 부하들만 거느리고 무작정 반대편 산골짜기로 달아나다가 탄식했다.

"아아, 남쪽북쪽서쪽, 세 방향에서 불꽃이 일고 함성이 요란하니 왔던 길을 되돌아갈 수밖에 없구나……."

맹획은 눈물을 머금고 반대쪽으로 방향을 돌렸다. 그런데 바로 그 때였다.

"하하하! 맹획아, 여기서 또 만났구나! 너는 나에게 사로잡힐 때마다 변변히 싸워 보지도 못했다고 변명했는데, 오늘은 어째서 도망만 다니느냐? 자, 어서 한 번 솜씨를 보여 다오."

놀랍게도 제갈공명이었다. 그가 수레 위에 앉아 웃고 있었다. 맹획은 얼굴이 시뻘개지며 소리를 버럭 질렀다.

"닥쳐라! 소원이라면 솜씨를 보여 주겠다."

맹획은 제갈공명을 향해 덤벼들었으나, 미처 다가가기도 전에 비명부터 질러야 했다.

"으악!"

함정이었다. 촉나라 군사들이 미리 파 놓은 함정에 발을 디디는 순간 맹획은 외마디 소리와 함께 구덩이 속으로 떨어졌다.

그 날의 싸움에서 촉나라 군사들은 맹획과 맹우는 물론 수많은 남만군 병사들을 포로로 잡아서 개선했다. 공명은 먼저 맹획의 동생 맹우부터 만나 보았다.

"맹우야, 네 형 맹획은 도대체 얼마나 어리석은 사람이냐? 나에게 포로가 된 것이 오늘까지 벌써 네 번째다. 그런데도 부끄러운 줄을 모르니 너라도 잘 타일러라."

맹우는 부끄러워서 차마 얼굴을 들지 못하고 사정을 했다.

"살려만 주신다면 반드시 형을 잘 타이르겠습니다."

공명은 맹우와 그의 부하들에게 술과 음식을 먹인 다음 풀어 주었다. 그 다음에는 맹획이 끌려나왔다. 공명은 짐짓 화난 목소리로 그를 꾸짖었다.

"못난 놈! 이번에도 할 말이 있느냐?"

맹획은 조금도 겁먹은 기색 없이 대꾸했다.

"이번에도 속임수에 걸렸소. 억울해서 죽어도 항복하지는 못하겠소!"

공명은 듣기 싫다는 듯 손을 내저으며 군사들을 불렀다.

"여러 말 할 것 없다. 여봐라, 이놈의 목을 당장 쳐라!"

맹획은 끌려나가면서도 발버둥을 쳤다.

"승상, 승상! 한 번만 더 살려 주시오. 다음에는 반드시 네 번이나 잡힌 수치를 씻겠소!"

그 모습을 바라보며 공명이 가벼운 웃음을 날렸다.

"여봐라, 맹획을 다시 데려오너라!"

죽음의 문턱까지 갔다가 되돌아온 맹획은 눈물을 글썽거리며 공명 앞에 무릎을 꿇었다.

"나는 네 번씩이나 네놈이 불쌍해서 살려 주었거늘, 너는 어째서 행복하지 않고 버티느냐?"

"지금까지 승상은 오로지 속임수만 썼기 때문에 항복할 수 없는 것이오."

"그럼 다시 한 번 돌려보내면 잘 싸울 수 있겠느냐?"

"그렇소. 만일 다시 잡히는 날에는 우리 땅의 모든 진귀

한 보물을 승상에게 갖다 바치며 항복할 것이오."

그 말에 공명은 웃으면서 다시 한 번 맹획을 풀어 주고
말았다.

네 번씩이나 패배의 쓰라림을 맛본 맹획은 동생 맹우와
함께 독룡동이라는 험한 산골짜기 고을의 타사 대왕이라는
자를 찾아가 도움을 청했다.

"이제 나를 도와 줄 사람은 그대밖에 없소. 남만국의 모
든 군사와 백성들은 네 번씩이나 싸움에 패한 나를 더 이
상 따르려고 하지 않소."

타사 대왕이 대답했다.

"걱정할 것 없습니다. 하하하! 촉나라 군사들은 이 곳에
오기만 하면 한 사람도 살아남지 못하고 죽을 것이요. 제아
무리 제갈공명이라 해도 예외가 될 수 없습니다."

맹획과 맹우가 물었다.

"어째서 그렇게 된다는 것이오?"

"이 곳으로 오는 길은 둘밖에 없습니다. 하나는 방금 두
분이 지나온 동북쪽 길이요, 또 하나는 서북쪽 길입니다.
동북쪽 길은 땅은 평탄하지만 절벽과 절벽 사이로 난 워낙
좁은 길이라 대군이 쳐들어온다고 해도 바위로 길을 막아
버리면 개미 새끼 한 마리 지나갈 수 없습니다. 서북쪽 길
도 어렵기는 마찬가지입니다. 그 길은 땅이 험하고 온갖 맹
수와 독충들이 우글거려 하늘을 나는 새들까지도 지나 다
니기를 두려워하는 곳이지요."

"그럼 서북쪽 길은 아무도 통과하지 못하는 곳이오?"

"그렇지는 않습니다. 절벽과 바위투성이 사이로 조그마한 길이 있긴 하지만, 그 길에는 이상한 연기가 피어오르고 바위에서 유황이 끓어올라 사람은 물론 짐승조차 가까이 다가가지 못합니다. 그것만이 아닙니다. 그 길을 지나 좀더 들어가면 네 개의 무서운 샘물이 있습니다."

맹획과 맹우는 듣기만 해도 흥미진진했다.

"그 샘물은 어떤 것이오?"

"첫번째 것은 아천으로서, 물맛은 좋으나 마시는 즉시 벙어리가 되고 열흘이 못 가 죽습니다. 그리고 두 번째 것은 멸천으로서, 마치 끓는 물과 같아 사람의 피부에 닿는 즉시 살이 타서 뼈를 드러내며 죽고 맙니다."

"호오!"

"세 번째 것은 흑천으로서, 물은 깨끗하지만 거기에 손발을 담그는 즉시 살이 새까맣게 썩어 버립니다. 그리고 네 번째 것은 유천으로서, 그 물은 차기가 마치 얼음 같아서 사람이 마시면 순간적으로는 시원하지만 나중에는 온몸이 솜처럼 물렁물렁해져 죽게 됩니다."

맹획은 촉나라 군사들이 그 곳까지만 온다면 이번에는 반드시 제갈공명을 꺾을 수 있다고 생각했다.

한편 그 무렵 제갈공명은 맹획이 더 이상 공격해 오지 않자 군사들을 더욱 남만 땅 깊숙한 곳으로 진격시키고 있었다. 바야흐로 날씨는 무덥고 태양은 불덩이처럼 타올랐다.

그 때 선봉으로 앞에서 나아가던 왕평 부대로부터 보고가 들어왔다.

"맹획은 남만 땅에서도 가장 험하다는 독룡동으로 숨어들어 그 곳의 타사 대왕과 함께 군사들을 모으는 중이라고 합니다."

"독룡동?"

공명은 이맛살을 찌푸리며 그 곳에 대해 아느냐고 여개에게 물었다. 그런데 모르기는 여개도 마찬가지였다.

"독룡동으로 통하는 길이 있다는 말은 일찍이 들었지만, 저도 자세한 것은 모르겠습니다."

때문에 공명이 근처 마을에 사는 노인에게 물었더니 그가 대답했다.

"독령동으로 들어가는 길은 두개가 있습니다만, 둘 다 통과하기가 힘든 길입니다. 먼저 동북쪽 길은 절벽 아래로 난 좁은 길인데, 지금쯤은 바위로 길을 막았을 것이니 들어갈 수 없을 것입니다. 남은 것은 서북쪽 길입니다. 하지만 그 길도 온갖 맹수와 독충들이 우글거리는 곳이지요."

공명은 시원스럽게 결정을 내렸다.

"선택의 여지가 없다. 우리는 막히지 않은 서북쪽 길을 통해 독룡동으로 들어간다! 왕평 부대는 앞서가면서 길을 뚫어라!"

다시 며칠이 지났다. 그 때 왕평 부대로부터 한 병사가 달려왔다.

"큰일났습니다! 앞서 가던 우리 군사들 대부분이 이상한 샘물을 마시고 죽었거나 벙어리가 되었습니다!"

"뭐라고?"

공명은 소스라치게 놀라며 왕평의 군대가 있는 곳으로 달려갔다.

"승상, 앞에 보이는 저 샘물이 사실은 독이 든 물입니다. 우리 군사들이 물맛이 좋다며 앞다투어 퍼마시다가 모두 이 지경이 되었습니다."

공명은 주변을 둘러보았다. 산골짜기 바위 틈에서는 연기가 피어오르고 유황불이 소리를 내며 끓어대고 있었다.

"아, 남만국 정벌이 이렇게도 어려운 것인가!"

공명은 탄식하며 무릎을 꿇고 기도를 올렸다.

"제갈공명은 남만을 평정하고 위나라와 오나라를 무찔러 천하 통일을 이루기 위해 이 곳에 왔습니다. 하늘이시여, 우리를 도와 주시려거든 부디 살 길을 열어 주소서."

하늘이 공명의 기도를 들어 주었던 것일까, 그가 기도를 마쳤을 때 지팡이를 든 한 노인이 나타나 다급한 목소리로 공명을 불렀다.

"승상, 승상! 나를 좀 보시오!"

"노인장은 누구십니까?"

"나는 오래 전부터 승상의 명성을 듣고 깊이 존경해 오던 사람입니다. 여기서 20리쯤 들어가면 만안계라는 골짜기가 있습니다. 그 곳에 덕이 높은 한 선비가 살고 있으니, 그에게 살 길을 물어 보면 도움을 줄지도 모르겠습니다."

말을 마친 노인은 눈 깜짝할 사이에 어디론가 사라지고 말았다.

"참으로 이상한 일이다……."

공명은 혼잣말처럼 중얼거리며 왕평과 벙어리가 된 군사들을 거느리고 노인이 가르쳐 준 만안계라는 골짜기를 찾아 갔다.

그 곳은 아름드리 소나무와 잣나무들이 우거졌고 대나무와 온갖 꽃들이 무성한 곳이었는데, 그 속에 풀로 지붕을 엮은 초라한 집이 하나 있었다.

그 집의 문을 두드리고 안으로 들어간 공명은 자신을 소개한 다음 선비에게 도움을 요청했다. 그러자 선비가 껄껄 웃으며 대답했다.

"하하하! 그 문제라면 걱정할 것 없소이다. 내 집 뒤에 조그마한 약수터가 하나 있소. 그 물을 떠서 중독된 병사들에게 먹이면 깨끗이 나을 것이오."

공명은 왕평으로 하여금 병사들에게 그 물을 먹이도록 했다. 그러자 참으로 놀라운 일이 일어났다. 조금 전까지만 해도 벙어리였던 병사들의 말문이 트인 것이다.

"감사합니다. 이 은혜를 어떻게 갚아야 할지…… 바라건대 이름이라도 가르쳐 주십시오."

공명이 크게 감사하자 선비는 다시 한 번 웃음을 터뜨리며 대답했다.

"놀라지 마시오. 승상! 사실 나는 남만왕 맹획의 형 맹절이라 하오. 사람들은 내가 만안계에 숨어 산다고 해서 「만안 은자」라고 부르기도 하지요."

공명은 놀란 눈을 크게 떴다.

"선비께서 맹획의 형이라면 어째서 우리에게 도움을 주는지요?"

"나는 성질이 포악한 두 동생을 여러 번 타일렀으나 말을 듣지 않아 포기하고 이 계곡으로 들어와 속죄하는 마음으로 살고 있소. 내가 승상을 돕는 것은 동생들이 지은 죄를 조금이나마 씻기 위해서요."

맹절은 여러 가지 약초를 내놓으며 말을 이었다.

"독룡동까지 들어가자면 온갖 독사와 해충들과 싸워야 할 것이오. 이 풀을 가지고 가시오. 이것들을 가지고 가서 군사들에게 씹도록 하면 이 지방의 숱한 병으로부터 보호해 줄 것이오. 그리고 한 가지 덧붙이자면, 마시는 물은 직접 우물을 파서 마시게 하오. 아무 물이나 마셔서는 안 되오."

공명은 맹절의 도움에 대한 감사의 표시로 황금과 비단을 내놓았으나 그는 끝내 받지 않았다.

맹절의 도움으로 촉나라 군사들은 갖은 고생 끝에 독룡동으로 들어가는 데 성공했다.

그 때까지 타사 대왕과 함께 술타령을 일삼고 있던 맹획과 맹우는 손 한 번 제대로 쓰지 못하고 포로가 되었다. 다섯 번째로 붙잡혀 온 맹획을 향해 공명이 물었다.

"이제는 진심으로 항복하겠느냐?"

놀랍게도 맹획은 또 고개를 가로저었다.

"이번에 진 것은 나의 형 맹절이 승상을 도와 주었기 때문이요. 내 실력이 모자라서 진 것이 아니오."

"이놈! 너는 아천·멸천·혹천·유천의 독으로써 우리를 죽이려 했지만 우리는 끝내 너를 사로잡고 말았다. 그런데도 항복하지 않는단 말이냐?"

"마지막으로 한 번만 더 기회를 주시오. 내 고향은 사실 은갱산이라는 곳으로서, 그 곳에는 아직도 많은 군사들과 양식이 있소. 그들과 더불어 싸우다가 또다시 지게 되면 자손 대대로 촉나라를 섬기게 하겠소."

공명은 너무나 심한 그의 뻔뻔함에 헛웃음을 터뜨렸다.

"허허, 알았다. 이번에도 풀어 줄 것이니, 네 고향으로 가서 네가 가장 자신 있는 방법으로 싸워 보거라. 만일 또다시 붙잡혔을 때도 항복하지 않으면 네놈은 물론 일족을 모조리 죽일 것이다!"

고향인 은갱산으로 돌아온 맹획은 금은 보화를 한 아름 준비해서 목록 대왕이란 자에게 갖다 바치며 도움을 요청했다.

목록 대왕은 팔납동이라는 곳을 다스리던 사람으로서,

항상 코끼리를 타고 다니며 늑대와 표범과 독사를 마치 자기 부하들처럼 다루는 사람이었다.

맹획이 바친 금은 보화에 욕심이 난 목록 대왕은 흔쾌히 고개를 끄덕였다.

이윽고 촉나라 군사들이 들이닥쳤다는 보고를 받은 목록 대왕은 직접 군사들을 거느리고 싸움을 벌였다. 그 때 그와 맞서 싸운 촉나라의 장수는 조운이었다. 하지만 얼마 싸우지도 못하고 조운은 혀를 내둘렀다.

"지금까지 수많은 싸움을 해 보았지만, 이런 괴상 망측한 놈은 처음이다!"

그도 그럴 것이 목록 대왕은 요술로 바람을 일으켜 촉나라 군사들을 나뭇잎처럼 흩날리게 했으며, 바람이 잠잠해지면 맹수를 앞세워 공격해왔다.

잔뜩 이맛살을 찌푸리며 고민에 빠진 조운을 향해 공명이 말했다.

"장군, 너무 걱정할 것 없소. 나는 이미 세상에 나오기 전부터 남만에는 맹수를 부리는 자가 있다는 것을 알고 대책을 마련해 두었소. 이번에 올 때 20대의 수레에 그들을 깨뜨릴 물건들을 실어 왔으니, 지금 반을 쓰고 나머지는 나중에 쓸 것이오."

그는 군사들에게 가지고 온 물건을 꺼내 오도록 했다. 순간 모든 장수와 군사들은 어리둥절해하는 표정을 지었다. 그것은 나무로 조각해서 검은 칠을 한 어마어마한 크기의 괴수들이었기 때문이다.

"이 괴수 한 마리 속에는 우리 군사 열 명이 들어갈 수 있다. 내일 싸움에는 100마리의 괴수 속에 군사 1천 명이 유황과 화약을 가지고 들어가 불과 연기를 내뿜으며 싸우라!"

이튿날이 되었다. 그 날도 목록 대왕은 전과 다름없이 맹수를 거느리고 덤벼들었지만, 싸움의 형편은 전혀 딴판이었다. 왜냐 하면 남만의 진짜 맹수들은 공명이 만든 가짜 괴수들이 입으로 불을 뿜고 코로 연기를 피우는 것을 보자마자 기겁을 해서 달아나면서 오히려 남만 군사들을 짓밟아 버렸기 때문이었다.

촉나라 군사들은 일제히 북과 징을 울리며 달아나는 남만 군사들을 무찔렀다. 결국 이 싸움에서 목록대왕은 목숨을 잃었으며, 맹획은 다시 한 번 포로가 되었다. 벌써 여섯 번째였다. 하지만 이번에도 맹획은 온갖 핑계를 대며 항복을 거부했고, 공명은 또다시 그를 풀어 주며 말했다.

"여섯 번이 아니라 일곱 번인들 못 풀어 주겠는가! 너는 이미 남만 땅에서는 인심을 잃었으니 발 붙일 곳도 없을 것이다. 너 따위를 사로 잡는 것은 식은 죽 먹기나 마찬가지이다."

다시 풀려난 맹획은 마지막으로 은갱산에서 700리나 떨어진 오과국이란 곳의 올돌골이란 왕을 찾아가 도움을 요청했다.

올돌골은 곡식은 먹지 않고 살아 있는 뱀과 사나운 짐승만을 잡아먹어서 온몸이 물고기 비늘로 덮였으며, 그 비늘은 칼과 화살도 뚫지 못한다고 소문이 난 사람이었다.

맹획의 부탁을 받은 올돌골 역시 고개를 끄덕였다.

"지난날 나는 대왕에게 많은 은혜를 입었으니 이제 그 보답을 하겠습니다. 나에게는 3만의 등갑군이 있습니다. 그 등갑군의 갑옷은 등나무에 기름을 발라 만든 것으로, 일단 그것을 입으면 강을 건너도 빠지지 않으며, 물이 묻어도 젖지 않고, 칼로 치고 화살을 쏘아도 뚫어지지 않습니다."

올돌골은 등갑군 3만을 거느리고 촉나라 진영을 향해 나아갔다. 등갑군의 갑옷은 보면 볼수록 신기한 물건이었다. 그들은 강을 만나도 갑옷을 입은 채 그대로 건넜으며, 어떤 사람은 아예 갑옷을 벗어 배처럼 타고 둥둥 떠서 건너기도 했다.

그 때 그와 맞서 싸운 촉나라의 장수는 위연이었다. 하지만 그는 화살을 쏘아도 튕겨나가고, 칼로 내리쳐도 흠집 상처 하나 나지 않는 등갑군의 갑옷을 보고는 진영으로 돌아와 공명에게 그것에 대해서 자세히 이야기했다.

위연의 보고를 받은 제갈공명은 여러 장수들을 불러 명령을 내렸다.

"먼저 마대는 지난번에 쓰고 남은 10대의 수레를 이끌고 반사곡이란 좁은 계곡으로 들어가 숨어 있으시오. 그리고 조운은 군사들을 거느리고 반사곡 위의 절벽으로 올라가 있다가 내가 신호를 보내면 바위를 굴리고 불화살을 쏘시오. 마지막으로 위연은 올돌골의 군사들과 맞서 싸우되, 열다섯 번 싸워서 열다섯 번 모두 패하는 체하고 달아나면서 그들을 반사곡으로 유인하시오."

위연은 제갈공명의 명령에 따라 열다섯 번을 싸워 열다섯 번 모두 못이기는 체하며 후퇴했다. 기고만장해진 것은 올돌골이었다.

"제갈공명도 별것 아니군!"

그는 3만의 등갑군을 거느리고 기세 등등하게 위연의 뒤를 추격하다가 어느 새 반사곡이란 계곡 안으로까지 들어가고 말았다. 그런데 어찌 된 일인지 그 곳에는 커다란 상자를 실은 수레 10대가 여기저기 내버려져 있었다.

"정신 없이 도망치느라고 수레까지 버리고 갔군."

올돌골은 수레 속에 무언가 대단한 보물이라도 실려 있는 줄 알고 가까이 다가갔다. 그런데 바로 그 때였다.

난데없이 바윗돌들이 굴러 떨어지고 불화살이 쏟아져 들어왔다. 올돌골이 계곡 위쪽을 올려다보니, 그 곳에는 조운이 이끄는 군사들이 함성을 지르며 새까맣게 깔려 있었다.

올돌골의 군사들은 앞다투어 좁은 계곡에서 빠져나가려고 안간힘을 썼다. 하지만 그 때 반사곡은 장수 마대가 이끄는 군사들이 바위로 출입구를 막아·버렸기에 그들은 앞으로도 뒤로도 갈 수 없는 상황이 되어 있었다. 3만의 군사들이 고스란히 독 안에 든 쥐 신세가 된 것이다.

그 때였다.

천지를 진동시키는 폭발음과 함께 10대의 수레에 실렸던 화약이 한꺼번에 폭발했다. 올돌골과 더불어 그의 군사 3만이 모조리 떼죽음을 당하는 순간이었다.

반사곡 계곡 위에서 그 광명을 지켜보던 제갈공명은 몸서리를 쳤다. 그는 눈물을 흘리며 탄식했다.

"아! 나라를 위해서는 공을 세웠으나, 수많은 사람을 죽였으니 나도 오래 살지는 못할 것이다……."

그 때 남만왕 맹획이 여러 장수들의 손에 끌려나왔다. 하지만 공명은 그를 거들떠보지도 않은 채 말했다.

"이제 맹획 따위와는 보기도 싫고 말하기도 싫다. 돌려보내라. 열 번이고 스무 번이고 순순히 항복할 때까지 상대해 줄 것이다."

마침내 맹획이 일곱 번째 붙잡혀 왔는데도 공명이 그를 풀어 주자, 맹획은 눈물을 주르르 흘리며 말했다.

"일곱 번 사로잡혀 일곱 번 용서받음은 싸움터에서 일찍이 없는 바이니, 내 비록 왕화(王化)를 받지 못한 몸이나 자못 예의는 아는지라, 이 지경이 되어 무슨 염치가 있겠습니까?"

말을 마치자 맹획은 형제·처자종당· 등 모든 무리를 거느리고, 공명의 장하(帳下)로 가서 무릎을 꿇고 땅바닥에 엎드려 사죄하였다.

"승상의 천위(天威)에 남방 사람이 다시는 반(反)하지 않겠습니다."

공명은 친히 내려가 그의 손을 잡고 장상(帳上)으로 올라갔다. 즉시 경하(慶賀)의 연회가 벌어졌는데, 공명이 술잔을 들고 맹획을 돌아보며 말했다.

"내 길이 공으로 하여금 동주(洞主)를 삼는 동시에 뺏은 땅을 남김없이 모두 돌려줄 것이니, 공은 명심코 잘 다스리도록 하오."

공명의 후한 뜻에 맹획은 말할 것도 없고 그의 종당과 모든 만병들까지도 크게 감격했다.

그리하여 공명은 맹획을 일곱 번 잡아 일곱 번 놓아 주는, 이른바 칠금 칠종(七擒七縱)의 위업을 세우며 소원하던 남만 경정을 성취했다.

조비의 죽음

촉나라가 남만 땅을 정벌했다는 소식을 들은 위나라의 조비는 분통이 터져 죽을 지경이 되었다.

"유선, 그 애송이놈이 우리 땅의 두 배나 되는 남만 땅을 차지하다니……!"

조비는 그렇게 뇌아리며 자리에 드러눕더니 그만 울화병에 걸려 아무리 좋은 약을 쓰고 훌륭한 의원을 불러도 낫지를 않아 죽을 날만을 기다리게 되었다.

자신의 목숨이 얼마 남지 않은 것을 예감한 조비는 아들 조예를 불러 말했다.

"나는 이제 죽을 때가 가까워졌으니 너는 나를 대신해서 이 나라를 잘 다스려야 한다."

그 때 조예의 나이는 겨우 15세였다. 조비가 조예를 특별히 사랑한 데에는 그럴 만한 이유가 있었다. 조예는 특히 활 솜씨가 뛰어났는데, 한번은 조비가 그런 아들을 데리고 사냥을 하러 갔다.

두 사람이 산 속에서 나란히 말을 달리고 있을 대, 갑자기 숲 속에서 어미 사슴과 새끼 사슴 두 마리가 숲에서 뛰어나왔다. 조비가 활을 쏘아 어미 사슴을 쓰러뜨렸는데 아들 조예는 활을 쏠 생각을 않고 펑펑 울기만 했다. 의아하게 여긴 조비가 물었다.

"너는 어째서 활을 쏘지 않고 울기만 하는 것이냐?"

조예가 대답했다.

"아버지가 이미 어미 사슴을 쓰러뜨린 마당에, 새끼 사슴까지 죽이는 것은 너무 불쌍해서 그렇습니다."

그 말을 들은 조비는 활을 내던지며 탄식했다.

"너는 참으로 너그럽고 덕이 있으니 장차 이 나라의 주인이 될 만하다!"

조비는 그 날 이후로 조예를 더욱 사랑하다가 죽을 때가 되자 그에게 자리를 물려주려고 했다.

조비는 여러 신하와 장수들을 불러 놓고 장래의 일을 부탁했다.

"나는 병이 깊어져 더 이상 오래 살지 못할 것이다. 그대들은 어린 조예를 잘 보살펴서 반드시 천하 통일을 이루도록 하라."

위주(魏主) 조비의 재위 7년은 곧 촉한의 건흥(建興) 4년이 된다. 그 해 여름 5월에 조비가 병으로 죽으니, 어린 조예(曹叡)가 그 뒤를 이었다. 그 소식을 듣자 공명은 몹시 기뻐하며 말했다.

"내가 오래도록 위(魏)를 치고자 했으나 때가 이르지 않았음을 한(恨)하였더니 이제 바야흐로 그 때가 되었도다."

조비의 유언에 따라 조예가 그 뒤를 이어 왕위에 올랐으며, 위나라 조정을 떠받치는 큰 기둥이 된 신하는 조진, 화흠, 사마의 등이었다.

왕위에 오른 조예는 사마의에게 표기장군이라는 높은 벼슬을 내렸다. 그런데 사마의는 위나라의 도읍인 낙양에서도 한참이나 떨어진 서량 지방으로 떠나가기를 자청했다.

사마의의 말은 충성심에서 우러나온 것이었지만, 그를 지켜보던 신하들은 모두들 고개를 갸웃거리며 그를 의심하기 시작했다.

하지만 그 때까지만 해도 조예는 별다른 의심 없이 사마의를 서량 지방으로 내려보내 주었다. 그런데 그런 소식을 듣고 가장 놀란 사람은 제갈공명이었다.

"조비가 죽고 어린 조예가 그 뒤를 이었기에 한동안 근심이 사라졌다고 생각했는데, 그렇게 되었다면 큰일이다! 사마의가 서량 지방으로 내려가 군사들을 훈련시키면 우리 촉나라의 큰 위협이 된다. 그러니 내가 먼저 군사들을 일으켜 그들을 공격해야 할 것이다."

그 때 마속이 말했다.

"우리 군사들은 남만을 정벌하고 돌아온 길이라 사람도 말도 모두 지쳐 있습니다. 제가 한 가지 꾀를 내어 조예로 하여금 사마의를 죽이도록 하려는데 어떻습니까?"

공명이 물었다.

"그게 무엇이오?"

"들은 바에 따르면 표기장군이 된 사마의가 서량 지방으로 내려간다고 하자 모든 신하와 장수들이 그를 의심했다고 합니다. 저는 은밀하게 사람을 낙양의 업군 땅으로 보내어 '사마의가 반역을 준비하고 있다'고 소문을 퍼뜨릴까 합니다. 아울러 사마의가 널리 군사들을 모집한다는 거짓 방문을 내붙이면 조예는 틀림없이 그를 의심해서 죽일 것입니다."

공명은 고개를 끄덕였고, 그 즉시 마속은 낙양으로 첩자를 보냈다. 그로부터 얼마 후, 낙양의 거리거리에는 이상한 방문이 나붙었다.

「표기장군 사마의가 천하에 알리노라. 일찍이 조조 대왕
께서 셋째 아들 조식을 사랑하시어 그를 이 나라의 주인으
로 삼으려 했지만 간사한 신하들의 꾐에 빠져 뜻을 이루지
못했도다! 지금 황제 조예는 자격이 없는데도 황제의 자리
에 올랐으니 이것은 조조 대왕의 뜻을 저버리는 것이다. 내
가 군사들을 일으켜 나라의 잘못된 질서를 바로잡고자 하
니 뜻있는 백성들은 모두 나를 따르라.」

낙양성을 지키는 군사들이 그 방문을 뜯어 조예에게 갖
다 바쳤더니 조예는 온몸을 부들부들 떨면서 중얼거렸다.

"망할놈! 기껏 벼슬을 높여 주었더니 나를 배반하다
니……."

그러자 신하 화흠이 말했다.

"사마의는 오래 전부터 반역할 뜻을 품어왔습니다. 이번
기회에 그를 죽여야 나라의 걱정이 없어질 것입니다."

사도 벼슬에 있던 왕낭이라는 신하도 맞장구를 쳤다.

"사마의는 군사들을 다루는 솜씨가 놀라우니 그를 살려
두면 훗날 반드시 큰 재앙거리가 될 것입니다. 그를 죽이소
서."

그 말을 듣고 조예는 자신이 직접 군사들을 거느리고 서
량으로 가서 사마의를 죽일 결심을 굳혔는데, 대장군 조진
이 앞으로 나서며 말했다.

"그러시면 안 됩니다. 거리에 나붙은 방문이 진짜 사마의가 쓴 것인지도 잘 모르는 처지에 섣불리 그를 공격하면 오히려 반란을 일으키라고 부추기는 꼴이 됩니다. 폐하와 사마의 사이에 싸움이 붙어 혼란이 생기면 이득을 보는 것은 촉나라와 오나라이니 신중하셔야 합니다."

조예는 이러지도 저러지도 못하고 망설이기만 했다.

"사마의가 정말로 반역을 일으켰다면 어떡할 것인가?"

조진이 대답했다.

"폐하께서 그렇게 의심스러우면 일단 군사들을 거느리고 서량 땅으로 내려가 보십시오. 그러면 사마의는 폐하를 마중 나오지 않고는 못 배길 터이니, 그 때 사마의의 태도를 보아서 죽일지 살릴지를 결정하십시오."

조예는 고개를 끄덕이며 짐짓 사마의를 시험해 볼 생각으로 군사 10만을 거느리고 서량 땅으로 내려갔다.

소식을 들은 사마의는 황제에게 자신의 씩씩한 군대를 보여 줄 생각으로 무장한 군사 수만 명을 거느리고 마중하려 왔다. 그런데 아첨하기 좋아하는 신하들은 거짓으로 꾸며 조예에게 말했다.

"사마의가 무장한 군사 10만 명을 거느리고 달려나오고 있으니, 폐하께 반역하려는 것이 분명합니다."

조예는 한참 동안 고민하다가 조휴라는 신하에게 명령을 내렸다.

"그대가 먼저 사마의를 만나 보고, 만일 반역하려는 것이 분명하다면 즉시 나에게 알려라."

명령을 받은 조휴는 즉시 군사들을 거느리고 달려갔다. 한편 마중을 나오던 사마의는 조휴가 달려오는 것을 보자 황제가 오는 것으로 착각하고 길바닥에 엎드렸다. 그 때 한 달음에 달려온 조휴가 사마의를 바라보며 꾸짖었다.

"그대는 어찌하여 황제 폐하의 은혜도 모르고 반역을 일으켰는가?"

사마의는 소스라치게 놀라며 되물었다.

"그게 무슨 말이오? 내가 반역을 하다니……."

조휴는 그 동안의 일을 사마의에게 자세히 말해 주었다. 그러자 사마의는 고개를 끄덕이며 탄식했다.

"아, 참으로 한심하도다! 그것은 촉나라나 오나라에서 나와 황제 폐하 사이를 이간질시키려고 꾸민 수작이라는 것을 모른단 말이오? 내가 직접 폐하를 뵈고 사실을 말씀드려야겠소."

그 길로 사마의는 조예에게로 달려가서 눈물을 흘리며 변명했다.

"폐하! 제가 반역을 한다는 것은 우리의 적들이 꾸민 속임수입니다. 저에게 군사들을 주십시오. 못 믿으시겠다면 제가 직접 군사들을 거느리고 촉나라를 무찌름으로써 결백을 증명해 보이겠습니다."

나이 어린 조예는 그 때도 여전히 망설였다. 그러자 기회를 놓치지 않고 화흠이 말했다.

"사마의가 반역할 마음이 있었는지 없었는지는 분명하지 않지만, 적어도 그런 의심스러운 사람에게 군대를 지휘하는 높은 벼슬을 맡기는 것은 너무나도 위험한 일입니다. 사마의의 벼슬을 빼앗고 그를 시골 고향으로 내쫓으십시오."

조예의 생각에도 그것이 가장 좋은 방법이라고 여겨졌다. 그는 사마의를 노려보며 명령을 내렸다.

"여봐라, 표기장군 사마의의 벼슬을 빼앗고 그를 고향으로 내려보내라."

누명을 쓴 사마의는 눈물을 흘리며 고향으로 내려갔고, 그의 뒤를 이어 서량 지방의 군대는 조휴가 지휘하게 되었다.

사마의가 고향으로 쫓겨갔다는 소식을 듣고 가장 기뻐한 사람은 제갈공명이었다. 그는 환해진 얼굴로 무릎을 치면서 말했다.

"드디어 위나라를 공격할 때가 왔다! 사마의가 서량에서 군사를 훈련시키는 동안 나는 불안해서 편히 잠들 수 없었다. 이제 그가 쫓겨났으니, 지금이야말로 천하 통일의 큰 뜻을 이룰 때이다."

공명이 즉시 출반하여 출사표(出師表)를 올리니, 그 글의 뜻은 대강 다음과 같다.

「선제(先帝)께서 창업 중도에 붕어하시고, 이제 천하가 솔밭처럼 삼분되었으며, 그 중에 익주(益州)가 가장 피폐하니, 이것은 바야흐로 위급한 사태이옵니다. 그러하오나 그것을 지키는 신하가 게으르지 아니하고 충의지사가 밖에서 제 몸을 잊음은 이 모두 선제의 특별하신 은혜를 좇아 폐하께 보답하고자 함이옵니다.

폐하께서는 진심으로 천자의 귀를 열으시어 선제가 남기신 덕을 빛나게 하시고, 지사(志士)의 기운을 넓히시며, 충간(忠諫)의 길을 막지 마소서.

신은 본래 포의(布衣)로서 남양 땅에서 논밭을 갈아 난세에 몸을 온전히 하고, 영달을 제후(諸侯)에게서 구하지 않았는데, 선제께서 신의 비천하심을 생각하지 아니하시고, 스스로 걸음을 옮기사 신의 초려를 세 번이나 친히 돌아보시어, 신에게 당세의 일을 의논하시었나이다.

이에 신은 감격하여 드디어 선제를 위하여 치구(馳驅)하기를 맹세하였사옵니다. 하온데 뒷날에 기울어 엎어짐을 만나 군사가 패하였을 때 소임을 받고 위태롭고 어려운 중에 명을 받았나이다.

이제 이미 남방이 평정되고 갑병(甲兵)이 또한 넉넉하니, 마땅히 삼군을 거느리고 북으로 중원을 평정하여 간흉을 무찔러 없애고, 다시금 한실(漢室)을 일으켜 구도(舊都)로 돌아가는 것이 바로 신이 선제께 보답하고 폐하께 충성하는 직분이옵니다.

신이 은혜를 입은 감격을 참지 못하여, 이제 멀리 떠남을 당하여 표를 올림에 눈물이 앞을 가리어 더 아뢸 바를 알지 못하겠나이다.」

후주는 표문을 읽고 나자 감격하여 한참 동안 말없이 승상을 굽어볼 뿐이었다.

"남만 땅을 정벌한 지도 얼마 되지 않았는데, 편안히 쉬기도 전에 또다시 위나라를 공격한다면 몸과 마음이 너무 지치지나 않을까 염려스럽습니다. 만일 승상께 무슨 일이라도 일어나면 이 나라는 어찌 되겠습니까?"

유선의 말에는 공명을 걱정하는 마음이 가득 담겨 있었다. 그러나 공명의 결심에는 전혀 흔들림이 없었다.

"남만을 정벌했기에 아래쪽은 걱정할 필요가 없어졌습니다. 이 때 북쪽의 역적을 물리치지 않으면 이보다 좋은 기회는 다시 오지 않을 것이옵니다."

때는 건흥 5년 춘삼월 병인일이었다.

위나라를 공격할 30만 대군과 그에 따르는 말과 무기, 그리고 식량이 갖추어졌다. 공명은 모든 장수들에게 각각 벼슬과 임무를 맡기어 출발 준비를 서두르고 있었다. 그런데 유독 조운에게는 아무런 말이 없었다. 조운이 따지듯이 공명에게 말했다.

"제가 비록 나이는 들었지만 아직도 힘과 용기는 남아 있습니다. 어째서 저는 쓰시지 않는 것입니까?"

공명은 빙그레 웃으며 대답했다.

"내가 남만을 정벌하고 돌아와 보니 오호 장군이었던 마초가 병이 들어 이미 죽어 있었소. 마초가 죽은 것만으로도 내 팔 하나를 잃은 것처럼 마음이 아팠는데, 이제 나이 많은 장군이 싸움에 나가 실수라도 하는 날에는 그 동안의 명예를 더럽힐 뿐 아니라 우리 군대의 사기에도 큰 영향을 미칠 것이오. 그래서 일부러 쓰지 않은 것이오."

조운은 주먹을 불끈 쥐며 말했다.

"나는 유비 황제 폐하를 만난 이후 싸움에서는 물러선 적이 없고, 적을 만나면 늘 앞장섰습니다. 장수가 전쟁터에 나가서 죽을 수 있다면 그보다 영광스러운 일이 없을 것이니 무엇을 두려워하겠습니까? 부디 제가 선봉으로 나가게 해 주십시오."

공명이 거듭 말렸으나 조운은 뜻을 굽히지 않았다.

"나를 선봉으로 삼아 주지 않으면 궁궐의 기둥에 머리를 찧고 죽어 버리겠습니다."

공명은 마지 못해 웃으면서 말했다.

"장군의 고집도 어지간하오. 그렇다면 좋소. 선봉으로 나가는 것은 허락하겠지만, 반드시 믿을 만한 사람을 한 명데리고 가시오."

그 말이 끝나기도 전에 또 한 사람이 나섰다.

"제가 비록 재주는 없으나 노장군을 도와 적을 물리쳐 보이겠습니다."

공명이 바라보니 그는 지난날 손권을 설득해서 오나라와 동맹을 맺는데 공을 세웠던 등지였다. 공명은 날을 가리어 드디어 북벌(北伐)의 장도에 올라 질풍 노도처럼 위(魏)나라를 향해 쳐들어갔다.

촉나라 군대가 쳐들어온다는 놀라운 소식은 이제 막 왕위에 오른 조예의 귀에도 날아들었다. 그는 신하들을 둘러보며 물었다.

"제갈공명이 조자룡을 선봉으로 30만 대군을 거느리고 쳐들어온다고 한다. 누가 그들을 물리칠 것인가?"

그 말에 한 장수가 나섰다. 그는 한중 땅에서 황충의 손에 죽은 하후연의 아들 하후무였다.

"제 아버지는 한중 땅에서 세상을 떠났지만 아직도 저는 원수를 갚지 못했습니다. 바라건대 저에게 군사들을 주시면 위로는 나라에 충성하고, 아래로는 아버님의 원수를 갚겠습니다."

하후무는 성질이 매우 급한 데다가 경솔한 사람이었다. 하후연이 죽자 조조는 그의 아들을 불쌍히 여겨 자신의 딸과 혼인시켜 주었는데 그 때부터 하후무는 출세를 거듭하여 높은 벼슬에 올랐지만 한 번도 전장에 나가 싸운 경험은 없었다.

사도 왕낭이 그것을 이유로 반대하고 나섰다.

"안 됩니다. 하후무는 직접 전장에 나가 싸운 경험이 없으니 큰 일을 맡길 수 없습니다. 더구나 제갈공명은 지혜와 꾀가 많고 병법에 밝으니 가볍게 상대해서는 안 됩니다."

그 말을 듣고 하후무가 발끈해서 소리쳤다.

"어려서부터 아버님 밑에서 병법을 배웠으며 여러 자전

에도 두루 익숙한데, 단지 경험이 없다는 이유만으로 나를 깔보는가! 만일 내가 제갈공명을 사로잡지 못하면 다시는 낙양 땅에 발을 들여놓지 않을 것이다!"

하후무가 큰소리를 치는 바람에 왕낭은 더 이상 아무 말도 꺼내지 못했고, 조예는 고개를 끄덕이며 말했다.

"좋다! 하후무는 즉시 장안 땅으로 달려가 그 곳의 군대를 거느리고 제갈공명과 맞서 싸우라!"

노장군 조자룡

장안으로 내려간 하후무는 서둘러 그 곳의 군사들을 모으기 시작했다. 그 때 서량 땅을 지키던 장수 한덕이 오랑캐 군사 8만 명을 거느리고 왔다. 하후무는 그를 크게 환영하며 선봉을 삼았다.

그 때 하후무가 모은 군사들은 대략 20만쯤 되었다 그는 군사들을 이끌고 촉나라 군대와 맞서 싸우기 위해 나아갔다. 이윽고 위나라 군대와 조운의 촉나라 선봉 부대가 맞닥뜨린 곳은 봉명산이라는 어느 골짜기였다.

한덕이 먼저 자신의 네 아들을 양쪽에 거느리고 달려나갔다. 하지만 한덕은 조운의 상대가 되지 못했다. 싸우기 시작한 지 얼마 지나지 않아 한덕은 힘에 겨워 비지땀을 흘리기 시작했고, 보다 못한 그의 네 아들이 아버지를 도우려고 달려들었지만 세 아들은 조운의 창에 찔려 거꾸러지고 둘째 아들 한요는 사로잡히고 말았다.

한덕은 네 아들을 모두 잃고 도망치기 시작했고, 조운은 달아나는 한덕의 뒤를 추격했다. 한덕의 오랑캐 군사들은 조운이 홀몸으로 쳐들어왔음에도 감히 대항하지 못하고 벌벌 떨면서 꽁무니를 뺐다.

조운이 이르는 곳마다 적의 진영은 산산조각이 났고, 겁에 질린 오랑캐 군사들은 저마다 칼과 창을 버리고 달아나기에 바빴다.

조운의 눈부신 활약을 멀리서 지켜보던 등지는 자신도 군사들을 거느리고 달려와서 도왔다. 그 바람에 한덕은 말에서 내려 갑옷을 벗어 던지고 맨발로 달아났으며, 서량의 수많은 오랑캐 군사들도 뿔뿔이 흩어지고 말았다.

이윽고 조운과 등지가 군사들을 거두어 자기 진영으로 돌아갈 때 등지가 말했다.

"장군께서는 올해 나이가 일흔인데도 그 힘과 용맹은 젊은 날과 다름없어서 적장 넷을 무찔렀으니 참으로 세상에 보기 드문 일입니다."

조운은 가볍게 웃으며 대꾸했다.

"승상께서 내가 늙었다고 쓰지 않으려 하길래 평소보다 좀더 힘써 싸운 것뿐이오."

나이 많은 조운이 맹활약을 보이자 촉나라 군사들의 사

기는 하늘을 찔렀다. 그것을 시작으로 촉나라 군대는 싸우면 싸우는 대로 위나라 군대를 물리치며 기세 등등하게 앞으로 나아갔다.

촉나라의 30만 대군은 어느 새 적장 하후무를 사로잡고 여세를 몰아 남안·안정의 두 고을과 10여 개의 성을 빼앗아 버렸다.

참새를 풀어 봉황을 얻다

승승 장구하던 촉나라 군대의 진격이 멈춘 것은 천수성이라는 곳에서였다. 그 곳의 장수 강유라는 자가 어찌나 용감하고 지혜롭던지 촉나라 군대는 더 이상 나아가지 못하고 수십 일째 시간만 허비하게 되었다.

"강유는 도대체 어떤 사람인가? 지금까지 이처럼 지혜로운 인물은 보지 못했다."

갖은 계책을 써도 천수성 하나를 깨뜨리지 못하자 제갈공명이 한 말이었다. 그런데 강유에게 놀란 사람은 제갈공명만이 아니었다. 조운도 역시 혀를 내두르면서 말했다.

"이런 곳에 강유 같은 뛰어난 인물이 숨어 있을 줄은 몰랐습니다. 저는 강유처럼 창을 잘 다루는 사람을 일찍이 본 적이 없습니다."

그 때 강유와 고향이 같다는 어떤 사람이 말했다.

"강유는 어려서부터 글과 무예에 두루 뛰어나고 효성도 지극했기에 이 곳 천수 땅에서는 모르는 사람이 없을 정도이며 칭찬이 자자합니다."

그 말을 듣고 깊은 생각에 잠겼던 공명이 마침내 입을 열었다.

"나는 세상에 나온 이후로 강유처럼 글과 무예에 두루 익숙한 인물을 보지 못했다. 그와 같은 훌륭한 인물이 적이 된다면 우리에게는 큰 위협이 될 것이요, 만약 우리 편이 된다면 보물을 얻는 것이나 다름없다. 나는 계책을 써서 강유를 우리 편으로 만들 것이다."

그 무렵 천수성의 강유에게는 한 가지 걱정거리가 있었다. 그것은 날이 갈수록 식량이 바닥나고 있다는 것이었다. 벌써 수십 일째 촉나라 군사들이 성을 포위하고 있었으므로 계속해서 식량 공급을 받지 못하다 보니 생기게 된 당연한 결과였다. 보다 못한 강유는 천수성의 태수 마준에게 말했다.

"이대로 가면 성 안의 백성과 군사들은 모두 굶어 죽습니다. 제가 약간의 군사들을 거느리고 성 밖으로 나가 식량을 구해 올까 합니다. 이 곳에서 가까운 기성에는 아직도 많은 식량이 쌓여 있으니 그것을 가져오겠습니다."

마준은 고개를 끄덕였다.

그 날 밤, 강유는 날쌘 군사 수십 명을 거느리고 천수성에서 빠져나와 기성으로 떠났다. 하지만 그 때까지만 해도 그것이 공명의 계략에 빠져드는 일인 줄은 몰랐다.

강유와 그의 군사들이 촉나라 군사들에게 포위된 천수성에서 쉽게 빠져 나갈 수 있었던 것은 사실 제갈공명의 지시 때문이었다. 그는 장수들에게 이렇게 말했던 것이다.

"천수성에서 조만간 식량을 구하려 사람이 빠져나올 것이다. 그 때 여러 장수들은 그들을 보고도 못 본 체하라."

그리고 공명은 사로잡았던 하후무를 불러서 물었다.

"목숨을 살려 주면 내가 시키는 대로 할 것이냐?"

하후무는 겁에 질린 채 연방 고개를 끄덕였다.

"목숨만 살려 주신다면 무슨 일이든지 하겠습니다."

"지금 천수성의 장수 강유가 기성으로 달아나 나에게 편지를 보내왔다. 그는 '하후무만 살려 주면 자신은 항복하겠다'고 했다. 그래서 너를 살려 주는 것이니 너는 즉시 기성으로 달려가 강유를 설득해서 우리에게 항복케 하라."

하후무는 조금도 머뭇거리지 않고 대답했다.

"살려만 주신다면 반드시 그가 항복하도록 타이르겠습니다."

공명은 하후무에게 옷과 말을 주어 놓아 보냈다. 가까스로 목숨을 건진 하후무는 한참 동안 정신없이 말을 달렸지만 도대체 어디가 어딘지 분간이 가질 않았다. 그 때 마침 하후무의 맞은편에서 한 무리의 백성들이 허둥지둥 달려왔다.

"여기가 도대체 어디쯤인가?"

하후무가 묻자 백성들이 대답했다.

"이 곳은 기성에서 가까운 곳입니다. 우리는 기성에서 사는 사람들인데, 강유가 성을 내놓고 촉나라 장수 위연에게 항복했기 때문에 도망쳐 오는 길입니다."

"그럼 지금 천수성에는 누가 있느냐?"

"천수성은 태수 마준이 지키고 있습니다."

하후무는 고개를 갸웃거리며 말 머리를 돌려 천수성을 향해 달려갔다. 그런데 천수성으로 가는 길에 또 다시 몇 번이나 아까와 같은 도망치는 백성들을 만났지만 그들의 말은 한결같았다.

더 이상 의심할 여지가 없다고 생각한 하후무는 천수성에 도착하자마자 태수 마준에게 말했다.

"강유가 우리를 배반하고 적에게 항복했소. 기성은 이미 적의 손으로 넘어갔다는 것이오."

태수 마준은 소스라치게 놀라면서도 한편으로는 믿어지지 않았다.

"그럴 리가…… 강유는 식량을 구하러 기성으로 갔는데……."

그 말에 하후무가 발끈했다.

"그럼 내가 없는 말을 지어냈단 말이오? 내가 지나오면서 만났던 수많은 백성들이 그렇게 말해 주었소. 백성들이 거짓말을 할 까닭이 없지 않소?"

하후무의 서슬이 어찌나 파랗던지 마준은 결국 고개를 끄덕였다.

"그렇게 들으셨다면 틀림없겠지요……."

하후무가 조금만 눈여겨 보았더라면 그가 만났던 수많은 백성들은 촉나라 군사들이 변장한 것이라는 걸 알았을지도 모른다. 하지만 가까스로 목숨을 살려 달아나기에 바빴던 그에게는 이것저것 살필 겨를이 없었던 것이다.

한편 식량을 구하러 기성으로 갔던 강유는 이미 그 곳마저 위연에게 빼앗긴 것을 알고 빈손으로 천수성으로 돌아와 소리쳤다.

"성문을 열어라! 강유가 돌아왔다!"

그런데 이게 웬일일까? 성문이 열리는 대신 높은 곳에서 난데없이 불호령이 떨어지는 것이었다.

"배신자! 식량을 구하러 간다고 속이고는 적에게 항복한 것을 모를 줄 알았더냐? 여봐라, 어서 저놈을 쏘아 죽여라!"

말이 떨어지자마자 강유를 향해 비 오듯 화살이 쏟아졌다.

"그것은 오해요, 오해! 내가 왜 적에게 항복한단 말이오?"

아무리 소리쳐도 소용없었다. 그는 결국 목숨을 살리기 위해서 눈물을 흘리며 장안성을 향해 달려갔다. 그런데 강유가 어느 커다란 숲 근처에 이르렀을 때 수천 명의 군사

들이 함성을 지르며 쏟아져 나왔는데, 그 맨 앞에 선 사람
은 관홍이었다.

"불쌍한 강유야, 어디로 도망치느냐?"

강유는 기겁을 하며 방향을 바꾸었다. 그렇게 얼마나 달
려갔을까, 이번에는 문득 산모퉁이에서 한 대의 조그만 수
레가 나왔다.

"아까부터 그대를 기다렸노라."

수레에 탄 채 말하는 사람은 학창의를 입고 깃털 부채를
든 제갈공명이었다.

강유는 지칠 대로 지쳤기에 대항할 엄두도 내지 못하고
우두커니 서 버렸다.

그 때 공명이 다시 말했다.

"강유 장군은 너무 노여워하지 마시오. 모든 것은 그대
를 얻고 싶은 마음에 내가 꾸민 잔꾀였소. 이제 그만 하면
됐으니 항복하시오."

강유는 선뜻 결정을 내리지 못하고 망설였다. 앞에는 제
갈공명이요, 뒤에는 관홍이 이끄는 수천 명의 군사들이 버
티고 있었다. 그 때 공명의 수레 속에서 한 명의 여인이 걸
어나오며 강유를 불렀다.

"아들아, 촉나라에 항복해서 충성을 바치는 것이 좋을
듯싶구나……."

강유의 어머니였다.

강유의 효성이 지극한 것을 안 제갈공명이 그의 어머니

를 설득해서 데리고 온 것이었다.

"어, 어머니……."

강유와 그의 어머니는 서로 얼싸안고 한바탕 울음을 터뜨렸다. 그 때 나지막한 공명의 말이 흘러나왔다.

"천 명의 군사들을 얻기는 쉬워도 한 명의 훌륭한 장수를 얻기란 어렵소. 나는 참새와 같은 하후무를 놓아 주고 대신 봉황과 같은 그대를 얻고자 했소."

공명의 진심 어린 말에 강유도 무릎을 꿇었다.

"어리석은 저를 그토록 아껴 주시니 어찌 항복하지 않겠습니까……."

항복한 강유의 도움 덕분에 촉나라 군대는 다시 여러 개의 성을 빼앗으며 한중을 지나 장안을 향해 전진을 계속했다. 그 동안 계절은 어느덧 바뀌어 겨울이 되었다. 다급해진 것은 조예였다. 그는 황급히 대장군 조진에게 명령을 내렸다.

"그대는 20만의 군대를 거느리고 나가 촉나라 군대를 무찔러라!"

그러나 조진도 역시 제갈공명의 적수가 되지는 못했다. 첫 싸움에서 군대의 반을 잃고 도망쳐야 했던 조진은 조예에게 부탁해 서량 땅 국경 밖에 있던 서강에게 원병을 청했다. 부탁을 받은 서강의 국왕 철리길은 조조 때문에 위나라의 도움을 받은 처지였기에 감히 거절하지 못하고 25만의 군대를 거느리고 도우러 왔다.

때문에 제갈공명은 철리길과 싸우게 되었다. 그런데 서강의 군대는 결코 만만한 상대가 아니었다. 철전차를 앞세우고 몰려온 서강 군대의 수장 월길은 대단한 장사였을 뿐만 아니라, 군사들 역시 용감무쌍한 병사들이었기 때문이다.

"누가 나가서 오랑캐 군대를 상대하겠느냐?"

공명이 묻자 관흥과 장포가 선뜻 나섰다.

"저희들이 가겠습니다."

"너희들이 가는 것은 좋다만, 그 곳 지리에 익숙하지 않으니 문제로다!"

공명은 잠시 생각하다가 마대를 불러서 말했다.

"그대는 원래 서량 땅 출신이라 그 곳 지리와 오랑캐들의 성격을 잘 알 것이다. 그대가 길 안내를 맡아라."

그리하여 관흥·장포·마대는 군사 5만 명을 거느리고 서강군대를 향해 달려갔다. 하지만 촉나라 군대는 서강의 군대와 싸우기도 전에 혼쭐이 나서 달아나야 했다. 까닭은 철전차 때문이었다.

서강 군대의 철전차는 사방을 고슴도치처럼 무시무시한 쇠못으로 둘러싸고 그 위에다 병사를 태우고 화살을 날리며 공격해 들어왔다. 때문에 촉나라 군사들은 가까이 다가가지도 못한 채 크게 패해서 도망쳤다.

그것을 본 마대가 말했다.

"아무리 생각해도 철전차를 부술 사람은 제갈 승상밖에 없다. 나는 여기 남아서 적을 막을 테니, 그대들은 승상께 달려가서 계책을 알아 오라."

관흥과 장포는 밤낮을 가리지 않고 말을 달려 공명에게 가서 그 같은 사실을 보고했다. 그러자 공명은 직접 군사 3만 명과 장수들을 거느리고 마대의 진영으로 달려왔다.

다음 날 공명은 강유와 함께 높은 언덕에 올라가 적의 진영을 살폈다. 그 때까지도 적의 진영에서는 철전차와 말들이 오가고 있었다.

"저 정도라면 쉽게 깨뜨릴 수 있다."

공명이 말하자 강유가 물었다.

"좋은 수라도 떠올랐습니까?"

공명은 하늘을 가리키며 대답했다.

"지금은 겨울이다. 하늘에 검은 구름이 가득하고 북풍이 부니, 머잖아 흰 눈이 쏟아질 것이다. 나는 그 때를 기다렸다가 철전차를 부술 것이다."

때는 겨울 중에서도 한 해가 다 끝나갈 무렵이었다. 공명이 말한 지 며칠 지나지 않아 하늘에서 함박눈이 쏟아져 내렸다.

"드디어 때가 왔다!"

공명은 여러 장수들을 불러 일일이 지시를 내린 다음, 특별히 강유에게는 이렇게 당부했다.

"그대는 군사들을 거느리고 싸우러 나갔다가 못 이기는

척하며 도망쳐 오너라."

강유는 군사들을 거느리고 적진을 향해 달려갔다. 그 때 월길이 승상 벼슬의 아단과 군사들을 이끌고 마주 달려 나왔다. 강유는 공명의 명령대로 짐짓 싸우는 체하다가 못 이기는 척 하며 도망치기 시작했다.

"네 이놈, 게 섰거라!"

월길은 고함을 치며 강유의 뒤를 추격했다. 그러나 강유는 자기 진영으로 가까이 다가가는가 싶더니, 얼른 뒤쪽으로 달아나 버렸다. 그런데 월길이 촉나라 진영 가까이 도착했을 때 문득 북 소리가 '둥둥둥'하고 들려 왔다.

촉나라 진영은 사람은 보이지 않고 북 소리만 들리는 가운데 군사들의 깃발이 사방으로 돌아가며 빼곡하게 세워져 있었다.

"아뿔사, 속았다!"

월길은 진영 안에 무수한 촉나라 군사들이 숨어 있는 줄 알고 얼굴을 일그러뜨리며 돌아가려 했다. 그 때 뒤쫓아온 아단이 말했다.

"저것은 속임수입니다. 제갈공명이 군사들이 없는데도 있는 것처럼 꾸민 것뿐입니다."

그 말에 용기를 얻은 월길이 촉나라 진영을 덮치자 아니나 다를까, 제갈공명은 몹시 당황한 표정으로 북을 든 군사들과 함께 수레를 타고 진영 뒤쪽으로 달아났다.

"다른 사람의 눈은 속여도 내 눈은 못 속인다!"

아단은 코웃음을 치며 월길을 부추겨 달아나는 공명의
뒤를 바싹 추격했다. 공명의 수레는 어느덧 들판을 벗어나
숲 속으로 들어가고 있었다.

"적이 숲 속에 숨어 있는 것은 아닐까?"

또다시 멈칫거리는 월길에게 아단이 말했다.

"적이 숨어 있다고 해도 이제는 두려울 것이 없소이다!"

월길은 고개를 끄덕이며 숲 속으로 들어섰는데 먼저 달
아난 강유와 뒤에 달아난 공명이 앞서거니 뒤서거니 하며
눈 속에서 달아나는 것이 보였다.

"네놈들은 이제 꼼짝없이 나에게 사로잡혔다!"

월길은 여유있는 웃음을 날리며 군사들을 다그쳤다.

"인정 사정 볼 것 없이 달려들어 적을 무찔러라!"

서강 군사들은 함성을 지르며 적을 향해 덤벼들었다. 그
런데 바로 그 때였다.

"우르릉……쾅!"

갑자기 땅이 내려앉으면서 서강 군사들이 땅 속으로 떨
어져 내렸다. 촉나라 군사들이 길고 넓은 함정을 파서 나뭇
가지를 얹어 놓았는데도 눈에 덮여 조금도 의심해 보지 않
았기 때문이었다.

뒤에서 달려오던 철전차들도 갑자기 정지할 수 없었기에
함정 속으로 마구 떨어져 내렸다. 조용하던 산골짜기는 갑
자기 생지옥으로 변했다.

사람과 철전차들이 함정 속으로 나뒹굴며 비명 소리들이

메아리쳤다. 사방을 쇠못으로 둘러 박은 철전차가 군사들의 몸을 마구 찔러댔기 때문이었다.

뒤쪽에서 달려오던 오랑캐 군사들은 기겁을 하며 달아나기 시작했다. 하지만 그 때는 이미 관흥과 장포의 군사들이 양쪽에서 빗발치듯 화살을 쏘며 달려오고 있었고, 뒤쪽에서는 강유와 마대·장익 등이 군사들을 거느리고 쳐들어오고 있었다.

월길과 아단은 죽을 힘을 다해 촉나라 군사와 맞섰으나 역부족이었다. 월길은 관흥의 칼에 맞아 죽고, 아단은 마대에게 사로잡히고 말았다.

이윽고 싸움이 끝나고 포승줄에 묶여 끌려나온 아단에게 공명이 말했다.

"너희들은 조예의 부탁을 뿌리치지 못한 죄밖에 없다. 사로잡은 군사들과 말, 그리고 빼앗은 모든 무기를 돌려줄 것이니 고향으로 돌아가서 다시는 우리 땅에 발을 들여놓지 말아라."

아단이 감격한 것은 두말 할 것도 없다. 그는 수없이 감사의 절을 올리며 국왕 철리길이 있는 자기 진영으로 돌아갔다. 그리고 그로부터 며칠 지나지 않아 서강의 군사들은 국경 밖으로 물러나 고향으로 돌아가고 말았다.

돌아온 사마의

서강의 군대마저 패하고 돌아가자 조예는 불안해하며 중얼거렸다.

"이제 누가 나가서 적들을 막을 것인가!"

그 때 신하 화흠이 입을 열었다.

"이제는 폐하께서 직접 나서야 할 때입니다. 폐하께서 천하의 영웅 호걸들을 모두 불러들여 적을 물리치지 않으면 장안도 곧 적의 손으로 떨어지고 낙양도 위태로워질 것입니다."

그러자 종요라는 신하가 말을 가로막고 나섰다.

"옛말에 '적을 알고 나를 알면 백 번 싸워 백 번 이긴다'는 말이 있습니다. 원래 훌륭한 장수는 아는 것이 많아야 적을 이길 수 있는데, 지금의 대장군 조진은 경험은 많지만 지혜가 모자랍니다. 제가 촉나라 군대를 물리칠 수 있는 사람을 추천하겠습니다."

조예는 반색을 하며 물었다.

"그게 누군가?"

"표기장군 사마의입니다."

"사마의라면 죄를 지어 쫓겨난 사람 아닌가?"

"지난날 사마의의 죄는 폐하와 그를 이간질시키려는 제갈공명의 잔꾀로 인해 생겼습니다. 이제 폐하께서 사마의를 불러 쓰시면 제아무리 제갈공명이라 해도 굴복하게 될 것입니다."

그 말에 조예는 길게 한숨을 내쉬고는 말했다.

"사마의에게 죄가 없음은 나도 알고 있었다. 그는 지금 어디에 있는가?"

"고향인 완성 땅에서 한가롭게 지내고 있다고 합니다."

"그럼 즉시 사람을 보내 장안으로 달려오라고 하라. 이번에는 나도 군대를 거느리고 싸움에 나서겠다. 사마의와 힘을 합쳐 촉나라 군대를 물리칠 것이다."

한편 완성 땅의 사마의는 한가한 세월을 보내다가 위나라가 촉나라에 잇달아 패했다는 소식을 듣자 하늘을 우러러보며 탄식했다.

"장차 이 일을 어찌할꼬!"

그 때 사마의의 두 아들이 아버지의 모습을 지켜보다가 물었다.

"아버지는 어찌하여 그렇게 한숨을 쉬십니까?"

사마의에게는 두 아들이 있었는데, 큰아들이 사마사요 작은아들이 사마소였다. 그들은 아버지를 닮아서 머리가 뛰어나게 명석했으며 학문과 병법에 두루 밝았다. 사마의는 그런 아들을 바라보며 쓸쓸한 미소를 지었다.

"너희들이 답답한 내 심정을 어떻게 알겠느냐."

그러자 사마사가 물었다.

"아버지는 폐하께서 불러 주지 않는 것이 섭섭해서 그러시는 거지요?"

사마의는 그저 빙그레 웃을 뿐 대답하지 않았는데 그 때 작은아들 사마소가 그를 대신해서 말했다.

"걱정하지 마십시오. 조만간 폐하께서 아버지를 부르게 될 것입니다."

그런 일이 있은 지 며칠 지나지 않아서였다. 과연 낙양으로부터 한 명의 신하가 내려와서 조예의 편지를 전했다.

"드디어 기회가 왔다!"

편지를 읽은 사마의는 한달음에 장안으로 달려가 조예를 만났다. 조예는 얼굴 가득하게 웃음을 띠며 사마의를 맞아 주었다.

"지난날 그대를 고향으로 내쫓은 것은 제갈공명의 꾀에 속았기 때문이라는 것을 뒤늦게 깨달았다. 이제 그대에게 군권을 맡길 것이니, 온 힘을 다해 촉나라 군대를 물리쳐 다오."

사마의는 감격의 눈물을 흘리며 입을 열었다.

"목숨을 걸고 제갈공명과 싸워 이 나라를 지키겠습니다. 하지만 그 전에 부탁이 하나 있습니다."

"그게 무엇인가?"

"저에게 장수 한 사람을 주십시오."

"장수라면 누구를 말함인가?"

"장합입니다. 그를 저에게 주시면 촉나라 군대를 무찌르 겠습니다."

그 말에 조예가 웃음을 터뜨렸다.

"하하하! 나도 진작부터 장합을 그대에게 주어 돕도록
할 생각이었네."

가정 전투

출사한 이래로 여러 차례 대승을 거둔 공명이 기산(祁山)
에 머무르고 있을 때였다. 채중에 앉아 있으려니, 신성(新
城)으로 초탐하러 갔던 세작이 돌아와 아뢰었다.

"사마의(司馬懿)가 관에서 나와 장합을 선봉으로 우리 군
의 후방을 무찌르고 있나이다."

공명은 그 말을 듣자 크게 놀랐다.

"이제 사마의가 관에서 나왔으니, 반드시 가정(假亭)을
공격하여 우리의 보급로를 끊으려고 하겠구나."
하며, 중군에게 물었다.

"누가 가정으로 가서 굳게 지키겠느냐?"

말을 미처 마치기도 전에 참군 마속(馬謖)이 앞으로 나서
며 말했다.

"제가 가기를 원하나이다."

공명은 한참 그를 바라보더니 말했다.

"가정이 비록 작으나 관련되는 바가 심히 많고 깊으니,

만일 그 곳을 잃고 나면 우리 대군이 모두 위태롭게 될 것이다. 그대가 비록 병법에 통하였다고는 하나, 그 곳에 아무런 성곽이 없고 아울러 아무런 막힌 곳이 없어서 그 곳을 지키기가 매우 어려울 것이다."

그러나 마속은 장담했다.

"승상께서 저엉 못 믿겠사오면 군령장을 쓰겠습니다."

마속의 결의는 대단했다. 공명은 한참을 망설이다가 마속에게 2만 5천의 군사들과 모사 왕평을 붙여 보내면서 당부했다.

"무슨 일이든 왕평과 상의해서 결정하도록 하라. 왕평과 뜻을 맞춘다면 큰 실수는 없을 것이다."

두 사람은 공명의 간절한 당부를 받고는 군사들을 거느리고 나아갔다. 왕평과 함께 가정에 이르른 마속은 곧 사방 지세를 살피고 나더니, 크게 웃으면서 말했다.

"승상은 어째서 그리 다심(多心)한지 모르겠군. 이런 산골짜기에 위나라 군사들이 어떻게 감히 온단 말인가?"

그러나 왕평의 생각은 그렇지 않았다.

"비록 지세가 험준하다 할지라도 이 곳은 다섯 갈래 길을 총괄하는 긴요이니, 서둘러 나무를 찍어 울타리를 만들고 영채를 세워야 하오."

"도대체 무슨 소리를 그렇게 하오. 나는 아직까지 길에다 하채한다는 얘기는 듣지 못했소. 다행히 이 곳은 한편에 산이 있고 사면이 서로 연접치 아니하며 수목이 극히 무성하니, 이는 곧 하늘이 내린 혐오지라, 가히 산상(山上)에다 둔병할 만하다 하겠소."

그러자 왕평이 세차게 고개를 흔들었다.

"그것은 장군이 잘못 생각한 것입니다. 만일 위나라 군대가 산을 송두리째 포위해 버리면 그 때는 어쩔 것입니까? 무엇보다 우리 군사들은 물을 구하지 못해 스스로 혼란에 빠지게 될 것입니다."

그러나 마속은 계속해서 고집을 부렸다.

"만일 위나라 군대가 산을 포위해서 물을 구하지 못하게 된다면 우리 군사들은 죽기를 각오하고 싸울 것이다. 옛말에도 '살려는 자는 죽을 것이요, 죽으려는 자는 살 것이다'라는 말이 있다. 우리 군사들이 목숨을 걸고 싸운다면 그까짓 위나라 군대쯤 물리치는 것은 어려운 일이 아니다."

왕평은 마지못해 마속의 명령에 따랐다. 하지만 그는 가정의 지형과 자신들의 진을 친 모양을 자세히 그려 제갈공명에게 보냈다.

한편 사마의는 공명의 예상대로 가정으로 들이닥쳤다가 이미 촉나라 군대가 도착해 있음을 알고 탄식했다.

"제갈공명은 참으로 귀신 같은 사람이구나! 내 생각을 꿰뚫고 있다니……."

그 때 정찰을 나갔던 병사들이 돌아와 보고했다.

"저희들이 살펴보니 촉나라 군사들은 길목에 있지 않고 모두 산으로 올라가 진을 치고 있었습니다."

그 말에 사마의의 귀가 번쩍 띄었다.

"뭐라고? 적이 산 위에 진을 쳤다면 그것은 하늘이 나를 도우는 것이다!"

사마의는 즉시 군사들을 둘로 나누어 하나는 장합으로 하여금 적의 구원병이 올 것으로 예상되는 길목을 지키게 하고, 나머지 하나는 직접 거느리고 촉나라 군대가 진을 친 산을 빙 둘러 포위해 버렸다.

그렇게 며칠이 지나자 다급해진 것은 마속이었다. 왕평이 예상했던 것처럼 물을 구하지 못한 군사들이 쓰러져 가기 시작했던 것이다.

마속이 산 위에서 내려다보려니, 들과 산을 가득히 덮은 위나라 군대의 정기(旌旗)와 대오가 심히 엄정했다. 모든 촉군들은 높은 데 있는 까닭으로 사면을 에워싼 위군을 내려다보며 싸우기는커녕 겁부터 집어먹었다. 모두가 간담이 서늘해져 마속이 공격 명령을 내렸으나, 서로 쳐다보기만 할 뿐, 아무도 감히 산을 내려가서 적군을 무찌를 생각을 하지 않았다.

마속은 일이 이미 그릇된 것을 깨닫자, 군사들에게 명령하여 영채 문을 굳게 닫고 지키기에만 힘쓰며, 오로지 외응(外應)이 있기만 기다렸다.

그 때 사마의는 군사들에게 시켜 산을 따라 불을 지르게 했다. 불길이 산 끝까지 올라가기 시작하자, 산 위의 촉군들은 더욱 당황하며 혼란스러워졌다. 마침내 마속은 지키지 못할 것이라고 깨닫자, 산 서쪽으로 달아났다.

왕평은 가정으로부터 10리 떨어진 곳에 있다가, 위군이 이르는 것을 보자 곧 군사들을 이끌고 내달았다. 왕평은 힘을 다하여 장합과 수십 합을 싸웠으나 이기지 못했으며 그 역시 그만 달아나고 말았다.

그 무렵 촉나라 군대의 본진은 서성이라는 작은 성에 머물면서 사마의와 커다란 싸움을 한바탕 벌일 준비를 하고 있었다. 그 때 왕평이 그린 지도가 제갈공명 앞에 도착했고, 순간 지도를 든 그의 두 손은 부르르 떨렸다.

"마속, 이놈이 우리 모두를 망치는구나! 적이 산을 포위하여 물을 구하지 못하게 하면 우리 군사는 불과 이틀도 못 가 저절로 무너지는 것을······."

그러자 조운이 나섰다.

"저라도 가서 마속을 돕겠습니다."

하지만 공명은 고개를 흔들었다.

"지금 가더라도 아무런 소용이 없소. 가정은 벌써 위나라 군대의 손에 떨어졌을 것이오. 이제 우리가 급하게 할 일은 한시바삐 군대를 철수시켜 한중 땅으로 돌아가는 것이오. 가정을 손에 넣은 사마의가 이 곳으로 쳐들어오면 그 때는 끝장이란 말이오."

그런데 바로 그 때였다. 아니나 다를까, 가정으로부터 한 병사가 달려와서 공명 앞에 무릎을 꿇었다.

"가정의 마속 장군은 위연의 도움으로 겨우 포위망을 뚫고 양평관으로 도망치는 데 성공했지만, 그 같은 과정에서 군사들의 대부분을 잃고 말았습니다."

공명은 땅이 꺼져라 한숨을 내쉬었다.

"모든 게 내 잘못이다! 마속의 호언 장담을 믿은 나의 잘못이다!"

공명은 모든 장수들을 불러 모은 가운데 작전 지시를 내렸다.

"관흥과 장포는 군사 3천 명을 거느리고 무공산을 거쳐 양평관으로 가되, 도중에 적을 만나거든 싸우는 대신 북을 치고 함성을 질러 적이 저절로 놀라서 물러가게 하라. 그 다음 장익은 군사들을 거느리고 앞서 가서 우리가 돌아가는 데 차질이 없도록 하라. 그리고 마대와 강유는 이 곳의 군사들을 거느리고 한중 땅으로 떠나가라. 마지막으로 조운은 한중 땅으로 들어가는 길목을 지키고 있다가 우리 군대가 무사히 지나는 것을 확인한 다음 마지막으로 돌아오라."

그러자 강유가 불쑥 물었다.

"그럼 승상께서는 언제 떠나실 것입니까?"

"나는 여기 남았다가 마지막 식량 수송 부대를 거느리고 뒤따라가겠다."

모든 작전 지시가 끝나자 장수들은 각자 군사들을 거느리고 맡은 곳으로 떠나갔다. 홀로 남은 공명은 군사들에게 명령했다.

"쌀 한 톨도 남기지 말고 모두 수레에 싣되, 다 싣지 못하고 남는 것이 있다면 불태워 버려라."

군사들은 서둘러 수레에 식량을 싣기 시작했다. 그런데 바로 그 다음 날이었다. 병사 하나가 달려와 공명에게 보고했다.

"사마의의 대군이 이 곳 서성을 향해 벌 떼처럼 쳐들어 오고 있습니다."

공명은 소스라치게 놀랐다. 그럴 수밖에 없는 것이, 서성에 남은 군사들이라고는 고작 2천 500명의 식량 수송병들뿐이었으며 싸울 수 있는 장수와 군사들은 하나도 남아 있지 않았던 것이다.

그 소식을 들은 병사들은 모두 불안에 떨었다.

"이젠 꼼짝없이 죽었다! 여기 남은 병사들은 한 번도 제대로 싸워 본 적이 없는 사람들뿐이니······."

그 때 공명이 침착한 목소리로 입을 열었다.

"나에게 적을 물리칠 계책이 있으니 걱정하지 마라. 이제부터 내가 시키는 대로 해라. 먼저 동서남북 사방의 성문을 활짝 열어라. 그런 다음 각 성문마다 백성으로 가장한 군사 20명씩을 배치시켜 빗자루로 한가롭게 길을 쓸도록 해라. 결코 초조한 티를 내서도 안 되며, 위나라 군사들이 들이닥쳐도 당황하지 말아야 한다."

의아해하는 병사들을 뒤로 하고 공명은 거문고를 들고 성의 높은 곳으로 올라가 태연하게 연주를 하기 시작했다.

전쟁터에서 들려 오는 난데없는 거문고 소리는 엉뚱하고

우스꽝스럽기도 했지만, 병사들은 공명의 태도가 워낙 진지했기에 아무 말 없이 사방 성문을 열고 느긋하게 비질을 하기 시작했다.

위나라 군대가 들이닥친 것은 그로부터 얼마 지나지 않아서였다. 그런데 군대의 맨 앞에서 달려오던 사마의는 눈앞에 펼쳐진 뜻밖의 광경을 보고 황급히 멈추어 섰다.

"참으로 이상한 일이다…… 지금은 한가하게 거문고나 튕기고 비질을 할 때가 아닐 텐데?"

그러자 그의 곁에 서 있던 작은아들 사마소가 말했다.

"아버님, 저것은 군사가 없는 것을 숨기려는 제갈공명의 잔꾀입니다. 그대로 쳐들어가야 합니다."

하지만 사마의는 고개를 저었다.

"그것은 네가 제갈공명을 몰라서 하는 소리다. 그는 절대로 위험한 짓을 하는 사람이 아니다. 성문을 활짝 열어놓고 저토록 한가롭게 지내는 것은 반드시 숨겨 둔 군사가 있기 때문이다."

그 때 공명이 연주하고 있던 거문고 줄 하나가 '탕!'하고 소리를 내며 끊어져 버렸다. 그 순간 사마의는 기겁을 하며 소리쳤다.

"모든 군사들은 빨리 후퇴하라!"

사마의가 너무나 당황했기에 위나라 군사들은 즉시 방향을 바꾸어 달아나기 시작했다. 그 광경을 바라보는 공명의 온몸은 팽팽한 긴장감으로 인해 땀에 흠뻑 젖어 있었다.

"다행히 사마의가 제 꾀에 자기가 속았구나!"

사마의가 물러가자 공명은 급히 철수를 서둘렀다.

한편 후퇴한 위나라 군대는 밤을 새워 달아나다가 이튿날 아침에는 무공산 기슭에 지나게 되었다. 그런데 그 곳에서는 양평관으로 가던 관흥과 장포의 군대가 기다리고 있다가 일제히 북을 치며 함성을 내질렀다.

"와아, 위나라 놈들이다! 잘 걸렸다!"

그 소리를 들은 사마의는 또다시 화들짝 놀랐다.

"귀신 같은 제갈공명! 이 곳에도 군사들을 숨겨 두었을 줄이야!"

가뜩이나 겁을 집어먹고 도망치던 위나라 군사들은 사방으로 흩어져 달아나기에 바빴다.

관흥과 장포는 달아나는 위나라 군사들을 추격하는 대신 서둘러 양평관으로 향했다. 그 때쯤에는 양평관의 위연과 마속, 그리고 왕평도 철수를 서두르고 있었다. 그들은 관흥과 장포를 반갑게 맞이하며 군대를 하나로 합쳐 한중 땅으로 돌아가기 시작했다.

촉나라 군사들이 모두 한중 땅으로 떠나가자 사마의는 그제야 군대를 거느리고 돌아와 서성 땅을 다시 밟았다. 그 때 그는 아무래도 제갈공명이 거문고를 탄 얼마 전의 일이 의심스러워 백성들에게 물었다.

"너희들은 줄곧 이 곳에서 살았으니·잘 알고 있겠지. 그 때 제갈공명은 얼마나 많은 군사를 숨겨 두었느냐?"

그러자 한 농부가 대답했다.

"그 때 제갈공명에게는 싸울 줄도 모르는 2천 500명의 식량 수송병이 전부였습니다. 그런 줄도 모르고 장군께서는 겁에 질려 도망치시더군요."

그 말에 사마의는 하늘을 우러러보며 탄식했다.

"아! 나는 비록 촉나라 군대를 막아내기는 했지만, 지혜를 겨루는 데 있어서는 제갈공명에게 졌구나……."

말을 마친 사마의는 허탈한 표정으로 군사들을 거느리고 장안으로 돌아가고 말았다.

읍참 마속

무사히 한중 땅으로 돌아간 제갈공명은 군사들을 점검하다가 조운이 보이지 않자 깜짝 놀라며 물었다.

"조운은 어떻게 되었는가? 조운은……."

조운은 다른 모든 부대가 한중 땅으로 무사히 들어가는 것을 확인한 다음 들어오라는 명령을 받았기 때문에 그 때까지 도착하지 못하고 있었다. 그 때 한 병사가 달려와 공명에게 보고했다.

"조운 장군이 돌아오고 있습니다."

공명은 크게 기뻐하며 밖으로 달려 나가 조운을 맞이했

다.

"모든 부대가 안전하게 철수할 수 있도록 적의 추격을 물리친 그대야말로 참다운 장군이로다!"

공명은 조운에게 황금 50근과 비단 1만 필을 상으로 주었다. 하지만 조운은 끝내 뿌리치며 말했다.

"싸움에 이긴 것도 아니고 패해서 돌아왔는데 무슨 면목으로 상을 받겠습니까? 그 상은 추위에 떨었던 병사들에게 주십시오."

그 말에 공명은 감탄하며 조운을 더욱 신뢰하게 되었다. 그런데 상이 있으면 벌도 있게 마련이었다. 그 싸움에서 가장 큰 죄를 지은 사람은 마속이었다. 공명은 마속을 불러들여 호통을 쳤다.

"너는 일찍이 병서를 많이 읽어 전법을 익히 알고 내가 또한 누차 경계하여 가정(街亭)은 우리의 근본이라고 했으며, 너 역시 목숨을 걸고 중임을 맡았지 않았던가! 네가 마땅히 교만을 버리고 왕평의 말을 들었던들 어찌 이런 화(禍)가 있었을 것이냐. 이번에 우리가 패하고 성(城)을 잃은 것이 모두 너의 잘못이니, 이 때에 군율을 엄정히 하지 않는다면 내가 어찌 중인(衆人)을 복종시킬 수 있겠는가. 너는 법을 범하였으니, 조금도 나를 원망치 말라."

공명은 그렇게 마속을 꾸짖고 나자, 좌우를 향하여 소리쳤다.

"이놈을 끌어내어 참하라!"

공명의 호령이 떨어지자, 물을 끼얹은 것처럼 모든 사람들은 소리를 죽였는데, 다만 마속의 울음소리만 구슬프게 들렸다. 공명 역시 눈물을 흘리며,

"내가 그대와 더불어 의(義)를 형제처럼 하였으니, 너의 자식은 곧 내 자식이다. 그러니 너는 조금도 뒷걱정을 하지 말라."

하고 위로하며 손을 들어 마속을 끌어내게 했다.

얼마 동안이 지나서였다. 군사들이 마속의 수급을 계하에 갖다 바쳤다. 공명은 그것을 보자, 목을 놓아 크게 울며, 그칠 줄을 몰랐다.

장완이 공명의 뜻을 헤아리지 못해,

"유상(마속의 자)이 죄를 얻어 군법을 받았는데 승상은 왜 그리 우십니까?"

하며 의아해하자, 공명이 말했다.

"내가 마속을 위하여 운 것이 아니오. 선제께서 백제성에서 위중하실 적에 일찍이 나에게 부탁하시기를, 마속은 실행이 말보다 앞서니 크게 쓰지 말라 하셨는데, 이제 생각하니 과연 그 말씀과 같소. 그래서 나의 불명(不明)을 깊이 한탄하고, 선제의 밝으심을 추모하여, 그로 말미암아 통곡하는 것이오."

그러자 옆에서 시립하는 대소 장사들도 모두 눈물을 흘렸다.

이 읍참 마속(泣斬馬謖)의 고사(古事)는 공(公)을 위해 사

(私)를 버리는 본보기가 되고 있다.

세월은 흘러 어느덧 그 해 여름이 되었다. 그 때까지도
제갈공명은 익주성으로 돌아가지 않고 한중 땅에서 군사들
을 훈련시키며 새로운 무기를 개발하고 있었다.

그 무렵 뜻밖의 사건이 발생했다. 위나라와 오나라가 싸
움을 시작한 것이었다. 두 나라가 갑자기 싸움을 벌인 것은
주방이란 사람 때문이었다.

주방은 원래 손권의 신하였지만 조예에게 잘 보여 높은
벼슬을 얻으려고 오나라를 공격하는 데 필요한 모든 정보
를 갖다 바치며 그를 부추겼다.

"이번에 오나라를 공격하면 강동을 빼앗는 것은 시간 문
제입니다."

조예는 망설이다가 사마의에게 의견을 물었다. 그러자
사마의가 대답했다.

"그의 말이 사실이라면 결코 놓쳐서는 안 될 기회입니
다."

싸움은 그렇게 시작되었다. 갑작스런 위나라의 공격을
받은 손권은 육손을 내세워 적을 막아 내는 한편 동맹인
촉나라에 도움을 요청했다.

소식을 들은 공명은 쾌재를 불렀다.

"드디어 가정에서 당한 참패를 설욕할 수 있는 기회가
왔다!"

그는 서둘러 위나라를 공격할 일에 대해서 의논하기 시작했다. 그런데 그 때 느닷없이 한바탕 큰 바람이 일어나면서 소나무 한 그루가 부러지더니, 병사 한 명이 헐레벌떡 달려와서 입을 열었다.

"조운 장군이 지난 밤에 세상을 떠나셨습니다."

공명은 하얗게 질린 얼굴로 통곡을 했다.

"아아! 조운이 세상을 떠난 것은 나라의 기둥을 잃은 것이요, 나는 팔 하나를 잃은 것이나 다름없도다……."

공명이 울음을 터뜨리기 시작하자 주변의 신하와 장수들도 눈물을 흘렸다. 공명은 황제 유선에게도 조운의 죽음을 알리자 유선도 넋을 잃고 통곡했다.

"나는 어렸을 때 조운이 아니었더라면 이미 죽었을 사람이다! 아아, 이 일을 어찌할꼬……."

이윽고 유선은 조운에게 대장군의 벼슬을 내리고 정성껏 장례를 치른 다음 사당을 세워 계절마다 제사를 지내도록 했다.

제2차 위나라 정벌

공명은 조운의 장례가 끝나자마자 유선에게 다시 한 번 출사표를 올렸다. 내용은 물론 위나라를 공격하겠다는 것이었다. 유선은 크게 기뻐하며 출전을 허락했다. 이것이 공명의 제2차 위나라 정벌이다.

공명은 장수 위연을 선봉으로 삼아 군사 30만 명을 거느리고 험하기로 유명한 진창 땅으로 쳐들어갔다.

소식은 곧 낙양성으로 날아들었다. 그 때 오나라의 육손에게 패해 잠시 철수해 있던 대장군 조진이 말했다.

"제가 요즘 훌륭한 장수 한 명을 얻었습니다. 그는 60근이나 되는 큰 칼을 쓰며, 하루에 천 리를 달리는 말을 타고, 활쏘기에도 아주 능한 왕쌍이라고 합니다. 그와 힘을 합쳐 제갈공명을 물리쳐 보겠습니다."

조예는 호기심이 가득한 표정으로 왕쌍을 불러오도록 했다. 이윽고 나타난 왕쌍은 키가 9척이요, 검은 얼굴에 곰 같은 허리를 가진 장수였다. 조예는 흡족해하며 말했다.

"이처럼 훌륭한 장수가 있으니 내가 무엇을 걱정하겠는가!"

그리하여 위나라에서도 조진을 총사령관으로 삼고 왕쌍을 선봉으로 삼아 촉나라 군대와 맞서 싸우기 위해 진창 땅으로 달려갔다.

한편 진창 땅으로 쳐들어간 공명은 예상외로 힘겨운 싸움을 벌이고 있었다. 까닭은 진창성을 지키는 학소라는 장수가 지혜롭고 용맹스러웠기 때문이었다. 아무리 공격해도 진창성이 끄떡도 하지 않자 위연이 말했다.

"장수 학소가 성벽을 높이 쌓고 그 앞에 깊은 구덩이를 파서 수비만 튼튼히 할 뿐 좀처럼 나와 싸우질 않습니다. 차라리 이 성은 버려 두고 곧장 기산 땅으로 쳐들어가는 것이 어떻습니까?"

공명은 고개를 가로저었다.

"진창성을 빼앗지 못하고 기산 땅으로 나아간들 아무런 소용이 없다. 진창성의 북쪽은 가정이다. 반드시 진창성을 함락시켜야 한다."

공명은 진창성을 함락시키기 위해 구름사다리를 사용하기도 하고, 그가 새롭게 고안한 충거로 공격하기도 하고, 땅굴을 파서 침투를 시도해 보기도 했다. 하지만 번번이 진창성을 지키는 학소의 기민한 대응에 막혀 실패했다.

그런데 엎친 데 덮친 격으로 그 때 조진과 왕쌍이 거느리는 위나라의 대군이 뒤에서 들이닥쳤다. 때문에 촉나라 군대는 앞뒤에 적을 두고 싸우는 모양이 되었다. 사정이 다급해지자 강유가 공명에게 말했다.

"제가 거짓 항복을 해서 적을 함정에 빠뜨리겠습니다."

공명은 고개를 끄덕였다. 그러자 강유는 즉시 편지 한 통을 써서 조진에게 전했다.

「저는 제갈공명의 꾀에 속아 그의 부하가 되었지만 한시도 고국을 잊은 적은 없습니다. 제가 이번 기회에 지난날의 죄를 씻고자 하오니, 대장군께서는 촉나라 군대를 만나거든 거짓으로 패한 체 하며 달아나십시오. 그러면 이 강유가 촉

나라 군대의 후방에서 불을 올려 신호를 보내는 동시에 그
들을 기습하겠습니다. 장군과 제가 앞뒤에서 공격하면 촉나
라 군대쯤은 금세 무너질 것입니다.」

　조진은 크게 기뻐하며 왕쌍에게 5만의 군사를 주었다.
군사들을 거느린 왕쌍이 촉나라 군대를 향해 달려가자 맞
은편에서는 장수 위연이 군사들을 거느리고 마주 달려 나
왔다. 왕쌍은 강유의 말에 따라 짐짓 패한 체하며 달아났
다. 그렇게 30리쯤 도망쳤을까, 문득 뒤돌아보니 과연 촉
나라 군대의 뒤쪽에서 함성과 더불어 시뻘건 불길이 치솟
았다.
　"옳다, 드디어 강유가 기습 공격을 시작한 모양이다!"
　왕쌍은 쾌재를 부르며 말 머리를 돌렸다. 이제 공격하는
것은 위나라 군대요, 달아나는 것은 촉나라 군사들이었다.
왕쌍은 큰 칼을 휘두르며 소리 높여 외쳤다.
　"강유가 뒤에서 돕고 있으니 우리는 아무것도 걱정할 것
이 없다. 마음 놓고 쳐들어가서 적을 무찌르라."
　그런데 위나라 군사들이 함성을 지르며 불길이 치솟는
곳 가까이 갔을 때였다. 갑자기 북 소리와 징 소리가 요란
히 울리는 가운데 왼쪽에서는 관흥이, 오른쪽에서는 장포가
군사를 거느리고 쏟아져 나왔다.
　"이럴 수가! 속았다!"
　왕쌍은 정신없이 도망치다가 문득 한 무리의 군대와 마

주쳤는데, 앞장선 장수는 다름 아닌 강유였다.

"더러운 놈! 한 번도 모자라 두 번씩이나 나라를 배반하다니……."

왕쌍이 저주를 퍼붓자 강유는 껄껄 웃으며 말했다.

"조진을 잡으려 했는데 네놈이 재수없게 걸려들었구나…… 하는 수 없다, 내 칼을 받아라!"

강유의 칼이 허공을 가르는 순간 왕쌍은 손 한 번 써 보지 못하고 목이 달아났고, 장수를 잃은 위나라 군사들은 앞다투어 항복하고 말았다.

이윽고 승리를 거둔 장수들이 돌아오자 공명이 말했다.

"우리는 한중 땅으로 돌아간다. 진영을 거두어 철수할 준비를 하여라."

뜻밖의 말에 장수들이 의아해하며 물었다.

"승리를 거두어 군사들의 사기도 높은데 어째서 돌아간단 말씀입니까?"

공명이 그 이유를 차분히 설명했다.

"우리는 진창성에서 너무 많은 시일을 허비했다. 지금도 식량이 부족한 마당에 싸움에 진 위나라에서 보다 많은 구원병을 보내오면 그 때는 돌아갈 길마저 끊기게 된다. 싸움에 이긴 우리가 돌아가리라고는 예상하지 못할 이 때가 가장 좋은 때다."

공명은 일단 한중으로 돌아가 군대를 정비하면서 다음 기회를 기다리기로 했다. 그 때는 이미 그 해도 다 저물어

가는 한겨울이었다. 한편 왕쌍이 죽었다는 보고를 받은 조진은 심하게 근심하다가 마침내 병이 났다. 그리하여 그는 여러 장수들에게 장안으로 통하는 길목을 지키게 하고 자신은 병을 치료하기 위하여 낙양으로 돌아갔다.

손권도 황제가 되고

중원으로 진출하고 싶은 생각이 어느 누구에게도 못지않은 손권이었다. 조조가 죽고 조비가 죽었으며 이제 조예는 나이가 어리고 식견이 좁고 도량이 없었기에, 손권의 중원 진출의 꿈은 자꾸만 무르익어 갔다.

그러나 위(魏)는 원체 큰 나라라 흔들리고 좀먹었다고 해도 기둥은 굵고 가지들의 수는 많아, 좀처럼 넘어뜨리기가 어렵겠다는 생각만이 자꾸 드는 것이었다.

어느 날 장소(張昭)가 아뢰었다.

"이즈음 무창(武昌) 동산에 봉황이 날아들고, 대강(大江)에 황룡이 자주 나타난다고 하옵니다. 이제 주공께서 덕(德)은 당우(唐虞)를 짝하시고 명(明)은 문무를 겸하셨으니, 먼저 황제의 위(位)에 나아가시고, 뒤에 군사를 일으키소서."

"자포(장소의 자)의 말이 옳사옵니다."

모든 문무 관원들이 일제히 장소의 말에 응하며 손권의 결단을 촉구하였다. 손권은 드디어 그 해 여름 4월 병인일을 가리어 단(壇)을 무창 남교(南郊)에다 쌓고, 문무 관원들의 호위를 받으며 단으로 나아가 황제의 위(位)에 올랐다.

이로써 황무(黃武) 8년을 황룡(黃龍) 원년으로 고쳤으며, 그의 부친 손견을 무열황제(武烈皇帝)라 시호(諡號)하고, 모친 오씨(吳氏)를 무열황후(武烈皇后)라 하고, 형 손책을 환왕(桓王)으로 삼고 아들 등(登)을 세워 황태자로 삼았다.

손권은 다시 건업으로 돌아가 뭇 신하들을 모으고 함께 위(魏)를 칠 일을 의논했다. 장소가 아뢰었다.

"폐하께서는 이제 막 황제가 되셨으니 싸움을 하기보다는 학문을 권장하고 군사들을 훈련시켜 백성들을 안심시키는 것이 중요합니다. 촉나라에 사신을 보내어 황제가 된 것을 알리고, 동맹 관계를 더욱 튼튼히 하십시오."

손권은 그 말에 따라 촉나라의 유선에게 사신을 보냈다. 한편 사신의 보고를 받은 황제 유선은 불쾌하기 짝이 없었다.

"무례한 놈! 손권이 황제가 된 것은 역적의 짓이다. 그런 놈과 계속해서 동맹을 맺어야 한단 말인가?"

화를 내는 유선을 향해 한 신하가 말했다.

"지금은 위 · 촉 · 오 세 나라의 장래가 어떻게 될지 한 치 앞도 내다보기 힘든 어지러운 때입니다. 오나라와 계속

해서 동맹을 맺을지 말아야 할지에 대해서 공명 승상에게
물어 보는 것이 좋겠습니다."

후주는 그 말을 옳게 여기고 사신을 잠시 객사에 쉬게
하며, 글을 닦아 한중(漢中)으로 보내어 승상의 뜻을 물었
다. 공명의 답서는 시각을 지체하지 않고 후주 앞에 이르렀
다.

"신의 생각으로는 사람 시켜 예물을 갖추어 동으로 가서
하례(賀禮)하고 길이 동맹을 맺게 하소서."

공명의 진언대로 후주는 곧 태위 진진(陣震)으로 명마와
옥대(玉帶), 그리고 값진 보배들을 가지고 오나라로 가서
하례케 함으로써 두 나라 사이에 동맹이 이루어졌다.

무심한 창천

건흥(建興) 13년 2월, 공명은 조정으로 돌아가 상주했다.

"신이 군사를 존휼한 지 이미 어언 3년이 지났는데, 그
동안 양초가 풍족해지고 군기(軍器)가 완비되었으며 인마가
웅장하여, 가히 위나라를 정벌할 만하나이다. 이번에 신이
역적의 무리를 소탕하고 중원을 회복치 못한다면 맹세코
폐하를 다시 뵈옵지 아니할 것입니다."

공명의 비장한 결심을 듣고 나자 후주는,

"천하가 바야흐로 정족지세(鼎足之勢)를 이루어 태평하거늘, 상부(相父)는 어찌하여 이런 태평을 누리지 않으려고 하시나요?"

하며 은근히 그의 출사함을 막으려고 했다.

공명은 눈물을 흘리며 다시 아뢰었다.

"신이 다섯 번이나 기산(祁山)으로 나아갔사오나, 아직껏 촌토(寸土)도 얻지 못하였사오니, 그 죄가 가볍다고 할 수 없나이다. 이제 신이 다시금 군사를 거느리고 기산으로 나아가는 마당에 있어, 맹세코 있는 힘을 다하여 도적을 소멸하고 중원을 회복하되 신이 죽은 다음에야 멈추고자 하나이다."

이뢰기를 마치고 후주께 작별을 고하자, 공명은 즉시 한중으로 갔다.

드디어 촉군 45만이 오로(五路)로 나뉘어 진발하니, 강유(姜維)와 위연(魏延)으로 선봉을 삼아 기산으로 나아가 하채케 하고, 이회(李恢)로 하여금 사곡 도구(道口)에 양초를 운반해 두도록 하였다.

위나라 군대가 패배를 거듭하고 있다는 소식은 시시각각 낙양의 조예에게로 날아들었다.

"진창 땅을 잃고, 학소는 죽었으며, 무도와 읍평 두 고을도 빼앗겼습니다. 제갈공명은 또다시 기산 땅으로 나와 군사들을 정비하고 있다고 합니다."

잇달아 날아드는 비참한 소식에 조예는 안절부절못하고

허둥거렸다.

"촉군들이 한동안 잠잠하였는데, 이제 제갈량이 다시 기산에 나타났다 하니 이를 어찌 할꼬?"

사마의가 아뢰었다.

"신이 밤에 천문을 보오니 중원에 나타난 왕기(王氣)가 타는 듯 성하고, 규성(奎星)이 태백(太白)을 범하였사오니 그것은 서천(西川)에 지극히 불리한 것이옵니다. 공명이 그 일을 모를 까닭이 없겠지만, 제 재주와 꾀만 믿고 하늘의 뜻을 거슬러 군대를 움직이니, 그것은 스스로 패망의 길을 취함인가 하나이다. 이제 신이 폐하의 위엄을 빌어 마땅히 나아가 물리치겠사오니, 폐하께서는 추호도 심려치 마옵소서."

사마의는 위나라의 명장으로 병법에 밝고 모략에 깊이 통한 자였다. 그는 몇 번 공명과 어울려 보았으나 번번이 패하자, 오로지 관문과 애구(隘口)를 굳게 지켜, 군수(軍需)에 불리한 공명으로 하여금 스스로 물러가게 하려고 했다.

원래 위에 비해 현저하게 국력이 떨어지는 촉한으로서는 군수의 조달과 운반이 어려워 속전 속결이 최선의 방법이었는데, 그것을 꿰뚫어 알고 있는 사마의는 그러한 약점을 노려 최대한의 지구전(持久戰)을 쓰기로 한 것이었다.

공명이 친히 일군을 거느리고 오장원(五丈原)에 진을 치고 나서, 군사들을 보내어 아무리 싸움을 걸었으나, 위군은 본 척도 하지를 않았다.

공명은 참지 못하여, 일봉 서신과 함께 큰 함을 사마의에게 보냈다.

사마의가 함을 열어 보니, 족두리와 치마 저고리가 들어 있고, 서신의 내용은 다음과 같았다.

「그대가 기왕에 대장이 되어 중원의 군마를 통솔하고 있으니 속히 자웅을 결해야 하거늘, 토굴(土窟)만 굳게 지키고 창칼을 피하니, 아녀자와 무엇이 다르다 하리오. 이제 두 사람을 시켜 족두리와 치마 저고리를 보내노니, 싸우지 아니하려면 두 번 절하고 받을 것이며, 혹시나 아직도 남자의 흉금으로 부끄러움이 남았거든 회답하여 날을 정하고 싸움을 결단하라….」

읽어 내려가는 사마의의 심중에 노기가 물끓듯 일어났으나, 겉으로는 태연자약하기가 조금도 변함이 없었다. 사마의는 웃는 얼굴로,

"공명이 나를 여자로 아는 모양이로군. 이왕에 가져온 것이니 내 받아는 둠세."

하고 말하고는 다시 사자를 바라보며 물었다.

"그래, 공명의 침식과 일의 번간(煩簡: 번거로움과 간략함)함은 어떠한가?"

"승상께서는 아침에 일찍 일어나시고 밤엔 늦게 주무시며, 벌(罰) 20장(杖)이 넘는 군국 대소사를 막론하고 어느

것 하나 눈으로 거치지 않으심이 없는데, 드시는 것은 하루에 불과 얼마 아니 됩니다."

듣고 나자 사마의는 얼굴에 또한 웃음을 띄고 뭇 장수를 바라보며,

"음, 공명이 그렇게 적게 먹고 많은 일을 하니 그 어찌 오래 갈까…."

하고 말하고는, 다시 사신에게 일렀다.

"돌아가거든 승상의 팔자가 참 기구하다고 여쭈어라."

오장원으로 돌아와 사자가 공명에게 사실대로 복명하니, 공명은 무릎을 치며,

"참으로 나를 깊이 알았구나!"

하고 탄복했다. 주부(主簿) 양옹이 간했다.

"저의 좁은 소견으로 아뢰옵건대, 승상께서 항상 손수 크고 작은 일을 모두 살피심은 마땅치 않은 일이옵니다. 나라를 다스림에는 법도가 있어 상하가 서로 넘지 않아야 함은, 비유하자면 마치 집안을 다스리는 법에 있어 남종으로 밭을 갈게 하고 여종은 밥을 짓게 하되, 주인은 오직 조용히 앉아 음식 드는 것과 다름이 없사옵니다.

그러므로 옛 사람들은 앉아서 도(道)를 말하는 것을 삼공(三公)이라 하고, 일어나 행함을 사대부(士大夫)라 하였으며, 진평(陳平)이 전곡(錢穀)의 수효는 알지 못하였으되, 스스로 주장하는 바가 있다고 일컬었습니다.

이제 승상께서는 몸소 작은 일까지 살피시어 종일토록

땀이 흐르시니, 어이 몸이 고단하고 신사(神思)가 어지럽지 않사오리까. 사마의의 말이 참으로 옳다고 생각하옵니다."

잠잠히 듣고 있는 공명의 두 볼에는 어느 새 두 가닥 눈물이 소리 없이 흐르고 있었다. 공명이 울음 섞인 목소리로,

"나도 그대가 하는 말을 모르는 바 아니건만, 내가 일찍이 선제로부터 탁고(託孤: 고아의 장래를 믿을 만한 사람에게 부탁하는 일)의 중임을 맡은 이래로 다른 사람이 일하면 혹시나 내가 하듯 마음을 다하지 못할까 염려하여 그랬을 뿐이오."

하고 말했다. 때문에 듣고 있던 모든 사람들 중에서 그의 거룩한 마음에 감동하여 눈물을 흘리지 않는 사람이 없었다.

그런 일이 있고 나서부터 공명은 모르는 사이에 신사(神思)가 편안치 못해졌으므로 모든 장수들도 감히 진병치 못하고 있었다.

공명이 장중에 앉아 있는데, 성도로부터 비위(費褘)가 왔다. 공명이 안으로 청하여 들이고 물었다.

"무슨 일로 이렇게 왔느냐?"

"위주 조예가 동오의 삼로병이 진병한다는 말을 듣고 곧 대군을 거느리고 합비에 이르러 만총·전예 등과 싸워 동오 군대의 양초(糧草)와 병기들을 모조리 태워 버렸습니다. 겸하여 오군의 군사들이 많이 병에 걸렸으므로, 육손이 오왕

께 표를 올려 협공을 꾀했는데, 표를 가진 자가 중도에서 위군에게 잡혀 기밀이 누설되는 바람에 오군은 아무런 소득도 없이 물러가고 말았나이다……."

비위의 말이 계속되자 듣고 있던 공명은 갑자기 안색이 파랗게 질리더니 다시금 백지장처럼 변하며,

"음, 음-"

두어 마디 알아들을 수 없는 탄식을 연거푸 내뱉었다. 그리고는 갑자기 땅으로 쓰러지며 혼절하고 말았다.

크게 놀란 좌우의 장수들이 공명을 자리로 옮기고 백방으로 다스리자, 반나절이 지나서야 겨우 소생했다. 그리고는,

"내 마음이 혼란하고 구병(舊病)이 다시 도지는 것을 보니, 아마 오래 살기 어려운가 보다."
하고 힘없이 말했다.

그 날 밤, 공명은 후들거리는 몸을 달래며 장막 밖으로 나갔다. 그리고 하늘을 우러러보다가,

"억!"

한 마디 소리 지르며, 다시 쓰러질듯 하다가 겨우 좌우의 부축을 받고 장막으로 돌아왔다. 그리고는 손을 저어 뭇 장수들을 밖으로 나가게 하고 오직 강유(姜維)만을 남게 했다.

"내 명(命)이 조석에 달렸구나."

공명은 떨리는 목소리로 나직이 말했다.

강유가 눈을 크게 뜨며,

"승상께서는 무슨 말씀을 하시나이까?"

하고 쇠약해진 공명을 위로하듯 말했으나, 공명은 머리를
저으며 말했다.

"아까 밖에서 하늘을 보니, 삼태성(三台星) 중에 객성(客
星)이 갑절이나 밝고 주성(主星)이 흐리며, 비록 반짝이기
는 하지만 빛이 어두웠다. 천상(天象)이 그러하니 내 명에
대해서 가히 알 수 있잖겠는가."

강유가 안타까운 어조로 말했다.

"저엉 천상이 그렇다면, 승상께서는 어째서 기도하는 법
을 써서 돌이키지 않으십니까?"

"실은 기도하는 법을 알기는 하지만, 다만 하늘의 뜻이
어떠한지 헤아릴 수가 없구나."

"그러시더라도…."

"그렇다면 무장한 군사 49명에게 각각 검은 옷을 입히고
검은 깃발을 들려서 나의 막사 주변을 에워싸게 하라. 나는
막사 안에서 생명등을 켜고 북두칠성에게 기도를 올릴 것
이다. 만일 7일 동안 기도를 올리는 사이 그 생명등이 꺼
지지 않으면 나는 앞으로 12년을 더 살 것이요, 꺼진다면
내 생명도 그것으로 끝날 것이다."

공명은 그렇게 분부하고, 필요한 재물들은 다만 두 동자
들에게 시켜 날라오게 하였다.

때는 바로 8월 중추(中秋)였다. 그 날 밤에 은하수는 경경하고 옥로(玉露)는 영영하고, 정기(旌旗)마저 나부끼지 않고 있었다.

강유는 장 밖에서 갑사 49인을 거느리며 수호하고, 공명은 안에서 향과 제물을 베풀고, 땅에는 칠잔대등(七盞大燈)을 벌여 놓고, 밖에는 소등(小燈) 49개를 켜고 안에는 본명등(本命燈) 한 개를 밝혀 놓았다.

공명은 절하고 축문을 올렸다.

"소인이 난세에 태어나서 늙다가 소열황제의 삼고의 은혜와 탁고의 중임을 입어 이 날에 이르기까지 견마지로를 다하여 맹세코 국적(國賊)을 치려고 하는데, 뜻밖에 장성(將星)이 떨어지려고 합니다. 엎드려 비옵건대 자비하신 하느님께서는 굽어 살피시어 신(臣)의 수를 늘이어 위로는 군은에 보답하고 아래로는 백성을 구하여 길이 한나라 제사를 받들게 하소서."

빌기를 마치자 공명은 날이 밝을 때까지 장전(帳殿)에 엎드려 있었다.

날이 밝자, 공명은 병을 무릅쓰고 평시와 조금도 다름없이 모든 일을 다스렸다. 입으로 쉬지 않고 피를 토하면서도, 낮에는 군기(軍機)에 대해서 의논하고 밤에는 정성껏 북두칠성께 기도를 드렸다.

공명이 기도를 올린 지 6일째를 맞이했다. 정성껏 기도하며 가물거리는 등불을 살펴보니, 주등은 여전히 빛을 잃지 않고 밝게 타고 있었기에, 공명은 기뻐하여 마지않았다.

강유가 장막 속으로 들어가 보니, 공명은 마침 머리카락을 풀고 칼을 짚어 장성(將星)을 진압하고 있는 중이었다.

그 때 난데없는 함성 소리가 영채 밖에서 일어났다. 강유가 동자를 시켜 무슨 일인지 알아 보게 하려는데, 위연이 허둥지둥 나는 것처럼 뛰어들어오며,

"위군(魏軍)이 나타났소!"

하고 소리지르는데, 급한 걸음을 멈추지 못했기에 발길이 주등을 차 엎어 버렸다.

"억―"

공명은 낮게 소리지르며 칼을 땅으로 던지고는,

"생사(生死)에 명(命)이 있으니, 가히 빌어서 얻지 못하리로다."

하고 길게 탄식하며 망연히 서 있을 뿐이었다. 위연이 황공하여 땅에 엎드려 죄를 청하자, 강유는 크게 분노하며 칼을 빼어 위연을 치려고 했다. 그러자 공명은 손을 들어 강유를 막으며,

"내 명이 다할 때라서 그렇지, 문장(위연의 자)의 허물이 아니리라."

하고 말하고는 입으로 피를 토하며, 침상 위에 쓰러지듯 누웠다.

"내가 힘을 다하여 중원을 회복하고 한실(漢室)을 다시 일으키려 했으나, 하늘이 돕지 아니하여 내 목숨이 장차

다하게 되었으니 어찌하리오. 내가 평생 동안 배운 바를 24편(篇)의 글로 남기니, 이 글 속에 팔무(八務)·칠계(七戒)·육공(六恐)·오구(五懼)의 법이 적혀 있는데, 내 이를 그대에게 전하는 바이니, 부디 경홀히 하지 말라."

공명은 침상 곁에 시립하고 있는 강유의 손을 힘주어 잡으면서 책자를 전했다. 강유는 한 마디 말도 하지 못하고, 다만 흐느껴 울기만 하면서 두 손으로 그것을 받았다.

공명이 마대(馬岱)를 불렀다. 그가 장중으로 들어오자, 공명은 귀에다 입을 가까이 하여 밀계를 내리는 한편,

"내가 죽고 난 뒤에 부디 그대로 행하여 다오."

하고 당부하기를 잊지 않았다. 마대가 물러가자 잠시 뒤에 양의(楊儀)가 들어왔다.

공명은 침상 앞으로 양의를 부르더니, 이불 밑에서 비단 주머니 하나를 꺼내며,

"내가 죽고 나면 위연이 반드시 반역하는 날이 있을 테니, 그대가 여기에 대적하여 싸움에 임하게 되면 이 주머니를 열어 보라. 그 때에는 자연히 위연을 벨 사람이 나타날 것이다."

하며 주머니를 쥐어 주었다.

그처럼 공명은 일일이 분부하기를 마치고 나자, 다시 혼절해 넘어졌다가 한참 후에야 깨어났다.

깨어나는 길로 공명은 밤을 새우며 떨리는 손으로 황제 유선에게 바치는 글을 썼다.

「바라옵건대 뜻을 이루지 못하고 먼저 떠나는 신하를 용서해 주십시오. 폐하께서는 아직 어리시지만 주변에는 훌륭한 신하들이 많습니다. 폐하께서는 그들의 말을 귀담아 듣고 백성을 널리 사랑하여 간사한 무리들을 물리치고 천하를 바로잡기 바랍니다. 저는 일찍이 세상에 나오기 전 뽕나무 800그루와 약간의 밭이 있어 먹고 사는 데에는 아무런 문제가 없었으며, 세상에 나온 후에도 티끌만큼이라도 재물을 모으지 않았으니 그 모두는 재물 때문에 폐하를 저버리는 일이 없도록 하기 위해서였습니다. 그러므로 제가 죽은 후에도 제 가족을 위해서 재물을 내리는 일은 없기 바랍니다.」

후주는 그 표를 보고 크게 놀라 상서 이복(李福)을 보내 문안케 하며, 아울러 후사(後事)를 묻게 하였다.

이복이 전지(傳旨)를 받고 길을 재촉하여 오장원에 이르러 공명에게 후주의 뜻을 전하고 문안이 끝나자, 공명은 눈물을 흘리며 말했다.

"내가 불행하게도 중도에 명이 다하여 헛되이 국가 대사를 폐하고 죄를 천하에 얻거니와, 내가 죽은 뒤에 공들은 부디 갈충 보국(竭忠報國)하기를 바라오. 그리고 내가 쓰던 사람들을 경솔히 폐하지 말라. 병법은 이미 강유에게 전하여 주었으니, 그가 능히 내 뜻을 이어 국가를 위하여 힘을 다할 것이오. 이제 내 목숨이 이미 조석에 달렸으니 표(表)를 남기어 천자께 상주하리라."

이복은 공명의 말에 눈물을 흘리며 총총히 하직하고 성도로 돌아갔다.

몸이 쇠약할 대로 쇠약해지고 피로에 지쳤건만, 공명은 억지로 병든 몸을 일으켜, 좌우의 부축을 받고 소거(小車)에 올라 밖으로 나가 여러 영채를 두루 살폈다.

차가운 가을 바람은 사정없이 얼굴에 불어 오고, 뼈에 스며드는 냉기는 견디기 어려웠다. 공명은 하늘을 우러러보며,

"언제 다시 싸움에 임하고 도적을 칠 것인가. 유유한 창천이여, 어쩌면 이리도 무심하기만 한고?"
하고 심혈을 토하듯 길게 탄식하다가 장중(帳中)으로 돌아왔는데, 병세는 더욱 깊어져 마침내 정신을 잃고 말았다.

여러 사람들이 어찌 할 바를 몰라 서성대는데, 홀연 상서 이복이 다시 이르렀다. 그는 승상이 혼수 상태에 빠져 눈을 감고 말없이 누워 있는 것을 보자, 크게 곡하며 부르짖었다.

"아, 내가 그만 국가 대사를 그르쳤구나!"

그 때 공명이 다시 눈을 스스르 떴다. 힘없이 뜬 눈에 침상을 잡고 서 있는 이복이 보이자, 공명은 가느다란 목소리로 말했다.

"공이 다시 온 까닭을 짐작하오."

이복이 공손히 아뢰었다.

"제가 천자의 명을 받들어 감히 여쭈옵노니, 승상께서 돌아가신 후에 누구로 하여금 대사(大事)를 대신 잇게 하오리까? 전일에 정신이 없어 묻기를 잊었삽기에 다시 왔나이다. 용서하옵소서."

"내가 죽은 뒤에 대사를 이을 이는 장공염(장완의 자)이 좋으리라."

이복이 다시 물었다.

"공염의 뒤에는 누구로 잇게 하오리까?"

"비문위(비위의 자)가 좋겠지…."

이복은 또 물었다.

"비문위 뒤에는 누구로 잇게 하오리까?"

"……."

이복은 재차 묻기를 그치었다.

드디어 공명은 숨을 거두고 이 세상을 떠났다. 때는 건흥 12년 가을 8월 23일이었으며, 그의 수(壽)는 54세였다.

그 때 공명이 비문위 뒤의 후임자에 대해서 말하지 않은 것은 그 때는 이미 촉한이 망하고 없을 것임을 내다보았기 때문이라는 말도 전해지고 있다.

그 날 밤 하늘은 수심이 가득하고 땅은 소리없이 흐느끼고 있었고 달빛마저 빛이 없었다. 공명은 감기지 않는 눈을 감고 하늘로 돌아가고 말았다.

강유와 양의는 공명의 유명(遺命)을 받들어 감히 발상하지 못하고, 법에 따라 염습하기를 마치자, 감실(龕室)에 고이 모시게 하고, 심복 장졸 3백 인이 수호케 하였다.

비위가 위연의 영채에 이르자, 좌우의 모든 사람을 물리치게 하고 조용히 말했다.

"어젯밤 삼경에 승상께서 세상을 떠나셨소."

"기어이……."

위연은 더 이상 말을 잇지 못하고 머리를 숙였다.

"승상께서 임종시에 재삼 부탁하시기를, 장군으로 하여금 추격하는 적군을 막아 사마의를 당해 내며, 천천히 물러나되 발상하지 말라고 하셨소."

비위가 그렇게 말하자, 위연은 문득 궁금해하며 물었다.

"그렇다면 누가 승상의 대사(大事)를 대신해서 다스리오?"

"승상이 모든 대사는 양의에게 부탁하셨고, 용병하는 법은 모두 강유에게 주셨소이다."

듣고 난 위연은 크게 노했다.

"이놈들, 어디 두고 보자. 공명이 살았을 때는 몰라도 나를 이렇게 대접할 수 있단 말인가!"

한바탕 호통을 친 위연은 즉시 자기의 영채를 뽑아 본부병을 이끌고 남쪽을 향해 나아갔다. 비위는 위연의 기세를 누르지 못하고 급급히 그의 영채를 떠나왔다.

사마의는 세작으로부터 공명이 죽었다는 보고를 듣자,

즉시 출전할 준비를 했다. 하후패가 간했다.

"사세가 어지러우니 도독께서 친히 가실 것이 아니라, 한 편장(偏將)으로 하여금 먼저 가게 하소서."

"아니다, 이번에야말로 내가 직접 가야겠다."

하고 그의 두 아들 사마사(司馬師)·사마소(司馬昭)와 함께 군사들을 독촉했다. 그리고는 몸소 군사들을 휘몰아 바람처럼 앞으로 나아갔다.

그리하여 어느 산모퉁이를 지나가다가 앞을 바라보니, 멀지 않은 곳에 촉군의 한 떼가 달리고 있었다. 그래서 사마의는 더욱 힘을 다하여 쫓았는데, 난데없이 산 뒤에서 포성이 크게 일고 함성이 귀청을 찢는 듯 일어나더니, 쫓겨가던 촉군이 깃발을 돌리고 북을 치면서 내달아왔다. 산 옆으로도 역시 촉군들이 아우성치며 몰려왔는데, 바람에 나부끼는 깃발에는 큰 글씨 한 줄이 「한승상 무향후 제갈량」이라고 적혀 있었다.

그것을 바라보는 사마의의 가슴은 걷잡을 수 없이 뛰어 금세라도 숨이 끊어질 것 같았다.

"이, 이럴 수가!"

그도 그럴 것이 죽은 줄로만 알았던 제갈공명이 군사들 사이에 수레를 탄 모습으로 단정히 앉아 있질 않은가!

공명이 윤건을 쓰고 우선을 들고, 지난 날과 조금도 다름없이 진두에 나타난 것이었다. 사마의는 큰 소리로 부르짖었다.

"공명이 죽지 않고 살아 있었구나. 내가 계교에 빠졌도다!"

사마의는 급히 말머리를 돌려 허둥지둥 달아나는데, 등 뒤에서 강유가 닫는 말에 채찍질을 하며 달려왔다.

위군(魏軍)들은 갈피를 잡지 못하며 갈팡질팡했다. 혼은 그대로 날아가고 흩어져, 갑옷을 벗어 던지고 투구를 팽개치며 창과 칼을 끌고 각기 목숨을 건지려고 도망하는데, 저희들끼리 밟혀 죽는 자만 하여도 헤아릴 수가 없을 정도로 많았다.

그로부터 이틀이 지나서였다. 향민(鄕民) 한 사람이 와서 본 바를 아뢰기를, 촉군이 곡중(谷中)으로 물러가는데 곡성이 땅을 흔들리게 일어났으며, 군중에 백기(白旗)를 달았으니 틀림없이 공명이 죽었을 것이라고 하였다.

듣고 난 사마의가 궁금해하며 물었다.

"그렇다면 지난 번에 수레에 타고 나타난 공명은 무엇인고?"

"듣잡건대 그것은 나무로 깎은 사람이라 합니다."

사마의는 그 말을 듣자,

"아, 내가 공명이 산 것은 능히 헤아렸건만 죽은 것은 헤아리지 못했으니, 이는 나의 무능이로다."

하고 길게 탄식했다.

그 때부터 촉중에 한 이언(俚言)이 생겼으니, 곧 '죽은 제갈량이 산 중달(사마의의 자)을 달아나게 하였다' 는 말이었다.

한편, 위연은 반역을 꾀할 생각을 품고 잔도(棧道)를 불질러 촉군이 돌아갈 길을 끊은 뒤, 남곡(南谷)에다 진을 치고 애구를 지키게 했다. 그렇게 하니 대사는 이미 이루어진 것만 같았기에 마음을 놓고 쉬고 있었다.

크게 노한 위연은 마대와 함께 힘을 합해 군사들을 휘몰아 남정(南鄭)을 들이쳤다. 그 때 남정은 강유가 지키고 있었다.

강유는 성 위에서 위연과 마대가 무위를 뽐내며 바람을 차고 살같이 달려오는 것을 보자 급히 조교(弔橋)를 올리고 성문을 굳게 닫아 버렸다.

"강유는 성문을 열고 빨리 항복하라!"

위연과 마대는 소리를 같이 하여 강유에게 항복하기를 재촉했다. 강유는 곧 사람을 양의에게로 보내어,

"위연의 용맹에다가 마대까지 돕고 있으니, 반군들이 비록 군사들이 얼마 되지 않으나, 물리칠 계책이 서지 않구려."

하고 계책을 물었다. 양의가 말했다.

"승상께서 임종시에 비단 주머니 한 개를 주시며 말씀하시기를, 훗날 위연이 모반하는 날이 있거든, 그와 대진하여 싸우는 마당에 이것을 열어 보라, 반드시 위연을 벨 사람이 있으리라 하셨으니, 우리 그것을 꺼내어 보기로 합시다."

드디어 비단 주머니를 끌러 보고 두 사람은 크게 기뻐했다.

강유는 곧 말에 올라 창을 꼬나쥐고 군사 3천을 거느린 채 성문을 활짝 열고 일제히 달려나가니, 북 소리를 크게 울리며 진세를 갖추었다. 그 때 양의가 진 앞에 말을 세우고, 위연에게 손가락질하며,

"과연 네가 배반하고야 말았구나. 승상께서 위연이 모반할지 모른다고 하셨는데, 그 말씀이 과연 틀림없구나."

하며 타이르듯 말했다. 위연이 발끈 성을 내며,

"네가 사나이 대장부거든 이리 나와 한마당 싸우자. 무슨 잔말이 그리 많으냐!"

하고 버럭 소리지르자 양의는 웃으며 말했다.

"그래, 네놈이 진정 대장부라면 말을 탄 채라도 좋으니, '나를 죽일 자가 누구냐?'하고 세 번만 외쳐 봐라. 그렇다면 내가 한중의 성지(城池)를 너에게 주마."

위연은 그 말을 듣자, 하도 어처구니가 없어 껄껄 웃으면서,

"이놈이 별소릴 다 하는구나. 천하에 누가 감히 나를 대적하겠단 말인가. 그 따위 소리쯤이야 세 번이 아니라 3만 번이라도 하겠다. 이놈아, 어디 들어 봐라!"

하고 위연은 칼을 이끌고 말고삐를 잡으며 마상에게 큰 소리로 외쳤다.

"나를 죽일 자가 누구냐?"

그런데, 세 번이 아닌 단 한 번을 크게 외치는 순간, 바로 위연의 등 뒤에서 누군가가,

"너를 죽일 자는 여기에 있다!"

하고 크게 지르며 한칼로 위연을 내리쳤다. 때문에 위연은 난데없는 칼을 맞고 그대로 말 아래로 거꾸러졌다. 두 편의 군사들이 일제히 놀라며 바라보니, 위연을 벤 장수는 다름 아닌 바로 마대(馬岱)였다.

원래 공명이 임종할 때 마대에게 밀계를 준 바 있었으니, 곧 위연이 소리칠 때를 타서 치라고 한 것이었다.

양의는 그 날 비단 주머니를 열어 보고서야 비로소 마대가 위연을 충견(忠犬)처럼 따라다니는 진의를 깨닫고 계책대로 행한 것이었다.

여기서 공명의 치밀함을 알 수 있으니, 맹장 위연을 베기란 쉽지 않은 일이었기에 그가 마음 놓고 소리를 지르는 허(虛)한 틈을 타서 기습적으로 그를 벤 것은 참으로 절묘한 방법이라고 말하지 않을 수 없다.

양의와 모든 군사들이 승상의 영구를 모시고 성도에 이르자, 후주가 문무 백관을 거느리고 나오는데, 모두가 괘효하고 성에서 나왔으며 20리 밖에서 영접했다.

후주는 방성 대곡하고, 위로 공경 대부와 아래로는 산간 백성에 이르기까지 남녀 노소로서 통곡하지 않는 사람이 없었기에, 곡성은 하늘을 울리고 땅을 흔들었다.

날을 기리어, 그 해 10월 길일에 후주는 친히 영구를 따

라가 정군산에 안장하고 제를 지내며 충무후(忠武候)로 제
사를 드리게 했다.

사마의의 득세

위나라의 조예가 재위한 지 13년째 되는 해 3월, 병이
골수에까지 든 그가 조상과 사마의를 불러 후사를 부탁하
고 세상을 떠나니, 어린 태자 조방이 뒤를 이었다.

사마의는 조상과 함께 정사를 도왔는데, 조상은 사마의
를 대하기를 심히 삼가 크고 작은 일을 항상 그에게 먼저
고하고 나서야 처리했다.

그러나 사람의 마음처럼 변하기 쉬운 것도 없었기에, 어
느 샌가 조상은 간사한 측근의 말을 듣고 사마의와 멀어지
면서 그를 태부로 주청하여 권력의 핵심에서 밀어내는 한
편, 날마다 잔치를 베풀어 술과 여자 속에 빠져들고 말았
다.

그것을 본 사마의는 병을 핑계 삼아 나오지 않게 되고,
따라서 그의 두 아들 사마사사마소도 사직하여 한가하게
초야에 묻힌 몸이 되고 말았다.

그러자 조상의 사치와 농권은 더욱 심해져, 각처에서 진
공(進貢)하여 오는 물건들 중에서 가장 값진 것은 우선 자

기가 먼저 챙긴 후에야 궁중으로 보냈다.

그러나 그에게도 한 가지 궁금한 것은 있었다. 그것은 사마의의 허실에 대해서 알지 못하는 일이었다. 그는 때마침 청주 자사를 제수한 이승(李勝)에게 시켜 그의 소식을 알아 오게 하였다.

이승이 태부의 부중(府中)에 이르러 문리에게,

"청주 자사로 가게 되어 인사를 여쭈러 왔다고 고하라."

하고 온 뜻을 전하자, 노회한 사마의는 문득 쓰고 있던 관(冠)을 벗고 머리를 풀어 산발하여 병든 것처럼 꾸미고 난 뒤에 이승을 안으로 청하여 들였다. 이승이 절하고 말했다.

"태부께서 이렇게 병환이 위중하실 줄은 미처 몰랐습니다. 늦게 뵈어 송구합니다만, 오늘은 제가 청주 자사로 가게 되어 인사를 겸해 이렇게 찾아왔습니다."

듣고 나자 사마의는 벙긋 웃으며 말했다.

"응, 그래. 병주는 변방이니 방비를 굳게 하게."

이승은 사마의의 말이 맞지 않았기에 당황하며,

"저는 청주로 가는 것이옵지 병주로 가는 것이 아닙니다."

하고 고쳐 말했다. 그러자 사마의가 다시 벙긋 웃으며 말했다.

"응, 자네가 병주에서 오는 길이라고?"

이승은 속이 타서 다시 말했다.

"병주가 아니옵고 산동의 청주입니다."

"오오라, 자네가 청주에서 왔구나. 그래 별일 없었나?"

이승은 더욱 기가 막혀,

"태부께서 이다지도 병환이 깊으시다니…."

하고 위로의 말을 한 뒤 돌아가 조상에게 자기가 보고 온 바를 그대로 아뢰었다.

조상은 그 이야기를 듣고 나자 크게 기뻐하며 말했다.

"그 늙은이만 죽고 나면 또 무슨 근심이 있을 것인가."

한편 사마의는 이승이 물러가자 자리에서 벌떡 일어나더니 두 아들에게 말했다.

"이승이 돌아가 조상에게 내가 병든 소식을 전하면 그는 분명히 나를 경계하지 않을 테니, 그 때를 이용해 일을 도모한다면 무엇이 불가할까?"

그런데 기회는 의외로 빨리 왔다. 조상이 주의의 만류를 물리치고, 측근들과 함께 성 밖으로 사냥을 나간 틈을 타서 사마의는 전광 석화처럼 군권(軍權)을 장악하고 조상의 일당 1천여 명과 그의 삼족을 멸했다. 그 후로 위주(魏主) 조모는 허수아비가 되고 모든 실권은 사마의의 손아귀로 들어가고 말았다.

위나라의 이러한 혼란을 틈타, 사마의에게 생명의 위협을 느껴 촉나라로 투항한 위나라 장수 하후패(夏侯覇)와 함께 강유가 군대를 일으켰다. 그는 일찍이 공명이 행한 대로 차례로 진병하여 나갔으나, 위·촉 양군의 희생만 컸을 뿐, 별다른 성과를 거두지 못하고 회군하고 말았다. 그 후로도 강유는 몇 번이나 중원 회복을 위해 진력했으나 뜻을 끝내 이루지 못하였다. 천하의 제갈공명으로도 이루지 못한 일을 강유가 성취하기란 거의 불가능한 일이었다.

손권의 병사

태화(太和) 원년 8월 초하룻날의 일이었다. 갑자기 큰 바람이 일어나며 강과 바다의 물이 미친 것처럼 뛰놀더니, 넘치는 물이 여덟 자가 넘게 평지를 덮었다. 그 같은 놀라운 사실을 본 손권은 뛰는 가슴을 진정시키지 못하고 마침내 자리에 눕게 되었다.

시름시름 앓던 그는 이듬해 4월이 되자 병세가 걷잡을 수 없이 침중해져 드디어 운명하니, 그가 위(位)에 있은 지 24년 만의 일이었고, 향년은 71세, 때는 촉한의 연희 15년이었다.

그 무렵 오나라에서도 많은 인물들이 고인(故人)이 되었는데, 허다한 구장(舊將)과 문신들은 물론 육손이 세상을 떠났고 제갈근 또한 이 세상의 사람이 아니었다.

사람의 수명은 누구나 그 끝이 있는 법이다. 가평(茄平) 3년 8월 사마의도 또한 병에 걸려 목숨이 조석(朝夕)에 달리게 되었다.

사마의는 자기가 다시 일어나지 못할 것을 알고 사마사와 사마소 두 아들을 침상 앞으로 불러 앉히고 조용히 뒷일을 부탁했다.

　　"내가 위나라를 섬긴 지 오랜 동안에 벼슬이 태부에 이르렀으니, 그것은 인신(人臣)의 직분으로는 더 이르지 못할 자리이다. 그래서 남들이 항상 내가 혹시 딴 뜻이나 품지 않는가 하고 심히 경계하고 두려워하고 있음은 너희들도 잘 알고 있을 터이다. 그러니 내가 죽고 난 뒤에 너희 둘은 마음을 합치어 국정을 보살피되, 오직 삼가고 또 삼가야 할 것이며, 쉽게 남에게 맡겨 멸문 지화(滅門之禍)를 당하지 않도록 하라."

　　사마의의 말은 거기에 이르자 소리가 떨리고 희미해졌으며, 이윽고 숨을 거두고 말았다.

촉한의 멸망

　　위나라 경원(景元) 4년 7일, 형 사마사의 요절로 대권을 이어받은 사마소는 대군을 일으켜 촉(蜀)나라를 공격하게 하였다.

　　그 같은 놀라운 소식이 전해지자, 강유는 표를 닦아 후주에게 아뢰기를, 곧 조서를 내리시어 장익으로 하여금 양평관을 지키게 하고, 요화로 하여금 음평교를 지키게 하라고 청했다. 그와 함께 또 아뢰기를, 그 두 곳을 잃게 되면 한중(漢中)을 보전하기 어려움을 말하고, 일면으로 사신을 오나라로 보내어 구원을 청하시라고 하였다.

그 무렵 후주는 환관 황호(黃皓)의 말만 들었기에 나라의 정사는 어지럽고 주색과 유락(遊樂)에 빠져 있었기에 강유가 급히 올린 표문까지도 술자리에서 읽는 형편이었다. 참으로 둘도 없는 혼군(昏君)이었다.

후주가 표문을 읽고 황호에게 물었다.

"위나라에서 대군을 일으켜 두 길로 쳐들어오고 있다니, 어찌 했으면 좋을꼬?"

황호가 피식 웃으며 대답했다.

"강유 그가 오로지 공(功)을 세우기에 급급하여 이 따위 표문을 올린 것이오니, 폐하께서는 조금도 심려치 마옵소서."

그 후로도 강유는 계속 급보를 올렸으나 모두 가운데서 황호가 제 소매 속에 넣어 버리고 말아, 대세는 이미 기울어지고 말았다.

다급해진 유선은 뒤늦게 강유를 불러들였지만 때는 이미 늦었다.

강유가 위장(魏將) 종회(鐘會)의 대군을 맞아 죽기로써 한중을 지키고 있는 동안, 후주는 마천령(摩天嶺)을 타고 넘어 성도를 기습한 등애(鄧艾)에게 너무도 쉽게 항복하고 마니, 그로써 촉한은 어이없게 망하고 말았으며 그 같은 사실을 안 강유는 땅을 치며 통곡하다가 자살해 버렸다.

위나라의 최후

촉한은 이렇게 망하고 말았거니와, 위나라 역시 그 운명이 풍전 등화와도 같았다.

그 사이 위나라 황실에도 많은 변화가 있었다. 조방이 사마사에 의해 쫓겨나고, 그 자리를 조모가 이었으나 조모 역시 사마소를 죽이려다가 실패하고 오히려 죽음을 당했다. 조모의 뒤를 이어 황제가 된 사람이 조환이었다. 당시의 위주(魏主) 조환(曹奐)은, 명색은 천자라고 하지만 실상으로는 손에 잡은 권한이라고는 아무것도 없고 입으로는 주장할 아무런 힘도 없었다. 나라의 정사는 크고 작은 일을 막론하고 모두 사마소의 손에서 놀아났다.

드디어 조정의 대신들이 사마소를 왕으로 받들기로 하고, 위제 조환에게 표문을 닦아 올렸다. 조환이 어찌 이를 거절할 수 있으랴. 마침내 사마소로 진왕(晉王)을 삼는 동시에 그의 아비 사마의를 선왕(宣王)이라 시호를 올리고, 다시 그의 형인 사마사로 경왕(景王)을 삼으며, 그리고 그의 아들 사마염(司馬炎)으로 세자를 삼았다.

어느 날 아첨하기 좋아하는 대신아 사마소에게 아뢰었다.

"근자에 궁궐 전각에 상서로운 기운이 가득하니, 이 기회에 열두 줄 면류관을 쓰시고 천자의 위(位)에 오르소서."

듣고 나자 사마소는 마음 속에 일어나는 기쁨을 감추지 못했다.

그런데 그 날 저녁상을 받고 마악 음식에 손을 대려 할 때 사마소는 갑자기 중풍(中風)에 걸려, 육신은 스스로 움직일 수가 없고 혀는 굳어 말을 할 수 없게 되었다.

이튿날이 되자 병세는 더욱 위중하게 되어 마침내 숨을 거두니, 때는 8월 신묘일이었다. 그 날로 사마염을 진왕의 자리에 오르게 하니, 사마염은 그의 아비에게 문왕(文王)이라는 시호를 올렸다.

사마염이 왕위에 오른 지 얼마 되지 않아서였다. 그는 가충(賈充)과 배수(裴秀)를 궁중으로 불러들여 정색하고 물었다.

"옛날 조비(曹丕) 따위가 한나라의 대통(大統)을 이어받았는데, 내가 위나라의 대통을 이어받지 못할 까닭이 무엇이오?"

너무도 엄청난 말이었다. 자칫 잘못 입을 놀렸다가는 당장에 목이 달아날 판이었다. 가충과 배수가 몸을 떨며 아뢰었다.

"지당하신 말씀이옵니다. 대왕께서는 마땅히 조비가 한

나라의 대통을 이은 고사(故事)에 따라 천하에 널리 포고 (布告)하시고 대위(大位)에 오르소서."

"음! 알았다. 그대들은 준비하며 때를 기다리라."

그 해 12월 갑자일, 갖은 협박에 못 이겨 위주(魏主) 조환은 드디어 진왕 사마염을 수선대(受禪臺) 위에 오르게 한 다음, 대례(大禮)로써 옥새를 사마염에게 전하여 주니, 이로써 위나라는 완전히 망했다.

그 옛날 조조가 살아 있을 당시 있었던 장차 위나라는 마씨 성을 가진 세 사람에 의해 멸망할 것이라는 예언은 이를 두고 한 말이었다.

대통을 이어받은 사마염은 국호를 대진(大晉)이라 일컫고 태시(太始) 원년으로 개원했다.

대진의 천하 통일

사마염은 그로부터 매일 조회를 베풀고, 오나라를 무찌를 계책을 의논하기에 여념이 없는 나날을 보냈다.

당시 오주(吳主) 손호(孫皓)는 성격이 포악하고 무도하여 사람 죽이기를 예사로 하며, 또한 날마다 잔치를 베풀어 술과 여자 속에서 살았다.

그뿐만 아니었다. 그는 일상 출입하는 데에도 항상 철기

군 5만 명을 거느렸기에 그것으로 인한 그 폐해는 말할 수 없을 정도였으나 모든 신하들은 오직 전전긍긍할 뿐, 감히 어찌할 줄을 몰랐다.

함녕(咸寧) 4년, 노장(老將) 양호가 입조하여 사마염에게 사직하기를 아뢰며, 고향으로 돌아가 병을 다스리겠다고 청하였다.

사마염이 그를 위로하며 물었다.

"경은 나라를 편안히 할 계책을 가졌으면 과인에게 알려주오."

양호가 대답했다.

"이제 오주 손호가 포악하기 이를 데 없어 이미 민심이 떠났으니, 이 때를 타서 치게 되면 능히 이길 수 있겠지만, 만일 손호가 죽고 그 대신 현군(賢君)이 들어서게 되면 오나라는 능히 쳐서 깨치기가 심히 어렵게 될 것이옵니다."

듣고 나자 사마염은 크게 깨달았다.

드디어 사마염은 20만 대군을 일으켜 수륙(水陸) 양로로 나아가니, 전선(戰船)의 수만도 몇천 척이나 되었다.

바람처럼 짓쳐오고 우뢰처럼 번쩍이며 천지를 뒤엎을 듯 몰려오는 진나라 군사들! 오나라 군사들은 그들의 깃발만 보아도 항복하고 백성들은 엎드려 절하여 그들을 마중했다.

드디어 오나라 최후의 성문─석두성의 성문마저 열리고 말았다. 진나라 군사들은 거침없이 성 안으로 들어갔다. 손호는 이미 석두성마저 점령당했다는 소식을 듣자, 너무도 다급하여 칼을 뽑아 스스로 자결하려고 했다.

그 때 중서령 호충(胡沖)이 그를 말리며,

"폐하께서는 어찌 촉한의 유선을 본받으려 하지 않나이까?"

하고 말하며 항복하기를 권했다.

손호는 마침내 자기의 온몸을 밧줄로 묶고 상여를 타고 가서 항복했다. 그로써 오나라마저 진나라의 수중으로 들어가고 말았다.

그리하여 위·오·촉 세 나라로 갈라져 끊임없이 다투던 거대한 대륙 중국은 마침내 진제(晋帝) 사마염에 의하여 통일되었으니, 천하 대세는 합해진 지 오래 되면 나뉘어지고, 나뉜 지 오래 되면 반드시 합해지게 되는 것인가 보다.

◨ **대한고전문화연구회** ◨

저서 · 편저 · 번역 발행도서
- 큰글 삼국지
- 큰글 수호지
- 큰글 초한지
- 정통 삼국유사
- 정통 삼국사기
- 정통 십팔사략

한권으로 독파! **큰글 삼국지**	정가 28,000원

2023年 6月 5日 2판 인쇄
2023年 6月 15日 2판 발행

지은이 : 나 관 중
편 저 : 대한고전문화연구회
발행인 : 김 현 호
발행처 : 법문 북스
_(일 문 판)
공급처 : 법률미디어

저자와 협의
하에 인지 생략

1 5 2 - 0 5 0
서울 구로구 경인로 54길4(구로동 636-62)
TEL : 2636-3281, FAX : 2636-3012
등록 : 1979년 8월 27일 제5-22호
Home : www.lawb.co.kr

▌ISBN 978-89-7535-748-0 (03820)
▌이 도서의 국립중앙도서관 출판예정도서목록(CIP)은 서지정보유
통지원시스템 홈페이지(http://seoji.nl.go.kr)와 국가자료종합목
록 구축시스템(http://kolis-net.nl.go.kr)에서 이용하실 수 있습
니다. (CIP제어번호 : CIP2019026846)
▌파본은 교환해 드립니다.